EEN VOLMAAKTE VENDETTA

Een volmaakte vendetta

R.J. Ellory

DE FONTEIN

Eerste druk, februari 2010
Derde druk, maart 2010

Oorspronkelijke titel: *A Quiet Vendetta*
Oorspronkelijke uitgever: Orion Books Ltd., London
© 2005 R.J. Ellory
© 2010 Uitgeverij De Fontein, een imprint van De Fontein | Tirion,
Postbus 1, 3740 AA Baarn

Vertaald uit het Engels door: Ineke van den Elskamp
Omslagontwerp: Wil Immink Design
Omslagillustratie: Michael Halberstadt / Alamy
Zetwerk: Het Vlakke Land, Rotterdam
ISBN 978 90 261 2703 8
NUR 305

www.uitgeverijdefontein.nl
www.rogerjonellory.com

Als we de dood naderen,
de dood van de liefde, zoals we menen,
voldoet geen
verschil meer om de bijzonderheden
te onderscheiden
van plaats en omstandigheid
waarmee we zo lang vertrouwd
zijn geweest.
Alles doet zich voor
alsof we het zien
wiegelen in water.

Uit 'Asphodel, That Greeny Flower', Book II
William Carlos Williams

Vertaling: Huub Beurskens
De Affodil, die groenige bloem, Boek II
Uit: *Even dit*
J.M. Meulenhoff bv, Amsterdam, 2006

1

Door armoedige straten, door rokerige steegjes waar de penetrante geur van pure alcohol hangt als de geest van een lang voorbije zomer; en verder langs de scheve gevels waar schilfers pleisterwerk en krullen vuile verf in Mardi Graskleuren uit naar voren springen als kapotte tanden en herfstbladeren; langs de verschoppelingen die hier en daar samenscholen rond flessen in bruin papieren zakken en vuurtjes in olievaten, de kruimels van de schrale menselijke voorspoed die ze vergaren als deze, uit goedmoedigheid of ten gevolge van dieselwijn, in de straten worden uitgestrooid.

Chalmette, hier binnen de grenzen van New Orleans.

Het geluid van deze buurt: de schrille afwisseling van klanken, de jachtige stemmen, de zangerige piano, de radio's, de rondzwervende, heupwiegende jongelui met hun hypnotiserende rap.

Als je goed luistert, kun je van veranda of stoep de ruziënde stemmen horen, onschuld die al wordt gekwetst, getart, beschimpt.

De huurkazernes en flatgebouwen die tussen wegen en trottoirs ingeklemd staan als een secundaire overweging, de ongewenste herhaling van een eerder losgelaten thema, en als een in een rechte lijn gelegen, sjofele archipel met een blok per keer de stad uit hoppen door Arabi, over de Chef Menteur Highway naar Lake Pontchartrain waar mensen louter lijken te stoppen omdat het land er ophoudt.

Bezoekers vragen zich misschien af wat de oorzaak is van deze overdadige, onwelriekende mengelmoes van geuren en geluiden en menselijke ritmen als ze langs het Lake Borgne Canal, langs de Vieux Carré, langs Ursuline's en Tortorici's Italian Restaurant naar Gravier Street gaan. Want hier is het geluid van stemmen krachtig, vol, levendig, en er is druk geloop, een groep nieuwsgierigen bijeengeschaard in een eenrichtingsstraatje, een doorgang met schuin aflopende ingangen naar parkeerplaatsen onder een flatgebouw.

Op de zwaailichten van surveillancewagens na is het warm in dat steegje en stikdonker. De caleidoscopische lichtbundels vallen op de achterkant van auto's – chromen bumpers en glanzend zijden lakwerk – en grote ogen verschieten van kersenrood naar saffierblauw wanneer politieauto's dwars over de weg een wig vormen en alle verkeer onmogelijk maken.

Ter linker- en ter rechterzijde zijn ziekenhuizen, het Veterans' en het LSU Medical Center, en een stukje verderop ligt het viaduct van South Claiborne Avenue, maar hier steekt een splinter van activiteit dwars door het netwerk van slagaders en kleine vaten dat normaal gesproken onbelemmerd doorstroomt, en wat er aan de hand is, is onduidelijk.

Politieagenten duwen de sensatiezoekers achteruit, drijven hen bijeen achter een haastig aangebrachte versperring, en als er eenmaal op het dak van een auto een booglamp is gezet, waarvan de lichtbundel zo breed is dat alle voertuigen die in het steegje zijn achtergelaten te zien zijn, beginnen ze te begrijpen wat de oorzaak is van deze onverwachte politieaanwezigheid.

Ergens slaat een hond aan en rechts barsten er nog een stuk of vier los, alsof ze hem nazeggen. Ze blaffen in koor om redenen die alleen zij kennen.

Bij de derde ingang gerekend vanaf de kant van Claiborne Avenue staat een auto scheef geparkeerd. De bumper loopt in een misplaatste parallel ten opzichte van andere. De stand van de auto duidt op snelheid, het vlugge komen en gaan van de bestuurder, of misschien op een bestuurder die het niet had kunnen schelen of hij harmonieerde met de perspectivische en lineaire gelijkvormigheid, en hoewel de autobewaker die in dit steegje werkte – op automobielen paste, koplampen en motorkleppen poetste voor een kwart dollar fooi – de wagen al drie dagen achter elkaar had zien staan, had hij de politie niet gebeld tot hij erin had gekeken. Hij had een zaklamp genomen, een goede, en met zijn gezicht tegen het linkerachterraampje gedrukt het luxueuze interieur bekeken. Hij had ervoor gewaakt dat hij met zijn vuile doorgesleten gympen tegen de witte flank van de banden stootte. Dit was geen gewone auto. Er was iets mee wat hem nieuwsgierig had gemaakt.

Meer mensen hadden zich inmiddels verzameld en een half blok verderop ongeveer hadden ze in een huis waar feest werd gevierd, de deuren en ramen opengezet en de muziek zweefde door de straat met de geur van gebraden kip en gebakken pecannoten, en toen er een onopvallende

Buick verscheen en iemand van het Medical Examiner's Office uitstapte en naar het steegje liep, stonden er heel wat mensen: vijfentwintig, dertig misschien wel.

En er was muziek – onze menselijke syncopen – deze avond net zo goed als alle andere.

De geur van kip herinnerde de man van het ME ergens aan, aan een gelegenheid die hem nu niet te binnen wilde schieten, en toen begon het te regenen, zo'n loom laatzomerbuitje waarvan niets echt nat werd, zodat niemand het nodig vond erover te klagen.

Het was een warme zomer geweest, een kalm soort beestenweer, en iedereen wist nog hoe erg het was gaan stinken toen de riolen in de laatste week van juli verstopt waren geraakt en hoe er de hemel-mocht-weten-wat uit de putten omhoog was gekomen. Het dampte, de vliegen kwamen en de kinderen werden ziek als ze er in de buurt speelden. De hitte zinderde bij tweeëndertig, steeg door tot een martelende vijfendertig en toen bij achtendertig graden de lucht uit verschroeide longen werd gezogen, noemden ze het een nachtmerrie, bleven ze thuis van hun werk en namen een douche, pakten ze ijsschilfers in een natte handdoek en gingen op de vloer liggen met hun verkoelende hoed tot over hun ogen getrokken.

De man van het Medical Examiner's Office kwam aanlopen. Begin veertig, luisterde naar de naam Jim Emerson; hij verzamelde honkbal-plaatjes en keek graag naar films van de Marx Brothers, maar de rest van de tijd zat hij op zijn hurken bij dode lichamen en probeerde hij duidelijk-heid te scheppen. Hij bewoog zich zo loom als de regen, en je kon aan zijn manier van doen zien dat hij begreep dat hij niet welkom was. Hij wist niets van auto's, maar ze zouden de volgende ochtend het kenteken na-trekken en erachter komen dat het – zoals de autobewaker al vermoedde – geen gewone wagen was.

Een Mercury Turnpike Cruiser, gebouwd door Ford als de XM in '56, op de markt gebracht in '57. V8, 290 pk bij 4600 toeren per minuut, Merc-O-Matic-transmissie, wielbasis 122 inch, gewicht 1920 kilo. Dit was er een met een hardtop, een van de slechts zestienduizend die ooit waren ge-bouwd, maar de nummerborden waren nummerborden uit Louisiana – en hoorden bij een Chrysler Vaillant uit '69, waarvoor zeven jaar geleden voor het laatst een bekeuring was uitgeschreven naar aanleiding van een kleine verkeersovertreding in Brookhaven, Mississippi.

De autobewaker, binnen anderhalf uur na zijn melding zonder aanklacht vrijgelaten, had stellig verklaard dat hij bloed op de achterbank had zien liggen, een heleboel bloed opgedroogd op het leer, vastgekoekt in de naden, over de rand van de bank op de vloer gedropen. Zag eruit alsof ze er een speenvarken hadden geslacht. De Cruiser had veel glas met zijn inschuifbare achterruit, ventilatieraampjes en zijruiten, bedoeld om de autoreiziger ten volle te laten genieten van de weidse nieuwe vergezichten die hem op de snelwegen werden geboden. Zodoende had de jongen een goed uitzicht op het binnenwerk van dat ding, want dat dacht hij te zullen zien, en hij zat er niet zo heel ver naast.

Dit waren de wijken Chalmette en Arabi, aan de rand van het Franse zakencentrum van New Orleans City in de staat Louisiana.

Het was een vochtige zaterdagavond in augustus en pas later ontruimden ze de trottoirs, sleepten die auto onder het flatgebouw uit en wrikten de kofferbak open.

Forensisch geneeskundige Emerson was erbij en zag hoe er een beerput werd opengetrokken, en zelfs de agent die naast hem stond – toch een taaie, doorgewinterde kerel – zelfs die had voorlopig geen trek meer in zijn avondeten.

Dus ze wrikten de kofferbak open, en in die kofferbak troffen ze een vent aan, hij kon niet veel ouder dan een jaar of vijftig zijn geweest, en Emerson zei tegen iedereen die het wilde horen dat hij daar drie, mogelijk vier dagen had gelegen. De wagen stond er al drie dagen als de autobewaker het goed had gezien, en aan de binnenkant van die kofferbak zaten onderdelen, stroken kaal metaal, waar de huid van de man door de warmte aan vast was geplakt. Emerson had er een hele kluif aan; hij besloot uiteindelijk de metalen stroken te bevriezen met een of andere spray en daarna krabde hij de huid los met een verfschraper. De kofferbakdode leek net vleesdeeg en stonk nog erger, en het autopsieverslag zou lezen als een verkeersongeluk.

Ernstige intracraniële bloeding; slaapbeen, wiggenbeen en processus mastoïdeus verbrijzeld; epifyse, thalamus, hypofyse en pons verscheurd door een klauwhamer van normale afmetingen (merkloos exemplaar, te koop in elke goede doe-het-zelfzaak voor tussen de $ 9,99 en $ 12,99, afhankelijk van de vraag aan welke kant van de stad je winkelde); hart ter hoogte van de vena cava inferior door rechter- en linkerventrikel aan de basis doorgesneden; doorgesneden bij aa. en vv. subclavia, jugularis, carotis en pulmonalis. Bloedverlies minimaal zeventig procent. Kneuzingen aan buik en plexus coeliacus. Verwondingen aan armen, benen, gezicht, handen, schouders. Ontvellingen door touw en lijmsporen van isolatietape op polsen, links en rechts. Van touwvezels in lijmsporen met behulp van een infraroodspectrofotometer vastgesteld dat het standaardkwaliteit nylon betreft, eveneens verkrijgbaar in elke goede doe-het-zelfzaak. Geschat tijdstip van overlijden: woensdag 20 augustus, ergens tussen tien uur 's avonds en middernacht, hoogachtend het County Coroner's Office District 14 New Orleans, getekend heden... medeondertekenaar... etc., etc.

Het slachtoffer was tot pulp geslagen. Geboeid met in de detailhandel algemeen verkrijgbaar nylontouw, op hoofd en hals geslagen met een in de detailhandel algemeen verkrijgbare klauwhamer, ontweid; zijn hart was eruit gesneden maar in de borstholte achtergelaten, verpakt in een gewoon beddenlaken van zestig procent polyester, vijfendertig procent katoen en vijf procent viscose; hij was op de achterbank van een Mercury Turnpike Cruiser uit '57 gelegd, naar Gravier Street gebracht, naar de kofferbak verplaatst waar hij vervolgens ongeveer drie dagen had gelegen voor hij werd ontdekt.

Er waren stagiaires die voor het lijk zorgden toen het arriveerde in het Medical Examiner's Office, die er een paar uur op pasten voor het naar de lijkschouwer ging voor de volledige autopsie. Fris zagen ze eruit, jong, hoewel ze al iets van dat levensmoede tikje woede in hun ogen hadden, zo'n blik die je kreeg als je je hele leven de doden van het toneel van hun tegenspoed moest halen. Ze dachten *Dit is geen werk voor een mens*, maar behoorden misschien inmiddels al tot die gelukkige, domme massa mensen die geloofden dat als zij het niet deden, niemand anders het zou doen. Er zou altijd iemand zijn die hun plaats kon innemen, maar – in hun oneindige en zeer vergankelijke wijsheid – zagen ze hen nooit. Misschien omdat ze zo wanhopig op zoek waren.

De politieagent belast met het bewaken van de plaats delict was de man die de wacht hield bij de dode en ervoor moest zorgen dat dit sterfgeval niet verder werd verstoord, dat niemand door het verloren bloed zou lopen, niemand de gescheurde kleding, de vezels, de fragmenten zou verplaatsen, dat niemand het wapen zou aanraken, de voetafdruk, de microscopisch kleine veeg modder van onbestemde kleur die net die ene draad kon opleveren waarmee de hele zaak kon worden ontrafeld; zelfzuchtig, vanuit een zekere innerlijke drang, zou hij deze beelden en aanblikken krampachtig tegen zijn borst klemmen. Als een kind dat een koektrommel beschermt, of snoepjes, of bedreigde onschuld, probeerde hij het per definitie onbestendige bestendig te maken, en zo niet meer te zien wat het in werkelijkheid was.

Maar dat zou morgen gebeuren, en morgen was weer een geheel nieuwe dag.

En tegen de tijd dat de duisternis voorzichtig opschoof naar de ochtend, waren de mensen die de trottoirs hadden bevolkt het verhaal vergeten, wellicht al vergeten waarom ze er überhaupt heen waren gegaan, want hier – juist hier – had men wel betere dingen om aan te denken: jazzfestivals in het Louis Armstrong Park, de processie van de Onze Lieve Vrouwe van Guadalupe, de kapel van Sint-Judas, een brand in Crozat Street vlak bij Hawthorne Hall boven het Saenger Theater waarbij zes mensen het leven lieten, een paar jonge kinderen wees werden en brandweerman Robert DeAndre, die een keer een meisje had gezoend met een tatoeage van een spin op haar borst, om het leven kwam. New Orleans, stad van de Mardi Gras, van kleine levens, onbekende namen. Sta stil. Sluit je ogen en snuif deze kolossale zwetende metropool in je op. Ruik de zweem ammoniak van het Medical Center; ruik de scherp gekruide halfgare ribbetjes die in olievlammetjes liggen te schroeien, de bloemen, de *clam chowder*, de pecannotentaart, de basilicumblaadjes en oregano en *court bouillon* en *carbonara* van Tortorici's, de benzine, de illegaal gestookte sterke drank, de dieselwijn: de verzamelde geuren van miljoenen levens die elkaar kruisen, en elk leven daarna weer een ander zoals in de theorie van de zes handdrukken, miljoenen kloppende harten, allemaal hier, onder het dak van dezelfde hemel waarin de sterren staan als donkere ogen die alles zien. Zien en onthouden...

Het beeld vervliegt, vluchtig als damp uit de roosters van de ondergrondse, of uit beroete koperen schoorsteenpijpen die uit de achtergevels van creoolse restaurants steken, damp die van de vloer van de stad opsteeg toen ze lag te smoren in de nacht.

Als damp van het voorhoofd van een moordenaar toen hij zijn hart uit zijn lijf had gewerkt...

Zondag. Een felle, heldere dag. De hitte was vervlogen alsof hij ruimte had willen scheppen om adem te halen. Kinderen met ontbloot bovenlichaam verzamelden zich op de hoek van Carroll en Perdido en spoten elkaar nat met water uit kronkelige rubberen slangen die van de veranda's van houten huizen achter lage rijen bitternootbomen en zwarte eiken sliertten. Hun kreten, misschien meer van opluchting dan van opwinding, verspreidden zich als serpentines door de lage, onstuimige atmosfeer. Deze geluiden, van leven in de kinderschoenen, waren te horen toen John Verlaine wakker werd van het aanhoudende snerpende rinkelen van de telefoon; en zo'n telefoontje op dat uur in de ochtend betekende vaker wel dan niet dat er iemand ergens dood was.

Elf jaar bij de politie van New Orleans, in de loop daarvan drieënhalf jaar bij de afdeling Zedendelicten, de laatste twee jaar bij Moordzaken; vrijgezel, geestelijk gezond maar emotioneel labiel; zeer vaak moe, niet zo vaak vrolijk.

Hij kleedde zich snel aan. Schoor zich niet, nam geen douche. Hoogstwaarschijnlijk zou er een smerig zootje op hem liggen te wachten. Je raakte eraan gewend of misschien maakte je jezelf wijs dat je eraan gewend raakte.

De laatste paar dagen was het smoorheet geweest. Een hitte die zich om je heen sloot als een vuist. Kreeg je bijna geen lucht. Op zondagochtend was het koeler; de lucht werd iets lichter en het gevoel dat samengeperste onweerswolken elk moment konden openbarsten, was verdwenen.

Verlaine reed langzaam. De persoon die was overleden was toch al dood. Haasten had geen zin.

Hij voelde dat het opnieuw zou gaan regenen, zo'n loom laatzomerbuitje waar niemand zich druk om maakte of over zou klagen, maar het zou vallen, straks, misschien in de nacht. Misschien wanneer hij sliep. Als hij sliep…

Van zijn flat op Carroll recht naar het noorden in de richting van South Loyola Avenue. De straten waren verlaten op een handjevol verschoppelingen na en hij nam hen op, hun aarzelende stappen, hun lachende gezichten, hun katterige roodheid die zich uit de deuren van bars over de stoep door de straat verspreidde.

Hij reed zonder erbij na te denken en ergens in de buurt van het De Montluzin Building hield hij rechts aan en daarna kwam hij langs Loew's State Theater. Twintig minuten en hij was in Gravier Street aan de kant van Loyola. Hier stonden mimosa's en bitternootbomen, de takken ontdaan van hun bast, de restanten van hun pecannotenoogst weken geleden al gepikt door groezelige, stelende handen. Pecannotentaart, dacht hij en hij rook de keuken van zijn moeder, en zag door het raam zijn zus met een koele doek over haar hoofd gedrapeerd, haar dunne jongemeisjesarmen rood en schilferig van de zon, met vegen zonnebrandlotion en cacaoboter, en dacht: Konden we allemaal maar terug naar vroeger...

Verlaine keek weg naar links, weg van Gravier Street, langs de blauweregens die al zolang als hij zich kon herinneren in deze straat tegen de muren groeiden, met hun bungelende bloemaren als druiventrossen paars en teer en zoet geurend omlaag hangend; langs de mimosastruiken met hun cilindervormige spica als kleine felgekleurde pluimen in het opkomende licht, naar Dumaine en North Claiborne, met het gedruis van het verkeer dat een van de vele stemmen was in deze klamheid aan het begin van de dag. Onder de zwarte eiken en valse christusdoornen kon je de cicaden horen die concurreerden met het geluid van kinderen in de verte die hun chaotische spelletjes speelden en op de stoep heen en weer renden door lucht zo strak als een trommelvlies, alsof hij erop wachtte ingeademd te worden.

Hij wist waar de auto had gestaan, het was evident door zijn afwezigheid, en rond het gapende gat hingen politielinten te flapperen in de wind. Het lichaam was hier gevonden, een vent doodgeslagen met een hamer. De lui van de commandokamer hadden hem over de telefoon verteld wat ze wisten, gezegd dat hij erheen moest om te kijken wat er te zien was en dat hij, als hij klaar was, naar het Medical Examiner's Office moest en daar met Emerson moest praten en het PD-rapport doornemen en vervolgens naar de lijkschouwer om de autopsie bij te wonen. Dus hij keek en hij zag wat er te zien was en hij nam een paar foto's met zijn camera en hij wandelde eromheen tot hij het wel genoeg vond en toen liep hij terug naar zijn auto. Hij ging aan de passagierskant zitten met het portier open en rookte een sigaret.

Veertig minuten later in het Medical Examiner's Office op de hoek van South Liberty en Cleveland, achter het Medical Center. Het werd inmiddels een dag van formaat, met kans op een helderblauwe lucht voor de lunch voorbij was, een middag van boven de dertig.

Verlaine voelde de huid op zijn hoofd straktrekken toen hij uit de auto stapte en hij probeerde zo dicht mogelijk bij de winkelpuien te gaan lopen onder de zonneschermen en uit de zon. Zijn overhemd zat aan zijn rug geplakt onder een te dik katoenen kostuum, zijn voeten transpireerden in zijn schoenen, zijn enkels jeukten.

Jim Emerson, jeugdig ook al was hij de veertig gepasseerd, adjunct-hoofd Forensische Geneeskunde en zeer goed in zijn werk. Emerson voegde een zekere flair en empathie toe aan wat normaal gesproken een saaie en zakelijke taak zou zijn geweest. Hij had gevoel voor mensen, zelfs wanneer ze stijf en opgezwollen en verbrijzeld en dood waren.

Verlaine bleef een moment in de gang voor de kamer van Emerson staan. Daar gaan we weer, dacht hij en toen klopte hij één keer op de deur en liep direct naar binnen.

Emerson kwam achter zijn bureau vandaan en stak zijn hand uit. 'Dat is lang geleden, maar niet heus,' zei hij lachend. 'De kofferbakzaak, is dat jouw pakkie-an?'

Verlaine knikte. 'Kennelijk.'

'Smerige bedoening,' zei Emerson. Hij wierp een blik op het bureau. Voor hem lagen een stuk of vier gelinieerde blocnotevellen met gedetailleerde aantekeningen.

'We hebben te maken met een chirurg,' ging hij verder. 'Een echte chirurg.' Hij keek achterom naar Verlaine, glimlachte nogmaals, knikte met zijn hoofd op een bepaalde manier die noch een ja noch een nee was. Hij greep in de zak van zijn colbert, haalde een pakje stinkende Mexicaanse sigaretten tevoorschijn en stak er een op.

'Heb je het lijk al bekeken?' vroeg hij aan Verlaine. 'We hebben het een paar uur geleden naar de lijkschouwer gestuurd.'

Verlaine schudde zijn hoofd. 'Daar ga ik straks heen.'

Emerson knikte zakelijk. 'Nou, reken er maar op dat je dan voorlopig niet meer hoeft te eten.' Hij ging weer achter zijn bureau zitten en keek zijn aantekeningen door. 'Het is wel interessant.'

'Hoezo?'

Emerson haalde zijn schouders op. 'Door die auto. Of dat met het hart.'

'De auto?'

'Een Mercury Turnpike Cruiser uit '57. Hij staat ergens opgeslagen. Prachtige kar.'

'En het slachtoffer lag in de kofferbak, toch?'

'Wat er van hem over was, ja.'

'Weten ze al wie het is?' vroeg Verlaine.

Emerson schudde zijn hoofd. 'Dat is jouw terrein.'

'Wat weet je inmiddels wel?' Verlaine pakte een stoel die tegen de muur stond, zette hem vlak voor het bureau en ging zitten.

'De kerel is tot pulp geslagen. Met een hamer bewerkt en daarna is zijn hart eruit gesneden… zoals ze bij verraders doen, toch?'

'Dat zijn maar praatjes. Dat is een gerucht gebaseerd op één zaak uit '68.'

'Eén zaak maar?'

'Ricki Dvore. Ken je dat geval?'

Emerson schudde zijn hoofd.

'Ricki Dvore was een oplichter, drugsdealer, pooier, van alles. Hij bracht alcohol Orleans in en uit met zijn eigen vrachtwagens, spul dat ergens voorbij Saint Bernard werd gestookt… dat dorp is sindsdien trouwens wel gegroeid. Je kent Evangeline, ten zuiden van Lake Borgne?'

Emerson knikte.

'Daar werd dat spul gestookt en dan bracht hij het naar de stad in vrachtwagens die er normaal uitzagen, maar wel een tank in de laadruimte hadden. Hij bedroog een dealer, iemand uit een van die krankzinnige maffiafamilies die je daar hebt en daarna werden zijn vrouw, zijn kinderen, zijn neven en nichten stuk voor stuk op de een of andere manier te grazen genomen. Dochtertje van drie raakte een vinger kwijt. Ze stuurden hem naar Dvore en hij ging gewoon op dezelfde voet door. Uiteindelijk hebben ze hem een keer 's nachts uit zijn vrachtwagen getrokken, zijn hart uit zijn lijf gesneden en naar zijn vrouw laten brengen. De politie kreeg god mag weten hoeveel mensen over de vloer die dat geval opeisten, meer zonderlinge telefoontjes, meer bekentenissen dan ooit, voor zover ik weet. Het was een hopeloze zaak; het onderzoek lag binnen twee weken op zijn gat en dat is altijd zo gebleven. Ze hebben Dvores lijk nooit gevonden – verzwaard en ergens in een kreek gegooid, denk je ook niet? Ze hadden alleen zijn hart. Daar komt het vandaan, dat het hart van een verrader eruit wordt gesneden. Het is gewoon een verhaal.'

'Ik snap het, maar in dit geval heeft de dader het hart in de borstkas laten liggen.'

'Lijkt mij dat we opteren voor de auto,' zei Verlaine. 'De auto is goed, hard. Het kan een dwaalspoor zijn, iets wat helemaal niet bij de dader hoort, bedoeld om het onderzoek in de war te sturen, maar het is zo'n groot onderdeel dat ik dat betwijfel. Als iemand de loop van een onderzoek wil verstoren, doet hij iets kleins, iets op de plaats delict, een minder belangrijk detail, iets wat zo onbelangrijk is dat het alleen een expert opvalt. De gasten die dat soort dingen doen zijn slim, die beseffen wel dat de mensen die achter hen aanzitten net zo slim zijn als zij.'

Emerson knikte. 'Als jij nu zelf een kijkje gaat nemen in het mortuarium, dan laat ik dit uittypen en archiveren.'

Verlaine stond op en zette de stoel terug tegen de muur. Hij schudde Emerson de hand en draaide zich om naar de deur.

'Hou me op de hoogte,' zei Emerson alsof hij zich had bedacht.

Verlaine draaide zich om, knikte. 'Ik stuur je wel een e-mail.'

'Wijsneus.'

Verlaine stapte de deur uit en wandelde de gang door.

Het was heet geworden buiten. Hij zweette onderweg naar zijn auto als een otter.

Lijkschouwer Michael Cipliano, drieënvijftig jaar oud, een opvliegende en geharde veteraan. Nog slechts Italiaans van naam, zijn vader kwam uit het noorden, uit Piacenza, of Cremona of zo – hij wist het zelf niet meer. Cipliano's ogen waren net zwarte kooltjes die je toe gloeiden uit het gladde oppervlak van zijn gezicht. Hield niet van zeiken, verwachtte geen gezeik van anderen.

De vochtige, benauwde atmosfeer die binnen de muren van de autopsieruimte hing, was de airco de baas en sloeg je van alle kanten tegemoet. Verlaine stapte door de rubberen klapdeuren en knikte zwijgend naar Cipliano. Cipliano knikte terug. Hij was tafels aan het schoonspuiten. Het geluid van het water dat op het metalen oppervlak van de snijtafels kletterde, was in de beslotenheid van de autopsiezaal bijna oorverdovend.

Cipliano spoot de laatste tafel het dichtst bij de muur schoon en zette het water uit.

'Ben je hier voor de harteloze?'

Verlaine knikte opnieuw.

'Ben zo vrij geweest om alvast zijn vingerafdrukken te nemen voor je, goedzak die ik ben. Papieren liggen daar.' Hij knikte naar een roestvrijstalen bureau bijna achter in de zaal. 'Gopher is ziek. Is eergisteren naar huis gegaan, dacht dat hij iets van een van dat anonieme stelletje daar had opgelopen.' Cipliano knikte over zijn schouder naar een paar kadavers, drenkelingen te oordelen naar alle zichtbare aanwijzingen, de grijsblauwe kleur van het vlees, de gezwollen vingers en tenen.

'Donderdag gevonden met hun gezicht omlaag in Bayou Bienvenue. Gebruikers, allebei, bezaaid met sporen, op hun armen, in het kruis, tussen de tenen, in de knieholtes. Gopher denkt dat de Bayou besmet is met cholera of zoiets. Die twee vogels komen ermee binnen hier en hij loopt het op. Zo'n zeikerd, die vent, echt zo'n zeikerd.'

Cipliano lachte schor en schudde het hoofd.

'Wat hebben we?' vroeg Verlaine, terwijl hij naar de dichtstbijzijnde snijtafel liep. Er hing een sterke, scherpe, smerige lucht en hoewel hij door zijn mond ademhaalde, kon hij hem bijna proeven. God mocht weten wat hij allemaal inademde.

'Dat lijk is een puinhoop, en niet zo'n beetje ook,' zei Cipliano. 'Als mijn moeder wist waar ik op zondagochtend was, zou ze zich omdraaien in haar graf.' Het gebrek aan wederzijdse liefde tussen Cipliano en zijn vijf jaar geleden overleden moeder was legendarisch bij iedereen die hem kende. Het gerucht ging dat Cipliano zelf de autopsie op haar had gedaan omdat hij er zeker van wilde zijn, écht zeker van wilde zijn, dat ze dood was.

'De aperitiefjes en hors d'oeuvres zijn achter de rug, maar je bent gelukkig op tijd voor het hoofdgerecht,' verklaarde Cipliano. 'Ik weet niet wie je slachtoffer om zeep heeft geholpen, maar hij wist wel iets van chirurgie. Het is niet makkelijk om dat te doen, zo netjes een hart uit te nemen. Het is niet het werk van een professional, maar er zitten ongelooflijk veel aders en slagaders aan dat orgaan vast en er zijn erbij die zo dik zijn als je duim. Smerige bedoening, en echt heel ongebruikelijk, al zeg ik het zelf.'

De huid van het lijk was grijs, het gezicht verwrongen en gezwollen van de hitte waaraan het moest zijn blootgesteld in de kofferbak van de auto. Op de borst waren de incisies te zien die Cipliano al had gemaakt, het gat binnenin waar eens het hart had gezeten. De buik was opgezwollen, de stapel kleren met bloed besmeurd, het haar net pollen samengeklit gras.

'Een mes met een glad lemmet,' verklaarde Cipliano. 'Zoiets als een recht scheermes maar dan zonder plat einde, hier en hier aan de basis door de linker- en rechterventrikel, en hier… hier op de halsslagader hebben we een kleine schaafplek, een kleine wrijfwond waar het lemmet niet direct door het weefsel heen is gegaan. Incisies onder het sleutelbeen en het uitprepareren van de ondersleutelbeenslagaders, allemaal keurig gedaan met rechte snelle sneden, heel precies. Misschien is er een scalpel gebruikt, of iets zelfgemaakts met de precisie van een scalpel.'

'Is het allemaal achter elkaar gedaan, of zat er tijd tussen het openen van de borstkas en het uitnemen van het hart?' vroeg Verlaine.

'Allemaal achter elkaar. Slachtoffer vastgebonden, zijn schedel inge-slagen, hem opengemaakt als een luchtkussenenvelop, een paar organen weggesneden om bij het hart te komen. Het hart werd losgesneden, terug-gelegd in de borstkas. Het slachtoffer lag al op het laken, dat werd over hem heen gevouwen, in de auto gelegd, van ik weet niet waar hierheen gereden en naar de kofferbak verplaatst, en achtergelaten.'

'Als de wiedeweerga ervandoor,' zei Verlaine.

'Als de spreekwoordelijke haas,' antwoordde Cipliano.

'Hoe lang duurt zoiets, zo'n hele operatie?'

'Hangt ervan af. Te oordelen naar zijn nauwkeurigheid, het feit dat hij duidelijk min of meer wist waar hij mee bezig was, een minuut of twintig misschien, dertig hoogstens.'

Verlaine knikte.

'Er is aan het lichaam gesjord; het is een paar keer schuin omhoog-getild, misschien zelfs ergens tegenaan gezet. Het bloed heeft zich op ver-schillende plaatsen opgehoopt. Zo'n dertig tot veertig keer met de hamer geslagen, sommige klappen recht op het hoofd, andere schampend in de richting van de voorkant. Eerst vastgebonden, en toen hij eenmaal dood was is hij losgemaakt.'

'Vingerafdrukken op het lichaam?' vroeg Verlaine.

'Ik zou een jodiumverdamper en zilverplaatjes moeten gebruiken om er helemaal zeker van te zijn, maar ik kan je zo wel zeggen dat er heel wat vegen latex op zitten. Hij droeg operatiehandschoenen, dat weet ik vrijwel zeker.'

'Kunnen we helium-cadmium doen?'

Cipliano knikte. 'Tuurlijk.'

Verlaine hielp met het opzetten. Ze onderzochten de ledematen, druk-punten, speurden rond alle incisies; het grijspaarse vlees was matzwart onder het omgevende licht. De latex van de handschoenen werd zichtbaar in de vorm van gloeiende vegen, op dezelfde wijze als transpiratievlekken. Waar het mes langs het huidoppervlak was gegleden, zaten fijne zwarte naalddunne strepen. Verlaine hielp Cipliano het lichaam op de buik te draaien, nadat ze een opgevouwen lijkenzak in de borstholte hadden ge-stopt om gemors te voorkomen. Op de rug was niets bijzonders te zien, maar Verlaine, die zijn ogen op gelijke hoogte met het huidoppervlak bracht, ontdekte enkele fijne en enigszins glimmende vegen op de huid.

'Ultraviolet?' vroeg hij.

Cipliano rolde een standaard over de linoleumvloer, stak de stekker in het stopcontact en zette de lamp aan.

De gitzwarte ogen knepen zich samen. 'Allemachtig, wat zullen we nu hebben?' siste hij.

Verlaine reikte naar de huid, om hem aan te raken misschien, te voelen wat er zat. Cipliano's hand klemde zich om zijn pols en hield hem tegen.

Een tekening, een aantal met elkaar verbonden lijnen die wittig blauw afstaken tegen de kleurloze huid, zorgvuldig van schouder naar schouder getrokken, langs de ruggengraat omlaag, onder de nek en over de schouders. Ze gaven licht, gaven echt licht alsof ze leefden, alsof ze een geheel eigen energie bezaten.

'Wat is dat in godsnaam?' vroeg Verlaine.

'Pak de camera,' zei Cipliano zacht, alsof hij nu iets had gevonden dat hij niet met het geluid van zijn stem wilde verstoren.

Verlaine knikte, haalde de camera uit de stellingkast achter in de zaal. Cipliano pakte een stoel, zette hem naast de tafel en klom erop. Hij hield de camera zo goed mogelijk horizontaal en maakte verschillende foto's van het lijk. Hij stapte van de stoel af en maakte nog een aantal opnamen van de schouderpartij en de ruggengraat.

'Kunnen we er een paar testen op loslaten?' vroeg Verlaine toen hij klaar was.

'Ze vervagen,' zei Cipliano zacht en daarop pakte hij een aantal dingen uit een sporenkoffer, wattenstokjes en analysestroken, verwijderde met een scalpel een laagje huid ter dikte van een haar van de bovenkant van de rechterschouder en legde dat tussen twee microscoopglaasjes.

Nog geen kwartier later draaide Cipliano zich om met een klein lachje rond zijn mondhoeken. 'Formule $C_{20}H_{24}N_2O_2$. Kinine, kininesulfaat om precies te zijn. Fluoresceert onder ultraviolet licht, licht wittig blauw op. De enige andere dingen waarvan ik weet dat ze dat doen, zijn vaseline op papier en sommige waspoeders. Maar dit, dit is absoluut kinine.'

'Dat spul tegen malaria, hè?' vroeg Verlaine.

'Precies. Grotendeels vervangen door chloroquine, andere synthetische stoffen. Neem er te veel van en je krijgt iets wat cinchonisme wordt genoemd; je oren gaan suizen, je krijgt gezichtsstoornissen, dat soort dingen. Veel gasten die in Korea en Vietnam zijn geweest, hebben dat spul geslikt. Meestal verkrijgbaar in de vorm van felgele pilletjes, maar ook als oplossing van kininesulfaat en dat hebben we hier. Wordt soms gebruikt als febrifugum –'

'Als wat?'

'Febrifugum, koortswerend middel.'

Verlaine schudde zijn hoofd. Hij keek strak naar de vage lijnen die op de rug van de dode man waren getekend. Ze straalden als St. Elmusvuur, het *ignis fatuus* dat boven moerasland hing, nevel die licht reflecteerde in elke uiteengevallen watermolecuul. Het was een onrustbarend, vreemd verschijnsel.

'Ik zal de foto's laten afdrukken. Dan kunnen we beter bepalen wat die configuratie betekent.'

Dat woord, configuratie, bleef door Verlaines hoofd spelen zolang hij in het mortuarium was, en nog een tijdje daarna, gebiedt de eerlijkheid te zeggen.

Verlaine keek toe toen Cipliano het lichaam uit elkaar haalde, naar korreltjes, draadjes, haartjes zocht en bij elke wond monsters van het opgedroogde bloed nam. Er waren twee groepen, A positief van het slachtoffer, de andere waarschijnlijk van de dader, AB negatief.

De haren waren afkomstig van de dode man, andere werden niet aangetroffen, en in monsters die Cipliano onder de nagels van de vingers had uitgeschraapt, zaten dezelfde twee bloedgroepen, huidcellen waarvan de kwaliteit al te slecht was om ze goed te kunnen beoordelen en een korreltje bordeauxrode lak die overeenkwam met die van de auto.

Daarna vertrok Verlaine. Hij nam de vellen met de vingerafdrukken die Cipliano had gemaakt mee, vroeg hem te bellen als de foto's klaar waren. Cipliano zei hem gedag en Verlaine liep door de klapdeuren naar de felverlichte gang.

Buiten was het broeierig en benauwd. Er was onweer op komst en de zon ging schuil achter dreigende wolken. De hitte straalde van alles af, veranderde het asfalt in stroop en Verlaine stopte onderweg naar zijn auto bij een winkel voor een flesje mineraalwater.

Er was iets, er zat iets in de lucht vandaag, en wanneer hij het inademde voelde hij zich bezoedeld, geschonden misschien zelfs. Hij zat een tijdje in zijn auto en rookte een sigaret. Hij besloot terug te gaan naar het bureau en daar te wachten tot Cipliano belde.

Het telefoontje kwam nog geen uur na zijn aankomst. Hij vertrok snel, zo onopvallend mogelijk, en reed door de stad terug naar het mortuarium.

'Heb iets gevonden over die tekening,' verklaarde Cipliano toen Verlaine de autopsiezaal betrad.

'Het blijkt een sterrenconfiguratie te zijn, een sterrenbeeld, een beetje primitief, maar het is het enige waar de computer mee komt. Het klopt heel aardig, en zoals het is getekend, komt het heel dicht bij wat je in dit deel van het land in de wintermaanden ziet. Misschien zegt het jou iets…'

Cipliano wees naar het beeldscherm rechts van hem en Verlaine liep erheen.

'Het sterrenbeeld heet Gemini, maar op deze tekening staan alle twaalf de grote en kleine sterren. Gemini is het sterrenbeeld met de twee aangezichten, Tweelingen. Zegt het je iets?'

Verlaine schudde zijn hoofd. Hij staarde naar de afbeelding op het scherm.

'En weet je al iets meer over die vingerafdrukken?' vroeg Cipliano.

'Heb ze nog niet door de databank gehaald.'

'Kun je dat vandaag nog doen?'

'Ja, hoor.'

'Je hebt me echt nieuwsgierig gemaakt naar deze zaak,' zei Cipliano. 'Laat je het me weten als je iets vindt?'

Verlaine knikte, liep terug zoals hij was gekomen, reed nogmaals naar de plaats van het delict aan het einde van Gravier Street.

Het steegje was schaduwrijk en in zekere zin koel. Als hij zich bewoog, was het net of de schaduwen met hem mee bewogen, hun schaduwgezichten, hun schaduwogen naar hem toe draaiden. Hij voelde zich verlaten, maar om de een of andere reden niet alleen.

Hij bleef staan waar de Mercury had gestaan, waar de moordenaar het parkeervak in was gedraaid, de motor had uitgezet, de afkoelende motor had horen tikken; waar hij misschien had geglimlacht, een zucht geslaakt, wellicht een sigaret had gerookt voor hij vertrok. Klus geklaard.

Verlaine huiverde, stapte achteruit van het trottoir en liep langzaam naar de muur die de zijkant van de Cruiser een paar dagen geleden slechts tegen blikken had beschermd.

Hij vertrok snel. Het was bijna twaalf uur. Zondag, de beste dag wellicht om een gaatje in de planning te vinden om de vingerafdrukken te laten controleren. Verlaine vatte het plan op de afdrukken naar het criminalistische team te brengen en dan de Cruiser te gaan bekijken in het depot. Hij diende het verzoek in, liet de afdrukken in een envelop achter bij de balie, schreef een briefje voor de brigadier van dienst en hing dat aan de deur van zijn kamer voor het geval ze hem kwamen zoeken.

De lunchpauze was al voorbij en Verlaine had nog niets gegeten. Hij stopte onderweg bij een broodjeszaak, kocht een broodje en een flesje limonade. Hij at onder het rijden, meer uit noodzaak dan uit andere overwegingen.

Twintig minuten later: het opslagterrein van de politie van New Orleans voor in beslag genomen voertuigen, op de hoek van Treme en Iberville.

John Verlaine stond geduldig voor het hek te wachten. De kruislingse schaduwen van het gaas verdeelden zijn gezicht in kleine vierkantjes. De politieman achter het hek, Jorge D'Addario, had ferm verklaard dat hij Verlaine niet op het terrein mocht toelaten zolang hij niet iets officieels, iets op schrift had ontvangen. Verlaine had op zijn tong gebeten, de brigadier van dienst op het bureau gebeld en hem gevraagd of hij hoofdinspecteur Moreau met D'Addario van het depot wilde laten bellen om het officieel te maken. Moreau vinden duurde nog eens twintig minuten. Verlaine zat in zijn auto, dronk zijn limonade op, rookte zijn laatste sigaret en ten slotte deed D'Addario het hek open en wenkte hem.

Hij liep tussen de rijen symmetrisch geparkeerde auto's door, ging met een wijde boog om een in overall gehulde, grimmig kijkende man heen die een dun blauw lijntje door het chassis van een Trans Am joeg met een snijbrander. Koperkleurige vonken schoten als vuurwerk op Independence Day uit de naalddunne vlam. Een stuk of tien rijen door, naar rechts, en door nog een smal pad met auto's – een Camaro S/Six, een Berlinetta, een Mustang 351 Cleveland met zijn achterkant tegen een Ford F250 XLT, en aan zijn linkerhand vóór de Cruiser een GMC Jimmy met de helft van het dak eraf, alsof ze een blikje erwten hadden opengemaakt met een drilboor.

Verlaine bleef staan, stelde zich op voor de Mercury Turnpike, de meters gepoetst chroom, de spiegelende van de kofferbak losstaande wielkoffer, de gleuven en tweeledige luchtopeningen, de dubbele staartvinnen en de bordeauxrode lak. Het was om de donder geen gewone auto. Hij deed een paar stappen naar voren, raakte de puntig uitlopende holle stroken aan die van de achterkant naar de zijruiten liepen, bukte zich om langs de onderkant van de wagen te kijken, naar de enigszins modderige banden met witte flanken onder het chromen met veren aan de assen bevestigde chassis en de boogvormige overhangende wielkasten. Het politiedepot was geen plek voor zo'n auto.

Verlaine liep naar de achterkant van de wagen en haalde een paar plastic handschoenen uit zijn zak. Hij trok ze met snelle, korte bewegingen aan en tilde het kofferdeksel op. De vorige avond was hierin een dode vent aangetroffen; nu rook de kofferbak naar formaldehyde, naar iets antiseptisch met een zweempje rottingslucht. Hij zag zo helder als wat voor zich hoe het lijk waarover hij zich in de autopsiezaal had gebogen, in deze ruimte gepropt had gelegen. Zijn maag draaide zich om. Hij proefde de limonade die weer omhoogkwam als goedkoop mondwater met anijs.

Hij liep terug en haalde zijn camera uit zijn auto. Nam een paar foto's. Bekeek de achterbank van de Cruiser, zag de dikke plas opgedroogd bloed op het leer en op de vloer. Nam daar een paar foto's van. Schoot het filmpje vol en spoelde het terug.

Na een kwartiertje liep hij het terrein alweer af. Hij stapte het hokje van D'Addario bij het hek binnen om het formulier voor bezoekers te tekenen, draaide zijn auto Iberville af en reed terug naar het bureau om te kijken hoe het met het onderzoek van de vingerafdrukken stond.

Verlaine nam, misschien uitsluitend om de tijd te doden, de lange route. Achter de Vieux Carré langs, langs North Claiborne door St. Louis en Basin Street. Hier lag Faubourg Treme, de stad van de doden. Er waren twee kerkhoven, die allebei St. Louis heetten, maar dat in de Vieux Carré was het oudste, de eerste en oorspronkelijke begraafplaats die dateerde uit 1796. Hier lagen de doden van New Orleans – de blanken, de negers, de creolen, de Fransen, de Spanjaarden, de vrijen – omdat ze uiteindelijk allemaal hier terechtkwamen, al die treurige en armzalige mensen, zonder uitzondering. De dood had blijkbaar geen vooroordelen. Aan de graven zag je niet welke kleur ze hadden, welke dromen, welke angsten, welke wensen; alleen hun naam, wanneer ze waren geboren en wanneer ze waren heengegaan. Kruisen van Sint-Agustinus, Sint-Judas, Sint-Franciscus van Assisi, de patroonheilige van reizigers die van de natuur hield, die de franciscaner orde had gesticht, die zijn eten bij elkaar had gebedeld en als armoedzaaier was gestorven. En aan de andere kant lagen de gelovigen, met de *grigri*-kruisen, een teken van hun passage naar de onderwereld, voodookoningin Marie Laveau, R.I.P. Haïtiaanse kathedralen van de ziel.

Hij kwam bij Barrera in Canal Street vlak bij de Trade Mart Observation Tower, vroeg zich af waarom hij zo'n eind omreed en haalde zijn schouders erover op. Hij reed nu voor de French Market achter Vieux Carré Riverview. Een flink aantal kilometers met pakhuizen, afgewisseld met eethuisjes waar schaal- en schelpdieren werden geserveerd, jazzclubs, bars, restaurants, cafés, seksshops, een bioscoop en de aanlegsteigers voor de vele rondvaarten door de haven. Ondanks de warmte was het hier druk op straat. Groepjes creolen en negers hingen doelloos rond op straathoeken en kruispunten, slingerden passerende vrouwen arrogante en speelse opmerkingen naar het hoofd, staken hun middelvinger op naar *compadres* en *amigos*, dronken, lachten, spraken grote woorden, o zulke grote woorden, in deze kleinheid van het leven. Dagelijks waren ze hier te vinden, ze hadden niets beters te doen, maakten zichzelf wijs dat dit het goede leven was, het ware leven, waar de dingen zo gewonnen zo geronnen waren, waar iedereen die er niet bij was een rukker was, een suflul, een sukkel; waar de koninginnen van de nacht voorbijschreden, met hun hand op de arm van een klant, op weg naar een smoezelig Maison Joie verderop in de straat en aan de achterkant van het volgende blok, en die hoopvolle gasten die altijd op straat rondhingen waren niet achterlijk en wisten wel dat ze niets moesten zeggen hoe de klant er ook uitzag, want een koningin van de nacht met een stilettohak tegen je keel was geen fraaie vertoning. Hier hing altijd de geur van vis, van zweet, van de rook van goedkope sigaren die zich voordeden als handgerolde Partagassen; hier leek het bestaan eindeloos voort te rollen van de ene donkere en vochtige droom naar de volgende, zonder enig respijt, behalve het daglicht tussendoor. Het daglicht was om te scoren, om geld te tellen, om een beetje te slapen, om een slokje te drinken en de tong voor te bereiden op de aanslag die later zou volgen. Het daglicht was iets wat God had gemaakt zodat het leven geen eindeloos feest was; iets om de neonreclames even rust te gunnen misschien. In dit soort buurten hielden ze hanengevechten; in dit soort buurten liet de politie hen begaan. In de reisboeken stond het advies deze wijken alleen in groepsverband, onder leiding van een gids, te bezoeken, nooit alleen. Verlaine stak het kruispunt over waar Jackson uitkwam op Tchoupitoulas, waar de brug de rivier overspande en aansloot op de 23, waar de 23 de West Bank Expressway kruiste, waar de wereld leek op te houden en toch ook opnieuw leek te beginnen met andere kleuren, andere geluiden, andere gewaarwordingen.

Hij kwam onopgemerkt bij het bureau aan – het was er doodstil – en ging kijken hoe het stond met de vingerafdrukken. Ze hadden nog niets, zouden misschien niets hebben tot ze op maandagochtend hun vinger uit hun neus trokken en eens opschoten met waar ze voor betaald werden.

Het was vijf uur geweest, de middag gleed weg in een koeler begin van de avond, en Verlaine zat een tijdje in zijn kamer achter het bureau uit het raam te kijken naar de gebouwen van de Federal Courts and Office of Hearings achter Lafayette Square. Onder hem verdween langzaam alle verkeer uit de straat en daarna werd het opnieuw druk met voetgangers die in slow motion naar Maylies Restaurant liepen, voorbij Le Pavilion, het leven dat voortging op zijn eigenaardige en onnavolgbare manier. Een man was afgeslacht op een beestachtige en sadistische manier, zijn toegetakelde lijk in een mooie auto in een zijstraatje van Gravier achtergelaten. Ze waren allemaal gefascineerd, geschokt, vervuld met afschuw en toch konden ze zich stuk voor stuk omdraaien en weglopen, uit eten gaan, naar het theater, hun vrienden ontmoeten en kletsen over onbelangrijke dingen waarvoor ze veel meer aandacht hadden. En dan waren er anderen, tot wie Verlaine zichzelf en Emerson en Cipliano rekende, misschien even gek als de daders, aangezien hun deelname aan het leven beperkt bleef tot het opsporen en vinden en dezelfde lucht inademen als deze mensen – de zieken, de krankzinnigen, de psychopaten, de gestoorden. Iemand had ergens een man gegrepen, zijn schedel ingeslagen met een hamer, zijn handen op zijn rug gebonden, zijn borstkas opengemaakt, zijn hart losgesneden, hem in een auto naar de stad gebracht en hem achtergelaten. Alleen. Die iemand was ergens, vermeed misschien alle blikken, vermeed confrontaties; hield zich misschien ergens schuil in de moerassen, voorbij de grenzen van Chalmette en het Gulf Outlet Canal waar de sterke arm op zijn tenen liep, zo hij er al kwam.

Verlaine, die al moe was, pakte een blocnote, liet het op zijn knie balanceren en schreef op wat hij wist. Het tijdstip van overlijden, een paar feiten met betrekking tot de toestand van het slachtoffer, de naam van de auto.

Hij tekende het sterrenbeeld Tweelingen voor zover hij het nog wist en zat er een tijdje naar te staren zonder veel bijzonders te denken. Hij legde de blocnote op het bureau en hield het voor gezien. Hij reed naar huis. Hij keek een tijdje televisie. Daarna stond hij op en nam een douche en toen hij daarmee klaar was, ging hij in een badjas in een stoel bij het raam van zijn slaapkamer zitten.

De warme dag, de zware geestelijke inspanningen ten gevolge van de gebeurtenissen, eisten hun tol. Kort na tienen lag Verlaine in bed. Hij soesde een tijdje, met het raam wijd open, te midden van de geluiden en geuren van New Orleans die op een heel licht briesje de kamer in kwamen.

Je moest hier wonen om het te begrijpen, je moest daar staan op Lafayette, buiten op Toulouse Wharf, daar op de French Market waar je in het gedrang opzij werd geduwd, waar de sterke geur van het mensdom en de volle klanken van zijn brute ritmen dwars door je heen zwermden…

Je moest die dingen doen om het te begrijpen. Dit was de Big Easy, de Big Heartacher. New Orleans, waar ze de doden bovengronds begroeven, waar de reisgidsen het advies gaven in groepjes op pad te gaan, waar alles ongedwongen en weemoedig zijn loop nam, waar de Big George negen van de tien keer op de adelaar viel.

Dit was het hart, de Amerikaanse Droom, en dromen veranderden eigenlijk nooit; ze werden alleen vager en raakten vergeten in het manische trage verglijden van de tijd.

Soms was het daarbuiten makkelijker om te stikken dan om adem te halen.

2

De ochtend van maandag de vijfentwintigste. Verlaine werd wakker met een hoofd als een gebutste watermeloen. De zon was vroeg doorgebroken en zijn kamer leek al een sauna, het gevoel dat de vreselijke zomer die New Orleans beleefde werd hervat, hing om de een of andere reden nog altijd in de lucht.

Hij stond op, nam een douche en schoor zich; hij luisterde naar het radiostation KLMZ-Heavy Jazz uit Baton Rouge waar 'Mama Roux' en 'Jump Sturdy' van Dr. John werden gedraaid. Zijn ontbijt bestond uit een glas melk met twee rauwe geklutste eieren, twee sigaretten, een halve kop koffie. Om negen uur stond hij buiten, om tien voor halftien op de stoep bij het mortuarium en toen spoot het verkeer de lucht al vol met zijn eigen onnavolgbare soort smerigheid.

'Het hart,' was het eerste wat de lijkschouwer zei toen Verlaine de deur binnenstapte. Cipliano sprak met zijn mond vol met het een of ander. Hij had perioden dat hij op dingen kauwde, was een paar jaar geleden met roken gestopt, maar wilde nog altijd graag iets in zijn mond hebben – zoethout, kauwgum, een tandenstoker, zoiets.

'Die toer met het hart. Kon er niet van slapen vannacht. Kom ik hier vanochtend binnen, ligt er een springer op me te wachten, zo'n verdomde springer, alsof ik mijn tijd niet beter kan besteden. Bezorgen me handenvol werk die klootzakken, maar wat doe je eraan, hè? Hoe dan ook, die springer kan wachten. Wat ik zei, dat hele gedoe met dat hart zit me mateloos dwars. Het kwam een aantal jaren geleden wel voor, tegenwoordig niet vaak meer, maar vroeger kwam het wel voor dat de maffiafamilies hier, de families in de illegale drankhandel weet je wel? Die hielden hun vendetta's even dicht bij huis als hun drank. Hechte families, inteelt, neukten elkaar, hun eigen kinderen en zusters, god mag weten wat, kleintjes leken uiteindelijk allemaal op elkaar, altijd lelijk, qua uiterlijk en qua temperament.

Maar goed, zoals ik al zei, eind jaren vijftig, begin jaren zestig zijn er een paar incidenten geweest, een stuk of zes, verschillende dingen, handen afgehakt, ogen uitgestoken, tong bij de wortel afgesneden zodat het slachtoffer niet goed meer kon praten. Het hart eruit halen was voor verraad –'

'Zoals bij Dvore in '68,' merkte Verlaine op.

Cipliano knikte. 'Ja, zoals bij Dvore, maar dat was veel later. Dat was misschien het laatste in een hele reeks van dat soort dingen. Het hart eruit halen was voor verraad, iemand die de verrader tot zijn getrouwen rekende moest het doen, iemand uit de wijdere familiekring, een neef, een geliefde, zoiets. Ik zeg niet dat dat hier het geval is, maar het feit dat het hart eruit was gesneden, is vergelijkbaar met wat er destijds gebeurde. Meestal kreeg je alleen het hart terug, het lichaam werd volgestopt met stenen en ergens in de moerassen gedumpt. Hier heb je ongeveer hetzelfde, maar het hart is in de borst teruggelegd. Uit de klappen valt ook moeilijk iets af te leiden. Het zijn er heel veel en allemaal uit verschillende richtingen, alsof de dader rondjes om de man heen liep terwijl hij op hem in sloeg.

Ik heb vanochtend vroeg de auto bekeken en ik vermoed dat de borstkas is geopend toen de man op de achterbank lag. En zoals het bloed van de bank is gedropen, gegutst eigenlijk, daaruit maak ik op dat het lijk opengemaakt en wel op de achterbank lag waar iedereen het kon zien toen de dader naar Gravier Street reed. Misschien was hij van plan het lichaam op de achterbank te laten liggen, maar heeft hij, toen hij bij de parkeerplaats kwam en zag hoe goed verlicht het daar was, besloten het slachtoffer in de kofferbak te leggen. Er waren geen vingerafdrukken, erg strakke handschoenen aan gehad, mogelijk operatiehandschoenen, geen textuur. Het laken, het touw en de hamer, dat was allemaal standaardspul dat hij overal vandaan kan hebben gehaald, zoals al in het eerste rapport stond. Je dader is sterk in zijn armen, rond de één meter tachtig alhoewel ik dat niet met zekerheid kan zeggen. Hij... ik zeg *hij* omdat we niet vaak vrouwen tegenkomen die dit soort dingen doen, en ik kan ook nog geen uitsluitsel geven over de vraag of je dader het alleen heeft gedaan. Alles kan, hè? Maar goed, hij heeft het lichaam kennelijk van de achterbank getild, het achterspatbord als steuntje gebruikt, en daar zitten krassen op die afkomstig kunnen zijn van nageltjes zoals ze in spijkerbroeken slaan. Als het van die dingen waren, als ze boven aan de achterzakken zaten en als je man rechtop stond toen hij het lichaam in zijn armen had, dan is hij één achtenzeventig, één tachtig misschien. Geen haren of vezels aangetroffen die niet van de achterbank of de vloer van de kofferbak afkomstig kunnen zijn, niets wat de moeite waard is. Je hebt de bloedgroep van de dader, als dat werkelijk zijn bloed was, en dat is wel ongeveer alles wat je over dit geval van mij zult krijgen.'

Verlaine had aandachtig geluisterd en zo nu en dan geknikt, terwijl hij alles wat Cipliano hem vertelde in zich probeerde op te nemen.

'Weet je al iets van die vingerafdrukken?'

Verlaine schudde zijn hoofd. 'Moet ik zo weer achteraan.'

'Jezus, dat personeel bij jullie is ook een stel luie druiloren, hè?'

Verlaine glimlachte.

'En heb je nog slimme vragen voor me?'

'Ritueel of iets van een psychopaat, wat denk je?'

Cipliano aarzelde. 'Dan heb je het over criminele psychologie. Ik ben patholoog-anatoom, maar afgaande op wat ik heb gezien...' Hij schudde zijn hoofd. 'Het is mijn terrein niet. Ik heb alleen een vaag vermoeden.'

Verlaine knikte. 'Vertel me dat dan maar.'

Cipliano haalde zijn schouders op. 'Naar mijn idee heb je te maken met iemand die het mogelijk voor iemand anders heeft gedaan...'

'Waarom voor iemand anders?'

Cipliano was een moment stil. 'Er zit een mentaliteit, een denkpatroon, altijd een zekere gemotiveerdheid achter dit soort dingen. Als het een serie wordt, loopt er altijd een rode draad doorheen en meestal ontdek je die pas bij de derde of vierde moord. Terugkijkend zie je dat gemeenschappelijke element dan in alles, alsof het een embryonale gedachte is, iets wat groeit, alsof hij iets uitprobeert, iets erin stopt, een kick krijgt uit zijn eigen redenering. Hij wordt een beetje overmoedig, smukt het oorspronkelijke idee een beetje op, maakt het echt opvallend en dan komt het aan het licht. Dan heb je het handelsmerk. Dit geval... tja, dat is anders. Als het om een psychopaat ging die het voor zichzelf deed, dan had hij het slachtoffer wellicht laten liggen op de plek waar hij hem had omgebracht, het lichaam misschien in stukken gehakt en ergens verspreid. Psychopaten willen altijd alles aan de wereld laten zien; daar gaat het ze om. Deze wil dat het gezien wordt, maar hij verstopt het eerst. Hij wil dat het bekend wordt, maar niet direct... alsof het een boodschap voor iemand is.'

Cipliano krabde op zijn achterhoofd. 'Het merendeel van de echte psychopaten, de seriemoordenaars, die willen anderen laten zien wat ze hebben gedaan, die willen dat anderen het begrijpen en waarderen, meeleven. Het is een verklaring. Het moorden is een uiting van iets – van schuldgevoel, verdriet, afwijzing, wanhoop, boosheid, haat, soms is het zoiets simpels als aandacht van pa en ma krijgen. Deze man, die heeft het slachtoffer helemaal lens geslagen omdat hij daar zin in had, maar volgens mij was het hart iets volstrekt anders. Volgens mij werd het hart eruit gesneden en vervolgens in de borstkas gelegd omdat hij iemand iets duidelijk wilde maken. En dan is er dat gedoe met de kinine. Ik bedoel maar. Wat moet dat in hemelsnaam voorstellen?'

Verlaine schudde zijn hoofd.

'Vergeet niet dat ik er eigenlijk niets van afweet, hè?' Cipliano grinnikte en knipoogde. 'Dat alles wat ik je zojuist heb verteld net zo goed klinkklare onzin kan zijn en dat ik alleen maar doe alsof ik slim ben. Ga achter die vingerafdrukken aan en laat me weten wie hij was, oké?'

Verlaine knikte. Hij draaide zich om en liep naar de deur.

'Zeg, John.'

Hij keerde zich weer om naar Cipliano.

'Je moet maar zo denken: hoe erg het ook wordt, het is voor jou nooit zo erg als voor deze arme sukkels.'

Verlaine glimlachte. Het was voorwaar een kleine troost.

Het sterrenbeeld op de rug van het slachtoffer hield Verlaine bezig toen hij terugreed naar het bureau. Het was een merkwaardig gegeven, misschien veelzeggend wat betreft het feit dat er kinine was gebruikt, wellicht wat betreft het sterrenbeeld zelf. Het zou allemaal langzaam worden opengelegd als het lijk was geïdentificeerd. En, figuurlijk gesproken, was het daar ook geëindigd.

Hij parkeerde op het terrein achter het bureau en liep de stoep naar het gebouw op. De brigadier van dienst achter de balie vertelde hem dat de hoofdinspecteur de rest van de dag afwezig zou zijn; vertelde hem ook dat er één boodschap op hem lag te wachten.

Verlaine pakte het stukje papier aan en draaide het om.

Always. Eén enkel woord in het keurige handschrift van de brigadier van dienst.

Verlaine keek de man aan.

De brigadier haalde zijn schouders op. 'Je moet niet naar mij kijken,' zei hij. 'Er belde iemand, hij vroeg naar jou, ik zei dat je de deur uit was. Hij was even stil, ik vroeg of ik een boodschap moest doorgeven en toen zei hij dat. Dat ene woord. "Always." En toen hing hij op, voor ik kon vragen wie ik aan de lijn had.'

'Denk jij wat ik denk?' vroeg Verlaine.

'Je moet het zelf weten of je erheen gaat, John.'

'Ik heb niet veel keus, hè?'

De brigadier haalde opnieuw zijn schouders op.

'Kun je Vingerafdrukken bellen en vragen of ze al iets van mijn kofferbakdode weten?'

De brigadier pakte de telefoon en belde. Hij vroeg of ze al een identiteit hadden en vervolgens knikte hij en hield Verlaine de hoorn voor. 'Ze willen jou spreken.'

Verlaine pakte de hoorn aan. 'Ja?'

Hij was een moment stil en zei toen: 'Goed. Waarschuw me als er iets boven tafel komt.'

De brigadier nam de hoorn aan en legde hem terug op de haak.

'Afgeschermd,' zei Verlaine.

'Je vingerafdrukken?'

Verlaine knikte. 'Om veiligheidsredenen afgeschermd.'

'Dat meen je niet! Dus het is iemand van de politie?'

'Of van de FBI, uit het leger, de CIA of de National Security Agency, wie zal het zeggen.'

'Allemachtig, je bent in een vreemd zaakje verzeild geraakt, John Verlaine.'

Verlaine zei niets. Hij keek de brigadier een moment aan en begaf zich toen weer op weg naar de achteruitgang van het gebouw.

'Ga je naar Evangeline, ga je bij Always langs om te zien of hij wat weet?'

Verlaine vertraagde zijn pas en weifelde. Hij schudde zijn hoofd. 'Dat is op dit moment volgens mij het enige wat erop zit.'

'Doe wat je niet laten kunt, maar wees voorzichtig, hè?'

'Bel me op mijn mobiel als Vingerafdrukken nog iets boven tafel haalt, wil je?'

'Tuurlijk, John, tuurlijk. Zou je niet iemand meenemen?'

'Nee, het zal we lukken zo,' zei Verlaine. 'Daddy Always en ik zijn elkaar al een paar jaar niet tegengekomen.'

'Dat wil niet zeggen dat hij je vergeten is.'

'Dank je wel,' zei Verlaine. 'Dat is een hele geruststelling.' Hij liep door naar de achterdeur en keerde terug naar zijn auto.

Het begon te regenen toen hij de parkeerplaats af reed. Tegen de tijd dat hij bij het kruispunt was, kwam het water met bakken uit de hemel. Verlaine zette zijn auto aan de kant onder de overhangende takken van een boom en ging zitten wachten tot het ergste voorbij was. Bloemblaadjes van de blauweregen en magnolia, mimosa en sierpruim dwarrelden als confetti neer op het trottoir en vormden her en der hoopjes wit en crème, geel en lila.

Toen het minder hard begon te regenen, ging hij weer op pad. Hij nam de langste route Orleans uit, via de buitenwijken in het zuidwesten, zag langs de snelweg een reclamebord uit de grond steken – *Rijd niet harder – dan honderd want – wij houden u ook – graag als klant* – BURMA-SHAVE – een artefact uit voorbije tijden. Naarmate hij verder reed, loste de stad langzaamaan op in het niets. De kleuren waren vaag en donker, de tint van kneuzingen, bloeddoorlopen ogen en gewond vlees. Waar hij naar op weg was, het kleine stadje Evangeline, was een plek om te verlaten, allesbehalve een plek om naartoe te gaan, of geboren te worden, maar om zo snel als leeftijd en mogelijkheden dat toestonden uit te ontsnappen. Er waren dromen, er waren nachtmerries, en ergens tussenin lag de werkelijkheid, het ware werkelijke bestaan dat je niet vond door te luisteren maar door te kijken, door deze vreemd gekleurde draden, deze vage lijnen te volgen die van omstandigheid naar toeval liepen en daarvandaan naar de onuitwisbare gevolgen van de brute mens in zijn genadelooste verschijningsvormen. Mensen als de hartmoordenaar waren overal: ze stonden in winkels, wachtten op de trein, gingen de deur uit naar hun werk, zagen er niet minder menselijk, niet minder echt uit dan wij; ze droegen het volstrekt private geheim van wie ze in werkelijkheid waren met zich mee, hun verbeelding die zich verlustigde in de kleuren en geluiden van sterven en offers, van een dringende noodzaak hun onomkeerbare maniakale nachtmerries op te voeren.

De moerassen ontrolden zich voor Verlaine al naar gelang hij verder reed, meer een demarcatiepunt voor oren en neus dan voor het gezicht, want hier begon de ondergroei van de bermen naar de weg uit te zwermen, naar het oude en uitgesleten asfalt dat hier en daar gescheurd was zodat strookjes vegetatie erdoorheen konden kruipen. Het leek hier benauwder, ademhalen kostte meer moeite en de sluier van bomen vormde een dek waar het daglicht maar moeilijk doorheen kon dringen. Door de warmte werd de regen tegengehouden, voor een groot deel verdampt voor hij de grond bereikte en de nevel hing als een floers over alles heen. Het geluid van de motor werd opgeslokt en Verlaine – die misschien wel voor het eerst zijn huidige situatie, de mogelijke gevolgen en repercussies, in volle omvang tot zich liet doordringen – zat onrustig achter het stuur. Hij minderde een beetje vaart en reed behoedzaam het eerste gedeelte van dit wisselende, voortdurend veranderende landschap in als iemand die een besloten privédomein binnendringt. Hij was gelukkig onbekend met deze streek, met de oprijzende uitgestrekte groene plantages, de gaten tussen de vaste grond waar de aarde je moeiteloos in de modder en viezigheid en peilloze verstikking zou opslokken. Ging je hier uit wandelen met onzekere voeten, dan wandelden die voeten je stil naar je dood. Niemand werd hier ooit gehoord; hoe hard ze ook schreeuwden, het geluid werd weggekaapt en verdampt door de hitte, de hechtheid, de dikke lucht. Mensen overleden hier alsof het één groot bewegend, levend kerkhof was en terugvinden voor begrafenis of crematie was er niet bij. Als dit land je eenmaal had, tja, dan had het je voorgoed.

Verlaine was dorstig en had een bittere smaak in zijn mond. Hij dacht aan bars aan de haven, aan koele limonade, aan zoete sinaasappels uit Louisiana van de French Market in North Peters en Decatur Street.

Hij reed bijna een uur en toen hij voelde dat de hobbelige onverharde weg onder de wielen van de auto afhelde, voelde hij ook intuïtief dat er iets vlakbij was. Hij minderde vaart, stuurde naar links en zette de auto onder ver overhangende manshoge takken. Behalve van dichtbij was de auto – in de beschutting van de nevel, de bomen zelf – bijna niet te zien. Verlaine stond een moment stil bij wat hij deed, of hij dadelijk op pad zou gaan en de weg terug nooit meer zou vinden. Toen hij uit de auto stapte, hing zijn hart in zijn borst als een stijve vuist van spierweefsel, die alleen klopte omdat zijn hersenen daartoe opdracht gaven. Zijn pols was zwak, zijn hoofdhuid strak, hij was duizelig en zijn handen trilden. Hij voelde zich misselijk, een beetje overdonderd. Hij had het gevoel dat iemand naar hem keek.

Uit het dashboardkastje had hij zijn wapen gepakt; hij ging te voet verder in de richting waarin hij gereden had, hield de weg aan en paste op dat hij niet van de berm af de moeraslanden in dwaalde.

Verlaine hoorde het geluid van stemmen voor hij het huis zag. Opnieuw beelden in zijn hoofd, vreemde en anachronistische beelden, toen hij tussen dichte takken, de grijpende vingers van met doornen en bloemen bezette bomen door slalomde. Hij bleef staan voor een hek dat naar beide kanten doorliep zover het oog reikte. Hij stond onbeweeglijk, daar in het hart van het territorium van de familie Feraud, en zijn hart bonkte luid.

Vlak bij een bocht in de weg vond hij een onafgesloten hek. Hij stapte erdoor en liep over de oprijlaan in de richting van de kolossale voorgevel van het houten huis. Het houtwerk, een eeuwigheid geleden geel geschilderd, had zijn kleur niet zozeer prijsgegeven aan de hitte als wel het karakter van de omgeving in zich opgenomen. Het was in een bepaald opzicht somber en deprimerend, de schelheid van zijn eeuwenoude verf in tegenspraak met zijn ziel. Hier was het gezag over dit gebied gezeteld; hier woonde de familie Feraud met haar vele tentakels; hier was Daddy Always, het hoofd van deze dynastie.

Toen hij twintig meter van het huis was, kon hij mannen op de veranda zien staan, hun stemmen duidelijker horen, Franse dialecten zoals je ook wel tegenkwam in de havenkroegen, in de creoolse goktenten, rond de arena's voor hanengevechten, in de huizen aan de rivier bij Toulouse en Bienville. Deze mannen waren gewapend met een karabijn en een handwapen in een holster aan hun riem; ze lachten als mannen met een onbesuisde geest en een onbesuisde vinger aan de trekker, zonder scrupules, medelijden, of rede, gehouden aan geen enkele wet behalve die van henzelf. Deze mannen behoorden tot een voorbije tijd. Deze mannen waren niet de impulsieve schietgrage tieners en bendeleden die Verlaine in zijn normale werk tegenkwam.

De haren in Verlaines nek gingen rechtop staan, zijn maag trok samen, hij voelde het zweet parelen onder zijn haar en omlaag lopen over zijn voorhoofd.

Toen de mannen hem naar het huis toe zagen komen, verstomde hun gesprek. Ze bleven doodstil, bijna in de houding naar hem staan kijken. Uiteraard wisten ze wie hij was. Alleen een politieman zou hier in overhemd en stropdas heen komen. Ze waren wel zo slim om geen problemen te veroorzaken tenzij iemand anders begon. Ze zouden er geen been in zien hem te vermoorden, dat wist hij, maar alleen als hij hen provoceerde.

'Attendez!' blafte een stem ergens rechts van Verlaine.

Verlaine hield zijn pas in.

Er verscheen een man, ongeveer hetzelfde gewapend als degenen op de veranda. Hij kwam op zijn gemak tussen de bomen uit en liep op Verlaine toe alsof hij alle tijd van de wereld had.

'*Vous attendez,*' zei hij nogmaals toen hij vlakbij was. 'Je bent politie, niet?'

Verlaine knikte.

'Wat moet je hier?' vroeg de man. Zijn accent was zwaar, zijn toon dreigend.

'Ik kom voor meneer Feraud,' zei Verlaine.

'O ja, joh?' zei de man en hij glimlachte. Hij draaide zich om naar de veranda. Zijn aandacht leek even te worden vastgehouden en toen richtte hij zich nogmaals tot Verlaine.

'Hij vraagt jou te komen?'

Verlaine schudde zijn hoofd.

'Dus hij is niet hier *peut-être.*'

Verlaine haalde zijn schouders op. 'Als hij er niet is, kom ik een andere keer terug.'

De man knikte en keek omlaag. Schijnbaar overwoog hij zijn opties. '*Vous attendez ici.* Ik zal kijken of meneer Feraud thuis is.'

Verlaine wilde de man bedanken, maar deze had zich al omgedraaid en ging op weg naar het huis. Verlaine zag hoe hij bij de veranda kwam, een paar woorden wisselde met een andere man bij de deur en naar binnen liep.

Hij leek een eeuwigheid weg te blijven en Verlaine stond al die tijd op de oprijlaan terwijl een tiental ogen hem scherp in de gaten hield. Hij wilde zich omdraaien en wegrennen.

Ten langen leste kwam de man terug. Hij sprak opnieuw met een van de mannen bij de deur en stak toen zijn hand op.

'*Venez ici!*' riep hij en Verlaine zette zich in beweging.

Daddy Always Feraud was de belichaming van Louisiana. Een gerimpeld en verweerd gezicht, vouwen als ravijnen die van zijn ogen, zijn mond, de zijkant van beide neusvleugels liepen. Zijn ogen waren net verbleekte stenen op de bodem van een rivier, bijna doorzichtig, doordringend en onrustig. Hij zat in een fauteuil van donkerblauw leer, met zijn benen over elkaar geslagen, in zijn rechterhand een sigaret. Hij was gekleed in een crèmekleurig driedelig kostuum en had in zijn linkerhand een panama-hoed waarmee hij zichzelf van tijd tot tijd koelte toewuifde. Zijn haar was fraai zilvergrijs, glad naar achteren gekamd, op één opstandige pluk na die rechtop stond op zijn kruin omdat hij daarmee tegen de stoel had geleund.

Hij sloeg Verlaine gade toen hij vanuit de deuropening van de kamer op hem af liep. Zijn blik was afwezig, maar er lag toch een uitdrukking in zijn ogen waaruit sprak dat hij te lang te veel had gezien om ook maar iets te laten passeren. Blauwig licht viel door kamerhoge ramen gesierd met gordijnen van de fijnste organdie. De oude man sprak niet en bij elke schouder stonden nog twee mannen, zo stil als het indianenbeeld van een sigarenwinkel, mannen die alleen zijn zonen konden zijn.

Verlaine bleef een meter of drie voor Feraud staan. Hij knikte enigszins eerbiedig met zijn hoofd. Feraud zei een woord dat Verlaine niet verstond en er verscheen iemand met een stoel. Verlaine nam zonder vragen plaats, schraapte zijn keel en deed zijn mond open om iets te zeggen.

Feraud stak een hand op en Verlaine viel stil.

'Er moet altijd een prijs worden betaald,' zei de oude man met een stem die donderend uit zijn keel kwam en de hele kamer vulde. 'Je bent hier om me iets te vragen, neem ik aan, maar je moet wel weten dat in mijn rijk het principe van de ruilhandel regeert. Als je iets van me wilt, moet je er iets voor teruggeven.'

Verlaine knikte. Hij was op de hoogte van de regels.

'Er is iemand dood aangetroffen in de kofferbak van een auto,' zei Feraud laconiek. 'Jij denkt dat ik er misschien iets van afweet en je bent hier om dat aan me te vragen.'

Verlaine knikte opnieuw. Hij vroeg niet hoe Feraud wist wie hij was en waarom hij was gekomen.

'En waarom denk je dat ik iets van zo'n geval zou weten?'

'Omdat ik weet wie u bent en omdat het me bekend is dat er niets aan uw aandacht ontsnapt,' zei Verlaine.

Feraud fronste, hief zijn rechterhand en nam een trekje van zijn sigaret. Hij blies niet door zijn mond uit, maar liet de rook in dunne sliertjes uit zijn neusgaten ontsnappen zodat zijn gelaat een moment aan het zicht werd onttrokken. Hij wuifde met de rand van zijn panamahoed en de rook ijlde weg zodat zijn hoofd weer zichtbaar werd.

'Ik heb een boodschap ontvangen,' zei Verlaine.

'Een boodschap?'

'Hij bestond maar uit één woord: Always.'

De oude man glimlachte. 'Kennelijk gelooft de hele wereld dat ik overal iets mee te maken heb,' zei hij.

Verlaine lachte met hem mee.

'Vertel me eens iets meer over die man in de kofferbak van zijn auto.'

'Zijn hart was uit zijn lichaam gesneden,' zei Verlaine. 'Iemand heeft zijn hart eruit gesneden en het in zijn borst teruggelegd. Ze zijn dwars door de stad gereden met hem op de achterbank van een mooie oude auto en daarna hebben ze hem in de kofferbak gelegd en wij hebben hem drie dagen later gevonden. Op dit moment hebben we niet veel aanknopingspunten, maar er was één ding. Degene die hem heeft vermoord, heeft iets op zijn rug getekend, iets wat op het sterrenbeeld Tweelingen lijkt.'

Aan het gezicht van Feraud viel niets af te lezen. Hij zweeg enkele seconden, seconden die zich oprekten tot minuten. Er hing een ademloze spanning, een verwachtingsvolle en benauwende sfeer, in de kamer.

'Tweelingen,' zei hij ten slotte.

'Inderdaad,' zei Verlaine. 'Tweelingen.'

Feraud schudde zijn hoofd. 'Het hart was eruit gehaald en weer teruggelegd in de borstkas?'

Verlaine knikte.

Feraud leunde heel licht naar voren. Hij zuchtte en sloot een moment zijn ogen. 'Ik denk dat je een probleem hebt,' zei hij zacht, bijna fluisterend.

Verlaine fronste.

'Als het is wie ik denk dat het zou kunnen zijn... Ja, als dit...' Feraud keek op naar Verlaine. Zijn doorzichtige ogen stonden nu scherp en keken hem recht aan. 'Je hebt een serieus probleem en ik denk niet dat ik je ergens mee kan helpen.'

'Maar –' begon Verlaine.

'Ik zal je één ding vertellen en daarna hebben we het er niet meer over,' begon Feraud bars. 'De man die je zoekt komt niet hiervandaan. Ooit hoorde hij hier thuis, maar nu niet meer, al jaren niet meer. Hij komt van buiten de stad en hij zal iets meebrengen dat groot genoeg is om ons allemaal te verzwelgen.' Feraud leunde achteruit. Hij sloot opnieuw een moment zijn ogen. 'Vergeet het,' zei hij. 'Draai je om en loop hier snel en stil voor weg, en als je in God gelooft, bid dan dat de moord het doel waarvoor hij is gepleegd heeft gediend. Je moet je hier niet in mengen, begrepen?'

Verlaine schudde zijn hoofd. 'U moet duidelijker zijn. Als u iets weet, moet u me dat vertellen...'

Feraud hief nogmaals zijn hand. 'Ik ben niet verplicht je iets te vertellen,' zei hij met een geërgerde klank in zijn stem. 'Ik wil dat je nu gaat. Ga terug naar de stad en doe je werk. Kom hier niet meer en stel me geen vragen over deze kwestie. Ik heb hier part noch deel aan en ik wil er ook niets mee te maken hebben.'

Feraud wendde zijn hoofd af en knikte naar de man rechts van hem. De man deed een stap naar voren en maakte Verlaine zonder een woord te zeggen duidelijk dat hij moest vertrekken. Beduusd en verbijsterd liet Verlaine zich naar de deur brengen en toen hij eenmaal buiten op de veranda was, liep hij terug zoals hij was gekomen, opnieuw met bonkend hart, het idee dat er ogen dwars door hem heen keken, de zweetdruppels glinsterend op zijn voorhoofd – een gevoel dat hij in iets terechtgekomen was waar hij serieus spijt van zou kunnen krijgen.

Hij kwam bij zijn auto en bleef een tijdje zitten tot zijn hart bedaarde. Hij startte de motor, keerde, reed zeker een halfuur terug over de weg waarlangs hij was gekomen voor hij uiteindelijk vaart minderde en stopte. Hij stapte uit en leunde tegen het achterspatbord van zijn auto. Hij probeerde zijn gedachten op een rijtje te zetten, maar het lukte hem niet.

Uiteindelijk stapte hij weer in de auto, startte de motor en reed terug naar de stad.

De FBI zat op Verlaine te wachten toen hij aankwam op het bureau. De donkergrijze personenauto, de donkere pakken, donkere stropdassen, witte overhemden, schone schoenen. Het waren er twee en geen van beiden zagen ze eruit alsof ze sinds hun puberteit nog hadden gelachen. Ze kenden zijn naam al voor hij voor hen stond en hoewel ze hem een hand gaven en zich voorstelden als agent Luckman, respectievelijk Gabillard, klonk er geen enkele humor, niets warms of vriendelijks, in hun toon door. Wat het ook was, het was zakelijk, serieus en op de man af, en toen ze de wens te kennen gaven Verlaine 'onder vier ogen' te spreken, begreep hij dat het hem was gelukt verstrikt te raken in iets waar hij met de minuut meer spijt van kreeg.

In zijn kamer was het krap. Verlaine vroeg of ze koffie wilden; Luckman en Gabillard zeiden nee.

'Waarmee kan ik u helpen?' vroeg hij hun, van de een naar de ander kijkend alsof er werkelijk geen verschil in hun gezichten te ontwaren was.

'Er is een lichaam gevonden,' begon agent Gabillard. Zijn gezicht was glad en kalm. Hij maakte een bijzonder ontspannen indruk ondanks de merkwaardige aard van de situatie. 'In de kofferbak van een auto is afgelopen zaterdagavond een lijk gevonden. Via uw afdeling Vingerafdrukken is een poging gedaan de identiteit van het slachtoffer te achterhalen en dat is de reden dat we hier zijn.'

'Omdat ze afgeschermd zijn,' verklaarde Verlaine.

'Omdat ze afgeschermd zijn,' herhaalde Luckman. Hij draaide zijn hoofd en keek naar Gabillard, die instemmend knikte.

'De identiteit van het slachtoffer mag ik niet bekendmaken,' ging Luckman verder. 'Ik mag u alleen vertellen dat hij in dienst was van een invloedrijke politieke figuur en dat hij hier in New Orleans was uit hoofde van zijn functie.'

'Uit hoofde van zijn functie?' vroeg Verlaine.

Gabillard knikte. 'Hij was hier in de hoedanigheid van persoonlijk beveiliger.'

'Van de invloedrijke politieke figuur?'

Luckman schudde zijn hoofd. 'Van zijn dochter.'

Verlaines ogen werden groot. 'Dus die vent moest hier op de dochter van een politicus passen?'

Gabillard trok een glimlach die blijkbaar aanzienlijk veel inspanning vergde. 'Meer kunnen we u niet vertellen,' zei hij. 'En de enige reden dat we het u vertellen is dat u een zeer overtuigende en uitnemende staat van dienst heeft hier in New Orleans, en we vertrouwen erop dat u buiten de muren van deze kamer niets met betrekking tot deze kwestie zult loslaten. De man die u in de kofferbak van de auto hebt gevonden, was hier uit hoofde van zijn functie als persoonlijk beveiliger van de dochter van een invloedrijke politieke figuur, en door zijn dood wordt dit een kwestie die binnen de federale jurisdictie valt en als zodanig is het niet langer nodig dat u zich bezighoudt met de moord en een eventueel onderzoek.'

'Federale jurisdictie?' vroeg Verlaine. 'Dan moet ze ontvoerd zijn, nietwaar? Jullie zouden je er niet mee bemoeien als het een simpel geval van moord was.'

'Meer kunnen we niet zeggen,' zei Luckman. 'Het enige wat we u op dit moment vragen is alle stukken, dossiers, aantekeningen en rapporten die tot nu toe zijn gemaakt over te dragen, en we zullen met uw hoofdinspecteur praten als hij terug is en de positie waarin we ons nu bevinden ten aanzien van dit onderzoek uiteenzetten.'

Verlaine fronste. 'Dus we houden er gewoon mee op? We laten de hele zaak uit onze handen vallen? Zomaar?'

'Ja, zomaar,' zei Gabillard.

Verlaine haalde zijn schouders op. Hij wist niet of hij zich nu gefrustreerd of opgelucht moest voelen. 'Nou, goed dan. Volgens mij zijn we dan wel ongeveer uitgepraat. Het Medical Examiner's Office en de lijkschouwer hebben hun eigen rapporten. Die kunt u daar ophalen en wat mij betreft, ik heb nog geen rapport ingediend. Was er zelfs nog niet aan begonnen.'

Gabillard en Luckman knikten eendrachtig. 'We zijn u zeer erkentelijk voor uw medewerking,' zei Gabillard en hij stond op.

Ze schudden elkaar nogmaals de hand en Verlaine wees hun de weg naar de uitgang aan de voorkant van het gebouw. Hij stond op de stoep voor het bureau, keek de onopvallende grijze personenauto na toen deze door de straat wegreed en verdween, draaide zich om en liep terug naar zijn kamer.

Hij vroeg zich af waarom hij niets had gezegd over de boodschap die hij had ontvangen, over zijn bezoek aan Feraud. Misschien louter vanuit de wens iets te bewaren, iets van dit alles voor zichzelf te houden.

John Verlaine stond een tijdje in zijn kamer, zonder ergens aan te denken, en toen herinnerde hij zich wat Feraud had gezegd en de ernst waarmee het was uitgesproken: *Draai je om en wandel hier snel en stil voor weg... Je moet je hier niet in mengen, begrepen?*

Verlaine begreep weinig van het hele gedoe. Vanochtend was hij wakker geworden met een moordzaak en nu had hij niets. Hij stoorde zich niet aan de rol die de FBI speelde; hij liep al lang genoeg mee om te weten dat er eens in de zoveel tijd zomaar een zaak bij hem kon worden weggehaald. Dit was New Orleans, hartje Louisiana, en één ding wist hij zeker, zo zeker als wat ook in zijn leven: er zou nooit een tekort aan werk zijn.

3

Robert Luckman en Frank Gabillard waren al zeven jaar partners. Ze werkten vanuit het plaatselijke kantoor van de FBI in Arsenault Street en meenden dat ze met elkaar alles al eens hadden meegemaakt. Onder auspiciën van het ministerie van Justitie onderzochten ze federale misdrijven: spionage, sabotage, ontvoeringen, bankovervallen, drugshandel, terrorisme, schendingen van burgerrechten en fraude jegens de overheid. Ze werden ook gewaarschuwd als er door een van de instellingen voor wetshandhaving in Louisiana een verzoek werd ingediend voor de identificatie van om veiligheidsredenen afgeschermde vingerafdrukken. Het verzoek werd doorgegeven aan het coördinerende hoofdkantoor van de FBI in Baton Rouge en tegengehouden en er werd onmiddellijk een rapport naar het plaatselijke kantoor van de FBI gestuurd. De identiteit werd afgeschermd van iedereen met toegang tot geheime informatie binnen de gemeenschap van wetshandhavers en inlichtingendiensten: de politie, de National Guard, alle onderdelen van het leger, de FBI, CIA, National Security Agency, het ministerie van Justitie, het hele Openbaar Ministerie, de inlichtingendienst van de marine, de NASA *et al*. Op het rapport werd vervolgens door de aangewezen FBI-agenten actie ondernomen en als de zaak op enigerlei wijze onder hun jurisdictie viel, hadden ze het recht alle dossiers, rapporten en documenten te vorderen en de leiding over een nader onderzoek dat wellicht nodig was, op zich te nemen. Ze hadden ook de bevoegdheid het verzoek goed te keuren en de plaatselijke politie de mogelijkheid te geven de zaak af te handelen.

Deze keer was dat niet het geval.

Woensdag 20 augustus verliet Catherine Ducane, een negentien jaar oud meisje, in de middag haar huis in Shreveport, Louisiana. Ze was niet alleen. Een eenenvijftig jaar oude man, Gerard McCahill, vergezelde haar. Hij zou de auto besturen, haar in alles bijstaan, ervoor zorgen dat het bezoek aan haar moeder in New Orleans zonder problemen verliep. Haar vader, Charles Ducane, had haar vanaf het bordes van zijn grote villa uitgezwaaid en toen de auto eenmaal uit het zicht was verdwenen, was hij weer naar binnen gelopen om verder te gaan met zijn werk. Hij verwachtte zijn dochter een week lang niet te zien. Hij was misschien een beetje verbaasd dat hij geen telefoontje had gekregen dat ze veilig was aangekomen, maar hij kende zijn dochter en zijn ex-vrouw goed en wist dat er weinig tijd voor iets anders dan winkelen en chique lunches overschoot zodra ze eenmaal bij elkaar waren. Tegen de tijd dat het zaterdag was, was Charles Ducane verwikkeld geraakt in een onvoorzien juridisch probleem dat alle aandacht die hij kon opbrengen opslokte, want Charles Ducane was een belangrijk man, een boegbeeld in de samenleving, een opinieleider en een stem waarmee rekening moest worden gehouden. Charles Mason Ducane was gouverneur van de staat Louisiana, inmiddels in het derde jaar van zijn vierjarige termijn, ooit echtgenoot, voor eeuwig vader, maar altijd druk bezet. Catherine was zijn enige kind en een groot deel van het jaar woonde ze bij hem in Shreveport. Charles en Catherines moeder, Eve, konden niet met elkaar overweg – de verhouding was zelfs zo slecht dat Ducane niet verbaasd was toen hij hoorde dat Eve hem niet eens had gebeld toen Catherine niet was komen opdagen. Maar Ducane had net zoveel verstand van kinderen als om het even wie en begreep ook dat de bittere gevoelens en de wrok die hij en Eve jegens elkaar koesterden, niet door zijn dochter werden gedeeld. Haar moeder was haar moeder, en wat voor man zou hij zijn geweest als hij het meisje het recht ontzegde die relatie voort te zetten?

De man die zijn dochter had vergezeld, was een ex-politieman, eerder een ex-marinier en nog eerder een Eagle Scout of America. Gerard McCahill was een van de besten en het aantal keren dat hij Catherine Ducane voor dit soort uitstapjes met de auto naar New Orleans had gebracht, liep tegen de dertig.

Dit uitstapje verliep echter anders.

De vingerafdrukken die door Baton Rouge waren gesignaleerd en doorgegeven aan het kantoor van de FBI in Arsenault Street waren die van McCahill, en op dit zelfde moment diende die eenenvijftig jaar oude ex-politieman, ex-marinier, ex-Eagle Scout zijn tijd uit als ex-mens op de metalen snijtafel van de lijkschouwer. Hij was de harteloze, beklad met kininesulfaat, en droeg nu een papieren label aan zijn teen met het opschrift *Anon. nr. 3456-9.*

En Catherine Ducane, die zo'n wispelturig humeur had en een bijzonder dure smaak, die haar vervelende momenten had en altijd zo eigenzinnig was, was weg.

Meisje Ducane, negentien jaar oud, knap en intelligent en tot op het bot verwend, was ontvoerd.

Dat was de situatie waarvoor Robert Luckman en Frank Gabillard zich geplaatst zagen toen ze uit het Medical Examiner's Office kwamen met de rapporten van Jim Emerson, toen ze door de stad reden om bij Michael Cipliano langs te gaan en hem zo min mogelijk te vertellen. Dat was de situatie waaraan ze het hoofd boden toen ze de nodige telefoontjes pleegden om het tot pulp geslagen lijk van Gerard McCahill van New Orleans te laten overbrengen naar Baton Rouge, waar het zou worden bekeken en onderzocht door de criminalistische en forensische teams van de FBI zelf.

Het was maandag 25 augustus en de wereld begon al in te storten.

Want hoewel ze uit New Orleans kwamen, begrepen deze mannen maar al te goed dat dit een stad als geen ander was. Vuile creoolse kinderen met Nikes en groezelige korte broeken, grote monden die woorden terugsmeten die niet van de lippen van zo'n jong iemand hadden horen te komen; de geur van een stad die in haar eigen zweet kookte; buiten haar grenzen de uitgestrekte uitwassen van Evangeline, domein van de Ferauds en hun soort; bendeoorlogen en drugsinvallen en stokerijen, illegale branders die bocht stookten voor vijfentwintig cent per fles dat de lak van een auto brandde en gaten vrat in een paar goede schoenen; heroïneverslaafden en junkies en gasten die amfetaminen spoten alsof er geen tijd was om uit te kijken naar morgen; de geluiden en geuren van dat al, en je móést er gewoon midden in wonen als je een idee wilde hebben hoe het was. New Orleans was de Mardi Gras, het was slangen en kruisen aantreffen op hetzelfde kerkhof op Allerheiligen, de geest van loa Damballah-wédo die daar naast je liep als je de straat overstak; het was het Voodoofestival met Pasen, de feestdag van de Maagd der Wonderen, het feest van Jacobus de Meerdere en Baron Samedi, het was *vévé* in de vloer van heiligdommen griffen om de rituele geesten op te roepen. New Orleans: de schone, de majestueuze, de onstuimige, de angstaanjagende. En de trainingsprogramma's, de daderprofielen en VICAP-rapporten, de schietbanen en Quantico en de drie examens per jaar maakten niet uit, want niets kon de mores en ethiek van de maatschappij waarin zij leefden in aanmerking nemen. New Orleans was New Orleans, bijna een land op zichzelf.

Cipliano leek opgelucht dat Luckman en Gabillard zijn anonieme slachtoffer meenamen. Ze vertelden hem dat er binnen een uur een wagen van de FBI zou komen om het lichaam op te halen.

'Ik heb zo'n klotespringer,' vertelde hij hun, kauwend op een tandenstoker. 'Hoofd als een stoeppizza, als je begrijpt wat ik bedoel.'

Ze begrepen het niet en deden ook niet alsof. Mensen als Luckman en Gabillard behandelden serieuze zaken, niet de onbeduidende dood van junkies die zelfmoord hadden gepleegd.

Ze vertrokken snel en onopvallend, zo onopvallend als twee keurig verzorgde mannen in donker pak en wit overhemd dat konden, en reden terug naar het gebouw van de FBI in Arsenault Street om een aanvang te maken met de niet benijdenswaardige taak de ontvoering van de dochter van gouverneur Ducane in kaart te brengen.

Ze namen de tijd om de rapporten te lezen die ze hadden verzameld en hoorden aldus van de doorgesneden vena cava door rechter- en linkerventrikel aan de basis; doorgesneden aa. en vv. subclavia, jugularis, carotis en pulmonalis; van minimaal zeventig procent bloedverlies; van hamerslagen, verwondingen en ontvellingen; van het bevriezen van de huid van een man om deze los te krabben van de kofferbak van een prachtige bordeauxrode auto met krassen van nageltjes op het achterspatbord. Ze hoorden ook van een sterrenbeeld dat op de rug van Gerard McCahill was getekend, het sterrenbeeld Gemini, de tweeling Castor en Pollux, het derde teken van de dierenriem. Ze lazen deze dingen en verwonderden zich opnieuw over de absolute waanzin van de mensheid.

'En nu?' vroeg Gabillard toen ze waren uitgelezen.

'Procedure voor ontvoeringen,' zei Luckman. 'Het feit dat ze de dochter van een gouverneur is laten we buiten beschouwing, dat is op dit moment irrelevant, en we volgen de normale procedure voor ontvoeringen.'

'Ik denk niet dat Ducane daar blij mee zal zijn.'

Luckman schudde zijn hoofd. 'Kan me geen reet schelen wat Ducane wel of niet vindt. Er is nu eenmaal een standaardprocedure voor ontvoeringen en daar hebben we ons aan te houden.'

Gabillard knikte. 'Wil je het doorgeven aan Baton Rouge?'

'Als ik het doorgeef aan Baton Rouge, nemen ze tegelijk met het lijk de zaak over.'

'Heb je daar problemen mee?'

Luckman haalde zijn schouders op. 'Nee, ik niet. Jij?'

'Ik ook niet,' zei Gabillard. Hij boog zich naar voren en pakte de telefoon. Hij belde Baton Rouge en sprak met agent Leland Fraschetti. Agent Fraschetti, een oudgediende met zesentwintig jaar ervaring, een man met een kop zo hard als een honkbalknuppel, vroeg of een van hen het lichaam vanuit New Orleans wilde vergezellen en al het beschikbare bewijsmateriaal wilde meebrengen. Dat, zei Gabillard, zou hij met alle plezier doen. Hij meende dat het een mooie manier was om de dag door te komen; als hij terug was, zou het tijd zijn om naar huis te gaan.

Luckman besloot met hem mee te gaan. Ze reden terug naar het mortuarium en wachtten op de wagen uit Baton Rouge.

Drie kilometer verderop keek John Verlaine uit het raam en probeerde het beeld van het lichaam van McCahill, de vreemde oplichtende strepen op de huid, het onrustige gevoel dat deze recente gebeurtenissen in hem hadden opgeroepen, kwijt te raken. Dit is geen werk voor een mens, dacht hij en wist zichzelf er opnieuw van te overtuigen dat als híj het niet deed, het werk niet zou worden gedaan.

De zaak leek zijn eigen estafette te lopen: van Verlaine naar Emerson, van Emerson naar Cipliano, van Cipliano naar Luckman en Gabillard en toen het lichaam in Baton Rouge aankwam, met Luckman die de dossiers onder zijn arm geklemd hield en dacht aan de wedstrijd die hij nu zou missen die avond, stond Leland Fraschetti hen op te wachten, met ogen groot van opwinding, klaar om zijn plaats in te nemen in deze bizarre opeenvolging van gebeurtenissen. Leland Fraschetti was een somber ingestelde man, een cynicus, een geboren pessimist. Een einzelgänger en mislukte echtgenoot was hij, een man die naar Jerry Springer keek enkel om zichzelf eraan te herinneren dat mensen – álle mensen – in wezen gek waren. Fraschetti was ook iemand die naar de letter der wet te werk ging en zodra Gabillard en Luckman de deur van zijn kamer hadden dichtgedaan, bestudeerde hij de rapporten en noteerde hij zijn bevindingen, maakte uitgebreid aantekeningen over de fouten die de plaatselijke politie tot nu toe in de aanpak van het onderzoek had gemaakt, en toen hij klaar was, mailde hij zijn voorstel naar het FBI-kantoor in Shreveport waar plaatselijke agenten de eisen van de gouverneur om voortdurend op de hoogte te worden gehouden van de voortgang die ze boekten, zouden afhandelen. De waarheid was, bot gezegd, dat ze niets hadden, hoewel Leland Fraschetti, ook al was hij een pessimist, de laatste zou zijn om dat toe te geven.

Toen de avond van maandag 25 augustus begon, hielden zevenentwintig FBI-agenten uit New Orleans, Baton Rouge en Shreveport zich bezig met het standaardprotocol ontvoeringen. De telefoonlijnen van gouverneur Ducane werden afgeluisterd, zijn huis stond dag en nacht onder bewaking; de Mercury Turnpike Cruiser werd op een dieplader naar Baton Rouge gereden en ondergebracht in een beveiligde garage waar criminalistische onderzoekers hem talloze malen onderzochten met infraroodspectrofotometers, ultraviolet, een jodiumverdamper en zilverplaatjes. Men kwam erachter dat de nummerborden behoorden bij de Chrysler Vaillant '69 die nu verroest en kapot op zijn dak lag bij een sloper in Natchez, Mississippi, en achtendertig autostallingen – waaronder Jaquier's Lock 'N' Leave, Arden & Bros. Rental Carports Inc., Vehicle Warehousing Corporation (Est. 1953), Safety in Numbers (Unique Combination Vehicle Storage) – werden benaderd om na te gaan of hun respectieve eigenaren zich herinnerden dat de Cruiser daar op enig moment in het verleden was gestald. Niemand herinnerde zich iets. Blijkbaar wílde niemand zich iets herinneren en toen dinsdag de zesentwintigste aanbrak, stond een gefrustreerde Leland Fraschetti in de deuropening van zijn kamer in het coördinerend hoofdkantoor van de FBI in Baton Rouge en voelde hoe de moed hem in de schoenen zonk. Hij had drie tabletten Excedrin genomen en nog bonkte er een migraine door zijn schedel die door zijn slapen naar buiten dreigde te barsten. Hij belde met allerlei afdelingshoofden in Shreveport en Washington DC, hij liet agenten dubbele diensten draaien en overwerken, hij liet een speciale eenheid mobiliseren die zo'n drieëntwintigduizend dollar per dag kostte, en nog had hij niets waarmee hij voor de dag kon komen. Het onderzoek van de criminalistische en forensische afdeling had bijna hetzelfde rapport opgeleverd als Emerson en Cipliano hadden opgesteld, en er waren kennelijk geen overeenkomsten tussen deze zaak en iets uit het verleden, ook al hadden ze in allerijl een profiel laten natrekken in Quantico. Het was één grote bezoeking, één berg ellende en Leland – de man met de sombere stemmingen en het troosteloze cynisme – zat er middenin en wachtte tot de klappen vielen.

Ze haalden een stofkam door het verleden van McCahill, ze trokken zijn ex-vrouw, zijn huidige vriendin, zijn drinkmaten, zijn moeder na. Ze doorzochten zijn appartement in Shreveport en vonden niets wat erop wees dat hij op enigerlei wijze was gewaarschuwd voor wat hem en de jongedame die hij onder zijn hoede had in New Orleans zou overkomen. Aan mensen die Charles Ducane met alle plezier van streek wilden maken, was geen gebrek, maar dat was gebruikelijk voor politici. De terugkerende Christus zou aanleiding hebben gegeven tot publieke protesten en rechtszaken wegens intimidatie. Zo ging dat nu eenmaal.

Dinsdagmiddag liet Leland Fraschetti een opsporingsbevel voor de auto van McCahill uitgaan naar alle betrokken instanties. Iedere politieman in Louisiana zou er nu naar uitkijken. Een beschrijving en een foto van het meisje gingen naar dezelfde instanties en vierduizend afdrukken van haar beeltenis werden aan de manschappen uitgedeeld. Maar het was gewoon een feit dat de kidnapper inmiddels al zes dagen voorsprong op hen had. McCahill was vóór woensdag 20 augustus middernacht overleden. Het was nu dinsdag 26 augustus. Catherine Ducane kon al in Parijs zijn zonder dat zij er iets van gemerkt hadden.

Leland Fraschetti sliep niet. Hij had nog nooit last gehad van slapeloosheid; het lag niet in zijn aard. Hij wist waar hij stond in het grote geheel en hij wist ook waar alle anderen stonden. Hij nam zijn werk over het algemeen niet mee naar huis, maar bij deze zaak was dat anders. Dat kwam niet alleen doordat Catherine de dochter van een gouverneur was. Het kwam niet door het misbaar van de aasgieren van de pers. Het kwam niet doordat de hoge pieten helemaal uit Washington liepen te schreeuwen en dreigden iemand uit hun eigen geledoren te sturen om de boel te organiseren. Het kwam door iets heel anders. Fraschetti, geen man om op zoiets abstracts en onbetrouwbaars als gevoel of intuïtie te vertrouwen, vóélde niettemin dat er iets anders aan de hand was. Hij dacht niet dat er losgeld zou worden geëist. Hij geloofde niet dat met het afluistersysteem dat inmiddels in het huis van Charles Ducane was geïnstalleerd, de elektronisch verdraaide stem van een ontvoerder zou worden opgenomen. Hij nam niet aan dat op een gegeven moment één vinger van een knap negentien jaar oud meisje in een jiffy op de stoep van de villa van Ducane zou worden gedeponeerd. Leland, die dit inzicht aan niets anders dan intuïtie toeschreef, wist gewoon dat er veel meer aan de hand was dan de bewijzen suggereerden.

Had je hem gevraagd naar zijn redenen, zijn argumenten, zijn motivatie voor deze opvatting (en o, hoe graag nam Leland een gelegenheid om zoiets uiteen te zetten niet te baat) dan zou hij zijn schouders hebben opgehaald, zijn ogen een moment hebben gesloten en je vervolgens recht in het gezicht hebben gekeken en hebben gezegd dat hij het niet wist. Hij wist het niet, maar op de een of andere manier wíst hij het.

Woensdagochtend kwam en ging. Nog iets meer dan twaalf uur en dan was het vier dagen geleden dat het lichaam was gevonden, en hoewel de rechtstreekse nieuwsflitsen en speculatieve verslagen in de kranten en op de buis zoals gebruikelijk na zesendertig uur een stille dood waren gestorven, bleef het feit dat de dochter van een gouverneur schijnbaar van de aardbodem was verdwenen. Ducane had al gedreigd zelf naar Baton Rouge te komen, maar was door zijn adviseurs en juridische raadsmannen van een dergelijke onderneming afgehouden. De aanwezigheid van Ducane, meer als vader dan als politicus, zou de pers opnieuw tot actie hebben aangezet en belangstelling van de pers was wel het laatste wat de FBI wilde. Niet alleen zou het hun de gebruikelijke zevenenhalfduizend zonderlinge telefoontjes bezorgen, die stuk voor stuk een andere tip zouden bevatten die moest worden nagetrokken, maar – en dat was misschien relevanter – door die belangstelling zou ook de aandacht worden gevestigd op het feit dat het machtigste binnenlandse onderzoekslichaam in het land niets had bereikt.

Kort na twee uur diezelfde middag, toen Leland voor de zoveelste keer een gedetailleerde kaart van New Orleans bestudeerde waarop felgekleurde spelden de route aangaven die McCahill en Catherine Ducane hadden afgelegd vanaf het punt dat ze de stad waren binnengekomen, stapte een agent, Paul Danziger, de kamer binnen en zei tegen Fraschetti dat er iemand aan de telefoon was die hij te woord moest staan.

Fraschetti zei hem dat hij het zelf moest afhandelen.

Danziger drong aan.

De gespannen Fraschetti, die gefrustreerder was dan hij naar zijn weten ooit was geweest, draaide zich om en greep de telefoon.

'Ja!' blafte hij.

'Agent Leland Fraschetti?' vroeg een stem aan de andere kant kalm, onbewogen.

'Daar spreekt u mee. Met wie spreek ik?'

'Wist u dat Ford in totaal slechts zestienduizend exemplaren van de Mercury Turnpike Cruiser met een hardtop heeft gemaakt?'

De haren in de nek van Fraschetti gingen rechtop staan. 'Met wie spreek ik?' vroeg Fraschetti nogmaals. Hij schuifelde om het bureau heen en ging zitten. Hij keek op naar Danziger, trok zijn wenkbrauwen op. Danziger knikte om te bevestigen dat al werd uitgezocht waar het telefoontje vandaan kwam.

'Het jammere is dat ik echt van die auto hield. En dan bedoel ik écht van die auto hield, snapt u?'

Fraschetti greep ogenblikkelijk terug op zijn onderhandelingstraining. Zeg niets negatiefs. Alleen positieve dingen, geruststellende dingen. 'Dat kan ik me voorstellen. Het is echt een prachtige auto.'

'Nou en of. Ik hoop dat u en uw collega's goed voor hem zorgen. Je kunt nooit weten. Misschien heb ik hem op een dag weer nodig.'

'Ja, we zorgen heel goed voor de auto, meneer…?'

'Nog geen namen, Leland. Nog niet.'

Fraschetti kon het accent niet thuisbrengen. Het was Amerikaans, maar er zaten ondertonen in… van?

'Wat kunnen we dan voor u doen?' vroeg Fraschetti.

'Geduld,' zei de stem. 'Er is voor dit alles een reden. Een heel goede reden. Binnenkort, over een dag, misschien twee, zal het allemaal duidelijk worden. Jullie willen het meisje terug, nietwaar?'

'Uiteraard. Is alles in orde met haar?'

'Het gaat prima met haar. Ze is een beetje opvliegend, een beetje eigenwijs, maar ja, je hoeft maar naar haar achtergrond te kijken, naar haar familie, en dan weet je al dat je er je handen aan vol zult hebben.' De stem lachte. Dat geluid had iets zeer onrustbarends.

'Dus, zoals ik al zei, jullie willen het meisje terug, maar om het meisje te krijgen zullen jullie haar voor iets moeten ruilen.'

'Uiteraard,' zei Fraschetti. 'Uiteraard hadden we al begrepen dat er een ruil zou moeten plaatsvinden.'

'Mooi zo. Dan neem ik binnenkort weer contact op. Ik wilde u alleen laten weten dat u goed werk verricht en de eerlijkheid gebiedt me te zeggen dat ik daar niet zo over zou denken als iemand anders de leiding had gehad. Ik volg alles wat er gebeurt. Ik begrijp dat het stress oplevert, maar ik zou het naar vinden als u er nog langer van wakker ligt. Dit is een persoonlijke kwestie en we gaan het allemaal oplossen op een soort persoonlijke manier.'

'Goed, dat begrijp ik, maar –'

De verbinding werd verbroken.

Fraschetti wachtte een seconde, twee, drie en toen stond hij in de deur-opening van zijn kamer te roepen om het resultaat.

'Telefooncel,' riep Danziger vanaf de andere kant van de afdeling. 'Te-lefooncel in Gravier... twee wagens onderweg.'

Dezelfde plek als de auto, dacht Fraschetti en hij wist, hij wíst gewoon weer, dat die twee wagens als ze in Gravier Street aankwamen, helemaal niets zouden aantreffen.

De eenheden uit Washington arriveerden kort na zeven uur. Het regende. Leland Fraschetti had al bijna zesendertig uur niet geslapen. Gouverneur Charles Ducane had de minister van Justitie zelf gebeld, misschien van-uit de gedachte dat hij wat het rechtssysteem betrof niet veel hoger kon komen en de minister had de directeur van de fbi persoonlijk gebeld en gezegd dat hij eens een beetje moest opschieten.

We hebben het wel over de dochter van een gouverneur, Bob, had minister van Justitie Richard Seidler tegen de directeur gezegd. *Een dochter van de gouverneur van Louisiana, godbetert, en nu loopt er zo'n stelletje halvegare agentjes op het platteland een beetje rond te lummelen tot iemand ze komt vertellen dat het de hoogste tijd wordt om eens stevig aan de slag te gaan. Dit is jouw pakkie-an, Bob, en geloof me, het zou beter zijn als we morgenochtend al-lemaal opgelucht wakker konden worden, want anders breekt de pleuris uit.*

fbi-directeur Bob Dohring luisterde en beaamde het. Hij diende de minister niet op een vijandige of uitdagende manier van repliek. Hij had al twee eenheden naar New Orleans gestuurd en wat hem betrof zou het daarbij blijven. Minister Richard Seidler kon de vliegende vinkentering krijgen en fijn gaan fluiten.

Fraschetti werd bedankt voor zijn inzet en naar huis gestuurd. Agent Luckman en agent Gabillard werden ook bedankt en tijdelijk overge-plaatst naar het fbi-kantoor in Metairie. De leiders van de eenheid uit Washington, Stanley Schaeffer en Bill Woodroffe, haalden alles terug uit het coördinerende hoofdkantoor van de fbi in Baton Rouge en namen hun intrek in het plaatselijke fbi-kantoor in Arsenault Street. Ze schoven met tafels en stoelen. Ze hingen whiteboards en kaarten van de stad op. Ze luisterden talloze malen naar het telefoontje dat Fraschetti had gekregen, totdat iedereen die aanwezig was het uit zijn hoofd kende. Ze verwerkten alle volledige en gedeeltelijke vingerafdrukken op de telefooncel bij Gravier Street en alle munten in de telefoon en kwamen terecht bij twee kleine criminelen: een vent die voorwaardelijk was vrijgelaten na een straf van vierenhalf jaar in de gevangenis van de staat Louisiana voor aanranding van een vijftien jaar oude cheerleader, Emma-Louise Hennessy; en ene Morris Petri, een man die in augustus 1979 een doos met menselijke uitwerpselen naar de gouverneur van Texas had gestuurd. De overige afdrukken waren niet volledig genoeg, of behoorden toe aan iemand die wat de federale overheid betrof niet bestond. Niemand die voldeed aan hun profiel had die telefoon gebruikt. Woodroffe en Schaeffer hadden, al voor ze aan het karwei waren begonnen, geweten dat ze het uitsluitend voor de vorm en voor het dossier deden. In de uiteindelijke analyse, als alles op niets uitliep en het meisje overleed of helemaal niet werd gevonden, zou de kleinste procedurele omissie hun de kop kunnen kosten. Ze bleven tot donderdagochtend drie uur zitten brainstormen en dat leverde hun enkel migraine en een overdosis cafeïne op.

Het stokje was doorgegeven. De nieuwe lopers waren fris en gedrenkt en gewillig, maar er zat geen duidelijk begin aan de race en het einde, als er daadwerkelijk een einde was, was nergens in zicht.

Het leek of de renbaan cirkelvormig was, en toen de criminalistische afdeling kwam aanzetten met een derde herhaling van de autopsieresultaten, met de chemische formules en bloedgroepen en haarmonsters en materiaal dat onder nagels uit was geschraapt, was het alsof ze allemaal als een idioot achter hun eigen staart aan hadden gerend en weer bij de startlijn waren geëindigd.

Het was niet anders; het was getob.

Ochtend van donderdag de achtentwintigste. Er waren nu vier dagen en een paar uur verstreken sinds Jim Emerson in de donkere kofferbak van de Cruiser had gekeken en zijn eetlust had bedorven. De stad New Orleans ging haar normale gang, de pers werd verre gehouden van alle informatie over de ontvoering van Catherine Ducane en mensen als Emerson, Michael Cipliano en John Verlaine brachten de uren overdag door met het onderzoeken van andere lijken en andere strafbladen, de rampen en slagvelden van geheel andere levens.

Er was een stemdeskundige te hulp geroepen om de opname te analyseren die was gemaakt van het telefoontje dat Fraschetti de vorige dag had gekregen. Hij heette Lester Kubis, en hoewel hij geenszins op Gene Hackman leek, had hij toch zo'n twintig keer naar *The Conversation* gekeken. Hij was ervan overtuigd dat de techniek zou voortschrijden tot op het punt dat je de kleinste intimiteiten in ieders leven kon horen en hij verheugde zich enorm op die dag. Lester zat in een kleine donkere kamer met zijn grote koptelefoon en verdiepte zich een aantal uren in het korte stukje band. Daarna kwam hij met een enigszins aarzelende schets waarin hij opperde dat de beller een deel van zijn leven in Italië en New Orleans, op Cuba en ergens in de zuidoostelijke staten, misschien in Georgia of Florida, had doorgebracht. Hij schatte de leeftijd van de beller tussen de zestig en zeventig jaar. Hij kon niets met zekerheid zeggen over zijn afkomst, noch over andere specifieke kenmerken. Met deze informatie, die toen de beller eenmaal was opgepakt van onschatbare waarde bleek te zijn, hielp hij het lopende onderzoek niet veel vooruit. Aan de hand van de leeftijd hadden ze het aantal mogelijkheden kunnen terugbrengen, maar ze zaten met een populatie van zo'n tweehonderdvijftig miljoen verspreid over negen miljoen vierkante kilometer en zochten dus nog steeds naar een druppel in een oceaan. Het feit dat het telefoontje in Gravier Street was gepleegd, betekende dat de beller, niet noodzakelijkerwijs de ontvoerder, nog in New Orleans was, hoewel het beide kanten op niet meer dan een paar uur naar de staatsgrens was. Het meisje, daar was Woodroffe van overtuigd, was al binnen enkele uren na de ontvoering Louisiana uit gebracht. Het was óf dat, óf ze was al dood. Schaeffer wist zeker dat het het werk van meer mensen was. Volgens hem was het vrijwel onmogelijk dat iemand het lijk van McCahill in zijn eentje van de achterbank had getild en naar de kofferbak van de Cruiser had verplaatst, maar ze wisten allebei dat ze zaten te raden en te gissen. Schaeffer had voor de lunch al drie telefoontjes van het hoofd Operaties in Washington gekregen en hij wist dat ze even wanhopig waren als wie ook. Zelden kreeg iemand een zaak toegewezen waarbij directeur Dohring persoonlijk betrokken was, en dergelijke dingen konden een carrière maken of breken. Schaeffer wist weinig van gouverneur Ducane zelf, maar veronderstelde dat hij, zoals vrijwel alle gouverneurs, senatoren en congresleden, dacht dat de wereld en al haar middelen dag en nacht tot zijn beschikking stonden. Zo'n zaak zou niet langzaam uitdoven of ophouden te bestaan. Zo'n zaak zou behoren tot de onderzoeken die bijzonder veel aandacht trokken tot er, op de een of andere manier, een einde aan kwam. En hij wist ook dat het niet zo lang zou duren voor Ducane zelf verscheen. Hoe zijn leven er ook uitzag, onder welke druk hij ook stond, een vader was een vader als puntje bij paaltje kwam. Schaeffer wist dat Ducane al had gedreigd dat hij in het vliegtuig zou stappen om een paar FBI-agenten een schop onder hun kont te geven, maar Washington had Schaeffer verzekerd dat ze er alles aan deden om de gouverneur in Shreveport te houden.

Halverwege de middag was de stemming prikkelbaar geworden en ieders geduld bijna op. Woodroffe had zes mannen meegenomen naar Gravier Street om de omgeving van de vindplaats van de auto en van de telefooncel uit te kammen en te kijken of ze nog aanwijzingen konden vinden over de identiteit of het motief van de moordenaar. Schaeffer hield hof in het FBI-gebouw en nam met vijf man de hele reeks gebeurtenissen sinds de ontdekking van McCahills lijk door. Er waren veel vragen, maar klaarblijkelijk geen nieuwe antwoorden, en aan het einde van de middag toen Woodroffe met lege handen terugkwam, meende Schaeffer dat ze in een impasse waren geraakt.

Om acht minuten over zeven kwam het tweede telefoontje.

De beller vroeg expliciet naar Stanley Schaeffer. Hij vertelde de agent die de telefoon aannam dat Stan wel zou weten waar het over ging, maar weigerde te zeggen wie hij was.

'Goedenavond, agent Schaeffer,' waren de woorden waarmee Schaeffer werd begroet toen hij de hoorn pakte en zijn naam zei.

Het was dezelfde stem, geen twijfel mogelijk. Schaeffer zou die stem over honderd jaar nog hebben herkend.

'Alles goed met u, hoop ik?' vroeg de stem.

'Redelijk,' antwoordde Schaeffer. Hij zwaaide met zijn hand om de murmelende stemmen om hem heen tot stilte te manen en ging aan zijn bureau zitten.

Woodroffe stak zijn duim naar hem op. Het telefoontje werd opgenomen en nagetrokken.

'Ik bel uit een andere telefooncel,' zei de stem. 'Ik heb begrepen dat het ongeveer drieënveertig seconden duurt om me te lokaliseren. Ik zal daarom maar geen tijd verspillen en vragen hoe het onderzoek verloopt.'

Schaeffer opende zijn mond om iets te zeggen, maar de stem sprak verder.

'Ik heb tegen uw collega agent Fraschetti gezegd dat ik iets terug wilde in ruil voor het meisje. Ik ga u nu mijn eisen en voorwaarden vertellen en als daar niet aan wordt voldaan, schiet ik het meisje in het voorhoofd en leg ik haar lichaam ergens op een openbare plaats neer. Begrepen?'

'Ja,' zei Schaeffer.

'Haal Ray Hartmann naar New Orleans. Jullie hebben vierentwintig uur om hem te vinden en hier te krijgen. Ik bel morgenavond precies om zeven uur en dan zou hij er moeten zijn om mijn telefoontje te beantwoorden. Op dit moment is dat alles wat ik van u vraag.'

'Hartmann, Ray Hartmann. Wie is Ray Hartmann?'

De stem lachte zacht. 'Dat hoort allemaal bij het spel, agent Schaeffer. Morgenavond, zeven uur, en zorg dat Ray Hartmann er is om mijn telefoontje te beantwoorden, anders is Catherine Ducane onherroepelijk dood.'

'Maar –' begon Schaeffer.

De verbinding werd verbroken.

Woodroffe stond al in de deuropening voor Schaeffer de telefoon had neergelegd.

'Twee blokken ten zuiden en ten oosten van Gravier,' zei Woodroffe. 'We hebben al een wagen op een minuut of drie ervandaan.'

Schaeffer leunde achterover en zuchtte. 'Je vindt toch niks,' zei hij zacht.

'Wat zei je?'

Schaeffer sloot zijn ogen en schudde zijn hoofd. 'Je zult er niets vinden.'

Woodroffe keek direct geërgerd. 'Denk je dat ik dat niet weet?'

Schaeffer maakte een verzoenend gebaar met zijn hand. 'Tuurlijk wel, Bill, tuurlijk wel.'

'En wie is die Ray Hartmann dan wel?'

'Ik mag doodvallen als ik het weet,' zei Schaeffer. Hij stond op van zijn stoel en vulde een plastic bekertje met water uit de waterkoeler. 'Ik weet niet wie hij is en ook niet waar hij is, maar we hebben vierentwintig uur om hem te vinden en hierheen te halen, anders is het meisje er geweest.'

'Ik ga Washington bellen,' zei Woodroffe. Hij draaide zich om en liep de kamer uit.

'En geef de tape aan Kubis om te zien of hij er nog iets meer over die vent uit kan halen.'

'Doe ik,' antwoordde Woodroffe. Hij draaide zich om en liep de kamer uit.

Schaeffer dronk zijn water op, verfrommelde het bekertje en gooide het in de prullenbak.

Hij liep terug naar zijn bureau en plofte neer op zijn stoel. Hij zuchtte en sloot zijn ogen.

Buiten begon het te regenen en iets meer dan drieënhalve kilometer van waar Stanley Schaeffer zat, zag een man op leeftijd, zo'n vijfenzestig, zeventig jaar oud misschien, een lange rij onopvallende grijze auto's een straat niet ver van Gravier Street binnenrijden.

Hij duwde zijn handen diep in de zakken van zijn jas, draaide zich om en liep weg. Hij floot onder het lopen, een deuntje met de titel 'Chloe', een klassieker van Kahn en Morret, die in de jaren vijftig populair was geworden in een uitvoering van Spike Jones, een liedje over een eenzaam meisje dat op zoek was naar haar verdwenen geliefde.

De oude man had hun meer willen vertellen, had hun alles willen vertellen, maar zoals zoveel van zijn vrienden in het oude land altijd zeiden: 'Een verleiding weerstaan is een ware maatstaf voor karakter.' Alles had zijn tijd en zijn plaats. De plaats was New Orleans en de tijd was morgenavond als Ray Hartmann thuiskwam.

4

En hij zei bijvoorbeeld: 'Maar je hebt me nooit precies verteld wat je vond', en zij: 'Al had ik het verteld, je luistert toch nooit', en dan sloot hij zijn ogen, slaakte een diepe zucht en antwoordde: 'Waar haal je dat vandaan, Carol... Vertel me dat eens, hoe kun jij nou zien of ik luister?' en vervolgens noemde een van hen – het maakte niet uit wie – Jess' naam en dan kwam de boel weer een beetje tot rust. Het had er alle schijn van dat Jess misschien de enige echte reden was dat Ray Hartmann en Carol nog met elkaar spraken, en wellicht was er daarom de hoop dat er toch nog iets goeds uit hun dertien jaar samen behouden was. Als je zo veel jaren samenwoont, dezelfde lucht inademt, hetzelfde voedsel eet, een bed deelt, is een scheiding net een amputatie en hoewel er vele uren zwakke pogingen werden gedaan henzelf ervan te overtuigen dat het ledemaat ziek was geweest, dat het afgezet moest worden, dat ze nooit hadden kunnen overleven als ze het hadden laten zitten waar het zat, toch bleef de waarheid knagen. Niemand anders zou ooit zo goed voelen, zo juist, zo vertrouwd. En er zou altijd een norm zijn waaraan alle anderen werden getoetst, en hoewel de seks misschien beter was, hoewel de redenen tot klagen misschien anders waren, zouden ze zich altijd bewust zijn van het feit dat deze nieuwe niet de ware was.

Al hun gesprekken verliepen tegenwoordig zo: verwijten over en weer, bitter, rancuneus, scherp en zakelijk. En ze praatten altijd over de telefoon als Jessica er niet was, omdat ze ook een mens was, twaalf jaar oud al en opmerkzaam wat haar ouders betrof. Carol Hartmann, inmiddels bijna acht maanden gescheiden van haar echtgenoot, belde altijd als Jessica op pad was met vriendinnen, of uit logeren, of naar een orkestrepetitie, of in de gymzaal. En Ray Hartmann – de man met het gebroken hart en de bebloede knokkels toen hij die achtentwintigste december 's avonds met zijn vuist dwars door de deur van de keukenkast had geslagen – nam het telefoontje zittend op de rand van zijn bed aan, en dan hoorde hij haar stem en meende hij dat hij nooit iets zo erg zou missen als zijn vrouw. Drie dagen na Kerstmis godbetert, dronken en lawaaierig en luidkeels domme onzin uitkramend, en Jessica die huilde en naar haar moeder rende omdat papa weer door het lint ging. En het kwam niet door Jessica, en eerlijk gezegd kwam het ook niet door Carol, met wie hij in 1990 op een mooie ochtend in februari was getrouwd. Het kwam door het werk, de stress van het werk, zoals dat doorsijpelde in alles wat je was, alles wat je ooit had gedacht te kunnen worden, en het was een uitzonderlijke en bijzondere vrouw die de stormen die Ray Hartmann bracht, kon doorstaan, want soms bracht hij niet alleen stormen, soms bracht hij Orkaan Ray mee, hard genoeg om bomen te vellen en het dak in één keer van de boeiborden te lichten. Maar dertien jaar lang was het haar gelukt, en hoewel niet al die jaren moeilijk waren geweest, hadden ze toch hun momenten gehad. Ray Hartmann, geneigd tot stemmingswisselingen en plotselinge woedeaanvallen, was de tel kwijtgeraakt van het aantal keren dat zijn vrouw hem had aangekeken met een uitdrukking van verbijstering en angst, een onderliggend gevoel van paniek dat hij deze keer, déze keer dan, iets zou doen wat ze allemaal ernstig zouden betreuren. Maar hij deed het nooit, tot die avond van 28 december, en toen was hij door de vermeende harmonie van hun huis gedenderd, was hij weer losgebarsten als een loeiende sirene, en voor hij het wist droop het bloed uit zijn knokkels en spatte op het zeil en schreeuwden zijn vrouw en zijn dochter allebei tegen hem dat hij weg moest gaan en niet meer terug moest komen. Gekneusd zagen ze eruit; gééstelijk gekneusd.

Hij had die avond het huis verlaten, vooral uit schaamte en vanwege een gedurige angst dat hij tot iets vreselijks in staat zou kunnen zijn, en hij was zeven blokken door de sneeuw naar de Eerste Hulp gewandeld en daar hadden ze zijn knokkels schoongemaakt en verbonden en hem zijn roes laten uitslapen op een brancard in de gang. Toen hij de volgende ochtend wakker werd, met een smaak van kopervijlsel en zeewier in zijn mond, moest hij direct denken aan wat hij had gedaan en toen hij belde en er niet werd opgenomen, wist hij dat Carol met Jessica naar oma was gegaan. Hij was teruggewandeld en had een paar spullen uit het huis gehaald. Hij had drie dagen een kamer in een motel genomen en niet gedronken. Daarna had hij een appartement gehuurd in Little Italy, in het zuiden van Manhattan, een vierkamerflat met grijs geverfde muren en ramen die uitkeken op het Sarah Roosevelt Park, en hij had zich ziek gemeld en zich achtenveertig uur lang afgevraagd waarom hij zo'n godvergeten klootzak was.

Hun huis, het huis van de familie Hartmann, stond in Stuyvesant Town, en hoewel hij vlak langs het blok reed waar zijn vrouw en dochter waren, zette hij geen voet op de stoep, hij belde niet aan en wachtte niet op het geluid van voetstappen in de gang. Hij schaamde zich te erg, had te veel kritiek op zichzelf vanwege het soort man dat hij was geweest, en hij zou zichzelf nog een week of vier voor de kop slaan voor hij het lef had haar te bellen.

Het eerste telefoontje was moeilijk geweest: gespannen, lange stiltes, enigszins zuur geëindigd.

Het tweede telefoontje, veertien dagen later, was iets hartelijker. Ze had hem gevraagd hoe het met hem ging en hij had gezegd: 'Ik drink niet meer, ik heb sinds achtentwintig december niet meer gedronken,' en ze had hem het beste gewenst, hem gezegd dat ze nog niet klaar was voor 'ingewikkelde' dingen, dat het goed ging met Jessica, ze liet hem groeten en ze was vorige week gekozen tot aanvoerster van de gymnastiekploeg voor de Open Dag.

Tijdens het derde telefoontje, zes dagen later, mocht Ray van Carol met zijn dochter praten.

'Hoi, papa.'

'Hoi, troelepoel.'

'Alles goed?'

'Ja, hoor, lieverd. Je moeder vertelde dat je aanvoerster van de gymnastiekploeg bent op de Open Dag?'

'Ja, klopt. Kun je komen?'

Ray was een moment stil.

'Papa?'

'Ik ben er nog, Jess, ik ben er nog.'

'Kun je komen dan?'

'Ik weet het niet, Jess. Ik weet het niet. Het hangt een beetje van je moeder af.'

Nu was het Jess' beurt om stil te zijn, en vervolgens zei ze: 'Goed, ik zal met haar praten.'

'Doe dat, lieverd, doe dat,' en toen hoorde Ray dat zijn stem brak van emotie en hij dacht niet dat hij nog met zijn dochter zou kunnen praten zonder in huilen uit te barsten en daarom zei hij tegen haar dat hij meer van haar hield dan van wat ook ter wereld en vroeg hij of hij haar moeder weer mocht.

'Kom maar niet naar de Open Dag, Ray,' had Carol onbewogen gezegd. 'Jess en ik zijn er nog niet klaar voor om je te zien. Het is te snel.'

'Te snel voor jou… maar hoe zit het met Jess?"

'Begin nou niet weer, Ray, begin nou niet weer, oké? Ik moet ophangen. Ik moet met Jess naar de kapper.'

En daarmee was het telefoontje geëindigd en Ray Hartmann had opgehangen en zich afgevraagd waarom hij – toen het net zo goed leek te gaan – weer zo'n klootzak had moeten zijn.

Zevenendertig jaar oud, met ziekteverlof, weggekropen in een waardeloos appartement in Little Italy, terwijl de vrouw met wie hij dertien jaar was getrouwd met zijn twaalfjarige dochter naar de kapper ging.

Wat hij er niet voor over zou hebben gehad om zelf met zijn dochter naar de kapper te gaan.

Deed je ook nooit toen je thuis was, had de stem vanbinnen gezegd en die had hij afgekapt, want hij wist uit lange ervaring dat je de weg van de waanzin op ging als je naar zulke stemmen luisterde en die weg leidde maar één kant op: regelrecht de hals van een fles in, en dat was nu net het soort ellende dat hem dít soort ellende had bezorgd.

Ray Hartmann was een raadsel. Geboren in New Orleans, op 15 maart 1966. Jongere broer, Danny, geboren op 17 september 1968. Dik met elkaar, zoals vlees en bloed moet zijn. Gingen overal samen heen, deden alles samen, altijd Ray voorop, en Danny – die tegen hem opkeek, al zijn fouten vergaf, naïef en vol verwondering zoals jongere broers schijnbaar altijd zijn – en voortdurend in de problemen, en dromen zoals kinderen doen en stenen en waterbommen gooien en naakt zwemmen en spijbelen van school om kikkers te vangen in de moerassen… al die dingen, leefden hun leven zo snel, zo wild, alsof ze niets voor morgen wilden overlaten. Het was altijd Danny en Ray, Ray en Danny, als een litanie, een mantra voor broederschap.

En toen was dat allemaal geëindigd. 7 juli 1980. Danny was elf jaar oud, onstuimig en enthousiast, vond alles even prachtig, en hij kwam onder de wielen van een auto op South Loyola, en die vent stopte niet eens en Danny zijn been werd verbrijzeld en zijn hoofd ingedrukt en er was zelfs geen ademhaling in zijn kleine gebroken lichaam over toen Ray bij hem kwam en zag dat zijn broer om het leven was gekomen.

Ray, veertien jaar oud, knielde op de stoep met het lichaam van zijn broer op schoot en hij zei geen woord, en hij liet geen traan, en toen de ziekenbroeders kwamen en die twee uit elkaar probeerden te halen, konden ze zelfs niets anders doen dan hen allebei optillen, hen achter in de ambulance leggen alsof ze één waren... Het was Ray en Danny, Danny en Ray, in leven, in dood, in tegenspoed. Altijd en dat zou eeuwig zo blijven.

Ze hadden de sirene niet aangezet, want ze hadden de sirene niet nodig als de passagier dood was.

De vader van de jongens was er niet om zijn oudste zoon te troosten want hij was al eerder overleden, in de herfst van '71 aan een hartaanval die een paard had kunnen vellen. Grote man, sterke man, een vechter naar ieders mening, maar had gedronken als een buffel bij de laatste waterpoel in de woestijn, en Ray dacht dat zijn eigen voorliefde voor alcohol daar misschien vandaan kwam, maar toen dacht hij nee, want *klootzak* was niet erfelijk. Dus mam had er alleen voor gestaan en ze had hen op de been gehouden, had zichzelf ook op de been gehouden tot de jongste op South Loyola werd overreden door een Pontiac Firebird. Ze hadden die vent later opgepakt en hij was ook een zuiplap, en ze wisten dat hij het was geweest, want ze hadden bloed van het jochie en haar van het jochie in het radiatorscherm op de voorkant gevonden. Mam had het volgehouden tot Ray van school kwam en toen ging ze ook, in mei '87. Natuurlijke doodsoorzaak, hadden ze gezegd. Ja, hoor! Natuurlijke doodsoorzaken als een gebroken hart en te veel verlies en te weinig in het leven om bij zulke tegenslag de wil te behouden. Dat soort natuurlijke doodsoorzaken.

Ray was bij de National Guard gegaan, had mensen uit sneeuwjachten geschept en laarzen gepoetst in het weekend; had iets te vaak te diep in het glaasje gekeken en werd afgekeurd en ontslagen voor hij de kans had zichzelf of iemand anders neer te schieten. Had zes maanden een gewone baan gehad en was toen in februari 1988 naar New York verhuisd. Hij begreep nu nog niet waarom hij New York had gekozen, misschien uitsluitend omdat het de enige stad was die hij kon bedenken die het minst op New Orleans leek. Hij was Rechten gaan studeren, bestudeerde de wet elk godgegeven uur, bestudeerde hem alsof er een antwoord in te vinden was. Had het antwoord niet gevonden, maar wel een bureau waar hij stage mocht lopen, en hij had het hele Circuit Courtsysteem doorgesnuffeld, was afgestudeerd als jurist, werd pro-Deoadvocaat en had geprobeerd enige logica te ontdekken in de fouten die mensen zo makkelijk maakten. In die tijd was de

House Judiciary Subcommittee met de integratieprogramma's begonnen, waarbij pro-Deoadvocaten in de politiebureaus werden gestationeerd en daar dienden als filters voor de rechtbanken, een poging om de hoeveelheid werk voor City Hall te beperken. Het was een bezuinigingsmaatregel geweest en tot op zekere hoogte een succes. Tijdens dat programma had Ray Hartmann Luca Visceglia leren kennen, een van de rechercheurs die ten slotte Kuklinski te pakken hadden gekregen. Richard Kuklinski was een ster onder de sterren. Hij was gerekruteerd door de familie Gambino en zijn auditie was een zeer simpele test geweest: ze reden met hem door New York, reden door gewone straten waar gewone mensen liepen, en met een enkel woord werd een willekeurige man uitgekozen, een man die zijn hond uitliet, zich met zijn eigen zaken bemoeide, liep na te denken over een verjaardagscadeautje dat hij nog moest kopen misschien, of over het diner ter ere van de verloving van zijn dochter. De auto remde af, Kuklinski stapte uit en was in vijf passen bij de man, richtte een vuurwapen en schoot hem dood. Dat was alles wat de Gambino's van Kuklinski eisten en toen hoorde Kuklinski erbij.

Hij woonde in een rustige straat in Dumont, in Bergen County, met zijn vrouw en kinderen, en kreeg zijn orders van Roy DeMaio, de maffiabaas die kantoor hield in de Gemini Lounge in Brooklyn.

De volgende drie jaar had de Speciale Eenheid Georganiseerde Misdaad in New Jersey alles op alles gezet om Kuklinski te pakken te krijgen. In het begin van de jaren tachtig, toen er vanwege Paul Castellano en de familie Gambino een samenwerking tussen de Speciale Eenheid Georganiseerde Misdaad en het Bureau of Alcohol, Tobacco and Firearms tot stand was gekomen, had Castellano toevallig uit zijn mond laten vallen dat hij zich zorgen maakte over Roy DeMaio. Castellano was bang dat DeMaio zou praten, dat hij 'de verkeerde weg zou nemen'. DeMaio had zich zeer paranoïde gedragen en zodoende werd in 1983 het lijk van Roy DeMaio gevonden in de kofferbak van een auto. Hij lag daar toen al een week. Later, veel later, toen Kuklinski in Trenton State Prison zat, zei hij over de dood van DeMaio: 'Het had geen aardiger mens kunnen overkomen... Als er die dag iemand moest sterven, was het een goede dag voor hém om te sterven.'

De Speciale Eenheid in New Jersey had de FBI in de arm genomen en die hadden de zaak aan een undercoveragent, Dominick Polifrone, gegeven. Hij deed zich voor als Dominick Michael Provanzano, huurmoordenaar, collega uit New York City, en hij wist Kuklinski aan het praten te krijgen en toen Kuklinski eenmaal was gaan praten, bleek hij een man te zijn die het geluid van zijn eigen stem graag hoorde. Die opnamen deden hem uiteindelijk de das om, en terwijl de politie en de Speciale Eenheid Georganiseerde Misdaad menen dat Kuklinski iets in de buurt van veertig mensen heeft vermoord, stelde Kuklinski zijn record op meer dan honderd. Hij was een druk baasje. Dat was ook zijn jongere broer Joey, die al een levenslange gevangenisstraf uitzat in Trenton voor het verkrachten en wurgen van een twaalfjarig meisje, een meisje dat hij over twee aangrenzende daken had meegesleurd en vervolgens, samen met haar hond, naar beneden had gegooid op het twaalf meter lager gelegen trottoir. Misschien zaten die dingen hun in het bloed, misschien waren er – zoals de afdeling Daderprofilering van de FBI had gesuggereerd – *situationele factoren* die eraan hadden bijgedragen dat de gebroeders Kuklinski deze richting waren opgegaan.

Het had tot 4 juli 2002 geduurd voor de federale openbare aanklager en de openbare aanklager van de staat New York ten slotte zeventien leden en compagnons van de gangsterfamilie Gambino in staat van beschuldiging hadden gesteld. De tenlasteleggingen varieerden van intimidatie en afpersing, woeker, telecommunicatiefraude, computercriminaliteit en het witwassen van geld tot het omkopen van getuigen. In dit miasma van wreedheid had Ray Hartmann zijn vuurdoop gekregen. Luca Visceglia was een ingewijde geweest, een van de weinige federale agenten die rechtstreeks met de leden van de gangsterfamilie spraken wanneer ze voor verhoor werden binnengebracht. Ray werkte deze verhoren uit, hij stopte banden in dozen, hij controleerde overzichten van bewijsmateriaal, hij archiveerde foto's en videobanden, en kwam heel veel te weten over wat deze mensen hadden gedaan en waarom. Geïntrigeerd door de onderliggende oorzaken van dergelijke daden, had hij *Investigating Crimes* van Stone en Deluca, *Fundamentals of Criminal Investigation* van Charles en Gregory O'Hara en *Practical Homicide Investigation* van Geberth gelezen. Toen Visceglia tot vicedirecteur Opsporing voor de Subcommissie Georganiseerde Misdaad van het Huis werd benoemd, had men hem gevraagd zijn eigen staf samen te stellen. Hij had Ray Hartmann gekozen, en Ray had zichzelf onmisbaar gemaakt. Hoewel de stress van zijn werk hem en zijn vrouw uiteindelijk uit elkaar zou drijven, had hij Carol Hill Wiley ironisch genoeg tijdens de waanzinnige toestanden rond een van deze zaken ontmoet. In de zomer van 1989, toen ze gestationeerd waren bij de officier van justitie in New York, werd Visceglia, Hartmann en de drie anderen die deel uitmaakten van hun team gevraagd al het materiaal dat te maken had met de drievoudige moord op Stefano Giovannetti, Matteo Cagnotto en Claudio Rossi opnieuw in kaart te brengen. Giovannetti, Cagnotto en Rossi waren zelf soldaten van een tak van de familie Genovese. Ze hadden gewerkt onder Alessandro Vaccorini, een rechterhand van Peter Gotti, en onder zijn bevel voor zover bekend ten minste zeventien moorden gepleegd. Ze woonden samen, werkten samen en reden samen in een Lincoln Towncar de buitenwijken van Brooklyn uit toen hun wagen door een spijkerlint sidderend tot stilstand werd gebracht. In de berm achter de vangrail langs de snelweg hadden volgens de uiteenlopende ooggetuigenverslagen tussen de vier en negen mannen de auto met halfautomatische wapens onder vuur genomen en in een vergiet veranderd. De chauffeur en zijn drie passagiers waren door elkaar gehusseld en veranderd in vleesdeeg. De zwart-witfoto's van de plaats delict konden de situatie die de technische rechercheurs aantroffen toen ze de snelweg hadden afgesloten en erheen waren gegaan, absoluut geen recht hebben gedaan.

Carol Hill Wiley, een tweeëntwintigjarige New Yorkse brunette, tenger, geweldig gevoel voor humor, groene ogen, adembenemend betoverende glimlach, werkte in opdracht van het opleidingsprogramma van het Supreme Court van de staat New York voor juridische assistenten en secretaresses. Ze had ook Rechten gestudeerd en wilde voor haar dertigste een zelfstandige advocatenpraktijk hebben. Ze zou er haar hart aan hebben verpand, ware het niet dat datzelfde hart werd gestolen door de schijnbaar gereserveerde en toch op de een of andere manier merkwaardig fascinerende Ray Hartmann. Hartmann was met zijn zandkleurige haar en blauwe ogen, voor zover Carol kon zien, tamelijk knap, één meter achtenzeventig tot één tachtig, met een enigszins getekend voorkomen dat sprak van overleven ondanks nare ervaringen. Door taak en plicht tot elkaar veroordeeld, hadden zij en Hartmann heel wat avonden tot laat in het flauw verlichte kantoor gezeten, dat op de hoek van Adams en Tillary in Brooklyn Heights stond, pal in de schaduw van het gebouw van het Supreme Court zelf. Ze hadden de gewoonte opgevat 's middags naar Cadman Plaza te wandelen om te lunchen, en daar – met de Manhattan en Brooklyn Bridge rechts en de Brooklyn-Queens Expressway links van hen – hadden ze lange gesprekken gevoerd. Het was voor het NYC Transit

Museum dat Ray Hartmann Carol Hill Wiley voor het eerst kuste. Dat gebeurde op een koude dinsdag in de tweede helft van december van het jaar 1989. Ze waren getrouwd op 10 februari 1990 en hadden een appartement bij Lindsay Park in Williamsburg betrokken waar ze bleven wonen tot Carol zwanger raakte. Toen ze vijftien weken zwanger was, waren ze naar de andere kant van de East River getrokken en hadden ze een appartement met twee slaapkamers in een gebouw van drie verdiepingen zonder lift in Stuyvesant Town gekocht. De lange reis elke dag, heen en weer over de Williamsburg Bridge, werd voor Ray en Carol gecompenseerd door het feit dat haar simpele verzoek om een aanstelling bij het team van Luca Visceglia was gehonoreerd. Ze konden tenminste samen reizen, samen werken, samen naar huis.

Zo bleef het tot Jessica werd geboren, en daarna had Carol, zonder dwang of drang, besloten dat ze thuis als moeder gelukkiger zou zijn dan op haar werk met de foto's van in stukken gehakte, verbrande, verdronken, onthoofde lijken. Geld was er voldoende, hoewel niet buitensporig veel, en geld, gebrek aan geld, had beslist niet als bijkomende factor in de ontwrichting van het huwelijk van de Hartmanns kunnen worden genoemd. Carol was, toen ze haar dienstverband bij het Openbaar Ministerie had beëindigd, geleidelijk aan steeds verder van haar vroegere werk af komen te staan. Ze vergat hoe de geluiden en beelden en woorden door je gedachten konden blijven spoken, waar je ook was. Ray ging naar zijn werk en had dag in dag uit met deze zaken te maken, en een mens werd makkelijk meegesleept in de somberheid die dergelijk werk opwekte. Carol besteedde al haar tijd en zorg aan Jessica, een opmerkelijk levendig en enthousiast kind, en zodra Ray de voordeur binnenstapte, wilde ze hem onthalen op de vele wonderen die ze die dag in hun dochter had gezien. Ray had geen oog voor de wereld waarin alle anderen leefden en was vaak afwezig, kortaangebonden, nors en onvoldoende geïnteresseerd geweest. Hij was gaan drinken, niet meer dan een snelle kleine whisky om de scherpe kantjes eraf te halen als hij thuiskwam, één glaasje voor het eten, en toen was het een grote whisky en een biertje bij de maaltijd geworden en ten slotte had hij zich soms opgesloten in de studeerkamer en daar tv gekeken met een sixpack bij zijn voeten.

In juli 1996 had hij tegen zijn vijf jaar oude dochtertje geschreeuwd. Ze had een paar keer op de deur van de studeerkamer geklopt omdat ze haar tekening aan haar vader wilde laten zien, en Ray – die last had van een migraineaanval die niet wilde wijken voor Excedrin noch voor Michelob – had de deur opengerukt en keihard geschreeuwd: *Wat moet je, godverdomme?*

Jessica was ontredderd, huilend en zonder te weten wat ze had misdaan dat haar vader zó reageerde, naar haar moeder gerend. Carol had niets gezegd. Geen woord. Nog geen kwartier later had ze een paar kleren en toiletspullen in een weekendtas gestopt en was ze het huis uit gegaan.

Ray Hartmann was in de afgrond gevallen; de afgrond bevolkt door alle zuiplappen, waar zelfverloochening, zelfmedelijden, zelfverwijten, zelfhaat en huilbuien de enige steunpunten zijn op de weg omhoog. De uitdrukking op Carols gezicht was even schokkend en scherp geweest als een injectie met epinefrine en had Ray Hartmann ertoe aangezet eens serieus na te gaan wat hij aan het worden was. Hij begon iemand te worden die híj zelfs niet aardig vond, en dat was het ergste soort mens dat bestond.

Carol en Jess waren drie dagen later teruggekomen. Het had zeven maanden geduurd voor Ray Hartmann opnieuw zijn stem had verheven. Toen waren Carol en Jess naar Carols moeder vertrokken en daar een week gebleven. Ray was naar een bijeenkomst van de AA gegaan en met de Twaalf Stappen begonnen. Hij had ingezien dat hij zomaar een smeerlap van de laagste orde zou kunnen worden, de bacterie op de amoebe op de desbetreffende smeerlap zelfs, en hij had bijna een jaar geen druppel gedronken.

Het incident waardoor het uit elkaar gaan van Carol en Ray Hartmann werd versneld, vond vijf weken voor haar feitelijke vertrek in december 2002 plaats. Ray had overgewerkt, zoals gebruikelijk wanneer een bepaald onderzoek in voorbereiding was voor de procureur-generaal. Hij en Visceglia hadden contact weten te leggen met een van de voormalige vriendinnen van de beklaagde en ze had zich bereid verklaard te getuigen. Ze was geen drugsgebruiker, noch een ex-crimineel of prostituee, noch een medewerkster van een gerechtelijke of juridische instelling, de politie of een inlichtingendienst. Ze was een ster, een volmaakte en voorbeeldige getuige. Ze kon de beklaagde op een bepaald tijdstip op een bepaalde locatie plaatsen. Het mooie ervan was dat hij de bak in zou draaien. Een hele reeks valse alibi's kon met haar woorden onderuit worden gehaald. Ze was een vrouw van formaat, ze was goed van de tongriem gesneden, en ze was niet bang.

De avond voordat Ray Hartmann en Luca Visceglia haar nog niet beëdigde verklaring aan de Grand Jury hadden moeten voorleggen, een verklaring op grond waarvan ze overheidsbescherming zou hebben gekregen, werd ze gevonden in een motelkamer in een zijstraat van Hunters Point Avenue vlak bij het Calvary Cemetery. Deze zevenendertigjarige goed opgeleide vrouw van respectabele komaf, die nog nooit in haar leven een joint had aangeraakt, was overleden aan een overdosis cocaïne. Ze werd naakt aangetroffen, met één hand en één voet vastgebonden aan de ombouw van het bed, een knevel in haar mond, een verzameling seksspeeltjes verspreid op het matras en een *butt plug* in haar aars. Toen er eenmaal een verkrachtingstest was gedaan, bleek dat ze vaginale en anale gemeenschap had gehad met ten minste drie verschillende mannen. De drie mannen werden opgespoord via hun DNA en haarmonsters. Alle drie werden ze afzonderlijk verhoord. Alle drie vertelden exact hetzelfde verhaal. Ze waren prostitués, ze waren allemaal gebeld en hadden het adres van een motelkamer gekregen, er was hun allemaal duizend dollar beloofd als ze daar op een bepaald tijdstip op een bepaalde dag zouden zijn. Ze zouden er een geknevelde, aan het bed vastgebonden vrouw aantreffen. Ze zou een kussensloop over haar hoofd hebben. Het was haar wens dat ze haar neukten, alle drie achter elkaar, eerst op de gebruikelijke manier en vervolgens in haar aars. Ze wilde een beetje geslagen worden, ze wilde hoer en teef genoemd worden, en nog wat van die dingen, en als ze klaar waren moesten ze haar net zo achterlaten als ze haar hadden gevonden. Het geld zou in de la van het nachtkastje liggen. Deze lui waren schandknapen. Deze lui hadden sinds ze volwassen waren vrijwel elke dag ergere dingen gezien en gedaan. Dit was New York. Ze deden wat hun werd gevraagd, ze pakten hun geld en ze vertrokken. Zonder vragen te stellen, zonder antwoorden te verlangen. De persoon die dit 'feestje' had georganiseerd, moest daarna zijn gekomen en de dodelijke dosis cocaïne hebben toegediend. Er was niets wat erop wees dat het slachtoffer hem niet zelf had toegediend, ze had tenslotte één hand vrij en had heel goed een greep in het plastic zakje coke kunnen doen dat daar vlak naast haar op het kussen lag. Er zaten ook sporen cocaïne op haar hand, onder haar nagels, rond haar mond en neusgaten. Het was mogelijk. Zo zou het gegaan kunnen zijn.

Maar goed, hoe het ook was gegaan, de verklaring en getuigenis die ze had gegeven, waren niets meer waard. Wat de Grand Jury betrof, was ze een cocaïnegebruikster die drie prostitués had gehuurd om haar in een motel bij het Calvary Cemetery in haar aars te neuken. Visceglia was volledig door het lint gegaan. De schaal van Richter was uitgeslagen, zo boos was hij. Hij was de stad in gegaan en had zich bedronken. Ray Hartmann was – tegen beter weten in, ondanks de huilerige beloften die hij zijn vrouw en dochter had gedaan – ook de stad in gegaan. In de vroege uurtjes van donderdagochtend in de eerste week van december was hij wankelend de voordeur van zijn appartement in een gebouw zonder lift in Stuyvesant Town binnengestapt, zo dronken als een man kan zijn zonder buiten bewustzijn te raken, en in elkaar gezakt op de keukenvloer. Gelukkig was hij op zijn zij gevallen, en niet op zijn rug, want op een bepaald moment voordat zijn elf jaar oude dochter hem vond, had hij overgegeven. En toen ze hem vond, lag hij daar nog, met zijn hoofd in een plas opgedroogde kots op het zeil in de keuken, en ze had niets gezegd, niet geprobeerd hem wakker te maken, ze was teruggelopen naar de slaapkamer van haar moeder en had haar gewekt.

Carol Hill Hartmann had, ijzig stil van boosheid, een schaal koud water gepakt en die over de slapende gedaante van haar echtgenoot gegooid. Hij had zich nauwelijks verroerd. Uiteindelijk had ze hem gewekt door tegen de zolen van zijn schoenen te schoppen, en toen hij brabbelend half bij bewustzijn kwam, toen hij één met kots dichtgeplakt oog opende en naar haar opkeek, had hij gemompeld: *Laat me verdomme met rust, ja.*

Jessica was in huilen uitgebarsten. Ze wist niet waarom, het gebeurde gewoon, en hoewel ze die dag niet vertrokken, hoewel ze niets inpakten om naar het huis van Carols moeder te gaan, spraken ze af dat ze vier dagen achter elkaar niet tegen Ray Hartmann zouden praten. Ze hadden hun woord gestand gedaan, en ondanks zijn smeekbedes, ondanks zijn soebatten, ondanks de bloemen en afhaalmaaltijden die hij had meegebracht, ondanks zijn beloften dat hij eeuwig en voorgoed van de drank zou afblijven, hadden moeder en dochter volgehouden.

De maandagochtend daarna had Ray Hartmann een briefje op de aanrecht gevonden. Carol was de deur uit om Jessica naar school te brengen en hij was alleen thuis. De boodschap was zeer rechttoe rechtaan. Carol had het briefje geschreven, maar het was mede-ondertekend door Jessica.

Ray. We houden allebei van je. Je bent een goede echtgenoot en een goede vader. We willen niet zonder je. Als je nog één keer dronken wordt, laten we je alleen. We willen verder met ons leven en de man die we kennen en van wie we houden, kan met ons mee of hij kan dronken en gek worden in zijn eentje. Aan jou de keus. Carol. Jessica. xxx

Toen hij die avond thuiskwam van zijn werk, hadden ze allebei weer gewoon tegen hem gepraat. Ze vroegen hoe zijn dag was geweest. Ze babbelden met elkaar en betrokken hem in hun gesprekken alsof er niets was gebeurd. Het briefje dat ze hadden geschreven, zat in Ray Hartmanns portefeuille, en hij had er een gewoonte van gemaakt het elke dag te lezen om zichzelf eraan te herinneren wat belangrijk was in zijn leven. Hij deed het goed, hij deed het écht goed, tot het Kerstmis werd en zijn wereld op zijn werk opnieuw instortte.

Kerstmis was zwaar voor Ray Hartmann; dat was altijd zo geweest, dat zou altijd zo blijven. Kerstmis was een familiefeest, en hoewel hij de potentiële ramp had omzeild en het gezin dat hij had gecreëerd niet had verloren, kreeg hij het toch zwaar toen het december werd. Lang geleden had hij zelf een vader en een moeder gehad, een jongere broer die hij evenveel had liefgehad en bewonderd als Danny hem had liefgehad en bewonderd. Ze waren met zijn vieren geweest en nu was er één over. Er ging geen week voorbij waarin hij niet minstens één keer aan Danny dacht. Naïef en ondeugend, zij tweeën die op straat schuimden, kattenkwaad uithaalden, het huis vulden met het geluid van hun lach en hun gejoel. In Rays gedachten zou Danny altijd een klein kind blijven en die Kerstmis, de Kerstmis dat de boel uit elkaar spatte, begon de ellende met een kind.

Ray teerde nog steeds op een belofte. Hij had nog altijd het briefje dat zijn vrouw en dochter hem hadden gegeven, een briefje dat hij met plakband aan elkaar had geplakt om te voorkomen dat het uit elkaar zou vallen. Maar er was iets met kinderen, iets waardoor alles anders werd op een heel bijzondere manier. Voor Jess was geboren, had hij vele malen met mensen gesproken die kinderen hadden. *Ik doe alles voor mijn kinderen,* zeiden ze altijd. *Kinderen zijn het belangrijkste in mijn leven. Als mijn kinderen iets zou overkomen…* En hij had geluisterd, met een zekere belangstelling misschien, maar altijd objectief en van een afstand. Na de geboorte van Jess had hij precies geweten waar ze het over hadden. Als de kogel kwam, dan sprong je ervoor, zonder meer. Je zou doden voor je kinderen, sterven voor ze, voor ze ademhalen als het moest, en dat gevoel kon je op geen enkele manier delen met iemand die geen kinderen had.

De foto's kwamen op maandag 23 december. Ray had een paar dagen vrij voor Kerstmis, maar Visceglia had hem opgeroepen. Het kind was een toevallige voorbijganger, zeven jaar oud, liep met zijn vader door Schermerhorn Street. Hij droeg een Deluxe Power Rangers Playset. Vroeg kerstcadeau betaald door oma. Pa had gezegd dat hij het al mocht hebben omdat hij zijn moeder had geholpen met opruimen nadat zijn oma naar huis was gegaan. Pa overleefde het en hield slechts één kogel in zijn rechterdij over aan zijn bezoek aan de speelgoedwinkel. Het jochie kreeg er twee in de borst en ze scheurden hem als een lappenpop aan stukken. Bendeoorlog. Familievete over een kleine gokonderneming die niet meer dan vijf- tot tienduizend per week kon hebben gedraaid. Schutters misten hun doelwit en raakten de omstanders. Geen getuigen die iets nuttigs te vertellen hadden. Zaak werd gesloten voor hij goed en wel geopend was.

Ray Hartmann was van de plaats delict naar huis gegaan met een gebroken hart. Met het gevoel dat Jessica en hij het hadden kunnen zijn. Dat zijn eigen moeder en Danny het hadden kunnen zijn. Dit was een van die keren dat hij zich had afgevraagd of wat zij deden eigenlijk wel enig verschil maakte. Natuurlijk wel, maar op dat soort momenten zag hij alleen het lichaam van dat kind, de verbijsterde en gebroken vader, de gelaten officieren van justitie toen ze hem vertelden dat ze in dit geval niets voor hem konden betekenen. Hij had die dag niet gedronken. De volgende dag en de dag daarna ook niet. Op kerstavond had hij thuis een blikje bier genomen, en zelfs Carol had er niets van gezegd. Eerste kerstdag was goed, een dag voor het gezin en meer niet, en toen Jess haar cadeautjes had opengemaakt, had ze tegen haar moeder en haar vader gezegd dat ze de allerliefsten op de hele wereld waren, en het leek erop dat hij het zou redden en de dagen door zou komen als het soort man dat hij wilde zijn.

Op de ochtend van de achtentwintigste hadden Carol en hij ruzie gekregen. Het ging nergens over, over iets doms. Ze vroeg hem of hij de voorkamer wilde stofzuigen. Hij zei dat hij het straks zou doen. Ze vroeg het hem een halfuur later nog een keer en hij snauwde: *Ik zei toch dat ik het straks zou doen!*, waarop zij antwoordde: *Het ís straks, Ray… Het enige wat ik vraag is of je tien minuten wilt helpen om de boel hier een beetje aan kant te houden!* Ray was boos geworden, ze hadden woorden gekregen en daarna was hij de deur uit gelopen. Had gewoon zijn schoenen en zijn jas aangetrokken en was de deur uit gelopen. Achteraf had hij zich afgevraagd of hij al niet een beetje uit zijn humeur was geweest. Die ochtend had hij een e-mail van Visceglia gekregen met de vraag of hij de volgende dag een paar uur kon komen werken. Hij had niet teruggemaild, had er geen zin in gehad, maar hij wist dat hij dat voor het einde van de dag zou doen. Hij had geen keuze. Zo'n baan was het. Het was een roeping, een gelofte, het was niet alleen een salaris. Misschien kwam het daardoor. Of misschien kwam het doordat hij nog van streek was door dat kind, een kind wiens naam hij niet uit zijn hoofd kon krijgen, en doordat hij twee nachten na Kerstmis wakker had gelegen en alleen maar aan de ouders van dat kind had kunnen denken, dat dit een Kerstmis was die ze nooit zouden vergeten. Zijn vader had de Power Rangers Playset meegenomen in de ambulance. Kon zijn zoon niet mee naar huis nemen, dus nam hij oma's cadeautje voor de jongen mee. Er zat bloed op het cadeaupapier, het papier was gescheurd zodat je kon zien wat erin zat, en er zat een smal spoor van bloedspetters dwars overheen. Ray had zich afgevraagd wat de vader ermee zou doen. Hoe kon je zoiets bewaren? Wat zou de moeder van de jongen voelen als ze het zag? Wat moest Ray tegen haar zeggen als ze kwam vragen wat hij ging doen aan de mensen die haar kind hadden vermoord?

Wijsheid achteraf, de wreedste en scherpzinnigste raadgever van allemaal, zou een achteruitkijkspiegel zijn waar Ray Hartmann de daaropvolgende maanden vele malen in zou kijken. Hij was een tijdje bij zijn huis uit de buurt gebleven om af te koelen. Dit was een bijzondere tijd, een aantal dagen dat ze als gezin bij elkaar konden zijn, en nu gedroeg hij zich als een verwend kind omdat Carol hem had gevraagd of hij wilde stofzuigen. Hij besloot één biertje te gaan drinken in een bar drie straten van zijn huis. Hij had de tijd uit het oog verloren, hij had met de barman gepraat, hij had nog net het laatste stukje van een wedstrijd op tv gezien. Hij had zelfs een paar spelletjes pool gespeeld met een zekere Larry, en Larry had hem getrakteerd op een biertje, en nog een, en het zou heel onbeleefd zijn geweest om het gulle aanbod van die vent af te slaan, en het was verdomme toch Kerstmis, en wat had je aan Kerstmis als je het niet naar je zin mocht hebben?

Even na enen was Ray Hartmann de voordeur van zijn huis in gewankeld en op handen en voeten door de gang gekropen. Carol was voor hem opgebleven. Jessica ook. Ze waren allebei aangekleed. En toen hij dat zag, begon hij te brullen; dat was het moment dat hij zijn vuist had geheven en dwars door de deur van de keukenkast had geslagen. En toen Carol langs hem heen drong en hij op de grond viel, toen zijn vrouw en dochter samen tegen hem begonnen te schreeuwen dat hij de deur uit moest gaan en nooit meer moest terugkomen, kon hij nauwelijks zijn gekneusde en bebloede hand opheffen om hen stil te krijgen. Maar hij had begrepen wat ze bedoelden, en hij was vertrokken, was het hele eind naar de Eerste Hulp gelopen en had zijn hand laten schoonmaken en verbinden. Die nacht was het einde van één ding en het begin van iets anders geweest. Hij had het appartement in Little Italy gehuurd, Carol en Jess waren in Stuyvesant Town blijven wonen. Hij was niet naar de AA gegaan, had niet eens de eerste van de Minnesota Twaalf Stappen gedaan, hij had gewoon een besluit genomen, en het was misschien wel het hardste en meest vaste voornemen uit zijn leven. Hij had zich er onverbiddelijk aan gehouden, en op de avond van donderdag 28 augustus was Ray Hartmann op de kop af acht maanden gescheiden van zijn vrouw en dochter en al die dagen, elk uur, elke minuut, nuchter geweest. Hij had zichzelf ervan overtuigd dat er een weg terug naar zijn gezin was en dat die weg geplaveid zou zijn met geheelonthouding, hard werken, eerlijkheid en toewijding.

Die instelling had hem goede diensten bewezen op zijn werk, want hij had zich in zijn werk begraven, en al was zijn kamer klein en benauwd en hingen er prikborden aan de muur met foto's en kaarten en details van plaatsen delict, toch was hij er meestal te vinden geweest, vaak tot laat in de avond, soms in de vroege uren van de ochtend.

De ochtend van vrijdag 29 augustus kreeg hij daar, in die kamer, aan dat bureau, een telefoontje.

'Ray?'

'Carol?' In zijn stem zat een verbaasde klank, daaronder een zekere ongerustheid dat ze misschien belde omdat er iets naars was gebeurd.

'Hoe is het met je?' vroeg ze.

'Met mij is het goed, Carol, het gaat goed. Hoe is het met Jess?'

'Prima, Ray, het gaat heel goed met haar. Ze mist je, en dat is de reden dat ik bel.'

Ray zweeg. Hij had geleerd te spreken wanneer hem dat werd gevraagd en de rest van de tijd zijn stomme kop te houden.

'Zaterdag, volgende week zaterdag, 6 september, willen we met je af-spreken in Tompkins Square Park om twaalf uur. Dan gaan we met z'n allen iets eten en kun je Jess zien, goed?'

Ray Hartmann was een ogenblik met stomheid geslagen.

'Ray? Ben je er nog?'

'Ja, jazeker… ik ben er nog. Dat is fantastisch. Dank je wel. Dank je wel, Carol.'

'We doen dit voor Jess, niet voor mij. Ik heb meer tijd nodig. Ik heb veel gehad aan de afgelopen tijd, en ik heb over heel veel dingen nagedacht. Als wij ooit samen verder willen, moet er een aantal dingen veranderen. Nu maken we alleen een beetje tijd vrij voor Jess, begrepen?'

'Ja, natuurlijk begrijp ik dat.'

'Dus zorg dat je er bent, zaterdag over een week om twaalf uur, en als het goed gaat kunnen we daarna misschien eens praten over wat we gaan doen.'

'Ja, zeker, zeker.'

'Dan zien we je dan, goed?'

'Goed, Carol… Ik zal er zijn.'

En toen hing ze op, en Ray Hartmann zat daar met de hoorn zoemend in zijn oor, zijn ogen vol tranen, een dwaze grijns op zijn gezicht.

Hij zat nog zo toen Luca Visceglia de deur van zijn kamer opendeed en daar stond met een gezicht dat Ray Hartmann al te vaak had gezien.

Kantoor van de officier van justitie in New York, onderafdeling B, zestien over negen op vrijdagochtend 29 augustus, en achter Visceglia stonden drie mannen in pak, met witte overhemden en donkere stropdassen en ze trokken allemaal dat gezicht: een gezicht dat Hartmann vertelde dat het opnieuw menens zou worden, hoewel hij op dat moment, lichthoofdig door de gedachte dat zijn vrouw misschien weer met hem wilde praten, geen idee had wat ze zouden gaan zeggen en waar die woorden hem zouden brengen. Wie die mensen ook waren, ze hadden hem gevonden, hadden hem zeer snel gevonden naar het scheen; blijkbaar was hij de enige Ray Hartmann in het hele federale personeelsbestand in Washington, en dat bestand was het enige waar ze in hadden gezocht, amper een seconde.

Een uur later zouden alle kleuren anders zijn, de geluiden en beelden ook, en Ray Hartmann zou in een onopvallende grijze personenauto over Flatbush Avenue rijden naar de Brooklyn Navy Yard. Daar zou hij een helikopter aantreffen die hem en drie agenten van de FBI in New York naar het vliegveld zou brengen. Over een paar uur zou hij thuis zijn, thuis in New Orleans, en hoewel New Orleans wel de laatste plaats op aarde was waar hij ooit naartoe zou hebben willen gaan, had hij geen stem in deze kwestie.

De wereld was naar Ray Hartmann op zoek gegaan en de wereld had hem gevonden.

5

Gegriefd, tot de orde geroepen, afgewezen, behept met een schuldgevoel, een wanhopig zelfverwijt over de manier waarop het allemaal was gegaan, stond Ray Hartmann naast het raam van een hotel.

Laat de doden rusten, dacht hij. Laat de doden het respect krijgen dat ze verdienen, of het nu een broer, moeder of vader is, en als ze geen respect verdienen, laat ze dan ten minste rusten. *Pax vobiscum.*

Verlangend misschien naar een volledige en onvoorwaardelijke absolutie, een absolutie die nooit zou komen, begreep hij niettemin dat het leven van alle kanten op hem af zou blijven komen en dat spijt, teleurstelling, mislukken zelfs – zaken als deze – onlosmakelijk met het bestaan verweven zijn. Het leven was er. Het was wat het was, en als het een kant op boog die ongewenst was, bleek vaak dat je moest meebuigen. Wij – wij mensen – zijn gemaakt van zweepkoord en rubber en soortgelijke flexibele emoties en op de een of andere manier veren we terug. Als we ouder worden, voelen we soms de pijnlijke spanning in spieren die sinds onze jeugd geen beweging meer hebben gehad, maar hoewel ze stijf zijn, een beetje onbuigzaam, zijn ze niet geheel overbodig. Mogelijk zullen we onze hele identiteit nooit herwinnen, maar het grootste deel ten minste wel, en daarvoor zouden we dankbaar zijn. We hebben geademd, het leven heeft teruggeademd, en hoewel de smaak bitter was, hebben we geslikt. Keuze? Nee, een keuze hebben we niet. We hebben beslissingsbevoegdheid, maar vaak laten we onze oren hangen naar de dwang van gepastheid, deugdzaamheid, plicht. Deze dingen hebben we ondervonden, maar we zijn toch doorgegaan.

De wijk die Ray achter het raam zag, was vol van het verleden, de gebouwen laag en dicht opeen, een buurt tot barstens toe gevuld met zuiderlingen van Spaanse en Franse komaf, en de oude mensen, de moeders en vaders, hun moeders en vaders als ze nog leefden, lieten zien dat traditie en erfgoed niets met kleur of overtuiging te maken hadden. Ze hadden ze zelf gemaakt, in het zweet des aanschijns uit deze aarde een tijdloze wijnstok van opvattingen en idealen opgekweekt die niet veranderde, maar enkel groeide in de loop der tijd. Hier had Ray de beginjaren van zijn leven gedeeld met zijn broer, en hier terugkeren ging gepaard met een storm van emoties die tot in het heden doorwoedde en waaraan geen ontkomen was. De straat waar zijn vader met zijn mond wijd open op zijn knieën was gevallen alsof hij wilde bidden en naar zijn borst had gegrepen, terwijl pecannoten en avocado's en kleine rijpe sinaasappels uit zijn tas vielen en over de straat onder de wielen van auto's rolden; de geheime plekjes waar Ray en Danny hadden rondgehangen, heel wat warme schoolvakanties hadden doorgebracht, waar ze aan klusjes en een pak slaag probeerden te ontkomen, en aan oudere kinderen met stenen in lange sokken die ze rond hun pols lieten draaien zoals de oude Ierse agent met de gummiknuppel die hier altijd zijn ronde deed; het steegje naast de bar waar hij en Danny vroeger ademloos op de loer hadden gelegen tot een dronkaard de deur uit wankelde, en als hij viel, dan waren zij er om zijn zakken leeg te halen, zijn fles te pakken, een fles met iets dat zich vermengde met de warme vochtige lucht en hen de adem afsneed; dit alles, deze beelden, voor altijd in zijn geheugen gegrift, onuitwisbaar.

Ray Hartmann kon zich de keer herinneren dat er sneeuw op Dumaine had gelegen. Sneeuw die aan de takken van verdorde blauweregen en mimosa en magnolia hing, die zich ophoopte tegen de stoeprand en van de dakranden van huizen viel, en door die witheid hadden zich de toepasselijke serpentines van jeugdige stemmen bewogen van hen met de wanten en sjaals en handschoenen en laarzen, de jachtige opwinding die gepaard gaat met winterse nieuwigheid welke wij – op onze leeftijd, in ons denken, met onze geknakte hoop en gebutste dromen – op de een of andere manier verloren lijken te hebben.

Alles kwam hier tot stilstand. Carol. Jess. Luca Visceglia en de talloze juridische problemen waarmee hij elke dag worstelde. De geluiden veranderden, de schaduwen drongen zich aan hem op, de temperatuur daalde.

De FBI-agenten hadden hem vrijwel niets verteld, alleen dat zijn hulp nodig was bij een kwestie die mogelijk van nationaal belang was. Na de vliegreis hadden ze hem naar een hotel gebracht en gezegd dat hij een paar uur moest rusten, maar ze hadden geen idee waar ze hem écht heen brachten. Hier, op steenworpafstand van waar hij uit het raam stond te kijken, was Dumaine, een kaart van zijn verleden, een vingerafdruk die hij had achtergelaten, de trottoirs waar hij ook zijn knieën had geschaafd aan het leven en tot de ontdekking was gekomen dat het ruw was, keihard, van alle kanten op hem afkwam zonder ooit op te houden.

Na de dood van zijn moeder had hij gezworen dat hij hier nooit meer zou terugkomen, en toch besefte hij dat zijn via-via's, zijn omwegen, niets meer waren geweest dan een onnatuurlijke verwerping van het onvermijdelijke. Hij besefte dat New Orleans opnieuw dwars door hem heen zou lopen zodra hij haar grenzen overstak, en die zintuiglijke invasie was niet gewild noch welkom.

Ray Hartmann huiverde in de bries die door het half open raam binnendrong, meende dat hij dit altijd een afschuwelijke stad zou vinden ongeacht het seizoen – stinkend en vol van de geur van bandeloze en uitbundige vegetatie in de zomer, en dan in de herfst en winter de koude brosheid, de spookachtige hoekige lijnen van de bomen, de witte hekken die in onlogische patronen dwars over alle stukken land liepen, ongeacht welke eigenmachtige plutocratie er de scepter zwaaide en alle gevoel voor esthetica ten spijt. Dit was een armzalige en waardeloze streek; de enige zegen waren misschien de mensen zelf, die trouw bleven aan het plan en het voornemen van hun voorouders die het leven dat ze hadden geleid uit de klauwen van de moerassen hadden gesleept.

Hij keek naar links, keerde zich naar het groepje mimosabomen dat hij aan de overkant van de straat kon zien. Op heldere dagen klommen Danny en hij op een ladder uit de garage en keken ze over zulke bomen heen, keken ze over de Mississippi naar de Golf van Mexico, een reep helder donkerblauw, een streep door de aarde, een ader. Ze droomden ervan het ruime sop te kiezen, een papieren boot groot genoeg voor twee, de naden gedicht met was en boter, hun zakken vol dubbeltjes en dollars met de beeltenis van Susan B. Anthony, bij elkaar gespaard met het poetsen van spatborden en wieldoppen, het soppen van voorruiten en ramen en stoepjes voor de families Rousseau, Buie, Jerome. Weglopen, weglopen uit Dumaine met zijn tweeën, van het kruispunt waar grotere kinderen hen pestten, aan hun haar trokken, met scherpe vingers in hun borst porden en hen halvegaren noemden, waar ze wegrenden tot de adem zich uit hun borst perste in grote piepende astmatische hijgende stoten, een steegje in schoten, zich verstopten in de schaduwen wanneer de realiteit van de wereld oprukte rond de veilige en geïsoleerde cocon die ze voor zichzelf hadden geschapen. Danny en Ray, Ray en Danny, een echo op zichzelf; een echo van de kindertijd.

Het gekwetter van kinderen in de verte op straat...

Het vage en ondefinieerbare gevoel dat hij, al denkende, jaren weg- denkt, dat hij als hij aan deze dingen denkt jonger is voor zolang als het duurt.

En later, Danny al lang dood, thuiskomen van school toen zijn moeder nog leefde, korte bezoekjes, op doorreis...

Ha, mam...

Ray... blijf je eten, lieverd?

Ik heb al gegeten, mam, ik heb onderweg al iets gegeten.

Dan vertelde ze een beetje over haar dag, dat meneer Koenig haar mee had genomen naar de mis, dat ze voor hen allebei had gebeden en dat ze dat fijn vond. Ze praatte over een stuk in het Saenger Theater, over een etentje in het Royal Sonesta en moest dan opeens aan Mary Rousseau denken.

Herinner je je Mary Rousseau, die hier een stukje verderop woonde toen jullie nog klein waren... knap ding waar je verliefd op was?

Ik weet wie je bedoelt, ma, maar ik was niet verliefd op haar.

Hij voelde de druk van de hand van zijn moeder op die van hem.

De geur van de zitkamer, van gebraden kip, van lavendel en zalf voor schrammen en brandblaren en blauwe plekken, voor altijd de ambiance van de kindertijd, van opgroeien, van verliezen en helemaal opnieuw leren van iemand te houden.

En vertrekken, want vertrekken was het laatste wat hij deed.

Hoe gaat het met je, lieverd?

Het gaat goed, mam, het gaat goed.

Ben je hier voor je werk?

Zeker... zou hier anders niet komen.

Akelig geval?

Heel akelig... zo akelig als wat.

Dan keek ze naar hem, dat frêle en breekbaar uitziende vrouwtje, hoe- wel niets meer bezijden de waarheid was. Op een keer was ze aangeval- len door een puber die op haar tas uit was. Ze had hem een steegje door geschopt, hem in een hoek gedreven, geschreeuwd tot iemand haar te hulp schoot. Zelfs daarna ging ze nog alleen op pad. Ze sloeg alles wat er gebeurde gade met lichtblauwe verfletste ogen, en als er iets gebeurde bin-

nen een straal van vier of vijf blokken van de plaats waar ze was, kon ze het
je vertellen. Ze kon je namen geven, data, plaatsen, de leugens die waren
verteld, de eigenlijke waarheid. Ze was na de dood van haar echtgenoot
weduwe gebleven, naar sommigen beweerden omdat geen enkele man het
lef had haar het recht om alleen te zijn te betwisten. Ze was niet verdrietig,
ze had geen spijt; ze luisterde, gaf raad, hoopte dat ze op een dag alles wat
er was gebeurd, zou begrijpen en er enige zin in zou kunnen ontdekken.

Zeg, wat is er met je?

Ik zit gewoon te denken, ma.

*Altijd maar denken. Je eet niet genoeg groenten om zo veel te denken. Je zult
wit worden en verdorren als een blad en wegwaaien.*

Dan wendde hij zijn hoofd af, keek naar buiten naar de straten waarin
hij was opgegroeid.

Blijf nog even en drink een glas limonade, waarom niet?

*Natuurlijk, ma, natuurlijk… Ik blijf nog even en drink een glas limona-
de…*

De telefoon ging. Het was of iemand een elastiek aan Ray Hartmann had
vastgeknoopt en hem met een ruk naar het heden terugtrok.

Hij knipperde twee keer met zijn ogen, haalde diep adem en reikte
naar de hoorn.

'Meneer Hartmann?' vroeg iemand.

'Ja.'

'We komen naar boven om u op te halen.'

'Goed, goed,' antwoordde Hartmann en daarna legde hij de hoorn op
de haak en liep naar de kleine badkamer om zijn gezicht te wassen.

Het was kort na vijven, de avond van vrijdag de negenentwintigste.
Buiten zag het eruit alsof het zou gaan onweren.

Het eerste wat Hartmann opviel aan de chefs van de FBI-eenheid Stanley
Schaeffer en Bill Woodroffe was hun ogenschijnlijke gebrek aan individu-
aliteit. Allebei midden of eind veertig, donker kostuum, wit overhemd,
zwarte stropdas, grijzend haar bij de slapen, doorploegd voorhoofd en
bezorgde blik. Deze mannen zouden hun hele werkzame leven gekleed
gaan als voor een begrafenis. De twee FBI-agenten die naar New York waren gevlogen om Hartmann op te halen, hadden hem begeleid naar het
kantoor van de FBI in New Orleans, hem aangemeld zonder een woord te

zeggen, hem meegenomen door een doolhof van gangen en vervolgens voor hun deur neergezet.

'Deze kamer,' zei een van de agenten en daarop draaide het stel zich om en liep weg.

Toen Hartmann aanklopte, was het Schaeffer die zei dat hij moest binnenkomen, die hem begroette, de hand schudde, vroeg te gaan zitten, maar Woodroffe was degene die het gesprek opende.

'Hartmann,' zei hij zacht. 'Je zult wel enigszins verbaasd zijn over de manier waarop je hierheen bent gebracht.'

Hartmann haalde zijn schouders op.

Woodroffe wierp een blik op Schaeffer; Schaeffer knikte zonder zijn blik van Hartmann af te wenden.

'We zitten met een bijzonder geval. Een ongebruikelijke situatie. Er is een man vermoord en een meisje is ontvoerd, en we blijken je hulp nodig te hebben.'

Woodroffe wachtte tot Hartmann iets zei, maar Hartmann had niets te zeggen.

'De man die naar wij denken voor zowel de moord als de ontvoering verantwoordelijk is, heeft speciaal naar jou gevraagd en vanavond om zeven uur belt hij om met je te praten. We denken dat hij zijn eisen bekend zal maken.'

'Hoe heet hij?' vroeg Hartmann.

'We hebben geen idee,' zei Schaeffer.

Hartmann fronste. 'Maar hij wist hoe ik heette? Hij vroeg speciaal naar mij?'

Schaeffer knikte. 'Inderdaad.'

Hartmann schudde zijn hoofd. 'En jullie denken dat ik misschien uit zijn stem aan de telefoon kan opmaken wie hij is?'

'Nee, Hartmann, dat denken we helemaal niet. We hebben je dossier bekeken, we weten hoe druk je het hebt gehad met de vele honderden zaken die in de loop der jaren je bureau hebben gepasseerd. We verwachten echt niet dat je de man aan zijn stem zult kunnen herkennen, maar we vermoeden uiteraard wel dat het misschien iemand is waarmee je op een bepaald moment in het verleden te maken hebt gehad of die je ergens bent tegengekomen.'

Hartmann knikte. 'Dat lijkt me logisch. Hij vroeg tenslotte persoonlijk naar mij.'

'Daarom willen we dat je het telefoongesprek voert, met hem praat,' zei Woodroffe. 'Misschien stelt hij zichzelf voor, misschien ook niet, maar we hopen dat hij ons zijn eisen en voorwaarden voor de terugkeer van het slachtoffer van de ontvoering zal geven.'

'En dat is?' vroeg Hartmann.

Woodroffe keek opnieuw schuin naar Schaeffer.

'Kent u Charles Ducane?'

Hartmann knikte. 'Uiteraard, gouverneur Charles Ducane, toch?'

Schaeffer knikte. 'Het slachtoffer van de ontvoering is de dochter van gouverneur Ducane, Catherine.'

'Godallemachtig,' zei Hartmann.

'Zeg dat wel,' zei Schaeffer.

Hartmann leunde naar voren en legde zijn onderarmen op de rand van het bureau. Hij keek Woodroffe en Schaeffer aan, en daarna sloot hij een moment zijn ogen en slaakte een zucht.

'Jullie beseffen toch wel dat ik geen ervaring heb als onderhandelaar?' zei Hartmann.

'Dat weten we,' zei Woodroffe, 'maar we zitten in een situatie dat we ons tot niemand anders kunnen richten. Geloof me, als we op enigerlei wijze konden voorkomen dat je erbij betrokken werd, zouden we dat doen. Dit is een federale kwestie en hoewel je uiteraard in dienst bent van de federale overheid, beseffen we ook dat dit niet het soort werk is waar je geschikt voor bent.'

Hartmann fronste. 'Wat, denk je dat ik geen telefoontje kan aannemen?'

Schaeffer glimlachte, maar er lag niets warms in zijn ogen. 'Nee, Hartmann, we weten heus wel dat je in staat bent een telefoontje aan te nemen. Wat we bedoelen is dat je een opsporingsambtenaar bent voor de Subcommissie Georganiseerde Misdaad, geen agent met jaren van opleiding en ervaring in het onderhandelen met gijzelnemers.'

'Maar dat zijn jullie wel en jullie denken dat we met elkaar die vent kunnen pakken en het meisje kunnen redden?'

Schaeffer en Woodroffe waren een moment stil.

'Een spottende houding past niet bij dit soort werkzaamheden,' zei Schaeffer zacht.

Hartmann knikte. 'Sorry,' zei hij even zacht, en hij vroeg zich af hoe lang het telefoontje op zich zou laten wachten, hoe lang hij daarna zou moeten blijven en of er die avond een late vlucht naar New York ging.

'Dus dit gaat vanavond gebeuren,' zei Hartmann.

'Zeven uur,' zei Schaeffer.

Hartmann keek op zijn horloge. 'Dan heb ik nog iets meer dan een uur de tijd.'

'Je kunt deze alvast bekijken,' zei Woodroffe. Hij stond op van zijn stoel en liep door de kamer naar een klein bureau in de hoek. Hij kwam terug met een stapel dossiers en legde die voor Hartmann neer.

'Alle feiten die we tot nu toe hebben, foto's van het moordslachtoffer, foto's van het meisje, rapporten van de forensische en criminalistische afdeling, de gebruikelijke dingen. Bekijk ze nu, zodat je enig idee hebt waarmee we te maken hebben als hij belt.'

Woodroffe bleef staan terwijl hij sprak en toen stond Schaeffer ook op. 'We laten je een tijdje alleen. Heb je nog iets nodig?'

Hartmann keek op. 'Een asbak. En zou iemand een kop koffie voor me kunnen halen? Niet van die troep uit een machine, maar echte koffie met melk?'

Schaeffer knikte. 'We zullen zien wat we kunnen doen, Hartmann.'

'Bedankt.' Hartmann wachtte tot ze de kamer uit waren voor hij de eerste dossiermap opensloeg en neerkeek in de kofferbak van een Mercury Cruiser uit '57 met een tot moes geslagen dode vent erin.

Het sterrenbeeld maakte dat hij geïnteresseerd raakte. Sloeg hem als een vis aan de haak. Het betekende niets, althans niets specifieks, maar het feit alleen al dat de persoon die dit had gedaan de tijd had genomen om het sterrenbeeld Tweelingen op de rug van het slachtoffer te tekenen, vertelde Hartmann dat hij hier te maken had met iemand die iets geraffineerder was dan de doorsnee crimineel. En dan was er nog het hart. En dan was er nog het simpele feit dat het ontvoerde meisje de dochter van Charles Ducane was. Misschien was dat het moment, toen hij in de kale kamer zat met de foto's, de rapporten, de transcripties van de twee telefoontjes die waren ontvangen, al de details van alles wat sinds woensdagavond twee-entwintig augustus was voorgevallen voor zijn neus, dat Ray Hartmann bedacht dat hij vanavond misschien niet meer weg zou komen.

En zo niet vanavond, wanneer dan wel?

Waarom wilde deze man met hem praten, juist met hém, en wat zou hij van hem vragen? Zou het iets zijn wat hem in New Orleans zou houden?

En wat dan met Tompkins Square Park zaterdag om twaalf uur?

Ray Hartmann zuchtte en sloot zijn ogen. Hij leunde naar voren, met zijn ellebogen op het bureau, zijn voorhoofd tegen zijn in elkaar geslagen handen, en achter zijn ogen zag hij het gezicht van Carol, zoals ze naar hem keek wanneer hij weer iets had gedaan waar ze pisnijdig van werd. En toen zag hij Jess, hoe ze hem begroette wanneer hij thuiskwam, haar brede glimlach, haar glanzende ogen, alles wat ooit iets voor hem betekend had samengebald in het leven van twee mensen die hij niet kon spreken...

Hij schrok toen iemand op de deur klopte.

Ray Hartmann opende zijn ogen en liet zijn handen zakken.

De deur ging open en Bill Woodroffe kwam binnen, met dezelfde blik op zijn gezicht als daarvoor, en knikte naar Hartmann.

'Tien minuten,' zei hij. 'We gaan ergens anders heen voor het telefoontje, waar we meer agenten hebben op extra lijnen.'

Hartmann stond op, liep om de tafel heen en volgde Woodroffe.

Ze liepen door de gang en namen de tweede deur aan de rechterkant. De zaal zag eruit als het controlecentrum in Houston: hele verzamelingen computers, grijze losstaande wandjes die talloze bureaus van elkaar scheidden, kaarten van vloer tot plafond aan drie van de muren, eindeloze rijen archiefkasten en tussen dit alles een stuk of tien mensen van de FBI, allemaal met een wit overhemd en donkere stropdas.

'Even luisteren!' riep Woodroffe boven het geroezemoes uit.

Het werd stil in de zaal. Je had een speld kunnen horen vallen.

'Dit is speciaal opsporingsambtenaar Ray Hartmann uit New York. Hij maakt deel uit van de Subcommissie Georganiseerde Misdaad daar. Dit is de man die het telefoontje gaat aannemen.'

Woodroffe liet zijn woorden een moment bezinken.

Hartmann voelde dat alle ogen op hem gericht waren.

'Dus als het telefoontje binnenkomt, nemen we het in drie stappen aan. Feshbach, Hackley en Levin nemen het eerst aan op lijn een; Landry, Weber en Duggan op twee; en ten slotte Cassidy, Saxon en Benedict op lijn drie. Als alle drie de teams hebben opgenomen, zal meneer Hartmann hier lijn vier nemen. Als iemand ook maar het geringste geluid maakt wanneer het telefoontje via de speakers is doorverbonden, wordt hij twee weken geschorst met inhouding van salaris. Het gaat om het leven van een jong meisje, heren, begrepen?'

Er werd door de hele zaal instemmend gemompeld.

'Dat is het plan. Meneer Kubis zal het telefoontje natrekken en opnemen overeenkomstig de procedure. Dus, heren, neem plaats en wacht af.'

Woodroffe gebaarde dat Hartmann op een stoel aan het bureau voor hem moest gaan zitten. Dat deed Hartmann. Hij wierp een blik op de klok aan de muur. Vier minuten voor zeven. Hij voelde de spanning in zijn keel en borst. Zijn handen waren klam en onder zijn haarlijn parelden de eerste zweetdruppeltjes. Dit was niet wat hij vanavond had willen doen.

Om twee minuten voor zeven moest iemand niesen. Woodroffe stuurde de man de zaal uit.

Het was doodstil.

Hartmann voelde zijn hart bonzen in zijn borst. Hij wilde zijn ogen sluiten, ze weer opendoen en tot de ontdekking komen dat het allemaal was verdwenen, dat het enkel een vreemde, onlogische droom was geweest. Hij durfde zijn ogen niet dicht te doen. Hij kon niet laten blijken dat hij hierdoor van zijn stuk werd gebracht. Zoals Woodroffe zo duidelijk had gesteld: het ging om het leven van een jong meisje.

Eén minuut voor zeven.

Hartmann keek op naar Woodroffe. Woodroffe keek kalm terug. Dit was werk, niets meer en niets minder dan werk. Ze waren uiteraard gepikeerd dat Hartmann aanwezig was. Hij mocht dan gebonden zijn door dezelfde wettelijke en gerechtelijke gedragscode, maar hij hoorde er beslist niet bij.

Hij keek achterom naar de telefoon en wenste dat hij zou overgaan. Hij wilde het weten. Hij wilde de stem van deze man horen, onmiddellijk weten wie het was, zich tot Woodroffe richten en hem precies vertellen waar ze hem zouden vinden en hoe ze het meisje konden redden...

Hij wilde in een vliegtuig terug naar New York zitten in de wetenschap dat hij komende zaterdag Carol en Jess zou zien.

Hij ademde in.

De telefoon ging over en Hartmann schrok zich een ongeluk.

'Lijn een,' blafte Woodroffe.

'Lijn twee.'

Hartmanns hart bonsde als een ontspoorde goederentrein in zijn borst.

'Lijn drie... nu!'

Een ogenblik stilte, een ogenblik dat eindeloos duurde.

Woodroffes hand op zijn schouder.

Hartmann keek naar zijn eigen hand toen deze naar de hoorn reikte.

Nu, zei Woodroffe geluidloos, en Ray Hartmann – de man met het gebroken hart en de verbittering, de man met het berouw en zijn duistere kanten, met uitsluitend de wens komende zaterdag om twaalf uur zijn vrouw en dochter te zien in zijn gedachten – nam de telefoon aan.

'Ja?' zei hij op gedempte toon met een stem die bijna oversloeg.

'Ray Hartmann,' antwoordde de stem aan de andere kant van de lijn. 'Welkom thuis in New Orleans...'

6

Later, met de lampen uit, achter het raam in het vage lichtschijnsel van New Orleans dat zich in slow motion door de koude uren van de vroege ochtend sleepte, vroeg Ray Hartmann zich af waarom hij dit leven had gekozen.

Een leven van misdaad, zo je wilt; misdaden van anderen, maar toch misdaden.

Net als bij politiemensen, de FBI, de lijkschouwers en forensisch geneeskundigen het geval was, bij allen die voorbestemd waren de onderbuik van Amerika uit te kammen, de onderste steen boven te keren, de donkerder schaduwen op te zoeken om te zien wat zich daar verschool, bleek hij op de een of andere manier – door lot of fortuin – met deze plicht te zijn belast. De moordenaars, de serieverkrachters, de huurmoordenaars, de kindermisbruikers, de sluipschutters, de psychopaten, de sociopaten, de schuldigen, de gefrustreerden, de gekwelden en verloederden. Hier was, in al zijn luisterrijke glorie, het slechtste wat de wereld te bieden had, en hij – hij nota bene, die op dit moment niets meer wenste dan zekerheid en welzijn voor zichzelf en zijn gezin – liep opnieuw langs de rand van de afgrond en keek omlaag, tartte de zwaartekracht, stelde zijn evenwichtsgevoel op de proef om te zien of hij deze keer, déze keer dan, zou vallen.

In New York, in het kantoor dat hij met Luca Visceglia en het team deelde, lagen de gegevens van talloze levens die door een verzameling waarlijk waanzinnige mensen waren verwoest. Zelfs de in januari 1997 door de FBI vrijgegeven vijftienduizend pagina's tellende documenten met betrekking tot de maffia, de dood van Kennedy, van Jimmy Hoffa, de praktijken van de Teamsters' Union en de moordaanslagen op hun compagnons en trawanten, gaven geen indicatie van de mate waarin de corruptie en machiavellistische oneerlijkheid bij de overheid en haar vele systemen waren doorgedrongen. En Hoover, misschien wel de sluwste en meest uitgerekende hypocriet van hen allemaal, had zelfs een keer opge-merkt: 'Ik heb nog nooit zo veel gekonkel meegemaakt...'

Ray Hartmann had zich honderden uren verdiept in het verleden en de erfenis van deze mensen. Hij kon zich nog levendig de gesprekken herinneren die Visceglia en hij in de kleine kamer die ze aanvankelijk met elkaar deelden, waren begonnen en naar zijn idee nooit hadden af-gemaakt. Destijds meende Hartmann dat hij de methoden en motieven van deze mensen kende, maar Visceglia had hem laten zien hoe naïef hij was.

'In feite is het nooit iets anders geweest dan de gangsterfamilies Gam-bino en Genovese,' had Visceglia hem verteld. 'Die families werden vele generaties geleden gevestigd, lang voor het gedoe waar wij mee te maken hebben. Die mensen verdeelden New York onder elkaar alsof het altijd van hen was geweest... alsof het altijd hun eigendom was geweest.'

Visceglia was een kettingroker, hij dronk te veel koffie. Hij had een air van filosofische berusting ten aanzien van zijn plaats in het leven. Het was of hij het gewicht van deze vertroebelde wereld op zijn schouders droeg en die schouders kromden zich en raakten overbelast, maar ze verslapten nooit.

'Gespannen?' had Hartmann hem een keer gevraagd en Visceglia had spottend gelachen, met zijn hoofd geknikt alsof zo'n opmerking het un-derstatement was dat alle understatements overtrof, en gezegd: 'Gespan-nen? Als een veer, Ray... als een veer.'

Hartmann had met hem ingestemd maar niet geweten wat hij verder moest zeggen. Wat kón een mens zeggen als je bedacht waar ze mee te maken hadden?

'Miljarden dollars,' had Visceglia gezegd. 'En de invloedssfeer van die mensen strekt zich uit over de hele wereld, en dat hebben ze in een paar decennia voor elkaar gekregen. Het is soms bijna niet te geloven, het is echt niet te geloven. Om levens die verloren gaan maken ze zich net zo min druk als om een spelletje poker met een inzet van vijf dollar. Dit hele gedoe gaat heel ver terug... en daar vind je dan de namen die je hebt gehoord, mensen als Lucky Luciano, Bugsy Siegel, Meyer Lansky en Al Capone.'

Zoals altijd op dat soort momenten had Visceglia zijn hoofd geschud en een zucht geslaakt. Hij deed dat op een bepaalde manier waardoor het leek of hij zou leeglopen en verdwijnen.

'Joseph Valachi kwam uit de familie Genovese en hij leverde iedereen een mooie streek toen hij in september en oktober 1963 voor de Permanente Onderzoekscommissie van de Senaat getuigde. Valachi was de man die de term "Cosa Nostra", "dit ding van ons", gebruikte en de dingen die hij tegen de commissie vertelde, joegen iedereen die hem hoorde de stuipen op het lijf. Uiteindelijk kwam het erop neer dat wat hij te zeggen had niet bezwarend genoeg was om iemand direct in staat van beschuldiging te stellen, maar daarna werd alles wel anders voor de families.'

'Daar heb ik over gelezen,' had Hartmann gezegd. 'De geheimhoudingsplicht en dat soort dingen –'

'Omertà,' zei Visceglia. 'Valachi schond de omertà... Een van de weinige maffialeden die dat ooit heeft gedaan, en hij trok een beerput open die meer inzicht in de strijd om de macht en de activiteiten van de gewone soldaten van de maffia gaf dan wie ook.'

'Weet je waarom hij dat deed?' vroeg Hartmann.

Visceglia schudde zijn hoofd. 'Ik weet er wel iets van, ja.'

Hartmann had verwachtingsvol zijn wenkbrauwen opgetrokken. Het was laat, hij had al op weg naar huis moeten zijn, maar het onderwerp intrigeerde hem, hoewel het hem ook benauwde.

Visceglia had zijn schouders opgehaald. 'Valachi had zich aan het einde van de jaren twintig aangesloten bij de organisatie van Salvatore Maranzano en hij diende onder Maranzano tot deze in '31 werd vermoord. Daarna diende Valachi onder Vito Genovese in de familie Luciano. Hij was maar een waterdrager, een soldaat. Hij was een huurmoordenaar, een geldophaler, loterijman en drugsverkoper, en hij deed alles wat hem werd opgedragen. Ze kregen hem in '59 te pakken en hij werd veroordeeld tot een gevangenisstraf van vijftien tot twintig jaar voor drugshandel. Ze stuurden hem naar Georgia, naar de gevangenis in Atlanta, en daar is hij een beetje doorgedraaid – misschien door het opgesloten zitten, misschien door de eenzaamheid, hoe dan ook: hij zette zich in het hoofd dat Vito Genovese hem had aangewezen als informant en zijn dood had bevolen. Hij zag een medegevangene, Joe Saupp, aan voor Joe Beck, een huurmoordenaar. Valachi doodde Saupp met een ijzeren pijp en kreeg levenslang. Op dat moment besloot hij pas verklikker te worden. Hij wilde bescherming van de overheid en die kon hij maar op één manier krijgen. Het enige waardevolle wat hij had, zat in zijn hoofd.'

Visceglia had geglimlacht, opnieuw met die blik van filosofische berusting. 'Het is ironisch,' had hij gezegd, 'maar toen Valachi naar de hoorzittingen van de Permanente Onderzoekscommissie van de Senaat kwam, werd hij door niet minder dan tweehonderd US marshals bewaakt. Meer beveiligers dan de president, godbetert. De maffia zette een prijs van honderdduizend dollar op zijn hoofd. Toch noemde Valachi meer dan driehonderd leden van de maffia en gaf hij een gedetailleerder en bondiger overzicht van de geschiedenis en structuur van de maffia dan we tot dan toe hadden. Valachi noemde Lucky Luciano als de belangrijkste stem in de maffia. Hij vertelde over de Havanaconferentie en hoe Luciano zelfs tijdens zijn ballingschap de boel meedogenloos had geregeerd. Hij wees Meyer Lansky aan als de onderbaas van Luciano. De familie begon Valachi Joe Cargo te noemen. Dat werd verbasterd tot Cago, in Italiaans dialect het woord voor stront.'

Visceglia had gelachen en een nieuwe sigaret opgestoken.

'Valachi was geen Einstein. Hij was gewoon een zware jongen en wat er tijdens die hoorzittingen uit zijn mond kwam, is later grotendeels weerlegd. Kennelijk kende de club waar Valachi voor werkte hem goed. Ze vertelden hem een hoop onzin waarvan Valachi dacht dat het waar was. Toch brachten de uitspraken van Joseph Valachi en de latere *Valachi Papers* de maffia uiteindelijk een verwoestende klap toe. Vanaf dat moment begon de boel in elkaar te storten. Als Valachi niet was gepakt en de boel niet had verlinkt, wie weet wat er dan was gebeurd.'

Visceglia had zijn hoofd geschud en een moment gezwegen. 'Na de verklaring van Valachi publiceerde de politie van New York City een zeer veelzeggend cijfer. In de daaropvolgende drie jaar waren in de agglomeratie New York-New Jersey-Connecticut meer leden van de maffia gevangengezet dan in de dertig jaar daarvoor. De man deed wat hij deed, goed of fout, wat de federale mensen betrof, en hoewel uiteindelijk niemand in zijn verklaring ergens rechtstreeks van werd beschuldigd, werden het grote publiek en de politiek zich wel bewust van wat er werkelijk gaande was en waartoe deze mensen in staat waren.'

'En tegenwoordig?' had Hartmann gevraagd.

'Tegenwoordig? Ach, het is niet meer wat het geweest is,' zei Visceglia. 'Het is altijd anders dan in het goeie ouwe Italië... *whaddya know*, hm? Als het maar een naam heeft, *forgeddaboudit*, hè?'

Hartmann had gelachen. Visceglia had ondanks alles, ondanks de foto's, de verhalen, de verloren levens, het aantal doden dat hij had gezien, ondanks alles wat hij op zijn schouders droeg, op de een of andere manier een zekere droge humor weten te bewaren. Visceglia was niet getrouwd en Hartmann had hem een keer gevraagd waarom.

'Getrouwd? Iemand zoals ik? Het zou niet eerlijk zijn om iemand die daar niet om had gevraagd hierbij te betrekken.'

Hartmann had waardering voor dat standpunt gehad en meende – misschien – dat hij genoeg karaktervastheid bezat om een zekere afstand en objectiviteit te bewaren. Hij dacht dat hij twee levens kon leiden, een op zijn werk en een thuis, en hij zou pas na verloop van tijd inzien hoe geniepig en stil het ene het andere kon binnendringen en ontregelen.

Complex en bijna onontwarbaar, incestueus en nepotistisch was de maffia, een veelkoppige Hydra die alle pogingen hem uit te roeien had overleefd. Het was niet iets wat in reële of concrete zin bestond. Het was een schrikbeeld, een reeks onderling verbonden maar niettemin op zichzelf staande schimmen. Deed je een greep naar één facet, dan glipte een ander je onherroepelijk door de vingers. Het was 'dit ding van ons', en degenen wier ding het was waren misschien loyaler dan enig officieel erkend lichaam dat tegenover hen stond.

En het was Hartmann, ondanks alle dossiers en uitgewerkte telefoongesprekken waaraan hij vele uren had besteed, ondanks de tapes waarnaar hij had geluisterd, de rechtbankverslagen waarboven hij in slaap was gevallen, nooit gelukt de werkelijke betekenis van deze 'familie' te vatten. Deze mensen schenen inderdaad het ergste te zijn wat de wereld te bieden had, en hij had zichzelf vaak genoeg afgevraagd of hij niet weg moest gaan bij de rand, drie stappen achteruit moest doen en de andere kant op lopen. Maar toch bleek hij zelfs op de somberste momenten, zelfs wanneer hij inzag dat zijn drankgebruik grotendeels een gevolg was van deze last op zijn schouders, en ook inzag dat hij juist door het drinken zijn vrouw en zijn kind onherroepelijk zou kunnen kwijtraken, zijn ogen niet te kunnen afwenden. Morbide belangstelling werd fascinatie werd obsessie werd verslaving.

En zo lag hij daar op zijn hotelbed, met de echo van het gesprek dat hij eerder die avond had gehad nagalmend in zijn hoofd, en de gedachten die erbij hoorden, de gedachten die zoiets met zich meebracht, waren somber en deprimerend en bijna niet te verdragen.

'Je blijft hier zolang als het duurt, beste kerel,' had Schaeffer tegen hem gezegd met een nuchterheid die geen tegenspraak duldde. 'Je bent hoe dan ook in dienst van de federale overheid en als zodanig val je nu onder ons gezag. Wat wij zeggen gebeurt en daar valt niet aan te tornen. Het gaat om het leven van een meisje, niet zomaar een meisje, maar de dochter van een van de belangrijkste politici van het land. Charles Ducane is al sinds ze samen op de middelbare school zaten een persoonlijke vriend van de vicepresident, en bij ons wordt er door niemand nee gezegd tegen de vicepresident. Begrepen, Hartmann?'

Ray Hartmann had geknikt. Ja, hij had het begrepen, had begrepen dat hij geen stem in het kapittel had. Hij had naar Schaeffers gezicht gekeken terwijl hij sprak, terwijl de woorden over zijn lippen kwamen, maar het enige wat hij zag, waren de gezichten van zijn vrouw en kind als ze komende zaterdag in Tompkins Square Park kwamen en hij was er niet. Dat was het énige wat hij zag. Hij had ook iets gehoord, hij had de stem van Jess gehoord die vroeg: *Waar is papa heen? Waarom is hij er niet? Hij heeft toch gezegd dat hij er zou zijn, mama?*

En Carol zou opnieuw moeten uitleggen dat *papa* er een ander schema op nahield dan zij, dat *papa* heel belangrijk werk te doen had, dat *papa* niet expres was weggebleven en dat er een goede verklaring voor zijn afwezigheid moest zijn. Maar in gedachten zou Carol hem vervloeken, tegen zichzelf zeggen dat het stom was geweest om te geloven dat hij zijn woord zou houden, dat er niets was veranderd ook al waren ze al die maanden uit elkaar geweest, dat Ray Hartmann nog steeds dezelfde egocentrische, warrige, hopeloze zuiplap was als altijd.

Maar dat was niet de waarheid. Hij was niet altijd egocentrisch geweest, hij was niet altijd warrig geweest, en hij was beslist géén zuiplap en ook nooit geweest. Dit maakte hem zo, dit leven, deze mensen, en nu viel hij verdomme weer terug in dezelfde patronen, ook al had hij zichzelf beloofd dat hij dit jaar, dít jaar, dit waanzinnige slechte werk voor gezien zou houden.

Hartmann draaide zich om en begroef zijn gezicht in het kussen. Buiten was New Orleans, hetzelfde New Orleans dat hij had verlaten met de gelofte er nooit te zullen terugkeren. Maar teruggekeerd was hij, en bij zijn terugkeer had hij alle koffers meegenomen waarvan hij dacht dat hij ze had achtergelaten. Hij had ze in feite nooit neergezet, dat was de waarheid, en wat erin zat, wat hem zo veel angst aanjoeg dat hij niet durfde kijken, was er al die tijd geweest. Je liet dingen nooit echt los, je maakte jezelf gewoon wijs dat je eraan was ontgroeid. Hoe kon je eraan ontgroeien wanneer ze een wezenlijk onderdeel waren van wie je was, en dat altijd waren geweest en altijd zouden blijven?

Hij voelde de spanning in zijn borst, had moeite met ademhalen. Hij draaide zich om en staarde naar het plafond, keek naar de schuivende strepen van autolichten die aan het einde van de straat onder zijn raam afbogen en hun weg vervolgden in het duister. Daarbuiten zou hij eenvoudiger mensen met eenvoudiger levens vinden. Ja, ze vertelden leugens, ze speelden vals, ze lieten elkaar barsten en er waren dingen die ze betreurden, maar dat waren dingen van henzelf; ze probeerden niet hun eigen last en ook nog de last van de rest van de wereld te dragen. Zo gek waren ze niet.

Misschien zou het nooit makkelijk worden. En niemand had hem ooit gezegd dat het makkelijk zou zijn. Maar ze hadden verdomme ook nooit verteld dat het zo moeilijk zou zijn.

Hartmann ging rechtop zitten en pakte zijn sigaretten. Hij stak er een op en zette de tv aan met de afstandsbediening. Hij liet de geluiden en beelden in zijn hoofd door elkaar lopen tot hij geen idee meer had waar hij naar keek en waarom. Het werkte een minuut, misschien twee, maar altijd aanwezig was het geluid aan de andere kant van de telefoon, de manier waarop de stem als het ware door de draad was gekropen en door zijn oor zijn hoofd was binnengedrongen.

En hoe die eerste woorden hadden geklonken, en dat ze niet erger hadden kunnen zijn.

'Ray Hartmann… Welkom thuis in New Orleans…'

Een snijdende angst kroop langs zijn ruggengraat en zette zich vast aan de onderkant van zijn nek. Hij deed zijn rechterhand omhoog en masseerde de spieren die verkrampten tot kleine vuisten.

Hartmann deed zijn mond open. Hij keek opzij naar Schaeffer. Er kwam niets uit. Geen woord.

'Gaat het goed met u, meneer Hartmann?'

Schaeffer stootte hem aan.

'Ja, prima,' antwoordde Hartmann.

'Ik heb begrepen dat u helemaal uit New York naar huis bent gehaald… Of hebt u uzelf ervan kunnen overtuigen dat u nu in New York thuishoort?'

Hartmann zweeg.

Schaeffer stootte hem nogmaals aan. Hartmann wilde opspringen en Schaeffer met de hoorn in het gezicht slaan. Hij deed het niet. Hij bleef doodstil zitten en voelde hoe hij het zweet in zijn handen kreeg.

'Ik geloof het niet,' zei Hartmann.

'Dan hebben u en ik iets gemeen, meneer Hartmann. Ondanks alles, ondanks al die jaren, alle plaatsen waar ik ben geweest, ben ik net als u ... Ik heb New Orleans nooit uit mijn bloed kunnen krijgen.'

Hartmann gaf geen antwoord.

'Maar goed, ik kan me voorstellen dat meneer Schaeffer en zijn federale agenten druk bezig zijn dit telefoontje na te trekken. Zeg maar tegen ze dat dat niet hoeft. Zeg maar dat ik naar het bureau kom. Ik kom naar het bureau om met u te praten, meneer Hartmann, om u enkele dingen te vertellen.'

'Wat voor dingen?'

De man aan de andere kant van de lijn lachte zacht. 'U en ik, we zullen net Robert Harrison en Howard Rushmore zijn.'

Hartmann fronste. 'Wie?'

'Harrison en Rushmore... Kent u die namen niet?'

'Nee, zou ik ze moeten kennen?'

'Robert Harrison en Howard Rushmore gaven het tijdschrift *Confidential* uit. U weet wel, "Ongecensureerd en vertrouwelijk", "Vertelt de feiten en noemt de namen". U kent het tijdschrift *Confidential*?'

'Ja,' zei Hartmann. 'Ik heb ervan gehoord.'

'Dat gaan wij doen, u en ik. We gaan enige tijd met elkaar doorbrengen en ik zal u enkele dingen vertellen die jullie van de overheid misschien niet willen horen. En we doen het als volgt. Ik kom naar het bureau. Ik wil waardig en met respect worden behandeld. Ik vertel u wat ik kwijt wil. Jullie kunnen met de informatie die ik geef doen wat jullie willen, en als we klaar zijn, zal ik vertellen waar jullie het meisje kunnen vinden.'

'Catherine Ducane.'

'Nee, meneer Hartmann, Marilyn Monroe. Natuurlijk Catherine Ducane. Het gaat allemaal om Catherine Ducane.'

'En het gaat goed met haar?'

'Het gaat zo goed als onder de omstandigheden mag worden verwacht, meneer Hartmann, en dat is alle informatie die u vanavond van me zult krijgen. Zoals ik al zei, ik kom naar het bureau en als ik daar ben, zal ik u vertellen wat u moet weten, en dat is wat wij zullen doen.'

'Hoe herkennen we u als u komt?' vroeg Hartmann.

De man lachte. 'O, u herkent me wel, meneer Hartmann. Dat, kan ik u verzekeren, is wel het laatste waar u zich zorgen over hoeft te maken.'

'En wanneer komt u?'

'Binnenkort,' zei de man. 'Zeer binnenkort.'

'En wat –'

De verbinding werd plotseling verbroken. Hartmann hield de hoorn tegen zijn oor, ook al kon hij het zoemende geluid van de dode lijn door de luidsprekers in de zaal horen.

Hij huiverde. Hij sloot zijn ogen. Hij legde de hoorn langzaam neer en draaide zich om naar Schaeffer.

Kubis verscheen in de deuropening met een rood aangelopen gezicht en de blik van een geagiteerde man in zijn ogen. 'Twee blokken hiervandaan,' riep hij. 'Hij stond twee blokken hiervandaan toen hij belde.'

Schaeffer kwam veel sneller in beweging dan met zijn postuur mogelijk had moeten zijn, maar hij was de zaal al uit met drie andere agenten achter zich aan, en hoewel ze op een drafje de voordeur van het FBI-gebouw uit gaan, hoewel ze door Arsenault Street stormen en bijna het leven laten als ze op het kruispunt dwars door het verkeer heen rennen, hoewel ze binnen drie minuten bij de telefooncel staan waar het telefoontje is gepleegd, vinden ze niets. Schaeffer wist dat er geen vingerafdrukken zouden zijn. Hij wist dat de afdruk van het oor van de beller, even veelzeggend als DNA, even persoonlijk als een netvliesscan en vingerafdrukken, van de hoorn zou zijn geveegd, maar hoewel hij dat allemaal wist, gaf hij niettemin opdracht de telefooncel te verzegelen en de omgeving af te zetten, gelastte hij dat er mensen van de criminalistische afdeling werden ingezet om het hele ding met een microscoop te onderzoeken, en tegelijkertijd wist hij diep in zijn hart dat het enige wat hij ermee bereikte was dat de procedures werden gevolgd.

En daarna kwam hij terug. Hij sprak met Hartmann. Hij gaf hem zijn marsorders en beval een van de agenten Hartmann onder te brengen in het Marriott Hotel.

En daar is Hartmann dan, ligt op zijn bed, rookt een sigaret en kijkt tv in de vroege uurtjes van zaterdag 30 augustus, op de kop af een week voor de dag dat hij Carol en Jess zou moeten ontmoeten. Een week voor de eerste echte kans zijn leven opnieuw op te bouwen.

Lekker geregeld, denkt hij. Lekker geregeld, Ray Hartmann.

En na een tijdje draait hij het geluid helemaal uit en ligt hij te kijken naar het licht van het beeldscherm dat flikkerend op de muren schijnt, en hij bemerkt de spanning in zijn borst, het gevoel van buiten adem zijn en claustrofobie, en hij weet – vóór alles weet hij – dat je nooit werkelijk ont-snapt aan deze dingen, omdat deze dingen altijd van binnenuit komen.

Zo zat zijn wereld in elkaar.

7

Zaterdagochtend, beestachtig vroeg.

Hartmann reed door het district Arabi onder het Canal Bayou Bienvenue en boven Highway 39 die langs de Mississippi helemaal naar St
Bernard liep. Daar werd hij Highway 46 en ging hij in een rechte lijn oost-
waarts naar Evangeline. Met Lake Borgne ten zuiden van hem ging hij
de snelweg af, reed een tijdje langzaam met het raampje van zijn auto
wijd open en voelde het windje dat van het water kwam. Nog altijd New
Orleans, maar – zoals voor alle districten binnen de stadsgrenzen gold
– Arabi had een geheel eigen sfeer en tempo. Een sliert verwaarloosde
en vervallen kleine viskramen en restaurants stond langs de waterkant
waar de pakhuisknechten en werfarbeiders hun handpalmen openreten
aan kratten en hun dromen dronken uit flessen zonder etiket die onder de
toonbank uitkwamen, voor een halve dollar per keer. Er waren hier meisjes ook, meisjes die vanuit hun middel en heupen liepen en niet vanuit
hun benen, meisjes met te veel lippenstift en te veel drank, brutale types
die op gevaarlijk hoge hakken wankelden en schaamteloos een gelijkenis
vertoonden met de mannen die ze van dienst waren, voor twintig of dertig
dollar per keer.

Hartmann reed door. Het regende inmiddels. Even ontsnapt uit het
Marriott, terwijl de wereld en alles wat erbij hoorde diep in slaap waren
in de wetenschap dat de waanzin die diezelfde wereld te bieden had er bij
daglicht nog zou zijn.

Was ineens bij de luchthaven. Hij zette de auto neer en ging met zijn
handen in zijn zakken en zijn kraag opgeslagen tegen de striemende
regen die als een scheermes plakjes van zijn gezicht leek te halen, bij
het hek staan dat de velden scheidde van de landingsbanen. Hij keek
hoe een vochtig stuk papier door de wind werd gevangen en tegen het
hek werd gekwakt. Het bleef een moment vertwijfeld aan het draad-

gaas hangen en gleed toen, alsof het over een schaakbord schoof, een centimeter of vijf naar links. Pion naar c3, en door het gat ging het als een raket, tollend over het asfalt alsof het te laat was voor een cruciale afspraak. Een geluid trok Hartmanns aandacht. Hij keek de andere kant op en zag hoe een binnenlandse vlucht van Ozark als een zilveren kogel van de achterste startbaan omhooggleed. De wolken slokten het vliegtuig moeiteloos op, zo moeiteloos dat er alleen een zwak vleugje schroefwind was om hem eraan te herinneren dat het er ooit was geweest.

Hij probeerde een sigaret op te steken, maar dat lukte niet. Hij keerde de startbaan zijn rug toe en begon in de richting van de Moisant International Terminal te lopen, en op dat moment had hij het gevoel dat hij een keerpunt de rug toe keerde.

Hij had ervandoor kunnen gaan.

Het was helemaal geen probleem geweest om de auto te huren. Een telefoontje naar roomservice. Het nummer van een creditcard. Drieënveertig minuten later verscheen buiten voor het hotel een auto. En hij was ingestapt, had het contactsleuteltje omgedraaid, gevoeld dat de motor aansloeg toen hij schakelde en was weggereden. Hij had gewoon door kunnen rijden. Had de 39 of de 46 of een andere snelweg kunnen nemen. Schaeffer en Woodroffe zouden de eerste twee of drie uur niet geweten hebben dat hij vertrokken was. Ze zouden hem hebben gevonden. Uiteraard. Er was maar een beperkt aantal plaatsen waar hij naartoe had kunnen gaan. Ze zouden hem beslist hebben gevonden. Geen twijfel mogelijk.

Hij liep van de terminal terug naar zijn auto en stapte in. Zat daar een tijdje met draaiende motor, terwijl hij zich afvroeg waarom hij al besloten had te blijven. Misschien vanwege het meisje, vanwege Catherine Ducane. Maar waren zijn eigen vrouw en dochter niet veel belangrijker dan Catherine Ducane ooit zou zijn? Uiteraard. Waarom bleef hij dan? Uit plichtsgevoel? Vanwege zijn contract? Omdat deze mensen hem zijn baan, zijn broodwinning konden afnemen? Had hij juist niet gewacht op iets wat dat zou doen? Iets wat hem geen andere keus zou laten dan de grote wijde wereld in te trekken en iets anders te gaan doen? Zeker.

Waarom bleef hij dan?

Hij sloot zijn ogen, leunde achterover tegen de hoofdsteun en ademde uit. De waarheid was dat hij het niet wist.

Een uur later was Ray Hartmann terug in zijn kamer in het Marriott. Hij had zijn natte kleren uitgetrokken, een douche genomen, zich opnieuw aangekleed, en tegen de tijd dat hij roomservice belde voor koffie was het bijna zes uur in de ochtend.

Ze zouden zo komen, en als ze kwamen zouden ze het ergste wat de wereld te bieden had met zich meebrengen.

Schaeffer en Woodroffe hadden niet eens het fatsoen zelf te komen. Ze stuurden een van hun agenten, een jonge bekakte knul, niet ouder dan twee- of drieëntwintig, met een keurig gestreken wit overhemd, onberispelijk gestrikte das, schoenen waarin Hartmann zich kon spiegelen. Hij had het brutale lef van naïeve eigendunk, de heldere blik die Hartmann vertelde dat deze knul nog niet had gezien wat er in de wereld te koop was. Hij moest nog bij een bebloed en mishandeld lijk van een kind van acht staan, door de nasleep van een schietpartij vanuit een rijdende auto op een snackbar wandelen, de stank van een verdronken kadaver ruiken, horen hoe de gassen uit een gezwollen buik ontsnapten als de lijkschouwer die als een overrijpe watermeloen opensneed. Een kilometer of wat in Ray Hartmanns schoenen lopen, dan zouden dat brutale lef en die heldere blik dof en afgestompt en cynisch en somber worden.

'Meneer Hartmann, ze zijn zover,' zei de knul.

Hartmann knikte en stond op van de rand van het bed, waar hij had gezeten.

Hij liep achter de knul aan het hotel uit aan de voorzijde waar een donkergrijze personenauto stond te wachten als een welgemanierd dier.

'Zal ik rijden?' vroeg Hartmann en eerlijk gezegd vroeg hij dat alleen om de zweem angst en onzekerheid in de ogen van de knul te zien.

'Het is de bedoeling dat ik rij, meneer Hartmann,' zei de knul, en Ray Hartmann glimlachte en schudde zijn hoofd en zei: 'Ik heet Ray... Noem me maar gewoon Ray.'

De knul glimlachte, scheen zich een beetje te ontspannen. 'Ik heet Sheldon,' zei hij. 'Sheldon Ross.'

'Goed, Sheldon, laten we maken dat we hier wegkomen en de slechterik gaan zoeken, hm?'

Hartmann stapte in aan de passagierszijde.

'Gordel,' zei Sheldon toen hij achter het stuur plaatsnam.

Hartmann protesteerde niet. Hij greep achter zijn schouder naar de gordel en deed hem om. Het joch zou vast geen stap harder rijden dan vijftig kilometer per uur; de wet was de wet en wat Sheldon Ross betrof, was de wet het enige wat bestond. Voorlopig.

Schaeffer en Woodroffe waren allebei keurig aanwezig toen Hartmann arriveerde. Ze bevonden zich in een kamer die aan het achterste gedeelte van de grote afdelingszaal grensde. Agent Ross liep er met Hartmann heen, liet hem daar bij de deur staan en verdween geluidloos. Schaeffer keek op, glimlachte voor zover hij daartoe in staat was en gebaarde dat Hartmann moest binnenkomen.

'Nu is het wachten geblazen,' zei Schaeffer. 'We wachten tot de beller zijn gezicht laat zien, kennelijk.'

Hartmann pakte een stoel die tegen de muur aan stond en ging zitten. 'Het is maar een idee,' zei hij, 'maar het zou volgens mij geen kwaad kunnen als ik eens met de mensen sprak die het onderzoek aanvankelijk in handen hadden. Een nieuw gezichtspunt misschien.'

Woodroffe schudde zijn hoofd. 'Daar zie ik het nut niet van in.' In zijn stem klonk de defensieve territoriumdrift door die de kop opstak wanneer bureaus elkaars pad kruisten. Het zou hem helemaal geen plezier doen als Hartmann iets vond wat zij wellicht over het hoofd hadden gezien.

Hartmann haalde nonchalant zijn schouders op. 'Het leek me beter dan een beetje rondhangen met niets omhanden,' zei hij. Hij wendde zijn hoofd af en keek afwezig door het kleine raam aan zijn rechterhand naar buiten. Hij nam de houding aan van iemand wie het een zorg zou zijn. Het was enige tijd geleden opgehouden met regenen, maar aan de horizon hingen donkere donderwolken. Hij kon niet zeggen of ze kwamen of gingen.

Schaeffer leunde naar voren en legde zijn onderarmen op het bureau. 'Dat kan volgens mij geen kwaad. Wie had je in gedachten?'

Hartmann haalde opnieuw zijn schouders op. 'Ik weet het niet, de forensisch geneeskundige, hoe heet hij ook alweer?'

'Emerson,' zei Woodroffe. 'Jim Emerson, adjunct-hoofd Forensische Geneeskunde.'

'Juist, die ja,' antwoordde Hartmann. 'En dan zijn er nog de lijkschouwer en die man van Moordzaken.'

'Cipliano, Michael Cipliano, en de rechercheur was John Verlaine.'

Hartmann knikte. 'Ja, die drie. Ik dacht dat ik toch op zijn minst hun rapporten met hen moest doornemen om te zien of ze zich nog meer dingen herinneren.'

Schaeffer stond op en liep naar de openstaande deur. 'Agent Ross!'

Sheldon Ross kwam haastig aangelopen en bleef net voor de deur staan.

'Zie het adjunct-hoofd Forensische Geneeskunde Jim Emerson, lijkschouwer Cipliano en John Verlaine van Moordzaken te pakken te krijgen. Het maakt me niet uit hoe je het doet, maar zorg ervoor dat ze hierheen komen.'

Ross knikte. 'Komt voor elkaar,' zei hij en hij draaide zich om en haastte zich weg.

Schaeffer kwam terug en ging tegenover Hartmann zitten. 'En heb je al enig idee wie onze beller is, Hartmann?'

Hartmann schudde zijn hoofd. 'Nee, niet zo direct. Kan niet zeggen dat zijn stem me bekend voorkomt en wat hij zegt geeft mij niet het gevoel dat ik hem ken.'

'Maar hij kent jou wel,' merkte Woodroffe op.

'En jullie ook,' antwoordde Hartmann. 'Kennelijk weet hij heel wat meer van ons dan wij van hem.'

Er heerste een moment een pijnlijke stilte.

Hartmann bespeurde de reactie op wat hij had gesuggereerd: dat er bij hen informatie werd gelekt. Zoiets was onwaarschijnlijk, werkelijk zeer onwaarschijnlijk, maar als die klootzakken het hard wilden spelen, zou hij hun een koekje van eigen deeg geven.

'De namen van agenten in de meeste takken van wetshandhaving worden niet achtergehouden voor het publiek,' verklaarde Woodroffe. Opnieuw zat er een defensieve ondertoon in zijn stem. Dit was een man die mogelijk net iets te vaak de procedures aan zijn laars had gelapt en een tik op zijn vingers had gekregen van een hogergeplaatste. Dit was een man die de rest van zijn leven voorzichtig zou moeten zijn.

'Dat is waar,' zei Hartmann, 'maar er moet toch een speciale reden voor zijn dat hij om mijn aanwezigheid heeft gevraagd.'

'Ongetwijfeld,' zei Schaeffer. 'En als hij komt, of misschien moet ik zeggen wanneer hij komt, zullen we die wel te horen krijgen.'

Hartmann keek op. Ross stond in de deuropening.

'Ze zijn hier binnen een halfuur, alle drie,' zei hij tegen Schaeffer en Woodroffe.

Schaeffer knikte. 'Goed werk, Ross.'

Ross glimlachte niet, knikte alleen en liep opnieuw de kamer uit. Hartmann keek hem na en bemerkte bij zichzelf een gevoel van sympathie, émpathie zelfs, jegens de knul. Op zekere dag zou Sheldon Ross wakker worden en beseffen dat hij net zo was als de rest, en bij de rest rekende Hartmann ook zichzelf. Op zekere dag zou hij wakker worden en tot de ontdekking komen dat hij nog zo vaak in zijn ogen kon wrijven, nog zo vaak koud water in zijn gezicht kon plenzen, maar dat hij niettemin door een soort grijs vlies naar de wereld keek. Kleuren waren doffer, minder helder en fleurig; in alle geluiden zat iets van een alarmsignaal; ontmoetingen met mensen werd raden wat hun motieven en bedoelingen zouden kunnen zijn, en of je bereid was je eigen leven, het welzijn van je gezin, in de waagschaal te stellen door met hen om te gaan; al deze donkere aspecten en schaduwen beslopen je stiekem en dan waren ze er opeens; ze hoorden net zo goed bij je als het geluid van je eigen stem, de kleur van je ogen, je eigen diepste geheimen.

Hij sloot een moment zijn ogen.

'Moe, Hartmann?' vroeg Woodroffe.

Hartmann opende zijn ogen en keek de man aan. 'Het leven? Ja, Woodroffe. Jij niet?'

Emerson en Cipliano waren redelijk duidelijk, zoals de overgrote meerderheid van de mensen die op forensische en criminalistische afdelingen werkten. Het waren wetenschappers, artsen, lijkschouwers met drie titels van Harvard en een onlesbare dorst naar feiten. Het fysieke bewijsmateriaal was wat het was. De toestand van het lijk, het lijnenpatroon op de rug, de steekwonden en isolatietape, de ontvellingen door het touw en de hamerslagen. Al die dingen waren onderzocht, zo grondig als maar kon, en de rapporten waren uitgetypt en gekopieerd en gearchiveerd en genummerd.

Verlaine was echter een ander verhaal en in John Verlaine herkende Hartmann iets van zichzelf.

'Ga zitten, rechercheur,' zei Hartmann en Verlaine trok zijn jas uit en hing hem over de rug van de stoel voor hij gehoor gaf aan het verzoek.

'Is er nog koffie?' vroeg Verlaine. 'Mogen we hier roken?'

'Ik kan een kop koffie voor je halen,' antwoordde Hartmann, 'en ja, je mag hier roken.' Hij pakte de asbak van de vloer onder zijn stoel en zette hem voor Verlaine op tafel.

Hartmann liep de kamer uit, keerde even later terug met een kop verse koffie. Woodroffe was zo vriendelijk geweest een cafetière en een behoorlijk pak gemalen koffie te laten halen.

'Intrigerend, hè?' vroeg Verlaine.

'Dat is het zeker.'

'En wat is jouw positie in deze zaak?'

Altijd de rechercheur, dacht Hartmann. Die vent ondervraagt waarschijnlijk alle ouders op de ouderavonden van zijn eigen kinderen.

'Mijn positie?'

'Ja,' zei Verlaine en hij glimlachte. 'Je bent niet van de FBI, toch?'

Hartmann schudde zijn hoofd. 'Nee, ik ben niet van de FBI.'

'Dus wat is dan je positie in dit circus?'

Hartmann glimlachte. Hij waardeerde het oprechte cynisme van Verlaine. Dit was een man met wie hij best had willen werken in New York.

'Mijn positie is dat ik in dienst ben van de federale overheid, rechercheur. Ik werk voor de adjunct-directeur Opsporing van de Subcommissie Georganiseerde Misdaad van het Huis.'

Verlaine glimlachte. 'Dan zul je wel een gigantisch kantoor hebben.'

Hartmann fronste. 'Hoezo?'

'Nou, je hebt een gigantische deur nodig om het bordje op te spijkeren met zo'n titel.'

Hartmann lachte. De man verborg iets. Humor was altijd het laatste verdedigingsmiddel.

Hartmann stak een sigaret op en liet opnieuw een stilte vallen.

'Dus jij bent ernaartoe gegaan?' vroeg hij.

'Waar naartoe? Naar Gravier Street? Ja, daar ben ik geweest.'

'Naar het opslagterrein ook. Je hebt de auto gezien, nietwaar?'

Verlaine knikte. 'Mooie auto, echt heel mooi. Nog nooit zo'n auto gezien. Zal er waarschijnlijk nooit meer zo eentje zien ook.'

Hartmann knikte. Hij lette op Verlaines ogen. De volgende vraag was belangrijk. Ogen waren doorslaggevend. Mensen keken altijd naar rechts als ze zich iets probeerden te herinneren, naar links als ze iets verzonnen of logen.

'En je hebt alles opgeschreven, of ten minste alles wat je te weten bent gekomen doorgegeven aan de FBI-agenten hier... Wie waren dat? Luckman en Gabillard, toch?'

Verlaine glimlachte. 'Zeker,' zei hij en zijn ogen gingen naar links.

Hartmann glimlachte ook. 'En wat was er verder?'

'Verder?' zei Verlaine en hij klonk oprecht verbaasd.

Hartmann knikte. 'Ja, dat andere. Je weet wel, dat kleine dingetje dat we altijd achterhouden voor de jongens in het pak, gewoon voor het geval dat het weer op ons bureau terechtkomt en we een voorsprong willen hebben? Je bent een oude rot in het vak, rechercheur. Je weet precies wat ik bedoel.'

Verlaine haalde zijn schouders op. 'Is niets uitgekomen.'

'Zou ik dat zelf mogen beoordelen?'

'Het was alleen een boodschap.'

'Een boodschap?'

'Iemand belde het bureau en liet een boodschap voor me achter.'

Hartmann leunde naar voren.

'Er belde iemand en die liet een boodschap van één woord voor me achter.'

Hartmann trok vragend zijn wenkbrauwen op.

'Always,' zei Verlaine op nuchtere toon.

'Always?'

'Ja. Always. Dat was de boodschap. Dat ene woord.'

'En dat zei jou iets?'

Verlaine leunde naar achteren. Hij haalde een nieuwe sigaret uit het pakje op tafel en stak hem op. 'Het gerucht gaat dat jij oorspronkelijk uit New Orleans komt.'

'Het nieuws verspreidt zich snel.'

'New Orleans mag dan nog zo groot lijken, het is nooit groot genoeg om een geheim in kwijt te raken.'

'Dus?'

'Nou, jij komt uit New Orleans en iedereen uit New Orleans moet de Ferauds wel eens zijn tegengekomen.'

'Always Feraud,' zei Hartmann.

'Die bedoel ik. Daddy Always. Dat betekende die boodschap, dacht ik.'

'Heb je het gecontroleerd?'

'Bedoel je of ik met hem ben gaan praten? Zeker.'

'En wat had hij te vertellen?'

'Hij zei dat ik een probleem had, een serieus probleem. Hij zei dat hij me nergens mee kon helpen.'

'Nog meer?' vroeg Hartmann.

'Ja, nog iets. Hij zei dat de man die ik zocht niet hiervandaan kwam, dat hij hier ooit thuis had gehoord, maar nu niet meer, al jaren niet meer. Hij zei dat hij van buiten de stad kwam en dat hij iets zou meebrengen dat groot genoeg was om ons allemaal te verzwelgen. Zo zei hij het letterlijk, dat het ons allemaal zou verzwelgen.'

Hartmann zei niets. De spanning was om te snijden.

'Hij zei dat ik ervoor moest weglopen. En als ik in God geloofde, moest ik bidden dat het doel waarvoor die moord was gepleegd was gediend.' Verlaine schudde zijn hoofd en slaakte een zucht. 'Always Feraud zei tegen me dat het niet iets was waar ik me in moest mengen.'

'En dat heb je niet gerapporteerd aan Luckman en Gabillard?'

Verlaine schudde zijn hoofd. 'Wat zou daar het nut van zijn geweest?'

Hartmann haalde gelaten zijn schouders op. Hij wist precies wat er had kunnen gebeuren. Luckman en Gabillard zouden een inval in het huis van Feraud hebben georganiseerd, en als ze een impasse hadden weten te omzeilen en Feraud zelf te spreken hadden gekregen, zouden ze bij hun vertrek geen steek wijzer zijn geweest dan toen ze naar binnen gingen. Niets ter wereld zou Feraud ertoe verleiden de FBI enige informatie te geven.

'Hij zei dat je ervoor weg moest lopen,' hernam Hartmann.

'Ja. Dat zei hij. Hij zei dat ik me er niet in moest mengen. Hij zei ook dat ik niet meer naar zijn huis moest komen en hem geen vragen over deze kwestie meer moest stellen. Hij zei dat hij er part noch deel aan had en er ook niets mee te maken wilde hebben.'

'En hij zei niets over Catherine Ducane? Had het helemaal niet over de ontvoering?'

De rechercheur schudde zijn hoofd. 'Hij zei niets, nee, maar dat wil nog niet zeggen dat hij er niets vanaf weet, hè? Hij weet hoe het werkt. Hij geeft alleen antwoord op wat hem wordt gevraagd. Hij praat nergens over zolang het niet door iemand anders ter sprake wordt gebracht.'

'En daarna was je gesprek met Feraud afgelopen?'

Verlaine knikte. 'Nou en of. Je blijft daar niet plakken, dat weet je wel.'

'En wat denk je ervan?' vroeg Hartmann.

'Tussen jou en mij?'

'Ja, tussen jou en mij.'

'De dader heeft het meisje, nietwaar?'

'Ja, Catherine Ducane.'

'En op dit moment zit ze ergens verborgen, of ze is al dood?'

Hartmann knikte instemmend.

'Naar mijn idee moet het iets persoonlijks tussen de ontvoerder en Charles Ducane zijn. Zo'n man komt niet waar hij is als hij onderweg niet met een paar gevaarlijke mensen heeft meegelopen. Als het niet persoonlijk was, was er inmiddels wel losgeld geëist, of hadden we misschien een telefoontje gekregen met de mededeling waar we haar lichaam konden vinden.'

'Weet je iets specifieks over Ducane?' vroeg Hartmann.

Verlaine schudde zijn hoofd. 'Niet meer dan iedereen weet die in New Orleans woont en de geruchten een beetje bijhoudt.'

Hartmann dacht hier een moment over na. Hij had zelf het nodige over Ducane gehoord maar wilde het gezien vanuit het standpunt van iemand anders horen. 'Zoals?'

'De gokvergunningen, de percentages, de steekpenningen tijdens de campagne, alle smerigheid die erbij komt kijken. Een gouverneur wordt geen gouverneur zonder een paar mensen om te kopen en een paar tongen tot zwijgen te brengen. Ik heb nooit iets uitgezocht wat hem betrof, heb ik nooit hoeven doen en het interesseerde me trouwens niet, maar kennelijk heeft hij iemand een keer ongelooflijk pissig gemaakt en nu heb je de poppen aan het dansen.'

'Kennelijk wel,' zei Hartmann.

'Wil je nog meer van me weten?' vroeg Verlaine.

Hartmann schudde zijn hoofd. 'Ik geloof het niet.'

'En dit komt niet buiten deze kamer, toch?'

Hartmann haalde zijn schouders op. 'Waarom zou je je daar druk over maken?'

Verlaine glimlachte zuur. 'Mijn ouders wonen hier in New Orleans, en dan zit ik ook nog met de FBI en weet ik veel wie aan de andere kant. Als je mij hier verder bij betrekt, breng je of mijn professionele reputatie of mijn leven in gevaar. Je weet hoe het gaat, Hartmann.'

'Ja, ik weet hoe het gaat, en nee, dit komt niet buiten deze kamer.'

Een geluid buiten. Het plotse rumoer van stemmen. Hartmann stond op van zijn stoel toen iemand hard op de deur klopte en binnenkwam.

Het was Stanley Schaeffer, zijn gezicht was rood aangelopen en zijn ogen groot. 'Er is iemand voor je,' zei hij met enige aandrang in zijn stem.

Hartmann fronste. 'Iemand voor mij?'

'De beller, we denken dat het de beller is.'

Verlaine keek naar Hartmann. Zijn gezicht stond ernstig.

Hartmann kwam achter het bureau uit en liep bijna op een drafje achter Schaeffer aan.

8

Het waren er drie, en ze zagen er allemaal hetzelfde uit, en ze hadden allemaal dezelfde blik van ontreddering, onzekerheid, de spanning van het moment, op hun gezicht, en ze stonden alle drie met hun hand op hun wapen, maar ze hadden het niet getrokken, want ze wisten niet goed waar ze mee te maken hadden. En een van de drie agenten was Sheldon Ross, en toen hij omkeek en Hartmann door de klapdeur aan de andere kant de entreehal zag binnenkomen, verscheen er een kortstondige maar zeer duidelijke vonk van opluchting in zijn ogen.

Een paar seconden, het konden er niet meer dan zes of zeven zijn geweest, bleef iedereen stil en roerloos staan. Drie agenten stonden om de man heen en aan de andere kant van de hal stond Hartmann naast Schaeffer, en toen Hartmann naar Schaeffer keek, sprak uit de uitdrukking op zijn gezicht hetzelfde ongeloof als Hartmann voelde.

De man die de hal van het FBI-gebouw was binnengewandeld, moest minstens een jaar of zestig, vijfenzestig zijn. Hij was onberispelijk gekleed: een overjas, een driedelig kostuum, wit overhemd, een bordeauxrode das, lakschoenen, leren handschoenen, een zwarte kasjmier sjaal om zijn nek. Zijn gezicht was een netwerk van symmetrische lijnen – plooien en rimpels en kraaienpootjes als uitgevouwen origami – en zijn ogen onder zijn zware wenkbrauwen waren van een bijzonder doordringend soort groen, smaragdgroen bijna, fel, enigszins bezeten.

De oude man verbrak de stilte en de woorden die over zijn lippen kwamen, werden uitgesproken in dezelfde onmiskenbare dialectische tongval die Hartmann aan de telefoon had gehoord, en vele keren opnieuw op de bandjes die ze hadden opgenomen.

'Meneer Hartmann,' zei de man. 'En meneer Schaeffer.' Hij zweeg en glimlachte, keek vervolgens naar de drie jongere agenten en zei: 'Heren, ziet u niet genoodzaakt uw wapen te trekken. Ik ben hier uit vrije wil en ik verzeker u dat ik ongewapend ben.'

Hartmann voelde zijn hart bonzen. Zijn keel voelde strak aan, alsof iemand zijn handen eromheen had gelegd en verdomde los te laten.

De man deed een stap naar voren en de drie agenten – die toch gewapend waren – deden allemaal tegelijk een stap achteruit.

'Ik ben Ernesto Perez,' zei de man. Hij glimlachte, een brede en oprechte glimlach. 'En ik kom over het meisje praten.'

Schaeffer kwam als eerste in beweging en toen hij dat deed, deden twee anderen naast hem dat ook. Wie er begon te schreeuwen had Hartmann niet durven zeggen, maar wat betreft de uitwerking die één verheven stem op de handelingen had, bestond er geen onduidelijkheid. Schaeffer drong langs de agenten die voor hem stonden, en voor Hartmann kon reageren had hij een wapen in zijn handen, een wapen dat hij precies tussen de ogen van Perez richtte.

'Liggen!' beval Schaeffer.

De hel brak los. Het leek wel of er opeens twee keer zoveel mensen in de hal waren. Schaeffer ging aan kop en op een bepaald moment draaide hij zich om en keek hij naar Hartmann. Zijn gezicht was wit, zijn ogen groot, en alle frustratie en spanning die hij vanaf het allereerste begin had gevoeld, leken in die korte blik te zijn vervat.

Perez keek Schaeffer strak aan. Hij hief langzaam zijn rechterhand, daarna zijn linker; hij keek ook naar Hartmann, met in zijn ogen een lijdzaam ongeloof dat een dergelijk optreden noodzakelijk was.

'Liggen!' beval Schaeffer nogmaals en er waren drie of vier agenten die hun wapen hadden getrokken en gericht, en Perez zakte langzaam op zijn knieën.

'Handen achter je hoofd! Doe je handen achter je hoofd, verdomme!'

Hartmann deed een stap achteruit en keek naar de grond. Om de een of andere reden voelde hij zich opgelaten, beschaamd bijna, en toen hij zijn ogen opsloeg, zag hij dat Perez hem recht aankeek.

Hartmann probeerde zijn blik af te wenden, maar dat kon hij niet. Hij was als verlamd, als aan de grond genageld, en toen Ross naar voren liep en Perez de handboeien omdeed, leek het of de hele wereld vertraagde zodat dit moment eeuwig zou duren. Hartmann bespeurde de ademloze spanning bij de aanwezigen en besefte dat dit soort confrontaties enorm veel stress veroorzaakten. Hij sloot een ogenblik zijn ogen; hij bad uit alle macht dat er geen onverwachte beweging zou worden gemaakt die een reactie uitlokte, een onvaste hand, een moment van nervositeit, een dode ontvoerder...

Een moment later was alles weer rustig.

Met zijn omhooggedraaide gezicht voor iedereen zichtbaar glimlachte Perez naar Stanley Schaeffer. 'Ik ben hier uit eigen beweging naartoe gekomen, agent Schaeffer,' zei hij zacht.

De twee agenten rechts van Schaeffer waren duidelijk van de kook en gespannen. Hartmann bad dat ze niet in een moment van opwinding en onzekerheid de trekker zouden overhalen.

'Volgens mij is dit niet echt noodzakelijk,' ging Perez verder. Zijn stem was kalm, evenals zijn handen, zijn ogen, alles aan zijn persoon. Op zijn knieën op de vloer van de hal maakte hij een even beheerste indruk als het eerste moment dat Hartmann hem had gezien.

'Dit is een goed pak,' zei Perez en hij glimlachte met zijn ogen. 'Een heel goed pak, en het is echt zonde om het vuil te maken, zo op mijn knieën op de vloer.'

Schaeffer keek achterom naar Hartmann.

Hartmann verroerde zich niet, maakte geen geluid. Hij dacht aan John Verlaine, herinnerde zich dat hij hem in de kamer achter in de gang had achtergelaten. Hij vroeg zich af waar Verlaine was, of hij in alle verwarring die door de komst van Perez was ontstaan het gebouw had weten te verlaten.

Perez schudde zijn hoofd. 'Kennelijk staan we voor een dilemma. Ik blijf hier op de vloer zitten en we bereiken helemaal niets. Of ik sta op, jullie maken deze volkomen overbodige handboeien los en ik vertel jullie alles waar jullie zo benieuwd naar zijn.'

Weer keek Schaeffer achterom naar Hartmann. Hartmann wist niet wat er van hem werd verwacht; hij had hier niets te zeggen. Schaeffer had de leiding over het onderzoek en hij had het nodig gevonden Perez op zijn knieën te dwingen en te boeien.

'Sta langzaam op,' zei Schaeffer. Zijn stem brak halverwege de zin en hij herhaalde zichzelf. Er zat een zeer lichte trilling in zijn toon, alsof hij van zijn stuk was gebracht door deze man, ook al was hij nu geboeid en lag hij bijna plat op de grond.

Perez knikte, maar zei niets. Hij kwam langzaam overeind, en op datzelfde moment deden de mannen achter hem, de mannen die zo overhaast hun wapen hadden getrokken en gericht, een stap achteruit en keken opgelaten. Een van hen liet zijn wapen zakken en de anderen volgden snel zijn voorbeeld.

Hartmann sloeg het gade en verwonderde zich erover dat Perez schijnbaar moeiteloos zonder vrijwel iets te zeggen de situatie naar zich toe had getrokken.

Perez stond voor Schaeffer met zijn handen achter zijn hoofd. Hij knikte slechts en Schaeffer gebaarde naar Ross dat hij de handboeien moest losmaken. Perez liet zijn handen zakken en masseerde om beurten zijn polsen. Hij knikte naar Schaeffer en glimlachte hoffelijk.

Schaeffer draaide zich om en knikte naar Hartmann.

Hartmann wachtte een moment en kwam toen met bonzend hart en zijn keel strak als een tourniquet naar voren.

Later, omdat gedachten die naderhand kwamen altijd scherpzinniger en relevanter waren dan die welke op het moment zelf ontstonden, zou Ray Hartmann zich de spanning van dat moment herinneren, de manier waarop alles was gelopen, de manier waarop de oude man naar voren was gekomen om hem te begroeten, hoe de verzamelde agenten zich allemaal tegelijk hadden teruggetrokken en dat – toen hij zijn mond opendeed en het woord nam – alles wat vooraf was gegaan, alles wat hen op dat punt had gebracht, zo onbelangrijk leek. Deze man, die zichzelf Ernesto Perez noemde, was zonder drukte verschenen, zonder gewapend geleide, zonder gillende sirenes en flitsende zwaailichten; had zich in de hal van het FBI-gebouw in New Orleans vertoond, misschien wel de meest gezochte man van dat moment, was uit eigen beweging gekomen, zonder oproep of bevelschrift. Hij was stil en beleefd verschenen, maar had niettemin met zijn onmiskenbare charisma en aanwezigheid de aandacht afgedwongen van allen die daar waren.

Ernesto Perez, wie hij ook mocht zijn, had zich voor hen vertoond en in de ogenblikken die iedereen nodig had gehad om nota te nemen van wat hij zei, had de wereld lijken stil te staan.

Hartmann sprak als eerste; opende zijn mond en zei: 'Meneer Perez… dank u voor uw komst.'

Perez glimlachte. Hij deed een stap achteruit en neeg hoffelijk. Hij deed langzaam zijn overjas uit en zijn sjaal af en overhandigde deze – zonder een greintje arrogantie – aan Sheldon Ross. Ross wierp een blik op Hartmann, Hartmann knikte en Ross pakte de sjaal en jas aan.

Perez deed nog een stap naar voren.

Schaeffer stak zijn hand op. 'Dat is ver genoeg,' zei hij.

Perez keek met een lichte verbijstering op zijn gezicht naar Hartmann.

'Het is wel goed,' zei Hartmann. Hij stapte om Schaeffer heen, liep door de hal naar Perez toe en stak zijn hand uit.

Perez pakte zijn hand en een moment stonden die twee daar onbeweeglijk.

'We hebben kennelijk heel wat te bespreken, meneer Perez,' zei Hartmann.

Perez glimlachte. 'Kennelijk wel, meneer Hartmann.'

Het was een moment stil, en toen Hartmann naar de oude man keek, zag hij uitsluitend de oorzaak waardoor hij zijn gezin opnieuw zou kunnen verliezen. Als deze man er niet was geweest, zou hij nog in New York zijn, met niets om zich zorgen over te maken, behalve dat hij op tijd in Tompkins Square Park moest zijn.

'Ik heb een voorstel,' verklaarde Ernesto Perez op zakelijke toon.

Hartmanns gedachtegang werd stopgezet.

Perez glimlachte. Schijnbaar moeiteloos zette hij de situatie naar zijn hand. 'Maar misschien is het niet zozeer een voorstel als wel het mededelen van een onweerlegbaar feit. Ik heb het meisje. Ze is ergens op een veilige plaats. Het maakt niet uit hoeveel federale agenten u hierheen haalt; ik kan u garanderen dat jullie haar nooit zullen vinden.'

Uit de binnenzak van zijn colbert haalde hij een kleurenfoto. Catherine Ducane, met een gespannen, doodvermoeid gezicht voor een kale en nietszeggende muur met een exemplaar van de *New Orleans Herald* van de vorige dag in haar handen. De *Herald* zei niets; de krant was in heel Louisiana en ook in sommige aangrenzende staten verkrijgbaar.

Hartmann zweeg en richtte al zijn aandacht op de man, op zijn lichaamstaal, hoe door zijn wijze van formuleren bepaalde punten meer nadruk kregen. Hartmann maakte twee dingen op uit zijn waarnemingen: dat het inderdaad onmogelijk zou zijn Catherine Ducane te vinden zonder aanwijzingen van deze man en ten tweede, en wellicht belangrijker, dat hij geen enkele angst kende. Hij had dit al eerder gedaan, of hij maakte zich helemaal niet druk om zijn eigen welzijn.

Hartmann bemerkte dat Schaeffer naast hem stond. Hij begreep de gedachten, de gevoelens, de caleidoscoop van emoties die ongetwijfeld door hem heen gingen, de nervositeit waarmee hij zich afvroeg hoe hij deze situatie aan zijn meerderen in Washington moest uitleggen. Al die dingen, en de overtuiging die eraan ten grondslag lag en die een man als Schaeffer beslist had: dat Ernesto Perez minder was dan hij, dat Ernesto Perez van het slag was dat altijd beter dood kon zijn.

Hartmann hoopte dat Schaeffer zich gedeisd zou houden, niets zou zeggen of doen. Perez was eraan gewend het voor het zeggen te hebben en hij zou een provocatie alleen maar aangrijpen om de toestand voor hen nog hachelijker te maken.

'Mijn voorwaarden, als voorwaarden een juiste benaming is, zijn simpel, zij het een beetje merkwaardig misschien,' ging Perez verder. Hij maakte een ontspannen, rustige indruk. 'Ik heb enkele dingen te zeggen, heel veel dingen, en vandaar mijn verzoek of meneer Hartmann aanwezig kon zijn.'

Hartmann keek op bij het horen van zijn naam.

Perez glimlachte en knikte nogmaals met zijn hoofd. 'Misschien heb ik het idee dat ik u iets verplicht ben.'

Hartmann fronste. 'Mij iets verplicht bent?'

'Inderdaad. We zijn al eerder met elkaar in aanraking gekomen, indirect, niet rechtstreeks, maar onze wegen hebben zich korte tijd geleden gekruist.'

Hartmann schudde zijn hoofd. De man kwam hem helemaal niet bekend voor.

Perez glimlachte. Zijn ogen waren donker en fel. Blijkbaar doelde hij op iets waaraan hij prettige herinneringen had.

Hartmann balde zijn vuisten. Hij beet op zijn tong. Hij hield zijn mond.

Perez liet zijn hoofd zakken en vervolgens keek hij weer op en speurde de gezichten af van de mannen die naar hem stonden te kijken. 'Volgens mij was het Pinochet, ja, Pinochet was het die heeft gezegd dat de democratie soms in bloed moet baden.'

Perez schudde zijn hoofd en richtte zich nogmaals tot Hartmann. 'Maar dat is verleden tijd,' zei hij, 'en we moeten over het heden praten. Wat ik zei, ik vind dat ik u iets verplicht ben vanwege een bepaalde kwestie en dat is de reden dat ik heb gevraagd of u hier kon zijn. Ik wil over een groot aantal dingen praten en de heer Hartmann zal aanwezig zijn om te luisteren. Zodra ik klaar ben, zodra ik alles heb gezegd wat ik wil zeggen, zal ik vertellen waar jullie het meisje kunnen vinden en kan ze worden herenigd met haar vader. Is dat duidelijk?'

Het werd stil, misschien niet meer dan tien of vijftien seconden, maar die seconden rekten zich eindeloos uit en het leek net of iedereen stond te wachten tot iemand anders het woord nam.

Uiteindelijk deed Hartmann dat. 'Hebben we iets te kiezen?' vroeg hij.

Perez schudde langzaam zijn hoofd en glimlachte. 'Als het leven van Catherine Ducane van enig belang is, nee, meneer Hartmann, dan hebt u niets te kiezen.'

'En als we met uw wensen instemmen, als we u de tijd geven om te zeggen wat u te zeggen hebt, welke garantie kunt u ons dan geven dat Catherine Ducane levend zal worden gevonden?'

'Geen enkele, meneer Hartmann. Geen enkele garantie behalve mijn woord.'

'En als we haar terug hebben, wat vraagt u dan voor uzelf?'

Perez was enige tijd stil. Hij bestudeerde nogmaals de gezichten die naar hem keken en het was net of hij een mentale notitie maakte, een reeks kiekjes van zijn omgeving, van de aanwezigen, om ze later op elk gewenst moment te kunnen terugzien. Hartmann besefte dat dit voor Ernesto Perez zowel het begin als het einde van iets was.

'Voor mezelf?' vroeg hij. 'Ik zal me onderwerpen aan wat het recht voor een man in mijn positie passend acht.'

'U geeft u over?' vroeg Hartmann achterdochtig.

Perez schudde zijn hoofd. 'Een man zoals ik geeft zich nooit over, meneer Hartmann, en op dat punt hebben we misschien wel iets gemeen. Nee, ik geef mezelf niet over, ik doe alleen afstand van mijn beslissingsrecht ten aanzien van mijn lot.'

Hartmann zei niets. Hij draaide zich om en keek naar Schaeffer, wiens gezicht puur ongeloof uitdrukte. Er waren dingen die hij wilde zeggen, vragen die hij wilde stellen, maar op de een of andere manier maakten zijn hersenen en zijn mond geen verbinding met elkaar.

'Het zij zo,' zei Hartmann ten slotte. 'We zijn in een positie gebracht dat we niet veel keus hebben.'

'Inderdaad, het zij zo,' antwoordde Perez. 'Ik wil graag een beveiligde kamer in een hotel hier vlakbij. We zullen onze gesprekken daar of hier in dit kantoor voeren, dat laat ik aan u over. U kunt me met een gewapend escorte van het ene gebouw naar het andere laten brengen. U kunt me arresteren en vierentwintig uur per dag onder bewaking stellen, maar ik wil wel graag voldoende tijd hebben om te slapen en behoorlijke maaltijden. U mag onze gesprekken opnemen, of ze door iemand in de kamer laten uitschrijven, dat laat ik ook aan u over. Ik stel geen voorwaarden ten aanzien van de geheimhouding van de dingen die ik u vertel en ik vertrouw erop dat de heer Hartmann zal beslissen of er actie wordt ondernomen tegen personen wier namen ik mogelijk zal onthullen. Dat zijn de grenzen waarbinnen we te werk zullen gaan.'

Perez keerde zich om naar Sheldon Ross en stak zijn hand uit. Ross keek naar Hartmann. Hartmann knikte en Ross gaf de overjas en sjaal aan Perez terug.

'Zullen we?' vroeg Perez aan Hartmann.

Hartmann draaide zich om en begon te lopen, met Perez achter zich aan, en achter Perez volgde de grote groep FBI-agenten langzaam en in een rij als schoolkinderen die het kruispunt overstaken.

Ze liepen het hele gebouw door en gingen de kamer aan de achterkant binnen, en daar namen Ray Hartmann en Ernesto Perez tegenover elkaar plaats.

'Misschien kan ik een kop sterke koffie, zonder suiker maar met veel melk, en een glas water krijgen, meneer Schaeffer,' merkte Perez op. 'En terwijl u daarvoor zorgt, kunt u een van uw mensen misschien de benodigde opnameapparatuur laten brengen.'

Schaeffer knikte bevestigend en liep weg zonder het recht van Perez om deze dingen aan hem te vragen in twijfel te trekken of te betwisten.

Een paar minuten later verscheen Lester Kubis in de deuropening. Hij had een koffer bij zich waar hij tafelmicrofoons en snoeren uit haalde. Hij was snel en efficiënt en na nog geen tien minuten stak hij, zittend aan een bureau op twee meter van de deur, zijn duim op. Op het bureau stond een grote bandrecorder en lagen nog meer snoeren die naar een pc liepen waarmee de gesprekken rechtstreeks op cd zouden worden vastgelegd.

Schaeffer kwam terug met koffie voor zowel Perez als Hartmann, een glas water en een schone asbak.

'Goed,' zei hij talmend in de deuropening. 'Ik ben hier als u nog iets nodig hebt.'

'Dank u wel, meneer Schaeffer,' zei Perez kalm en daarna stak hij zijn rechterhand naar achteren en duwde zachtjes de deur dicht.

Hartmann keek naar de oude man; naar zijn gerimpelde gezicht, zijn felle ogen, zijn zware wenkbrauwen. De oude man beantwoordde zijn blik en glimlachte.

'Daar zitten we dan, meneer Hartmann,' zei hij en zijn stem had een cadans en timbre die zowel ontspannen als doelgericht waren. 'Bent u er klaar voor?'

Hartmann haalde zijn schouders op. 'Ja, ik ben zover,' antwoordde hij. 'Waarvoor weet ik niet, maar ik ben zover.'

'Prima,' zei Perez. 'Ik heb veel te zeggen en niet veel tijd om het te zeggen, dus let goed op. Meer kan ik niet van u verlangen.'

'Ik ben een en al oor,' antwoordde Hartmann. Hij wilde de man vragen wat hij bedoelde. Hoeveel wilde hij vertellen, en hoeveel tijd hád hij? Hij wilde het antwoord op die vragen weten, en niet vanwege Catherine Ducane, wist hij, niet omdat hij vreesde voor het leven van het meisje of bang was voor wat haar vader ervan zou zeggen, maar vanwege Carol en Jess, het feit dat het hem door wat deze man had gedaan misschien onmogelijk zou worden gemaakt er komende zaterdag te zijn...

'Mooi zo.' Perez glimlachte. Hij leunde achterover en nam, voor hij verder sprak, een slok uit het glas water. 'Goed... Laten we beginnen.'

Hartmann stak zijn hand op.

Perez liet zijn hoofd schuin naar rechts zakken en fronste.

'Ik moet u iets vragen,' zei Hartmann.

Perez knikte. 'Gaat uw gang, meneer Hartmann.'

'Wat ik wilde weten... Ja, u zei dat u mij iets verplicht was, dat onze wegen elkaar eerder hadden gekruist...'

Perez glimlachte. 'Later,' zei hij zacht. 'Dat is nu niet belangrijk, meneer Hartmann. Het gaat nu om het leven van het meisje, en om het feit dat u en ik in elkaars gezelschap zullen zijn tot deze kwestie is opgelost, en dat kan simpel of ingewikkeld worden. Ik heb geen zin deze kwestie langer te rekken dan absoluut noodzakelijk is en ik ben ervan overtuigd dat u zich zult willen bezighouden met zaken die veel dringender zijn dan het welzijn van de dochter van de gouverneur. U hebt zelf ook een gezin, heb ik begrepen?'

De ogen van Hartmann werden opvallend groot.

Perez knikte. 'U hebt uw eigen gezin naar wie u terug wilt, en ik kan me voorstellen dat deze hele affaire u al genoeg last heeft bezorgd.'

Hartmann zei geen woord. Hij dacht weer aan zijn vrouw en dochter; hij dacht aan hun afspraak, en of hij hier wel of niet op tijd zou wegkomen. Opnieuw stak de frustratie de kop op dat hij naar New Orleans was gebracht, dat hij nu verplicht was te blijven, en dat allemaal vanwege de man die tegenover hem zat.

'U bent een toegewijd en geduldig mens, meneer Hartmann. Ik begrijp de aard van het werk dat u doet en de mate van gedrevenheid die nodig is om dag in dag uit bezig te zijn met de dingen waarmee u zich bezig moet houden. Misschien lijken u en ik meer op elkaar dan u denkt.'

'Op elkaar lijken?' vroeg Hartmann met een zekere afkeer in zijn stem, een afkeer die niet alleen de man zelf gold, maar ook de onbeschaamdheid die hij had om hen op enigerlei wijze met elkaar te vergelijken. 'Hoe komt u op het idee?'

Perez leunde achterover en glimlachte, ontspannen en rustig. 'De dingen die we zien, de dingen waar we van weten, het soort mensen dat ons leven bevolkt. Het zijn dezelfde mensen, weet u. U en ik lopen aan weerszijden van hetzelfde pad, en we kijken misschien vanuit een andere invalshoek naar bepaalde dingen, maar het blijven dezelfde dingen.'

'Ik denk niet...' begon Hartmann, die langzaamaan boos werd.

'Wat?' vroeg Perez en hij sprak op een pedante en zelfverzekerde toon die Hartmann niet alleen verontrustend, maar ook ongelooflijk irritant vond. Perez kon uiteraard dezelfde dingen hebben gezien als hij, kon er zelfs direct of indirect bij betrokken zijn geweest, maar hier, in deze situatie althans, had Perez het volledig voor het zeggen. Hoewel hij toch de dader was in een van de belangrijkste federale zaken waar Hartmann ooit mee te maken had gehad, was het hem gelukt rustig binnen te komen lopen en alle macht naar zich toe te trekken. Hij had alle troeven in handen; dat wist hij en hij zou alles wat hij bezat inzetten op hoe zijn kaarten vielen. Ongeacht hoeveel zelfbeheersing Perez aan de dag legde, hij kon toch verhinderen dat Hartmann zijn vrouw en kind aan het einde van de week zag. Hierom, hierom alleen, kon Hartmann niets anders voelen dan boosheid, dan haat zelfs.

'U gelooft niet dat er een overeenkomst in aard en standpunt tussen ons is, meneer Hartmann?' vroeg Perez. 'Ik kan u nu direct al verzekeren dat er een zeer smalle scheidslijn is tussen het pad dat u hebt bewandeld en dat wat ik zelf heb gekozen. Een religieus man zou misschien over het dualistische concept spreken, waarbij voor elk deel van de mens dat als goed kan worden beschouwd, een tegenovergesteld en overeenkomstig deel is dat slecht is. Wat een mens wordt, hangt uitsluitend af van de gebeurtenissen en omstandigheden in zijn leven, maar ik kan u verzekeren dat er wat ethische en morele standpunten betreft, geen verschil is.'

Hartmann schudde zijn hoofd. Hij begreep niet wat Perez zei; misschien belette zijn emotionele reactie op deze situatie hem de man te wíllen begrijpen.

'Met betrekking tot het individu zelf is er geen verschil tussen goed en kwaad. Wat ik goed noem hangt volledig af van wat mij het meest constructieve standpunt lijkt om in te nemen. Het feit dat u het niet eens bent met dat standpunt betekent niet dat u beter bent dan ik. *One man's ceiling is another man's floor.* Het plafond van de een is de vloer van de ander. Naar mijn weten is dat een gangbare uitdrukking hier in de Verenigde Staten.'

'En de wet?' vroeg Hartmann. 'U hebt met uw daden de wet overtreden.' Hij hoorde de scherpe klank in zijn eigen stem, dezelfde klank die hoorbaar werd als hij had gedronken, als onacceptabele omstandigheden hadden weten binnen te dringen in zijn leven en hem van zijn stuk hadden gebracht.

'En welke wet is dat dan, meneer Hartmann?'

'De wet die is vastgelegd door het volk.'

'En welk volk is dat dan? Ik hoorde er beslist niet bij. Ik heb er nooit mee ingestemd dat dergelijke wetten werden ingesteld. Hebben ze u ooit geraadpleegd? Heeft uw regering ooit de tijd genomen u te vragen wat u in een bepaalde situatie als een goede en een slechte daad beschouwt?'

Hartmann schudde zijn hoofd. 'Nee, natuurlijk niet… Maar we hebben het nu over richtlijnen die al eeuwenlang worden opgesteld over wat algemeen wordt beschouwd als goed en slecht gedrag. Die wetten zijn gebaseerd op wat de meest overlevingsgerichte handeling in een bepaalde situatie is gebleken.'

'Overlevingsgericht voor wie?' vroeg Perez. 'En als dat het geval is, waarom beschouwt men het overgrote deel van de wetten in deze maatschappij dan als een perverse karikatuur van rechtvaardigheid? Vraag het de man in de straat en u zult horen dat hij de politie en rechtbanken corrupt vindt, dat bijzondere goedkeuring, juridisch-technische details, nepotisme en geknoei er de dienst uitmaken. Vraag de man in de straat of hij gelooft dat in uw vredelievende en democratische maatschappij gerechtigheid kan worden verkregen en hij zal u in het gezicht uitlachen.'

Hartmann wist niet wat hij moest zeggen. Ook al was hij boos en geagiteerd, hij wist dat Perez gelijk had.

'Dus hoe staan we ervoor, meneer Hartmann? Wij zitten hier, u en ik, en dat is het. Ik ben hier om te zeggen waar het op staat, om te worden aangehoord, en als ik klaar ben, zal ik u vertellen wat u wilt weten over het meisje. Dat is het voorstel en het is het enige aanbod dat op tafel ligt.'

Hartmann knikte. Het was evident dat Perez dit scenario had uitgedacht, Hartmann erbij had betrokken met voorbijgaan van Hartmanns beslissingsrecht, en ingewikkelder dan dat kon het niet worden. Het was een zwart-witsituatie, zonder een tint grijs ertussen.

'Dus nogmaals,' zei Perez. 'Zal ik beginnen?'

Hartmann knikte en leunde achterover.

'Goed dan,' zei Perez zacht en hij begon aan zijn verhaal.

9

Zodoende vertel ik u deze dingen, niet omdat ik denk dat ze belangrijk zijn, hoewel ze dat in sommige opzichten zijn, maar omdat ik moe ben, oud begin te worden en het idee heb dat dit misschien de laatste keer zal zijn dat mijn stem wordt gehoord. Deze dingen gaan heel veel jaren terug, bijna tot aan het begin van de vorige eeuw, en de manier waarop deze dingen zijn begonnen, heeft misschien bijgedragen aan de manier waarop ze zijn geëindigd. Oorzaak en gevolg, nietwaar?

Die woorden van mijn moeder. Mijn moeder. Ik kan haar stem nu nog horen. Zij was degene die me over het land van mijn vader, en zijn vader voor hem, vertelde; hoe de geschiedenis van dat land een volk had voortgebracht dat wilskrachtig was en niet bang om te sterven. De dood hoorde net zo goed bij het leven als al het andere, zei ze altijd, en het is aan deze afkomst te danken dat ik ben geworden wie ik ben. Daar ben ik van overtuigd, maar wilt u alles begrijpen wat ik u zal vertellen, dan zullen we het spoor moeten volgen dat lang voordat ik werd geboren door bepaalde mensen is achtergelaten.

Ik was nog klein, en ze nam me op schoot en ze vertelde me dit verhaal om me iets van de passie en gewelddadigheid die in mijn vader gevat lagen te laten begrijpen. Ik luisterde naar het geluid van haar stem en toen ze zweeg, kon ik haar hart horen kloppen omdat ik mijn hoofd tegen haar borst liet rusten. Ik voelde de wind die door het raam naar binnen kwam, de warme lucht, en geloofde dat niemand zich ooit zo veilig en beschermd zou kunnen voelen.

'Het was een dag die vrijwel hetzelfde begon als alle andere,' zei ze, 'toch zou er voor de zon onderging – bijna alsof de geschiedenis zelf een wond had opengerukt – bloed worden vergoten. Stemmen zouden worden verheven, families zouden ten gronde worden gericht, en te midden van dit alles zou er iets beginnen dat het leven van je vader in sterke mate heeft beïnvloed en gestuurd. Je vader, Ernesto. Hij stamt af van de mensen over wie ik spreek, en door deze dingen is hij een wilskrachtige en resolute man geworden.'

Ze zweeg en streek over mijn haar. Ik luisterde naar haar hart.

'¡*Hijos de Puta!* riepen ze. ¡*Hijos de Puta!* Maar de woorden allemaal aan elkaar geplakt alsof het één woord was, en in dat ene woord lagen haat en venijn en vertwijfeling en smart, en daaronder een gevoel van gefrustreerde wanhoop, en daar weer onder leek een gevoel van moedeloze uitzichtloosheid te liggen, omdat ze allemaal stuk voor stuk wisten dat ze aan het onvermijdelijke niets konden veranderen, hoe vaak ze ook riepen, hoe luid hun gezamenlijke stem ook klonk en hoeveel moed ze ook wisten te verzamelen toen ze in een bonte slordige menigte bijeenkwamen.

Er waren mannen op paarden, Ernesto... mannen met geweren op paarden. Rookwolken uit de smalle houten hutten die langs de zoom van het bos stonden als kinderen die bij elkaar kropen voor de warmte.

Het gebeurde in Mayarí, een dorpje op Cuba, in de buurt van Birán in de provincie Oriente. Daar woonden gastarbeiders, onder wie een zekere Ruz, oorspronkelijk afkomstig uit Galicië in Spanje. Hij was naar Cuba gekomen omdat hem daar een toekomst werd beloofd. Hij verbouwde suiker, oogstte het, verkocht het voor een magere winst, en zag de mannen van de regering komen om de aanstichters van een lokaal protest te verjagen en hun huizen plat te branden.

Het was februari 1926 en Ruz stond aan de rand van zijn stuk land en bad tot een God in wiens bestaan hij nauwelijks geloofde, en hoopte dat zijn geloof de mannen van de regering ervan zou weerhouden zijn bezit ook plat te branden. Zijn gebeden werden kennelijk verhoord, want nog geen uur later keerden de mannen van de regering hun paarden en reden weg naar de horizon, en lieten gezinnen achter zonder middelen van bestaan, gezinnen die niets van de protesten wisten, en zo ze ervan hadden geweten, niet de kracht zouden hebben gehad om hun stem te verheffen. Maar toen het op hun eigen huis aankwam, ja, toen vonden ze de kracht, maar het haalde niets uit. Helemaal niets.

Ruz draaide zich om en liep terug zoals hij was gekomen, en toen hij bij zijn eigen huis kwam, stond zijn vrouw op hem te wachten. Angst tekende haar gezicht en toen hij haar naar zich toetrok, toen hij zijn hand zacht tegen haar buik drukte en haar vertelde dat niets, niets in deze of een andere wereld, haar en hun kind kwaad zou komen doen, meende ze dat haar beslissing om met deze man te trouwen de beste was die ze ooit had kunnen nemen.

Want Ruz was een goede man, een man van eer, van principe, en in augustus zag hij hoe zijn vrouw een zoon ter wereld bracht, en ze zagen die zoon opgroeien, en de naam van die zoon was Fidel Castro Ruz, en hij werkte met zijn vader tussen het suikerriet, en toen hij zes jaar oud was haalde hij zijn ouders over hem naar school te sturen. En ze spraken op gedempte toon met elkaar toen Fidel Castro Ruz sliep, en ze waren het met elkaar eens dat een goede opleiding een kind een toekomst gaf. Dus stuurden ze hem naar school – die dappere, schrandere, onschuldige jongen – en Colegio Lasalle in Santiago nam hem aan, en vervolgens Colegio Dolores, en in de jaren daarna, toen Hitler verscheen, toen Franco de overwinning op de republikeinen in Catalonië proclameerde, toen de nazi's Tsjecho-Slowakije binnenvielen, leerde de jongen Ruz hard en goed.'

Mijn moeder zweeg. Ik keek naar haar op. Haar gezicht was levendig en gepassioneerd, maar met een passie die heel anders was dan die van mijn vader. Mijn moeder voelde hartstocht voor het leven, de drang alles goed te maken voor ons, terwijl mijn vader op de een of andere manier angstaanjagend en gewelddadig en boos was. Het was of hij alle lasten van de wereld op zijn schouders droeg en het gewicht van die lasten hem langzaam kapotmaakte.

'Hij was een goede leerling,' ging mijn moeder verder. 'Er was schijnbaar niets wat hij niet wilde weten. Hij werkte hard in die jaren dat Europa in oorlog was. In januari 1939 trok Franco Barcelona binnen. Hij had een verbond gesloten met de Moren van generaal Yagüe, en de nationalistische troepen trokken vanuit het noorden op en dreven de republikeinen in een hoek. In maart nam Franco Madrid in en kwam de Spaanse Burgeroorlog ten einde. Zes maanden later vielen Duitsland en Rusland Polen binnen en nog geen achtenveertig uur later was de oorlog een feit. Hitler bezette Denemarken en Noorwegen en Frankrijk, Trotski werd vermoord in Mexico-Stad, de Japanners vielen Pearl Harbor aan, en Fidel Castro Ruz, inmiddels een jongeman van zestien die de jezuïetenschool Colegio Belén bezocht, zag hoe de wereld in staat van beroering verkeerde. Het was alsof zich uit het hart van Europa een orkaan verhief en de rest van de wereld in zijn geheel eigen waanzin meesleurde. Castro zou het allemaal overleven en hij zou na verloop van tijd Cuba aan haar volk teruggeven.

Hij is een belangrijk man, Ernesto, een man van wie je moet weten. Je hebt het in je om even machtig en wijs te worden als Fidel Castro Ruz.'

Mijn moeder zweeg. Ze trok me dicht tegen zich aan. 'En hoe zat het met jou? Je was al geboren, Ernesto Cabrera Perez. Niet op Cuba, hoewel je vader daar vandaan kwam, en je had wel dezelfde geboortedatum als Fidel Castro Ruz, 13 augustus, maar je was pas vijf jaar oud, onwetend van wat er aan de andere kant van de aarde gebeurde. Jij was hier in Amerika, in New Orleans, in de staat Louisiana ...'

Op dat moment wendde ze haar hoofd af en glimlachte, alsof de herinneringen aan de tijd dat ik nog klein was haar voldoening en troost gaven. Ik luisterde naar elk woord dat ze zei. Ze kwam uit een arm gezin, maar ze was schrander en intelligent, las alles waar ze de hand op kon leggen en luisterde zelf ook naar haar ouders als ze haar over de wereld vertelden. Ze hield me keer op keer voor dat ik altijd mijn ogen de kost moest geven, moest leren lezen, alles moest lezen zoals zij had gedaan, en moest inzien dat het leven er was om begrepen te worden. Ze wilde dat ik leerde me te handhaven. Ze wilde dat ik ontsnapte aan de wereld zoals zij die had leren kennen, en iets van mijn toekomst maakte.

Mijn vader was een bokser, een geboren en getogen vechter, een man die om de een of andere reden Cuba had verlaten voor de schitterende lichtjes en onbeschaamde lichtvaardige belofte van de Nieuwe Wereld. Mijn vader, de 'Havana Hurricane'. Een indrukwekkende man, zowel qua lichaamsbouw als temperament; zijn vrouw, mijn moeder, een zuiderlinge van Latijns-Amerikaanse afkomst uit een bijzonder arm gezin, en tussen deze twee vuren – tussen de woeste razernij van viriliteit wat mijn vader altijd was, en haar, de broeierige, donkerharige latina met de smaragdgroene ogen die alle andere mannen verleidde zoals Delila – zat ik. Ik was enig kind en misschien ben ik daarvoor gestraft. Van iedere uiting van geweld was ik het slachtoffer. Als er sprake was van affectie en liefde, dan was ik er ook, en tussen deze heftige schommelingen in emotionele geestdrift begon ik mijn leven in het besef dat niets zeker was behalve de onzekerheid zelf. Van het ene op het andere moment kon mijn vader in een heftige en handtastelijke woede ontsteken, hard uithalen met zijn gekneusde knokkels en zowel mijn moeder als mij tegen de grond slaan. Hij dronk, dronk als een man uit de woestijn, en als hij een gevecht won, als hij met handen vol met zweet bevlekte dollars naar huis kwam, wisten we dat diezelfde dollars in de hals van een fles goedkope whisky, of tussen de benen van een of ander hoertje van zeventien zouden verdwijnen.

Pas later zou ik die meisjes zien voor wat ze waren. Deze meisjes waren als geen andere meisjes ter wereld. Ze hadden van die inteelthoofden met brede monden, kauwgum, ze maten zich een creools slettig loopje aan en als ze spraken, kwam hun stem omhoog langs hun benen, hun brede heupen, hun gezwollen borsten. Ze gedroegen zich goedkoop en ordinair, misschien omdat ze dachten dat dat van hen werd verwacht, en als ze langs paradeerden, je van onder hun dikke bruine pony schuin aankeken, kon je aan hun blik zien hoe ze over je dachten. Ze verslonden je met hun ogen, pijpten je leuter met hun arrogante en verwaande lippen, rolden je op je rug over hun brede ritmische schouders en bedolven je onder het geloof dat je nooit dichter bij de hemel zou komen dan wanneer je met hen onder een klam, bezweet laken lag. Misschien werden ze verwekt in de hel, verwekt door broers en neven, en misbruikt voor ze beseften dat er verschillen waren tussen mannen en vrouwen.

Dit was Evangeline, een dorp in het zuiden bij Lake Borgne, en het was een klein uitgestrekt dorp dat volgens zijn eigen regels leefde, en die regels waren vastgelegd, in ijzer gegoten, en er zouden ontelbaar veel mannen voor nodig zijn geweest om ze te veranderen. De mensen waren wilskrachtig, afkerig van vreemden; ze bewaarden hun geheimen angstvallig als ongewenste cadeaus, dingen die ze wel wilden maar niet konden kwijtraken. Ze gingen gebukt onder talloze lasten en zelfs als klein en angstig kind kon ik dat in hun gecraqueleerde gezichten, hun zongebleekte haar, hun verweerde handen, hun open harten zien. Want dit was voor mij de plaats waar het leven begon en eindigde; dit was de plaats waar ik alles aantrof wat kenmerkend was voor het bestaan: angst, woede, haat, macht en pijn. Liefde en verraad ook, want liefde en verraad gingen hand in hand, als boezemvrienden, bloedbroeders, echo's van de ziel. Mijn vader, de Hurricane, sliep niet met die vrouwen omdat hij niet van mijn moeder hield; hij hield van haar op de enige manier dat hij van iemand kon houden. Hij hield genoeg van haar om haar te slaan als ze hem uitschold, haar vervolgens in zijn armen te nemen als haar oog blauw werd, fijngestampt ijs uit de vrieskast in een handdoek te doen en tegen haar opzwellende gezicht te houden, haar tranen te drogen, zijn tedere gemeenplaatsen te fluisteren en haar dan over te halen zijn pik in haar mond te nemen, genoeg leven in hem te blazen dat hij haar op haar zij kon draaien en zich in haar kon begraven, haar schouders hard tegen de grond te drukken terwijl hij zijn woede ontlaadde op de voor hem beste manier. En dan schreeuwde ze zijn naam en plengde tranen als hij haar pijn deed, maar ze was blind genoeg om te geloven dat hij nu van haar zou houden als de man die ze wilde, en niet als de man met wie ze was getrouwd.

Later dacht ik vaak aan mijn vader. Later droomde ik. Als kind droomde ik al, maar mijn dromen gingen niet over suikerspinnen en kermissen, over de kindertijd als een warme en veilige leemte voor de volwassenheid... Nee, niet over dat soort dingen. Mijn dromen gingen over mijn vader en hoe ik hem op een dag in de vernieling zou helpen.

Hij bleef vechten, mijn vader, bijna iedere vrijdag- en zaterdagavond zijn blotevuistenrazernij aan de wereld vertonen, en toen ik acht was, toen ik van het overlijden van Roosevelt hoorde, toen de Tweede Wereldoorlog eindelijk onder het gewicht van zijn eigen waanzin bezweek, ging ik met hem mee naar de beestachtige en sadistische toernooien gehouden in achterbuurten en op parkeerplaatsen achter louche bars en biljartlokalen, waar volwassen mannen elkaar voor vijfentwintig dollar per keer tot bloedens toe afranselden en buiten westen sloegen. Ik mocht niet kiezen of ik meeging. Mijn vader zei dat ik mee moest, dus ging ik mee. De enige keer dat mijn moeder in bedekte termen zei dat ze het er niet mee eens was, hoefde hij alleen maar zijn hand te heffen en ze was al stil en maakte nooit meer bezwaar.

Dus toen Fidel Castro Ruz zijn diploma aan het Colegio Belén in Havana behaalde, toen hij aan de universiteit van Havana ging studeren, tuurde ik, met nauwelijks geopende ogen, door het kippengaas dat om een stuk grond achter een bouwvallig trefpunt voor drinkers van illegale drank stond, tuurde en grimaste en daagde mezelf uit te blijven kijken terwijl mijn vader met een rood gezicht van de alcohol zijn eeltige en bruine vuisten herhaaldelijk op het hoofd van de een of andere zielige uitdager liet neerkomen. Hij was de Hurricane, de Havana Hurricane, en niemand, niet één man, is ooit na een gevecht met mijn vader zonder hulp weggelopen. Bij drie gelegenheden – de eerste keer toen ik negen was, de tweede toen ik elf was, de derde toen ik eenentwintig was – heb ik hem iemand dood zien slaan, en zodra de dood was bevestigd, zag ik dat er geld van hand wisselde en werd het lichaam stevig ingepakt in een jutezak, en daarna tilden donkere mannen in leren jassen die lijken op en legden ze in de laadbak van klaarstaande vrachtwagens. Ik heb gehoord dat die lichamen als een puzzel in stukken werden gezaagd en brok voor brok in Lake Borgne werden gesmeten. Daar verslonden de vissen en de slangen en de alligators alle bewijzen dat die mannen hadden bestaan. Hun namen werden niet meer uitgesproken, hun gezichten werden vergeten, hun gebeden niet verhoord. Op een keer begon ik erover tegen mijn vader en hij keerde zich naar me toe en fluisterde een met whisky gelardeerde terechtwijzing waarin de zinsnede *comer el coco* voorkwam. Ik kende in die tijd niet veel Spaans en wist niet wat hij bedoelde met 'zijn hoofd eten'. Ik vroeg het aan mijn moeder en ze zei tegen me dat hij niet gediend was van brutale vragen.

Later heb ik vaak gedacht dat het treurigste aan de dood van mijn vader zijn leven was geweest.

Later heb ik heel veel gedacht, maar in mijn vroege jeugd toen ik in een kleine verwaarloosde vierkamerwoning van adobe aan de rand van Evangeline woonde, met altijd de zure lucht van Lake Borgne in mijn neusgaten, meende ik dat de wereld niets meer was dan een gekneusde en bloederige nachtmerrie uitgebraakt uit de duistere verbeelding van een waanzinnige God.

Mijn leven verliep schoksgewijs in onthutsende hoofdstukken, het kwam uit de diepte van het hart waar de oorsprong van liefde en pijn hetzelfde bed deelden. Mij, als kind en als volwassene, begrijpen is bepaalde dingen van jezelf begrijpen die je eigenlijk niet onder ogen durft zien. Je schrikt terug voor zo'n onthulling, want als je ze ziet, geef je de onwetendheid op, en de onwetendheid opgeven is weten dat je zelf schuldig bent aan het erkennen van de mogelijkheid. We hebben allemaal onze duistere kanten; we hebben allemaal een duister licht in onze ogen dat, als het is ontstoken, kan aanzetten tot moord en verraad en ontrouw en haat. We zijn allemaal naar de rand van de afgrond gelopen, en hoewel sommigen van ons wellicht hebben gewankeld, is slechts een enkeling – de essentiële en noodzakelijke enkeling – in de donkere diepte gevallen.

Misschien was ik zo'n kind, een van hen die erheen liepen, die keken, die reikten naar de belofte van het onzichtbare, en kwam ik tot de ontdekking dat ik mijn evenwicht niet kon bewaren en in de lucht klauwde, terwijl ik de spanning in mijn borst voelde toen de angst door mijn breekbare lichaam schoot, en daarna de overtuiging dat alles verloren was toen mijn voeten onder me vandaan gleden en ik begon te vallen…

En vallen deed ik, helemaal naar beneden, en zelfs nu – na al die jaren – heb ik het laagste punt nog niet bereikt.

Ik ben geboren in armoede en opgegroeid in de schaduw van de dronken ruzies tussen de twee mensen die naar mijn mening het meest van elkaar hadden moeten houden. Het was een betreurde geboorte, aangezien zowel mijn vader als mijn moeder tot op het allerlaatste moment vond dat ik geaborteerd had moeten worden, en hoewel het aan pogingen daartoe niet ontbrak, zij op haar knieën, hij op zijn knieën achter haar met zijn handen op haar schouders om haar al zijn kracht en steun te geven, met lysoldouches, met scherpe stukken oranjebomenhout, met gebeden *In nomine patris et filii et spiritus sancti lieve Moeder Maria het doet pijn... Heer vergeef me, het doet zo'n pijn... O god, moet je al dat bloed zien...* kwam ik toch.

Daar, tussen de bebloede en vuile lakens, in het overvolle en kapotte omhulsel van een caravan waarvan de ramen met het vuil en het vet van honderd jaar langs de randen waren gebarsten, waarvan het hele geraamte naar links helde omdat de banden daar zacht waren geworden, waar alles ten slotte geloofde dat bezwaar maken tegen verval en verwaarlozing hetzelfde was als bezwaar maken tegen het verstrijken van de tijd zelf, wat onmogelijk was, werd ik geboren.

En schreeuwende stemmen die van kapotte caravans via schuren met teerpapier naar dit haveloze en werkelijk smerige huis van adobeklei en hout in Zachary Road trokken. En later, dat ik soms mijn moeder moest dragen, nauwelijks in staat was de kleine en schemerdonkere slaapkamer te halen, maar dat ik haar vol toewijding en voorzichtig droeg, omdat ik wist dat zij ook zou vallen als ik struikelde en viel, als ik mijn evenwicht verloor, en als zij viel, zou ze breken als een pop van porselein.

Dit soort dingen vormen mijn leven, mijn herinneringen, mijn verleden. Ik zette deze stappen, de ene voet lijdzaam volgend op de andere, en soms vertraagde ik mijn pas om me af te vragen of ik een andere weg had kunnen bewandelen, een ander pad had kunnen nemen, maar ik besefte dat ik dat nooit zou weten, en zelfs al zou ik het weten, wat voor zin had het dan om zo'n vraag te stellen, want ik zou het nooit kunnen nemen. Ik had mijn keuze gemaakt. Ik had mijn leven geleefd en zou de gevolgen er nu van dragen, tot aan de dood.

De wereld ging onopgemerkt aan me voorbij. Gandhi werd vermoord, Truman werd president van de Verenigde Staten, de Noord-Koreanen vielen het zuiden binnen, en Fidel Castro Ruz studeerde af aan de rechtenfaculteit van de universiteit in Havana en vestigde zich als advocaat in de geboortestad van mijn vader. Mijn vader sprak over het leven dat hij had kunnen leiden. Hij noemde namen als Sugar Ray Robinson en 'The Bronx Bull' Jake La Motta, vertelde over Randolph Turpin en Joe Louis, over Rocky Marciano en een heleboel anderen die ik me niet meer herinner.

Hij vertelde me ook over zijn vaderland, het Cuba dat hij had verlaten. Hij vertelde verhalen over Castro, over zijn voornemen zich kandidaat te stellen bij de parlementsverkiezingen in '52; dat generaal Fulgencio Batista in een staatsgreep de regering van president Carlos Prio Socarras omverwierp. Castro ging naar de rechtbank en diende een aanklacht tegen Batista in wegens het schenden van de Cubaanse grondwet, maar de rechtbank wees de aanklacht af, en vervolgens organiseerde Castro vóór de herfst van 1953 met honderdzestig loyale volgelingen een gewapende aanval op de Moncada-kazerne in de provincie Oriente. Deze aanval, evenals een gelijktijdige aanval op de Bayamo-legerplaats, mislukte. De helft van Castro's mannen werd gedood en Castro en zijn broer Raúl werden gevangengenomen.

Ik luisterde naar deze dingen, luisterde ernaar met een half oor, want ik gaf niet om mijn vader en nog minder om de geschiedenis van zijn land. Ik was een Amerikaan, een geboren en getogen Amerikaan. Ik was net zo min een Cubaan als Eisenhower, althans dat dacht ik.

Maar het geweld zat me kennelijk in het bloed, misschien was het overgeërfd, meegevoerd in een door de lucht verspreid virus dat mijn vader uitademde, en hoewel ik jaren later een patroon zou herkennen, een reeks kleinere, onbelangrijke gebeurtenissen die voorafschaduwden wat komen zou, werd de loop van mijn leven uiteindelijk bepaald door één beslissend incident.

Het was september 1952. Ik was alleen thuis. Mijn vader zat dronken ergens in een bar en zette het beetje geld dat hij had in op het zinloze en pijnlijke leed dat hij iemand zou gaan toebrengen, mijn moeder was naar de markt om inkopen te doen, en de man kwam bij ons aan de deur. De vertegenwoordiger. Hij stond opeens op de veranda in zijn geelgeruite broek en zijn overhemd met korte mouwen, met zijn stropdas afgezakt tot aan zijn middenrif en zijn hoed in zijn hand.

'Hallo,' zei hij toen ik uit het halfduister van de gang tevoorschijn kwam. 'Ik ben Carryl Chevron. Dat klinkt als een damesnaam, dat weet ik, maar dat is het niet, het is beslist geen damesnaam, jongeman. Zijn je ouders thuis?'

Ik schudde mijn hoofd, met al mijn vijftien jaren, terwijl ik daar stond in mijn korte broek, met schoenen aan mijn voeten, ontbloot bovenlichaam en een vochtige handdoek rond mijn hoofd gewikkeld. De lente was verschrikkelijk geweest, de zomer nog erger en al sleepte het jaargetijde zich nu naar de herfst toe, het was nog ondraaglijk heet.

'Ik zoek mensen die iets willen leren,' zei Carryl Chevron en toen draaide hij zijn hoofd om naar de weg alsof hij iets zocht. Zijn ogen glommen, glansden als de maan, en ik haalde mijn hand onder mijn neus door en leunde tegen de deurpost op de schaduwrijke veranda van dat krot van een huis.

'Ik ben op zoek naar mensen die graag veel zouden willen weten, snap je?' Weer dat schuine hoofd, de glanzende ogen, zijn gezicht ietwat blozend zoals ik alleen bij mijn vader had gezien als hij in zijn stoel zat met zijn fles in zijn hand. Ergens begon een hond te blaffen. Ik keek in de richting van het geluid, maar op het moment dat ik dat deed wist ik al dat ik geïnteresseerd was in wat deze man zei.

Ik richtte mijn blik weer op de man. Hij glimlachte.

'Is dat echt goud in uw tand?' vroeg ik, terwijl ik in het donkere gat van zijn mond keek.

Carryl Chevron – een man die een groot deel van zijn leven had verspild omdat hij altijd maar weer moest uitleggen dat hij geen meisjesnaam had, die door deze ene ouderlijke vloek emotioneel was gebutst en gebroken, maar toch niet op het slimme en logische idee was gekomen om hem te veranderen – barstte opeens, abrupt in lachen uit, knikte met zijn hoofd en werd rood in zijn gezicht. 'Ja, natuurlijk is dat echt goud. Denk je dat iemand zoals ik, iemand die zo veel wijsheid met zich meevoert over de hele wereld, iets anders dan echt goud en diamanten in zijn gebit zou willen hebben?' En toen leunde hij naar voren, en trok met de hand waarmee hij geen steun zocht tegen de deurpost zijn lip omlaag en liet me een glimmend gouden hoektand zien met in het midden een klein glasachtig knopje dat net zo blonk als zijn ogen.

'Goud en diamanten,' wist hij uit te brengen met een mond die maar voor de helft bewoog. 'Echt goud en echte diamanten en echte wijsheid daar achter in mijn auto. Wil je ze zien?'

'Ze zien?' vroeg ik. 'Wat zien?'

'M'encyclopedieën, m'encyclopedieën, jongeman. Boeken zo vol wijsheid en geleerdheid dat je nooit meer ergens anders zult hoeven zoeken dan in die leren boekbanden, die als knap marcherende soldaten achter in m'n wagen staan. Wil je ze zien?'

'Verkoopt u boeken?' vroeg ik en in een flits zag ik het gezicht van mijn moeder, hoe ze me smeekte te lezen, te leren, alles in me op te nemen wat de wereld te bieden had.

De man deed een stap achteruit, keek opeens verbaasd, beledigd zelfs. 'Boeken!' riep hij uit. 'Boeken? Noem jij die banden vol vernuft boeken? Jongen, toch, waar ben jij in hemelsnaam opgegroeid?'

'In Evangeline op Zachary Road... Hoezo, waar bent u opgegroeid?'

Chevron glimlachte alleen maar. 'Ik zal er een halen,' zei hij. 'Ik zal er een halen, dan kun je het zien.'

Hij liep terug naar de onverharde weg, naar zijn auto, en hij tilde een doos van de achterbank en liet hem op de rand van de bumper balanceren. Uit de doos haalde hij een groot zwart boek dat zo te zien vele kilo's zwaar was, en op het moment dat ik het zag, wist ik, met al mijn vijftien jaren, dat mensen uit dat soort dingen hun slimmigheden haalden. Ik zag hoe Carryl Chevron de veranda op kwam met dat boek in zijn handen en hoewel ik helemaal niet goed kon lezen, net mijn naam kon schrijven en zelfs dat nog met sommige letters achterstevoren, wist ik dat ik ze moest hebben. Móést hebben. Ik dacht dat mijn moeder dat wel zou willen. Ze zou trots zijn als het me lukte dergelijke dingen in handen te krijgen en in bezit te hebben.

'Kijk hier,' zei Chevron. 'Deel één. Van aardvarken en Aix-La-Chapelle tot cantharel. Hierin vinden we Abacus, Acapulco, Aegina, de Appalachen, artrose, Lyman Baum, het tapijt van Bayeux, het congres van Berlijn, Boccherini, Cádiz, Catharina de Medici, de Cherokee, China... Alles, gewoonweg alles wat een jongeman zoals jij ooit zou willen weten.' Hij boog zich naar voren, hield me het geopende boek voor, de geur van knisperend papier, de opvallende lucht van nieuw leer, de letters, de afbeeldingen, de geleerdheid. 'Alles,' fluisterde Chevron, 'en het kan allemaal van jou zijn.'

En ik met mijn magere armen en mijn blote borst, met de vochtige handdoek als een tulband om mijn hoofd gewikkeld, ik stond daar en stak mijn hand uit om de kennis aan te raken die van de bladzijden leek te druipen. Het boek werd dichtgeslagen, onmiddellijk weggetrokken alsof het aan elastiek zat.

'Kopen... of de rest van je leven dom blijven. Wijsheid is onbetaalbaar, jongeman, maar hier hebben we wijsheid die voor een prikje van de hand gaat, uit het hart van de wereld voor jou hierheen gebracht. Speciaal voor jou, jongeman.'

Ik luisterde naar wat de man zei en in zekere zin was het of ik mijn moeder hoorde. De wereld was er om begrepen te worden, had ze me voorgehouden, en deze man had die wereld bij me thuis gebracht.

Chevron klemde het boek stevig tussen zijn handen en boog zich naar me toe. 'Weet je waar het geld van je ouders ligt, hm? Besef je wel hoe boos ze zullen zijn als ze horen dat ik hier ben geweest met deze dingen, dat die voor een schijntje te koop waren en dat ze de kans van hun leven hebben gemist? Waar zijn ze? Op hun werk?'

'Ze zijn niet thuis,' zei ik. 'Komen voorlopig niet terug, denk ik.' Ik keek telkens naar het boek dat Chevron in zijn handen had. Er ging een magnetische kracht van uit; ik werd erdoor aangetrokken. 'Mijn vader heeft geld, maar ik denk niet dat hij geïnteresseerd is in een paar boeken,' zei ik en ondertussen probeerde ik te bedenken wat ik moest doen, hoe ik deze boeken in handen kon krijgen.

'Ah,' verzuchtte Chevron, alsof hij iets begreep wat uitsluitend door ons beiden begrepen kon worden. 'Wij weten het wel, hè? Jongeman... Wij weten wat dit is, zelfs al heeft niemand anders daar de hersens voor. Dit kan ons geheim worden, ons geheimpje, alleen van jou en mij. Weet je wat? Als jij nu wat geld haalt, dan worden jij en ik het wel eens. Wij worden het wel eens, ik rij weg en als je ouders dan straks thuiskomen, zullen ze heel blij zijn dat je de kans hebt gegrepen die ik je nu bied.'

Ik aarzelde een moment, kneep één oog dicht en keek naar Carryl Chevron, keek nogmaals naar het boek dat hij in zijn handen had. Ik kon mijn hersenen horen kraken; ik wist niet wat ik moest doen, maar ik moest iets doen.

'Hoeveel zijn het er?' vroeg ik.

'Negen,' zei hij. 'Negen boeken in totaal. Allemaal hetzelfde als dit, in de doos achter in mijn auto.'

Opnieuw aarzelde ik, niet omdat ik niet wist wat ik wilde, maar omdat ik niet zeker wist wat ik moest doen om het te krijgen. 'Goed,' zei ik, 'breng ze maar naar binnen. Ik zal geld voor u halen, maar u mag het tegen niemand zeggen, hoor. U mag tegen niemand zeggen dat u hier bent geweest en me de boeken hebt gegeven.'

Chevron glimlachte. Een makkie, dacht hij, alweer een makkie; de juiste buurt, het juiste tijdstip van de dag, alweer zo'n stom joch dat wist waar het geld lag en zo week als boter was.

Chevron liep terug naar de auto en haalde de doos van de achterbank. Hij sjokte terug; zijn goedkope overhemd schuurde langs zijn schouders en ellebogen en het zweet liep als een rivier over zijn borst omlaag. Op dit soort momenten kon het hem niet schelen, op dit soort momenten was het het waard. Hij had een goede reis gehad. Zat nu een week in deze godvergeten troosteloze streek en dit was al de vijfde die hij verkocht – waarvan een aan een oude man die naar zijn idee te blind was om te lezen en in elk geval het verschil tussen een biljet van tien en honderd dollar niet had gezien – de rest aan kinderen zoals dit, kinderen die oud genoeg waren om te weten waar het geld was opgeborgen, jong genoeg om gefascineerd te raken en zich niet druk te maken over de gevolgen. Snel te werk gaan, de rotzooi dumpen, doorrijden, jezelf uit de voeten maken naar een volgend verwaarloosd dor en stoffig stadje waar niemand wist wie hij was en niemand hem ooit zou terugzien. Over een dag of drie was hij terug in New Orleans, binnen een week de staat uit, met een dikke portemonnee dankzij een stelletje onbenullen.

Hij kwam bij de veranda, bleef daar een moment staan en gaf toen een zet tegen de hordeur, stapte naar binnen voor de deur met een klap terugviel tegen het kozijn. Hij stond in de koele duisternis van de hal en trok zijn neus op vanwege de smerige onderstroom van alcohol en pis en lichaamsgeur. Het verbaasde hem altijd weer dat mensen echt zo konden leven. Hij liet de doos met boeken op de grond vallen, niets meer dan een loodzware broodwinning wat hem betrof, en wachtte op de jongen.

'Hé!' riep ik achter uit het huis. Ik was tot de slotsom gekomen dat het uitgesloten was dat ik die boeken níét zou krijgen. Met die boeken, met alles wat erin stond, kon ik het soort jongen worden dat mijn moeder graag wilde zien, en dan – op een dag – zou ik een man worden als Fidel Castro Ruz, een man die belangrijk was. 'Het geld is hier… Kom het maar halen.'

Chevron liep door de hal naar een gangetje dat naar het achterste deel van het huis leidde. In de keuken, dacht hij. Altijd in de keuken, in een ketel, in een sok in een pan weggestopt onder in een kast. Jezus, ik zou een geweldige dief zijn. Die mensen zijn zo verschrikkelijk voorspelbaar.

In de keuken voorwaar, en daar zag hij mij in een la staan rommelen.

'Kom eens helpen,' zei ik. 'Zeg, wilt u misschien een biertje of zo?'

'Nou, da's echt heel vriendelijk van je dat je dat aanbiedt, jongeman, maar ik moet eigenlijk weer verder. Ik moet nog bij veel fijne lui langs voor ik dat stadje van jullie weer verlaat.'

Chevron hoorde het gelul uit zijn eigen mond komen, hoorde zichzelf kletsen als de eerste de beste heikneuter, maar vanavond zou hij met een fles met een koud, lekker drankje in zijn hand ergens in een stoffige pleisterplaats langs de snelweg zitten, terwijl een brutale meid die het chroom van een trekhaak kon zuigen zich uitleefde in zijn kruis, en dan zou hij bij zichzelf lachen om deze truc die hij nu al zo vaak had uitgehaald, dat hij afgezaagd begon te worden.

Hij liep de keuken door en ging vlak achter me staan wachten tot het heerlijke geld tevoorschijn kwam.

'Wat u wilt,' zei ik. 'Hoeveel moet u trouwens hebben? Wilt u dit allemaal?'

'Dat is best, jongen,' zei Chevron. 'Pak jij maar alles wat in die la ligt, haal het er maar uit, dan komt het allemaal prima voor elkaar.'

'Volgens mij heb ik alles,' zei ik.

Daarop draaide ik me om, en Chevron stond daar met zijn hand uitgestoken en een inhalige schittering in zijn ogen, en de kracht van mijn greep toen ik zijn pols pakte, verraste hem, en het geweld waarmee hij opeens naar voren werd getrokken in een handvol keukenmessen, helemaal naar voren werd gesleurd tot zijn ordinaire met katoen bedekte buik tegen de heften van die lemmeten stootte, leek hem nog meer te verrassen dan de pijn die ze veroorzaakten.

Het overhemd werd moeiteloos doorboord, evenals de buik van de man, en uit zijn middenrif, door zijn vastgepinde stropdas, over zijn riem en langs de voorkant van zijn broek liep een straal bloed die je eerder zou verwachten bij de slacht van een varken.

En toen draaiden de messen rond, en uit zijn gapende met goud en diamanten versierde mond kwam een vertwijfeld geluid, een soort gereutel, alsof zijn longen door de verkrampte doorgang van zijn keel probeerden te ontsnappen en ergens tegen zijn luchtpijp, tegen het gehemelte in zijn mond bleven plakken. Met dat geluid kwam bloed mee, ik rook de gronderige doordringende geur, en toen zijn uitpuilende ogen omlaag keken, zag hij mijn gezicht, het gezicht van een kind, wit en doodsbleek, en ik hing met mijn gewicht tegen hem aan, glimlachend, draaide weg uit zijn gezichtsveld toen zijn ogen omhoogrolden in zijn hoofd tot het wit te zien was.

Hij wankelde achteruit tegen de rand van de tafel. De tafel wiebelde maar viel niet om, en toen ik zijn pols losliet bleef hij daar gewoon staan, onvast op zijn benen, zijn hoofd één grote chaos, kleuren en geluiden en het knappende gevoel in zijn onderbuik allemaal stijf in elkaar gerold tot iets ondefinieerbaars. Ik weet zeker dat hij voelde dat hij de controle over zijn blaas verloor, de warme straal een smal en snel spoor langs de binnenkant van zijn been voelde trekken, en daarna viel hij voorover op zijn knieën, zodat zijn gezicht beneden het mijne was. De messen staken uit zijn vlees als de traag malende tanden van een groot mechanisch tandwiel en het bloed droop ervan af en spatte op het zeil toen zijn leven voor zijn ogen uit hem vloeide. Inwendig kromp hij ineen, zijn ingewanden kronkelden op en kleefden samen, terwijl hij wanhopig met zijn handen over de vettige vloer schraapte... en ik stapte achteruit en raapte een van de messen van de vloer, en pakte vervolgens een handvol haar op de achterkant van Chevrons hoofd beet, trok er hard aan tot ik voelde dat de spieren in zijn nek gespannen stonden en sneed in één beweging, een beweging die zo behendig was dat hij natuurlijk leek, zijn keel door van oor tot oor.

Dit was mijn eerste moord. Mijn eerste echte mens, en opeens dat warme nat tussen mijn vingers, over mijn pols, mijn onderarm te voelen stromen, het gespetter van het leven te horen toen het van vergankelijkheid in stof neergutste, had iets onwerkelijks. Het was ingrijpend, onrustbarend.

Het was bijna volmaakt.

Ik was wellicht precies mijn vader. Heel even was ik precies mijn vader, en naderhand stond ik daar en keek naar wat er was gebeurd. Ik keek naar die onbekende man die op de vloer van de keuken lag en knielde naast hem neer. Ik raakte de huid van zijn gezicht aan – zijn wang, zijn lippen, zijn oogleden, zijn neus. Ik voelde het klamme zweet op zijn voorhoofd, hoe stug zijn haar was, de rasperige ongeschoren huidplooien boven de wond in zijn hals.

Er hing een bepaalde geur, een gronderige geur, van roest en vochtige maïs, van... van iemand die was gestorven. Daar rook het naar. Een unieke geur. Onmiskenbaar. Had je die geur eenmaal opgesnoven, dan kon het niets anders meer zijn. Ik dacht, wellicht, dat dit een beslissend moment was, dat dit het punt was waarop ik werd wat mijn moeder wilde, dat ik die boeken zou pakken en alles zou lezen en bestuderen en leren wat er over deze wereld te leren viel, en met die kennis zou ik zelfverzekerd, vol vertrouwen voortgaan en iets worden. Iémand worden.

Er was iets veranderd. Ik was veranderd. Ik besefte niet hoezeer de moord op de vertegenwoordiger me zou veranderen. In die seconden dat ik naast zijn langzaam koud wordende lichaam geknield zat, verbeeldde ik me dat ik niets bijzonders had gedaan, dat ik alleen een manier had verzonnen om iets te krijgen wat me anders zou zijn onthouden. Zo rationaliseerde en rechtvaardigde ik mijn daad. Maar er was meer, veel meer, en pas later zou ik inzien wat voor een verraderlijke schaduw een dusdanige daad over mijn hele leven zou werpen. Omdat ik mijn moeder een plezier wilde doen, was ik mijn vader geworden. Een moment slechts misschien, maar toch was ik hem geworden. Uit verlangen naar het enige waarachtige in mijn leven was ik het enige geworden waarvan ik niet had kunnen hopen dat ik het ooit zou begrijpen. Ik was in paniek, angstig, in de war, van streek, maar ik meende toch ook dat ik iets had bereikt waar mijn moeder trots op zou zijn geweest. Mijn vader doodde mensen zonder reden. Ik had iemand gedood om een goede reden, een zeer goede reden, en met de kennis die ik me nu eigen zou maken, zou ik worden wat zij wilde dat ik werd.

Misschien. Misschien niet. Ik was op dat moment een kind, met de ogen van een kind en het verstand van een kind. Ik had iets gedaan wat ik niet helemaal begreep, maar ík had het gedaan, dus ík was iemand.

Ik waste me eerst, en daarna tilde ik de boeken met twee stuks tegelijk uit de doos in de gang en droeg ze naar mijn kleine slaapkamer. Ik stapelde ze op een deken, vouwde de deken over ze heen en schoof ze helemaal naar achteren tegen de muur onder mijn bed.

Ik keerde terug naar de keuken, bleef een moment staan met een licht gevoel van frustratie. Hoe kon iets wat zo kort duurde zo verdomd veel troep geven?

Ik haalde al het geld uit het jasje van Carryl Chevron; de biljetten zaten gelukkig niet onder het bloed. Ik pakte vaatdoeken uit het gootsteenkastje, maakte ze nat onder de kraan en begon vanaf de deur naar het op de grond liggende lichaam toe te werken. Toen ik van alle kanten tot aan het lichaam het bloed van het zeil had gehaald, ging ik terug naar mijn kamer. Ik pakte een laken van het bed, nam het mee naar de keuken en spreidde het uit op de vloer. Ik rolde Chevron om tot hij onbevallig midden op het laken lag en sloeg de zijkanten over zijn benen en armen, over zijn bovenlichaam en zijn stomme, gevoelloze gezicht. Ik knoopte het laken aan beide uiteinden stevig dicht en sleepte het lichaam de keuken uit en door de gang naar de voordeur. De man was ongelofelijk zwaar, hij gleed centimeter voor centimeter vooruit, en ik hijgde en kokhalsde van inspanning. Ik hield mezelf voor dat het het waard was geweest, dat het elk moment dat ik hijgend, naar adem snakkend voortploeterde om het lijk naar de hal te slepen waard was. Ik handelde snel, bijna mechanisch, en vrijwel zonder enige emotie. Het was gebeurd. Gedane zaken namen geen keer. Ik zag er het nut niet van nog bang of verbijsterd te zijn.

Ik pakte Chevrons sleutels en begaf me naar zijn auto. Ik maakte hem open, haalde hem van de handrem, startte de motor en reed de wagen achteruit tot vlak voor het huis. Daarvandaan was het slechts een stap of drie naar het lichaam dat achter de voordeur lag. Het gewicht van de man vond ik uitzonderlijk, maar zodra ik de bovenste helft van zijn lichaam over de rand van de kofferbak had getild, werd de rest vanzelf mee naar binnen getrokken.

Ik reed niet meer dan zo'n anderhalve kilometer naar het oosten en stopte op een verlaten en smalle weg die naar de moerassen voorbij Lake Borgne en de kanalen liep, een stuk familieterritorium dat ik goed kende. Ik rustte een tijdje uit. De benauwde warmte sloeg me van alle kanten tegemoet. Ik zette zelfs de radio aan en luisterde naar creoolse muziek op een zender uit het district Chalmette. Na een gedachteloos halfuur stond het me helder voor ogen. Ik wist dat dat de beste manier was: nergens aan denken, het idee midden in mijn geest planten en uit zichzelf laten groeien. Het schoot wortel, het groeide, het ontwikkelde zich en kwam tot volle wasdom als blauweregen in de heiige windstille vochtige atmosfeer. Ik reed de auto achteruit tussen de bitternootbomen en zwarte eiken in. Honderd meter, tot de banden het losse rottende kreupelhout versnipperden en in grote bruine brokken als pruimtabak onder het chassis uit spogen, en toen zette ik de motor uit. Van de achterbank pakte ik een krik en met een bijna herculische inspanning krikte ik de achterkant van de auto zo'n vijftig centimeter op. Nu de kofferbak bijna op borsthoogte was, kostte het me enige moeite Chevrons lichaam eruit te halen, maar het lukte me. Ik transpireerde hevig, mijn vingers bleven kleven aan het bloed van de man, mijn haar plakte als verf aan mijn gezicht. Ik liet het lichaam op de grond vallen, haalde het laken weg en duwde het lichaam met de zijkant van mijn voet onder de achterwielen, het hoofd precies onder het rechter, het middel en de bovenbenen onder het linker. Ik deed een stap achteruit, gaf een schop tegen de krik en hoorde de knarsende afbraak van bot en gezicht toen de zware rubberen banden via het sterfelijke gestel van Carryl Chevron terug naar de grond zakten. Ik veegde mijn handen af aan het laken, gooide het in de kofferbak, en eenmaal weer achter het stuur startte ik de motor en reed met de auto een paar keer heen en weer over het lijk om het af te maken. Ik draaide de raampjes dicht, sloot het portier af, liep terug naar de plaats waar het gehavende lichaam van Chevron half begraven in de losse aarde midden tussen de bomen lag. Ik pakte om beurten zijn handen en sloeg met behulp van de hefboom van de krik Chevrons vingers kapot op een steen zodat een identificatie aan de hand van de vingerafdrukken niet mogelijk zou zijn. Ik deed hetzelfde met zijn kaak en het onderste deel van zijn gezicht. De krik, de steen, het laken, zelfs het shirt dat ik aan had – ik nam alles mee en liep tot de met water verzadigde grond mijn voeten omlaag begon te zuigen. Daar duwde ik de spullen in de grond en ik voelde hoe de aarde ze gulzig opslokte. Ik keek hoe ze verdwenen, de modder zich als olie in slow motion boven ze sloot, en daarna draaide ik me om en rende terug naar de weg. Rende als een kind naar een verjaardagsfeestje.

Naast het onherkenbare lichaam van Carryl Chevron, een zevenenveertig jaar oude oplichter, geboren in Anamosa, die van de middelbare school was getrapt, oneervol ontslagen uit het leger wegens diefstal, twee vrouwen, drie maagzweren en een vermoedelijke hartkwaal die een enorm geval van brandend maagzuur bleek te zijn, had overleefd, bleef ik staan en glimlachte.

Het was bijzonder geweest – het doden, het uit de weg ruimen van het lijk, de korte momenten van ijzige paniek, de sluwheid, het bedrog, de volmaaktheid van dat alles. Ik schopte nogmaals tegen het toegetakelde hoofd, zag een nijdige boog grijze en rode materie van de punt van mijn schoen vliegen en begaf me toen naar de auto. Er ging van dit alles een zekere magie uit, een zekere kracht, en de schoonheid en eenvoud ervan werden slechts geëvenaard door de sterren die ik in heldere winternachten vanuit het smalle raam van mijn kamer kon zien.

Dat was mijn eerste zonde, mijn erfzonde; een zonde die ik beging in een poging iets te worden wat de goedkeuring van mijn moeder kon wegdragen, en door hem te begaan had ik mijn vader mogelijk voorgoed binnengelaten in mijn ziel.

Carryl Chevron is nooit gevonden, nooit als vermist opgegeven; misschien werd hij ook door niemand gemist. Misschien zat een brutale meid op hoge hakken met te veel rouge en te weinig klasse nog op hem te wachten in een stoffige pleisterplaats ergens langs de staatsgrens. En misschien waren enkele kinderen die zijn boeken hadden gekocht nog beurs van het pak slaag dat ze hadden gekregen.

Wie zou het zeggen, en wie kon het schelen?

De auto reed ik anderhalve kilometer verder de moerassen in en vervolgens keek ik hoe hij moeiteloos, stil, gracieus de drassige grond in gleed om nooit meer boven te komen.

Ik had mijn boeken, leerde hoe ik ze moest lezen en las alsof mijn leven ervan afhing. Zuurverdiende banden met wijsheid waarin ik het hart vond, hoe het werkte, de subclavia en vena cava, waarin ik Da Vinci vond, Einstein, Michelangelo, Dillinger, Capone: de vele genieën die de wereld had gegeven en vervolgens hebberig had weggenomen. De boeken waren mijn enige echte bezit, helemaal van mij; ze werden gekoesterd en er werd goed voor ze gezorgd, want ze hadden een hoge prijs van me gevraagd, van mij en van de man die ze had gebracht. En mijn vader, meestal te dronken of te zwaar toegetakeld om iets te zien, en mijn moeder, deemoedig en stil in zijn aanwezigheid, dachten er nooit aan te vragen of te informeren hoe ik aan zulke dingen was gekomen. Ik bewaarde ze veilig, daar onder mijn bed, en ik nam elke bladzij woord voor woord door en begon toen weer van voren af aan.

Die koele ongestoorde nachten, de hemel helder, bezaaid met sterren en constellaties waarvan ik de naam kon noemen, de hitte getemperd door de wind die uit het noorden van boven de rivier kwam, de reikhalzende verwachting…

Het gevoel dat er zo veel was wat ik wilde – móést – weten.

Later, veel later, toen de jaren zich hadden ontvouwd en ik zo veel meer had geleerd over de wereld buiten mijn ouderlijk huis, dacht ik vaak het volgende:

Misschien als ik iemand was geweest, als ik écht iemand was geweest, hadden deze gebeurtenissen niet plaatsgehad.

Misschien als ik in Vietnam had gevochten en als held naar huis was teruggekeerd, met kleurige medailles op mijn borst; als de meisjes uit

Montalvo's Diner zich om me verdrongen zodat ze allemaal in één klap omarmd konden worden. En ik een litteken op mijn wang had, boven mijn oog misschien – opvallend, maar niet zo opvallend dat het lelijk was.

Misschien als ik door de modder en het bloed en de puinzooi van Da Nang, of Quang Ngai of Qui Nhon had gelopen met een zware rugzak met veldrantsoenen, instantlimonade, zouttabletten, munitie, mascottes, en een stijf opgerold verstevigd jack tussen mijn last en mijn ruggengraat. Spullen waarvan je het gewicht nog steeds voelde als je je ogen dichtdeed.

Misschien als ik daar was geweest, als ik buiten adem en verbrand, wankelend een gewonde kameraad door het dijdiepe water van een neer-regenende napalmnachtmerrie had gedragen, mijn haar verzengd tot op mijn hoofdhuid en mijn armen bloederig van het rode zweet van mijn last, terwijl de vegetatie om me heen verschrompelde, omviel, wegsmolt.

Misschien als ik honderd kilometer had gelopen naar de achterhoede, naar de achterste linies, waar de witte schone hospitaaltenten stonden die geurden naar verdovingsmiddelen en morfine, waar medische stu-denten met frisse gezichten die voor het eerst in Vietnam dienden hun ogen afwendden van het bloedbad, waar ik had moeten hechten en ver-binden en amputeren en de hevige stroom bloed had moeten stelpen die uit de opengereten buik gutste, uit de rafelige wond, het verloren oog, de groenhoutbreuk die uit de huid stak als het silhouet van een wipwap in de winter...

Misschien als ik een vinger had verloren. Een teen. Een oorlel.

Misschien als ik een T-shirt had kunnen dragen met de tekst ALS JE ER NIET BENT GEWEEST, HOU DAN JE MOND, in de wetenschap dat ik er wél was geweest, dat ik iets te zeggen had, dat ik het volste recht had om mijn mond open te doen en mensen te vertellen hoe het was geweest – de nacht, de angst, het spookgrijze beeld van oprukkende manschappen, hun symmetrie, hun identiteit volledig met elkaar versmolten omdat de mod-der en het bloed en de smerigheid van de oorlog van hun uniciteit één grote traag bewegende, ademende, wezenloze, het vragen voorbij zijnde machine maakten...

Misschien had ik dan, alleen dan, iets gehad waarover ik had kunnen praten.

En zou ik me niet leeg hebben gevoeld.

Ik was de jongen die wenste dat mensen me Six of Lineman of Doc zouden noemen, of een andere welverdiende bijnaam zouden geven, een naam die mensen nieuwsgierig maakte als ze hem hoorden, en als hun dan verteld werd waar hij vandaan kwam, zouden ze inzien wat een diepzinnig en volmaakt mens ik was, ik had mijn fouten, maar ik was toch dapper en stoutmoedig, ik had veel meegemaakt, en ik was rijk aan iets wat weinigen bezaten – ik was de jongen die in zekere zin niets was, maar toch zo bang om niets te zijn dat ik me verbeeldde dat alles wat ik wilde van anderen kon worden afgenomen.

En dat deed ik.

Ik herinnerde me keren dat ik achter in Montalvo's, de enige cafetaria in Evangeline, M&M's zat te eten, ze in mijn mond gooide, zodat ze tegen mijn gehemelte stuiterden en ik ze tegen mijn tanden voelde tokken, dat ik hun petieterige zoete laagje fijnkauwde en eindigde met de scherfjes snoep tussen mijn tanden en mijn tandvlees… en het was al laat, Montalvo's zou zo dichtgaan, de creools-Ierse halfbloedkok met het vriendelijke gezicht wiens naam ik nooit kon onthouden, zou me het holst van de nacht in sturen en me lachend het beste wensen in dat gebroken geamerikaniseerde nasale taaltje van hem dat op geen enkel accent leek dat ik ooit had gehoord, of ooit nog zou horen. Hij schommelde, die man schommelde werkelijk over het vette zeil, terwijl hij zijn handen afveegde aan een vette handdoek, de rug van zijn vette hand over het onderste deel van zijn vette gezicht haalde, en hij rook naar gebakken uien en gebakken eieren, naar frituurvet en tabak. Als een wegrestaurant dat in de fik stond. Een unieke geur die geen enkel mens ooit bij zich zou moeten hoeven dragen, maar hij droeg hem bij zich en dat kostte hem geen moeite, want de geur was onlosmakelijk met hem verbonden, met alles wat hij zei en deed en dacht.

Maar voorlopig zat ik veilig achter in de cafetaria en ik zag de paar jongeren die er vaste klant waren bij de jukebox dansen, de twee meisjes die met hun brede mond bellen bliezen van hun sterk ruikende spearmint kauwgum, hun korte wijde rokjes boven stevige bruine dijen, hun ballerina's en paardenstaarten en elastiekjes en de mannenhorloges die ze droegen, en ik vroeg me af hoe het zou zijn om met een van hen te neuken, vroeg me af hoe het zou zijn om mijn tong in die scherpe spearmint te laten verdwijnen, of misschien met allebei tegelijk te neuken, mijn handen onder die ronddraaiende rokjes te verliezen, ze in het hart te treffen van wat naar hun idee hun leven werkelijk was.

Voorlopig waren ze veilig.

Ik meende dat ik had kunnen praten als ik romans had gelezen, maar ik las geen romans, alleen feiten uit encyclopedieën.

Als ik over die dingen praatte, zou het veel te duidelijk worden dat ik helemaal geen leven had.

Misschien als ik die dingen had gelezen die in mijn encyclopedie werden genoemd, boeken als *Vlucht naar Arras, Ontbijt in Tiffany, Aan een onbekende God, Narziss en Goldmund, Altona, Mensen zonder schaduw, Een zachte dood,* dat soort titels, misschien had ik dan...

En als ik de namen van de auteurs ook had geweten, zou iedereen er zonder meer van uitgegaan zijn dat ik die dingen gelezen had, en ik zou de titels niet hebben genoemd, maar alleen de namen van de personages, en dan zou men luisteren en uit de toon van mijn stem, de uitdrukking in mijn ogen, de manier waarop ik glimlachte om mijn eigen gedachten die uitsluitend van mij waren, begrijpen dat ik al die dingen wist.

Misschien had ik dan, alleen dan, iets gehad waarover ik had kunnen praten.

Maar dat had ik niet, en ik zou het ook nooit hebben, dacht ik.

En daarom maakte ik dingen dood.

Wat moest een arme jongen anders?

Ik zag de meisjes met de strakke dijen, hun ronddraaiende rokjes, de arrogante manier waarop ze naar me keken, hoe ze een hele tijd geleden toen ze hier pas kwamen elkaar uitdaagden dat rare joch in de hoek met de M&M's aan te spreken. Ze namen de uitdaging aan, een of twee van hen, en ik was verlegen en vriendelijk, en ik bloosde en zij giechelden, maar inmiddels zijn ze al wat ouder en dagen ze elkaar niet meer uit; ze vinden me gewoon een rare, en ze dansen des te meer met hun dijen en hun rokjes en hun pepermuntgeur.

Ik haatte hen om hun gladde bruine huid. Ik vroeg me af hoe hun zweet rechtstreeks van hun huid zou smaken. Druppels als condens op koude glazen flessen. Als regen tegen glas.

Ik zat alleen, daar in Montalvo's Diner, en misschien was de enige die mij geen rare vond de idiote halfbloedkok met de vergeten naam die een geur bij zich droeg welke geen mens bij zich zou moeten hoeven dragen.

Het maakte hem niet uit dat ik niets te zeggen had, want ik kocht mijn cola's, at mijn M&M's, zat en keek en ademde en bestond.

Ik sprak niet.

Ik dacht er wel over iets te zeggen, maar het enige wat ik kon verzinnen was: 'Nou, eh, ik heb wel eens iets doodgemaakt...' maar omdat ik wel inzag dat dat niet echt het beschaafde soort praatje was waar mensen op zaten te wachten, zei ik het niet.

En had zodoende niets te zeggen.

Misschien als ik was opgepakt...

Misschien had ik dan, alleen dan, iets gehad waarover ik had kunnen praten.

Soms daagde ik mezelf uit naar een van die meisjes, die strak in het vel zittende tienertornado's, toe te lopen en haar naam te vragen, en te zeggen: 'Hoi, ik ben Bill, of Doc of Lineman of Swamper,' en dan zou ze een beetje blozen, en lachen, en zeggen: 'Ik ben Carol of Janie of Holly-Beth,' en me vragen hoe ik aan die naam was gekomen. Ik zou achteloos mijn schouders ophalen, alsof het volkomen onbelangrijk was, en haar vertellen dat ik hem had overgehouden aan de oorlog, *lang geleden, lieverd, heel lang geleden, daar ben jij helemaal niet in geïnteresseerd.* En dan zouden we dansen, en ze zou me kauwgum geven, een paar platen draaien die ik leuk vond misschien, en later, als ik haar naar huis bracht, zou ze me nogmaals vragen hoe ik aan die naam was gekomen en dan zou ik het haar vertellen, in korte, afgemeten gevoelvolle zinnen, en in de leemtes tussen mijn woorden zou ze de diepzinnigheid, de kracht, het vermogen tot zelfbeheersing bespeuren die nodig waren, wilde iemand wanneer hij na zoiets naar huis was teruggekeerd nog in staat zijn te glimlachen, te lachen, 'hoi' te zeggen en te dansen in Montalvo's Diner met iemand zoals zij.

Ze zou verliefd worden, en ik zou de druk van haar hand in de mijne voelen en ik zou voelen hoe haar schouder langs de zijkant van mijn borst schuurde als ze zich naar me toe boog om mijn wang te strelen, mijn gezicht te kussen, me te vragen of ik wellicht, toevallig, heel misschien zou willen overwegen nog een keer met haar af te spreken.

En dan zou ik gezegd hebben: 'Tuurlijk, lieverd, natuurlijk wel,' en gemerkt hebben dat haar hart opsprong.

Of misschien niet. Misschien zou ik een colaflesje in mijn hand hebben en als ze me naar zich toetrok, de onderkant van het flesje tegen de muur kapotslaan en me dan met mijn gezicht naar Bobby-Sue of Marquita of Sherise of Kimberley toe draaien en zeggen: 'Hier, iets kouds en hards als dank voor het genot van je gezelschap...' en het glas met een

draaiende beweging diep in de zonnevlecht drukken, door de longmaag-
zenuw heen, en voelen hoe ze verstijfde en stuiptrekte, op en neer sprong
als een kip zonder kop tussen de struiken op het lapje grond achter een
haveloze caravan, voelen hoe ze dicht tegen de puntige stukken glas aan
kwam als tegen de handen van begerige, straalbezopen knullen, terwijl
het bloed vloeide, uit het gat droop, vurig over mijn handen stroomde, ze
opwarmde, de poriën opvulde, in de groefjes van mijn vingerafdrukken
liep en ze opvulde...

En haar dan tegen de muur zetten, in haar reet neuken, mijn haar kammen en naar huis gaan.

Misschien was er dan, alleen dan, iets geweest waarover ik had kunnen
praten.

Vóór Carryl Chevron had ik een hond doodgemaakt. Dáárvoor had ik een
kat in een ren met drie kippen gezet en gekeken hoe ze zich het hart uit het
lijf renden. Dáárvoor had ik nog een paar andere dingen doodgemaakt,
maar ik weet niet meer wat.

We waren allemaal in wezen kinderen en sommigen van ons leken
nooit iets anders te zijn. Dat begreep ik, zoals ik nu heel veel begrijp, en
ik zie nu in dat ik de dingen zelfs beter doorzie dan ik besef. Ik weet dat
het allemaal uit het hart komt, regelrecht uit de kern van het hart zelf, en
als je niet luistert naar wat het je te zeggen heeft, maakt het je kapot. Dat
weet ik.

De tijd schreed voort als een woordeloze duisternis, en in die duisternis
kwamen geluiden en bewegingen voor waaraan ik zelfs nu nog niet wil
terugdenken.

Eisenhower werd beëdigd als president.

Julius en Ethel Rosenberg eindigden op de elektrische stoel in Sing
Sing.

Fidel Castro Ruz werd gevangengezet na een mislukte staatsgreep.

Rocky Marciano behield zijn wereldtitel zwaargewicht nadat hij Jersey
Joe Walcott knock-out had geslagen. Mijn vader zei dat hij het ook had
gekund. Mijn vader was een zuiplap. Een leugenaar. Een mislukkeling.

Ik was zestien jaar oud en New Orleans zat in mijn bloed.

Sint-Jacobus de Meerdere, Ogou Feray, de Afrikaanse geest van de
oorlog en het ijzer. De opzwepende ritmes van trommels en gezang en

mensen die rode wijn, rijst met bonen, vlees, rum en limonade in een vijver gooiden, en dat diezelfde mensen daarna in de modder rondwentelden en hun bijzondere gaven deelden door omstanders aan te raken. Slang en kruis op dezelfde begraafplaats met Allerheiligen, en loa-Damballahwédo oproepen, de machtigste aller geesten, het vrolijke feest van Vyéj Mirak, de Maagd der Wonderen, en haar voodootegenhanger Ezili, de godin van de liefde. Een stier wassen, parfumeren, in een cape hullen en vervolgens slachten, zijn bloed opvangen in een kalebas en ronddelen aan hen die bezeten waren door de loa. Ze dronken om de geest te voeden. Witte duiven offeren aan Petro loa, een geest die vogels en varkens, geiten en stieren eiste, en soms lijken uit het graf. Allerzielen, Baron Samedi, de loa van de doden.

Ik was zestien jaar oud. Ik was bijna een man, maar ik kon nog altijd niet rechtop blijven staan als mijn vader een pak slaag uitdeelde. Niet alleen aan mij, maar ook aan mijn moeder – zij met de tere, argeloze, stille hoop.

Het was eind 1953.

Als ik terugdenk, vloeien en smelten beelden samen, gezichten worden één, stemmen hebben een zelfde toon en timbre, en het kost me moeite gebeurtenissen in de juiste chronologische volgorde te plaatsen. Ik denk aan Cuba, het land van mijn vader, de dingen die daar gebeurden, en besef dan dat die dingen later, veel later plaatshadden. Mijn eigen verleden prikkelt me om te vergeten en dat beangstigt me, want mijn verleden vergeten is vergeten wie ik ben, hoe ik zo ben geworden, en dergelijke dingen vergeten is afdingen op de reden om te leven zelf.

Misschien zal het treurigste aan mijn eigen dood mijn leven zijn.

Sommigen van ons leven om te onthouden; sommigen om te vergeten; zelfs in deze tijd maken sommigen zichzelf wijs dat er een hoger doel is dat het nastreven waard is. Laat ik u één ding zeggen: dat is er niet. Het is niet ingewikkeld, het is bijna te simpel om aanvaard te worden. Zoals het geloof. Het geloof in wat? In God? Het fenomenaalste wat God ooit heeft gedaan, was de wereld wijsmaken dat Hij bestond. Kijk in de ogen van een mens als hij sterft en u zult zien dat er niets is. Een zwarte poel waarin je eigen gezicht wordt weerspiegeld. Meer niet. Zo simpel is het.

Ik zal u nu iets over de dood van mijn moeder vertellen. Hoewel het nog vier jaar zou duren voor ze overleed, zal ik u er nu over vertellen.

We laten 1954 achter ons, de tijd van McCarthy, de bezetting van Hanoi door de Vietminh en het begin van de oorlog in Vietnam zelf, de vrijlating van Castro en zijn broer Raúl bij de algemene amnestie in mei 1955, al die dingen.

We gaan voorbij aan Castro's vertrek naar Mexico waar hij zijn bannelingen aaneensmeedde tot de Beweging van de 26ste juli, het moment dat hij met tweeëntachtig mannen naar de noordkust van de provincie Oriente kwam en in december '56 op Playa Las Coloradas landde, dat slechts twaalf het overleefden en zich terugtrokken in het berggebied van de Sierra Maestra en een voortdurende guerrilla voerden tegen de regering van Batista, dat die twaalf er achthonderd werden en talloze overwinningen op de dictator behaalden in de vurige waanzin van de revolutie en bloed verspilden dat net zo goed deel uitmaakte van de geschiedenis als alles wat mogelijk in Europa gebeurde...

Tot Batista uiteindelijk werd verslagen en in 1959 op nieuwjaarsdag naar de Dominicaanse Republiek vluchtte, en wij waren erbij – mijn vader en ik – daar in Havana toen de zegevierende Castro de stad binnentrok en de mensen dachten, de mensen écht dachten dat alles nu anders zou worden.

Het enige waaraan ik kon denken, was dat mijn moeder bij ons had moeten zijn, maar ze was toen al dood, en dat we waren gevlucht uit Amerika, mijn geboorteland, en hierheen waren gegaan, naar het geboorteland van mijn vader.

Ik zal u over die nacht vertellen – een vrijdagnacht, 19 december 1958 – en dan kunt u voor uzelf uitmaken of dat wat mijn vader overkwam werkelijk iets anders dan gerechtigheid kan worden genoemd.

Ik herinner me dat ik altijd iets dacht als de mannen kwamen om het lijk weg te halen.

Hoe zal het zijn vrouw vergaan? Hoe zal het zijn kinderen vergaan?

Want ik wist dat al die mannen vrouwen en kinderen hadden, net als mijn eigen vader. Net als de Havana Hurricane.

Nog geen week voor Kerstmis, en de vrouw en kinderen van de dode man zouden ook ditmaal thuis zitten te wachten op zijn terugkeer. Maar die nacht zou hij niet met een rood aangelopen gezicht, bloederige vuisten en zijn hemd doorweekt van het zweet de deur binnenstrompelen. Die nacht zou hij door drie mannen worden weggesleept, zou zijn lijk worden opgetild met niet meer fatsoen en respect dan men een geslacht dier betrachtte, stevig worden ingepakt in een stuk jute en in de laadbak van een vrachtwagen gegooid. En mannen met vereelte handen en verharde gezichten, mannen die net zo min een ziel hadden als een steen, niet meer mededogen of scrupules dan een hagedis die zich koestert op een door de zon gebleekte rots, zouden met die vrachtwagen wegrijden en voor tien dollar, of minder, het lijk uitkleden en de kleren verbranden, het vlees in stukken snijden en een beetje laten leegbloeden, en het daarna in het moeras laten zakken waar alles wat kon worden geïdentificeerd algauw door alligators zou worden verscheurd.

En ik zie nog mijn vader, de Hurricane, die naar huis wankelde met zijn eigen hemd onder het bloed van een dode man, die ladderzat in de deuropening stond en de wereld uitdaagde hem te trotseren, hem te vertellen dat hij geen heer en meester was in zijn eigen huis, en mijn angstige moeder die hem smeekte haar niet zo ruw vast te houden, niet zo boos te zijn, zo hardhandig, zo onverzadigbaar...

En ik zie nog mezelf, in elkaar gedoken achter de deur van mijn eigen kamer met tranen in mijn ogen toen ik haar hoorde schreeuwen, alle gebeden die ze kon bedenken hoorde opratelen, haar stem hoorde en wist dat die geluiden hem alleen maar kwader zouden maken en dacht dat ergens in al die waanzin iets moest zijn wat enige zin had.

Maar ik heb het niet kunnen vinden – toen niet, nu nog niet.

En daarna de stilte.

Een stilte die onder de deur van hun kamer uit leek te druppelen en met zijn geluidloze voetstappen naar mij toe kwam; de ijle kilte die ik toen voelde en die maar op één manier kon worden uitgelegd.

En de stilte leek bijna een eeuwigheid te duren, misschien nog wel langer, en al die tijd wist ik dat er iets mis was.

Onherroepelijk verschrikkelijk mis.

En dan de jammerschreeuw van mijn vader toen hij de deur van hun kamer uit vloog, en hoe hij door de gang wankelde alsof iets zijn ziel had vastgegrepen en aan de zenuwen ronddraaide tot een folterende pijn.

De wezenloze blik in zijn ogen, de bleekheid van zijn vertrokken, met een dun laagje zweet overdekte huid, de manier waarop zijn vuisten zich balden en ontspanden, balden en ontspanden. De handen van een vechter. De handen van een moordenaar. En hoe ik zat te wachten tot hij mijn deur opendeed, op me neerkeek, dat ik iets herkende in zijn ogen wat ik nog geen uur geleden had gezien toen hij over het verslagen lichaam van een doodgeranselde man gebogen stond, en nog iets zag, iets veel ergers, iets verwant aan schuldgevoel en zelfverwijt en spijt en schaamte, en afschuw en wanhoop en waanzin, samengekneed tot één gruwelijke onbeschrijflijke emotie die alles zei wat ooit gezegd zou moeten kunnen worden zonder een enkel woord.

Ik stond op en wrong me langs hem heen.

Ik holde door de gang en liep hijgend mijn moeders kamer in.

Ik zag haar naakt, naakter dan ik haar sinds mijn geboorte had gezien, en de donker geworden leegte van haar ogen, de manier waarop haar hoofd achterover lag gedraaid in een zeer onnatuurlijke, ongemakkelijke hoek, en toen wist ik…

Wist ik dat hij haar had vermoord.

Er borrelde iets in me op. Tegelijk met de haat en de paniek, tegelijk met de walging en hysterie kwam iets wat sterk leek op laffe overlevingsdrang. Iets wat me zei dat ik moest ontsnappen, ongeacht wat er was gebeurd, ongeacht hoe dit was gekomen. Er was een moord gepleegd, mijn moeder was door mijn gewelddadige vader eigenhandig vermoord, en ongeacht mijn gevoelens jegens hem op dat moment, wist ik zeker dat mijn leven zoals ik het kende, ten einde zou komen als ik bleef.

Misschien was het, op een duistere manier, alles waarop ik had gewacht: iets wat sterk genoeg was om me weg te jagen.

Ik deed een stap naar voren.

Ik keek op haar neer.

Zelfs toen ik naar haar koude en levenloze gezicht keek, kon ik haar stem horen.

Kon ik de liedjes horen die ze voor me zong toen ik nog klein was.

Ik draaide me om naar mijn vader, zijn rug was naar me toe gekeerd, zijn lichaam star, maar toch beefde hij oncontroleerbaar, zijn vuisten waren gebald, elke spier in hem strak en gespannen en pijnlijk, en ik wist dat ik moest vertrekken. Moest vertrekken en hem mee moest nemen.

Ik rende naar buiten. De straat was verlaten. Ik rende terug zonder te begrijpen waarom ik naar buiten was gegaan.

Ik schreeuwde iets tegen hem en hij keek me aan met de ogen van een oude man. Een zwakke en verslagen man. Ik haastte me naar mijn kamer en graaide wat kleren bij elkaar, stopte ze in een jutezak; uit de keuken haalde ik de levensmiddelen die er nog waren, wikkelde ze in een doek en deed die ook in de zak, en daarna pakte ik een overhemd en duwde de armen van mijn vader door de mouwen, knoopte het tot bovenaan dicht en leidde hem naar buiten, leidde hem alsof ik met twee lichamen liep, en ik nam hem mee naar de kant van de weg en liet hem daar staan, somber en sprakeloos.

Ik ging het huis weer in, en nadat ik nog een minuut bij de dode gedaante van mijn moeder had gestaan, nadat ik was neergeknield en haar gezicht had aangeraakt, me naar haar toe had gebogen en tegen haar had gefluisterd dat ik van haar hield, week ik achteruit en ging terug naar de keuken. Ik pakte een kerosinelamp en goot de inhoud ervan in een wijde boog op de vloer en over de tafel, trok er een spoor mee door de gang, en doordrenkte met de laatste vier centimeter brandstof het lichaam van mijn moeder. Ik stapte achteruit, ik sloot mijn ogen, haalde een doosje lucifers uit mijn zak en stak er een aan. Een moment stond ik daar, met de geur van zwavel en kerosine en de dood in mijn neusgaten, en toen liet ik de lucifer vallen en ging ervandoor.

We hadden zo'n vierhonderd meter gehold voor ik de vlammen omhoog zag schieten de lucht in.

We bleven hollen, en de drang om terug te rennen, de vlammen te doven en haar verkoolde lijk tussen de resten uit te halen, de wereld te vertellen wat er was gebeurd en een God in wie ik niet geloofde om vergeving en bescherming te vragen, was voortdurend aanwezig. Maar ik bleef niet staan, evenmin als mijn vader die aan mijn zijde liep, en merkwaardigerwijs meende ik dat ik nog nooit zo dicht bij hem was geweest, en ook nooit meer zou komen.

Het was december 1958, een week voor Kerstmis, en we gingen naar het oosten naar de grens met Mississippi, en toen we daar waren gingen we nog verder naar het oosten naar Alabama, omdat we heel goed wisten dat ons lot ons uit de handen zou glippen als we stilhielden.

Zeventien dagen liepen we en we stopten alleen om aan de rand van een akker te gaan liggen en enkele gebroken uurtjes rust te nemen, de paar happen eten die we nog hadden met elkaar te delen, op te staan en weer met pijn een dag verder te trekken.

Naar Florida: naar Pensacola, Cape San Bias, Apalachee Bay; naar Florida waar je vanaf de punt van Cape Sable het eiland Cuba, de Keys, de Straits en de lichtjes van Havana kon zien. En we wisten dat we slechts een paar kilometer van het geboorteland van mijn vader waren.

We hielden ons drie dagen achtereen schuil. Mijn vader zei geen woord. Elke dag sloop ik als het donker was weg en ging ik naar het strand.

Ik praatte met mensen die in verhaspeld Spaans spraken, mensen die me keer op keer zeiden dat ze me niet konden helpen, tot ik ten slotte de derde nacht een visser tegenkwam die ons wilde brengen.

Ik zal u niet vertellen hoe ik onze reis bekostigde, maar ik sloot mijn ogen en ik betaalde de prijs, en ik geloof dat ik de littekens van mijn nagels nog in het vlees van mijn handpalmen heb staan.

Maar we gingen, met de wind in ons haar, de zeelucht als een reinigende absolutie voor het verleden, en ik keek hoe mijn vader zich stevig vasthield aan de rand van het smalle vaartuig met wijd open ogen, zijn gezicht verstard, zijn geest gebroken.

Dat was mijn moeder.

Haar leven en haar dood.

Ik was eenentwintig jaar oud en in zekere zin geloofde ik dat mijn eigen leven ten einde was gekomen. Er was een hoofdstuk afgesloten op een ogenschijnlijk definitieve manier, en als ik ooit heb gedacht dat ik wat er was gebeurd te boven kon komen, als ik ooit heb gedacht dat er een weg terug was na de gebeurtenissen in mijn jeugd, niet alleen na de moord die ik had gepleegd, maar ook na de moord waarvan ik getuige was geweest, dan heb ik me vergist.

Mijn ziel was verloren; mijn lot was bezegeld en lag onherroepelijk vast; de wereld had me op de proef gesteld met al haar waanzin en ik was gezwicht.

Als er ooit een Duivel was, dan had ik hem aanvaard als mijn bedgenoot, mijn *compadre*, mijn bloedbroeder, mijn vriend.

Ik was eerst in mijn vaders voetsporen getreden en had hem vervolgens gered van rechtsvervolging voor het doden van mijn moeder.

In mijn geest heerste duisternis en door mijn ogen zag ik diezelfde duisternis overal waar ik keek.

Wat eens in me zat, werd nu alles wat buiten was.

We gingen bij Cardenas aan land. Ik bracht een schaduw mee die ik tot op de dag van vandaag bij me draag.

10

Van alles wat hij had geleerd, wist Ray Hartmann één ding zeker: dat het niet mogelijk was een irrationele daad rationeel te verklaren.

Misschien kon hij in een donker en somber hoekje van zijn geest nog enig begrip vinden voor de dingen die waren gedaan – voor het doden van Perez' moeder, het verbranden van het lijk, de ontsnapping naar Cardenas op Cuba en zelfs voor de dood van de vertegenwoordiger – maar de man die ze had gedaan, begreep hij allesbehalve. Hartmann geloofde niet dat slechtheid erfelijk was, maar hij meende, zoals hij al eerder had overwogen, zoals hij had geleerd uit boeken van Stone en Deluca, de O'Hara's en Geberth, dat er inderdaad 'situationele factoren' waren. Dat was het terrein van de daderprofilering, en nu zat hij hier, verdwaasd en zonder houvast, plompverloren in een voor hem volslagen irreële situatie gestort.

'U bent een beetje in zichzelf gekeerd, meneer Hartmann,' zei Perez zacht, en hij leunde naar voren, haalde een sigaret uit het pakje op de tafel en stak hem op.

'In mezelf gekeerd?' vroeg Hartmann.

Perez glimlachte. Hij nam een trekje van zijn sigaret en blies twee dunne sliertjes rook uit zijn neusgaten.

Net een draak, dacht Hartmann. Een draak zonder ziel.

Perez schudde zijn hoofd. 'U kunt zich dat soort dingen moeilijk voorstellen?'

'Ja, misschien wel,' antwoordde Hartmann. 'Ik heb er duizenden bladzijden over gelezen, honderden en nog eens honderden foto's van gezien, van de dingen waartoe mensen in staat zijn, maar dat wil niet zeggen dat ik wat motieven en beweegredenen betreft veel wijzer ben geworden.'

'Overleven,' merkte Perez nuchter op. 'Het komt altijd neer op zoiets basaals als overleven.'

Hartmann schudde zijn hoofd. 'Daar kan ik het niet mee eens zijn.'

'Juist,' antwoordde Perez. 'Juist, ja.'

Hartmann leunde naar voren. 'Gelooft u werkelijk dat al die dingen die zijn gedaan, zijn gedaan om te overleven?'

'Jazeker.'

'Hoezo dan? Hoe kan de wil om te overleven ooit het doden van een mens rechtvaardigen?'

'Heel simpel, meneer Hartmann, omdat het vaker wel dan niet domweg een kwestie is van jij of zij. In zo'n situatie zijn niet veel mensen bereid hun eigen leven op te offeren.'

Hartmann keek Perez aan, keek hem recht aan en meende dat deze man meer dier dan mens was. 'Maar hoe zit het dan met huurmoordenaars... hoe zit het dan met mensen die volkomen onbekenden vermoorden uitsluitend voor geld?'

'Of voor kennis?' vroeg Perez, die hiermee mogelijk naar de dood van Carryl Chevron verwees.

'Of voor kennis, ja.'

'Kennis betekent overleven. Geld betekent overleven. De waarheid is dat een motief nooit volledig door iemand anders naar waarde kan worden geschat. Een motief is iets persoonlijks, misschien wel even persoonlijk en bijzonder als de moordenaar zelf. Hij moordt om een reden die alleen door hemzelf wordt begrepen en die reden kan altijd worden verklaard uit de perceptie die het individu heeft van wat hem op dat moment in staat zal stellen op de beste manier te overleven. Later, achteraf gezien, zal misschien blijken dat een ander standpunt passend was voor de situatie en kan de dader ervan overtuigd raken dat hij verkeerd heeft gehandeld, maar ik kan u garanderen dat hij op het moment van de moord zelf van oordeel was dat deze handeling het meest bevorderlijk was voor zijn eigen overleven, of het in stand houden van dat waaraan hij loyaliteit was verschuldigd.'

Hartmann schudde zijn hoofd. Wat Perez zei, viel buiten zijn referentiekader en hij kon er met zijn verstand niet bij. Hartmann was zich ervan bewust dat elk woord dat de man had gezegd achter gesloten deuren werd opgenomen. Lester Kubis zou daar zitten, met een koptelefoon op zijn hoofd, en achter hem zouden Stanley Schaeffer en Bill Woodroffe staan en over zijn schouder meeluisteren naar alles wat Perez zei in de vergeefse hoop dat ze een aanwijzing zouden krijgen over de plaats waar ze Catherine Ducane konden vinden.

Maar Perez had hun niets gegeven, alleen zichzelf, maar dan ook alles van zichzelf. Hartmann twijfelde er niet aan dat wat Perez hem vertelde de waarheid was, en hij was er al van overtuigd dat de motivatie van de man voor zijn daden niet eenvoudig te begrijpen zou zijn. Naar het verband tussen deze man en Charles Ducane kon Hartmann alleen maar raden, maar de politieke wandelgangen waren gevuld met slachtoffers van mannen als Ernesto Perez. De tijd zou het uitwijzen, uiteraard, maar Hartmann besefte dat hij weinig tijd had. Over een week, zaterdag 6 september om twaalf uur, had hij een afspraak met zijn vrouw en dochter. Dit feit zou van tafel worden geveegd omdat men het irrelevant vond vergeleken met waar hij nu mee bezig was. Zijn privéleven zou Schaeffer en Woodroffe een zorg zijn, en minister van Justitie Richard Seidler, FBI-directeur Bob Dohring en gouverneur Charles Ducane al helemaal. Hun enige interesse was begrijpelijkerwijs de verblijfplaats en het welzijn van Catherine Ducane.

Later, toen hij in het Marriott Hotel op zijn bed lag, zou Hartmann zijn ogen sluiten en zich de man voor de geest halen die hij bijna twee uur tegenover zich aan tafel had gehad. Ernesto Perez, een oude man, een man die zich in de eerste jaren van zijn leven teweer had moeten stellen tegen de destructieve aard van zijn vader en het geweld dat deze over elk aspect van zijn jeugd had uitgestort. Perez was nu ondergebracht op de bovenste verdieping van het Royal Sonesta Hotel, waarvan de overige vier verdiepingen door de FBI waren ontruimd. In het Sonesta verbleven nu meer dan vijftig medewerkers van de FBI, de beveiliging had niet strenger kunnen zijn voor de president zelf, en in de penthousesuite werd Perez zelf bewaakt door twaalf gewapende mannen. Hij had gevraagd om een stereo-installatie, cd's van Schubert, Sjostakovitsj, Ravel, Louis Prima en Frank Sinatra, alsmede schone overhemden en nachtgoed; en voor zijn avondeten bestelde hij verse marlijn, aardappelen Dauphiné, een groene salade en een fles cabernet sauvignon. Hij had het allemaal gekregen, want anders dan in het federale penitentiaire systeem zou Ernesto Cabrera Perez de korte tijd dat hij te gast was bij de FBI in alles worden tegemoetgekomen en al zijn wensen zouden worden vervuld. En dan zou het meisje worden gevonden – dood of levend – en was het feest voorbij. Hartmann was ervan overtuigd dat Perez dat besefte, en wist daarom zeker dat hij zoveel mogelijk zou profiteren van de situatie. De man, wie hij ook was, wist duidelijk hoe het eraan toe ging in de wereld, en daar hoorden de FBI en wat die kon verschaffen bij.

Schaeffer en Woodroffe voegden zich bij Hartmann nadat Perez was weggeleid.

'Wat denk je?' vroeg Schaeffer hem.

'Waarvan?'

Schaeffer sloeg zijn ogen ten hemel en keek moedeloos naar Woodroffe.

'Van de kansen van de New York Knicks dit seizoen. Hartmann... wat denk je dat ik bedoel?'

'Perez of het meisje?'

'Ja, ja, Perez,' zei hij. 'Om te beginnen.'

Hartmann zei enige tijd niets. 'Ik denk dat hij precies weet wat hij doet. Ik denk dat hij dit tot in het kleinste detail heeft voorbereid. Ik denk dat hij elke dag iets zal loslaten, precies zoveel als hij wil, dat hij ons het verhaal stukje bij beetje zal vertellen en het ons heel lastig zal maken om het hele plaatje te zien. Zijn motieven? Ik heb geen idee. Misschien worden die pas duidelijk als het allerlaatste stukje op zijn plaats valt. Op dit moment is hij in het voordeel. Hij heeft iets wat wij heel graag willen hebben en hij weet dat we hem op alle mogelijke manieren in de watten zullen leggen om erachter te komen.'

Woodroffe stond instemmend te knikken. 'Zo schat ik het ook in,' zei hij. 'Een aantal van mijn mensen is al met hem bezig. We hebben zijn vingerafdrukken. We weten hoe hij eruitziet. Ze pluizen alle dossiers uit. Ze nemen de DNA-databank door en de daderprofielen in het systeem in Quantico. Afschriften van wat hij ons vertelt, worden aan onze beste mensen gegeven en als er iets te ontdekken valt, zullen ze het vinden.'

Hartmann wist niet zeker of er wel iets te vinden zou zijn. Hij meende dat Perez precies wist wat hij zei en hoe hij hen tot op het allerlaatste moment bezig zou gaan houden. Een tel overwoog hij zelfs de mogelijkheid dat het meisje al dood was.

'Motieven zijn dus onbekend en zullen dat waarschijnlijk blijven tot hij ze ons vertelt,' zei Schaeffer. 'Zolang we daar geen duidelijkheid over hebben, zit er niets anders op dan ons strikt aan de procedures te houden. We beschikken over genoeg mensen en middelen om alle aanwijzingen waar we mogelijk op stuiten, realistisch of niet, na te trekken. Als er iets uit een andere hoek naar voren komt, gaan we daar achteraan, maar voorlopig moeten we deze man aan de praat houden en hem zo goed mogelijk bij het onderwerp houden. Dat is op dit moment onze belangrijkste taak.'

Hartmann glimlachte ironisch. 'Volgens mij is hij van plan ons zijn hele levensverhaal te vertellen. Dit is zijn ongeschreven autobiografie, zijn grote kans om ons te vertellen wat hij allemaal heeft gedaan, waar hij allemaal is geweest, wat hij allemaal weet over anderen. Het zou me niet verbazen als we gouverneur Charles Ducane ergens op een bepaald punt tegenkomen.'

Zowel Woodroffe als Schaeffer deed er een moment het zwijgen toe, en toen leunde Woodroffe naar voren, legde zijn handen op de tafel en trok een zeer ernstig gezicht.

'Ik hoef je niet te vertellen dat alles wat je zowel binnen als buiten deze kamer ter ore komt onder het gezag van de FBI valt. Er komt helemaal niets, geen woord naar buiten, begrepen?'

Hartmann hief zijn hand. 'Ik ben geen kleuter meer, agent Woodroffe...'

Woodroffe glimlachte. 'Daar ben ik me terdege van bewust, Hartmann, maar ik ben me er ook van bewust dat je in het verleden de nodige narigheid hebt gehad, dat er een moeilijkheid was ten aanzien van een bepaald aspect van je privéleven, en het is ons niet onbekend dat je bekend bent bij de AA en grote problemen met je vrouw en dochter hebt gekregen daardoor.'

Hartmann was razend. Hij stond op het punt iets te zeggen, maar Woodroffe stak zijn hand op.

'Het maakt voor ons niet uit,' zei hij. 'We weten dat je in je werk al geruime tijd voorbeeldige prestaties levert, en we beseffen ook dat je hier bent op speciaal verzoek van Perez en dat is iets waar we niets aan kunnen veranderen. We willen alleen maar zeggen dat deze kwestie op dit moment de hoogste nationale prioriteit heeft, en dat het noodzakelijk is dat alle neuzen dezelfde kant op staan.'

Inwendig slaakte Hartmann een zucht. Hij wilde hier niet zijn. Hij wilde dit gesprek met deze mensen niet voeren. Zijn aangeboren menselijke instinct bekommerde zich over Catherine Ducane als mens en hij vond dat hij in zekere zin de verantwoordelijkheid en de plicht had dit te volbrengen. Hij zou doen wat hem was gevraagd, hij zou het zo snel mogelijk voor elkaar zien te krijgen, want elke dag die voorbijging bracht hem een dag dichter bij de mogelijke oplossing van de *problemen met zijn vrouw en dochter* waar Woodroffe op had gezinspeeld.

Dit was geen spelletje, dit was het echte leven – ruwe randen, scherpe hoeken, enzovoort. Hartmann had geen zin in moeilijkheden met deze mensen en wilde zijn leven en tijd ook niet langer door hen laten bepalen dan absoluut noodzakelijk was.

'Jullie zullen met mij geen problemen hebben,' zei Hartmann, terwijl hij zichzelf dwong zich in te houden en niet over de tafel te springen om Woodroffe tot moes te slaan. 'Ik ben hier om dit te doen en als het klaar is verdwijn ik en horen jullie nooit meer van me. En als jullie het niet erg vinden, wil ik nu graag terug naar mijn hotel, want ik ben moe en ik kan me zo voorstellen dat we hier morgenochtend weer met zijn allen bij elkaar zullen komen voor het tweede hoofdstuk van dit bijzonder fascinerende verhaal.'

'Een beetje minder kan ook wel,' zei Schaeffer.

Hartmann knikte. Hij zei niet: *Krijg toch de pest, man.* Hij zag ervan af te vragen: *Wie denken jullie wel dat jullie zijn?* Hij beet op zijn tong, bewaarde zijn kalmte en stond langzaam op van zijn stoel. Er zat een stil en onuitgesproken gevoel van trots in de wetenschap dat hij dit zou doorstaan en dan nooit meer met deze mensen zou hoeven praten.

En zo vertrok hij – liep van het FBI-gebouw in Arsenault Street naar het Marriott Hotel. Hier waren geen gewapende FBI-agenten om over hem te waken. Hier was alleen een eenvoudige functionele hotelkamer met een comfortabel bed, een tv waarnaar hij kon kijken met het geluid uit, terwijl de dag om hem heen ten einde kwam.

Hij dacht aan Carol en Jess. Hij dacht aan zaterdag 6 september. Hij dacht aan Ernesto Cabrera Perez en vroeg zich af hoe zo'n man deze wereld zou zien. Niet met dezelfde ogen, en niet met dezelfde emoties. Hoe beleefd en beschaafd en erudiet de man ook leek, hij was even gek als de rest van de zieke schoften die altijd maar weer opdoken in Hartmanns leven. Zo was het leven waarvoor hij had gekozen, en zo was het leven dat hij leidde.

De uren dat hij sliep waren vol hortende en verwrongen beelden. Hij verbeeldde zich dat Jess het meisje was dat door deze man was ontvoerd, dat Carol een week geleden in de kofferbak van de Mercury Turnpike Cruiser in Gravier Street was gevonden. Hij verbeeldde zich allerlei dingen, en toen hij kort na acht uur werd gewekt door een telefoontje van roomservice had hij het gevoel dat hij geen oog had dichtgedaan.

Hij ging naar beneden voor het ontbijt en trof daar Sheldon Ross die op hem stond te wachten.

'Doe maar rustig aan, Hartmann,' zei Ross. 'Ze brengen Perez om een uur of tien naar het bureau.'

'Wil je ook een kop koffie?' zei Hartmann, en Ross kwam bij hem zitten, dronk koffie en zei niets over de reden waarom ze daar waren.

'Ben je getrouwd?' vroeg Hartmann.

Ross schudde zijn hoofd.

'Speciale reden?'

'Nooit de tijd genomen om me met dat deel van mijn leven bezig te houden.'

'Moet je wel doen,' zei Hartmann. Hij pakte een stuk toast en smeerde er boter op.

'Speciaal soort meisje dat met de FBI getrouwd wil zijn,' zei Ross.

Hartmann glimlachte. 'Vertel mij wat.'

'Jij bent getrouwd, hè?'

Hartmann knikte. 'Ja, en het kost moeite genoeg om dat te blijven.'

'Spanningen door het werk?'

'Indirect wel, ja,' antwoordde Hartmann. 'Maar meer omdat ik de helft van de tijd een ongelooflijke klootzak ben.'

Ross lachte. 'Mooi dat je daar eerlijk voor uitkomt, maar voor zover ik kan zien, werkt het beide kanten op.'

'Ja, dat is ook zo, maar zoals je al zei: iemand die getrouwd wil zijn met het soort werk dat wij doen, is heel speciaal.' Hartmann keek Ross over de tafel heen aan. 'Woon je samen met iemand of op jezelf?'

'Ik woon bij mijn moeder.'

'En je vader?'

Ross schudde zijn hoofd. 'Die is al heel wat jaren dood.'

'Sorry.'

Ross wuifde het medeleven weg.

'Dus als jij 's avonds thuiskomt vertel je je moeder wat je die dag allemaal hebt meegemaakt?'

Ross lachte. 'Ze zou een rolberoerte krijgen.'

'Dat is de crux, nietwaar? En met een vrouw, iemand met wie de relatie in sommige opzichten nog hechter is, en doe daar dan ook nog eens kinderen bij, dan heb je dus een enigszins onhoudbare situatie.'

'Dus er is geen hoop voor me?' vroeg Ross.

Hartmann glimlachte. 'Misschien zou je met een FBI-meisje moeten trouwen.'

'Doe me een lol,' zei Ross. 'Heb je het soort meisjes gezien dat bij de FBI werkt? Die zien er nou niet bepaald uit als Meg Ryan.'

Hartmann lachte en at zijn toast.

Een halfuur later liepen ze samen naar Arsenault Street.

Woodroffe en Schaeffer waren er al. Ze begroetten elkaar en toen werd Hartmann opnieuw naar de kleine kamer achter in het gebouw gebracht waar hij de vorige dag met Perez had gezeten.

Er was een klein koffiezetapparaat neergezet, alsook een rolwagen waarop sigaretten, asbakken, schone kopjes en schoteltjes, een zakje jelly beans en een doos Cubaanse sigaren waren geplaatst.

'De man krijgt alles wat hij wil, nietwaar?' had Hartmann opgemerkt tegen Schaeffer, die knikte en zei: 'Tot het moment dat we hem pakken voor het meisje en dan krijgt hij een cel van tweeënhalf bij tweeënhalf in grijs gewapend beton en twee uur daglicht per week.'

Hartmann ging zitten. Hij wachtte geduldig. Hij wist precies op welk moment Perez in het gebouw arriveerde aangezien hij werd vergezeld door minstens tien allemaal even schichtige en nerveuze FBI-agenten.

Perez verscheen in de deuropening van de kleine kamer en Hartmann stond werktuiglijk op van zijn stoel.

Perez stak zijn hand uit. Hartmann pakte hem en ze schudden elkaar de hand.

'Hebt u goed geslapen, meneer Perez?' vroeg Hartmann, die in het gezelschap van de man ogenblikkelijk last kreeg van een zekere angst, maar tevens een grote mate van minachting voelde.

'Als de spreekwoordelijke roos,' antwoordde Perez, terwijl hij plaatsnam op een stoel.

Hartmann ging ook zitten, pakte een pakje sigaretten van de rolwagen, bood Perez er eentje aan, nam er zelf eentje en stak ze vervolgens allebei aan. Hij had een ongebruikelijk innerlijk conflict: de noodzaak beleefd te zijn, de man met een zeker respect te behandelen, en hem tegelijkertijd te haten om wat hij had gedaan, waar hij voor stond, en het feit dat hij in zijn eentje de enige echte kans die Hartmann had om zijn huwelijk te redden in gevaar had gebracht. Hartmann nam Perez nauwlettend op; hij meende dat er niets in zijn ogen zat, geen enkele vonk van menselijkheid.

'Ik wil u iets vragen,' zei Hartmann.

Perez knikte.

'Waarom ben ik hier?'

Perez glimlachte en barstte toen in lachen uit. 'Omdat ik u heb gevraagd hier te zijn, meneer Hartmann, en op dit moment heb ik de troeven in handen en u de zwartepiet. Ik heb het nu korte tijd voor het zeggen en ik weet dat ik alles krijg waar ik om vraag.'

'Maar waarom ik? Waarom uitgerekend ik?'

Perez slaakte een zucht en leunde achterover. 'Hebt u wel eens iets van Shakespeare gelezen, meneer Hartmann?'

Hartmann schudde zijn hoofd. 'Nee, het is er nooit van gekomen.'

'U zou hem moeten lezen, zoveel als u kunt. Shakespeare zegt dat er zeven levensfasen van de mens zijn, en blijkbaar zijn er net als die zeven levensfasen van de mens ook slechts zeven echte verhalen.'

Hartmann fronste. 'Dat begrijp ik niet.'

'Zeven verhalen, en alles wat je leest, elke film die je ziet, alles wat in het leven gebeurt, is een van die zeven verhalen. Dingen als liefde en wraak, verraad, dat soort dingen. Slechts zeven, en al die zeven verhalen kunnen in ieder stuk van William Shakespeare worden teruggevonden.'

'En wat is het verband?' vroeg Hartmann.

'Het verband, zoals u het noemt, meneer Hartmann, is dat alles wat u ooit over mij zou willen weten, over waarom ik hier ben, over wat er met Catherine Ducane is gebeurd en waarom ik ervoor heb gekozen u naar New Orleans te laten terugkeren om mijn verhaal aan te horen... al die antwoorden kunnen worden gevonden in de woorden van William Shakespeare. Als u nu koffie voor ons inschenkt, kunnen we praten, goed?'

Hartmann wachtte een moment en keek Perez toen recht aan. Hij had het bij het rechte eind. Er zat geen enkele vonk van menselijkheid in de ogen van de man. Hij was een moordenaar, niets meer en niets minder dan een moordenaar. Hartmann herinnerde zichzelf eraan wat Gerard McCahill was aangedaan; hij dacht terug aan de woorden van Cipliano: *Uit de klappen valt ook moeilijk iets af te leiden. Het zijn er heel veel en allemaal uit verschillende richtingen, alsof de dader rondjes om de man heen liep terwijl hij op hem in sloeg.* Hij stelde zich voor dat Ernesto Perez dat deed: om een vastgebonden en geknevelde man heen lopen met een hamer in zijn hand, meedogenloos klap na klap op het weerloze slachtoffer laten neerkomen tot hij ten gevolge van een shock en bloedverlies het leven liet.

Inwendig rilde hij.

'U bent niet van plan ons iets te vertellen, hè, meneer Perez?' zei hij.

Perez glimlachte. 'Integendeel, meneer Hartmann, ik ga u alles vertellen.'

'Maar over het meisje,' zei Hartmann. 'U bent niet van plan ons iets over het meisje te vertellen.'

'Alles op zijn tijd,' antwoordde Perez.

'En u kunt ons garanderen dat ze veilig en ongedeerd is en dat haar niets zal overkomen?'

Perez wendde zijn blik af en keek naar de hoek van de kamer. Zijn gezicht stond onvermurwbaar, en Hartmann bedacht dat een man als Perez het grootste deel van zijn leven altijd zoveel mogelijk moest hebben achtergehouden voor iedereen in zijn omgeving. Een man als hij zou op een perron van de ondergrondse staan, in een rij bij een koffiebar, geduldig zijn beurt afwachten bij de kassa in een supermarkt, en niemand zou een flauw vermoeden hebben wie hij was.

'Ik kan niets garanderen, meneer Hartmann. Op dit moment zou Catherine Ducane net zo goed gewurgd kunnen worden door de touwen waarmee ze is vastgebonden. Ze heeft misschien een poging gedaan zichzelf te bevrijden en zou op dit moment kunnen stikken. Ze heeft niet veel tijd en daarom draagt alle tijd die u besteedt aan pogingen informatie van mij los te krijgen, indirect bij aan haar verscheiden. Hier geldt de regel van drie, meneer Hartmann...'

'De wat?'

'De regel van drie. Drie minuten zonder lucht, drie dagen zonder water, drie weken zonder eten. Catherine Ducane is sinds woensdag de twintigste in mijn bezit... dat is al bijna anderhalve week.'

In zijn bezit, dacht Hartmann. Zo denkt hij over haar, dat ze in zijn bezit is. Hartmann sloot een moment zijn ogen. Hij probeerde niet aan haar te denken. Hij probeerde niet de gezamenlijke frustratie van alle federale agenten die nu direct, en indirect, bij deze situatie waren betrokken, te bevatten. Hij probeerde zijn aandacht te concentreren, deed heel hard zijn best om zich te concentreren, maar wat hij ook probeerde, hij kon het beeld van een uitgehongerde en doodsbange jonge vrouw die ergens zat vastgebonden op een stoel en voortdurend in de overtuiging verkeerde dat deze man slechts zou terugkeren om haar te doden, niet uit zijn hoofd krijgen.

'Dus we zouden geen tijd meer moeten verspillen, meneer Hartmann,' zei Perez laconiek. 'We moeten praten, nietwaar?'

'Ja,' zei Hartmann. 'Ja, we moeten praten.'

Hij schonk de koffie in. Hij zette de kopjes op tafel samen met een asbak, en toen Ernesto Cabrera Perez opnieuw het woord nam, leunde Ray Hartmann naar links en duwde zachtjes de deur van de kamer dicht.

11

¡*Lo Cubana – está aquí!* – Het echte Cuba – is hier!

Havana.

Stalinisme en palmbomen.

De bouwvallige façade van het Spaanse kolonialisme.

Barrio di Colón, de haveloze restanten van de rosse buurt uit de tijd van Batista's dictatuur.

San Isidro, de eens zo mooie, deftige, imposante wijk, die inmiddels vervallen en troosteloos als een vuile en afgedankte jas rond de stationsbuurt in Havana ligt.

Later, veel later, was er een jongen die als een broer voor me was, en we dachten vaak terug aan deze tijd.

'Herinner je je januari '59 nog?' zei hij bijvoorbeeld. 'Toen de hele arbeidsbevolking staakte en alles in Havana stil kwam te liggen. Batista was president in die tijd en zijn geheime politie vocht met de rebellen in de straten. Toen kwamen de guerrillastrijders van Castro uit de bergen, en ze renden door de straten en namen de stad in. Er was niemand over die tegen ze kon vechten, helemaal niemand. Herinner je je die tijd, Ernesto?'

En dan glimlachte de jongen en in die glimlach zat een herinnering aan iets wat voor altijd bij ons leven zou horen.

'Toen Castro Manuel Urrutia tot president benoemde nadat Batista was gevlucht, en hij de nieuwe regering beëdigde op de Oriente Universiteit in Santiago de Cuba, ja? Ze benoemden Castro tot afgevaardigde van de president voor de strijdkrachten en José Rubido tot legerchef. En Castro? Hij reed als een zegevierende Caesar het hele eiland over naar Havana! Overal waar hij kwam vierden we feest, en die avond hoorden we dat kolonel Lumpay en majoor Mirabel, de mannen die zich in de provincie Las Villas tegen Castro hadden verzet, waren geëxecuteerd!'

De jongen glimlachte opnieuw. 'Ik heb hun executie gezien, Ernesto... Ik heb gezien hoe ze smeekten om hun leven, maar Castro gedroeg zich als een koning die terugkeerde naar zijn geboorteland en hij kende geen genade. Hij maakte Che Guevara verantwoordelijk voor Havana zelf, en we gingen door de straten, met zijn duizenden, en we verbrandden vlaggen en staken gebouwen in brand, en mannen dronken wijn en zongen en neukten vrouwen op straat. Door Calzada de Zapata gingen we, met verheven stem, en door Avenida Salvador Allende en door het Parque Coppelia naar het Cemeterio de Cristóbal Colón...'

Ik lachte met hem mee. Ik herinnerde me die dingen. Ik was er ook bij geweest. Ernesto Cabrera Perez. We waren erbij, ik en mijn schim van een vader, opgenomen in de wervelwind van revolutie, passie en geweervuur.

Mijn vader was hoogstens zesenveertig jaar oud, maar hij bewoog zich alsof hij zestig of zeventig was. De Havana Hurricane was naar huis teruggekeerd, naar een land waarvan hij de naam altijd met zelfverheffende trots had uitgesproken, maar geconfronteerd met alles, met het tijdperk en de geschiedenis en betekenis van dit land, was hij niets meer dan wat hij werkelijk was: een vechter, een op whisky levende bokser, een dolleman met blote vuisten die nog te dom was om naast zijn geweldenarij op vrijdagavond een vak uit te oefenen. Toch was hij zelfs minder dan dat – zwakker en meer gebroken en minder sterk dan ik ooit had gedacht, en hij droeg een schuldgevoel vanbinnen dat zo zwaar en drukkend was, dat de kracht die nog in zijn botten en gestel over was het niet lang had kunnen torsen. Hij had zijn eigen vrouw gedood. In een aanval van onverzadigbare seksuele razernij had hij de nek van zijn eigen vrouw gebroken toen hij haar tegen de muur drukte. Dat was hij, en dat was alles wat hij was, en dat was alles wat hij ooit zou zijn: een stomme oude man, oud voor zijn tijd, die in een ogenblik van dronken waanzin de enige persoon had gedood die ooit echt van hem had gehouden. Van hem had gehouden niet om wat hij was, maar van hem had gehouden om wat hij naar haar overtuiging zou kunnen worden. Uiteindelijk bleek dat ze zich had vergist, want hij werd niets, en ik wandelde met dat niets, met de huls van een man die mijn vader was, door de straten van Oud Havana, door Calle Obispo naar Plaza de Armas, en onder het lopen fluisterde hij met zijn schorre en vermoeide stem: *no es fácil... no es fácil...* Het is niet makkelijk... het is niet makkelijk.

'Ik weet het, vader, ik weet het,' antwoordde ik dan en hoewel mijn woorden een meelevend begripvol gezicht toonden, droegen ze het meedogenloze staal van de wraak achter hun rug.

De Sicilianen – jaren later, heel veel jaren later – spraken met me over wraak. '*Quando fai i piani per la vendetta, scava due tombe – una per la tua vittima e una per te stesso,*' zeiden ze altijd. Als je van plan bent wraak te nemen, delf dan twee graven – een voor je slachtoffer en een voor jezelf. En dan glimlachten ze met hun mond maar niet met hun ogen, en uit die uitdrukking sprak een eeuwenoud inzicht in de duistere delen van de mens en de schaduwen die hij bij zich draagt.

Maar die eerste paar weken, toen we onze draai probeerden te vinden, toen ik het land van mijn vader leerde kennen, toen Cuba iets in me opwekte waardoor ik meende dat dit land, ongeacht waar ik geboren was, ongeacht waar ik opgegroeid was, dat deze gloedvolle, opgewonden, zwetende, wriemelende wanorde van menselijkheid en onmenselijkheid, die zich van het westen naar het oosten uitspreidde, dit leesteken tussen de Atlantische Oceaan en de Caribische Zee, de Golf van Mexico, de Florida Straits, de Winward Passage, zo veel meer was dan ik ooit had gedacht en me had voorgesteld.

Zo veel romantiek, zo veel verhalen! Namen als Sancti Spiritus, Santiago de Cuba, op een steenworp afstand van Haïti en Jamaica, van Puerto Rico en de Bahama's; het feest van apostel Jacobus; Santería, het Afrikaans-katholieke geloof; en de rumba en de salsa en de chachacha; en luie dagjes op de eilandjes bij Cayo Largo; en hier woonde Hemingway in *Papa's Place*, Finca la Vigia, en na zijn dood schonk zijn familie zijn huis aan het volk van Cuba omdat het bijna twintig jaar een stimulans was geweest voor de dromen van hun zoon.

En pas later, pas veel later, vele jaren nadat ik was teruggekeerd naar de Verenigde Staten, blikte ik wel eens terug en meende ik dat ik Cuba altijd in mijn hart had gehad, dat alle verschrikkelijke dingen die nog zouden komen misschien nooit gebeurd zouden zijn als ik daar was gebleven. Maar toen was het al te laat, en toen keek ik naar mijn leven met het verstand en de ogen van een oudere man, niet de man die ik destijds was, de jongeman die zijn vader door die straten leidde en meende dat hij op Cuba niets meer had gevonden dan een wijkplaats voor de gerechtigheid die zijn vader onherroepelijk te wachten stond...

Hoewel niet op de manier die ik toen dacht.

En niet uit mijn handen.

Want op dat moment deden mijn handen niets anders dan hem de weg bereiden, hem laten zien waar hij kon gaan liggen in het donkere krot met één kamer dat we voor één Amerikaanse dollar per week huurden – dezelfde handen die de vensterbank vastgrepen als ik uit het raam naar de lichtjes van Florida keek met in mijn hoofd de overtuiging dat me daar, als ik er in mijn eentje zou kunnen terugkeren, als ik mijn weg maar zou kunnen vinden, iets te wachten zou staan dat al het overige enigszins begrijpelijk zou maken.

Maar op dat moment was het dat niet en dat zou nog heel veel jaren zo blijven. Het was nieuwjaarsdag 1959 en ik was slechts de hoeder van mijn vader, en toen hij op zijn matras lag, toen hij onverstaanbare woorden mompelde afgewisseld met de klanken van de naam van mijn moeder, toen zijn geest langzaam oploste in de definitieve duisternis van het schuldgevoel om wie hij was en wat hij had gedaan, wist ik dat ik hoe dan ook uit dit leven moest ontsnappen.

Mijn ogen waren open, mijn hart was bereid, en ik had al lang geleden begrepen dat het pad naar de vrijheid met dollars werd gekocht. Zuurverdiend of niet, er was slechts één uitweg, en voor die weg moest betaald worden.

Laat ik u eerst één ding vertellen: in de jaren vijftig was het anders. Een man was een man en een meisje was een meisje. Niks geen vrije liefde, niks geen gedoe van mannen die in het openbaar hand in hand lopen. Als een vent in zijn reet geneukt wilde worden, deed hij dat in de beslotenheid van zijn eigen huis, of hij huurde voor een uur een hotelkamer of zo. Ik dacht destijds dat dat soort mensen gek was, niet starnakel gek zoals mensen die stemmen horen, maar gewoon niet helemaal honderd procent. Misschien maak ik niet zo'n betrouwbare indruk, maar laat ik u nog één ding vertellen: als ik iets zeg, dan kunt u ervan op aan, en ik zal u vertellen wat er in 1959 is gebeurd met de oude kerels en de schandknapen en de belofte van een dollar.

De kamer die ik voor mij en mijn vader huurde, lag aan de rand van La Habana Vieja, Oud Havana, en daarachter, achter Plaza de la Cathedral, lag een straat, die Empedrado heette. Het huis waar we woonden, bood onderdak aan zes of zeven gezinnen, sommige met kinderen die slechts tot mijn knie kwamen, en sommige met baby's, die 's nachts huilden als het erg warm was, en huilden als ze honger of dorst hadden, of als de kroep de kop opstak en ze besmet raakten, allemaal tegelijk.

Ik leerde daar een jongen kennen, zeventien was hij, misschien achttien of negentien, maar hij rookte alsof hij dat al jaren deed. Zijn achternaam was Cienfuegos, zijn roepnaam Ruben, en Ruben Cienfuegos werd een van mijn beste vrienden. Met hem sprak ik over de revolutie, over Castro die Batista ten val bracht en Cuba heroverde voor het volk. Van hem leerde ik roken, hij liet me plaatjes zien van meisjes met brede monden en nog breder gespreide benen waarvan ik zo geil werd dat ik met een beetje glijmiddel een gescheurd bord had kunnen neuken, en toen hij me vertelde van zijn nichtje, een meisje van zestien dat Sabina heette, toen hij me vertelde dat zij me voor twee Amerikaanse dollars zou 'doen', ging ik als een lam naar de slachtbank. Een smal bed in de hoek van een donkere kamer en Sabina – wier haar langer was dan ik ooit bij een meisje had gezien, wier ogen groot en helder en vurig waren, maar ook enigszins achterdochtig als van een wild dier; een meisje dat mijn broek omlaag trok en mijn pik masseerde tot hij zo stijf was dat hij pijn deed, dat me bij de hand nam en me neervlijde, en vervolgens haar rok optilde en schrijlings op me ging zitten, en zich toen op me liet zakken tot ik het gevoel had dat ik volledig tussen die gespierde bruine dijen zou verdwijnen, en dat als een golf over me heen spoelde en me een ontzagwekkend, magisch en onpeilbaar iets liet ervaren, en dat later mijn twee Amerikaanse dollars aannam en ze tussen het elastiek van haar onderbroek stak, en naar voren leunde en mijn gezicht kuste en tegen me zei dat ze mijn warmte binnen in zich kon voelen, en toen lachte en zei dat wat er net was gebeurd even noodzakelijk en onontbeerlijk was als gedoopt worden door de paus zelf in het Vaticaan, en daarna tegen me zei dat we erin hadden kunnen zwemmen als ik er nog langer mee had gewacht. En daarna liet ze me uit en liep met me naar beneden, waar Ruben glimlachend en tevreden een sigaret stond te roken... Omdat Ruben Cienfuegos me over die dingen vertelde en daarna de belofte deed dat het zou gebeuren, en me vervolgens ergens heen bracht waar het gebeurde, tja, daarom werd Ruben misschien wel de belangrijkste persoon in mijn leven.

En zij, zij wier naam ik nooit zou vergeten, hoewel ik haar maar één keer heb ontmoet, werd iets wat alleen in mijn hoofd en mijn hart bestond. In de jaren daarna dacht ik aan haar, aan Sabina, en fantaseerde ik dat zij ergens ook aan mij zat te denken. In zeker opzicht was dat moment met haar van evenveel betekenis als het moment, zo lang daarvoor, dat ik bij het dode lichaam van Carryl Chevron stond. Een beslissend moment. Een moment dat zou dienen als blijk van mijn leven, het bewijs dat ik werkelijk op aarde had rondgelopen, dat ik ten minste één, misschien twee keer werkelijk iemand was geweest.

Ik dacht vaak aan haar, maar noemde nooit haar naam, want als ik had gesproken over haar, zou ik de betovering hebben verbroken en de wereld een stukje hebben laten zien van wie ik was. Wie ik was, wist niemand behalve ik, en zo wilde ik het.

Van Ruben hoorde ik van de Italianen. Hij vertelde me over het Hotel Nacional en dat een zwarte man, een zekere Nat King Cole – die geen echte koning was en geen koninkrijk bezat – daar voor de Italianen had gezongen, maar toch die nacht niet in het hotel mocht logeren omdat hij een neger was, en dat de Italianen naar Cuba waren gekomen toen ze door de autoriteiten uit Florida waren gezet omdat ze zo veel mensen hadden vermoord en zo veel geld bij elkaar hadden gegraaid, en dat de wet ze niet kon tegenhouden. Cuba was hun redding, Cuba was voor hen een veilig huis ver van huis en in hun appartementen van tienduizend dollar dronken ze Folger's Coffee en rookten ze Cohiba's en Montecristo's en Bolívar- en Partagas-sigaren.

'Daar,' vertelde hij me, 'in de buurt waar zij wonen, vind je de vogeltjes.'

'De vogeltjes?'

Ruben glimlachte. 'Ja, Ernesto, de vogeltjes... De flikkers, de nichten, de homo's, de jongemannen die zich voor een dollar en een pakje sigaretten in hun reet laten neuken.'

Ik sloot mijn ogen. Ik dacht aan die nacht dat ik wachtte op het keren van het tij, dat ik mijn nagels in de palm van mijn handen drukte en de veerman zijn prijs voor de overtocht betaalde. Ik wist waar Ruben Cienfuegos het over had, en die kennis ging vergezeld van een gevoel van haat en walging jegens iedereen die een dergelijke afschuwelijke handel in stand hield.

'De rijke kerels gaan daarheen, de kerels met al het geld, Italianen, maar ook Cubaanse zakenmannen die van dat soort dingen houden.' Ruben glimlachte en knipoogde en stak nog een sigaret op. 'En ik heb een idee, kleine Ernesto,' zei hij, hoewel ik een jaar of twee ouder was dan hij, en hij glimlachte en knipoogde nogmaals en vertelde me zijn plan.

Drie avonden later stond ik, gekleed in een schoon wit overhemd dat Ruben had geleend van zijn neef van moederszijde, Araujo Limonta, en een geperste lange broek van dikke katoen, op canvasschoenen, zoals de schippers droegen die altijd rondhingen in de bars aan Avenida Carlos M. Céspedes, met mijn hart in mijn keel en een Amerikaanse sigaret tussen mijn vingers op de hoek van Calle Jesús Pergerino. Ik bleef daar geduldig staan en keek naar de passerende auto's, waarvan sommige vaart minderden wanneer ze langs de stoeprand snorden, en ik wachtte zo lang als een mens naar mijn idee kon wachten. Later vertelde Ruben me dat het niet langer dan tien minuten had geduurd voor een auto voor me tot stilstand kwam, voor het raampje omlaaggleed, een man met vettig haar en een gouden tand zoals Carryl Chevron de vertegenwoordiger naar buiten leunde en me vroeg hoeveel.

'Twee dollar,' zei ik hem, want dat moest ik zeggen van Ruben Cienfuegos, en de man met de gouden tand en het vettige haar glimlachte en knikte en stak zijn hand uit het raampje en wenkte me. Ik stapte in de auto zoals Ruben had gezegd, en mijn hart bonsde zo hard dat het ter plekke in mijn borst uit elkaar had kunnen springen, mijn tanden knarsten en het zweet parelde op mijn voorhoofd en kietelde op mijn huid. Ik zweeg terwijl de man een halve straat verder reed en de auto tot stilstand bracht in een donkere poel tussen de straatlantaarns. Ruben had gezegd dat hij zou staan wachten. Ruben had gezegd dat hij wist waar de mannen me mee naartoe zouden nemen, en toen hij me die dingen vertelde, had hij tegen me gezegd dat ik me zo normaal mogelijk moest gedragen, me moest gedragen alsof ik dit soort dingen al ontelbare malen had gedaan, want hij zou er zijn – mijn redder, mijn weldoener – en hij zou zorgen dat me niets overkwam.

De man met het vettige haar legde zijn linkerhand op mijn knie.

Ik rilde, ik kon het niet helpen.

De hand met zijn vette vingers, met zijn ene gouden ring gezet met een blauwe steen, trok een streep van mijn knie naar mijn kruis. Ik voelde de druk tegen mijn been, voelde het gewicht van de zonde die hij in de zin had, en ik sloot mijn ogen toen diezelfde hand tussen mijn benen greep en begon te wrijven, net zoals Sabina had gedaan, maar deze keer anders, deze keer op een manier waar ik onpasselijk van werd.

Waar Ruben de man mee heeft geslagen, weet ik niet. Maar hij sloeg hem hard. Ik zag hem niet eens aankomen, maar door het open raampje aan de andere kant van de auto kwam een donker ding op ons af vliegen dat tegen de achterkant van het hoofd van de man knalde.

De verwachtingsvolle wellustige grijns op zijn gezicht veranderde in een uitdrukking van schrik en zijn mond viel open – maar slechts een seconde, niet langer dan een hartslag, want hij zakte opeens naar achteren, en toen rolde zijn hoofd opzij op zijn schouder en viel hij tegen het dashboard.

Ik kwam de auto uit alsof ik er met grote kracht uit werd gegooid. Ik viel op straat, viel op handen en knieën, en hoewel ik wilde overgeven, kon ik alleen maar een droge benauwde hoest uit mijn keel krijgen. Mijn instinct zei me dat ik de man met het vettige haar en de gouden tand uit de auto moest trekken en schoppen, hard en snel moest schoppen, tegen het hoofd schoppen tot hij nooit meer wakker zou worden, maar Ruben stond naast me, hielp me overeind, was er om me te helpen, om me aan het lachen te maken toen hij naar de bewusteloze gedaante van de man in zijn maatpak, in zijn dure auto wees, wiens misselijkmakende perverse glimlach met één snelle klap op zijn hoofd van zijn gezicht was geveegd.

'Snel!' zei Ruben, en samen doken we de auto in.

We pakten de ring van de man, zijn portefeuille, zijn horloge, zelfs zijn schoenen. We pakten zijn leren riem, zijn sleutels, zijn sigaretten en een halve fles whisky die we onder de bestuurdersstoel vonden. We renden lachend als schoolmeisjes weg, en we bleven rennen – door San Miguel en over Gonzalez, over Padre Valera en Campanario – en we bleven rennen tot ik het gevoel had dat mijn longen zouden imploderen door de druk.

Later die avond, toen we de Amerikaanse sigaretten van de man rookten, toen we zijn whisky dronken, toen we nogmaals de zevenenzestig Amerikaanse dollar telden die we in zijn portefeuille hadden gevonden, besefte ik dat alles wat ik me ooit zou kunnen wensen met geweld kon worden gepakt.

Al die jaren geleden – toen ik besloot een man om te brengen voor de kennis die hij had meegebracht, toen ik besloot iets te doen waardoor mijn moeder trots op me zou zijn, maar ik in zekere zin een afspiegeling van mijn vader werd – had ik mijn eerste stap op een eenzame weg gezet. Er waren mensen, zoals Ruben, die een tijdje met me meeliepen, maar zelfs Ruben Cienfuegos, met zijn brede glimlach en uitgelaten lach, met zijn door whisky ingegeven lef die avond in La Habana Vieja, was niet een van hen die bereid waren de noodzakelijke extra stap te zetten. Ik had de man kunnen ombrengen, had hem uit zijn auto kunnen trekken en hem kunnen afranselen zoals mijn vader vroeger zo veel mannen had afgeranseld. Maar mijn vader had slechts gedood uit passie, een razernij voortkomend uit zijn sport, terwijl ik een man had gedood voor iets waarvan ik meende dat ik het zou kunnen bezitten. Ik dacht destijds dat die dingen me in het bloed zaten en het zou slechts twee weken duren voor mijn bloed opnieuw van zich liet spreken, voor ik besefte dat wat ik deed niet domweg een kwestie van kunnen, maar meer een kwestie van noodwendigheid was. Ik kon doden, dus deed ik dat, en hoe vaker ik dergelijke moordzuchtige daden pleegde, des te noodwendiger werden ze. Het was net een virus dat me in zijn greep had, maar het was afkomstig uit de geest en het hart en de ziel, niet uit de cellen of de zenuwen of de hersenen. Het zat in me, had er misschien altijd gezeten, en het was domweg een kwestie van wachten op de uiteindelijke provocatie, de force majeure, en Cuba – met zijn lichtjes, zijn hitte, zijn beloften, zijn emotie – leek die provocatie zonder meer op te wekken.

Ik werd een man in Havana. Ik werd zelf een Hurricane. In mijn ogen was ieder leven dat ik beëindigde in zekere zin een wraakneming op God, omdat Hij me slecht had behandeld. Ik was niet zo naïef dat ik mezelf beklagenswaardig vond of meende dat ik recht had op een bijzondere genoegdoening, maar ik was niet zo onnozel dat ik dacht dat wat ik kon van geen enkel nut was. Er waren mannen die wilden betalen voor wat ik kon. Zeldzaam is de sterveling die het leven van een ander neemt en dan met vaste tred en kalm gemoed naar huis loopt, en alleen een moment stilstaat bij de gedachte hoe goed hij de daad heeft uitgevoerd, hoe professioneel hij is geweest. Het begon te lijken op een roeping, een vak, en zo natuurlijk als ik die roeping volgde, was genoeg om me op te winden.

Ernesto Cabrera Perez was een moordenaar van nature en uit eigen keus.

Ik maakte mijn keus. Ik voelde me er goed bij. Hij paste bij me en ik paste bij mijn keus.

Ik wijdde mijn vak in in de eerste week van februari 1960.

In het tussenliggende jaar leefde ik het ware leven. Terwijl Cuba zich door haar groeipijnen heen sloeg, terwijl Havana zich herstelde onder het nieuwe regime, leefden Ruben Cienfuegos en ik erop los alsof er geen morgen was. We stalen en bedrogen en zwendelden vele honderden Amerikaanse dollars bij elkaar en een groot deel daarvan kwam terecht tussen de benen van hoeren, in de hals van een fles en bij de bloederige hanengevechten 's middags, of bij de jai-alai-wedstrijden 's avonds. We dachten dat we mannen waren; we dachten dat we ons gedroegen als echte mannen, en we voelden ons niet verantwoordelijk voor onze daden en gewetensbezwaren kenden we al helemaal niet.

Castro was premier van Cuba, *el Comandante en Jefe*, en in overeenstemming met zijn eigen variant van de communistische droom had hij de casino's die Batista in handen had gehad onteigend. Hij was niet blind voor de vernietigende werking van het hedonisme dat zijn vaderland had uitgeput, en juist op de vooravond van zijn aantreden hadden de mensen van datzelfde vaderland de vele miljoenen dollars kostende hotels bestormd die ten dienste hadden gestaan van de toeristenindustrie en waarmee de familie Batista en de georganiseerde misdaad hun zakken hadden gevuld. In het centrum van Havana ontstaken de mensen in blinde woede. Ze stormden met honderden tegelijk naar de deuren van de casino's en hotels, drongen naar binnen in de verlaten foyers met hun airconditioning en hoogpolige tapijt en begonnen vernielingen aan te richten. Binnen vonden ze roulette-, dobbel- en kaarttafels, bars en speelautomaten, waarvan de zwager van Batista er tienduizend in handen had gehad. De door de maffia gefinancierde paleizen van Batista werden vernield. Het leger en de politie bleven in hun kazernes, want de leidinggevende officieren beseften terdege dat hun eigen manschappen zich alleen maar zouden aansluiten bij het volk, en niemand deed een poging de mensen ervan te weerhouden de hotels en gokhuizen te vernielen.

Castro maakte in een van zijn eerste besluiten als nieuwe dictator een einde aan het gokken. Op het moment dat het decreet werd goedgekeurd, dat de boten die toeristen uit Florida en de Keys haalden doelloos en leeg aan de steigers en kades lagen, wist Castro al dat hij niet kon winnen. Dat geld, het geld dat als smeergeld was afgeroomd van deze zondige holen, was het kapitaal waarmee Cuba in leven was gehouden. Castro wist ook dat alleen het Syndicaat over de mensen beschikte die de casino's en hotels winstgevend konden maken en daarom trok hij zijn decreet weer in en werd gokken opnieuw gelegaliseerd. De casino's stonden nu onder toezicht van de staat en terwijl Batista voor elke vergunning tweehonderdvijftigduizend dollar had gerekend en nog meer onder tafel, vroeg het regime van Castro van elk casino vijfentwintigduizend dollar plus twintig procent van de winst. Hij legde vast dat alleen genaturaliseerde Cubanen mochten dienstdoen als croupier en de Amerikanen kwamen naar Cuba als 'officiële instructeurs'. Castro nam reclamebureaus in de arm om het goede leven in Havana te promoten; de hotels werden opgeknapt en opnieuw ingericht na de vernielingen die zijn volk had aangericht op de vooravond van zijn aantreden; de toeristen kwamen terug met duizenden tegelijk en met hen de jaarlijkse inkomsten van naar verluidt meer dan vijftig miljoen dollar.

Iets langer dan twintig jaar daarvoor was een andere reeks gebeurtenissen begonnen die een van de invloedrijkste figuren uit de geschiedenis van de georganiseerde misdaad naar Havana zou brengen. In januari 1963 begon openbare aanklager Thomas E. Dewey met een serie invallen in bordelen in New York. De invallen duurden tot maart en toen werd een negentig punten tellende aanklacht ingediend tegen Charles 'Lucky' Luciano. Luciano vluchtte van New York naar een gokclub in Hot Springs, Arkansas, en daar werd hij ten slotte gearresteerd. Hij werd uitgewezen naar New York City en op 13 mei 1936 begon zijn proces. Op 7 juni van datzelfde jaar bevond de jury Luciano schuldig aan tweeënzestig gevallen van prostitutie en hij werd veroordeeld tot vijfendertig jaar in Dannemora Prison in de staat New York. Op 7 mei 1945 werd een verzoek tot gratie en strafvermindering ingediend bij Thomas Dewey, die inmiddels gouverneur was geworden, en Dewey stemde in met een strafvermindering. Op 3 januari 1946 verklaarde Dewey dat Luciano in vrijheid zou worden gesteld, maar naar zijn geboortegrond Sicilië zou worden gedeporteerd. Luciano werd vrijgelaten uit Great Meadow en naar Ellis Island gebracht. Daar ging hij aan boord van de *Laura Keene*, die het zeegat koos voor haar twee weken durende zeereis naar Genua. Tussen februari en oktober trok Luciano van zijn geboortedorp Lercara Friddi naar Palermo, vandaar naar Napels en vervolgens naar Rome. Hier bemachtigde hij twee paspoorten, en hij reisde aan boord van een vrachtschip naar Caracas in Venezuela. Hij vloog van Caracas naar Mexico City, waar hij een privévliegtuig huurde voor zijn vlucht naar Havana op Cuba. Hij bevond zich op honderdvijfenveertig kilometer van de kust van Florida, een tussenstop op de voorgenomen terugreis naar de Verenigde Staten.

In Havana werd Luciano opgevangen door zijn jeugdvriend en bondgenoot Meyer Lansky en naar het Hotel Nacional gebracht. In dat hotel organiseerden Luciano en Lansky in de derde week van december 1946 een bijeenkomst die later bekend zou worden als de Havanaconferentie. Luciano betrok een luxueus en riant huis in de buitenwijk Miramar. Lansky reisde heen en weer tussen Miami en Havana en hield Luciano op de hoogte van de voorbereidingen voor de conferentie.

Op kerstavond werd de conferentie onderbroken. Vrouwen en vriendinnen arriveerden en er werd een feest gehouden ter ere van Frank Sinatra, een veelbelovende jonge ster die met de gebroeders Fischetti was meegekomen.

De casino's in Havana deden goede zaken, zelfs onder het regime van Castro, en Meyer Lansky, de man die Batista had aangesteld om van Cuba het oord te maken waar Amerika haar zuurverdiende miljoenen kon vergokken, verdiende die miljoenen nu voor Castro. Hij had de clubs San Souci en Montmartre gesaneerd, had belangrijke eigenaren als Norman Rothman onder druk gezet en gedwongen orde op zaken te stellen, had veel van de onbetrouwbare Amerikaanse casinodirecteuren het land uit laten zetten en voerde het gebruik in om blackjack uit een slof met zes stokken te delen, een gebruik waardoor de kans om te winnen veel groter werd voor de casino's en vals spelen van zowel spelers als dealers werd voorkomen.

De Italianen zat het gokken in het bloed, ze waren de meest ervaren en succesvolste ondernemers in de gokwereld en hun bereidheid overheidsbeambten te betalen voor het recht hun bedrijf uit te oefenen was legendarisch. Lansky bracht de *fine fleur* uit Vegas, Reno en New York met zich mee. Zijn rechterhand was zijn eigen broer, Jake, die werd aangesteld als zaalmanager in het casino in het Nacional. Uit Florida kwam Santo Trafficante, die een aandeel kreeg in de Sans Souci, het Comodoro en het Capri. Joseph Silesi en de acteur George Raft kochten zich in, evenals Fat the Butch uit Westchester County in de staat New York en Thomas Jefferson McGinty uit Cleveland. Ze werden niet tegengewerkt, en zodoende ontbrak de noodzaak voor de harde tactieken die op het vasteland gebruikelijk waren. De toeristen hoefden niet bang te zijn voor verzwaarde dobbelstenen, gestoken kaarten of magneetjes onder de rouletteschijf. De bedrijfstak was zo schoon als hij maar kon zijn, en met tientallen jaren ervaring achter de rug maakte het Syndicaat van Cuba de plek waar je moest zijn. Voormannen, croupiers en tafelchefs werden overgevaren vanuit de Verenigde Staten en leerden de Cubaanse croupiers en casinomedewerkers het vak. Toen Castro het gokken verbood, waren de toeristen naar het La Concha Hotel in San Juan en het Arawak Hotel op Jamaica vertrokken, maar na zijn ommekeer kwamen ze terug, en met die wereld kregen Ruben en ik begin 1960 onbewust te maken.

De truc haalden we nog steeds uit, de truc met het 'vogeltje' voor de homoseksuele zakenlui en biseksuele Cubanen, en terwijl Fidel Castro Ruz pogingen deed bij de Sovjet-Unie in de gunst te komen, terwijl hij de aanzet gaf tot overeenkomsten voor de aanschaf van Russische olie, terwijl hij spanningen met de Verenigde Staten veroorzaakte door Amerikaanse eigendommen te confisqueren en daar onvoldoende compensatie voor te geven, waren Ruben en ik druk bezig ons te onderscheiden en onze eigen dobbelstenen te verzwaren.

Het was op een vrijdagavond, 5 februari, en het was Rubens idee om naar de parkeerplaats achter het Nacional te gaan om te zien of er wat te doen was. Het was nieuw terrein, maar Ruben had gehoord dat de klanten daar bereid waren meer dan twintig dollar per keer te betalen om hun ballen geleegd te krijgen door een jonge Cubaanse spetter. Als ze al zoveel bij zich hadden om zich te laten pijpen, zei Ruben, hoeveel geld hadden ze dan wel niet in hun zak gestopt toen ze van huis gingen voor een avondje uit?

Ik was tweeëntwintig jaar oud, ik leek niet ouder dan achttien of negentien, en toen ik van de auto naar de rand van het parkeerterrein liep, toen ik gekleed in een witte linnen broek, een wijdvallend ivoorkleurig overhemd en bootschoenen van canvas tegen het hek tussen het parkeerterrein en de stoep leunde, toen ik mijn sigaret opstak en het haar uit mijn ogen schudde, wist ik wel dat niet veel van die oude knakkers me zouden kunnen weerstaan. Het was toneelspel, komedie, een gezicht dat ik droeg voor de wereld, en ik droeg het goed. Alsof het mijn vak was.

De auto die naast me tot stilstand kwam, was een bordeauxrode Mercury Turnpike Cruiser, een hardtop, en toen ik zag hoe het zijdeachtige lakwerk glom, toen ik zag hoe de chromen bumpers en wieldoppen honderden lichtjes uit het Nacional achter me weerkaatsten, wist ik dat ik raak had geschoten.

De bestuurder was geen Cubaan. Zijn manier van doen, zijn stem, zijn kleding – uit alles bleek me dat hij een Italiaan was. Hij glimlachte breed. Hij knipoogde. Hij zei: 'Hé, hallo,' vroeg of ik op iemand in het bijzonder wachtte, of ik misschien zin had in een ritje.

'Over wat voor ritje hebben we het dan?' vroeg ik hem.

'Maakt niet uit. Wat je wilt,' zei hij.

'Het soort ritje dat twintig dollar oplevert soms?' vroeg ik.

'Misschien,' zei de man en opnieuw glimlachte hij en daarna knipoogde hij, en ik liep om de achterkant van de auto heen en stapte in aan de passagierskant.

'Ik heb ergens een huisje,' zei de man, en toen legde hij zijn hand op mijn knie.

Ik drukte mezelf tegen de stoel en op mijn rug tussen de band van mijn broek voelde ik het heft van mijn mes. Ik glimlachte bij mezelf. Hij was geen grote man. Hij ging te goed gekleed voor een huurmoordenaar van de maffia. Ging goed genoeg gekleed om een aardig stapeltje bankbiljetten bij zich te hebben voor zijn avondje uit.

'Waar gaan we heen?' vroeg ik.

'Dat zie je wel als we er zijn,' zei hij en ik zag hoe zijn handen verkrampten om het stuur. Hij had een trouwring om, een gladde gouden ring, en ik vroeg me af waar zijn vrouw was, wat zijn kinderen op dat moment aan het doen waren, en ik vroeg me af hoe die zieke klootzakken toch op het idee kwamen dat er nooit een avond zou komen dat ze gepakt zouden worden voor wat ze deden.

We reden niet meer dan een minuut of vijf en toen gingen we linksaf de inrit van een motel in. Ik voelde de spanning in elke pees, elke zenuw, voelde dat de spieren aan de achterkant van mijn benen en mijn schouders zich spanden. Ik was bang, dat kan ik niet ontkennen, maar ik was ook opgewonden. Hoe vaak we deze truc hadden uitgehaald, kon ik me niet herinneren, en de ervaring had geleerd dat ik het alleen kon. Ruben was ergens in de buurt van het Nacional; daar zou hij op me wachten, wachten tot ik terugkeerde met alle dollars die ik deze klant afhandig kon maken, en dan zouden we gaan feesten. Angst stond aan mijn kant. Zo eenvoudig was het. Deze mannen waren bang dat ze werden betrapt, bang dat er iets zou worden gezegd, bang dat bekend werd wat ze waren, en die angst leidde er niet alleen toe dat ze zich gewonnen gaven als ze tegenover een jongeman met een mes kwamen te staan, maar ook dat ze niemand vertelden wat er was gebeurd. Waar moesten ze heen? Bij wie konden ze terecht? Bij de politie? Hun relaties in de maffia? Dat dacht ik niet.

De man parkeerde de auto achter een houten huisje dat bij het motel hoorde. Hij zette de motor af, trok de sleuteltjes uit het contact en stopte ze in de zak van zijn colbert, en voor hij uitstapte, bood hij me een sigaret aan uit een gouden sigarettenkoker. Ik nam er een en de man stak hem voor me aan en nam er zelf ook een. Ik liep met hem mee van de auto naar de voordeur van het huisje. Met dezelfde sleutelbos haalde hij de deur van het slot. Hij deed een stap opzij om me naar binnen te laten gaan en kwam achter me aan. Het was een eenvoudig ingerichte kamer, met zachte verlichting. Voor me stonden een lits-jumeaux en een kaptafel met een ovale spiegel, en rechts van me een diepe fauteuil voor een tafeltje met een tv.

De man trok zijn colbert uit. 'Hoe moet ik je noemen?' vroeg hij.

Ik haalde mijn schouders op. 'Hoe u wilt,' antwoordde ik.

'Francisco,' zei hij op zakelijke toon. 'Ik noem je Francisco.'

Ik knikte, maar inwendig lachte ik. Ik dacht aan de komende vijf minuten, en misschien de vijf minuten daarna, en hoeveel geld ik dit huisje uit zou dragen en de nacht die zou volgen.

'Hoe moet ik u noemen?' vroeg ik.

De man glimlachte. 'Noem jij me maar "papa",' zei hij zacht.

Op dat moment werd ik misselijk. Ik kon me nauwelijks voorstellen wat voor krankzinnige klootzak zoiets zou vragen. Ik wilde hem ter plekke door het hart steken. Ik wilde hem op zijn knieën dwingen en hem om zijn leven laten smeken voor ik mijn mes door zijn oog stak. Ik wilde hem laten boeten voor al die keren dat hij dit waarschijnlijk al had gedaan.

En toen dacht ik aan mijn eigen vader, de uitdrukking op zijn gezicht als hij na een avond vechten de deur binnenwankelde, de donkere en emotieloze dwaallichtogen waarmee hij naar mijn moeder keek. Ze waren allemaal eender, die mensen. Hoe ze heetten, waar ze vandaan kwamen – het maakte niet uit. Die schoften waren allemaal hetzelfde.

De man schopte zijn schoenen uit, knoopte zijn broek los en liet hem op de grond zakken. Daar stond hij dan op zijn sokken in zijn onderbroek, en toen trok hij zijn das los en deed zijn overhemd uit.

Ik keek naar zijn gezicht. Hij had diezelfde lege holle blik. De blik die mijn moeder altijd zo bang maakte.

Ik zag hoe zijn erectie zich uit het midden van zijn lichaam omhoogworstelde, en toen hij zijn onderbroek omlaagschoof en hem op zijn enkels liet zakken, toen hij zijn eigen pik begon te masseren tot deze rechtop stond, toen hij naar mij keek en glimlachte en zijn mond opendeed en zei:

'Kom eens bij papa, Francisco... Kom je papa eens verwennen...' kon ik me er bijna niet toe zetten een stap in zijn richting te doen. Walging voelde ik vanbinnen, walging en boosheid en haat jegens hem en zijn soort. Ik ging met mijn rechterhand langzaam naar de achterkant van mijn broek, ik voelde het heft van het mes tussen mijn vingers, en op het moment dat ik voor hem stond, op het moment dat hij zijn hand op mijn schouder legde, dat ik de druk voelde die hij uitoefende om me op mijn knieën te krijgen zodat hij zijn lul in mijn mond kon duwen, herinnerde ik me die nacht op het strand in Florida, de prijs die ik had betaald voor mijn reis naar Havana.

Ik was snel, sneller dan zijn oog kon volgen, en als een wervelwind bracht ik het mes met mijn stevig dicht geklemde rechterhand naar voren en stak het in zijn ballen.

Zijn ogen werden groot, plots, onverwachts, zijn lichaam kromde zich instinctief, een snelle en heftige verstijving waardoor hij met een klap tegen de kaptafel viel, en vervolgens op de grond toen hij probeerde weg te komen. Ik voelde dat de handen van de man mijn middel vastgrepen, mijn schouders, de bovenkant van mijn benen, voelde ze verslappen toen ik het lemmet eruit trok en nogmaals toestak, nu in de zijkant van zijn hals. Hij deed zijn mond open om te schreeuwen, maar zijn mond was al vol van de smaak van bloed, zijn neusgaten van de geur van zweet. En toen kon hij geen adem krijgen omdat zijn keel volliep, kon hij niet denken, en door de onophoudelijke draaiende beweging van het staal in zijn hals verschenen er heldere grijze en rode vlekken voor zijn ogen. Hij verzette zich, schopte met zijn benen, sloeg zijn ellebogen uit, maar ik greep hem stevig bij zijn keel en ik verstevigde mijn greep totdat hij wist dat hij zou stikken.

Beelden tegen zijn gezicht, pal tegen hem aan alsof ze naar binnen wilden dringen. Zijn ademhaling stopte, hij probeerde iets te zeggen, kokhalsde, zijn ogen vulden zich met water, met pijn, met kleuren, zijn oren tuitten, van de druk, het meedogenloze geweld van elke fragmentarische maniakale seconde. Hij kon zich niet bewegen, en toen nam ik het moment waar dat hij besefte dat zijn lichaam het opgaf, en op dat moment van nerveuze verslapping duwde ik hem terug op de grond.

Ik doorstak zijn keel nog een keer met één snelle en stille zwaai van het mes. Hij voelde de laatste vochtige warmte van zijn leven achter in zijn keel, op de bovenkant van zijn borst stromen, voelde hoe zijn hart alles wat in hem zat ophoestte en prijsgaf aan de wereld, aan deze plek, deze donkere en holle kamer, de vreemde waanzinnige ogen die zich van alle kanten om hem verdrongen.

Zijn lichaam sidderde heftig, er gingen onophoudelijk snelle schokken door hem heen, en uit zijn keel spoten rode stralen die puntige strepen trokken over zijn borst, over het tapijt, zijn buik, de voorkant van de kaptafel. Ik keek op hem neer terwijl hij door spasme na spasme van onwillig sterven rock-'n-rollde, terwijl hij sidderde en klauwde en zijn rug hol trok van de met bloed doorweekte vloerbedekking af.

Ik hield mijn handen voor mijn oren, ik beet op mijn onderlip tot ik ook bloed proefde, en toen zakte hij ineen.

Roerloos en stil.

Alsof iemand hem had laten leeglopen.

Zijn hand zwaaide opzij en plofte tegen mijn knie. Daar bleef hij liggen, hij drukte tegen mijn eigen bezwete been, en een paar tellen lang kon ik er alleen maar naar kijken, naar de met bloed bedekte vingers, hoe ze beschuldigend opkrulden, naar mij wezen, naar de strakheid van de huid, de gemanicuurde en glanzend gepoetste nagels, de lijnen in zijn handpalm – hartlijnen, liefdeslijnen, levenslijnen…

Ik verplaatste mijn been en de hand viel geluidloos op het tapijt.

Ergens sloeg een hond aan en er reed een auto voorbij in de straat, het strijkende licht van koplampen dat alles een fractie van een seconde zichtbaar maakte en toen in de nacht verdween.

Het was stil op mijn eigen moeizame ademhaling na, het geluid van iets wat zich in mijn borst vormde, het geluid van een geweldige emotionele ontlading toen ik in ogenschouw nam wat ik had gedaan.

Condens trok zijn sporen aan de binnenkant van de ramen. Ik rook sigarenrook, oud en bitter, de scherpe geur van goedkope alcohol, van dieselwijn gestookt in benzineblikken en olievaten, het drankhol van lange nachten, braken, kokhalzen tot het niet-zijn, tot blinde domme wijsheid, de gedachte dat het leven op de bodem van een fles of tussen de dijen van een hoer begint. Aan die geur zou ik herinnerd worden bijna veertig jaar later, op een warme avond in Chalmette, in het hart van New Orleans.

Ik zweefde ergens in de lucht, ergens buiten mezelf en ik keek omlaag. Daarboven was Aix-La-Chapelle tot Cantharel, Canticum tot Equatie, Evenaar tot Heraclitus, Heraldiek tot Kansas, Kant tot Marciano, Marconi tot Ordovicium, Oregon tot Rameau, Ramses tot UFO, Unificatietheorie tot Zürich. Daarboven was wijsheid, de wezenlijke kern. Wie was ik werkelijk? Het kind van een mindere God? Ik meende van niet. Eerder een God uit een minder kind.

Ik leunde achteruit op mijn hurken en haalde diep adem. Ik sloot mijn ogen en concentreerde me. Wat ik had gedaan, lag recht voor mijn neus. Wat ik had gedaan, was onuitwisbaar op het tapijt, op de kaptafel, op de achterwand van het huisje geschilderd. Ik dacht aan allen die hier vóór mij waren geweest en ik stelde mezelf de vraag of er geen gerechtigheid was gedaan.

Ik glimlachte.

Oog om oog.

Ik had dit gedaan. Ik had dit laten gebeuren. Was ik nu niet iemand? Ongetwijfeld; ik was ongetwijfeld iets wat heel veel anderen niet konden zijn. Ik was Ernesto Cabrera Perez, een man die in staat was andere mensen te doden, een getalenteerde man, een gevaarlijke man. Ik was een bijzonder iemand.

Ik haalde diep adem. Ik was duizelig, een beetje misselijk. Ik hief mijn handen en keek naar het bloed dat opdroogde op mijn huid. Ik voelde het trekken en toen ik mijn vuisten balde, meende ik dat ik het bloed kon horen kraken en barsten in de poriën en plooien van mijn vingers. Ik draaide ze om. Dit waren de handen die mijn moeder hadden opgetild als ze niet zelf kon lopen. Dit waren de handen die me hadden verdedigd tegen de ranselende vuisten van mijn vader.

Ik was bang. Ik vroeg me af wat er in me zat dat mij in staat stelde deze dingen te doen.

Ik keek in het niets – in een afgrond, een leegte – en toen ik mijn ogen sloot, voelde ik dat de duizeligheid en desoriëntatie toenamen. Ik opende mijn ogen en rilde. Ik wilde niet weten wat het was.

Ik stond op, trok mijn kleren uit en liep snel naar de kleine aangrenzende badkamer om het bloed van mijn handen te wassen.

Ik trok het overhemd en het pak van de man aan, stak mijn voeten in zijn schoenen, vouwde mijn eigen kleren op en maakte er een bal van. In de binnenzak van zijn jasje vond ik de autosleutels. In de andere zak vond ik een stapel bankbiljetten van bijna duizend Amerikaanse dollars. Ik keek nogmaals omlaag en met als enig doel de man nog verder te vernederen stampte ik met mijn rechtervoet hard op zijn gezicht.

Ik draaide me om en liep naar de deur van de kamer. Ik keek nog één keer achterom.

'Welterusten, papa,' fluisterde ik en daarop liep ik de nacht in.

Ik stapte in de auto, startte de motor en reed naar de stad, een stad die alleen bekend was bij hen die daar woonden, een stad die onwetend was en de komende paar uur onwetend zou blijven.

En die uren gingen voorbij in een waas van door alcohol opgewekte lust en heftige passie. Met bijna duizend dollar op zak gingen Ruben Cienfuegos en ik op jacht in de achterbuurt van La Habana Vieja en daar vonden we meisjes die onbeschrijflijke dingen wilden doen voor minder dan tien dollar *Americano*. We dronken alsof we uit de woestijn waren komen lopen, en toen de ochtend zich blauw en vaalgeel naar de horizon sleepte en de monochrome krotten in de duistere onderbuik van de stad weer kleur kregen, zeilden we halfblind en lallend naar ons pension, waar ik mijn vader in diepe slaap aantrof. Ik weet nog dat ik over hem heen stapte en hem onverstaanbaar hoorde brabbelen en mompelen. Ik overwoog hoe makkelijk het zou zijn op hem te gaan zitten, mijn handen om zijn keel te leggen en de laatste zielige ademteug uit zijn lichaam te persen als genoegdoening voor wat hij mijn moeder had aangedaan. Ik stond enige tijd naast hem, terwijl de muren alle mogelijke kanten op bogen, en ik hield mezelf in. Het zou te gemakkelijk zijn geweest om hem op dat moment te doden, want de straf die hij zichzelf had opgelegd, een gebroken man te zijn, een schim van wat hij ooit was geweest, was veel erger. Ik besloot hem nog een tijdje zijn eigen pijnen te laten lijden en ik liep de kamer door en ging op mijn matras liggen.

Toen ik wakker werd was het laat in de middag. Ik overwoog Ruben op te halen en nogmaals op avontuur te gaan in ons hedonistische paradijs, maar ik praatte eerst een tijdje met mijn vader. Ik gaf hem wat geld en zei dat hij ergens een bad moest gaan nemen, nieuwe kleren moest kopen, een hoertje van zeventien moest opzoeken en doen wat hij niet laten kon. Hij volgde, opnieuw zielig en slaafs, mijn raad op, en door het raam van onze kamer zag ik hem van het gebouw naar het einde van de straat strompelen. Ik kon de gedachte dat hij me op de wereld had gezet niet verdragen. Ik was beter dan hij. Ik was Ernesto Cabrera Perez, de zoon van mijn moeder en van niemand anders.

Toen de zon onder de kim gleed, verliet ik mijn kamer en liep de trap af naar Rubens kamer. Ik klopte hard aan, wachtte een tijdje en bemerkte toen dat de deur niet alleen niet op slot zat, maar zelfs op een kier stond. Ik stapte naar binnen. Het licht was uit, en waar Ruben had moeten zijn, lang-uit op zijn matras, lagen alleen de op een hoop geschopte bezwete lakens. Misschien was hij naar boven gelopen om me te halen en was hij weg-gegaan toen hij zag dat ik nog sliep. Ik wist waar hij zou zijn. Op de hoek aan de overkant van de eerste zijstraat zat een bar met een smal geveltje waar we elkaar altijd troffen als we elkaar waren kwijtgeraakt. Ik wandelde erheen, genietend van het gevoel van vrijheid dat ik kreeg van al dat geld in mijn zak, voldoende om me nog een week in deze stijl door te laten leven. Geen zorgen. Geen enkele gedachte.

Ik zag geen spoor van Ruben in de bar, en dat bevreemdde me. Ik pro-beerde te bedenken waar hij naartoe kon zijn. Ik vroeg een paar oudere mannen of ze hem hadden gezien.

'Hij had een heleboel geld,' zei een van hen. 'Hij is hier geweest, een uur, twee uur misschien, en toen ging hij weg. Hij zei niet waar hij heen ging. Ik heb het niet gevraagd. Wat jullie doen is jullie zaak.'

Ik verliet de bar en zette koers naar het centrum. Misschien had hij zich bedronken en was hij alleen op zoek gegaan naar vertier. Het maakte mij niet uit. Ruben kon goed voor zichzelf zorgen. Ik dacht erover om te-rug te gaan om de auto te halen, de Mercury Cruiser die ik de vorige avond had meegenomen, en door de oude stad te toeren, een paar meisjes op te pikken, naar de kust te rijden misschien om op het strand te vrijen. Ik zag ervan af. Het was een opvallende auto, heel anders dan de wagens die ik hier had gezien, en ik wilde niet de aandacht op mezelf vestigen.

Drie uur lang dwaalde ik door Oud Havana. Ik betaalde een hoer om me te pijpen in een achterafstraatje, maar mijn lichaam was zo moe en zo doordrenkt met alcohol dat het niet reageerde. Ik gaf haar toch haar geld en ze vroeg me langs te komen als ik weer in de buurt was. Ik zei dat ik dat zou doen, maar een paar minuten nadat ze was weggelopen, zou ik haar gezicht al niet meer hebben herkend. Na een tijdje begonnen ze allemaal op elkaar te lijken.

Het was bijna middernacht toen ik omkeerde en op huis aan ging. Ik was boos, geïrriteerd; chagrijnig dat Ruben zonder me was weggegaan, maar in zeker opzicht opgelucht. Ik had slaap nodig. Ik had het gevoel dat mijn lichaam vergiftigd was door whisky en goedkope rum. Ik had sinds ik wakker was geworden niets gegeten en mijn hele lijf deed pijn.

Het kostte me bijna een uur om bij het pension te komen. Het was er donker, mijn vader was blijkbaar nog niet terug, en toen ik de trap op liep naar mijn kamer, besloot ik bij Ruben langs te gaan om te zien of hij al terug was en zijn roes lag uit te slapen.

Het licht was uit, de deur stond nog open, en toen ik hem helemaal openduwde en naar binnen stapte, wist ik dat er iets niet in de haak was.

Het licht dat recht in mijn gezicht scheen verblindde me. Het deed bijna pijn, zo fel was het, en voor ik de kans had te schreeuwen, iets te zeggen, lagen er handen op mijn schouders. Paniek, totale ademstokkende paniek, besprong me van achteren en wilde me niet loslaten. Ik werd op mijn knieën gedwongen en net toen ik mijn ogen weer opendeed, trok iemand een ruwe jutezak over mijn hoofd en bond iets rond mijn nek. Mijn handen werden geboeid, zo strak dat ik voelde dat het bloed zich bij mijn polsen ophoopte. Mijn voeten lagen achter me en voor ik ze kon verleggen of een poging kon doen op te staan, voelde ik een hard en onverzettelijk ding tegen mijn voorhoofd drukken.

De klik van de haan was bijna oorverdovend.

De stem was onmiskenbaar Italiaans.

'Ben jij Ernesto Perez?' vroeg de stem.

Ik zei niets. Urine ontsnapte uit mijn kruis en doorweekte mijn broek. Ik zag het duister dat zich in de motelkamer aan me had vertoond. Ik kon zien wat binnen in me zat en ik schrok ervan.

Ergens links van me hoorde ik een worsteling. Ik hoorde een gesmoorde stem, iemand die een brul van pijn onderdrukte, en daarna heerste er een hartenklop lang stilte.

'Ben jij Ernesto Perez?' vroeg de stem opnieuw.

Ik knikte één keer met mijn hoofd.

'Je hebt gisteravond in een motel een man vermoord,' merkte de stem onbewogen op.

Ik verroerde me niet, zei geen woord. Ik had alle gevoel in mijn handen verloren. Ik voelde de aderen in mijn nek opzwellen en kloppen

'Je hebt gisteravond een heel goede vriend van mij vermoord in een motel, en nu gaan we je zijn dood betaald zetten.'

Ik voelde de loop van het vuurwapen in mijn voorhoofd prikken. Ik wilde schreeuwen, wilde om me heen slaan en schoppen, maar doordat mijn handen waren geboeid en de mannen achter me op mijn enkels stonden, was elke beweging onmogelijk.

'Sta op,' zei de stem.

Ik werd ruw overeind getrokken.

Ik kon het felle licht dat pal in mijn gezicht scheen zelfs door de zak heen zien.

Het licht bewoog, naar achteren en naar links, en toen werd de zak met een ruk van mijn hoofd getrokken en stond ik oog in oog met de man met het wapen. Dat wapen was nu recht op mijn maag gericht.

Ik voelde alles vanbinnen omhoogschieten naar mijn borst. Ik had al mijn wilskracht nodig om het niet uit te gillen.

Ik keek naar links, en daar zat Ruben Cienfuegos, vastgebonden op een stoel, gekneveld en geketend als een dier voor de slacht. Ze hadden hem bijna doodgeslagen. Zijn ogen waren zo gezwollen dat hij ze nauwelijks open kon doen, zijn haar zat op zijn hoofd geplakt van het bloed, zijn overhemd was van zijn schouders gerukt en er zaten brandplekken van sigaretten over zijn hele lichaam.

Ik keek weer naar de man die voor me stond, onmiskenbaar een Italiaan. Hij was van de leeftijd van mijn vader, maar zijn ogen waren donkerder, en toen hij naar me glimlachte en knikte lag er iets in zijn blik wat werkelijk angstaanjagend was.

'Ken je die man?' vroeg hij. Hij keek naar Ruben.

Ik schudde mijn hoofd.

De man glimlachte en bracht het wapen omhoog. Hij richtte het recht tussen mijn ogen. Ik kon bijna horen hoe de spieren in zijn vingers zich spanden toen hij de druk op de trekker opvoerde.

'Ken je die man?'

Opnieuw schudde ik mijn hoofd. Ik meende dat ik geen woord had kunnen uitbrengen zelfs al had ik het gewild. Mijn keel was toegeknepen, alsof iemand zijn hand eromheen had gelegd, en toen ik probeerde adem te halen, voelde ik zo'n hevige angst dat ik dacht dat mijn hart het ter plekke zou begeven.

De Italiaan haalde zijn schouders op. 'Een van jullie beiden moet dan toch liegen,' zei hij. 'Hij zegt dat hij je kent. Hij zegt dat je Ernesto Perez heet, en ontken het maar niet. Hoe komt het dat hij je naam weet?'

Ik schudde mijn hoofd. Ik keek de man aan, langs het wapen, recht in zijn ogen. 'D-dat weet ik niet,' stamelde ik. Ik probeerde zeker te klinken. Ik probeerde te klinken als een man die de waarheid sprak. 'Hij liegt,' zei ik.

Ruben Cienfuegos kreunde van pijn. Hij begon met zijn hoofd te schudden.

Ik probeerde mijn hoofd te draaien, probeerde achterom over mijn schouder te kijken. Ik was me ervan bewust dat er twee mannen achter me stonden. Ik wendde me weer tot de Italiaan. Hij had de ogen van een haai, dode ogen zonder weerspiegelingen. Ik wist dat die donkere, lichtloze blik het laatste was wat ik zou zien.

Ik besloot dat ik zou sterven. Op dat moment besloot ik dat ik zou sterven en als ik niet stierf, dan zou dit een catharsis zijn. Als ik deze test overleefde, zou dat voor mij het bewijs zijn dat alles wat ik had gedaan niet verkeerd was. Het zou de bevestiging van de koers van mijn leven zijn, en zo niet... tja, dan hoefde ik me er ook niet meer druk over te maken.

Ik besloot niet bang te zijn.

Ik dacht aan mijn moeder, hoe trots ze zou zijn op mijn kracht.

Ik besloot niet bang te zijn, en als deze man met de dode ogen me ombracht, zou ik mijn moeder weerzien en haar vertellen dat alles niet vergeefs was geweest.

Ik zou blijven leven, of ik zou mijn moeder terugzien; voor die keuze stond ik.

'Een van jullie liegt,' zei de man. 'Geef je toe dat je Ernesto Perez heet?'

'Ja,' antwoordde ik. 'Ik ben Ernesto Perez.'

'En deze hier?' vroeg hij, terwijl hij naar Ruben wees met het wapen.

'Iemand die ik nooit eerder heb gezien.'

Ruben kreunde nogmaals. Ik kon zijn pijn bijna voelen, maar door die te voelen begon ik ook helemaal niets te voelen. Het vermogen tot medeleven dat ik wellicht had gehad, was in het niets opgelost en verdwenen. Op dat moment besefte ik dat het leven van iedereen om me heen door de confrontatie met mijn eigen dood volkomen onbelangrijk was geworden. Door dit moment zou het laatste greintje geweten en compassie dat ik misschien nog had, worden uitgedreven.

'Als dit iemand is die je nooit eerder hebt gezien, zal het je ook niets kunnen schelen als hij sterft, nietwaar?'

Ik keek de man aan. Ik gaf geen krimp. Geen enkele spier in mijn gezicht bewoog. 'Helemaal niets,' zei ik kalm en daarna glimlachte ik.

'En die man die gisteravond in dat motel is omgebracht? Hij daar zegt dat jij die moord hebt gepleegd, dat hij er niet bij was en dat jij hem hebt vermoord.'

Ik schudde mijn hoofd. 'Als hij er niet bij was, hoe weet hij er dan van?' vroeg ik.

'Maak je hem nu uit voor leugenaar?'

'Ja,' antwoordde ik. Ik voelde dat mijn hart langzamer ging kloppen. Ik voelde de hartslag in mijn nek. Ik voelde de spanning in mijn hoofd en hart langzaam minder worden. Ik vond dat ik nog nooit in mijn leven zo goed had gelogen.

'En wat zegt dat over jou...? Kun jij zomaar toestaan dat iemand je naam belastert en je zwartmaakt? Toestaan dat een man je een moordenaar noemt zonder iets te doen?'

Ik keek de Italiaan strak aan. 'Ik zal wraak nemen als het moment daar is.'

De Italiaan lachte, gooide zijn hoofd in zijn nek en barstte in lachen uit. *'Quando fai i piani per la vendetta,'* zei hij, en de twee mannen achter me begonnen ook te lachen.

'Je neemt nu wraak,' zei hij, 'of jullie sterven allebei hier in deze kamer.'

Ik keek naar Ruben, zag dat hij zijn best deed uit de gezwollen puinhoop van zijn gezicht oogcontact met me te maken.

'Je boet voor de dood van mijn vriend en je zuivert je eigen naam met deze moord,' zei de Italiaan. 'Bewijs dat je een man bent, Cubaantje, daarmee red je je eigen leven.' Hij glimlachte opnieuw. 'Is dat afgesproken?'

'Ja,' zei ik en ik wierp nogmaals een blik op Ruben.

De Italiaan stapte achteruit, liet zijn wapen zakken en ging een stuk opzij staan. De twee mannen achter me maakten mijn handen los en daar stond ik dan. Mijn hart bonsde in mijn borst, het zweet gutste langs mijn lijf, mijn handen trilden hevig terwijl het bloed erin terugstroomde en er weer gevoel in kwam.

De Italiaan knikte. Een van de mannen achter me kwam naar voren en overhandigde me een bandenlichter.

'Het menselijk lichaam telt tweehonderdzes botten,' zei de Italiaan. 'Ik wil je ze allemaal stuk voor stuk horen breken.'

Later, veel later, vertelde de Italiaan, zittend op de vloer van mijn eigen kamer, me zijn naam.

'Giancarlo Ceriano,' verklaarde hij, en hij stak twee sigaretten aan, waarvan hij er een aan mij gaf.

Ik keek hem aan, keek hem voor het eerst aan zonder de dood in de ogen te zien. Hij was keurig gekleed, alles aan hem was onberispelijk en precies en op maat gemaakt. Zijn handen waren verzorgd, zijn haar glad, al zijn bewegingen op de een of andere manier gracieus maar in geen enkel opzicht iets anders dan mannelijk. Ceriano had iets dierlijks, alsof hij iets tussen een mens en een beest in was, maar toch elegant en scherpzinnig en zeer intelligent.

'Ik weet dat je die man in het motel hebt vermoord,' ging hij verder. 'Vraag niet hoe ik het weet, en ontken het maar niet. Ik zou erg boos worden als je nu tegen me loog.' Hij keek me aan met zijn zwarte dwaallichtogen. 'Ik heb gelijk, toch?'

'U hebt gelijk,' zei ik.

Ceriano knikte en glimlachte. 'Hij heette Pietro Silvino. Hij werkte voor een zekere Trafficante. Heb je wel eens van Trafficante gehoord?'

Ik schudde mijn hoofd.

'Trafficante is een bijzonder belangrijke man, een zeer goede vriend van me. Hij heeft belangen in een paar casino's hier, de Sans Souci, het Comodoro, het Capri. Hij hecht veel waarde aan familie, hij hecht veel waarde aan eer en integriteit, en zijn hart zou breken als hij hoorde dat zijn vriend, een lid van zijn eigen familie, een man met een vrouw en drie prachtige kinderen, jongens betaalde voor seks... Begrijp je?'

'Ik begrijp het.'

Ceriano tikte de as van zijn sigaret op de vloer. 'In zekere zin heb je de familie van Don Trafficante zeer veel verdriet bespaard door Silvino om te brengen vóór dat uitkwam en hoewel ik geen goed woord over heb voor je daad, ben ik toch onder de indruk van je omdat je met de dood in de ogen weigerde bakzeil te halen. Je bent dapper van geest, Cubaantje. Ik ben onder de indruk van je optreden, en ik heb misschien wel werk voor je waar je mogelijk in geïnteresseerd bent.'

'Werk?'

'Wij zijn hier vreemd. We vallen op tussen de mensen. Iedereen weet wie we zijn en wat we hier doen. We spreken de taal niet, en we begrijpen jullie gewoonten en rituelen niet helemaal. Maar een autochtone –'

'Ik kom uit New Orleans,' zei ik. 'Ik ben een Amerikaan, en ik ben geboren in New Orleans.'

Ceriano sperde zijn ogen open en glimlachte. Hij begon te lachen. 'Uit New Orleans?' vroeg hij verbaasd.

Ik knikte. 'Ja. Mijn vader is een Cubaan, maar mijn moeder kwam uit Amerika. Hij is daarheen gegaan en met haar getrouwd. Ik ben daar geboren, maar we zijn nog niet zo lang geleden na de dood van mijn moeder hierheen gekomen.'

Ceriano schudde zijn hoofd. 'Het spijt me dat je moeder is overleden, Ernesto Perez.'

'Mij ook,' zei ik.

'Uit New Orleans dus,' zei Ceriano. 'Heb je wel eens van Louis Prima gehoord?'

Ik haalde mijn schouders op.

'Louis Prima werd geboren in Storyville, Louisiana. De zanger. Speelt met Sam Buttera and the Witnesses? Je weet wel... "Bueno Sera", "Lazy River", "Banana Split For My Baby"... en hoe heet dat andere ook alweer?' Ceriano keek naar een van zijn trawanten. 'Ah,' zei hij en hij begon met een brede glimlach op zijn gezicht te zingen: *'I eat antipasta twice just because she is so nice... Angelina... Angelina, waitress at the pizzeria... Angelina zooma-zooma, Angelina zooma-zooma...'*

Ik lachte met hem mee. De man was zo gek als een deur.

Hij maakte een onverschillig gebaar met zijn hand. 'Zoiets... Dus jij bent een Amerikaan, hm?'

'Ja.'

'Maar je praat als een Cubaan.'

'Dat klopt.'

'Dan ben je voor ons een Cubaan, begrepen?'

Ik knikte. 'Begrepen.'

'En je zult voor ons wat dingen doen hier in Havana, en we zullen je goed betalen en je beschermen, en als je voor ons werkt, mag je die mooie auto van Pietro Silvino misschien wel houden, goed?'

'Goed,' zei ik, want ik meende dat ik geen keus had, maar bovenal meende ik werkelijk dat me nu een gelegenheid werd geboden om mijn roeping te vervullen, mijn plaats in de wereld te vinden, terug te keren naar Amerika met genoeg geld en macht om van me te doen spreken. Ik herinnerde me een uithangbord dat boven de Alvarez-school hing. *Sin educación no hay revolución posible.* Zonder scholing is een revolutie niet mogelijk.

Hier was mijn scholing. Hier was een opening naar een wereld waar ik alleen van had kunnen dromen.

Hier was mijn ontsnappingsroute, en met dit soort mensen achter, naast en voor me verwachtte ik geen repercussies, geen gevolgen, geen obstakels.

Hier was de Amerikaanse Droom, de donkere kanten ervan, ja, de zwarte onderbuik, maar niettemin een droom, en ik wilde die droom zo graag dat ik hem kon proeven.

Ze vertrokken die avond, Giancarlo Ceriano en zijn trawanten, en ze namen het geknakte overschot van mijn bloedbroeder, Ruben Cienfuegos, mee. Waar ze hem heen brachten en wat ze met zijn verwoeste lichaam hebben gedaan, weet ik niet. Ik heb het niet gevraagd. Ik had al geleerd dat je bij dit soort mensen antwoord gaf, maar geen vragen stelde. Ze joegen me angst aan, maar ik merkte dat ik net zo veel respect had voor hen als voor willekeurig wie die ik ooit had gekend. Ik herkende hun wreedheid, hun passie, hun ogenschijnlijke vermogen korte metten te maken met de levenden zowel als de doden. Hun wereld was een andere wereld, een grotere wereld, een wereld van geweld en liefde, van familie en groter fortuin.

Bij het weggaan zei Don Ceriano: 'We zullen tegen Don Trafficante en de familie van Pietro Silvino zeggen dat hij door een Cubaanse dief is vermoord. We zullen ook zeggen dat jij de dief hebt herkend en gedood. Je zult naam maken, Cubaantje, niet veel, maar toch. We komen binnenkort weer bij je langs en dan praten we samen over zaken, begrepen?'

'Begrepen,' antwoordde ik en ik meende – misschien wel voor het eerst van mijn leven – dat ik op iets was gestuit wat begrepen kón worden.

Ik sliep die nacht niet. Ik lag wakker op mijn matras en buiten achter het raam zag ik de sterren die het zwart van de nachtelijke hemel doorspikkelden.

In mijn hoofd draaiden cirkels rond en in elke cirkel een schaduw en achter elke schaduw het gezicht van mijn moeder. Ze zei niets; ze keek alleen maar naar me met een zekere verwondering en ontzag.

'Ik ben iemand geworden,' fluisterde ik tegen haar en hoewel ze geen antwoord gaf, wist ik – wist ik gewoon zeker – dat dat alles was wat ze ooit van me had verlangd.

12

'De man bestaat niet,' stelde Schaeffer nuchter vast. 'We hebben alle tot onze beschikking staande middelen gebruikt, we hebben alle voor ons toegankelijke databases doorgenomen, en formeel bestaat Ernesto Cabrera Perez niet. Er is geen enkel document waaruit blijkt dat iemand met die naam ooit de Verenigde Staten is binnengekomen, uit gegaan, of er heeft gewoond. Er zijn geen persoonsnummers, geen paspoorten, geen werkvergunningen of visa... helemaal niets.'

Woodroffe zat stil en wezenloos naast Schaeffer.

'De dood van Silvino kunnen we echter wel controleren,' zei Schaeffer, alsof dat een soort troostprijs was.

Hartmann leunde achterover en vouwde zijn handen achter zijn hoofd. Achter zijn ogen dreigde een klein pijntje uit te groeien tot een migraine en hij gebruikte een groot deel van zijn concentratie om het te laten verdwijnen. Hij was bang dat hij er niet in zou slagen. Het was laat in de middag, en Perez was vrijwel aan één stuk door aan het woord geweest. Ze hadden rond één uur gepauzeerd voor de lunch, en tussen de vragen door had Perez commentaar geleverd op de kwaliteit van het eten.

Later, toen hij uitgepraat was, was hij opnieuw naar het Royal Sonesta gebracht met zijn twintig bodyguards.

'Maar dat verband met Shakespeare snap ik niet,' zei Schaeffer.

Hartmann haalde zijn schouders op. 'Volgens mij wil hij ons alleen laten merken dat hij niet onnozel is. God mag weten wat het betekent, maar het zal jullie mensen in Quantico zeker nog een week bezighouden.'

Schaeffer glimlachte ironisch. Het verbaasde Hartmann dat de man toch gevoel voor humor bleek te hebben.

'En wat nu?' vroeg Hartmann.

Schaeffer haalde zijn schouders op. 'Hoe moet ik dat weten? We nemen de rest van de dag allemaal vrij, we gaan naar de film, zoiets? Ik heb ik weet niet hoeveel mensen tot mijn beschikking en ik weet niet waar ik ze naartoe moet sturen. Ik word verdomme elk uur gebeld door iedereen in de Senaat en door het halve Congres. Ik vertel ze waar we mee bezig zijn. Ik vertel ze dat we naar die vent zitten te luisteren, dat we alles wat hij zegt uitpluizen om te zien of we er misschien uit kunnen opmaken waar hij haar verborgen houdt. Een paar van mijn mensen zijn kentekenregisters aan het doornemen om te zien of ze iets over die auto kunnen vinden en waar hij al die jaren is geweest. Mijn god, ik laat zelfs elke telefooncel waar hij heeft gebeld opnieuw onderzoeken op vingerafdrukken, zijn kleren bekijken om te zien of er vezels te vinden zijn en modder die misschien aan zijn schoenen is blijven plakken. Ik doe alles wat ik kan bedenken en ik heb nog steeds helemaal niks.'

Hartmann stond op. 'Ik moet er even tussenuit, een frisse neus halen. Is dat goed?'

'Natuurlijk,' zei Schaeffer. 'Haal een pieper bij Kubis zodat we je kunnen oproepen als we je nodig hebben. Ik denk niet dat er tot morgen veel te doen is voor je.'

Schaeffer stapte weg bij de deur en liet hem passeren. Hartmann ging langs bij Lester Kubis. Kubis gaf hem een pieper en controleerde of hij het deed.

Hartmann knikte naar Ross bij het weggaan, en toen hij door de voordeur Arsenault Street in liep, verwonderde hij zich over het heldere blauw van de hemel, de warmte van de zonneschijn. Er was een duidelijk verschil tussen deze stad en New York, een verschil dat hij in zekere zin had gemist, maar daarachter school het besef wat New Orleans betekende. Hij dacht aan Danny en gedachten aan Danny werden gedachten aan Jess welke op hun beurt gedachten aan Carol werden en aan wat er komende zaterdag zou gebeuren. Op dit moment was het geen probleem. Deze kwestie kon morgen afgelopen zijn, misschien de dag daarna, en hij besloot dat hij zich er tot vrijdag laat niet druk over zou maken. Het was zondagavond. Hij had vijf dagen om te horen wat Perez te zeggen had.

Ray Hartmann wandelde om te wandelen, verder nergens om. Aan het eind van Arsenault ging hij linksaf in de richting van het centrum. Hij keek naar de voorgevels van gebouwen die hij niet meer had gezien sinds begin 1988, bijna vijftien jaar geleden. *Plus ça change*, dacht hij. Hoe meer iets verandert, hoe meer het zichzelf gelijk blijft.

Hij liep steeds verder, probeerde niet aan iets specifieks te denken en voor hij goed en wel besefte waar hij was, bleek hij voor het politiebureau te staan waar Verlaine werkte. Hij liep de stoep op en ging door de dubbele deuren naar binnen. Het was stil in het bureau. Het leek alsof er niets bewoog. De brigadier van dienst keek niet eens op van zijn papieren, tot Hartmann voor de balie stond en zijn keel schraapte om de aandacht van de man te trekken.

De brigadier, die volgens zijn koperkleurige naambordje Walter Gerritty heette, sloeg zijn ogen op, gluurde over de rand van zijn hoornen bril en trok zijn wenkbrauwen op.

'Ik zoek John Verlaine,' zei Hartmann.

'Je bent waarschijnlijk niet de enige,' zei Gerritty. 'En wie mag jij dan wel zijn?'

'Ray Hartmann... speciaal opsporingsambtenaar Ray Hartmann.'

Gerritty knikte ernstig. 'En wil dat zeggen dat je een speciaal iemand bent, of dat je alleen speciale zaken doet?'

Hartmann glimlachte; wat een grapjas. 'Allebei natuurlijk,' zei Hartmann.

'Dat geloof ik graag,' zei Gerritty en hij reikte naar de telefoon op de rand van de hoge balie. Hij draaide een nummer, wachtte een moment en zei toen: 'Er staat ellende op je te wachten in de hal.' Hij wachtte niet op een antwoord en hing op. 'Hij komt eraan.' Gerritty ging verder met zijn administratie.

Hartmann knikte en liep een stukje bij de balie vandaan.

Gerritty tuurde opnieuw over de rand van zijn bril en nam Hartmann op. 'Problemen?'

Hartmann schudde zijn hoofd.

'Dat is mooi dan,' zei Gerritty en zijn hoofd zakte weer omlaag en hij ging verder met schrijven.

Verlaine verscheen na een minuut, misschien minder.

Gerritty keek op toen hij de trap af kwam. 'Je dacht zeker dat het een nijdige echtgenoot was, hè?' vroeg hij aan Verlaine.

De agent glimlachte. 'Je bent een klootzak van de eerste orde, Gerritty,' zei hij.

Gerritty knikte. 'We hebben allemaal onze eigen plaats in het leven,' antwoordde hij, 'en we doen ons best kwaliteit te leveren.'

Verlaine keek naar Hartmann. Misschien was er een moment van onzekerheid, maar toen bereikte hij de onderste trede en kwam met uitgestoken hand op Hartmann af.

'Hartmann,' zei hij. 'Goed je te zien.'

Hartmann drukte hem de hand. 'Insgelijks,' zei hij. 'Ik vroeg me af of je even tijd had. Als je het druk hebt, kunnen we ook een andere keer afspreken.'

Verlaine schudde zijn hoofd. 'Het schikt wel. Over een klein uurtje ben ik klaar met mijn dienst.'

'Dacht dat jij een halfuur nadat je was begonnen al klaar was met je dienst,' merkte Gerritty op.

'Grapjas,' zei Verlaine, en daarop draaide hij zich om en begon de trap op te lopen. 'Kom mee,' zei hij tegen Hartmann. 'Ik zit boven.'

Hartmann liep achter Verlaine aan naar boven en daar gingen ze naar links. Ze passeerden drie deuren en kwamen toen in een krappe kamer met een klein raam. Er was nauwelijks genoeg ruimte voor het bureau en twee stoelen. Tegen de muur stond een archiefkast met drie lades, en deze was zo neergezet dat de deur niet helemaal open kon.

'Ze hebben me de kleinste kamer in het gebouw gegeven... Ik hoop nog een keer bevorderd te worden, dan krijg ik de bezemkast.'

Hartmann glimlachte en ging zitten.

'Wil je koffie misschien?' vroeg Verlaine.

'Is hij te drinken?'

'Nee, afschuwelijk... net gekookte wasberenpis met stroop.'

Hartmann schudde zijn hoofd. 'Dan hou ik hem wel te goed, als je het niet erg vindt,' zei hij.

Verlaine wurmde zich langs het bureau en ging tegenover Hartmann zitten. Een koel briesje glipte door het op een kier geopende raam alsof het niet het recht had binnen te komen. Het was al bijna avond en dat stemde Hartmann dankbaar. In het donker waren er minder herinneringen, minder dingen die hij herkende. In het donker kon hij zich losmaken van de wereld, zich terugtrekken in zijn hotelkamer om tv te kijken en net te doen of hij weer in New York was.

'Wat kan ik voor je doen?' vroeg Verlaine.

Hartmann haalde zijn schouders op. 'Ik geloof niet dat er speciaal iets is wat je kunt doen,' zei hij. 'We hebben immers de dader.'

Verlaine knikte. 'Dat heb ik begrepen, ja. Wat is het voor man?'

'Hij is oud,' zei Hartmann. 'Eind zestig, hoort zichzelf heel graag praten. Ik heb bijna twee dagen naar hem zitten luisteren en ik heb nog geen flauw idee waarom hij het meisje heeft ontvoerd en waar ze zou kunnen zijn.'

'En de halve FBI loopt in je nek te hijgen als een stelletje karrenpaarden.'

'Een heel vervelend stelletje karrenpaarden.'

'Waarom jij?' vroeg Verlaine. 'Is er enig verband tussen jou en die man?'

Hartmann schudde zijn hoofd. 'Geen idee... Werkelijk geen idee.'

'En daar voelt een mens zich zeer prettig bij,' zei Verlaine.

Hartmann knikte. 'Nou en of.'

'Wat gaat er nu gebeuren?'

'Blijft het tussen ons?'

Verlaine knikte. 'Er komt geen woord deze kamer uit.'

'Hij is hier... Hij wil ons kennelijk zijn levensverhaal vertellen. We luisteren, we maken aantekeningen, we nemen alles op, er zit dertig man op de afdeling Daderprofilering in Quantico peultjes te zweten, er rennen god mag weten hoeveel agenten rond in almaar kleiner wordende cirkeltjes en we nemen het zoals het komt.'

'En waarom kom je dan bij mij langs? Ben je eenzaam hier in New Orleans?'

Hartmann glimlachte en schudde zijn hoofd. 'Jij was de eerste die eraan heeft gewerkt. Je loopt hier al een paar jaar rond, nietwaar?'

'Hier in New Orleans, of bij de politie?'

'Dat laatste.'

'Elf jaar,' zei Verlaine. 'Alles bij elkaar elf jaar, drieënhalf bij de afdeling Zedendelicten, de laatste paar jaar bij Moordzaken.'

'Je bent niet getrouwd?'

Verlaine schudde zijn hoofd. 'Nee, ook nooit geweest. Ik heb één broer en één zus maar die zijn nogal op zichzelf... het einde van een dynastie, dat ben ik.'

Hartmann keek naar het raam, in zuidelijke richting naar de Federal Courts achter Lafayette Square. 'Wat mij maar niet loslaat, is die relatie met Feraud,' zei hij. 'Ik denk toch dat Feraud de enige is die misschien veel meer weet dan hij wil zeggen.'

'Daar twijfel ik geen moment aan,' antwoordde Verlaine.

'En wat heeft hij gezegd toen jij bij hem op bezoek was? Ik weet dat je het me al hebt verteld, maar vertel het nog maar een keer.'

Verlaine trok de la aan de rechterkant van zijn bureau open. Hij haalde er een notitieboekje uit en sloeg een aantal bladzijden om tot hij vond wat hij zocht. 'Ik heb het opgeschreven,' zei hij. 'Je kunt me verlinken bij de FBI als je wilt, maar wat Feraud zei greep me nogal aan. Waarom weet ik niet, maar toen ik het jou had verteld, leek het me handig om alles wat hij had gezegd goed op een rijtje te hebben en daarom heb ik het opgeschreven voor zover ik het me kon herinneren.' Verlaine leunde achteruit in zijn stoel en schraapte zijn keel. 'Hij zei dat ik een probleem had. Hij zei dat ik een ernstig probleem had en dat hij me nergens mee kon helpen. Hij zei dat de man die ik zocht, niet hiervandaan kwam, en ik nam aan dat hij daarmee New Orleans bedoelde, dat hij hier ooit thuis had gehoord, maar al jaren niet meer. Feraud zei dat die man van buiten de stad kwam en dat hij iets zou meebrengen dat groot genoeg was om ons allemaal te verzwelgen.'

Verlaine keek Hartmann aan.

Hartmann zei niets.

'Feraud zei dat ik ervoor weg moest lopen, dat ik me er niet in moest mengen.'

'En er werd niets gezegd over de ontvoering en niets over Gemini... dat kwam allebei niet ter sprake?'

Verlaine schudde zijn hoofd. 'Ik heb er niet naar gevraagd en hij was niet zo scheutig met informatie. Feraud is niet iemand die je de duimschroeven aanzet.'

Hartmann knikte. 'Ik ben hier vijftien jaar niet geweest, maar zijn reputatie is me bekend.'

'Daar bleef het dus bij. Hij zei wat hij te zeggen had en daarna ben ik vertrokken.'

Hartmann leunde naar voren en keek Verlaine recht aan. 'Ik wil nog een keer bij hem langsgaan.'

Verlaine begon te lachen, gemaakt te lachen. 'Je maakt een grapje zeker?'

Hartmann schudde zijn hoofd. 'Ik wil met die man gaan praten... Ik wil uitzoeken hoeveel hij weet. Ik wil kijken of hij deze man kent, kijken of hij niet genegen is ons iets meer te vertellen als we nog een keer op bezoek komen.'

'En het hele federale onderzoek in gevaar brengen?'

Hartmann knikte. 'Dat, ja... Daar heb ik aan gedacht, maar op dit moment is hij de enige die iets van die man schijnt te weten en een idee heeft van wat hij gedaan kan hebben.'

'Alle respect voor je lef, maar hou mij er maar fijn buiten,' zei Verlaine. Hij keek nerveus, geagiteerd.

'Ik kom niet eens in zijn buurt zonder jou,' zei Hartmann.

'Dan kom je dus niet in zijn buurt,' zei Verlaine, 'want mij krijg je echt niet mee. Het is een federaal onderzoek nota bene! Heb je gezien hoeveel mensen ze hierheen hebben gehaald? Het gaat om Catherine Ducane, de dochter van de gouverneur van Louisiana, en jij wilt iets doen wat de hele operatie in gevaar kan brengen?'

Hartmann schudde langzaam zijn hoofd. 'Er is geen sprake van een operatie. Ze hebben een heleboel mensen en paardenkracht. Ze hebben radio's en bandrecorders en stemdeskundigen en crimineel psychologen, maar al met al hebben ze in feite geen plan. Ze zitten het gewoon uit en hopen bij god dat Perez iets zal zeggen waaruit ze kunnen afleiden waar het meisje is.'

Verlaine was een moment stil. 'Heet hij zo... die oude vent? Perez?'

Hartmann knikte. 'Ernesto Perez.'

'Wat is dat voor naam? Spaans, Mexicaans, zoiets?'

'Cubaans... afkomstig uit Cuba.'

'Maffia?'

Hartmann richtte zijn blik op het raam. Hij zei te veel en hij wist het. 'Indirect, ja... Banden met de maffia op Cuba.'

'En hij zit daar gewoon zijn hele levensverhaal tegen je te vertellen, zijn autobiografie, zeg maar?'

'Ja, daar lijk het wel op,' zei Hartmann. 'De man biecht alles op.'

'Maar hij heeft nog niet iets gezegd waaruit je kunt opmaken waarom hij het meisje heeft ontvoerd en waar hij haar vasthoudt?'

'Zelfs niet of ze nog leeft,' zei Hartmann. 'Hij zat me te sarren toen ik met hem probeerde te praten. Hij had het over de regel van drie.'

Verlaine knikte. 'Lucht, water en eten, zeker?'

'Ja. Daarmee suggereerde hij min of meer dat ze ergens zonder eten zat en dat ik haar leven alleen maar in gevaar bracht als ik hem aan de praat hield.'

'Geloof je hem? Denk je echt dat hij haar ergens vasthoudt en dat ze de hongerdood sterft?'

'Ik zou het niet durven zeggen... Ik weet niet meer wat ik moet geloven. Hij weet wat hij doet en hij gaat duidelijk heel planmatig te werk. Ondanks alle macht van de federale overheid zijn we nog geen stap dichter bij een antwoord op de vraag waar dat meisje is.'

Verlaine zei een tijdje niets. 'Dit betekent iets voor je.' Het was geen vraag, eerder een simpele constatering.

Hartmann richtte zijn blik weer op Verlaine. Hij fronste.

'Iets persoonlijks... Ik krijg het idee dat dit je persoonlijk nogal raakt.'

Hartmann schudde zijn hoofd. 'Persoonlijk is persoonlijk... daarom heet het ook persoonlijk.'

Verlaine glimlachte. 'Dat begrijp ik, maar je vraagt me iets te doen wat mij persoonlijk nogal raakt.'

'Jou... Wat bedoel je?'

'Het feit dat ik misschien nog een tijdje wil blijven leven. Het is niet slim om Feraud tegen te werken en het is niet slim hem te negeren. Dat moet je bij hem echt niet doen. Hij heeft me gevraagd weg te gaan, me er niet in te mengen en er nooit meer met hem over te praten.'

'En jij bent van plan te doen wat hij zegt?' vroeg Hartmann, met een zekere uitdaging in zijn stem.

Verlaine glimlachte en schudde zijn hoofd. 'Daar hoef je bij mij niet mee aan te komen... als je op iemands gemoed wilt werken, neem je maar een van die jongens van de FBI. Ik heb wel wat beters te doen dan me te bemoeien met iets wat me niet aangaat.'

Hartmann wist niet wat hij moest zeggen. Hij keek naar de man die tegenover hem zat, de enige man die in dit hele gedoe dat hij op de een of andere manier over zichzelf had afgeroepen misschien een bondgenoot kon zijn, en hij begreep dat hij de waarheid zou moeten vertellen, wilde hij nog enige kans maken dat hij van iemand hulp zou krijgen.

'Wil je weten waarom ik wil dat hier een einde aan komt?'

Verlaine knikte. 'Zeg het maar, en als het goed genoeg is, wil ik overwegen of ik je een handje zal helpen.'

Hartmann had het gevoel dat hij zou instorten. Hij besefte hoe moe, hoe afgepeigerd hij was, en ondanks alles wat er was gebeurd, alles wat hij van Perez had gehoord, was het enige wat hem echt bezighield wat er zou gebeuren als hij de afspraak met Carol en Jess op zaterdag niet nakwam.

En daarom, omdat hij begreep dat er verder niets meer was wat hij tegen Verlaine kon zeggen, vertelde hij hem de waarheid.

En Verlaine luisterde en onderbrak hem niet en stelde geen vragen, en toen Hartmann was uitgesproken, leunde Verlaine achterover en vouwde zijn handen achter zijn hoofd. 'Dus je zit tot aan je nek in de stront en je wilt dat ik je uit de brand help.'

Hartmann knikte. 'Ja, diep in de stront, met dit gedoe, met mijn vrouw en mijn kind, met dat klotewerk van me en alle andere dingen die maar enigszins belangrijk zijn. Ik kan hier niet weg. Ik moet dit tot een goed einde brengen, en ik kan er niet met de botte bijl op in hakken, maar eigenlijk vind ik het veel belangrijker wat er met mijn vrouw en dochter gebeurt dan wat er met Catherine Ducane gebeurt. Ik wil dat het wordt opgelost, ik wil dat dat meisje veilig terugkomt, maar ik moet ook terug naar New York om met mijn vrouw te praten voor ze het echt voor gezien houdt met me.'

Verlaine was een tijdje stil. Hij keek naar de muur boven Hartmanns hoofd en was blijkbaar volkomen van zijn stuk gebracht.

Hartmann voelde zijn hart kloppen in zijn borst.

Verlaine schudde langzaam zijn hoofd en keek Hartmann aan. 'Als dit mijn dood wordt, word ik zo ongelooflijk kwaad, dat wil je niet weten.'

Hartmann glimlachte. 'Je bent eerst en vooral een politieman, John Verlaine, en je voelt je misschien ergens wel genegen me te helpen, dat weet ik, maar je doet het toch voornamelijk om de slechteriken te pakken, of niet soms?'

Verlaine glimlachte. 'Niet alleen om ze te pakken,' zei hij. 'Ik wil ook graag de kans krijgen zo'n vuilak neer te schieten.'

Hartmann lachte. 'Dus je doet het?'

'Ja, het druist in tegen mijn intuïtie, tegen mijn gezond verstand en tegen alle voorschriften... maar ik doe het.'

Hartmann, die had verwacht dat hij opgelucht zou zijn, kreeg in plaats daarvan last van een soort knagende angst. Waar was hij mee bezig? Wat dacht hij dat er zou gebeuren als hij bij Antoine Feraud op bezoek ging? Hij herinnerde zichzelf aan de reden voor zijn handelen, en hoewel die zijn ongerustheid niet kon wegnemen, hielp het hem wel zich te concentreren. De bedoeling was hier zo snel mogelijk uit te komen, het meisje te vinden, de slechterik achter de tralies te zetten, als de donder terug te keren naar New York en zoveel mogelijk van zijn huwelijk en zijn leven zien te redden.

'Morgenavond?' vroeg Hartmann.

Verlaine knikte. 'Morgenavond staat.'

'Hoe laat?'

'Kom rond zessen... Dan zullen we zien wat we kunnen doen.'

Later, opnieuw alleen in het Marriott Hotel, keek Hartmann tv met het geluid aan. Alles om zijn gedachten te overstemmen. Hij besefte dat hij de consequenties van zijn handelen niet kon overzien, maar hij geloofde in het inherente evenwicht van het universum: als je ergens aan begon met goede bedoelingen, kon daardoor vaak het tij ten gunste van jou keren. Had hij sterk genoeg in het bestaan van God geloofd, dan zou hij hebben gebeden. Maar hij had te veel van de donkere onderbuik van de mensheid gezien om aan te nemen dat ergens daarboven iemand was die enige verantwoordelijkheid nam voor wat hier beneden gebeurde.

Enkele uren gingen voorbij en toen New Orleans middernacht begroette, viel Hartmann in slaap met al zijn kleren aan. Hij droomde van Carol en Jess, hij droomde van zichzelf en Danny, dat ze door de straten van New Orleans holden; droomde dat ze het ruime sop kozen in een papieren boot groot genoeg voor twee, de naden gedicht met was en boter, hun zakken vol dubbeltjes en dollars met de beeltenis van Susan B. Anthony...

Droomde over deze dingen, maar daaronder, huiverend in de schaduwen en de donkere hoekjes van zijn geest, droomde hij van een man die dood in een plas bloed lag in een huisje van een motel in Havana.

Maandagochtend, de eerste dag van september. Eerste tekenen van de herfst en binnenkort zou de wind koud worden, de bladeren zouden verkleuren en de winter zou zelfs in dit deel van Amerika zijn intrede doen.

Hartmann was zeker een halfuur te vroeg bij het FBI-gebouw. De spanning was bijna voelbaar, waarneembaar vanaf de straat. Ze waren zich er allemaal van bewust dat ze uitsluitend bij elkaar waren vanwege Perez en de ontvoering van Catherine Ducane, en ze beseften terdege dat het heel goed mogelijk was dat Perez hun tijd zat te verspillen. Het meisje kon al lang dood zijn.

'We hebben informatie over die Pietro Silvino,' zei Schaeffer tegen Hartmann, maar Hartmann was de mening toegedaan dat Perez hun niets meer of minder vertelde dan de feiten zoals hij ze kende. Hij meende dat Perez hier was voor zijn eigen catharsis, voor het zuiveren en ontlasten van zijn eigen geweten. Het had geen enkele zin hun leugens te vertellen, voor zover hij kon zien althans.

'In februari 1960 dood aangetroffen in een motel in Havana,' zei Schaeffer. 'Niemand is ooit in staat van beschuldiging gesteld of veroordeeld voor dat misdrijf.'

Woodroffe knikte langzaam. 'Ik heb zo'n idee dat er nog heel wat van dat soort gevallen zullen zijn,' zei hij. 'Hij is helemaal aan het begin begonnen en we zullen naar het hele verhaal moeten luisteren voor we ook maar een idee krijgen wat hij met Catherine Ducane heeft gedaan.'

'En waarvoor?' vroeg Schaeffer. De frustratie droop uit zijn stem. 'Alleen maar om tot de ontdekking te komen dat het meisje een halfuur nadat hij haar had ontvoerd al dood was?'

'Zo mag je niet denken,' zei Woodroffe, maar Hartmann hoorde aan zijn stem dat hij ook zo had gedacht. Dat gold voor hen allemaal. Het was onvermijdelijk en onontkoombaar. Ze hadden werkelijk geen idee met wie ze te maken hadden en geen echte aanwijzing welke kant dit op ging.

'Weet je wat –' begon Hartmann, maar opeens was er een hoop tumult achter hen en toen hij de afdeling over keek naar de andere kant, zag hij de eerste agent van het begeleidingsteam dat Perez kwam brengen.

'Nou, we zullen zien wat hij vandaag zelf te zeggen heeft,' zei Hartmann en hij draaide zich om en liep naar de kleine kamer achter in het gebouw.

Perez maakte een gelaten indruk toen hij ging zitten. Hij keek Hartmann aan, maar zei aanvankelijk niets. Hij pakte een plastic bekertje en schonk het vol met water uit een kan die op de rolwagen stond. Hij dronk langzaam alsof hij zijn dorst wilde lessen en toen zette hij het bekertje op de tafel en leunde hij achterover.

'Het is anders nu,' zei hij. 'Je leidt dat leven, je doet die dingen, maar pas als je erover praat voel je iets. Ik heb nooit eerder over die dingen gesproken en nu ik het allemaal zo hoor, begin ik in te zien hoeveel keuzes er zijn geweest, hoeveel kanten ik op had kunnen gaan.'

'Geldt dat niet voor ons allemaal?' vroeg Hartmann, die onmiddellijk aan zijn eigen broer dacht, aan Carol en Jess.

Perez glimlachte. Hij haalde diep adem en blies de lucht langzaam uit. 'Het zal wel komen doordat ik moe ben. Het zal wel komen doordat ik oud ben en moe. Ik zal opgelucht zijn als dit voorbij is.'

'We kunnen er nu een einde aan maken,' zei Hartmann. 'U kunt ons vertellen waar u Catherine Ducane vasthoudt, dan hebt u daarna alle tijd van de wereld om uw bekentenis af te leggen.'

Perez lachte. 'Bekentenis? Denkt u dat dat het is, meneer Hartmann? Denkt u dat ik ben gekomen om bij u te biechten alsof u een priester bent?' Hij schudde zijn hoofd. 'Ik ben niet boetvaardig, meneer Hartmann. Ik ben hier niet om de wereld te vertellen van mijn eigen zonden, maar van de zonden van anderen.'

Hartmann fronste. 'Ik begrijp het niet, meneer Perez.'

'Dat komt nog wel, meneer Hartmann, dat komt nog wel. Alles op zijn tijd.'

'Maar kunt u ons geen indicatie geven hoeveel tijd we hebben?'

'U hebt zo veel tijd als ik bereid ben u te geven,' antwoordde Perez.

'Dat is alles wat u wilt zeggen?'

'Ja.'

'Begrijpt u het belang van het leven van dat meisje?'

Perez glimlachte. 'Het is slechts een pressiemiddel, meneer Hartmann. Als ik een serveerster uit een restaurant in New Orleans had genomen, zouden u en ik niet hier in deze kamer zitten. Ik weet wie Catherine Ducane is. Ik heb dit niet onvoorbereid of ondoordacht gedaan...'

Perez viel stil.

Hartmann keek op.

'Ze is niet op een plaats waar ze makkelijk gevonden zal worden, meneer Hartmann. Ze zal gevonden worden wanneer ik besluit dat het zover is. Waar ze is kan niemand haar horen, zelfs niet als ze onophoudelijk op haar allerhardst schreeuwt. En als ze dat doet, zal ze zichzelf alleen maar uitputten en haar eigen levensduur bekorten. De weg is lang, meneer Hartmann, en zij bevindt zich al aan het einde. We spelen dit spel zoals ik wil dat het gespeeld wordt. We houden ons aan mijn regels... dan zal het meisje Ducane misschien, heel misschien het daglicht weerzien.'

Perez zweeg een moment en toen keek hij op en glimlachte. 'Zullen we dus maar doorgaan?'

Hartmann knikte en duwde wederom de deur dicht.

13

Miami is herrie: een voortdurend donderend geraas tegen de kust van Florida aan gedrukt tussen Biscayne Bay en Hialeah; Coral Gables eronder, Fort Lauderdale erboven; overal de geur van de Everglades – weelderig, nat en stinkend in de zomer, knisperend en kleurloos en bar in de winter.

Miami is een belofte en een automatisch verraad; een catastrofe aan zee; rustend op een vinger land die verwijtend wijst naar iets wat geen schuld draagt. En nooit heeft gedragen. En nooit zal dragen.

Miami is een leesteken van viezigheid op een schiereiland van tegenspoed; een aanhangsel.

En nu nota bene de plaats waar ik woonde.

Cuba had ik achter me gelaten, en daarmee de zorgen en problemen van een land dat nog met zijn eigen geweten worstelde. Het jaar 1960 sloot zich achter ons, en terugkijkend zag ik gebeurtenissen die littekens vormden op de geschiedenis van een volk, Castro die besluiteloos aarzelde tussen de belofte van een dollarrijk hedonistisch Westen en de bevestiging van een politieke ideologie aangereikt door de Sovjet-Unie. Castro confisqueerde Amerikaanse eigendommen en maakte nadere afspraken met communistische regeringen. Hij kwam overeen Russische olie te kopen op het moment dat John Fitzgerald Kennedy president van de Verenigde Staten werd in januari 1961 en zijn goedkeuring hechtte aan het verbreken van de diplomatieke betrekkingen met Cuba. Op 16 april 1961 verklaarde Fidel Castro Ruz dat Cuba een socialistische staat was. Drie dagen later voerden driehonderd Cubaanse ballingen, met financiële steun van de CIA en hulp van het Amerikaanse leger, een invasie uit in de Varkensbaai, een kuststreek in het zuiden van Cuba. Chroesjtsjov beloofde Castro alle noodzakelijke hulp. De regering van de Verenigde Staten nam ten onrechte aan dat de invasie het volk van

Cuba ertoe zou bewegen in opstand te komen en Castro uit het zadel te wippen, een staatsgreep te beginnen, maar daarin vergiste men zich. Het Cubaanse volk steunde Castro onvoorwaardelijk. De ballingen werden gevangengenomen en stuk voor stuk veroordeeld tot dertig jaar gevangenisstraf.

In hun niet-aflatende oneindige wijsheid bleven de Verenigde Staten de zuurverdiende dollars van de natie in militaire steun voor Zuid-Vietnam pompen.

In februari '62 stelde president Kennedy een volledig handelsembargo tegen Cuba in. Twee maanden later bood Castro aan elfhonderdnegenenzeventig ballingen vrij te laten in ruil voor tweeënzestig miljoen dollar. Kennedy stuurde de mariniers naar Laos. Sonny Liston sloeg Floyd Patterson knock-out in twee minuten en zes seconden.

In oktober ontdekte men dat Castro de sovjets toestemming had gegeven lanceerinrichtingen voor langeafstandsraketten te plaatsen op Cuba, honderdvijftig kilometer van het vasteland van Amerika. Er werd een blokkade van Cuba ingesteld en Jack Kennedy had het vaste voornemen deze in stand te houden tot Chroesjtsjov toezegde de raketten weg te halen. Castro verklaarde dat hij het grondbeginsel van het leninistisch marxisme aanhing; hij nationaliseerde de industrie, confisqueerde onroerend goed dat in handen was van niet-Cubaanse burgers, collectiviseerde de landbouw en ontwikkelde een beleid waarin de gewone man werd bevoordeeld. Een aanzienlijk deel van de middenklasse ontvluchtte Cuba en vestigde een grote anti-Castrogemeenschap in Miami zelf.

Op 28 oktober, na dertien dagen waarin de hele wereld de adem inhield, kondigde Chroesjtsjov aan dat alle lanceerinrichtingen voor langeafstandsraketten op het eiland zouden worden ontmanteld en teruggebracht naar de Sovjet-Unie. Op 2 november hief Kennedy de blokkade van Cuba op.

In december betaalden de Verenigde Staten drieënvijftig miljoen dollar losgeld en kwamen de ballingen die aan de invasie hadden deelgenomen vrij.

Ik nam alles wat zich in die maanden afspeelde waar vanuit een huis in het centrum van Miami. Ik was vijfentwintig jaar oud op het moment dat de wereld weer opgelucht ademhaalde, en hoewel ik al die gebeurtenissen had gevolgd, was het net of het slechts momenten van radiostoring in de soundtrack van mijn leven waren.

En dit was nu mijn leven. Ik was hier zonder veel ophef gearriveerd en meer verdiende ik ook niet. Ik was zelf een aanhangsel in het klein, een toevoeging aan iets wat vele malen groter was dan ik en hoewel ik werd opgenomen in de bestaande onderneming in Miami, was er altijd het besef dat ik anders was. Deze mensen – mensen met namen als Maurizio, Alberto, Giorgio en Frederico, die allemaal nog een naam als Jimmy the Aspirin (omdat hij de hoofdpijn van Don Ceriano altijd deed verdwijnen), Johnny the Limpet, de Klever, en Slapsie Maxie Rosenbloom schenen te hebben – hoorden bij een ploeg met de bijnaam het Alcatraz Swimming Team. Ze dronken heel wat, ze lachten nog meer, ze spraken in gebroken Italiaans-Amerikaans, en om de andere zin zeiden ze 'Chi se ne frega', wat 'Wie kan het schelen!' betekende, en ik meende dat het hun niet kon schelen, nooit had kunnen schelen en ook nooit zou kunnen schelen.

Toen ik arriveerde was het maart 1962. In januari was Lucky Luciano gestorven, een man wiens naam ik misschien wel vaker had horen noemen dan welke naam ook. Zijn dood had een kleine rol gespeeld bij de terugkeer naar de Verenigde Staten van Don Ceriano, want er waren 'familiezaken' waar blijkbaar dringend aandacht aan moest worden besteed. Hij werd bij zijn terugkeer met gejuich ontvangen en de mensen die aanwezig waren om hem te verwelkomen toen we in een vorstelijk huis van drie verdiepingen in het centrum van Miami arriveerden, verlangden kennelijk niets van mij. Ik werd zonder meer in hun kring opgenomen en de twee of drie keer dat iemand Don Ceriano vroeg wie ik was, zei hij enkel: 'Dit is mijn vriend Ernesto. Ernesto heeft een paar dingen voor me gedaan, een paar zeer belangrijke dingen, en zijn loyaliteit is buiten kijf.'

Dat was kennelijk genoeg, want ik kreeg een kamer in dat huis, een huis waar ik iets langer dan zes jaar zou wonen met Don Ceriano en leden van zijn familie. Don Ceriano liet me de auto houden, de Mercury Cruiser die eerst van Pietro Silvino was geweest, en geld was er altijd wanneer ik het nodig had. Ik voelde me direct thuis in deze familie, maar toch heel erg een buitenstaander. Ik was niet bang, alleen misschien een beetje onder de indruk van de mensen die ik ontmoette, van de ogenschijnlijk grote omvang van hun persoonlijkheid, en ik deed mijn uiterste best op te gaan in het mij onbekende grotere geheel waarin ik was toegelaten. Wederom was het louter een kwestie van zelfbehoud en overleven. Ik had Cuba verlaten, ik was naar Amerika gekomen; ik bezat niets behalve de dingen die me door Don Ceriano en zijn mensen werden gegeven. Ik had mijn keuze gemaakt en de gevolgen waren niet vervelend. De wereld ging zijn gewone gang en ik ging mee.

De 'belangrijke dingen' die ik had gedaan waren tamelijk eenvoudig. Don Ceriano gaf me een naam, of liet me een foto zien, en dan werd ik op pad gestuurd. Ik kwam niet terug voor de man die die naam droeg dood was, hoe lang dat ook duurde. Tussen de dood van Pietro Silvino en mijn vertrek uit Cuba had ik elf 'belangrijke dingen' gedaan. Ieder van hen was uniek, ieder van hen speciaal; de laatste was mijn vader.

Je eigen vader ombrengen is een waarlijk spirituele ervaring; zoiets kan niet zonder dat een stukje van jezelf sterft, maar tegelijkertijd is het een exorcisme. Ik heb met mensen gepraat die spreken van de gezichten van de doden meedragen, alsof een klein deel van hun geest in je komt als ze sterven en ze er vanaf dat moment altijd zullen zijn. Als ik mijn ogen sluit en maar hard genoeg nadenk, kan ik me al hun gezichten herinneren. Misschien, heel misschien, kan ik lang genoeg in de spiegel kijken om hun reflectie te zien in mijn eigen ogen. Het is deels verbeelding, daar ben ik van overtuigd, maar ik denk toch dat er enige waarheid schuilt in wat me is verteld. We dragen ze allemaal met ons mee, maar ik toch vooral het beeld van mijn vader.

Toen hij stierf was hij zesenveertig jaar oud. Ik had werk voor hem geregeld bij een van de kleine nachtclubs in Oud Havana, een club die eigendom was van de zwager van Don Ceriano, een agressieve gokker met wilde ogen die Enzio Scribani heette. Scribani was vier jaar daarvoor getrouwd met Don Ceriano's jongste zus en hoewel zijn promiscuïteit en perverse seksuele voorkeuren berucht waren, werd met dergelijke dingen omgegaan op een manier waaruit bleek dat hij altijd tot de familie zou blijven behoren. Later, zes of zeven jaar nadat ik uit Havana was vertrokken, heeft Don Ceriano's zus, Lucia, een mooi onschuldig uitziend meisje, haar eigen man vermoord door een kartelschaar door zijn rechteroog te steken. Daarna heeft ze zichzelf van het leven beroofd.

Mijn vader, wiens reputatie als de Havana Hurricane nog tot op zekere hoogte intact was, werd aangesteld als portier bij de Starboard Club, een relatief kleine onderneming in het grote geheel. Hier kwamen de figuranten en bijrolspelers op het grotere toneel van de maffia in Havana met de gastvrouwen flirten, honderden in plaats van duizenden dollars vergokken en soms achter de gordijnen achter in de zaak naar afgeleefde Cubaanse huisvrouwen kijken die voor tien of vijftien dollar per keer dansten en hun kleren uittrokken. Het was in feite een luizige tent en hoewel Enzio Scribani de baas en eigenaar van de club was, deed hij klaarblijkelijk zijn uiterste best er zo weinig mogelijk te zijn.

Mijn vader deed zijn werk. Hij gooide de dronken Cubanen eruit; hij beschermde de danseressen tegen hun woedende broers en minnaars en echtgenoten; hij begeleidde de geldlopers van de club naar de bank; hij hield zich rustig, hij klaagde niet, hij inde zijn dollars aan het einde van de week en verzoop ze voor het weer maandag werd. Met het geld dat ik met mijn werk voor Don Ceriano had verdiend, had ik een vijfkamerappartement gehuurd in een zijstraat van Bernaza vlak bij de ruïnes van de oude muur. Hier had mijn vader een kamer waar hij zijn roes uitsliep tot het tijd was om op te staan en naar zijn werk te gaan. Ik zag hem weinig en dat vond ik prima. Hij sprak niet veel en als hij iets zei, zat er altijd een verontschuldigende ondertoon in zijn stem, en naarmate de maanden verstreken, werd ik steeds minder geïnteresseerd in wat hij te zeggen had en hoopte ik steeds vuriger dat hij binnenkort niet meer mijn verantwoordelijkheid zou zijn. Ik haatte hem niet. Haat was een te sterke emotie jegens iemand voor wie ik niets voelde. Nog minder dan niets. Ik stelde me vaak voor dat hij bij een poging een ongewenst persoon uit de Starboard te gooien verwikkeld zou raken in een gevecht waarin hij werd neergeschoten of neergestoken of doodgeslagen. Maar zo'n voorval vond niet plaats. Het was net of mijn vader, door afstand te doen van zijn arrogantie en verwaandheid, ook afstand had gedaan van het recht betrokken te zijn bij iets van enig belang.

In het laatste deel van augustus 1961, een paar dagen nadat een ander treffen was georganiseerd voor mij en een vijand van Don Ceriano, nadat een ander klein probleem achteloos uit de wereld was geholpen, kreeg ik bezoek in mijn appartement van Giorgio Vaccorini. Ik kende hem als Max of Maxie, naar Slapsie Maxie Rosenbloom de bokser. De bijnaam had hij gekregen na een incident bij het Hotel Nacional, toen een parkeerwachter Giorgio's sleutels had proberen te pakken om de auto weg te zetten en schoon te maken. De dronken en verwarde Giorgio dacht dat hij werd beroofd en hij draaide zich om en viel uit met een zwaaistoot waarmee hij de nek van de jongen brak. Eén stoot en de tiener was dood. De kwestie was binnen een halfuur geregeld nadat er tienduizend Amerikaanse dollar bij de hoofdcommissaris van de Cubaanse politie thuis was afgeleverd. Dus Maxie kwam bij me op bezoek laat in de middag. Hij keek ernstig, een beetje gespannen, en hij vroeg me te gaan zitten omdat hij nieuws voor me had.

'Een klein probleempje,' begon hij en hij trok opnieuw een ernstig gezicht. Als deze mannen ernstig werden, dan waren het ernstige tijden.

'Je vader,' ging hij verder. 'Er is kennelijk een probleem met je vader.'

Ik leunde achterover en sloeg mijn benen over elkaar. Ik speurde om me heen naar mijn sigaretten, maar ik zag ze niet.

'Hij is vanochtend met de geldloper naar de bank geweest,' zei Maxie met gedempte, enigszins aarzelende stem. 'Ze pakten de gebruikelijke hoeveelheid geld, zo'n vijf- of zesduizend, en gingen net als altijd op weg naar de bank.'

Ik wachtte geduldig tot het probleem onder woorden werd gebracht.

'Blijkbaar zijn ze nooit bij de bank aangekomen, Ernesto. Blijkbaar zijn je vader en de geldloper daar helemaal nooit geweest, en nu dachten we dat ze er misschien met het geld vandoor zijn gegaan.'

Ik knikte vol begrip.

'Ongeveer een uur geleden hebben we de geldloper gevonden. Ken je Anselmo, jonge vent met dat litteken op zijn gezicht hier.' Maxie wees met zijn rechterhand een punt boven zijn linkerwenkbrauw aan.

Ik kende Anselmo Gamba; was een keer met zijn zus naar bed geweest.

'We hebben Anselmo met doorgesneden keel gevonden in een doodlopend steegje niet zo ver van de Starboard, bij de tweede of derde zijstraat. Je vader was nergens te bekennen. Het geld ook niet. En Don Ceriano... Don Ceriano zei dat ik met je moest gaan praten om te zien of je niet eens naar je vader op zoek kon gaan om de boel te regelen, begrijp je?'

Ik knikte.

'Dus dat kwam ik je vertellen,' zei Maxie, terwijl hij onhandig opstond. 'Kijk of je hem kunt vinden en zoek uit wat er is gebeurd, ja?'

Ik glimlachte. 'Best, Maxie, ik zal het uitzoeken. Zeg maar tegen Don Ceriano dat het probleem is opgelost, wat het ook is.'

Maxie glimlachte ook. Hij was kennelijk opgelucht dat hij weg kon. Ik liep met hem mee naar de deur, legde mijn hand op zijn schouder toen hij de gang in stapte en merkte dat hij ineenkromp. Daar nam ik nota van. Zelfs Slapsie Maxie, een man die een knul een zwaaistoot had toegediend en zijn nek had gebroken, was een beetje bang van de Cubaan. Dat deed me plezier, bevestigde nogmaals dat ik iemand was geworden.

Ik wachtte tot Maxie uit het zicht was en pakte toen mijn jas en mijn sigaretten. Ik verliet het appartement en ging op weg naar Oud Havana en de drankholen waar mijn vader zich naar mijn weten zou schuilhouden.

Het kostte me drie uur om hem te vinden en toen was de avond inmiddels gevallen. De hemel was zwart. Er waren bijna geen sterren.

Op het moment dat hij me over de vloer van een bouwvallige verwaarloosde kroeg aan de zeezijde van de wijk aan zag komen lopen, begon hij te huilen. Ik voelde niets. Dit was puur zakelijk en ik had geen tijd voor emotionele aanstellerij.

'Het geld?' vroeg ik hem toen ik naast hem op de bank plaatsnam.

'Ze hebben het gestolen,' zei hij met dikke tong. 'Het geld gestolen en die knul afgemaakt... Ik heb het geprobeerd, Ernesto, ik heb geprobeerd ze tegen te houden, maar ze waren met z'n drieën en ze waren snel –'

Ik maakte een afwerend gebaar met mijn hand.

'Ernesto... Ze doken ineens op, met z'n drieën, en ik kon niets tegen ze beginnen...'

'Je werd geacht de geldloper te beschermen,' zei ik onbewogen. 'Dat is je werk, vader. Ze sturen je mee om de geldloper te beschermen, om ervoor te zorgen dat het geld op de bank komt, dat hem onderweg niets overkomt.'

Mijn vader hief zijn handen alsof hij bad. 'Ik weet het, ik weet het, ik weet het,' jammerde hij. 'Ik weet waarom ze me meesturen en ik heb elke keer mijn werk gedaan, ik heb hem elke keer beschermd en er is hem niets overkomen –'

'Heb je het geld bij je?'

Mijn vader sperde zijn ogen open van schrik. 'Het geld? Denk je dat ik het geld heb? Denk je dat ik iemand zou vermoorden voor geld? Ik ben je vader, Ernesto, je kent me, je weet dat ik zoiets nooit zou doen.'

Ik knikte. 'Ja, ik ken je, vader. Ik weet dat je iemand zou vermoorden voor helemaal niets.'

Hij gaf geen antwoord. Wat had hij moeten zeggen? Al die jaren had de dood van mijn moeder, zijn vrouw, als een derde persoon tussen ons in gestaan. Het was er altijd geweest, uitgesproken of niet, het was er áltijd geweest.

Mijn vader schudde zijn hoofd. 'Je moet het tegen ze zeggen... Je moet ze vertellen wat er is gebeurd. Je moet ze ervan overtuigen dat ik het geld niet heb gestolen en de jongen niet heb vermoord. Ik heb het niet gedaan, Ernesto, ik zou het niet kunnen...'

'Jij moet het ze vertellen, vader. Je moet niet voor ze weglopen en je verstoppen. Hoe langer je wegblijft, des te meer raken zij ervan overtuigd dat je het geld hebt gestolen. Als je nu met me meekomt en ze vertelt wat er is gebeurd, dat die mannen jullie hebben beroofd en Anselmo hebben vermoord, dan zal ik je helpen, dan zal ik ze duidelijk maken dat je er niets aan kon doen.'

Mijn vader knikte. Hij begon te glimlachen. Hij kwam al overeind. Hij pakte mijn arm beet. 'Je bent mijn zoon,' zei hij zacht. 'Ik zal nooit vergeten wat je hebt gedaan om me te helpen. Je hebt me hierheen gebracht, je hebt me een baantje bezorgd, een dak boven mijn hoofd, en dat zal ik altijd onthouden zolang als ik leef.'

Mijn vader, de Havana Hurricane, hoefde helemaal niet lang te onthouden hoeveel hij me verschuldigd was. Ongeveer twintig minuten later lag hij dood in een steegje twee blokken bij de Starboard Club vandaan. Hij vroeg niets toen ik rechts afsloeg en met hem dat steegje in liep, hoewel hij moet hebben geweten dat het nergens heen leidde. Hij schreeuwde niet toen ik hem op zijn achterhoofd raakte en hij onbeholpen op de grond viel. Hij lag daar een moment stomverbaasd en verbouwereerd naar me te kijken, met een blik in zijn ogen waaruit zo veel berusting en onontkoombaarheid sprak, dat ik wist dat hij besefte dat zijn eigen dood snel als een goederentrein naderbij kwam.

Van de grond raapte ik een steen op, en op mijn hurken met één knie op zijn borst hief ik de steen boven mijn hoofd.

'Voor je vrouw,' zei ik zacht tegen hem. 'Voor je vrouw en mijn moeder had dit al lang gebeurd moeten zijn.'

Hij sloot zijn ogen. Geen geluid. Geen tranen. Helemaal niets.

Ik denk dat hij dood was nadat ik hem de eerste keer had geraakt. Een punt van de steen sloeg een groot deel van de rechterkant van zijn gezicht kapot. Ik veronderstelde dat de volgende herhaalde slagen op zijn hoofd en hals helemaal niet gevoeld werden. Het was alsof ik een hond doodmaakte. Nog minder dan een hond.

Drie dagen later werd bekend dat Anselmo Gamba en mijn vader onderweg naar de bank waren beroofd. Ze waren beroofd door drie Cubaanse broers: Osmany, Valdés en Vicente Torres. Ik werd er niet op uitgestuurd om met hen af te rekenen, want dingen als het doden van drie onbelangrijke Cubaanse criminelen vond men zonde van mijn talent, maar er werd wel iemand op pad gestuurd en het geld kwam terug, en anderhalve maand later werd uit het Canal de Entrada een olievat met drie hoofden en zes handen opgevist.

Don Ceriano kwam me persoonlijk vertellen dat mijn vader niet had gelogen, dat ze werkelijk op weg naar de bank waren beroofd.

'Ik had mijn eigen redenen om jou deze kwestie te laten oplossen,' zei hij tegen me. 'Ik stuurde Maxie naar je toe om het te vertellen zodat je ons kon helpen je vader te vinden en uit te zoeken wat er was gebeurd.'

Ik gaf geen antwoord.

'Ik vroeg me af wat je zou doen als je hem vond,' ging hij verder. 'Ik wilde weten welke actie je zou ondernemen.'

Weer zei ik niets. Ik vroeg me af wanneer hij ter zake zou komen.

'En jij bracht je eigen vader om,' zei Don Ceriano.

Ik knikte.

'Heb je niets te zeggen, Ernesto?' vroeg hij.

'Wat wilt u dat ik zeg, Don Ceriano?'

Don Ceriano keek zowel verbaasd als onthutst. 'Je hebt je eigen vader gedood, Ernesto, en je hebt niets te zeggen?'

Ik glimlachte. 'Ik zal drie dingen zeggen, Don Ceriano.'

Don Ceriano trok zijn wenkbrauwen op.

'Ten eerste heeft mijn vader zijn eigen vrouw, mijn moeder, vermoord. Ten tweede was het een gepaste straf die al lang geleden had moeten worden voltrokken.' Ik zweeg een moment.

'En ten derde?' vroeg Don Ceriano.

'Zullen we het er nooit meer over hebben aangezien het volkomen onbelangrijk is.'

Don Ceriano knikte. 'Zoals je wilt, Ernesto, zoals je wilt.'

Het kwam nooit meer ter sprake. Geen woord kwam over de lippen van Don Ceriano, noch over de lippen van de mensen die met ons werkten terwijl we in Havana waren. De moord op mijn vader werd even gemakkelijk vergeten als zijn leven.

In de maanden daarna zou ik veel over de banden tussen Florida en Cuba vernemen en het waren er meer dan ik had gedacht. Over deze dingen sprak Don Ceriano, maar ook uit de gesprekken tussen de leden van zijn familie en mensen die op bezoek kwamen in het huis in Miami, kwam ik veel te weten over de achtergronden. Geld van de maffia was sinds de jaren dertig van de vorige eeuw in Florida terechtgekomen, via investeringen in de Tropical Park Race Track in Coral Gables en de Colonial Inn van Meyer Lansky bijvoorbeeld. In de jaren veertig was het Wofford Hotel een basis van zowel Lansky als Frank Costello. Costello die hechte banden had met een zekere Richard Nixon die later president van de Verenigde Staten zou worden. Ironisch genoeg werd tijdens de onderzoeken rond het Watergate-schandaal enkele jaren later de zogenaamde Keyes Realty Company genoemd als zijnde de schakel tussen de georganiseerde misdaad en overheidsfunctionarissen in Miami-Dade County. In 1948 had Keyes Realty het eigendom van een stuk land overgedragen aan ANSAN, een investeringsgroep van de Cubaanse maffia. Later ging diezelfde grond over in handen van het pensioenfonds van de Teamsters' Union en de Miami National Bank van Meyer Lansky. Vervolgens werd in 1967 het eigendom overgedragen aan Richard Nixon, en het kwam aan het licht dat een van de inbrekers in het Watergate Hotel, een Cubaanse balling, vicepresident van diezelfde Keyes Realty Company was. Lou Poller, een van de vertrouwelingen van Meyer Lansky, had in 1958 de leiding over de Miami National Bank overgenomen en via deze bank werd maffiageld witgewassen, vaak door er appartementengebouwen, hotels, motels en stacaravanbedrijven mee te kopen. Het huis waarin ik die zes jaar in Miami woonde, was een van die belangen in onroerend goed en er kwamen veel van Don Ceriano's mensen naartoe om over zaken te praten, informatie uit te wisselen over wiens 'lichtje nodig moest worden uitgepoetst' en wie 'een brief op de *Chicago typewriter*' moest krijgen.

Ik hoorde opnieuw over Santo Trafficante junior. Zijn naam was in Cuba ter sprake gekomen, maar het was niet tot me doorgedrongen dat hij in feite daar in Florida was geboren. Trafficante had de leiding over de activiteiten in de nachtclub Sans Souci en het Casino International in Havana gehad en hij had belangen en invloed in het Riviera, de Tropicana, het Sevilla Biltmore, het casino in het Capri Hotel en het Havana Hilton. In Tampa had hij het Columbia Restaurant, de Nebraska, de Tangerine en de Sands Bar. Trafficante was in 1957 naar Havana gevlucht nadat de Grand Jury een arrestatiebevel tegen hem had uitgevaardigd. Begin 1958 was hij ondervraagd door de Cubaanse politie over de Apalachin-conferentie, die hij naar eigen zeggen niet had bijgewoond. Hij werd nog steeds gezocht in

New York wegens mogelijke betrokkenheid bij de moord op Albert Anastasia, maar de Cubaanse politie was geïnteresseerd in zijn manipulatie van de *bolita*-getallen voor Cubanen die werkten voor Fidel Castro.

Hoe de beschuldigingen tegen hem ook luidden, uit wat Don Ceriano me vertelde, kon ik wel opmaken dat Santo Trafficante junior sinds de dood van zijn vader in augustus 1954 de leiding had gehad over alle activiteiten van de maffia in Florida. Al in 1948 en 1949 deed Trafficante zaken met Frank Zarate, de hoofdverdachte in een zaak aangespannen door het Federal Bureau of Narcotics, dat samen met de Amerikaanse douane en de politie van New York de aanvoer van cocaïne vanuit Peru via Cuba naar de Verenigde Staten probeerde stil te leggen. Toch kreeg Trafficante van de Cubaanse immigratiedienst in oktober 1957 de ingezetenenstatus. In een memo dat in juli 1961 werd geschreven door Eugene Marshall, een agent van het Federal Bureau of Narcotics, werd duidelijk gemaakt dat Castro mensen in Tampa en Miami had die via Trafficantes organisatie veel geld inzetten op de Cubaanse *bolita*. Trafficante zelf werd meerdere malen in gezelschap van een zekere Oscar Echemendia gezien. Echemendia was niet alleen mede-eigenaar van de Tropicana Night Club in Havana, maar ook een van de invloedrijkste topmannen van de *bolita* in Dade County, Miami. Het gerucht ging dat Castro na zijn machtsovername, nadat hij de georganiseerde misdaad uit de casino's en hotels in Cuba had verdreven, Santo Trafficante junior in de gevangenis liet zitten omdat hij zo'n hekel aan de man had. Hier maakten de families in Miami zich vrolijk om, want ze wisten dat Trafficante een agent van Castro was, en de voorwaarden waaronder de maffia naar Cuba mocht terugkeren werden mede door hem opgesteld.

Er was dus een verband tussen Florida en Cuba, en zodoende werd ik als lid van hun familie geaccepteerd. Ceriano was een hoofdrolspeler, een machtig man, en ik speelde mijn rol voor Ceriano. Ik trok op met de leden van de organisatie Cuban Americans in Miami; ik gaf inside-informatie door van medewerkers van Radio Martí, een door de Amerikaanse overheid gesubsidieerd station, en algauw kon ik de woorden *Chi se ne frega* met evenveel overtuiging uitspreken als de anderen. Ik was jong, ik was gewillig, ik kon een Italiaans zijden kostuum met evenveel zwier en stijl dragen als wie ook en ik kende geen scrupules. Ik geloofde deze mensen, ik geloofde in hun motieven en principes en als het bevel kwam dat iemand uit de wereld moest worden geëxcommuniceerd, dan voerde ik die opdracht stipt en professioneel uit. Voor mij was het een klus die geklaard moest worden. Ik stelde geen vragen. Ik had geen antwoorden nodig. In zekere zin ontbrak het me aan niets.

Eens, als kind wellicht, had ik de vurige wens iemand te worden als drijfveer gehad. Bij deze mensen, deze gekke heethoofdige Sicilianen en Genuezen, wás ik iemand. Ik dacht dat ik het voor elkaar had, dat mijn leven een doel had, en gezien mijn aangeboren vermogen dingen te doen waartoe niemand bereid was, werd mij een mate van respect en kameraadschap betoond die normaal gesproken uitsluitend aan bloedverwanten was voorbehouden.

Ik was Ernesto Cabrera Perez, adoptiefzoon van Don Giancarlo Ceriano, soldaat van Santo Trafficante junior, hoofd van de maffia in Miami. Hier waren mensen die naarmate de maanden verstreken en jaren werden meer op de voorgrond zouden treden. Het was een tijd van spanningen en politiek gekonkel. Sommige groepen in de families koesterden een sterke afkeer jegens Castro, en uitgerekend in Miami werkten welvarende Cubaanse ballingen samen met Sam Giancana om Castro uit Cuba te verdrijven. Uit de weinige informatie waar ik de hand op kon leggen, begreep ik dat zowel de CIA als de FBI een rol speelde in de financiering van dergelijke operaties. Een zekere Robert Maheu, een voormalig medewerker van de CIA naar het scheen, had Sam Giancana ingehuurd om commando's samen te stellen die een aanslag op Castro zouden kunnen plegen, en Giancana had zijn luitenant in Los Angeles, Johnny Roselli, de leiding over de operatie gegeven. Jaren later, in 1978, toen de Bijzondere Commissie van het Huis Roselli ondervroeg, zei hij dat die teams ook werden getraind voor de moord op Kennedy. Dat was allemaal maar een deel van de waarheid. Kennedy was een ander verhaal, een verhaal dat zich pas meer dan een jaar later zou voordoen. Van Roselli heeft de Bijzondere Commissie nooit nadere details vernomen. Zijn lichaam werd dobberend in een olievat voor de kust van Florida gevonden. Sam Giancana werd in Chicago neergeschoten. Er waren op de dag dat Kennedy werd vermoord drie verschillende moordcommando's in Dallas en daar kende Roselli er slechts één van. De andere twee kwamen uit de kringen van de Amerikaanse geheime diensten, en de mensen die rapporten indienden voor de Commissie Warren, de mensen die de juridische implicaties van alle verdere onderzoeken afhandelden, waren veel beter op de hoogte van wat zich werkelijk had afgespeeld dan ze ooit lieten merken. Ze hadden hun eigen *cosa nostra* en ze hielden hun mond dicht en hun gedachten voor zich, en dat doen ze nu nog.

Ik begreep niets van politiek en pretendeerde dat ook niet. Ik wist dat mensen op bezoek kwamen bij Santo Trafficante en dat er boodschappen van Trafficante werden doorgegeven aan Don Ceriano, en van die boodschappen kwamen sommige bij mij terecht en dan werd ik op pad gestuurd om dingen op de voor mij best mogelijke manier op te lossen. De banden tussen Miami en New York waren hecht, evenals die met Los Angeles, maar toen ik hoorde dat Don Ceriano zich op de casino's en clubs van New Orleans wilde gaan richten, had ik het gevoel dat een bepaald deel van mijn eigen verleden weer dreigde boven te komen. Ik dacht dat ik me had losgemaakt, maar door mijn loyaliteit en trouw aan de mensen die me uit Havana mee terug naar Amerika hadden genomen, moest ik terugkeren naar mijn geboortegrond, naar het begin van al deze dingen.

Het was kort na de moord op Marilyn Monroe, in augustus 1962. Marilyn, die dood werd aangetroffen in haar villa in Hollywood na een overdosis Nembutal, was naar het scheen een oorlogsslachtoffer. De seksuele voorkeuren van Jack Kennedy waren binnen de maffiagemeenschap niet onbekend, want Jack Kennedy had een verhouding gehad met Judith Exner, een meisje dat ook het bed had gedeeld met Sam Giancana, de invloedrijkste maffiabaas in Chicago. Exner was aan Kennedy en Giancana voorgesteld door Frank Sinatra, die op kerstavond 1946 was opgetreden voor mensen als Albert Anastasia, Joseph Bonanno, Frank Costello en Santo Trafficante tijdens een onderbreking in de beruchte Havanaconferentie, een conferentie waar werd besloten Bugsy Siegel koud te maken omdat hij enkele miljoenen dollars uit de Flamingo-operatie in Las Vegas achterover had gedrukt. Het was bekend dat Kennedy, behalve met Judith Exner, ook een verhouding met Mary Pinchot Meyer had gehad, een feit dat is opgetekend in de memoires van een medewerkster van het Witte Huis, Barbara Gamarekian. Het meisje Meyer overleed slechts een paar maanden na Kennedy zelf en de doodsoorzaak was beslist niet natuurlijk. Een ander meisje, net achttien toen ze naar het Witte Huis ging om Jackie Kennedy te interviewen voor een schoolkrant, was Marion Fahnestock, destijds bekend onder de naam Mimi Beardsley. Nadat Kennedy haar had ontmoet, kreeg ze al snel een aanstelling als stagiaire bij het Witte Huis en vanaf dat moment tot enkele dagen voor de moord op Kennedy had ze een verhouding met de machtigste man op aarde. Marilyn was een ander verhaal. Stagiaires, secretaresses, juridisch medewerkers en huishoudelijk personeel van het Witte Huis – die mensen konden ze het zwijgen opleggen en afkopen. Maar Marilyn Monroe? Marilyn moest dood, en dood ging ze. Op 5 augustus 1962, iets langer dan een jaar voor Kennedy's eigen schedel op Dealey Plaza van ventilatie werd voorzien, moest Marilyn een paar tabletten Nembutal meer nemen dan ze eigenlijk nodig had om in slaap te vallen. Don Ceriano wist er alles van. Ik vroeg er een keer naar en hij zei: 'Je weet genoeg als je weet dat ze dood is.' Meer zei hij niet en ik heb er niet opnieuw naar gevraagd.

Aan het einde van die maand werd me gevraagd een bezoek te brengen aan een zekere Feraud in New Orleans. Ik was bijna vier jaar weg geweest en Don Ceriano zag aan mijn gezicht dat ik liever niet ging.

Hij vroeg me waarom.

'Ik heb mijn eigen redenen,' antwoordde ik.

'Redenen genoeg om je ervan te weerhouden iets te doen wat ik van je verlang?'

'Er zouden nooit genoeg redenen zijn om me daarvan te weerhouden, maar ik kan u wel één keer vragen of u iemand anders kunt sturen.'

Don Ceriano leunde naar voren. Hij zette zijn ellebogen op zijn knieën en legde zijn vingertoppen tegen elkaar. 'Deze man, deze Antoine Feraud, is een zeer machtige man. Hij heeft veel invloed en hij is van grote betekenis in New Orleans. New Orleans is net het Havana van vroeger, het is een gokstad, met veel prostitutie en drugs en grote mogelijkheden. We moeten met deze mensen tot samenwerking komen en ik wil dat je naar deze man toegaat en iets voor hem doet, als gebaar van goede wil, snap je?'

Ik knikte. 'Ik heb mijn vraag gesteld en u hebt antwoord gegeven.'

'Je bent een goed mens, Ernesto, een echte vriend. Ik zou het je niet vragen als er iemand anders was die ik net zo kon vertrouwen, maar die is er niet. Ik wil niet het risico lopen dat we de handel die we via deze man zullen krijgen kwijtraken door iemand te sturen die misschien een fout maakt.'

'Met uw zegen zal ik gaan en het doen,' zei ik.

Ceriano stond op. Hij legde zijn hand plat op mijn hoofd. 'Hadden mijn eigen zonen maar evenveel klasse en talent als jij,' fluisterde hij en toen boog hij zich naar voren en kuste me op de wang.

Ik stond op. Hij greep me bij de schouders. 'Ik zal bij je zijn,' zei hij zacht, en ik geloofde dat hij dat zou zijn – zij het alleen in gedachten –

want hij was meer een vader voor me geworden dan de Havana Hurricane ooit was geweest.

Louisiana kwam bij me boven als een kankergezwel, eens goed-, nu kwaadaardig.

Louisiana kwam bij me boven als een nachtmerrie waarvan ik dacht dat ik hem was vergeten.

Het was de tijd dat de wetshandhavers deze paden bewandelden; dat de mannen van de belastingdienst in hun onopvallende auto's over deze kronkelwegen reden, hier tussen de moerassen, de rivierarmen, de verbindingskanalen die een fijn lijntje tussen de moerassen en stilstaande zijrivieren trokken. Het was de tijd dat ze hun stadse gebeden mee hierheen brachten en vochten voor wat naar hun idee billijk en rechtvaardig was. Ze vonden distilleerderijen, bliezen ze op, arresteerden mannen uit de families en brachten hen voor de rechters van de Circuit Court die door deze gebieden trokken om recht te spreken en deskundig juridisch advies te geven. De families sloegen terug op de enige manier die ze kenden, beantwoordden de gerechtigheid oog om oog, moordden en verminkten en stuurden gewonde mannen van de belastingdienst terug naar de stad. Vele jaren ging dit proces door, tot statistici met scherpe potloden en witte boorden bewezen dat deze zoek-en-vernietigmissies zinloos waren. Ze verloren evenveel mensen als ze arresteerden. Het geloof in de wet veranderde, de beschaafde wereld groeide om de territoria van de families heen en men was niet langer geïnteresseerd in wat er achter die grenzen gebeurde. De politie gaf niet zozeer toe dat ze verslagen waren, maar nam een houding van 'leven en laten leven' aan. Daardoor alleen al werden deze concessies in de aarde uitgesleten, als een pad gevormd door het passeren van vele voeten veeleer dan door een bewust besluit, en het territorium bleef het territorium, de wet die op deze mensen van toepassing was, wat het tegenovergestelde van alle wetten die elders bekend waren en nageleefd werden.

Ik ging dit land binnen met de hoeveelheid respect die normaal gesproken is voorbehouden aan de doden, maar ik begreep ook dat de doden niets konden waarnemen en daarom geen respect verdienden. Don Ceriano had met me over Antoine Feraud gesproken. Daddy Always noemde hij hem, want dat was de naam die men hem in deze contreien had gegeven. Hier de wet in eigen hand nemen was Feraud in de kaart spelen, en hij had een bijna autocratisch gezag. Zij die hem volgden, vertelde Don Ceriano me, volgden hem met eerbied. Zij die dat niet deden, liepen op het scherp van de snede tussen zijn barmhartigheid en zijn eigen vorm van brute en onverschillige gerechtigheid door.

Dicht bij de grens van Ferauds land lag een brug over een kleine zijrivier. Zijn grond liep tot zeker anderhalve kilometer van het grote koloniale huis dat al vele generaties in bezit van de familie was, en waar de moerassen begonnen hield de noodzaak zijn grenzen te bewaken op. Bij de brug stonden te allen tijde minstens twee van Ferauds mannen, lang, steevast lelijk, en ze droegen karabijnen of pompgeweren zonder het gevaar van illegaal wapenbezit. De politie was op de hoogte, en men begreep dat een man zijn land en zijn familie wilde beschermen, en er waren vergunningen verstrekt.

Het was 1962, maar hier had de tijd sinds de jaren dertig stilgestaan.

Op een middag, toen een dreigende regenbui de lucht donker kleurde alsof de avond al was gevallen, naderde ik de brug met een steeds heviger wordend gevoel van vertwijfeling. Ik wilde hier niet zijn, maar ik had geen keus. Naar Don Ceriano terugkeren zolang dit niet was afgehandeld, zou hetzelfde zijn als terugkeren als verrader. Er was werk te doen en als blijk van goed vertrouwen tussen Feraud en Ceriano was ik gestuurd om het te doen. Dit was mijn geboortegrond, een plaats waar ik getuige was geweest van de dood van mijn moeder, en hoewel mijn vader had geboet voor zijn daden, hoewel ik mijn eigen gerechtigheid had afgedwongen voor wat hij had gedaan, koesterde ik in het diepst van mijn hart nog altijd een herinnering aan deze plaats.

Bij de brug werd ik begroet door Ferauds mannen. Ze spraken een gebroken vorm van het Frans uit New Orleans en ze wezen me de weg naar het huis. Ik ging op pad tussen de weelderige stinkende ondergroei door, die overal op dit land opschoot als zich verspreidende zweren. Misschien was het stilstaande olieachtige water slecht; misschien liet het dikke bladerdek niet genoeg licht door; misschien zaten er te weinig stikstof en mineralen in de grond, want de bomen hier waren krom en knoestig en de takken die over de uitgesleten paden gluurden, waren net wenkende reumatische vingers, die opriepen tot wrede woorden en nog wredere daden. Als tussen deze bomen en struiken duisternis heerste, zou geen mens niet een zeker gevoel van onbehagen hebben, als de schaduwen zich opdrongen aan het gezicht, aan de handen, als het nog vochtiger werd en het zicht wazig was en beperkt tot vier of vijf meter. Jaren geleden was ik hier in de buurt geweest. Jaren geleden had ik een dode man hiernaartoe gebracht en zijn hoofd verbrijzeld onder het wiel van een auto. Ik kon me die tocht nog voor de geest halen, dunne straaltjes condens die sporen trekken over de autoraampjes, de geur van de moerassen, hoe heftig het allemaal was...

Ik wandelde naar Ferauds huis, aarzelde aan het begin van een brede, omgewoelde oprijlaan, waarvan de modder in richels was opgedroogd op plaatsen waar de banden van komende en gaande auto's de aarde in patronen van vooruitgang hadden gedraaid. Ik stond met mijn handen diep in de zakken van mijn jas. Ik was gespannen, er zat een knoop in mijn maag, en toen ik doorliep voelde ik mijn hart met elke stap iets sneller gaan slaan. Niet het vooruitzicht om Feraud te ontmoeten joeg me angst aan, noch dat wat hij me naar alle verwachting zou vragen, maar het feit dat deze omgeving – na al die jaren – nog gevoelens opwekte die ik niet begreep.

Voor de brede voorgevel van het huis stond een crèmekleurige personenauto geparkeerd. Het achterportier aan mijn kant was open en in de auto zat een oudere man een lange sigaar te roken. Op de veranda, die een houten balustrade had, wiegde een hangmat zacht heen en weer. Er zaten twee kleine donker gekleurde kinderen in die niets zeiden, die alleen maar naar me keken toen ik aan kwam lopen.

De man achter in de auto keek ook naar me, terwijl hij van tijd tot tijd een trekje van zijn sigaar nam en een fijne zilverkleurige rooksluier de donker wordende lucht in blies. Van de kant van Lake Borgne stak een windje op, de bomen bewogen mee met het luchtloze vacuüm dat werd gecreëerd, en het geluid van de cicaden doorbrak de statische stilte met een regelmaat die onnatuurlijk aandeed.

De holle galm van mijn voeten op de houten planken aan de voorkant van het huis, de hordeur die kraakte toen ik de deurknop pakte en hem opentrok, het gaas dat een fijn patroon van ruitjes op mijn huid wierp, het zweet dat uitbrak op mijn voorhoofd en onder in mijn buik een nerveuze spanning die daar zat als een akelig sluimerend iets.

In het huis rook het naar geroosterde pecannoten, vers geperst sinaasappelsap en, onder deze lichte aroma's, de bitterzoete scherpe geur van alcohol en sigarenrook, de wasem van oud leer en hout, de geesten uit de moerassen die binnendrongen in elke kamer, elke hal en gang.

Ik haalde mijn linkerhand uit mijn zak. Ik bleef doodstil staan. Ik hoorde achter uit het huis voetstappen naderbij komen en deed instinctief een stap achteruit.

Een huisbediende, een zeer oude creool met een gelaat als kromgetrokken, zongebleekt leer, verscheen uit een deur naast de trap. De onderste helft van zijn gezicht plooide zich in een brede grijns.

'Meneer Perez,' zei hij, met een stem als een zwaar zeer dat van ergens uit zijn botten kwam. 'Meneer Feraud verwacht u... Deze kant op.'

De oude man draaide zich om en ging de deur weer in. Ik liep achter hem aan en het geluid van mijn voetstappen weergalmde in drievoud door de enorme afmetingen van het huis.

We liepen minuten, leek het wel, en toen verscheen als uit het niets een deur in de zijmuur van de gang, en ik bleef staan terwijl de oude man hem opendeed en gebaarde dat ik naar binnen moest gaan.

Daar stond Feraud, onbeweeglijk. Hij keek naar buiten door de kamerhoge ramen die een hele wand van het vertrek besloegen, en toen hij zich omdraaide, draaide hij zich langzaam helemaal om, tot hij met zijn gezicht naar me toe stond.

Hij glimlachte. Hij was geen oude man, niet ouder dan veertig, vijfenveertig misschien, maar in zijn perkamenten huid waren rimpels geëtst die spraken van duizend jaar leven. Don Ceriano had me verteld dat deze man verantwoordelijk was voor veel moorden, mensen die waren doodgeschoten en opgehangen en gekeeld en verdronken in de kreken. Het kwam me voor dat deze man misschien ook verantwoordelijk was geweest voor de bokswedstrijden waaraan mijn vader had meegedaan; dat een man zoals hij niet alleen geld en invloed genoeg had om zulke dingen te organiseren, maar ook om een ongeluk dat een van de boksers kon overkomen af te handelen.

'Een man tot een mythe maken, bepaalt zijn status,' had Don Ceriano me voor mijn vertrek gezegd. 'Want ondanks de geruchten, waarvan sommige overdreven zijn, zijn er toch veel verhalen waar een kern van waarheid in zit. Feraud heeft zijn eigen vader vermoord toen hij dertien was – zijn keel doorgesneden met een scheermes, zijn tong eruit gesneden en in een handgemaakt paarlemoeren doosje naar zijn moeder gestuurd. Nadat zijn vader tot zwijgen was gebracht, werd Antoine Feraud de jonge Napoleon. Velen weigerden hem gehoorzaam te zijn, meer uit walging voor zijn genadeloze gebrek aan respect voor zijn voorvaderen dan vanwege zijn leeftijd, maar een paar voorbeelden deden de meningen omslaan. Feraud was vermaard om één onfeilbare eigenschap. Als je hem boos maakte, volgde je de raad op van de mensen die hem kenden: je verliet de county, de staat, het land zelfs, of je benam jezelf het leven. Tegen de tijd dat hij twintig was, werden al meer dan tien zelfmoorden aan Feraud toegeschreven, mensen die zichzelf kennelijk vanwege zijn misnoegen om het leven hadden gebracht. Beter snel sterven met een kogel in je hoofd dan de straf ondergaan die Feraud zou opleggen. Hij schoof de wet aan de kant en alles ging zoals hij zei. Hij schiep een territorium en binnen dat territorium was alles van hem en van hem alleen.'

'Meneer Perez, *venez ici...*' zei Feraud. Hij had een volle en diepe stem, die door de grote kamer galmde.

Ik stapte naar voren en vrees vulde mijn hart. Ik liep naar hem toe. Hij rook naar citroenen, naar een vage en hardnekkige geur, naar rook en oude armagnac.

'U komt van mijn vriend Don Ceriano,' zei Feraud. '*Il dit que vous avez un coeur de fer...* een hart van ijzer?'

Feraud deed een stap achteruit. Hij bracht zijn handen omhoog en legde ze op mijn schouders. Ik kon me niet bewegen, kon nauwelijks ademhalen, en toen loodste hij me kalm naar een hoge oorfauteuil voor het raam. Hij nam de stoel ernaast, liet zich er langzaam in zakken, trok zijn broekspijpen een stukje op voor hij ging zitten.

'Ik heb veel over Don Ceriano gehoord,' zei Feraud. 'Hij is een machtige man, een man van karakter, een deugdzame man. Hij heeft ambities en dromen, en dat is goed. Een man die geen dromen heeft is een lege huls. Hij denkt dat we kunnen samenwerken, dat we van nut kunnen zijn voor elkaar, en ik ben geneigd het met hem eens te zijn. Om een begin te maken met wat naar mijn overtuiging een wederzijds vruchtbare relatie zal worden, heeft hij me uw diensten aangeboden bij een kleine kwestie die moet worden opgelost. *Comprenez-vous?*'

Ik knikte. Ik was hier niet voor Feraud, maar voor Don Ceriano. Ik hoefde niets te begrijpen, alleen de details van wat er gedaan moest worden.

'Heel goed,' zei hij. 'We zullen hier dineren. U blijft bij ons logeren en dan zullen we morgen deze kwestie bespreken en kijken wat er gedaan moet worden.'

Het was de volgende dag laat in de middag toen Antoine Feraud Innocent stuurde om me van mijn kamer te halen. Ik liep nogmaals achter de oude creool aan door de gangen van het enorm grote huis en werd naar een kamer gebracht waar Feraud met een andere man stond te praten. Deze man was ongeveer van mijn leeftijd, ergens midden twintig, hoewel elke overeenkomst tussen ons daar ophield. Hij was geboren en getogen in Louisiana, niet het Louisiana van mijn vader en moeder, maar dat van het oude geld, het soort geld dat nooit iets tekortkwam en daarom geen benul had van zoiets als nooddruft.

Antoine Feraud stelde de man voor als Ducane, Charles Ducane, en toen hij mij de hand schudde, deed hij dat met het wereldwijze zelfvertrouwen dat mensen krijgen als er zo veel geld in de familie zit dat men alle problemen kan laten verdwijnen. Hij was een knappe man, misschien iets groter dan ik; hij had donker haar en zijn trekken leken op die van een adelaar. Naar mijn idee was het een man die wist dat alles te krijgen was met geld of geweld, maar toch zag ik aan zijn gezicht dat hij van geen van beide verstand had. Door zijn uiterlijk zou hij de aandacht van vrouwen trekken, maar het gebrek aan compassie achter dat uiterlijk zou hen uiteindelijk wegjagen. Door zijn positie en connecties zou hij compagnons en 'vrienden' krijgen, maar die mensen zouden alleen loyaal blijven zolang zijn positie gunstig was voor hun eigen doeleinden. Ik was daar omdat ik ervoor moest zorgen dat er iets verdween en de meeste mensen zouden mij als een gevaarlijk iemand hebben beschouwd, of op zijn minst als iemand om beducht voor te zijn, maar deze Charles Ducane scheen er geen nota van te nemen. Pas toen ik hem een tijdje had gadegeslagen, zag ik hoe hij in elkaar stak. Hij was een beetje onhandig in zijn doen en laten, en als hij sprak leek hij voor elk woord dat hij zei toestemming van Feraud te vragen. Feraud was de Duivel en deze man, deze jonge en onervaren man, was wellicht zijn acoliet. Ik veronderstelde dat ze een afspraak met elkaar hadden gemaakt, dat Feraud ervoor zou zorgen dat er een noodzakelijk iets werd gedaan en dat Ducane daarvoor voor altijd bij hem in het krijt zou staan. Charles Ducane wilde mensen vooral laten geloven dat hij belangrijk was, een speciaal iemand, maar eerlijk gezegd meende ik dat alles wat er gebeurde, alleen en uitsluitend omwille van Antoine Feraud zou plaatsvinden. Een faustiaans pact was gesmeed en hoewel het leek of Ducane in deze kwestie iets te zeggen had, was het Feraud die de werkelijkheid had gecreëerd.

Wij drieën – het hoofd van de familie Feraud, zijn vriend uit het New Orleans van het oude geld en ik, de gekke Cubaanse Amerikaan – zaten in een kamer die niet zo veel verschilde van die waar mijn eerste ontmoeting met Feraud had plaatsgehad. Feraud en ik zeiden bijna niets gedurende het hele gesprek, en Ducane sprak tegen mij alsof we dikke vrienden waren, dat altijd waren geweest en de rest van ons leven zouden blijven. Hij gedroeg zich alsof ik zijn wereld was binnengetreden, alsof mij een audientie met Lucifer was verleend waarvoor ik dankbaar moest zijn. Maar in werkelijkheid sprak Charles Ducane, zonder dat hij het wist, met Satan.

'Alle politiek is machiavellistisch,' begon hij, 'en waar vroeger voor territoriale indiscreties misschien concessies zouden zijn gedaan, is er nu sprake van een indiscretie die niet kan worden vergeven. Mijn familie heeft zeer veel bedrijven, zeer veel belangen overal in de staat, en achter die belangen zitten mensen wier reputatie nooit mag worden geschaad of bezoedeld en wier zakken zo vol dollars gestopt moeten worden, dat ze het gevoel krijgen dat ze niet meer nodig hebben. Begrijpt u, meneer Perez?'

Ik knikte. Ik had deze uiteenzetting niet nodig, alleen de naam, de plaats, de manier waarop de klus moest worden geklaard.

'Mijn vader heeft een fabriek waar voedsel wordt ingeblikt. Er is daar een manager, een man van weinig betekenis, maar zijn broer staat aan het hoofd van de vakbond, en de arbeiders zijn onrustig en geagiteerd. Dat is op zich niet zo belangrijk, maar het bedrijf wordt binnenkort verkocht en als er enig teken van onrust in de gelederen is, zou de verkoop wel eens niet door kunnen gaan. De vakbondsman is de stem van de arbeiders, hij is hun leidende kracht, en met een paar woorden kan hij die mensen op de barricaden krijgen en deze overeenkomst opblazen. We zijn niet geïnteresseerd in de vakbond. Ze kunnen tot aan het einde der dagen met elkaar op de vuist gaan zodra de fabriek is verkocht, maar de komende twee weken kunnen we alleen rust, volgzaamheid en noeste arbeid gebruiken.'

Charles Ducane, een jonge man, een man aan wie wellicht door zijn vader was gevraagd 'deze kleine kwestie op te lossen', leunde achterover in de diepe leren leunstoel en slaakte een zucht.

'De vakbondsman raken we niet aan. Hij valt te veel op. We hebben met hem gesproken, maar hij heeft een harde kop. Hij heeft geen vrouw, geen kinderen, dus zijn naaste familie is zijn broer, de manager. Vanavond, iets na negenen, zal de manager een jonge vrouw meenemen naar een motel aan de snelweg, hier zo'n zeven kilometer vandaan, en hij zal daar overnachten. Er moet een boodschap naar de vakbondsman worden gestuurd, een boodschap die hij niet verkeerd zal begrijpen, en hoe dat wordt gedaan maakt ons niet uit. Niets mag in de richting van mij of mijn familie wijzen. We moeten de indruk wekken dat een of andere idioot het heeft gedaan, een zwerver, of een opportunistische dief misschien, en we moeten ervoor zorgen dat de boodschap luid en duidelijk wordt ontvangen. De boodschap moet ondubbelzinnig maar onherleidbaar zijn, begrijpt u, meneer Perez?'

'De naam van het motel?' vroeg ik.

'Het Shell Beach Motel,' zei Ducane. Hij was een moment stil en haalde toen een zwart-witfoto uit zijn binnenzak. Hij overhandigde hem aan mij. Ik bestudeerde het gezicht van de man en gaf de foto terug aan Ducane.

Ducane glimlachte; hij richtte zijn blik op Feraud. Feraud knikte alsof hij een pauselijke aflaat verleende.

Ik meende op dat moment dat ik begreep wat er gaande was. Ducane, of zijn familie misschien, wilde die man dood hebben. Ze konden hem niet zelf ombrengen, dat was een te groot risico, maar het opvallende was dat Feraud er kennelijk zijn goedkeuring aan moest hechten. Hoe belangrijk hij zichzelf ook vond, Ducane was gestuurd als onderhandelaar. Ik vroeg me af welke prijs deze mensen hadden moeten betalen om hun verzoek om een executie ingewilligd te krijgen.

Feraud keek me aan. 'Nog vragen?'

Ik schudde mijn hoofd. 'Nee, het komt voor elkaar.'

Ducane glimlachte en stond op. Hij schudde Antoine Feraud en daarna mij de hand. Hij zei iets in het Frans tegen Feraud wat ik niet verstond, en Feraud lachte.

Hij keek nog één keer naar mij, en op dat moment zag ik de angst duidelijk in zijn ogen staan, en daarna liep hij naar de deur. Innocent verscheen en liep met hem mee naar de voorkant van het huis.

'Dit is zeer belangrijk,' zei Feraud zodra Ducane was verdwenen.

'Dat begrijp ik,' antwoordde ik.

Feraud glimlachte. 'Je geeft niets om bijzonderheden, wel, Ernesto Perez?'

Ik fronste.

'De waaroms en waarvoors van al die dingen waarmee we te maken hebben.'

'Ik stel vragen als ik iets te vragen heb, en zo niet dan hou ik mijn gedachten voor me.'

'En zo hoort het ook,' zei Feraud. 'Nu gaan we eten, en als we klaar zijn, ga je die klus doen. Daarna ga je terug naar Don Ceriano en zeg je tegen hem dat hij en ik zaken gaan doen.'

Het was benauwd, de lucht was zwaar van de geur van groeiend groen. Daarbuiten was ik alleen. Daarbuiten drukte de hemel tussen de dikke overhangende takken van de bomen op me neer en tussen het gebladerte door kon ik de sterren zien die me stil gadesloegen.

Links van me liep de snelweg in een rechte lijn terug naar Chalmette en het Arabi District en zo nu en dan drong het flauwe zoemgeluid van een reiziger tot me door. Van waar ik in de modder lag, onder het enkeldiepe water dat aan mijn huid bleef hangen, kon ik het vage schijnsel van lampen in de verte zien. Ik verroerde me een tijdje niet en toen stond ik langzaam op en kleedde ik me helemaal uit. Ik werd één met alles om me heen; ik werd werkelijk, naadloos onzichtbaar. Ik bleef een moment in de zwoele hitte van de nacht staan en toen liet ik me snel terugglijden en verdween in de stilte en duisternis van de moerassen. Soms ging ik onder, als ik door de bedding van een stilstaande rivier liep, en dan kwam ik weer boven, met mijn haar tegen mijn schedel geplakt, mijn ogen wit tegen het zwart van mijn gezicht. Om me heen strekten de bomen hun wortels uit door de zachte en vergevingsgezinde aarde, kropen met hun knoestige vingers naar het van wier vergeven water alsof ze wilden voelen hoe warm het was, en overal, in elke ademtocht, was de geur van rotting, de sterke lucht van een stervend land – inheemse, diepgewortelde, met slijm bedekte stammen die langzaam verpulverden, en uit de mulch van hun stinkende graf zou een nieuw land worden geboren. Op de grond lag een dikke laag van deze vruchtvliesbrij, de arbeid van leven dat trachtte te ontsnappen, en de stank was bedwelmend en verlammend, alsof je high was van iets doods.

Soms knielde ik een moment neer, het gevoel van planten tussen mijn benen, en dan leunde ik achterover, met mijn hoofd weggedraaid van mijn lichaam, en sloot ik mijn ogen. Ik rook een branderige lucht, iets als benzine, olie, cordiet, hout. Ik rook benzine op mijn huid, zag de kleuren die opkwamen en zich over mijn armen, mijn borst verspreidden. Ik stelde me voor hoe mijn gezicht eruitzag in donkere regenboogkleuren, zwart geworden rond de neus en kin en daarboven angstaanjagend schril de witte ogen. Ik ontblootte mijn tanden en vroeg me af hoe sterk ik op een nachtmerrie leek. Ik glimlachte, dook in elkaar en kroop terug naar het water en liet me in de viezigheid zakken.

Ik liep anderhalve kilometer, misschien meer, en boven mijn hoofd volgden de sterren me het hele eind. Ze waren getuige, ze vernamen, maar ze oordeelden niet. Ze zagen ons allemaal als kinderen, omdat wij vergeleken met hen in een korte oogwenk kwamen en gingen, en als ik dat begreep, begreep ik dat wij allemaal waarlijk niets waren. Niets deed ertoe. Niets was van enig belang vergeleken daarmee. Niets betekende nog iets.

Uiteindelijk werd ik moe en liggend tegen de oever van een gezwollen zijrivier, met het dompige en stinkende water kabbelend over mijn borst, sloot ik mijn ogen om uit te rusten. Na ongeveer een uur stond ik weer op en begon in de richting van de snelweg te lopen.

Voor me zag ik lichten. Vanbinnen begon iets te borrelen, iets van opwinding, iets ondefinieerbaars, en ik ging rechtop staan tussen de bomen en keek. Een auto draaide de snelweg af en reed langzaam het terrein voor de in een halve cirkel gebouwde huisjes op. Een motel. Licht uit een huisje. Mensen. Mijn hart klopte prachtig, had nooit beter gewerkt, en ik begreep dat de sterren van me hielden, dat de aarde van me hield, dat alles van me hield, want dat was ik, nietwaar? Ik wás alles.

Weer liet ik me op handen en knieën zakken en van de plek waar ik verborgen zat tussen het klamme en vochtige hout, ging ik door de ondergroei op weg naar de lichten. Ik was één met de duisternis. Ik werd niet gezien, niet gehoord, niet gekend. Ik was alles en niets. Mijn gedachten waren hol en gewichtsloos, en ze draaiden rond in onzichtbare cirkels, almaar rond binnen de grenzen van een onbeperkt en empathisch gemoed. Geesten, snapt u. Ik waarde rond in de wereld.

Ik kwam aan de rand van de weg. Ik hurkte stil neer. Ik hield mijn adem in. Er was niets daarbuiten, niets, alleen de lichten en ik, en ik sloop over het asfalt van de snelweg. Het leek of mijn voeten de grond niet raakten. Ik was perfect. Meer dan perfect. Ik wás iemand.

Er waren twaalf huisjes, vijf verlicht, zeven donker. Ik stond binnen spreekafstand van het eerste, maar ik zei niets. Er viel niets te zeggen.

In mijn hand had ik een mes. Ik had het de hele tijd vastgehouden zonder erbij na te denken, alsof het een natuurlijk aanhangsel van mijn arm was. Het lemmet was zwart geworden van de modder en de viezigheid en toen ik het tussen mijn vingers schoonveegde, draaide ik het om onder het licht van de neonreclame. Het schitterde prachtig, met kleuren als benzine op water – indigo, paars, blauw, nogmaals indigo.

Ik sloop door de schaduwen die aan de muren van het huisje kleefden. Ik begaf me voorzichtig naar de achterdeur, liet me op mijn hurken zakken onder het raam en gluurde over de rand.

Mensen die ik niet herkende.

Ik slipte weg, sloop opnieuw tussen de huisjes alsof ik zelf een schaduw was.

Ik vond hen in het vierde huisje waar licht brandde.

Ik kroop naar de achterkant van het lage gebouwtje en leunde tegen de muur. Ik liet de rand van het mes tussen de klink en de slotplaat van de achterdeur glijden. Ik hoorde de klik van het metaal toen het achteruit schoof. De deur ging moeiteloos open en ik sloop glijdend als lucht, als vuur in slow motion, de kamer in.

De vrouw lag te slapen op het bed. Haar geblondeerde haar lag uitgespreid op het kussen. Haar hand was onder de lakens uit gegleden, bungelde over de rand van het matras alsof ze was vergeten dat hij van haar was.

Het rook naar seks in de kamer, en ik ademde de bittere geur van sterke drank vermengd met de rauwe stank van zweet in. Ik boog me iets naar voren toen ze uitademde. Ik kon hem horen. Hij praatte tegen zichzelf, mompelde iets onverstaanbaars terwijl hij in de deuropening van de badkamer naar haar stond te kijken. Ik wachtte tot hij het licht in de badkamer uitdeed, zijn badjas uittrok en naast haar onder de lakens gleed. Ze draaide zich naar hem toe, naar mij toe, en in het flikkerende licht van de neonreclame door de dunne gordijnen zag ik dat haar mascara was uitgelopen, dat haar haar door de war zat, donkere wortels die uit de huid van haar schedel kropen en alles verklapten.

Ik keek naar deze onbetekenende mensen en ik dacht aan de naam van de man, aan zijn leeftijd, waar hij vandaan kwam, waar de wereld dacht dat hij was. Er was hier niemand behalve mensen die niets te betekenen hadden, niets van enig belang zeiden, naar zichzelf luisterden als ze spraken alsof ze de enige stem in het universum bezaten. Ze waren gadegeslagen, vanaf het moment van hun ontstaan, door de sterren. Ze wisten het niet. Ik wist het.

Ik leunde naar achteren. Ik glimlachte. Met mijn linkerhand pakte ik mijn stijve vast, met mijn rechterhand het mes, en daarna sloop ik op handen en voeten over de vloer naar de rand van het bed. Ik lag recht onder de man. Als hij zijn hand had uitgestoken, had hij me kunnen aanraken, maar hij hoorde niets. Ik stond langzaam op, alsof ik uit het tapijt groeide, en toen hief ik het mes en hield het een halve meter boven zijn hart. Ik stak toe, zette mijn hele gewicht erachter, voelde het mes naar binnen gaan, en toen stootte ik met meer kracht dan zelfs ik meende dat ik bezat, dat mes er helemaal in. Ik voelde het door vlees en kraakbeen en spieren glijden. Ik voelde het tegen de achterkant van zijn ribbenkast tot stilstand komen.

Het geluid van zijn lippen was bijna niets.

Ze werd niet wakker.

Ik fronste en vroeg me af hoeveel ze had gedronken voor ze op bed ging liggen. De man was dood. Het bloed liep als een zwart riviertje over zijn borst. In dat soort licht kreeg bloed de kleur van ruwe olie. Ik raakte het aan met mijn vingertoppen. Ik hief mijn hoofd, en voorzichtig naar voren leunend tekende ik een kruis op het voorhoofd van de vrouw. Ze ging verliggen en mompelde iets. Ik legde mijn vinger op haar lippen. Ze mompelde opnieuw iets, het klonk als een naam, maar ik hoorde het niet duidelijk.

'Hè?' fluisterde ik. 'Wat zei je, lieverd?'

Ze mompelde opnieuw iets, een ademloos gefluister, zachte malle-praat.

Ik rolde de man over de rand van het bed op de vloer. Zonder enig geluid liet ik hem op de grond zakken en toen ging ik liggen waar hij had gelegen. De lakens waren warm, het matras doortrokken van de hitte van zijn lichaam. Ik voelde de klammigheid, rook de rauwe aardsheid van wat hier was gebeurd voor mijn komst, en ik bewoog mijn hand naar bene-den en liet hem over haar buik glijden, over haar volumineuze zware bor-sten, omlaag over haar navel en tussen haar benen. Ik haalde mijn vingers door haar schaamhaar, ze glimlachte in haar slaap, haar lippen weken licht uiteen, haar oogleden knipperden, en toen op het moment dat ze sprak, voelde ik mijn hart bonzen in mijn borst. Ik voelde hoe de emotie en kracht van dat moment me naar de keel grepen.

Ik schoof tegen haar aan, terwijl ik me bewust was van de viezigheid die op mijn huid was opgedroogd, de geur van de moerassen, het zweet dat ik had verloren in de kilometers die ik hiernaartoe had gelopen.

Ik dacht aan de dode man die naast ons op de vloer lag. Ik dacht aan de redenen die Feraud en Ducane hadden om hem te laten ombrengen. Redenen waren onbelangrijk. Redenen waren historie.

Misschien kwam het door dergelijke gedachten dat ze wakker werd. Vreemde gedachten. Onbekende sensaties toen ze haar handen uitstak en me aanraakte, aan mijn buik, mijn benen voelde, de herinnering aan iets dat ze daar had aangetroffen dat haar ooit snakkend naar adem, schreeuwend van genot buiten zinnen had gebracht.

Ze opende haar ogen.

Ik ook.

Haar ogen waren dik van de slaap, bloeddoorlopen en ze stonden wazig.

De mijne staken schril, fonkelend wit af tegen het zwart van mijn gezicht. Ik zag eruit als een nachtmerrie.

Ze opende haar mond om te schreeuwen en met één hand duwde ik haar kaken op elkaar. Terwijl ik mijn andere hand op haar keel legde, rolde ik boven op haar. Ik voelde hoe mijn stijve tegen haar buik drukte. Ze verzette zich, ze was zwaar, sterk bijna, en het duurde even voor ik bij haar naar binnen kon dringen. Ik stootte hard. Ik deed haar pijn. Haar ogen werden groot, en op hetzelfde moment dat ze voelde hoe ik opnieuw diep bij haar naar binnen stootte, op hetzelfde moment dat ze naar lucht hapte, zag ze aan de uitdrukking in mijn ogen dat ze ging sterven. Mijn hand klemde zich meedogenloos om haar keel. En toen was het net of ze zich erbij neerlegde. Het leek of ze stil werd vanbinnen, en hoewel ik wist dat ze nog leefde, was er niets meer over in haar waarmee ze zich kon verzetten. Ik stootte weer, weer, weer, en toen bespeurde ik het moment dat haar leven onder haar bezweek. Ik liet haar keel los. Ze lag roerloos en stil. Ik stootte nog een laatste keer, en toen ik klaarkwam kuste ik haar hard en vol op de mond.

Ik bleef daar een tijdje liggen. Er was geen reden tot haast. De plaats waar ik heen ging zou eeuwig wachten, leek het. Ik speelde met haar geblondeerde krullen. Haar ogen waren open. Ik deed ze dicht. Ik kuste haar oogleden een voor een. Haar mond stond open, snakte naar lucht die nu nooit meer zou komen. Ik ging tegen haar aan liggen, voelde haar warmte verflauwen, voelde de zachtheid van haar vlees koud en stijf worden, en na een uur, misschien iets langer, rees ik op uit het bed als een knokige boom en liep op blote voeten naar de badkamer.

Ik nam een douche, boende de modder van mijn huid. Ik waste mijn haar met shampoo uit een fles met het opschrift *Compliments of the Shell Beach Motel*. Ik zeepte mezelf in met een klein ivoorkleurig tablet dat naar kinderen en schone badkamers rook. Ik stond met mijn gezicht omhoog en mijn ogen dicht onder het stromende water, en ik zong een liedje dat ik me van jaren geleden herinnerde.

Ik droogde mezelf af met schone handdoeken, trok langzaam de kleding van de man aan, zoals ik ook gedaan had nadat Pietro Silvino was gestorven. De kleren waren groot. Ik sloeg de broekspijpen om, liet het bovenste knoopje van het overhemd open en deed zijn das niet om. Zijn schoenen waren twee of drie maten te groot, dus stopte ik de zijden kousen van de vrouw voor in de punten. Het jasje was breed bij de schouders, viel ruim in het middel, en toen ik voor de kleine door weer aangetaste spiegel stond, zag ik eruit als een kind dat de kleren van zijn vader had aangetrokken.

Ach wat, we waren allemaal kinderen onder de sterren.

Ik glimlachte.

Niets deed er nog toe.

Ik bleef een minuut in de deuropening van het huisje staan. Ik ademde de zwoele lucht in, de rauwe aardse atmosfeer, en toen zoog ik nogmaals de lucht naar binnen en de hele wereld kwam mee.

Ik pakte de sigarettenaansteker van de man uit de zak van zijn colbert. Ik liep naar het bed. Het kleine vlammetje dat van de rand van het beddenlaken naar de met armen en benen wijd liggende gedaante van de vrouw begon te klimmen, zag eruit als een geest. Ik bleef staan kijken tot het geluid van brandend katoen hoorbaar was in de stilte. Ik leunde opzij, stak de onderkant van het gordijn aan. Het huisje bestond alleen maar uit hout en verf en vilt. Het zou goed branden in een warme windstille nacht als deze.

Ik sloot mijn ogen.

Het verleden was voorbij.

Dit was de toekomst.

Ik droomde mijn dromen, ik beleefde mijn nachtmerries, en soms koos ik iemand uit om een tijdje te blijven.

Ik verliet het huisje en keek niet achterom. Ik wandelde naar de snelweg, met de sterren boven mijn hoofd, de stilte in mijn oren.

Het nieuws was me al vooruitgesneld naar Don Ceriano. Hij verwelkomde me als een verloren zoon. Er werd veel gedronken en gepraat. Daarna sliep ik bijna een hele dag en toen ik wakker werd, vertelde Don Ceriano me dat Antoine Feraud en hij met elkaar samenwerkten precies zoals hij had gepland.

'Wat je ook gedaan hebt,' zei hij, 'het was goed en ik ben je er dankbaar voor.' Don Ceriano glimlachte en greep me bij de schouder. 'Hoewel je die mensen een beetje bang hebt gemaakt, geloof ik.'

Ik keek hem aan en fronste.

Ceriano schudde zijn hoofd. 'Misschien zijn ze het niet gewend dat dingen zo snel en met zo weinig ophef worden opgelost. Ik denk dat Antoine Feraud en zijn vriend... Hoe heette hij ook alweer?'

'Ducane,' zei ik. 'Charles Ducane.'

'Ja, ja... Ik denk dat ze bang zijn dat jij 's nachts bij ze op bezoek zult komen als ze mij belazeren, hm?' Hij lachte hard. 'Nu kennen ze je naam, Ernesto, en ze zullen je niet boos willen maken.'

Ik hoorde de naam Antoine Feraud enige tijd niet meer, niet direct. Ik deed wat mij werd gevraagd. Ik bleef bij Don Ceriano in het huis in Miami en van daaruit zag ik hoe de wereld weer een jaar doormaakte.

De herfst van 1963 staat me nog zeer helder voor de geest. Ik herinner me gesprekken die tot in de vroege uurtjes van de ochtend duurden. Ik herinner me de namen van Luciano en Lansky, van Robert Maheu, Sam Giancana en Johnny Roselli. Ik weet nog dat ik het idee had dat er buiten die muren dingen waren die van grotere betekenis waren dan wij allemaal bij elkaar.

In september van dat jaar maakte een zekere Joseph Valachi de belangrijkste namen uit de georganiseerde misdaad bekend aan de commissie van de senaat. Don Ceriano sprak over de vader van Jack Kennedy, dat hij goede maatjes met de families was geweest, dat Jack Kennedy in het Witte Huis was gekomen met geld van de families in ruil voor de belofte dat er concessies en vergunningen zouden worden verleend voor New York, voor Vegas, voor Florida en de andere bolwerken van de families. Toen Kennedy eenmaal in het Witte Huis zat, had hij zich echter niet aan zijn belofte gehouden en samen met zijn broer Bobby aangekondigd dat ze van plan waren de families uit alle illegale ondernemingen en misdadige organisaties in het hele land te verdrijven.

'We moeten iets doen,' zei Don Ceriano op een dag tegen me, en dat was na de getuigenverklaring van Valachi, en door de manier waarop hij het zei, kreeg ik het gevoel dat er al iets was gedaan.

Op 22 november besefte ik wat er was gedaan. Ik veronderstelde dat de familie niet alleen met de rijke Cubaanse ballingen in Amerika, maar ook met de grote concerns die voor de Vietnamese oorlog betaalden onder één hoedje had gespeeld. Het was ironisch, in mijn ogen althans, dat de enige rechtszaak die ooit vanwege de moord op Kennedy tegen iemand werd aangespannen, plaatsvond in New Orleans: het proces van Clay Shaw onder leiding van openbare aanklager Garrison.

Ik stelde geen vragen. Wie Jack Kennedy had vermoord en waarom, was voor mij van geen enkel belang.

Op 24 november schoot Jack Ruby, een man die ik van naam en van gezicht kende, een man die in de drie maanden daarvoor alleen al minstens drie of vier keer in het huis van Ceriano was geweest, Lee Harvey Oswald op televisie dood.

'Acht kogels,' zei Don Ceriano later tegen me. 'Ze hebben daar op Dealey Plaza in totaal acht kogels gevonden en niet één daarvan had dezelfde spiraalgroeven als het wapen waarmee Oswald zogenaamd zou hebben geschoten.' En daarop lachte hij en zei hij iets in het Italiaans, en vervolgens zei hij *Chi se ne frega!* en lachte nogmaals.

Het was alsof ik een pas achteruit had gedaan om te kijken hoe de wereld zich in de daaropvolgende jaren overgaf aan gekte. Ik was in Miami. Het weer was goed, de meisjes waren mooi en ik had al het geld dat ik nodig had. Van tijd tot tijd riep Don Ceriano me bij zich en dan trok ik met een naam, een gezicht de wereld in om te doen wat van me werd gevraagd. Soms waren het Italianen, soms Amerikanen, zelfs Cubanen en Mexicanen. Miami was een kosmopolitische stad en ik had geen vooroordelen als het om het doden van een man ging.

In het begin van 1965 hoorde ik weer nieuws over Che Guevara. Hij had Cuba verlaten om in Latijns-Amerika guerrillagroepen op te zetten. Een paar maanden later zou ik een foto van hem zien waarop hij dood was. Hij zag er niet anders uit dan wie ook. Castro zwaaide nog altijd de scepter op Cuba, maar dat kon me niet schelen. Cuba was mijn land niet en ik nam aan dat het dat ook nooit meer zou worden. Amerika was een drug en ik was verslaafd.

Ik was negenentwintig jaar oud toen Richard Nixon zei dat hij zich kandidaat zou stellen voor de presidentsverkiezingen. Op dezelfde dag doodde ik een zekere Chester Wintergreen. Ik wurgde hem met een stuk staaldraad in een steegje achter een biljarthal. Ik kan me niet meer herinneren waarom hij stierf, en het is nu ook niet belangrijk.

In maart verklaarde Robert Kennedy, dezelfde man die had bekokstoofd dat de afspraken tussen zijn vader en de hoofden van de families werden teruggedraaid, dat hij zich kandidaat zou stellen voor de presidentsverkiezingen.

Don Ceriano sprak met me over deze man, dat hij de eerste minister van Justitie van de Verenigde Staten was die een serieuze poging had gedaan de invloed van de families in de georganiseerde misdaad en de vakbonden te ondermijnen. Hij had het over een zekere Harry Anslinger, die hij 'Asslicker' noemde, het voormalige hoofd van Narcotics, en dat Anslinger ervan overtuigd was dat Robert Kennedy de families zou blijven dwarszitten tot ze geruïneerd waren.

'Asslicker spreekt over Robert Kennedy alsof hij krankzinnig is,' zei Don Ceriano. 'Hij zegt dat Kennedy van die vergaderingen houdt, en terwijl vroegere ministers van Justitie het idee hadden dat hun taak erop zat als ze alleen maar de aandacht op de families hadden gevestigd, gaat Kennedy de hele lijst langs en noemt een voor een alle belangrijke personen in de georganiseerde misdaad op en vraagt de relevante functionarissen of ze al ten val kunnen worden gebracht en welke vooruitgang er is geboekt. Asslicker denkt er niet hetzelfde over als Hoover. Hoover zou altijd de partijlijn volgen, tegen de pers en de overheid vertellen dat er niet zoiets als de maffia bestond, maar na de Apalachin-conferentie in '57 moest hij een toontje lager zingen.'

Robert Kennedy won vervolgens de eerste voorverkiezing in Indiana en de tweede in Nebraska. In juni, na vergelijkbare bijeenkomsten in vergelijkbare huizen met vergelijkbare groepen als die in de herfst van '63, werd Robert Kennedy doodgeschoten in het Hotel Ambassador in Los Angeles nadat hij de Democratische voorverkiezing in Californië had gewonnen. Het Kennedy-tijdperk was voorbij, het Nixon-tijdperk stond op het punt van beginnen, en Don Ceriano – met in zijn gezelschap Jimmy the Aspirin, Slapsie Maxie Vaccorini en anderen die inmiddels deel uitmaakten van het Alcatraz Swimming Team – tja, Don Ceriano besloot dat het tijd was voor verandering.

'We gaan naar Vegas,' vertelde hij me in juli 1968, 'waar het geld als regen op je neervalt, waar de meisjes altijd mooi blijven en waar mensen zoals wij de regels niet kunnen overtreden omdat we ze zelf hebben gemaakt. En als er iemand klaagt, ach, *chi se ne frega*, want we hebben tenslotte Ernesto om de boel te regelen, nietwaar?'

Ik knikte. Ik glimlachte. Ik voelde me stiekem belangrijk.

We gingen niet met de auto. We gingen naar het vliegveld in Tampa en namen het vliegtuig. De auto, de Mercury Turnpike Cruiser, die ooit van Pietro Silvino was geweest, werd ondergebracht in een garage die eigendom was van de familie. Hij zou daar zo lang als nodig was blijven staan. Ik had toentertijd geen idee dat het meer dan dertig jaar zou duren voor ik hem weer zou zien.

Ik zou Don Ceriano naar het einde van de wereld volgen, en Las Vegas... Ach, Las Vegas was maar half zo ver.

14

Aanvankelijk hadden ze het alleen maar over Charles Ducane, dat de huidige gouverneur van Louisiana al die jaren geleden mogelijk de hand had gehad in de opdracht voor de brute moord op twee mensen.

Schaeffer waarschuwde Woodroffe en Hartmann, waarschuwde hen vooral niets buiten de muren van het FBI-gebouw te zeggen, maar hij uitte ook zijn twijfels over het waarheidsgehalte van de informatie die Perez had gegeven.

'Die man is een moordenaar... En dat niet alleen. Het is een psychopaat, een godvergeten homofobe moordmachine,' zei Schaeffer, en er klonk meer venijn en boosheid door in zijn stem dan Hartmann ooit eerder had gehoord.

'Maar hij weet het allemaal wel,' zei Woodroffe. 'Hij weet van Ducane –'

'En hij weet wie Kennedy heeft vermoord,' zei Hartmann, en later zou hij denken dat hij dat alleen had gezegd om het hele gebeuren nog ingewikkelder te maken.

'Ah, rot toch op, man!' beet Schaeffer hem toe, en de stemming daalde onder het vriespunt, en iedereen was geprikkeld, en het had er alle schijn van dat één verkeerd woord zou volstaan om de boel in duigen te laten vallen.

'Waarom niet?' zei Woodroffe. 'Iemand weet wie Kennedy heeft vermoord... Waarom onze man niet?'

'Ja,' hernam Hartmann. 'Perez weet wie John F. Kennedy heeft vermoord.'

Schaeffer stond op van zijn stoel. 'Basta!' snauwde hij. 'Nou is het genoeg. We houden ons bezig met het heden, de feiten... We houden ons bezig met de ontvoering van Catherine Ducane. We houden ons alleen bezig met die dingen die rechtstreeks in verband staan met het lot van Catherine Ducane.'

Hartmann en Woodroffe wierpen elkaar een blik toe en keken daarna naar Schaeffer. Er werd iets niet uitgesproken tussen hen drieën: de wetenschap dat Ducane hier net zo veel mee te maken had als Perez zelf, de gedachte dat er, zolang niemand uit de hogere regionen daar een stokje voor stak, een diepgaand onderzoek naar Ducane zou worden ingesteld zodra zijn dochter was gevonden...

Het was er. Niemand zei iets. Het hoefde niet te worden gezegd.

'Ik wil geen woord meer horen over Charles Ducane en wat hij misschien wel of niet heeft gedaan, of waar hij god mag weten hoe lang geleden de hand in heeft gehad,' zei Schaeffer, 'en ik wil zeker niets horen over John Kennedy en Marilyn Monroe of wie dan ook, begrepen?'

Hij keek zowel Hartmann als Woodroffe boos aan. Ze protesteerden geen van beiden.

'En kan iemand dan nu Kubis gaan halen?' zei Schaeffer knarsetandend en met gebalde vuisten.

Woodroffe stond op en verliet de kamer.

Kort daarna stond Kubis bij het bureau.

'Precies,' zei Schaeffer. 'Wat heeft hij precies gezegd?'

Kubis keek omlaag naar de stapel papier in zijn hand. Hij schraapte zijn keel. 'De weg is lang, meneer Hartmann, en zij bevindt zich al aan het einde. We spelen dit spel zoals ik wil dat het gespeeld wordt. We houden ons aan mijn regels... dan zal het meisje Ducane misschien, heel misschien het daglicht weerzien,' zei Kubis.

Schaeffer draaide zich om naar de afdeling en riep om Sheldon Ross.

Ross verscheen vrijwel ogenblikkelijk.

'Ross, haal een kaart van New Orleans voor me, iets waar alle wegen en snelwegen opstaan. En dan bedoel ik ook elke weg en elke godvergeten snelweg die de stad in, door en uit loopt.'

Ross knikte en verdween.

'Denk je dat hij ons stiekem toch iets heeft verteld?' zei Woodroffe.

Schaeffer haalde zijn schouders op. 'God mag het weten. Naar mijn idee is het een man die nooit iets zomaar zegt. Eerst zegt hij dat niemand haar kan horen, ook niet als ze voortdurend op haar allerhardst schreeuwt, en daarna zegt hij dit, dat de weg lang is en dat zij zich aan het einde bevindt, en dat ze misschien het daglicht zal weerzien als we ons aan zijn regels houden.'

'Begraven?' vroeg Hartmann. 'Denk je dat hij haar ergens onder de grond heeft verborgen?'

'Kan ook gewoon een manier van formuleren zijn,' zei Woodroffe.

'Dat zoeken we uit,' zei Schaeffer. 'Wat het ook is, we zoeken het uit.'

Ross kwam terug met een kaart in zijn hand die hij aan Schaeffer overhandigde. Schaeffer spreidde de kaart uit op de tafel, haalde een pen uit de borstzak van zijn overhemd en begon het netwerk van lijntjes dat alle wegen van en naar New Orleans voorstelde nauwkeurig te bestuderen.

'Waar leid je uit af dat ze überhaupt in de staat is?' vroeg Hartmann.

Schaeffer wuifde zijn vraag weg als zijnde onbelangrijk. Hij was met iets bezig en hij zou zich niet laten afleiden.

'Schrijf op,' zei Schaeffer tegen Woodroffe, en Woodroffe pakte een vel papier, hield zijn pen in de aanslag en wachtte tot Schaeffer begon.

'Van waar wij zitten, gaan we naar het noorden,' zei Schaeffer. 'Dan heb je Highway 18, die gaat dwars door Mid City, wordt Pontchartrain Boulevard en loopt helemaal naar Lakeshore West. Hij kruist Highway 10, die naar het westen loopt naar Metairie. In het zuidoosten heb je Pontchartrain Expressway naar de Greater New Orleans Bridge, die de rivier oversteekt naar Algiers en McDonoghville. In het oosten heb je Florida Avenue. In het zuiden Claiborne Avenue die dan omhoogdraait naar Carrollton, maar je moet het hele gebied door de universiteitswijk tot aan Audubon Park meenemen. Dat is vijf zones in totaal.'

Schaeffer keek op naar Woodroffe. 'Heb je dat?'

Woodroffe knikte.

'En hoeveel mensen hebben we in totaal?'

'Vijftig, zestig misschien als het echt nodig is,' antwoordde Woodroffe.

'Deel ze op in gelijke groepen, tien tot twaalf man per eenheid. Laat ze in tweetallen werken. Verdeel die vijf zones in stukken van gelijke grootte en breng alles in kaart, alle wegen en snelwegen, alle onverharde paden en voetpaden die in de richting van de Mississippi of Lake Pontchartrain lopen, alle wegen waarlangs je uiteindelijk aan de waterkant komt waar het land ophoudt. Laat ze die routes rijden, elk leeg huis, elk motel en elk chauffeurscafé controleren, alles wat je zou kunnen opvatten als het einde van de weg zogezegd. En zeg dat ze in kelders en bijgebouwen kijken, in alles wat eruitziet alsof er ook een deel onder de grond zit.'

'Denk je echt…' begon Hartmann, maar hij viel midden in zijn zin stil toen Schaeffer een waarschuwende hand opstak.

Er heerste een moment een gespannen stilte terwijl Schaeffer eerst naar Hartmann en vervolgens naar Woodroffe keek.

'Ja, Hartmann. Wat je ook wilde gaan zeggen, ja. Jij krijgt geen telefoontjes van de directeur van de FBI, die mij maar al te graag vertelt wat gouverneur Ducane hem uur na uur vertelt. Jij hoeft aan het einde van iedere dienst van zes uur geen rapporten in te dienen met een uitgebreide beschrijving van wat we nu eigenlijk doen. Niet wat we overwegen te doen, maar wat we feitelijk doen. Als jij de telefoontjes wilt beantwoorden, als jij je wilt verantwoorden, dan mag je van mij met een beter plan komen. Naar mijn idee kunnen we in deze situatie twee dingen doen: wachten tot Perez ons iets vertelt, of proactief optreden.'

Schaeffer keek hen nogmaals om de beurt aan en voegde er toen aan toe: 'Dus zeg het maar, zijn er nog vragen, of gaan we iets nuttigs doen?'

'We gaan aan de slag,' zei Woodroffe en hij stond op.

Hartmann knikte en leunde achterover.

'Mooi. Afgelopen met het geklooi,' zei Schaeffer. Hij stond ook op en voor hij bij de tafel wegliep, keek hij Hartmann aan.

'Je kunt op dit moment niet zo veel doen,' zei hij. 'Ik zou teruggaan naar het hotel als ik jou was en rustig op mijn kamer gaan zitten.'

Hartmann knikte. 'Misschien moet je om meer mensen vragen. Volgens mij is zestig man niet zo verschrikkelijk veel als je zo'n gebied wilt bestrijken waar jij het over hebt.'

'Ik heb wat ik heb,' antwoordde Schaeffer. 'Als ze me er nog een paar sturen, het zij zo. Voorlopig zal ik het moeten doen met de middelen die ik heb gekregen, anders is het niet.'

Hartmann knikte. Hij had medelijden met de man. Hij stond langzaam op en dankte God in stilte dat hij niet in de schoenen van Stanley Schaeffer stond. 'Als je me nodig hebt, als ik iets kan doen, weet je me te vinden.'

'Dank je wel, Hartmann.'

Schaeffer draaide zich om en liep weg. Hartmann hoorde al het rumoer van stemmen dat aanzwol in de gangen omdat Woodroffe de briefing aan het organiseren was die zou plaatsvinden.

Hartmann vertrok zo onopvallend mogelijk. Hij ging te voet, wandelde naar het kruispunt en sloeg rechtsaf. Voor zover hij wist zag niemand welke kant hij op ging en daar was hij blij om.

Hij was om vijf over zes bij het bureau van Verlaine. Het was een drukkende vochtige avond, een teken dat er onweer op komst was. Aan de horizon hing een dreigende brede band grijsgroene bewolking. De atmosfeer weerspiegelde de geestestoestand van Hartmann. Hij had naar Perez geluisterd toen deze sprak over dingen die hij hier in New Orleans had gedaan. Hij kende het Shell Beach Motel, dat niet meer dan zo'n vijf kilometer van de plaats lag waar hij nu stond, en de gedachte dat deze man enkele jaren voor Hartmann zelf was geboren door deze regio had gelopen, jaren dat zijn moeder hier woonde en zich op loopafstand had bevonden van wat er gebeurde, maakte hem van streek. Misschien was de reden waarom Perez hem had uitgekozen dat ze allebei hier waren geboren, dat ze allebei iets van de aard van Louisiana begrepen, want dit land was niemands eigendom, maar uitsluitend van zichzelf. Alles wat hier werd gebouwd, kon zo in de smerige grond worden teruggezogen als Louisiana dat wenste.

Verlaine stond te wachten in de hal.

Hartmann deed zijn mond open om iets te zeggen, maar Verlaine schudde zijn hoofd. Hij liep de hal door en leidde Hartmann het gebouw uit en de stoep af. Pas toen ze op het trottoir stonden, begon hij te praten.

'Dit is nooit gebeurd,' zei hij zacht. 'Je bent hier niet geweest en we hebben dit niet gedaan, begrepen?'

Hartmann knikte.

Verlaine nam Hartmann bij de arm en leidde hem haastig de weg over en een eindje de straat door naar de plaats waar zijn auto stond geparkeerd. Hij stapte in, ontgrendelde de passagiersdeur zodat Hartmann kon instappen, startte toen de motor en reed weg. Twee keer keek hij achterom over zijn schouder, alsof hij zich ervan wilde vergewissen dat hij niet werd gevolgd.

'Je hebt je audiëntie bij Feraud,' zei Verlaine, 'maar ik moest er wel voor betalen.'

'Betalen?'

Verlaine knikte. Er lag nervositeit in zijn stem, angst in zijn toon. 'Ik moest iets stilletjes laten verdwijnen, als je snapt wat ik bedoel.'

Hartmann begreep wat er was gebeurd: Verlaine had een deal gesloten met Feraud.

'Kan ik maar beter niet weten,' zei hij.

'Inderdaad,' antwoordde Verlaine, en hij stuurde de auto de snelweg af en de afrit op die hen bij het terrein van Feraud zou brengen.

Nog geen vijfhonderd meter verder voelde Hartmann het: de aanwezigheid van Feraud. Geuren zoals bij Cipliano, dacht hij. Ruikt naar dode lichamen, stinkende opgezwollen lijken, en of de airco nou de hele nacht aan heeft gestaan of niet, er is geen ontkomen aan. Zelfs als je naar buiten gaat, zit die lucht nog in je kleren.

Driehonderd meter van Ferauds huis kreeg Hartmann opeens de on-ontkoombare drang om te keren, tegen Verlaine te zeggen dat hij zich had vergist, dat hij dit niet wilde doen, dat hij tot de conclusie was gekomen dat het geen goed idee was iets te ondernemen wat het federale onderzoek in gevaar kon brengen. De gedachte was er, maar de woorden kwamen niet... en later zou hij denken dat hij ondanks alle twijfels in het diepst van zijn hart ook wel wist dat hij bereid was vrijwel alles te doen, als hier maar een einde aan kwam.

En daarom zei hij niets, en Verlaine reed verder, en algauw minderden ze vaart en kwamen ze huiverend tot stilstand bij de modderweg met diepe voren die langs Ferauds terrein liep.

'Ben je er klaar voor?' vroeg Verlaine.

Hartmann schudde zijn hoofd. 'Nee, en dat zal ik ook nooit zijn, denk ik.'

'Hier nog een.'

Hartmann duwde het portier open en stapte uit. De wolken die hij aan de horizon had gezien, hingen nu recht boven zijn hoofd. Hij rilde van het gevoel dat werd opgeroepen door de geur, de windstilte rondom hem, het gevoel dat alles zich samentrok tot je er claustrofobisch van werd. Deze omgeving had het vermogen de zintuigen aan te grijpen, de geest en het hart aan te grijpen. Deze omgeving bracht beelden en geluiden en herinneringen bij hem boven waarvan hij dacht dat ze weg waren, maar ze waren niet weg, waren dat nooit geweest, en hij wist dat Louisiana en alles waar het voor stond, eeuwig deel zou uitmaken van wie hij was. Als een vingerafdruk op de ziel. Dit was zijn verleden, en hoe hard en snel hij er ook voor wegvluchtte, het zou hem nooit loslaten. Het liep eenvoudigweg altijd één stap voor, en overal waar hij heen ging, was het al.

'Jij eerst,' zei Hartmann. 'Hij kent jou.'

'Fijn voor mij,' grapte Verlaine, maar zijn stem klonk niet vrolijk.

Opnieuw begreep Hartmann dat zijn metgezel even bang was als hij.

Ze namen het pad en liepen dwars tussen de bomen door. Het licht was er slecht, somber en dreigend, en Hartmann droeg het beeld met zich mee van Ernesto Perez die door deze ondergroei sloop op weg naar het Shell Beach Motel.

... Soms ging ik onder, als ik door de bedding van een stilstaande rivier liep, en dan kwam ik weer boven, met mijn haar tegen mijn schedel geplakt, mijn ogen wit tegen het zwart van mijn gezicht... alsof je high was van iets doods...

Hartmann voelde een golf van misselijkheid in zijn borst en sloeg zijn hand voor zijn mond. Hij was ervan overtuigd dat hij nog nooit in zijn leven zo bang was geweest.

En toen kwam het huis van Feraud in beeld, een enorm grote koloniale villa. Er was één enkel verlicht raam zichtbaar op de begane grond, en op de veranda stond een groepje mannen te praten en te roken. Ze droegen karabijnen, ze spraken in zacht kelig creools Frans, en zodra ze Verlaine en Hartmann zagen, zwegen ze.

Vijf paar ogen sloegen hen gade toen ze op het huis toe liepen.

Geen van de mannen zei een woord en dat was in zekere zin erger dan dat hun gevraagd werd wie ze waren. Het betekende dat ze verwacht werden. Zo simpel was het: hij en Verlaine werden verwacht.

Een van de mannen kwam naar voren en hield zijn hand op.

Verlaine wendde zich tot Hartmann. 'Mijn wapen,' zei hij zacht, en Hartmann overwoog niet eens om tegen hem in te gaan. Verlaine maakte de drukker van de holster achter aan zijn broekband los. Hij gaf zijn .38 af en wachtte geduldig op de volgende instructie.

Een tweede man kwam naar voren en fouilleerde hen beiden, en daarna draaide hij zich om en knikte.

De man die Verlaines wapen had, opende de voordeur van het huis. Hij gebaarde met een snel knikje van zijn hoofd dat ze naar binnen moesten gaan.

Twee kwaaien, dacht Hartmann, en hij liep achter Verlaine aan het huis in.

Ze wachtten een aantal minuten, die uren leken te duren. Het geluid van een staande klok, het tikken als het kloppen van een hart, galmde door het schijnbaar lege huis. Het was een en al donker hout en dikke tapijten, en het was net of zelfs Hartmanns ademhaling in drievoud naar hem werd teruggekaatst.

Uiteindelijk, juist toen Hartmann het gevoel kreeg dat hij de spanning geen seconde langer kon verdragen, klonk het geluid van voetstappen. Tegelijkertijd leek de hemel boven hun hoofd uit te zetten en te rommelen. Ergens, misschien twee, misschien vier kilometer bij hen vandaan, begon het te onweren. De regen zou niet lang op zich laten wachten, de bliksem zou het omliggende landschap telkens monochroom doen oplichten, de bomen in schril wit silhouet als skeletten tegen het zwart van de horizon staan.

Er verscheen een creool, van middelbare leeftijd, met grijzend haar bij de slapen, die een ogenblik aan het einde van de gang die op de hal achter de grote voordeur uitkwam bleef staan.

Hartmann herinnerde zich dat Perez het had gehad over een oude man die Innocent heette, een man die inmiddels al een aanzienlijk aantal jaren dood moest zijn. Misschien was dit een nazaat. Misschien ging een aanstelling hier over van vader op zoon.

'Kom,' zei de creool, en hoewel hij bijna op fluistertoon sprak, droeg zijn stem door het hele gebouw en hoorde Hartmann hem alsof de man naast hem stond.

De sfeer in het huis was zo beklemmend dat hij er kippenvel van kreeg.

Ze volgden de man en werden naar een kamer gebracht die, naar Hartmann vermoedde, aan de voorkant van het huis lag. Dit was die ene kamer in het huis waar een lamp brandde, en die lamp stond in de hoek en wierp zo weinig licht dat ze Feraud niet eens konden zien.

Maar hij was er, geen twijfel mogelijk. Hartmann voelde zijn aanwezigheid.

Zijn ogen wenden aan het halfduister en toen zag hij een geestengestalte achter de hoge rug van een stoel uit komen. Het was de rook van een sigaret, een rookpluim die in krullen naar het plafond spiraalde.

De creool knikte naar de stoel en daarna draaide hij zich om en verliet de kamer.

'Heren,' zei Feraud, en zijn stem klonk als iets wat dood en begraven was en nu door vochtig grind omhoogkroop.

Verlaine ging voorop. Hij liep langzaam in de richting van het raam, Hartmann een stap of twee achter hem. Toen ze aan de andere kant van de kamer waren, zag Hartmann dat er twee stoelen tegen de muur waren gezet, klaarblijkelijk voor hun audiëntie bij Feraud. De man gedroeg zich als de paus van Lucifer.

Verlaine ging als eerste zitten, Hartmann volgde zijn voorbeeld, en toen hij opkeek, schrok hij van het voorkomen van de oude man. De huid van Feraud was bijna doorzichtig, vliesachtig en gelig. Zijn haar, het weinige dat hij nog had, was dun en slap, alsof er sliertjes vochtige katoen aan zijn schedel zaten geplakt. De rimpels in zijn gezicht gaven de indruk van een man die verbrand en genezen was; de lijnen waren diep en onregelmatig en bijna pijnlijk om te zien.

'Ik heb je gevraagd niet terug te komen,' zei Feraud, en onder het praten kwam er rook uit zijn neus en zijn mond.

Verlaine knikte. Hij keek naar Hartmann, maar Hartmann was volkomen gebiologeerd door Feraud.

'Heb je het voor me geregeld?' zei Feraud.

'Ja,' zei Verlaine. 'De zaak zal nooit voor de rechter komen.'

Feraud knikte. 'Leer om leer.'

'Dit is Ray Hartmann,' begon Verlaine.

Feraud stak zijn hand op en glimlachte. 'Ik weet wie dat is, meneer Verlaine. Ik weet precies wie Ray Hartmann is.'

Feraud richtte zijn ogen op Hartmann, ogen als kleine donkere edelstenen in zijn gezicht. 'U komt hier vandaan, heb ik begrepen,' zei Feraud, en dat was de tweede keer dat iemand die opmerking maakte. De eerste keer was het Perez geweest, aan de telefoon toen Hartmann bij de FBI was.

'Je raakt het niet kwijt, is het wel, meneer Hartmann?'

Hartmann trok zijn wenkbrauwen op.

'New Orleans... de geluiden en de geuren, de kleuren, de mensen, de taal. Het is een heel bijzondere stad, vindt u niet?'

Hartmann knikte. De man verwoordde gedachten die hij kort daarvoor had gehad. Hij had het gevoel dat Feraud dwars door hem heen kon kijken, dat de man het vermogen had in zijn huid te kruipen, zijn gedachten te lezen, te weten wat hij op dat moment voelde. Antoine Feraud en Ernesto Perez waren in zekere zin misschien meer broers van elkaar dan hij en Danny ooit waren geweest.

'Dus u bent hierheen gekomen met uw ironische naam om te horen wat ik weet,' zei Feraud.

Hartmann fronste en schudde zijn hoofd.

'Hartmann,' zei Feraud. 'Hart-man... uw naam. U bent hierheen gekomen om onze hartenman te vinden.' Feraud lachte om zijn eigen woordspeling. Ray Hartmann had het gevoel dat hij moest overgeven.

'En wat doet u vermoeden dat ik meer weet dan ik meneer Verlaine heb verteld?'

Hartmann raapte zijn moed bij elkaar. 'Omdat wij met meneer Perez hebben gesproken... Ernesto Perez. Weet u nog wie dat is, meneer Feraud?'

Feraud glimlachte. 'Zou kunnen. Ik ben een zeer oude man. Ik heb in mijn leven zeer veel mensen ontmoet en men kan niet van mij verwachten dat ik me ze allemaal herinner.'

'Maar deze man herinnert u zich waarschijnlijk wel, meneer Feraud... want hij is hier een groot aantal jaren geleden geweest en heeft een paar dingen gedaan voor u en Charles Ducane die een mens niet licht zal vergeten.'

Feraud knikte. Hij scheen toe te geven dat het waar was wat Hartmann zei.

'En wat denkt u dat ik u kan vertellen?' vroeg Feraud.

'Waarom hij is teruggekomen,' zei Hartmann. 'Waarom hij dit heeft gedaan... Waarom hij de dochter van Charles Ducane heeft ontvoerd, wat hij met haar heeft gedaan.'

Feraud schudde zijn hoofd. 'Wat hij met haar heeft gedaan, weet ik niet. Waarom hij het heeft gedaan? Dat is een veel simpelere vraag.'

'En het antwoord?' vroeg Hartmann.

'Het antwoord zult u van meneer Perez moeten krijgen.'

'Het kost meneer Perez nogal veel tijd om aan dat antwoord toe te komen, meneer Feraud, en ik weet niet zeker of we wel zo lang hebben.'

Feraud glimlachte. 'Als meneer Perez ook maar iets weg heeft van de man die hij volgens u is, dan weet hij naar mijn stellige overtuiging precies wat hij doet en hoe alles zal verlopen. Misschien heeft meneer Perez het meisje al vermoord... Misschien heeft hij haar lichaam al in de moerassen laten verdwijnen en zit hij gewoon tijd te rekken, kijkt hij hoe lang hij jullie aandacht kan vasthouden voor hij jullie vertelt wat hij heeft gedaan. Ik heb begrepen dat hij al iemand anders heeft omgebracht, een man die een paar dagen geleden in de kofferbak van een auto werd aangetroffen.'

Hartmann knikte. 'Ja, dat klopt... Voor zover we weten heeft Perez die man vermoord.'

'Onderschat hem niet, meneer Hartmann. Dat is alles wat ik u kan en wil vertellen. U hebt een gevaarlijke man daar in New Orleans, en als we op zijn reputatie mogen afgaan, dan is hij naar mijn stellige overtuiging tot veel meer in staat dan de moord op één man.'

'En u bent niet bereid ons te helpen?' vroeg Hartmann.

Feraud wuifde de vraag van Hartmann weg alsof hij van geen enkel belang was. 'Om welke reden dan? Welke reden zou ik in godsnaam kunnen hebben om u en de FBI te helpen?'

'Omdat hij misschien ook hier is geweest omdat hij u wilde spreken?'

Feraud lachte. 'Die man van u, die zou zich op nog geen honderd meter afstand van mij wagen.'

'Iedereen kan worden vermoord, meneer Feraud... Werkelijk iedereen, zelfs de president van de Verenigde Staten kan worden vermoord als de moordenaar bereid is alles op het spel te zetten voor zo'n waagstuk.'

'Als uw meneer Perez van plan was mij te vermoorden, meneer Hartmann, had hij wel een poging daartoe gedaan voor hij zich aan u overgaf. Daar ben ik van overtuigd. Ik heb begrepen dat jullie hem veilig achter slot en grendel houden in de stad, dat hij te allen tijde wordt bewaakt door een aanzienlijk aantal federale agenten. Hij zou daar ten eerste al weg moeten zien te komen, en dan zou hij nog langs mijn mensen moeten om bij mij te komen. Dat meneer Perez dat voor elkaar krijgt is uiterst onaannemelijk, iets om van te dromen, niet reëel.'

'Dus u bent niet bereid nadere informatie te verstrekken, meneer Feraud?'

'Nadere informatie te verstrekken, meneer Hartmann? U praat alsof u denkt dat ik meer weet dan ik u vertel.'

'Daar ben ik van overtuigd.'

'Dat is uw goed recht,' zei Feraud. 'U mag zo overtuigd zijn als u wilt. Het zijn uw gedachten en denken staat vrij... Maar goed, als u het niet erg vindt, ik ben erg moe. Ik ben een oude man, ik weet verder niets van Perez, en zelfs als ik iets wist, kan ik me zo voorstellen dat u wel de laatste op aarde zou zijn tegen wie ik dat zou willen vertellen.'

'En Ducane?' vroeg Hartmann.

Feraud richtte zijn ogen op hem. Hij knipperde langzaam, als een hagedis, en hij nagelde Hartmann met een strakke blik vast aan zijn stoel. 'Hoe bedoelt u, Charles Ducane?'

'Uw relatie tot hem,' zei Hartmann onbewogen. 'Het feit dat u hem al een groot aantal jaren kent, dat u bepaalde zakelijke overeenkomsten hebt gesloten... dat er bepaalde gunsten zijn verleend.'

'U veronderstelt een heleboel, meneer Hartmann,' zei Feraud.

'Ik veronderstel niets, meneer Feraud. Ik noem alleen bepaalde dingen die in mijn gesprekken met meneer Perez naar voren zijn gekomen.'

'En u gelooft alles wat hij u vertelt?'

Hartmann knikte. 'Ik geloof iets tenzij het wordt tegengesproken of het tegendeel wordt bewezen.'

'Dat is zeer goedgelovig van u, meneer Hartmann ... En u werkt alleen uw eigen ondergang in de hand als u zich zo opstelt tegenover Ernesto Perez.'

'En tegenover Charles Ducane?'

Feraud schudde zijn hoofd. 'Ik heb niets meer te zeggen.'

'Denkt u dat ik me tegenover hem zo goedgelovig moet opstellen, meneer Feraud? U kent hem, kent hem al die jaren al ... U bent waarschijnlijk beter in staat een oordeel te vellen over de betrouwbaarheid en eerlijkheid van Charles Ducane dan wie ook, nietwaar?'

Feraud glimlachte en knikte met zijn hoofd. Hij bracht zijn rechterhand omhoog en legde zijn wijsvinger tegen zijn lippen.

'We hadden een afspraak,' zei Verlaine opeens. 'We hadden afgesproken dat ik die kwestie zou regelen zoals u vroeg, en daarmee heb ik mijn baan in gevaar gebracht, en dan zou u met ons praten.'

Feraud haalde zijn vinger van zijn lippen. De glimlach verdween rap van zijn gezicht. 'Wat doen we dan nu, meneer Verlaine? We zitten toch te praten? Ik heb gezegd dat ik met u zou praten, en zoals altijd ben ik mijn woord tot op de letter nagekomen. Dus nogmaals, als u het niet erg vindt, ik zou nu graag gaan rusten.'

De donder rolde langs de hemel boven het huis. Ergens rechts van Hartmann hoorde hij het geluid van voetstappen, en toen hij zich omdraaide zag hij de creool die stond te wachten tot ze opstapten.

'Ik zal niet vergeten dat u uw woord niet hebt gehouden, meneer Feraud,' zei Verlaine.

Feraud keek Verlaine aan en de blik in zijn ogen was koud, hard en rancuneus. 'Wees voorzichtig, meneer Verlaine ... Wees voorzichtig, anders besluit ik misschien u niet te vergeten.'

Hartmann voelde kippenvel langs zijn rug omhoogkruipen tot onder in zijn nek. Zijn handen transpireerden, hij transpireerde over zijn hele lijf, en hij wilde alleen nog maar het huis uit, veilig bij de auto zien te komen en naar de stad terugrijden zonder één keer achterom te kijken.

Ze liepen terug zoals ze waren gekomen, de creool voor hen uit, en zodra ze weer op de veranda stonden, werd het wapen van Verlaine teruggegeven.

Geen van beiden zei een woord terwijl ze naar de auto liepen. Pas toen ze ten slotte bij de weg waren die naar de snelweg leidde, zei Verlaine iets.

'Nooit meer,' zei hij, en zijn stem was fluisterzacht.

Hartmann trok het portier open en stapte in.

Verlaine startte de motor en gaf gas.

'Die vent jaagt me de stuipen op het lijf,' zei Verlaine. Zijn stem klonk schor en brak midden in de zin en het viel Hartmann op hoe stevig Verlaine het stuur vasthield. Zijn knokkels waren wit en strakgespannen.

'Geen man die ik graag boos zou maken,' zei Hartmann.

'Dat is het probleem,' antwoordde Verlaine. 'Ik geloof dat ik dat zojuist heb gedaan.'

'Hij zal niets doen,' zei Hartmann. 'Een waarschuwing is niet hetzelfde als een dreigement.'

'Dat mag ik hopen,' antwoordde Verlaine, en toen bereikten ze de snelweg en lagen de lichten van New Orleans voor hen.

Ze zeiden niets meer tot Verlaine de auto twee straten verwijderd van Hartmanns hotel tot stilstand bracht. Hij wilde niet dat een van de federale agenten zag dat ze in elkaars gezelschap waren geweest.

'Als je nog eens iets wilt,' zei Verlaine, 'vergeet het dan maar. Je hoeft er bij mij niet mee aan te komen.'

Hartmann glimlachte. 'Dank je wel voor je hulp,' zei hij. Hij legde zijn hand op die van Verlaine die op het stuur rustte. 'Ga naar huis,' zei hij. 'Neem een paar glazen whisky en kruip in je bed. Vergeet deze hele zaak … Het is niet jouw probleem, goed?'

Verlaine knikte. 'Godzijdank niet.'

Hartmann stapte uit de auto en keek Verlaine na toen hij wegreed. Hij draaide naar rechts en begon te lopen, en na een minuut of wat was hij bij het Marriott. Hij wierp een blik op zijn horloge. Het was iets voor negenen en hij had nu al het gevoel dat hij drie weken niet had geslapen.

Eenmaal op zijn kamer kleedde hij zich uit en nam een douche. Hij belde roomservice en bestelde koffie. Hij zette de radio aan en luisterde naar niets in het bijzonder, en daarna ging hij op zijn bed liggen en wenste dat dit nooit was begonnen.

En toen brak het onweer los – plotseling, heftig – en het geluid van de regen die uit de hemel omlaagstortte en op het dak van het hotel roffelde, was bijna oorverdovend. Hartmann draaide zich om en begroef zijn hoofd onder het kussen. Nog was het geluid er, gestaag en onverminderd. De snelle zweepslag van de bliksem en daarachter de machtige rollende donder die aanzwol tot het leek of de hele lucht gevuld was met zijn geweld en kracht.

Het geluid was misschien een uitkomst, want in de herrie kon Hartmann maar moeilijk nadenken. Hij herinnerde zich dit soort onweersbuien uit zijn vroege jeugd, Danny en hij allebei nog klein, weggekropen onder de dekens terwijl hun vader hun vertelde dat God boos was, maar niet op hen, zodat er geen reden was om bang te zijn, en van de overloop het geluid van de stem van hun moeder die hun voorhield dat grote jongens niet bang waren voor onweer. Hartmann sloot zijn ogen, sloot zich overal voor af, en wist op de een of andere manier korte tijd los te komen van wat er met zijn leven gebeurde.

Binnen twintig minuten viel hij in slaap – een rustige en weldadige slaap – en hij werd niet wakker tot hij op dinsdagochtend werd gewekt door het telefoontje van roomservice.

Het was 2 september en hij had nog maar vier dagen voor zijn leven opnieuw een keerpunt bereikte.

Hij stond meteen op, nam een douche en kleedde zich aan, maar hij was er met zijn hoofd niet bij, niet in staat een echt ankerpunt te vinden voor zijn gedachten, en pas toen Sheldon Ross hem kwam halen, drong het tot hem door dat hij weer op weg was naar het FBI-gebouw.

Weer een dag, weer een handvol uren in de krappe en benauwde kamer.

Weer een duister onheil in beelden dankzij Ernesto Cabrera Perez.

Toen hij er aankwam, viel het hem onmiddellijk op hoe stil het er was in vergelijking met de voorgaande dagen. Schaeffer was aanwezig, evenals Woodroffe, maar buiten hen zag hij slechts twee of drie andere agenten.

Aan iedere muur van de afdeling had Schaeffer een grote zwart-witfoto van Catherine Ducane opgehangen. Hartmann bleef even staan en keek naar het gezicht dat hem aanstaarde. Op de foto was Catherine veertien of vijftien jaar oud. Het was een knap meisje, maar naïef en kwetsbaar.

'Is net de dochter van mijn broer,' zei Woodroffe, en Hartmann schrok nerveus op. Hij was mijlenver weg geweest, had aan Jess staan denken, dat ze er misschien ook zo zou uitzien als ze die leeftijd had. Misschien was dat de bedoeling van Schaeffer: hun allemaal iets mee te geven waardoor het voortdurend in hun gedachten bleef. Ze waren op zoek naar iemand, naar een werkelijk bestaand persoon, en niet zomaar een werkelijk bestaand persoon, maar een bang en verward jong meisje dat geen idee had waarom ze was ontvoerd.

Hartmann zei niets. Hij draaide zich om en liep door naar Schaeffer die een stukje verder stond. In de ogen van de man zag hij de vraag die niet onder woorden hoefde te worden gebracht.

Schaeffer schudde zijn hoofd. 'Nog niets,' zei hij. 'Zestig man hebben alles bij elkaar honderden kilometers afgelegd en ze zijn met lege handen teruggekomen.'

Hartmann knikte enkel en nam plaats aan de tafel achter de kleine kamer waar hij met Perez zou zitten.

Perez manipuleerde hen allemaal, als een soort schaakgrootmeester. Alles wat ze deden was door hem voorspeld, met elke eventualiteit was rekening gehouden, en Hartmann geloofde – in alle eerlijkheid – dat het niet uitmaakte wat ze deden, welke feitelijke actie Schaeffer zou ondernemen, dat ze daar toch net zo lang zouden zitten als Perez nodig had om te zeggen wat hij te zeggen had.

En toen kwam de man, en Hartmann draaide zich om en zag hem de hele lengte van de afdeling over lopen met aan beide kanten een agent. Hij ging nergens heen – dat wisten ze allemaal, en hij ging nergens heen louter omdat hij het zo wilde.

Hartmann stond op. Hij knikte Perez toe toen Perez langs hem liep. Perez glimlachte, ging de kleine kamer aan het einde van de afdeling in en Hartmann stapte achter hem aan naar binnen.

Eenmaal gezeten, legde Perez zijn vingertoppen tegen elkaar en sloot zijn ogen. Hartmann kreeg de indruk dat hij diep ademhaalde en nog een laatste maal uitademde alsof hij een soort ritueel uitvoerde.

'Meneer Perez?' vroeg Hartmann.

Perez opende zijn ogen. Hartmann verbeeldde zich dat hij een droog klikkend geluid hoorde, als van een hagedis zonnebadend op een steen.

'Meneer Hartmann,' fluisterde Perez.

Hartmann kreeg kippenvel. De aanwezigheid van de man was in zekere zin op zichzelf al bijzonder zenuwslopend.

'Ik heb nagedacht,' zei Perez. 'Over de mogelijkheid dat we misschien tijd te kort komen.'

Hartmann fronste.

'Hoe meer ik over mijn leven vertel, des te meer is er te vertellen, lijkt het wel. Gisteravond nog schoot me iets te binnen over hoe het kwam dat al die dingen zijn gebeurd en hoewel ik eigenlijk nooit van plan ben geweest u daarover te vertellen, vind ik dat het essentieel is voor een goed inzicht in de situatie waarin we ons bevinden.'

'Ik luister,' zei Hartmann, 'maar ik wil er wel bij u op aandringen dat u opschiet en alles wat u kwijt wilt zo snel mogelijk vertelt. Het is in mijn ogen een zinloze exercitie als het meisje overlijdt.'

Perez lachte. 'Helemaal niet, meneer Hartmann. Ze is in leven zolang ik u zeg dat ze in leven is. Ze zou al dood kunnen zijn. Het mooie van deze situatie is dat ik de enige ben die weet waar ze is... Catherine Ducane zelf heeft zelfs geen idee waar ze gevangen wordt gehouden. Tot ik u vertel waar u haar kunt vinden, zult u naar me moeten luisteren.'

'Begint u dan,' zei Hartmann. Hij balde zijn vuisten onder de rand van de tafel, uit het zicht. Hij deed zijn uiterste best zijn geduld niet te verliezen. Hij was moe. Hij wist dat Schaeffer en Woodroffe en de andere zestig agenten die aan deze zaak waren toegewezen ook moe waren. Ze waren hier allemaal vanwege deze man, en deze man – dit beest – speelde spelletjes met hen.

'Praat,' zei Hartmann. 'Vertel wat u aan me kwijt wilt en laten we voort-maken, ja?'

Perez knikte. 'U bent vermoeid, meneer Hartmann, is het niet?'

Hartmann knikte. 'Ik ben vermoeid, inderdaad, meneer Perez. Ik ben zo hondsmoe, daar hebt u geen idee van. Ik ben hier omdat u erop stond dat ik hier was. Ik ben bereid te luisteren naar alles wat u te zeggen hebt, en hoewel alles wat u me tot nu toe hebt verteld uitsluitend een gevoel van afgrijzen bij me oproept vanwege alles wat u hebt gedaan, ben ik toch uit hoofde van mijn functie en uit loyaliteit verplicht door te gaan met deze poppenkast.'

'Emoties zijn sterk,' zei Perez. 'Afgrijzen? Verplicht? Loyaliteit? Dat zijn grote woorden, meneer Hartmann. Wilt u de band met de realiteit alstublieft niet verliezen tot ik klaar ben...? Dat is wel het minste wat ik van u vragen mag na wat ik voor u heb gedaan.'

'Voor mij hebt gedaan?' vroeg Hartmann, op ongelovige toon. 'Wat u voor mij hebt gedaan? Waar hebt u het in godsnaam over?'

'Over uw perceptie van uzelf,' antwoordde Perez. 'Ik merk nu al dat uw opvatting over uzelf is veranderd. U bent tot het besef gekomen dat u in feite uitsluitend zelf verantwoordelijk bent voor de situatie waarin u bent terechtgekomen. U was een getroebleerd mens, meneer Hartmann, en mijn aanwezigheid hier heeft u in elk geval geholpen die dingen in het juiste perspectief te plaatsen.'

Hartmann schudde zijn hoofd. Hij kon zijn oren niet geloven, maar tegelijkertijd doemde er iets wat hem zei dat deze man in zekere zin gelijk had.

Was zijn standpunt veranderd? En zo ja, kwam dat door Perez?

'Het zal wel,' zei Hartmann, domweg omdat hij niets beters kon bedenken. Hij zou niet met zich laten sollen door deze man. Hij zou zitten en luisteren. Hij zou zijn plicht vervullen en helpen Catherine Ducane te vinden en dan zou hij naar huis gaan en zijn best doen het slagveld van zijn eigen bestaan op orde te brengen.

'Begint u dan,' zei Hartmann. 'Ik wil horen wat u te zeggen hebt, meneer Perez... dat wil ik echt.'

'Goed,' zei Perez. 'Omdat u het vraagt, en beleefd vraagt, zal ik het u vertellen.'

'Mooi,' zei Hartmann en hij reikte naar opzij om de deur dicht te duwen.

15

Las Vegas was het beloofde land. Ooit een afgelegen gat ergens in de woestijn: benzinestations, chauffeurscafés, een handjevol verlopen en vervallen gokhallen en goedkope eettentjes waar de dagschotel bestond uit het soort vlees dat je een hond nog niet zou voeren – maar in de ogen van Meyer Lansky een schitterende kans die verloren ging. Lansky bleef Bugsy Siegel achtervolgen en zei hem telkens dat hij de mogelijkheden moest inzien, dat hij zich niet moest afsluiten voor het idee en zijn gedachten de vrije loop moest laten – het gelegaliseerde gokken, het onontgonnen terrein – en uiteindelijk stuurde Siegel in 1941 een vertrouweling, Moe Sedway, om eens uit te zoeken waar Lansky het over had.

Toen de oorlog was afgelopen, kwam Siegel, die meer interesse had voor zijn leventje als Hollywoodplayboy, ten slotte zelf kijken en ving een glimp op van het Las Vegas dat Lansky voor ogen had. Las Vegas, en de zes miljoen dollar die Siegel niet alleen in de bouw van The Flamingo maar ook naar zijn eigen Zwitserse bankrekeningen pompte, werd de erfenis die niet alleen een gedenkteken voor zijn leven zou worden, maar ook de aanleiding voor zijn dood.

Meyer Lansky, geen man die zijn dromen opgaf, nam de leiding over The Flamingo in handen en binnen een jaar maakte het winst. Las Vegas werd een honingpot voor de wespen. De staat stelde strenge regels en richtlijnen op om de families buiten Las Vegas te houden, maar dat was zinloos. Lansky had The Thunderbird in handen; Moe Dalitz en de maffia uit Cleveland eigenden zich The Desert Inn toe; The Sands was in gezamenlijke handen van Lansky, Joe Adonis, Frank Costello en Doc Stacher. De filmacteur George Raft nam ook deel, en zelfs Frank Sinatra werd een aandeel van negen procent verkocht. De gebroeders Fischetti – de broers die Sinatra hadden meegenomen naar de Havanaconferentie om op te treden op kerstavond 1946 – hadden The Sahara en The Riviera in handen, samen met Tony Accardo en Sam Giancana. De hoogste baas uit New England, Raymond Patriarca, kwam en nam The Dunes in bezit.

En dan was er nog Caesar's Palace. Achter Caesar's zaten Accardo, Giancana, Patriarca, Jerry Catena uit de ploeg van Vito Genovese, en Vincent 'Jimmy Blue Eyes' Alo. In gesprekken met Don Ceriano kwam altijd de legendarische Jimmy Hoffa ter sprake, de voorzitter van de Teamsters' Union, een man die de investering van tien miljoen in het Palace en nog eens veertig miljoen in de andere talloze trekpleisters van Vegas regelde. Het geld kwam in de vorm van leningen, maar die leningen waren zo goed als permanent en niemand dacht er ooit over een cent terug te betalen. Er was ook niemand die ooit aan de honderdduizenden vrachtwagenchauffeurs op leeftijd dacht die nooit hun pensioen kregen zoals hun was beloofd.

Ik ging naar Caesar's Palace kort nadat het Alcatraz Swimming Team in Vegas arriveerde. Het was enorm groot en extravagant, een gelegenheid waar mensen te gast waren die je, enkele decennia eerder, op de *Titanic* had kunnen verwachten. Ik had nog nooit zoiets gezien. De hotels die we in Havana bezochten, zoals het Nacional en het Riviera, vielen erbij in het niets. Ik wandelde blootsvoets over een tapijt dat bijna tot mijn enkels kwam. Ik nam een bad in een kuip waarin ik zonder moeite had kunnen verdrinken. Ik lag op een bed zo breed als een voetbalveld en als ik roomservice belde, waren ze er binnen een paar minuten. Las Vegas overtrof mijn stoutste verwachtingen en hoewel ik niet meer dan achtenveertig uur daar in Caesar's was, had ik het gevoel dat ik het – eindelijk – echt had gemaakt.

Zodra Don Ceriano zijn zaken in het hotel had afgehandeld, verhuisde ik samen met de rest van de ploeg naar de buitenwijken van de stad. We betrokken een huis in Alvarado Street. Don Ceriano kwam de volgende ochtend en riep ons bij elkaar.

'De mensen hier,' zei hij, 'zijn heel anders dan de mensen in Miami. Hier is het echte werk. Hier krijgen we marsbevelen en dan marcheren we zoals zij zeggen. Er moet iets gebeuren, wij doen het, zonder vragen te stellen, zonder antwoorden te verwachten.'

Hij glimlachte, leunde achterover. 'We zijn geen kleine jongens, zijn we nooit geweest, zullen we nooit zijn, maar voor deze stad is hard gevochten. Er is veel bloed vergoten om Las Vegas te maken en dat bloed was van mannen zoals wij, mannen die beter waren dan wij, eerlijk gezegd, en we houden onze handen in ons zak en geven onze ogen goed de kost als we in leven willen blijven. Begrepen?'

Er volgde een eenstemmige bevestiging van de verzamelde ploeg.

'Hier hebben we te maken met politiek en smeergeld en mensen op hoge plaatsen die daarboven willen blijven zitten. Ze hebben geen zin hun schoenen vuil te maken door stront van de stoep te schoppen. Daar zijn wij voor, en als we doen wat ons wordt gevraagd zal het ons nooit ontbreken aan geld en meisjes en respect. Het voornaamste is dat je je plaats op de totempaal weet, en hoewel we misschien geen zand tussen onze tenen voelen, zijn we zeker niet het mooi versierde stuk bovenaan.'

Onze plaats op de totempaal was die van de huurlingen, de dweilploeg, de jongens die in de vroege uurtjes gebeld werden met het verzoek naar The Sands te komen, stil door de keukendeur aan de achterkant naar binnen te gaan, linksaf te slaan en nogmaals links, en dan daar in de koelruimte een arme domme donder zouden vinden die dacht dat hij de boel kon tillen met een verborgen hand vol boeren; geloofde dat hij de dealer kon afleiden door zijn aandacht op een knap sigarettenmeisje te vestigen en ergens een boer tussen kon stoppen waar hij niet hoorde te zitten; onze plaats was die van de mannen die de duimen van die arme klootzak tot moes sloegen en hem daarna helemaal lens trapten zodat de boodschap luid en duidelijk overkwam bij hem en zijn consorten; onze plaats was die van de mannen die een vrachtwagen afgeladen met gestolen sterke drank en sigaretten om drie uur 's nachts ophaalden uit de woestijn, hem achter een goedkoop bordeel parkeerden, de dozen uitlaadden en in een garage zetten, er stil vandoor gingen en de vrachtwagen in een ravijn bij Devil's Eyelid reden, zeven kilometer te voet terugliepen terwijl de zon opkwam en het vreselijk heet werd en het overhemd dat je aanhad als een tweede huid aan je rug plakte.

Onze plaats was die van de mannen die dat soort dingen deden, en hoewel dergelijke dingen altijd een element van spanning bevatten, hoewel het plezier dat je eraan beleefde nooit meer was dan het plezier dat je maakte, waren er momenten dat ik meende dat ik voor veel meer in de wieg was gelegd. En dat was de reden dat ik met Carlo Evangelisti sprak, en daardoor kwam het dat ik uiteindelijk betrokken raakte bij de dood van Don Ceriano en op audiëntie ging bij de neef van Sam Giancana, Fabio Calligaris.

Begin 1970. Over zes maanden zou ik vierendertig worden. Ik was in sommige opzichten helemaal volwassen, in andere nog hetzelfde kind als vroeger. Ik sloeg de mensen in mijn omgeving gade, sloeg ze nauwlettend gade, zag ze trouwen, kinderen krijgen en vervolgens hun vrouw verlaten en een goedkoop sletje neuken dat met een dienblad met rookwaar in een van de kleinere casino's liep. Ik heb het nooit zo begrepen, maar ik weet ook niet of dat de bedoeling was. Het kon er bij mij niet in dat een man met een gezin zoiets deed. In die tijd was ik absoluut niet van plan een gezin te stichten, maar te beginnen met mijn vader en de manier waarop hij mijn moeder behandelde, vond ik het ogenschijnlijke gebrek aan trouw dat deze mensen tentoonspreidden onbegrijpelijk. Ik sprak met Don Ceriano. Hij nam me apart en zei kalm: 'Sommige dingen zie je, andere niet. Zo hoor je ook sommige dingen en net zoveel dingen niet. Een wijs man weet wat wat is, Ernesto.' En daarna hebben we het er nooit meer over gehad.

Het werkaanbod was gevarieerd maar goed. Er waren jongere mannen die in mijn plaats hun littekens verdienden. Er kwamen dagen dat ik een man op pad stuurde om afdrachten te innen en een andere om de naleving van een met Don Ceriano gemaakte overeenkomst af te dwingen. Ik bracht zelf het grootste deel van mijn tijd door met Don Ceriano, aan zijn rechterhand, ik luisterde naar hem, sprak met hem, kwam meer te weten over hoe het eraan toeging in de wereld. Dat jaar was ik slechts eenmaal direct betrokken bij de dood van een man.

Op zo'n anderhalve kilometer afstand van het huis, voorbij het kruispunt dat die wijk van de stad in tweeën deelde, dreven we vanuit een pakhuis een wedkantoor. Het pakhuis diende als façade voor een zwendel met de uitvoer van bevroren sinaasappelsap, aardig handeltje met een omzet van iets in de buurt van vijf miljoen per jaar. Het pakhuis was eigendom van een zekere Roberto Albarelli, een neef van Slapsie Maxie. Dikke man, veel te dikke man, en als hij schreeuwend en scheldend op de Porto Ricanen en negers die in het bedrijf werkten over het terrein sjokte, moest ik altijd lachen. De klootzak was best een goeie vent, maar hij zag eruit als een jutezak vol stront die bovenaan was dichtgeknoopt en uitpuilde in het midden. Als hij zijn vrouw neukte, ging het verhaal, moest zij altijd bovenop, anders zou hij het arme mens geplet hebben.

Het was weekend. Slapsie en ik en nog een stel van het Alcatraz Swimming Team gingen erheen om een paar weddenschappen te makelen, wat geld te innen voor Don Ceriano. We vonden Roberto, zwetend als een speenvarken aan een draaispit, in de caravan op het terrein achter het pakhuis die hij als kantoor gebruikte. Ik was toen oud genoeg om het woord te voeren als Slapsie daar geen zin in had en daarom ging het gesprek tussen mij en de vetnek.

'Jezus, het stinkt hier als een Turks bad, Roberto. Wat heb je zitten doen?'

'Ik heb problemen,' begon hij. Zijn stem werd hoog aan het einde van zijn zin en ik wist dat hij ergens opgewonden over was.

'Problemen? Wat voor problemen?'

'Ben voor achtduizend en nog wat getild door een of andere godvergeten Porto Ricaanse klootzak,' zei Roberto.

Slapsie trok een stoel voor me bij en ik ging recht tegenover de dikke kerel zitten. 'Achtduizend? Waar heb je het over? Welke Porto Ricaanse klootzak?'

'De Porto Ricaanse klootzak die me vanochtend heeft getild,' zei Roberto. 'Die Porto Ricaanse klootzak.'

'Ho, doe eens even rustig, Roberto. Waar heb je het in hemelsnaam over?'

Roberto haalde een paar keer diep adem. Hij mompelde een of ander Italiaans gebed. Zijn overhemd was zwart onder de oksels en hij stonk als een zure watermeloen.

'Ik heb een weddenschap aangenomen op een merrie waarvoor het kerkhof nog te ver was,' zei hij. 'Het beest was niet meer dan een zak met botten die met touwtjes aan elkaar hingen. Heb duizend dollar aangenomen en ik wist dat ik niet meer stuk kon... Achterlijke klootzak van een Porto Ricaan kon nog geen paard van een varken onderscheiden. Nou ja, hoe dan ook, ik heb die kutweddenschap aangenomen, goed? Ik heb die kutweddenschap aangenomen en dat knekelbeest haalt de eindstreep, net voor een pony die halverwege het parcours zijn berijder had verloren. Ik dacht dat ik niet meer stuk kon. Deel voor Don Ceriano, deel voor mij, en iedereen zo gelukkig als een kind dit weekend. Komt die klootzak van een Porto Ricaan hierheen met zijn lijst en eist een uitbetaling van acht tegen één omdat hij als eerste over de finish is gekomen. Ik zeg tegen hem dat hij niet goed bij zijn hoofd is, dat hij uit zijn nek kletst en opeens komen er drie van die Porto Ricaanse vriendjes van hem binnen en die hebben blaffers bij zich, eentje heeft een loden pijp en weet ik wat nog meer. Hij laat me het strookje zien en zelfs mijn blinde grootmoeder, moge haar ziel rusten in vrede amen, had kunnen zien dat ze de naam van die zak botten hebben weggekrast en de naam van het winnende paard ingevuld.'

Ik gaf mijn ogen goed de kost en hield Roberto scherp in de gaten. Roberto was familie, zuiver familie, maar hij stond erom bekend dat hij leugens toedekte met een glans van waarheid. Hij wist heel goed dat een leugen hier in de buurt bijzonder korte benen had, maar dat zou hem er niet van hebben weerhouden een paar duizend van de inkomsten van de paardenrennen af te snoepen. Voor zover ik kon zien, vertelde hij de waarheid, maar in gedachten was ik al bezig met voorbarige vragen.

'Dus die klootzakken eisen een uitbetaling van achtduizend, en god, Ernesto, ik wilde niet dood, ik wilde vandaag echt niet dood, dus wat moest ik? Ze waren met zijn vieren en ik was maar alleen, en je weet dat ik niet zo snel meer ben tegenwoordig en ze hadden blaffers en ze hadden verdomme een loden pijp en je zag aan hun ogen dat ze er niet om zouden malen me een pak op mijn lazer te geven en alles mee te nemen wat ik had.'

Daarop begon Roberto te janken, te trillen als een drilpudding naast een drumband, en ik greep hem bij de schouder en hield hem stevig vast en dwong hem me aan te kijken en me te zeggen dat alles wat hij zei de waarheid was zo helpe hem God almachtig.

'Zo zeker als twee keer twee vier is en de paus nog nooit heeft geneukt,' zei hij. 'Het is de verdomde waarheid, Ernesto... Die kloterige Porto Ricanen hebben achtduizend van mij en Don Ceriano afgepakt en ik weet bij god niet wat ik moet doen.'

'Waar zijn ze naartoe, Roberto?'

Hij keek verbaasd. 'Wie?'

'Die Porto Ricanen, Roberto, wie denk je anders? God nog an toe, Roberto, je bent ook zo stom als het achtereind van een varken soms.'

'Het bowlingcentrum aan de zuidkant, ken je dat?'

Ik schudde mijn hoofd. 'Nee, dat ken ik niet, Roberto. Welk bowlingcentrum?'

'Bij Seventh en Stinson –'

'Ik weet wat hij bedoelt,' zei Slapsie zacht.

'Dan ga ik daar nu heen, Roberto, en dan ga ik een paar Porto Ricanen opzoeken die het er lekker van nemen met die achtduizend en nog

wat en dan ga ik het regelen. Maar ik zeg je één ding, en ik zeg het maar
één keer… Als ik daarheen ga en het blijkt dat je me in de maling hebt
genomen, dan kom ik terug en snij ik je lul eraf en laat ik je hem opeten,
begrepen?'

'Het is waar, het is allemaal waar,' zei Roberto, en toen begon hij weer
te janken en te jammeren.

Ik stond op. Ik keek naar Slapsie. 'Jij gaat met mij mee en jij,' zei ik terwijl ik nog iemand uit het team aanwees. Ik richtte me weer tot Roberto:
'Ik laat een van de jongens hier om voor je te zorgen tot we terugkomen,
goed? Haal geen gekke dingen uit, want dan voorziet hij je hoofd van
ventilatie, begrepen?'

Roberto knikte. Hij knikte tussen het ene zielige snikkende geluid en
het volgende door.

Slapsie en ik en de jongere vent, een zekere Marco, een knul met
een slechte huid en scheve tanden die op de een of andere manier familie was van Johnny the Limpet – wij namen de auto en reden naar het
zuiden. Slapsie zat achter het stuur, hij wist de weg, en nog geen vijfentwintig minuten later parkeerden we voor een armzalig bowlingcentrum
met een klein goedkoop uitziend eettentje dat er als een kwaadaardig
gezwel tegenaan was geplakt. Buiten stond alleen een puber, kan niet
ouder dan vijftien of zestien zijn geweest, die zo te zien zo high was als
een kanarie van een of ander smerig ruikend spul dat die klootzakken
altijd rookten.

Ik knikte naar Marco. Hij stapte uit en liep meteen naar de knul toe.
Een handjevol woorden. De knul knikte en ging op de grond zitten. Hij
trok zijn knieën op tot zijn borst en sloeg zijn armen eromheen, liet zijn
hoofd zakken tot zijn kin zijn borst raakte en bleef zo zitten, als een slapende Mexicaan voor een goedkoop bordeel.

Slapsie en ik stapten uit de auto. Slapsie had een honkbalknuppel bij
zich, een stevig ding van massief hout met dwars door de bovenkant een
spijker van tien centimeter. Als je hem zo zag aankomen, zou je het in
je broek doen en onmiddellijk weer in het kindje Jezus gaan geloven. Ik
glimlachte bij mezelf. Mijn hart pompte de adrenaline door mijn lijf als
een gewichten drukkende krachtpatser in de gevangenis.

De deur zat niet op slot. Slapsie en ik glipten het gebouw in. Hoorden stemmen zodra we binnen waren, dat en het donderende geluid van
een bowlingbal die over een van de banen rolde, het gekletter van kegels

toen de bal zijn doel raakte, het geschreeuw en gejuich van drie of vier stompzinnige Porto Ricaanse klootzakken die dachten dat het hun geluksdag was toen ze Roberto Albarelli achtduizend en nog wat afhandig maakten.

Ze zagen Slapsie het eerst. De dichtstbijzijnde kon niet ouder dan twintig zijn. Hij keek eerst alsof iemand hem had gevraagd zijn eigen lul af te snijden en toen begon hij in het Spaans tegen ons te schreeuwen. De tweede Ricaan kwam achter hem staan. Hij keek kwaad, echt kwaad, en toen kwam de derde eraan en de derde greep met zijn hand op zijn rug in zijn broekband, waarschijnlijk om zijn blaffer te pakken.

Slapsie was een stevige vent, zo stevig als Joe Louis, maar wanneer hij besloot te gaan rennen, rende hij als zo'n kleine hazewindneger, een en al twijgdunne botten en scherp afgetekende spieren en geen onsje vet te bekennen.

Hij kwam bij de eerste vent en duwde hem opzij, de tweede ook, en toen haalde hij uit met zijn knuppel en raakte de knul die zijn wapen trok in zijn bovenarm met de spijker van tien centimeter.

Ik kan me geen schreeuw herinneren die ooit zo klonk als die ervoor of erna. Later bedacht ik dat het waarschijnlijk door de akoestiek van het gebouw kwam, want het geluid dat hij voortbracht klonk als een vreemde prehistorische vogel. Hij zakte in elkaar als een zak stenen en bleef enige tijd liggen. Slapsie schopte hem opzij de bowlingbaan op en hij verroerde zich niet. Ik weet niet of hij buiten westen was of verstijfd van angst, maar dat maakte me ook niet uit.

Ik liep op de grootste Ricaan af. In mijn hand hield ik een .38, gewoon losjes langs mijn zij, maar wel zo dat ze hem allebei konden zien.

'Achtduizend en nog wat, alsjeblieft,' zei ik.

De langste keek me een beetje raar aan. Ik schoot hem in de linkervoet. Hij ging stil neer, maakte zelfs geen enkel geluid en het was dat zijn voet over het glimmende oppervlak van de vloer schraapte, anders zou je niet hebben geweten dat hij er was.

'Achtduizend en nog wat, alsjeblieft... en laat me het niet nogmaals hoeven vragen, anders lek je dadelijk uit een gaatje in die rotkop van je.'

De kleinste maakte een beweging. Slapsie had hem al in zijn nek gegrepen voor hij goed en wel op gang was.

'Heb je zin om een paar ballen te gooien?' vroeg ik Slapsie.

Slapsie grinnikte. 'Mij best... Het is jaren geleden dat ik het voor het laatst heb gedaan.'

'Stop zijn hoofd daar maar in,' zei ik tegen Slapsie, en Slapsie sleepte de knul mee en duwde zijn hoofd in de koker waardoor de bowlingballen terugkwamen. Ik kon hem horen schreeuwen. Het geluid galmde uit de koker alsof hij me van de andere kant van de wereld opbelde.

De eerste bal die Slapsie gooide ging als een raket over de baan en er zouden ik weet niet hoeveel kegels gesneuveld zijn als hij een beetje goed had gemikt.

'Je gooit als een wijf,' zei ik, en Slapsie lachte.

Ik hoorde hoe de bal achter de baan terechtkwam en in de ballenloop viel. Ik spitste mijn oren toen hij weer omhoog werd geschoten en aan zijn steeds snellere reis terug begon.

De knul schreeuwde. Hij wist wat hem te wachten stond.

Toen die bowlingbal tegen de bovenkant van zijn schedel beukte, klonk dat alsof de honkbalknuppel van Slapsie met een stuk biefstuk in botsing kwam. De knul maakte geen enkel geluid.

Ik draaide me om en keek naar de gozer met de kogel in zijn voet. Zijn ogen waren groot, zijn huid zo wit als een non in de winter.

'Probeer het nog eens,' zei ik tegen Slapsie, en hij zwiepte nog een bal over de baan.

Precies raak. Strike.

'Halleluja!' schreeuwde Slapsie en hij deed zijn kleine dansje van de ene voet op de andere.

We wachtten. We werden stil. De bal viel in de ballenloop en begon aan de weg terug.

De botsing maakte een nat en knarsend geluid. Alle spanning die de knul mogelijk in zijn lijf had gehad, viel volledig van hem af. Ik trok hem omhoog en liet hem op de grond glijden. De bovenkant van zijn hoofd was één grote brij tot aan zijn neusbrug. Een van zijn ogen hing dronken uit de kas en bungelde tegen zijn met bloed bespatte wang.

Ik draaide me om en keek naar de gozer op de grond.

'Achtduizend en nog wat, alsjeblieft,' zei ik kalm.

De jongen tilde zijn hand op en wees naar een tas op de bank achter ons. Slapsie liep erheen en maakte hem open. Hij glimlachte. Hij knikte. Hij nam de tas in zijn linkerhand, deed een stap achteruit, en nog een, en vervolgens zwaaide hij met zijn rechterhand zijn knuppel tot ver over zijn schouder en liet hem neerkomen als Thors hamer. De spijker van tien centimeter boorde zich in het voorhoofd van de jongen. Zijn ogen puilden uit alsof ze op springveren zaten en toen was de spijker in de knuppel het enige wat hem nog overeind hield. Slapsie wrikte de knuppel heen en weer en de spijker schoot los. De knul zakte op de grond in elkaar en rolde op zijn zij.

Ik keek naar Slapsie. Slapsie keek naar mij.

'Kennelijk gaat die dikke vrijuit,' zei hij zacht.

'Kennelijk wel,' antwoordde ik.

We vertrokken even stil als we gekomen waren. De tiener buiten zat er nog met zijn hoofd op zijn knieën. De achterkant van zijn nek vertoonde net boven zijn schouders een zwartblauwe verkleuring. Hoogstwaarschijnlijk had Marco op hem gestampt en simpelweg zijn nek gebroken.

Klus geklaard. We gingen terug naar Albarelli. We gaven hem het geld. Hij zou mijn kloten hebben gekust als ik het hem had gevraagd. Ik zei tegen hem dat hij zijn mond moest houden. Als er een probleem was loste je het op, maar je vertelde het nooit tegen je meerderen. Zo ging dat. Albarelli zou toch geen woord hebben gezegd, zou hem zijn reputatie hebben gekost, maar dat daargelaten waren er procedures en protocollen voor dit soort dingen. Don Ceriano wist nooit wat Don Ceriano niet hoefde te weten. Zoals hij me zelf had verteld: *Sommige dingen zie je, andere niet. Zo hoor je ook sommige dingen en net zo veel dingen niet. Een wijs man weet wat wat is.*

Dat was werk, het soort werk dat van tijd tot tijd moest worden gedaan en het was de taak van mij en Slapsie en Johnny the Limpet, van ons allen die met elkaar het Alcatraz Swimming Team vormden, om dat soort problemen uit de weg te ruimen, en ze uit de weg ruimen, dat deden we.

Een paar jaar later leek de geschiedenis uit de tijd dat wij in Miami waren zich te herhalen. Het toppunt van ironie. In juni 1972 werden vijf mannen gearresteerd in het Watergatecomplex in Washington: James McCord, veiligheidscoördinator van het Republikeinse Comité voor de herverkiezing van Nixon, een andere voormalige CIA-kluns en drie Cubanen. Ik moest direct aan het Wofford Hotel denken, de basis van Lansky en Frank Costello in de jaren veertig, aan het feit dat Costello een hechte band met

Nixon had gehad. Een van die Watergate-inbrekers, een Cubaanse balling, was vicepresident van de Keyes Realty Company, het bedrijf dat de schakel vormde tussen de families en de ambtenarij van Miami-Dade County. Toen het gelazer begon voor de regering-Nixon was Don Ceriano beter op de hoogte van wat zich in Washington afspeelde dan menigeen in Washington zelf. Van hem hoorde ik van de informant achter het Watergateschandaal, de man die later 'Deep Throat' werd genoemd.

'Een hoge pief van de FBI,' zei hij. 'Hij speelde de informatie door aan die twee journalisten van de *Washington Post*. Ach ja, als ze er niet zo'n puinhoop van hadden gemaakt met Kennedy, hadden ze Nixon gewoon omgelegd en zich verre gehouden van al dat ingewikkelde juridische gedoe.'

Tweede ironie, een die me veel persoonlijker raakte, was dat Nixons zondeval een grote rol speelde in de dood van Don Giancarlo Ceriano bijna twee jaar later.

Nixon wist destijds niet van wijken. Hij vocht op de enige manier die hij kende. Vent was zo gek als een deur, maar het was een politicus dus we verwachtten eigenlijk niet anders.

Don Ceriano hield zijn zaken goed op orde. Hij werkte hard. Hij inde geld voor de familie en zorgde ervoor dat de afspraken met hen werden nagekomen. Maar er kwam een bericht uit Chicago, zoals altijd het vertrouwelijke bericht uit Chicago. De geschiedenis in Chicago ging helemaal terug tot Capone, vertelde Don Ceriano me, en toen Capone gevangen werd gezet wegens belastingontduiking, werd zijn positie overgenomen door Frank Nitti. Nitti gaf leiding aan de organisatie zoals de Nationale Commissie van *la Cosa Nostra* dat wilde, onopvallend maar krachtig, en tot het moment dat hij samen met enkele anderen werd aangeklaagd wegens het afpersen van de studio's in Hollywood, werd hij als een van de besten beschouwd. Frank Nitti wachtte zijn proces niet af, maar joeg zichzelf een kogel door het hoofd en de maffia in Chicago werd overgenomen door Tony Accardo. Accardo bracht de familie daar rijkdom. Ze breidden hun werkterrein uit naar Vegas en Reno. Ze hieven een straatbelasting op alles wat er in Chicago gebeurde en toen, in 1957, besloot Accardo terug te treden ten gunste van Sam Giancana. Giancana was de tegenpool van Frank Nitti. Het was een extravagante man met een opvallende levensstijl en hij bleef aan de macht tot hij in '66 een jaar de gevangenis in draaide. Na zijn vrijlating nam hij zijn plaats weer in en ondanks de afkeer die sommige leden van de familie van hem hadden, bleef hij aan de macht. Ironisch genoeg werden er ongeveer een jaar later, toen ik allang naar New York was verhuisd, acht kogels op Sam Giancana afgevuurd. Ze schoten hem neer in de kelder van zijn eigen huis, alsof vermoord worden op zich al niet oneervol en smadelijk genoeg was.

Het was begin 1974. Kerstmis was leuk geweest. De drie zussen van Don Ceriano waren met hun gezinnen naar Vegas gekomen. Ze brachten elf kinderen mee, de kleinste niet ouder dan achttien maanden, de oudste een knap meisje van negentien dat Amelia heette. Die twee of drie weken, vanaf Thanksgiving misschien zelfs al, was het rustiger. 1973 was een goed jaar geweest voor Don Ceriano. Hij had in totaal achtenhalf miljoen dollar naar de bazen gestuurd en ze waren tevreden over hem. Naast The Flamingo en Caesar's Palace waren er tientallen kleinere casino's en bars, bordelen en bookmakers waar Don Ceriano toezicht op hield. Deze gelegenheden leverden zogezegd de groenten voor bij het hoofdgerecht. Toen het nieuwe jaar de tweede week van januari in ging, toen we onze aandacht weer op de onderhanden zaken richtten, kwam uit Chicago het bericht dat Sam Giancana een aandeel wilde in wat Vegas te bieden had. Don Ceriano vernam het via de geruchtenmolen en toen hij het mij vertelde, gebruikte hij woorden die minachtend en neerbuigend waren.

'Giancana... een godvergeten playboy,' zei hij. 'Eén meter tachtig gelul in een pak van vijfhonderd dollar. Als die klootzak denkt dat hij zich hier zomaar naar binnen kan werken, moet hij nog maar eens een keer heel goed nadenken, als je snapt wat ik bedoel.'

Maar alle woorden, alle bravoure ten spijt was Giancana een zeer machtige man. Chicago, alles wat Capone en Nitti vóór hem hadden opgebouwd, was een zeer belangrijke bron van inkomsten voor de familie. Als Giancana iets wilde, kreeg hij het meestal en uitgerekend hij stuurde in de derde week van dat jaar zijn rechterhand, Carlo Evangelisti, en zijn eigen neef, Fabio Calligaris, om met Don Ceriano te praten.

Ik weet nog dat ze kwamen. Ik herinner me de limousine die in Alvarado Street stopte. Ik weet nog hoe ze eruitzagen toen ze uit de wagen stapten en op het huis toe liepen. Ze waren gekomen met iemands zegen, dat wist ik wel, en hoewel Don Ceriano het waarschijnlijk graag anders had gezien, was hij wat familiebesluiten betrof geen generaal maar een luitenant.

Calligaris en Evangelisti gingen met Don Ceriano in de grootste kamer van het huis zitten. Ik bracht hun whisky en asbakken. Ik weet nog hoe Fabio Calligaris praatte, met een stem als iets doods dat over de vloer van een mortuarium werd gesleept, en er lag iets in zijn ogen als hij je aankeek wat zowel respect als ontzag afdwong. Als ik er nu aan terugdenk, had hij misschien wel iets wat een kant van mijzelf weerspiegelde. Misschien zag ik, voor het eerst in jaren, een beetje in wat ik geworden was, terwijl ik tevens besefte dat ik niets betekende voor deze mensen. Ik was geen familie; ik was geen bloedverwant; ik was zelfs geen Italiaan.

Op een bepaald moment stopten ze om te eten en toen Calligaris opstond, keek hij me aan en glimlachte. Hij wendde zich tot Don Ceriano en zei: 'Don Ceriano... Wie is die man?'

Don Ceriano keek me aan. Hij stak zijn hand uit en ik liep naar hem toe. Hij sloeg zijn arm om mijn schouders en trok me stevig tegen zich aan.

'Dit is Ernesto Cabrera Perez, Don Calligaris.'

'Aah,' zei Calligaris. 'De Cubaan.'

Hij zag mijn verbazing en glimlachte veelbetekenend. 'We hebben een wederzijdse vriend, Ernesto Perez... Een zekere Antoine Feraud uit het zuiden, uit Louisiana.'

Mijn verbazing werd alleen maar groter.

Calligaris stak zijn hand uit. Ik deed hetzelfde. Hij pakte mijn hand en drukte hem stevig. 'Als je meneer Feraud kent, ken je de halve wereld,' zei hij, en toen moest hij lachen. 'Hij is een kracht waar je rekening mee moet houden, zeker wat de zuidelijke staten betreft. Hij heeft een paar politici in zijn zak, en dat je bij hem goed bekendstaat, zal ons nog van pas komen... misschien in de toekomst wel steeds meer.' Calligaris zweeg; hij nam me een moment van top tot teen op. 'Ik heb begrepen dat je een man van resolute actie en weinig woorden bent.'

Ik hield mijn mond.

Calligaris lachte. 'Kennelijk is het waar,' zei hij, en hij en Don Ceriano keken elkaar lachend aan.

Calligaris knikte. 'Goed, we gaan eten en daarna praten we nog wat.'

Don Ceriano liet me los en ik ging naar de keuken. Ik zat daar terwijl de mensen om me heen druk in de weer waren en schalen naar de eetkamer brachten. Mijn mond was zo droog als kopervijlsel. Ik voelde een brandende spanning in mijn borst. Er liepen mensen op aarde rond die mijn naam kenden, die wisten van de dingen die ik had gedaan, en het waren mensen die ik niet herkend zou hebben als ik ze op straat was tegengekomen, naast ze in een bar had gezeten. De gedachte beangstigde me en omdat angst me vreemd was geworden, was het een moment waaraan ik nog vele jaren zou terugdenken. Het was een moment dat voor mij een verandering inluidde, een verandering van koers, een verandering van levensstijl, maar pas later zou ik beseffen hoe belangrijk het was. Voorlopig zat ik stil in de keuken terwijl Don Ceriano, Fabio Calligaris en Carlo Evangelisti, misschien wel de machtigste drie mannen die ik ooit had gekend, op nog geen vier meter afstand antipasta zaten te eten.

Die nacht, toen duisternis tegen de muren van mijn kamer drong, het geluid van de straat niets meer was dan een gemurmel van het onophoudelijke verkeer door de stad Las Vegas, keek ik terug en stelde ik mezelf de vraag wat ik was geworden. Ik dacht aan mijn moeder, aan haar wrede, onnodige dood, en ook aan mijn vader, de Havana Hurricane, en de manier waarop hij me had aangekeken in dat steegje toen hij wist dat zijn dood was gekomen door toedoen van zijn eigen zoon. Ik huilde niet om hem. Dat kon ik niet. Maar om haar, om alles wat ze was vóór mijn vader, om alles wat ze geworden zou zijn als ze niet had besloten hem te trouwen... Voor haar vergoot ik een traan. Het draaide uiteindelijk allemaal om familie. Altijd weer om familie. Het draaide om bloedbanden en loyaliteit en de kracht van een belofte. Deze mensen, deze Italianen, waren geen familie van me. Ik was het enige wat over was van mijn eigen bloedlijn en als mijn leven ten einde kwam, zou alles wat mijn moeder voor me had gewild ten einde komen. Misschien begon ik op dat moment aan een eigen gezin te denken, dat een gezin kracht en passie betekende en een gevoel van trots omdat je iets creëerde wat een verlengstuk van je eigen ik was. Ik viel in slaap met die gedachte, en hoewel de volgende dag grotere veranderingen voorspelde dan ik me ooit had kunnen voorstellen, was de kiem toch gezaaid. En die zou groeien; mettertijd zou die groeien, en hoe meer hij groeide, des te minder ruimte had ik over voor andere gedachten. Wat er in de weken daarna gebeurde, liet ik gebeuren om die reden, want ik heb nooit één moment geloofd dat ik zou vinden wat ik zocht in dat huis in Alvarado Street.

Met alle kennis die ik nu heb, is het net of ik me de volgende dag steeds helderder voor de geest kan halen, alsof ik dankzij die kennis alles in het juiste perspectief kan plaatsen. Soms zei Don Ceriano: 'Ernesto, je zegt te weinig en denkt te veel,' maar eigenlijk dacht ik zelden na, als ik überhaupt al nadacht. Ik was destijds geen introspectieve man en dat ben ik ook nooit geweest. Misschien liet mijn leven de luxe van contemplatie niet toe, want het zou te pijnlijk zijn geweest om na te denken over de dingen die ik had gedaan, de mensen die ik had omgebracht, het pad dat ik had gekozen. Nu ik ouder en mogelijk iets wijzer ben, zou ik misschien andere keuzes maken. Dat geldt zeker niet voor het doden van mijn vader, want zelfs met oudere, wijzere ogen zie ik in dat er geen andere mogelijkheid was. Ik had niet werkloos kunnen toezien en hem door iemand anders laten ombrengen. Dat zou geen gerechtigheid zijn geweest. Omdat hij schuldig was aan de dood van mijn moeder en omdat hij haar jarenlang had gekweld, moest ik hem zelf doden. En de anderen? Tja, ik was een goede soldaat, een lid van de Italiaanse familie, maar wellicht niet meer dan een uit inteelt voortgekomen verre neef die alleen verscheen als er werk te doen was dat niemand op zich wilde nemen. Ik weet het niet en inmiddels wil ik het niet meer weten. Tegen de tijd dat ik oud genoeg was om deze dingen te zien voor wat ze waren, was ik te oud om er iets aan te doen. Het was zoals het was. Het verleden was het verleden en daar kon ik niets meer aan veranderen.

Die dag, de dag na de komst van Fabio Calligaris en Carlo Evangelisti, was een keerpunt. Toen ik die ochtend aan de ontbijttafel zat, bespeurde ik een kracht in de kamer die ik eerder had gevoeld. Het was de dood. De dood gaat gehuld in een schaduw. Hij wacht, hij draalt enige tijd en dan rukt hij dat waarvoor hij gekomen is, snel, meestal stil, uit het leven. Don Giancarlo Ceriano, een man die sinds februari 1960 en de dood van Don Pietro Silvino mijn vader was geweest, een man die me bijna vijftien jaar lang levenslessen had gegeven, droeg die schaduw van de dood met zich mee.

'Ernesto... heb je goed geslapen?' vroeg hij.

Ik knikte. 'Ja, Don Ceriano... ik heb goed geslapen.'

Hij glimlachte. 'Vandaag is een grote dag, nietwaar, een dag voor de toekomst,' zei hij. Hij smeerde boter op een stuk ciabatta en doopte dat vervolgens in een kop espresso. Don Ceriano was een enigszins ongedurige man, denk ik; vaak bladerde hij onder het eten de krant door, terwijl aan zijn rechterhand een asbak stond met een brandende sigaret die hij van tijd tot tijd pakte om een trekje te nemen; de tv voor zijn neus stond aan en er was altijd wel iemand in de kamer die de details van een bepaald aspect van het werk met hem besprak. Hij kon die dingen tegelijk, alsof hij onvoldoende tijd had om ze een voor een te doen. Als jongeman meende ik dat hij een stel hersens had ter grootte van Amerika; later besefte ik dat dit voor hem de enige manier was om het geluid van zijn geweten te overstemmen.

'Mijn vrienden Don Carlo en Don Fabio komen dadelijk. We zullen nogmaals de belangen van de familie uit Chicago in onze zaken hier in Las Vegas doornemen. Dit wordt een voorspoedig jaar voor ons, echt een zeer voorspoedig jaar.'

Ik had geen zin in eten; ik kon niet eten. Ik schonk een kop koffie in, ik stak een sigaret op, ik luisterde geduldig naar Don Ceriano terwijl hij vertelde dat alles beter zou worden als de mensen van Sam Giancana hier eenmaal waren om ons bij te staan in de zaken. Ik geloofde er niets van. Ik kan niet uitleggen waarom, maar op de een of andere manier leken alle woorden van Don Ceriano, woorden die hem door Don Calligaris en Don Evangelisti in de mond waren gelegd, doorzichtig. Het was of ze van een andere kleur waren dan de lucht in de kamer, of misschien zat de schaduw van de dood erachter verborgen. Ik probeerde niet te begrijpen hoe ik wist wat er zou gebeuren, maar ik wist het, diep in mijn hart wist ik het. Ik besefte niettemin dat ik alles zou doen wat ik moest doen om mijn eigen leven te redden. Ik meende dat ik niet alleen voor mezelf in leven wilde blijven, maar voor de nagedachtenis van mijn moeder. Als ik stierf, zou er niets van haar over zijn. Helemaal niets. Dat mocht ik niet laten gebeuren en daarom besloot ik – in strijd met mijn opvattingen en loyaliteitsgevoel, tegen mijn geweten en eergevoel in – dat ik deze dag zou kunnen navertellen ongeacht wat Don Ceriano overkwam. Hij was geen familie van me. Ik was mijn familie. Ik en de herinnering aan mijn moeder.

Later, een uur of zo later, verschenen Don Calligaris en Don Evangelisti. Ze kwamen met dozen sigaren, met flessen oude armagnac en met bloemen voor het huis van Don Ceriano. Algauw was het hele huis doortrokken van een rokerige, roezige en zomerse geur. Ik ging naar de keuken en schonk nergens aandacht aan, behalve aan mijn eigen onbehaaglijke en onrustige gevoel, en het duurde niet lang of Don Ceriano kwam binnen en zei, al halfdronken voor het middaguur, dat hij met Fabio en Carlo een aantal van de ondernemingen en casino's ging bekijken. Calligaris volgde hem op de hielen. Hij stond erop dat ik meeging en opnieuw klonk zijn stem als iets doods dat over de vloer van een mortuarium werd gesleept, en zijn ogen, die zowel respect als ontzag leken af te dwingen, lieten me geen ruimte om zijn eis naast me neer te leggen.

We namen de auto van Don Ceriano. Don Ceriano zat achter het stuur, Carlo Evangelisti naast hem en Don Calligaris en ik achterin. We reden naar mijn idee eindeloos lang, maar de straten kwamen me nog bekend voor, dus we kunnen niet zo heel lang onderweg zijn geweest. Don Ceriano had voortdurend het hoogste woord. Ik wilde tegen hem zeggen dat hij zijn mond moest houden, dat hij al zijn energie nodig zou hebben om zich te verweren tegen dat wat onvermijdelijk kwam, en als hij me een vraag stelde, bromde ik alleen iets ter bevestiging of ontkenning want ik kreeg geen woord over mijn lippen.

'Je denkt alweer te veel en zegt alweer te weinig, Ernesto,' zei hij, waarop Don Calligaris opmerkte: 'Daar zouden heel wat mensen een voorbeeld aan kunnen nemen,' en ze lachten allemaal, en ze lachten in de aanwezigheid van iets verschrikkelijks, en het leek wel of Don Ceriano de enige was die het niet doorhad. Misschien was hij verblind door hebzucht, de belofte van rijkdom, faam en erkenning van de familie, maar hij was hoe dan ook blind en vanbinnen had ik al om hem gerouwd omdat ik wist dat ik hem op geen enkele manier kon redden.

Don Ceriano was al dood op het moment dat hij die ochtend wakker werd, misschien al eerder, misschien al tijdens een korte uitwisseling van gedachten die de avond ervoor tussen zijn bezoekers uit Chicago had plaatsgehad. Pas later zou ik vernemen wat er in de weken en maanden voorafgaande aan zijn dood was gebeurd. Pas later zou ik vernemen dat het besluit was genomen door iemand die hij zelfs nog nooit had ontmoet.

We parkeerden achter een pakhuis in het centrum. We waren dicht bij de woestijn. De zon stond hoog aan de hemel, de lucht was droog en warm en het was bladstil en benauwd.

'Hier kunnen we alles met een auto doen wat je met een auto kunt doen,' zei Don Ceriano. 'Hier hebben we mensen die auto's op bestelling kunnen stelen, die ze in een paar uur kunnen strippen, chassisnummers weghalen, kentekens veranderen en weet ik wat nog meer. We verwerken hier zo'n zes tot tien auto's per week. Een groot deel gaat uiteindelijk naar het Midwesten en de noordelijke staten.' Hij was opgewekt, trots zelfs, en hij leunde ontspannen achterover. Het raampje aan zijn kant stond open en hij rookte een van de dure sigaren die diezelfde ochtend waren gekomen.

Op dat moment, juist toen hij de sigaar naar zijn lippen bracht, wipte Don Fabio Calligaris de metalen snaar over het hoofd van Don Ceriano heen en trok hem met alle kracht die hij in zich had naar achteren. Tussen de snaar en zijn hals zat de rechterpols van Don Ceriano en ik zag met een ellendig en afstandelijk gevoel van ontzetting hoe de snaar in het vlees sneed en de sigaar die hij vasthad in zijn gezicht werd gedrukt.

Terwijl mijn instinct me aanzette tot handelen, me maande iets te doen om Don Ceriano te helpen, keek ik snel naar links en zag ik dat Don Evangelisti me in het oog hield. Met zijn blik daagde hij me uit in actie te komen. Door de manier waarop hij zijn lichaam hield, de manier waarop hij tegen de rug van de stoel leunde, wist ik dat hij een wapen in zijn hand had dat recht op een of ander deel van mijn lichaam was gericht.

Alles om me heen werd vaag en onwerkelijk. Ik was me ervan bewust dat Don Ceriano dringend hulp nodig had. Ik voelde de noodzaak iets te doen om hem te helpen. Ik was me bewust van mijn loyaliteit jegens hem, de afspraken die waren gemaakt, en tegenover al die dingen de noodzaak om mijn eigen leven en de nagedachtenis van mijn familie te beschermen.

'Aah, godver de godver,' zei Don Calligaris, en toen begon Don Ceriano te spartelen en te schreeuwen.

Don Calligaris ging achteruit hangen en zette de zool van zijn rechtervoet tegen de rug van de bestuurdersstoel. Hij kneep zijn handen stijf dicht en begon de snaar met rukkende bewegingen naar achteren te trekken. Don Ceriano schreeuwde nog harder. Bloed stroomde uit de gapende wond in zijn pols, een wond die door het geruk aan de snaar steeds dieper werd.

Ik keek vol afgrijzen toe. Ik was als verstijfd. Mijn hele lijf zei me dat ik iets moest doen, het maakte niet uit wat, maar ik kon me niet bewegen.

Don Ceriano keek met grote ogen en open mond – schreeuwend van doodsangst naarmate de pijn toenam – in mijn richting.

Ik keek terug – uitdrukkingsloos, ik voelde niets.

Het wapen dat Don Evangelisti in zijn hand had was ik vergeten. Het punt dat ik me er druk om maakte wat er kon gebeuren als ik iets ondernam, was ik gepasseerd. Ik wist alleen dat dit voor mij niet het moment was om te sterven. Dat kon het niet zijn.

'Godsherejezus, hou toch je kop!' schreeuwde Evangelisti, alsof Don Ceriano iets te kiezen had, en op dat zelfde ogenblik, toen ik naar het bloed keek dat uit zijn pols gutste, toen ik naar de spieren keek die zich spanden in het gezicht van Fabio Calligaris, toen ik de plotse paniek zag die zich aftekende op het gezicht van de man naast Ceriano, wist ik dat ik iets moest doen.

Ik keek naar links. Dat weet ik nog. Ik keek naar links door het raampje naar buiten, keek naar de woestijn, de totale afwezigheid van iets herkenbaars tegen de horizon, en ik stelde mezelf de vraag of dit ook het einde van mijn leven zou kunnen worden.

Ik zag mijn moeder. Ik moest in leven blijven, al was het maar voor haar. Zo luidde mijn besluit. Het besluit zette aan tot handelen en ik balde mijn vuist. Ik leunde naar voren, langs Don Calligaris, en beukte met mijn rechterhand van opzij tegen de slaap van Don Ceriano.

Hij hield een onderdeel van een seconde op met schreeuwen.

Hij keek achterom over zijn schouder naar mij. Op dat moment drong het tot hem door dat ik hem niet zou helpen, dat ik had besloten hem daar in die auto aan zijn einde te laten komen.

Hij begon opnieuw te schreeuwen.

Ik duwde Don Calligaris opzij, hij liet de snaar vieren en terwijl ik me onhandig tussen de twee voorstoelen wurmde, greep ik Don Ceriano bij de keel. Opnieuw staakte hij zijn geschreeuw. Ik duwde zijn armen omlaag, verwijderde het obstakel voor de snaar en liet me terugvallen op de achterbank.

Calligaris keek me een hartenklop lang aan en rukte toen opnieuw en met kracht de snaar naar achteren. Ik hoorde hoe het metaal door het vlees van Don Ceriano's hals gleed. Ik hoorde hoe zijn ademhaling door de plotse stroom bloed heen trachtte te ontsnappen, hoorde zijn voeten die onder het dashboard tegen de pedalen schopten en een paar tellen later zakte hij achterover.

Don Ceriano was dood. De man over wie weken daarvoor in New York was gesproken; de man wiens doodvonnis al vóór Kerstmis beklonken was; de man wiens naam al in het onmetelijke en veronachtzaamde geheugen van de Nationale Commissie van *la Cosa Nostra* was opgenomen, was dood.

Met zijn hoofd achteroverhangend tegen de hoofdsteun bloedde Don Ceriano leeg in zijn eigen schoot terwijl Fabio Calligaris en Carlo Evangelisti hun ogen sloten en hun kalmte hervonden.

Ik zei niets. Geen woord.

Na enkele minuten duwde Don Calligaris het portier open en stapte uit de auto. Ik volgde zijn voorbeeld en liep zo'n tien tot vijftien meter bij de auto vandaan. Don Evangelisti kwam achter me aan, maar toen keerde hij om naar het pakhuis en liep daar snel op af. Ergens hoorde ik een motor starten, een zware dieselmotor. Uit de achterdeuren van het pakhuis kwam een brede tractor met een schepbak van voren. We stonden gedrieën toe te kijken toen de tractor over het zand reed en de auto naderde. Nog geen twee minuten later had de tractor de auto opgetild alsof deze van papier was en reed hij langzaam draaiend, deinend als een gigantisch prehistorisch wezen met een prooi in zijn bek, terug naar het pakhuis, naar de autopers die stil en geduldig stond te wachten aan de andere kant van het terrein.

Ik zag hem gaan. Mijn hart klopte langzaam. Dit was leven en dood in Las Vegas, in de stijl van de maffia.

Don Calligaris kwam op me toe lopen en offreerde me een sigaret. Hij stak hem voor me aan en nagelde me toen met dezelfde starre blik aan de grond. Hij glimlachte koeltjes. 'Wat heb je hier gezien, Ernesto Cabrera Perez?'

Ik schudde mijn hoofd. 'Hier? Ik heb hier niets gezien, Don Calligaris.'

Op dat moment, toen hij zijn sigaret naar zijn lippen bracht, zag ik het bloed aan zijn handen. Ik keek omlaag en zag bloed aan de mijne. Er zat bloed op Evangelisti's pak van vijfhonderd dollar. Het bloed van Don Giancarlo Ceriano.

'Je hebt hier niets gezien,' stelde Don Calligaris vast.

Ik schudde mijn hoofd. 'Er was niets te zien.'

Hij knikte en keek omlaag naar de grond. 'Ben je wel eens in New York geweest, Ernesto?'

Ik haalde mijn schouders op.

'Nee?' vroeg hij.

Ik haalde nogmaals mijn schouders op, schudde mijn hoofd. 'Nee, ik ben nog nooit in New York geweest.'

'Er zou in New York plaats kunnen zijn voor een man zoals jij, een man die weinig ziet en nog minder praat.'

'Dat zou kunnen,' zei ik.

'Een man zoals jij zou aardig kunnen verdienen in New York, een invloedrijke positie kunnen krijgen ... de tijd van zijn leven hebben in feite.' Hij lachte alsof hij terugdacht aan zijn eigen ervaringen.

Ik keek naar Don Evangelisti. Hij glimlachte ook.

'U komt niet uit Chicago, hè?' vroeg ik.

Don Calligaris schudde zijn hoofd. 'Nee, we komen niet uit Chicago.'

'U werkt niet voor Sam Giancana en u bent zijn neef niet?'

Calligaris lachte opnieuw. 'Sam Giancana is een klootzak, een schoenenpoetser in een pak van vijfhonderd dollar. Sam Giancana is voor het eind van het jaar dood. Nee, we werken niet voor hem. We werken voor mensen die oneindig veel machtiger zijn dan Sam Giancana, en jij kunt voor ons komen werken als je wilt.'

Ik was een moment stil. Nu Don Ceriano dood was, was er niets wat me hier hield. Ik was de ingehuurde werkkracht, lid van de dweilploeg en voor zover ik wist, lagen Slapsie Maxie, Johnny the Limpet en de rest van het Alcatraz Swimming Team net zo dood als Don Ceriano ergens in Vegas.

'Er is niets wat me hier houdt,' zei ik. 'Ik kan naar New York komen.'

Ze lachten allebei. Don Evangelisti zei iets in het Italiaans en toen begonnen ze opnieuw te lachen.

Don Calligaris kwam op me aflopen. Hij stak zijn bebloede hand uit en ik drukte hem. 'Welkom in de echte wereld, Ernesto Perez,' zei hij kalm, en toen liet hij mijn hand los en zette zich in beweging, en ik liep achter hem aan terug naar het pakhuis, waar een auto voor ons klaarstond.

Ik keek achterom toen we wegreden, zag de tractor die net de auto van Don Ceriano hoog boven de grond tilde en hem in de pers liet vallen. Ik sloot mijn ogen en zei een gebed voor zijn ziel, die op dat zelfde moment snel en onvermijdelijk op weg was naar de hel.

Ik draaide me om en keek vooruit, want vooruit was de enige kant die ik op kon kijken en als New York mijn bestemming was, het zij zo.

Ik was zesendertig jaar oud. Ik was alleen. Ik maakte geen deel meer uit van deze familie. Ik nam wat me gegeven werd en ik scheen geen keuze te hebben.

Toen ik aan boord van een vliegtuig stapte met in mijn hand één koffertje met al mijn bezittingen, had ik mezelf losgemaakt van alles wat achter me lag en was ik bereid opnieuw te beginnen.

Zo moest je het doen, want als je achteromkeek zag je het verleden, en het verleden was te pijnlijk om te zien.

New York lonkte; ik vloog er van Las Vegas naartoe met een hoopvol hart.

16

'We hebben de vertegenwoordiger... We hebben geen lichaam, maar we hebben een bekentenis,' zei Woodroffe.

Ze zaten in de grootste kamer van het gebouw, Hartmann en Schaeffer en hij; het was vroeg in de avond, ongeveer een uur nadat Perez was teruggebracht naar het Royal Sonesta.

Hartmann had een knallende hoofdpijn. Hij dronk te veel koffie, rookte te veel sigaretten; had het gevoel dat hij verstrikt was in een afgrijselijke nachtmerrie die hij zelf had verzonnen.

'We hebben de moord op Gerard McCahill, Pietro Silvino, die vent McLuhan, twee mensen in het Shell Beach Motel en die Chester Wintergreen, wie dat ook moge zijn. Nu komen daar de drie Porto Ricanen en Giancarlo Ceriano in Vegas bij. We denken dat we ten minste zes van deze moorden kunnen verifiëren en we hebben geen enkele reden om aan te nemen dat Perez niet de dader is.'

Hartmann keek over de tafel heen naar Schaeffer. Schaeffers gezicht stond somber, het gezicht van een vermoeide en vertwijfelde man, en Hartmann had het gevoel dat hij op geen enkele manier kon worden geholpen. Ze zaten allemaal in hetzelfde lastige parket, dezelfde verwrongen werkelijkheid die Perez zo moeiteloos had gecreëerd, maar tegelijkertijd waren zij drieën uiteindelijk verantwoordelijk voor de eventuele gevolgen.

'En?' vroeg Hartmann.

Woodroffe keek naar Schaeffer; Schaeffer knikte en Woodroffe richtte zich weer tot Hartmann.

'De mensen die we op pad hebben gestuurd, hebben nog niets gevonden.'

Hartmann sloeg zijn ogen neer. 'Misschien is ze niet eens in New Orleans,' opperde hij, een gedachte die naar hij veronderstelde vanaf het allereerste begin bij hen allemaal door het hoofd had gespeeld.

Perez was hen dagen vóór geweest en hij had de halve Verenigde Staten door kunnen rijden met het meisje zonder dat zij het wisten.

'We hebben dus toestemming om een deal met hem te sluiten,' zei Woodroffe en nog voor hij zijn beweegreden had toegelicht, glimlachte Hartmann al. Hij glimlachte als de net zo vermoeide en vertwijfelde man die hij was.

'We hebben toestemming van FBI-directeur Dohring en van de minister van Justitie zelf, Richard Seidler, om een deal met Perez te sluiten,' ging Woodroffe verder. 'En we willen dat jij naar het Sonesta gaat om met Perez te praten en te kijken of hij bereid is tot onderhandelen.'

'En hoe luidt het voorstel?' vroeg Hartmann.

Opnieuw wierp Woodroffe een blik op Schaeffer.

'Ten minste zes gevallen van moord,' zei Schaeffer. 'Zes gevallen van moord die Perez heeft bekend en waarvoor we bewijzen kunnen vinden, en in ruil voor informatie over de verblijfplaats van het meisje en haar veilige terugkeer –' Schaeffer keek omlaag naar zijn handen. Hij zweeg een moment en toen keek hij op. 'In ruil voor het meisje gaat hij vrijuit.'

'Vrijuit?' vroeg Hartmann verbijsterd.

'Nou ja, hij gaat vrijuit voor zover het de gerechtelijke gemeenschap van de Verenigde Staten betreft. Hij wordt uitgewezen naar Cuba en als de Cubaanse overheid iets wil met misdrijven die op Cubaanse bodem zijn gepleegd, moeten zij dat weten. Wij zouden in dat geval geen... Ach, laat ik het zo zeggen: we zijn niet van plan ons behulpzaam op te stellen en eventueel bewijsmateriaal naar de Cubanen te sturen.'

'En als ze al dood is?' vroeg Hartmann. 'Als ze al dood is en dit was niet zomaar een ontvoering maar een zevende moord die jullie kunnen bewijzen?'

Schaeffer schudde zijn hoofd. 'Dat is een gok die we wel willen nemen.'

'We?' vroeg Hartmann, op licht beschuldigende toon. 'Bedoel je niet jullie, of Dohring en Seidler, met op de achtergrond Charles Ducane en alle druk die hij via zijn politieke connecties heeft uitgeoefend?'

Woodroffe leunde naar voren. Hij legde zijn handen plat op de tafel. 'We gaan uit van de veronderstelling dat het meisje nog in leven is,' zei hij. 'We hebben toestemming gekregen dit voorstel voor te leggen aan Perez en aangezien hij jou hier wilde hebben om zijn verhaal aan te horen, mag jij hem gaan vertellen waartoe we bereid zijn.'

'Jullie verspillen je tijd,' zei Hartmann, 'en ik denk in alle eerlijkheid niet dat je er iets mee zult bereiken. Hij zal alleen pisnijdig worden. Snappen jullie dan niet dat het helemaal niet om dat meisje gaat? Het gaat zelfs niet om de ontvoering en het gaat zeker niet om de moord op Gerard McCahill of andere gevallen van moord die zijn toe te schrijven aan Perez. Het gaat om het leven van Perez ... Het gaat om de dingen die hij heeft gedaan en de mensen die hem daartoe opdracht gaven –'

'Godallemachtig, Hartmann, je kletst uit je nek,' beet Woodroffe hem toe.

'O ja?' merkte Hartmann op. 'Denk jij nou echt dat je weet wat er omgaat in het hoofd van die man?'

'Nee ... maar jij blijkbaar wel,' zei Schaeffer.

Hartmann zuchtte; dit zou een vicieuze en zinloze discussie worden. 'Ik geloof het wel, ja,' zei hij. 'Dat ik er iets van weet althans.'

'Dat horen we dan graag,' zei Schaeffer, 'want we zijn naar mijn idee nog geen steek wijzer dan vorige week zaterdag. We weten helemaal nog niet wat er met Catherine Ducane is gebeurd.'

'Het gaat over aanzien,' zei Hartmann. 'Het gaat over onbelangrijk zijn en dan aanzien krijgen en vervolgens beseffen dat je opnieuw onbelangrijk bent.'

'Pardon?' zei Woodroffe.

'Ernesto Perez was een nul ... een mishandeld kind met een krankzinnige vader en dan vermoordt zijn vader zijn moeder en moet hij de vs uit. Hij gaat naar Cuba en daar ontmoet hij mensen met geld, mensen die er voordeel bij hebben dat hij is wat hij is, en hij doet die dingen en hij heeft geld, een reputatie, mensen zijn bang van hem, en nu is hij naar mijn idee uit die wereld verbannen. Hij is in een situatie verzeild geraakt waarin de mensen die zogenaamd zijn vrienden waren, zijn familie zo je wilt ... dat die hem de rug hebben toegekeerd en dat hij helemaal alleen is.'

'Wat moet dit voorstellen?' vroeg Woodroffe. 'Ben je nu opeens een volledig gekwalificeerd crimineel psycholoog?'

'Het is intuïtie,' zei Hartmann. 'Ik heb daar god mag weten hoeveel uur naar het levensverhaal van die man zitten luisteren en er is heel veel wat we niet weten, dat staat buiten kijf, maar heel veel dingen kunnen we wel raden. Wat ik heb begrepen, wat ik heb opgemaakt uit wat hij ons tot nu toe heeft verteld, is dat het geleidelijk aan tot hem is doorgedrongen dat hij een pion in handen van machtigere mannen is geweest en dat zich nu de situatie heeft voorgedaan, waarom weten we niet, dat hij iets nodig had en zij niet bereid waren hem te helpen.'

'Fantaseer maar lekker verder,' zei Woodroffe, 'maar als puntje bij paaltje komt houden we ons aan de procedures en de procedures worden opgesteld door het hogere gezag en dat hogere gezag heeft ons opdracht gegeven een voorstel te doen om te kijken of er een deal gesloten kan worden.'

Hartmann reageerde niet.

'Je moet wel meewerken, Hartmann,' zei Schaeffer. 'Je moet er ook achter staan. Er moet iets gedaan worden –'

'Nou, doe dat dan,' merkte Hartmann op.

Schaeffer zuchtte hoorbaar. Hij sloot zijn ogen en liet zijn hoofd naar achteren zakken. Hij begon weer te praten zonder zijn hoofd te bewegen en Hartmann merkte aan alles dat hij volslagen en totaal gefrustreerd was.

'Jij moet het doen,' zei Schaeffer langzaam. 'Je moet alle twijfels en bedenkingen die je hebt opzijzetten en met die maniak gaan praten. Je moet echt je uiterste best doen en wie weet... Misschien schieten we er niets mee op, maar nu is alles wat je zegt, alles wat wij zeggen, enkel gebaseerd op vermoedens en veronderstellingen. Misschien grijpt Perez de kans op een deal, misschien ook niet...'

'Hij zal er niet op ingaan,' zei Hartmann.

'Hoe weet je dat zo zeker?' vroeg Woodroffe.

'Het is een moordenaar en een psychopaat. Het is een oude man die al zijn hele leven, vanaf zijn puberteit, mensen heeft vermoord. We wisten niets van hem af. Hij had kunnen blijven zitten waar hij zat, hij had zich stil kunnen houden, dan hadden we het allemaal nooit geweten. Hij heeft dat meisje ontvoerd met een bepaalde reden. Hij heeft zich niet aangegeven om schoon schip te maken en zich beter te voelen. Het heeft niets met zijn geweten te maken. Het is een uitgekiende methode om iets voor elkaar te krijgen – wat, dat weten we niet. Hij heeft een agenda, een beweegreden en die kan nog zo waanzinnig zijn, maar het blijft een reden, nietwaar? De man heeft een reden waarom hij dit doet en die reden is niet dat hij zichzelf graag hoort praten, en zeker niet dat hij wil onderhandelen over een lagere straf. Het zijn allemaal dingen waar we nooit iets van te weten zouden zijn gekomen. Hij heeft om te beginnen nog nooit gevangenisstraf gehad... Waarom zou hij daar dan nu op aansturen?'

Woodroffe schudde zijn hoofd en keek naar Schaeffer. 'Hij heeft gelijk. Waarom heeft hij zich eigenlijk aangegeven? Waarom is hij niet gewoon blijven zitten waar hij zat en stilletjes de pijp uit gegaan?'

'Omdat hij volslagen gek is, en gekke mensen doen voortdurend gekke dingen,' zei Schaeffer. 'Je kunt een irrationele daad niet rationeel verklaren.'

Hartmann trok zijn wenkbrauwen op. Hij herinnerde zich dat hij zelf precies hetzelfde had gedacht.

'Wat stel je dan voor?' vroeg Woodroffe aan Schaeffer.

Schaeffer schudde zijn hoofd. 'We hebben geen keus. Er is ons gevraagd de man een voorstel te doen en dat gaan we dus doen. We proberen het. Hartmann gaat naar het Royal Sonesta Hotel en gaat, met honderd federale agenten in de buurt, met Ernesto Perez in een kamer zitten en vraagt hem of hij wil onderhandelen over de vrijlating van het meisje. We zullen zien wat Perez te zeggen heeft en als hij zegt dat we de pest kunnen krijgen, staan we er niet slechter voor dan nu.'

'Goed punt,' zei Woodroffe. 'Hartmann?'

Hartmann haalde zijn schouders op. 'Jullie hebben hier de leiding... Ik ben maar een ex-alcoholist die met een bulldozer dwars door zijn leven is gereden en vervolgens tegen zijn wil hierheen is gesleept en eigenlijk alleen maar naar huis wil. Als jullie mij er maar niet op aankijken als hij zo pisnijdig wordt dat hij ons helemaal niet meer wil vertellen waar het meisje is.'

'Dat risico zullen we moeten nemen,' zei Woodroffe.

'Mee eens,' zei Schaeffer. 'Ik ben niet van plan de directeur van de FBI te gaan vertellen dat hij zijn voorstel in zijn reet kan stoppen.'

'Jullie hebben het voor het zeggen, jongens,' zei Hartmann en hij stond op. 'Maar vanavond doe ik het niet.'

Schaeffer fronste. 'Wat bedoel je, dat je het vanavond niet doet?'

'Ik heb een knallende koppijn. Ik heb vannacht niet goed geslapen. Ik ben niet in de juiste stemming om te onderhandelen over het leven van Catherine Ducane. Als je wilt dat ik dit doe, zul je me tot op zekere hoogte zelf moeten laten bepalen hoe ik het aanpak. Ik heb tijd nodig om daarover na te denken, wat ik het best tegen hem kan zeggen. Het is volgens mij pure tijdverspilling, maar ik zie ook wel in dat we er niet echt op achteruitgaan als hij nee zegt. Ik heb meer redenen om hier nu niet te zijn dan jullie je kunnen voorstellen en het laatste wat ik wil, is de enige kans om hier zo snel mogelijk weg te komen verknallen door dit helemaal verkeerd aan te pakken.'

'Ik ben het met Hartmann eens,' zei Woodroffe.

'Wil jij Bob Dohring bellen om hem te vertellen dat we het niet direct gaan doen? Als we het nu niet doen, wanneer dan wel, verdomme?'

'Morgen,' zei Hartmann.

'Elke vierentwintig uur is weer vierentwintig uur van het leven van Catherine Ducane. Dat besef je toch wel, hè?'

Hartmann knikte. 'Ja, dat weet ik wel... Natuurlijk weet ik dat, maar als ze dood is maken die vierentwintig uur ook niks meer uit, en als ze nog in leven is, dan is ze in leven omdat Perez wil dat ze in leven is, en als dat het geval is dan blijft ze leven tot hij alles heeft verteld wat hij ons wil vertellen.'

'En wat zeggen we tegen Dohring?' vroeg Schaeffer. 'Heb je daar nog heldere ideeën over?'

'Zeg maar dat Perez pas morgen met ons wil praten. Zeg maar dat hij ons eerst over New York wil vertellen voordat hij iets anders met ons bespreekt. Vertel hem maar wat je wilt. Ik ga nu weg. Ik word knettergek hier en ik denk er niet over nu naar het Royal Sonesta te gaan om met Ernesto Perez te onderhandelen. En als Dohring er geen genoegen mee neemt, zeg hem dan maar dat ik het bijltje erbij neergooi als hij ons niet een beetje speelruimte geeft... Mag hij zelf hierheen komen om zijn charme op Perez te botvieren, zullen we eens zien wat er dan gebeurt, goed?'

'Heb je gedronken?' vroeg Woodroffe. 'Heb je het hier zo moeilijk mee dat je weer aan de drank bent, Hartmann?'

Hartmann sloot zijn ogen en balde zijn vuisten. Hij was bijna over de tafel heen gesprongen om Woodroffe een oplawaai te verkopen.

'Nee, Woodroffe, ik heb niet gedronken... Afgezien van die smerige giftige koffie die jullie hier brouwen.'

'Laat maar,' zei Schaeffer. 'Ik praat wel met Dohring. Het is zo gek nog niet wat je zegt. Ga maar terug naar het Marriott. Probeer een beetje uit te rusten. Morgen kijken we eerst wat Perez te vertellen heeft en daarna doen we hem het voorstel. Zijn we het daarover eens?'

Hartmann knikte. Woodroffe bromde iets onverstaanbaars.

Schaeffer stond op. 'Dat is dan afgesproken. Morgen kijken we eerst wat de man te vertellen heeft en als hij klaar is, gaat Hartmann naar het Sonesta om onder vier ogen met hem te praten.'

Hartmann knikte Schaeffer dankbaar toe en ging op weg naar buiten. Hij keek achterom toen hij bij de deur was en zag dat Woodroffe en Schaeffer stil voor zich uit stonden te staren, allebei verzonken in hun eigen gedachten. Misschien hadden ze ook een gezin, dacht Hartmann, en het drong tot hem door dat hij geen moment had stilgestaan bij wat die twee moesten doormaken. Maar het stond als een paal boven water dat zij dit leven, dit werk, hadden gekozen en dat hij – Ray Hartmann – hier alleen was beland bij gebrek aan beter.

Hij schudde zijn hoofd en liep de deur uit. De beeltenis van Catherine Ducane keek vanaf elke muur op hem neer toen hij over de afdeling liep. Hartmann werd er nerveus van, bijzonder nerveus.

Schaeffer keek hem na tot hij in de gang verdween en richtte zich tot Woodroffe. 'Gelooft hij het volgens jou?'

Woodroffe haalde zijn schouders op. 'Misschien, misschien niet. Het lijkt er wel op.'

Schaeffer knikte. 'Het is wel belangrijk dat hij het gelooft. Hij moet echt het idee hebben dat we een deal met Perez gaan sluiten, anders brengt hij het niet met overtuiging.'

'Ik denk dat hij zijn uiterste best zal doen, maar waarschijnlijk kent hij Perez beter dan wij. Ik verwacht niet dat Perez erop in zal gaan… Ik denk niet dat hij het serieus zal nemen.'

'En ik denk dat het einde van Ernesto Perez nabij is,' zei Schaeffer. 'Of hij nu wel of niet instemt met een deal, of hij ons nu wel of niet vertelt waar het meisje is, of als we erachter komen dat ze de eerste dag al dood was… Wat er ook gebeurt, zijn einde is nabij.'

'Ik weet het,' zei Woodroffe. 'Ik weet het.'

'Dus we zijn het erover eens. We laten Hartmann in de waan dat we een deal gaan sluiten. We laten ze allebei in de waan dat we Perez zullen laten gaan, tot het moment dat hij ons over het meisje vertelt en dan nemen we hem te grazen, goed?'

'Zo luiden de instructies, dus dat doen we.'

Schaeffer knikte en pakte zijn colbert.

'En Hartmann?' vroeg Woodroffe.

Schaeffer draaide zich om en keek zijn partner aan. 'Hoe bedoel je?'

'Hij zal niet blij zijn als hij erachter komt dat we hem niet alles hebben verteld.'

Schaeffer lachte spottend. 'Denk je nu echt dat het iemand ene moer kan schelen of Ray Hartmann wel of niet blij is? Kom op, Bill, doe normaal. Het maakt ze echt niet uit wie er op zijn tenen wordt getrapt. Het gaat om de dochter van Ducane, hoor. Je denkt toch niet dat ze rekening zullen houden met iemand zijn gevoelens?'

Woodroffe schudde zijn hoofd. 'Nee, ik weet het,' zei hij zacht. 'Laat maar, we houden ons gewoon aan de voorschriften. We zien achteraf wel hoeveel slachtoffers er zijn gevallen, als we het slagveld opruimen.'

'Altijd de goede manier,' zei Schaeffer. 'Altijd de goede manier.'

'En Ducane? Wanneer gaan we hem eens een paar vragen stellen?'

'Nu nog niet,' antwoordde Schaeffer. 'Voorlopig is dat niet het plan, en voor zover ik weet blijft dat zo. We moeten het meisje vinden, dat is onze taak, en als het meisje eenmaal is gevonden, maakt iemand anders uit wat er met Charles Ducane gebeurt.'

'Wat denk je?' vroeg Woodroffe.

'Van Ducane?'

'Van Ducane.'

Schaeffer schudde zijn hoofd. 'Ik denk helemaal niets. Ik kan het me niet veroorloven iets te denken. Als ik me serieus ga afvragen of Charles Ducane iets te maken heeft met al die smerigheid waar we naar hebben zitten luisteren, dan eindig ik in discussies die ik niet wil met mensen die ik niet wil spreken. Begrijp je wat ik bedoel?'

Woodroffe knikte. 'Reken maar.'

'Dus we houden ons gedeisd tot we iets van hogerhand horen, want ik weet niet wat voor feestje dat gaat worden, maar ik kan je garanderen dat we niet welkom zullen zijn.' Hij rolde de mouwen van zijn overhemd omlaag, trok zijn colbert aan en hield de deur open voor Woodroffe.

Woodroffe stond op. 'Er komt een dag dat alles ons helder wordt,' zei hij.

'Wie heeft dat gezegd?' vroeg Schaeffer.

Woodroffe glimlachte sardonisch. 'De patroonheilige van de leugenaars.'

'Dacht ik het niet,' zei Schaeffer en hij lachte. 'De enige man die in dit werk te vertrouwen is.'

Twee straten verder stopte Hartmann bij een telefooncel. Hij belde Informatie voor het nummer van het bureau van Verlaine. Toen er werd opgenomen, bleek dat Gerritty weer achter de balie zat.

'Hij is ergens naartoe,' zei Gerritty toen Hartmann naar Verlaine vroeg.
'Wil je het nummer van zijn mobiel?'

Hartmann noteerde het, hing op, koos het nummer van de mobiel en kreeg Verlaine te pakken in zijn auto.

'Waar ben je?' vroeg Hartmann.

'Ongeveer drie straten van het bureau. Hoezo? Je hebt toch niet weer zo'n belachelijk idee, hè?'

'Nee,' zei Hartmann. 'Ik wil je vragen of je iets voor me wilt doen. Maak je niet druk, het is niet gevaarlijk... Het is privé.'

'Ik zie je op de hoek van Iberville,' zei Verlaine. 'Weet je waar dat is?'

'Jazeker.'

Hartmann reed erheen. Hij hoefde niet meer dan een minuut of vier te wachten voor hij de auto van Verlaine zag aankomen.

Verlaine parkeerde langs de stoeprand en Hartmann liep naar hem toe. Eenmaal in de auto vroeg hij Verlaine of hij iets voor hem wilde doen.

'Zeg het maar,' zei Verlaine.

'Donderdagavond... Als we hier donderdagavond nog mee bezig zijn, wil je dan mijn vrouw in New York bellen?'

Verlaine zei niets.

'Wil je haar dan bellen om te zeggen dat ik hier voor mijn werk ben? Je kunt haar uiteraard niet vertellen waar ik zit, maar ik zou graag hebben dat je tegen haar zegt dat ik hier officieel voor mijn werk ben en dat de kans bestaat dat ik zaterdag niet in New York kan zijn.'

'Natuurlijk,' zei Verlaine. 'Ik wil haar best bellen, maar waarom vertel je het haar zelf niet?'

Hartmann schudde zijn hoofd. 'Tja, wat zal ik zeggen... Ik ben bang dat ze denkt dat het een smoes van me is. Ik ben bang dat ze me niet gelooft, maar als jij het haar vertelt, dan is het nog enigszins geloofwaardig.'

'Problemen?' vroeg Verlaine.

'Zeg dat wel.'

'En komen jullie eruit?'

'Dat hoop ik.'

'Ik wil haar wel bellen,' zei Verlaine. 'Zeg maar wat ik moet vertellen en dan zal ik dat zeggen, goed?'

Hartmann knikte en glimlachte. 'Bedankt, John... Fideel van je.'

'Ik doe het met alle plezier, Ray. Alles goed met je?'

'Ja, hoor,' zei Hartmann en hij greep naar het handvat van de deur.

'Waar ga je nu naartoe?'

'Naar het Marriott,' zei Hartmann. 'Ik heb zo'n verschrikkelijke hoofdpijn en ik moet even slapen.'

'Tuurlijk. Doe rustig aan, hè?'

Hartmann stak de weg over naar zijn eigen auto en reed langzaam terug naar het Marriott. Vanaf zijn kamer belde hij om een broodje en een glas melk. Tegen de tijd dat die kwamen, vroeg hij zich af of hij de kracht had om te eten. Hij at toch, bijna de helft van het broodje, en daarna trok hij zijn kleren uit en liet zich als een blok op bed vallen. Hij sliep, sliep ook als een blok en zelfs de wekservice van het hotel kreeg hem niet wakker.

Hij werd echter wel wakker toen Sheldon Ross een loper haalde en zichzelf binnenliet in de kamer.

Het was kwart voor acht in de ochtend, woensdag 3 september, en Ross wachtte geduldig voor de deur toen Hartmann zich douchte en aankleedde.

Ze gingen samen op pad, reden naar Arsenault Street, en daar trof Hartmann Schaeffer en Woodroffe op precies dezelfde plaats aan waar ze de avond ervoor hadden gezeten.

'Zijn jullie wel naar huis geweest?' vroeg Hartmann.

Schaeffer glimlachte en draaide met zijn ogen. 'Kan ik me niet eens meer herinneren,' zei hij en voor hij nog iets kon zeggen, waren er stemmen en mensen en Ernesto Perez, met twee man ervoor, twee man erachter, alsof hij opnieuw iemand van belang was geworden.

Zodra ze weer tegenover elkaar zaten, keek Hartmann naar Perez en vroeg zich af of het niet waar was wat hij had gezegd. Was hij in feite zijn eigen leven opnieuw aan het beoordelen? Begon hij werkelijk te accepteren dat hij alleen zelf verantwoordelijk was voor de situatie waarin hij zich bevond?

Hartmann zette de gedachte van zich af. Hoe kon iemand als Perez iets van enige waarde teweegbrengen? De man was een gewetenloze psychopaat, een huurmoordenaar, een wrede en meedogenloze crimineel. Hij wekte toch in geen enkel opzicht een gevoel van mededogen of mildheid. Hartmann overwoog, zijns ondanks, alsnog de mogelijkheid dat er iets vaag menselijks in dit individu zou kunnen zitten, maar riep die gedachte een halt toe.

'Gaat het wel, meneer Hartmann?' vroeg Perez.

Hartmann knikte. Hij probeerde helemaal nergens aan te denken. 'U zou ons over New York vertellen.'

'Inderdaad,' antwoordde Perez. 'Ik heb gisteren in mijn hotelkamer nog naar Frank Sinatra's liedje over die stad geluisterd. Houdt u van Sinatra?'

'Gaat wel. Mijn vrouw luistert graag naar hem.'

Perez glimlachte. 'Dan hebt u een vrouw met een uitstekende smaak, meneer Hartmann.'

Hartmann keek op. Hij was gepikeerd, voelde zich bijna aangetast in zijn eer, alsof het een persoonlijke belediging was dat Perez over zijn vrouw sprak.

Perez ontnam Hartmann de mogelijkheid zijn mond open te doen door glimlachend, haast verzoenend, zijn hand op te steken en te zeggen: 'Genoeg, meneer Hartmann... We gaan het over New York hebben, ja?'

Om de een of andere reden werd Ray Hartmann kalm en rustig vanbinnen. 'Ja,' zei hij. 'New York... Wat gebeurde er in New York?'

17

'Je blijft hier bij deze mensen en dan ga je het wel begrijpen,' zei Don Calligaris tegen me.

Ik had hoofdpijn. Ik had te veel sigaretten gerookt en te veel sterke espresso gedronken. Het leek wel of deze mensen nooit iets anders deden dan roken en drinken, zware Italiaanse gerechten eten, pasta met gehaktballetjes en sauzen waarin rode wijn en geurige kruiden waren verwerkt. In mijn ogen zag hun eten eruit als het resultaat van een meervoudige moord.

'Vijf families, en het is in feite net zoiets als alle spelers van een football-team onthouden,' ging Don Calligaris verder. 'Vijf, meer niet, en ze hebben allemaal namen, hun bazen, hun onderbazen, namen die je moet weten als je met die mensen omgaat en wilt dat ze je serieus nemen. Je moet denken als een Italiaan, je moet de taal spreken, je moet de juiste kleren dragen en de juiste woorden zeggen. Je moet mensen correct aanspreken, anders denken ze dat je een of andere achterlijke boerenpummel bent.'

New York was koud. Het was verwarrend. Ik dacht dat New York één stad was, maar het bestond uit eilanden, elk met een eigen naam, en de plek waar wij waren – Salvatore's, een kleine cafetaria op de hoek van Elizabeth en Hester in Little Italy – lag op een eiland dat Manhattan heette. De beelden, de namen, de woorden waardoor ik werd omringd, waren even nieuw als de mensen om me heen: Bowery en Lower East Side, Delancey Street en de Williamsburg Bridge, de East River en Wallabout Bay – dingen waarover ik had gelezen in mijn encyclopedie; dingen die ik me heel anders had voorgesteld dan ze in werkelijkheid bleken te zijn.

Ik dacht dat Vegas het vangscherm van de wereld was, de plaats waar alles begon en eindigde; New York genas me van alles wat ik geloofde. Hiermee vergeleken was Vegas nooit meer geworden dan wat het oorspronkelijk was geweest: een klein afgelegen gat aan de rand van de woestijn.

De geluiden en beelden deden me in het niet verzinken; ik werd er angstig van; ze riepen een spanning op vanbinnen die ik niet eerder had gevoeld. Idiote mensen dwaalden over straat en vroegen om geld. Mannen gingen gekleed als vrouwen. De muren waren beschilderd met een primitieve, felgekleurde symbolentaal en iedereen zei om de haverklap *fucker* of *motherfucker* of *assfucker*. De mensen waren anders; hun kleren, hun hebbelijkheden, hun lichamen. Mensen zagen er uitgeput, afgeleefd, opgezwollen en gemangeld uit door het nachtenlang feesten met te veel drank of cocaïne of marihuana waarmee ze zichzelf vergiftigden. Ik had dat in Vegas gezien, het was allemaal niet nieuw voor me, maar in New York leek alles uitvergroot en overdreven, alsof het hier twee kwee keer zo hard, twee keer zo snel en twee keer zo lang werd gedaan.

'Je hebt dus de familie Gambino,' onderbrak Don Calligaris mijn gedachten. 'Albert Anastasia stond aan het hoofd van '51 tot '57. Hij zette iets op waar je misschien wel iets over zult horen, een kleine club die Murder Incorporated wordt genoemd. Nadat Anastasia was vermoord, werd de familie overgenomen door Carlo Gambino en hij staat sinds '57 aan het hoofd. Dan heb je de mensen van Genovese; die jongens zijn de familie van Lucky Luciano. Na hem kwam Frank Costello en vervolgens was Vito Genovese de baas tot '59. Na Vito kwam er tot 1972 een driekoppige raad en nu wordt de familie Genovese geleid door Frank Tieri. De derde familie, onze familie, is de familie Luchese. Lange geschiedenis, veel namen, maar je hoeft alleen te weten dat Tony Corallo op dit moment aan het hoofd staat. Sommige mensen noemen hem Tony Ducks. Dat zul je wel horen.' Calligaris lachte. 'Die naam heeft hij gekregen vanwege al die keren dat hij hem net op tijd is gesmeerd voor de FBI en de politie en al die anderen die achter hem aan zaten. Dan heb je de familie Colombo, met aan het hoofd Thomas DiBella. En ten slotte de familie Bonanno. Daar is de leiding in handen van Carmine Galante en als je hem ooit ontmoet, kijk hem dan nooit recht aan want hij laat je gewoon voor de lol omleggen.'

Calligaris dronk nog een paar slokken koffie. Hij drukte zijn sigaret uit in de asbak en stak een nieuwe op.

'Je hebt hier ook van die groepen uit New Jersey. De families zijn altijd sterker geweest in New York en Philly, maar ze hebben ook een vaste ploeg in Newark, New Jersey, en tot '57 was ene Filippo Amari daar de baas. Nicky Delmore stond aan het hoofd van '57 tot '64 en nu hebben ze Samuel De Cavalcante...'

Ik zat Don Calligaris wezenloos aan te staren.

Hij barstte opnieuw in lachen uit. 'Jezus, knul... Ik zou maar een stapeltje servetjes pakken en wat aantekeningen maken. Je kijkt alsof je gezicht een schoolbord is dat iemand zojuist heeft schoongeveegd.'

Calligaris stak zijn arm in de lucht en trok de aandacht van de man achter de bar. 'Nog twee koffie,' zei hij en de man knikte en haastte zich weg.

'Hoe dan ook, je hoeft alleen maar te onthouden dat je hier bent zodat we gebruik kunnen maken van je speciale talenten.' Calligaris glimlachte breed. 'Je krijgt zo'n beetje hetzelfde werk als bij die ouwe Giancarlo Ceriano, stomme klootzak die hij was.'

Ik keek op, trok mijn wenkbrauwen op.

'Stomme klootzak denkt dat hij de room van de melk kan scheppen en dat hij daar dan mee wegkomt, wist je dat?'

Ik schudde van nee.

Calligaris schudde zijn hoofd en zuchtte.

'Don Ceriano...' Calligaris sloeg een kruis. 'Moge hij rusten in vrede... Don Ceriano wist natuurlijk best hoe het er in de wereld aan toe ging, maar hij had speciale instructies gekregen over de aanpak van de zaken in Vegas. Hij hoorde alleen bepaalde mensen voor bepaalde dingen te gebruiken, hij hoorde op bepaalde momenten in het jaar bepaalde percentages aan bepaalde ambtenaren te betalen. Zo gaan die dingen en zo is het altijd gegaan. Don Ceriano was een onderbaas van de familie Gambino. Historisch gezien is de relatie tussen de familie Gambino en de familie Luchese altijd goed geweest en daarom hebben ze mij gevraagd of ik erheen wilde gaan om de boel te regelen met Don Ceriano, om ervoor te zorgen dat hij begreep voor wie hij werkte en waarom. Hoe dan ook, dat akkefietje is geregeld en nu hebben de Gambino's en de Lucheses een aandeel in de zaken in Vegas en gaan ze het goed aanpakken. Je kunt geen bedrijf runnen als er niet op de juist momenten een paar dollar aan de juiste mensen wordt uitgedeeld, snap je?'

Calligaris zweeg toen de man van het restaurant voor ons allebei een kop koffie bracht. Hij stak zijn hand in zijn zak en haalde er een briefje van twintig uit. 'Zo, knul, ga jij maar eens een ketting voor je meisje kopen.'

De knul pakte het briefje aan en stopte het in de voorzak van zijn schort, trok een somber gezicht en zei: 'Dank u wel, maar ik heb op dit moment geen meisje.'

Calligaris begon te glimlachen, maar algauw fronste hij. 'Wat krijgen we nou? Sta jij me een beetje in de zeik te nemen, achterlijke schlemiel? Verwacht je soms van me dat ik een meisje voor je ga halen, *fucker*? Schiet op, maak dat je wegkomt!'

De knul stapte achteruit met een lichte angst in zijn ogen.

'Hé!' snauwde Calligaris. 'Geef me die twintig dollar eens terug, *fucker*!'

De knul graaide het biljet van twintig dollar uit de zak van zijn schort en gooide het in de richting van de tafel. Don Calligaris plukte het uit de lucht, stond op en ging achter de jongen aan. Hij deed alsof hij hem een schop wilde geven en de knul maakte zich uit de voeten. Lachend zag ik hoe de jongen de hele cafetaria door spurtte en achter in de zaak een deur in verdween.

Don Calligaris nam weer plaats. 'Godallemachtig, wat is dit voor stom gedoe? Een beetje dankbaarheid voor een fooi is er niet meer bij; begint zo'n joch me direct in de zeik te nemen.'

Hij pakte zijn koffie, stak weer een sigaret op.

'Hoe dan ook, zoals ik al zei, je moet je ogen openhouden en je oren dicht. Dat is alles. Je werkt nu voor mij. Als je opdracht krijgt een of andere klootzak koud te maken, dan maak je die klootzak koud, begrepen? Hier doen we alles netjes en snel... En ik hoef niet van dat rare gedoe zoals in New Orleans, oké?'

Ik liet mijn hoofd schuin zakken.

'Dat rare gedoe met dat hart, weet je wel? Hoe heette hij ook alweer, Devo of zo, toch? Dvore, dat was het! Dvore, zo heette die *fucker*! Wat je hebt gedaan toen die vent zijn hart uit zijn lijf werd gesneden.'

Ik schudde mijn hoofd. 'Ik heb nog nooit iemand zijn hart uit zijn lijf gesneden,' zei ik.

'Nou en of. Je hebt daar iets gedaan voor Feraud en zijn politieke maatje. Iets geregeld een paar jaar geleden. Het gerucht gaat dat je die *fucker* Dvore hebt omgelegd omdat hij iets had geflikt en dat je zijn hart eruit hebt gehaald.'

'Ik heb nog nooit van Dvore gehoord en ik heb nog nooit iemand zijn hart uit zijn lijf gesneden. Ik heb iets voor Feraud gedaan omdat Ceriano me dat vroeg, maar dat was in '62 en daarna ben ik niet meer in New Orleans geweest.'

Calligaris lachte. 'Nou wordt hij helemaal mooi... Kennelijk heeft iemand zijn visitekaartje afgegeven en daarvoor jouw naam gebruikt, knul.

Mij is verteld dat jij die vent Dvore had omgelegd voor de familie Feraud en hun politieke maatje en dat je om de boodschap duidelijk over te laten komen zijn hart uit zijn lijf had gesneden.'

Ik schudde mijn hoofd. 'Dat ben ik niet geweest, Don Calligaris, echt niet.'

Calligaris haalde zijn schouders op. 'Ach, wat maakt het uit... Je moest eens weten waar ze mij allemaal van betichten. Nooit problemen mee gehad, is goed voor je reputatie, wat jij?'

Ik luisterde naar Don Calligaris, maar was met mijn gedachten in Louisiana. Uit wat me werd verteld, maakte ik op dat Feraud en zijn oudgeldmaatje Ducane een paar dingen hadden geregeld en ze op mijn conto hadden geschreven. Dat beviel me niet. Het was net of er iemand in mijn huid rondliep.

'Ach, wat maakt het uit, hè?' onderbrak Calligaris mijn gedachten. 'Je moet doen wat je moet doen, en als het voor jou gunstiger is om te zeggen dat iemand anders het heeft gedaan, prima! Kan niet ontkennen dat ik dat zelf ook een paar keer heb geflikt.'

Don Calligaris veranderde van onderwerp. Hij sprak over de mensen die we zouden ontmoeten, dingen die hij moest doen. Voor zover ik begreep, was het de bedoeling dat ik hem altijd vergezelde, dat ik het vuile werk opknapte dat hij me opdroeg. Hij had zijn mensen, zijn eigen *consiglieri*, maar als voor een bepaald probleem een definitieve oplossing moest worden gevonden, zou er een beroep op mij worden gedaan. Het zou in wezen niet anders zijn dan mijn relatie met Don Ceriano, maar hoewel er bijna vijftien jaar achter me lagen, hoewel Don Ceriano er door dik en dun voor me was geweest, had ik me losgemaakt van dat leven. Florida en Vegas, zelfs Havana en alles wat daar was gebeurd, waren verleden tijd. Ik liet het gaan. Het had in mijn ogen geen enkele zin dergelijke dingen vast te houden. Toch baarde het feit dat Antoine Feraud en zijn politieke vriendje in Louisiana hun zaakjes regelden en dat vervolgens op mijn conto schreven, me grote zorgen. Op een bepaald moment zou er iets aan die kwestie moeten worden gedaan en ik veronderstelde dat er dan een definitieve oplossing voor zou worden gevonden.

Don Calligaris woonde in een hoog smal huis in Mulberry Street. Een half blok daarvandaan stond aan de overkant van de straat een ander huis, een klein gebouw, en daar nam hij me mee naartoe toen we uit de cafetaria vertrokken. Hij stelde me voor aan twee mensen: een jongeman die

Joe Giacalone heette, de zoon van iemand die door Don Calligaris 'Tony Jacks' werd genoemd, en een iets oudere man.

'Ten Cent Sammy,' zei Don Calligaris, 'maar iedereen noemt hem gewoon Ten Cent. Komt door zijn visitekaartje, snap je? Legt altijd een dubbeltje neer als er iemand koud wordt gemaakt, alsof hun leven niet meer waard is dan dat.'

Ten Cent kwam uit zijn stoel in de kleine kamer aan de voorkant van het huis. Hij was een grote man, een kop groter dan ik, en toen hij me de hand schudde, voelde ik dat zijn greep zo stevig was dat hij mijn arm met één ruk uit de kom zou kunnen trekken.

'Joe is hier gewoon voor de gezelligheid,' zei Ten Cent. 'Hij komt hier altijd heen als zijn meisje hem te veel op de huid zit, hè, Joey?'

'Val dood, joh, Ten Cent,' zei Joey. 'Ik kom hier alleen om mezelf eraan te herinneren hoe verdomde slim ik ben vergeleken met zo'n achterlijke *fucker* als jij.'

Ten Cent lachte en ging weer zitten.

'Jij blijft hier bij Ten Cent,' zei Don Calligaris. 'Hij zal je precies vertellen wat er gebeurt en wanneer. Je bemoeit je met niemand, alleen met hem en mij, begrepen?'

Ik knikte.

'Je hebt een kamer boven en Ten Cent zal je helpen met je spullen. Rust een beetje uit, doe een middagslaapje, hm? Vanavond is er een feest in de Blue Flame. Dan kun je een paar van de jongens ontmoeten. Ik moet even iets regelen, maar als je me nodig hebt, kom ik. Zeg het maar tegen Ten Cent en als hij er niet uitkomt, kan hij me bellen.'

Don Calligaris keerde zich naar mij en greep me bij de schouders. Hij trok me naar zich toe en kuste me op allebei de wangen. 'Welkom, Ernesto Perez. Of je Ricki Dvore nu koud hebt gemaakt en zijn verdomde hart uit zijn lijf hebt gesneden of niet, je zult hier in Manhattan nog goed van pas komen. Maak plezier zolang je kunt, want je weet nooit wat voor ellende je te wachten staat, hè, Ten Cent?'

'U hebt helemaal gelijk, baas.'

Don Calligaris vertrok en een tijdje stond ik daar in de voorkamer van dat huis met het gevoel dat de wereld voor mij een hoofdstuk had afgesloten en een nieuw was begonnen.

'Blijf je daar de hele tijd zo staan of wat?' zei Joe Giacalone.

Ik knikte en ging zitten.

'Hé, niet zo gespannen, knul,' zei Ten Cent. 'Je hebt nu een nieuwe familie en ik wil niet veel zeggen, hoor, maar deze familie weet verdomde goed hoe zij voor haar eigen mensen moet zorgen, hè, Joey?'

'Nou en of.'

Ik leunde achterover. Ten Cent bood me een sigaret aan en ik stak hem op. Joey zette de tv aan, ging alle zenders langs tot hij een honkbalwedstrijd vond en een paar minuten later vroeg ik me al niet meer af waarom ik daar was en wat er zou gebeuren. Het was zoals het was. Ik had in een onderdeel van een seconde in de auto van Don Ceriano mijn keuze gemaakt. Ceriano was dood. Ik niet. Zo ging dat in deze wereld.

De Blue Flame was een striptent annex nachtclub in Kenmare Street. Het eerste wat me opviel was dat het er zo donker was. Aan de rechterkant was een breed toneel over de hele lengte van het gebouw en op dit toneel dansten zo'n vier meisjes in bh's met kwastjes en slipjes niet groter dan flossdraad draaiend met hun heupen in het rond op dreunende muziek die uit luidsprekers in de vloer van het podium kwam. Aan de linkerkant waren een stuk of vier lange tafels tegen elkaar aan gezet en daaromheen waren zo'n vijftien tot twintig mannen gezeten, die allemaal keurig in het pak waren gestoken, allemaal zaten te drinken en te lachen en elkaar allemaal met rood aangelopen hoofden en grote monden de loef probeerden af te steken.

Ten Cent nam me er mee naartoe. Don Calligaris stond op toen hij ons zag aankomen en legde met een zwierig gebaar van zijn hand de verzamelde ploeg het zwijgen op.

'Dames, dames, dames... Hier is onze nieuwe man.'

De aanwezigen juichten.

'Dit is Ernesto Perez, een van de jongens van Don Ceriano, en hoewel Don Ceriano er vanavond natuurlijk niet bij kan zijn, weet ik zeker dat hij het zou waarderen dat een van zijn mensen zo verstandig is geworden om naar Manhattan te gaan en voor ons te gaan werken.'

Er werd geapplaudisseerd. Ik glimlachte. Ik schudde handen. Ik nam een glas bier aan dat iemand me gaf. Ik voelde me lekker. Ik voelde me welkom.

'Ernesto... Jakkes, we moeten echt iets aan die vreselijke naam van je doen!' zei Don Calligaris. 'Hoe dan ook, dit is Matteo Rossi en hier hebben we Michael Luciano, geen familie, Joey Giacalone ken je al, en dit is zijn vader Tony Jacks, en daar zit Tony Provenzano, Tony Pro voor jou en mij, en rechts van hem dat is Stefano Cagnotto en daarnaast zit Angelo Cova, en dat magere scharminkel aan het eind is de zoon van Don Alessandro, Giovanni. De jongens hier,' zei hij, wijzend naar de andere kant van de tafel. 'Tja, dat zielige zootje sukkels en lapzwansen is gewoon een stelletje zwervers dat we ergens op straat hebben opgepikt.' Don Calligaris lachte. Hij stak zijn handen in de lucht en balde zijn vuisten. 'Dit is je familie, wettig in sommige gevallen, en verder een stelletje bastaards!'

Calligaris ging zitten. Hij wees op een stoel naast hem en ik nam plaats. Iemand gaf een mand met brood aan me door en voor ik het wist zat ik tussen de schalen met gehaktballen en salami en dingen die ik niet kende.

Ze praatten, die mensen, en hun woorden klonken me als één groot geruis in de oren. Ze praatten over 'dingen' die ze regelden, 'dingen' die geregeld moesten worden en op een gegeven moment waren de meisjes weg, werd de muziek zacht gezet en leunde Tony Pro naar voren en sprak, terwijl iedereen aan zijn lippen hing, over iemand van wie ik één keer eerder had gehoord.

'Hufter,' zei hij. 'Het is een godvergeten hufter. Harde vent. Dat moet ik hem nageven, maar we hoeven hem niet terug nu we Fitzsimmons hebben. Frank Fitzsimmons is veel volgzamer dan Hoffa ooit is geweest en volgens mij moeten we dat zo houden.'

Don Calligaris zat met zijn hoofd te schudden. 'Ja, ja, tuurlijk, maar hoe krijgen we dat voor elkaar, hè? Hij is een naam, een verdomd grote naam. Je kunt niet verwachten dat je er zonder kleerscheuren afkomt als je een vent als Jim Hoffa uit de weg ruimt.'

'Iedereen kan uit de weg worden geruimd,' zei Joey Giacalone. 'Kennedy heeft gezegd dat ... dat iedereen de president uit de weg kan ruimen als hij het maar graag genoeg wil.'

'Tuurlijk, iedereen kan uit de weg worden geruimd,' zei Don Calligaris, 'maar er is uit de weg ruimen en uit de weg ruimen en die twee zijn niet noodzakelijkerwijs hetzelfde, hè?'

Een andere man een stukje verder aan tafel, Stefano Cagnotto als ik het me goed herinner, zei: 'Wat is het verschil dan ... Er wordt iemand uit de weg geruimd, er wordt iemand anders uit de weg geruimd. Als je het goed doet, wie kan het dan schelen wie het is? Het gaat er niet om wie het is maar hoe het wordt gedaan.'

Tony Pro knikte. 'Hij heeft gelijk, Fabio. Het gaat er niet om wie het is, maar wie het doet en hoe het wordt gedaan... Hè, Ernesto, wat denk jij?'

Ik schudde mijn hoofd. 'Ik weet niet over wie jullie het hebben,' zei ik. Ik had de naam Jimmy Hoffa eerder gehoord, maar wat zijn betekenis was in dit gebeuren wist ik niet.

Tony Pro lachte. 'Zeg, Fabio, waar heb je die knul vandaan? Heb je hem ergens uit de klei getrokken?'

Calligaris lachte. Hij richtte zich tot mij. 'Heb je wel eens van de Teamsters gehoord?'

Ik schudde mijn hoofd.

'Soort van arbeidersorganisatie... Vakbonden en vrachtwagenchauffeurs en bouwvakkers, dat soort dingen. Ik heb me laten vertellen dat de Teamsters zelfs een vakbond voor de hoeren en de strippers hebben.'

'Dat meen je niet,' zei Tony Pro. 'Ze gaan wel met de tijd mee, zeg.'

'Hoe dan ook,' hernam Calligaris. 'Teamsters, International Brotherhood of Teamsters, dat is een verdomd grote organisatie, besturen alle vakbonden en alle pensioenfondsen en allerlei andere zooi.' Hij keek naar links. 'Hé, Matteo, jij hebt er vaak genoeg mee te maken, hoe omschrijf je de Teamsters?'

Matteo Rossi schraapte zijn keel. 'Organiseert de ongeorganiseerden, laat de stem van de arbeider horen in de politieke wandelgangen, sluit contracten waardoor de Amerikaanse droom werkelijkheid wordt voor miljoenen mensen, beschermt de gezondheid en veiligheid van de arbeiders en vecht voor het behoud van de werkgelegenheid in Noord-Amerika.'

Een zacht applaus kabbelde rond de tafel.

'Volgens mij wordt het tijd dat iemand voor de gezondheid en veiligheid van die Jimmy Hoffa zorgt,' zei Tony Pro.

De ploeg lachte. Ze praatten nog wat en toen kwam er nog meer eten en de muziek werd harder en een meisje met borsten zo groot als basketballen kwam het toneel op om de familie te laten zien dat ze de kwastjes aan haar tepels twee kanten tegelijk op kon laten draaien.

We aten, we dronken en de naam Jimmy Hoffa werd die avond niet meer genoemd. Als ik had geweten wat er te gebeuren stond, had ik vragen gesteld, maar ik was nieuw, het was mijn stad niet en ik wilde deze mensen niet van me vervreemden voor ik ze goed en wel had leren kennen.

Drie dagen later zag ik haar.

Ze heette Angelina Maria Tiacoli.

Ik zag haar bij een fruitwinkel in Mott Street, een straat voorbij Mulberry. Ze had een bedrukte zomerjurk aan met daaroverheen een camel jas en ze had een bruin papieren zak vol sinaasappelen en citroenen in haar hand.

Haar haar was vol en donker, haar huid olijfkleurig en glad en haar ogen, ach ja, haar ogen hadden de kleur van warme romige koffie. Ik hield mijn adem in toen ze naar me keek en wendde snel mijn blik af. Ten Cent liep naast me en hij zei 'hoi Angel' tegen haar en het meisje glimlachte en bloosde licht en mompelde 'hoi' terug.

Ik keek haar na, keek met volle aandacht en Ten Cent stootte me aan en zei dat mijn ogen nog uit mijn hoofd zouden rollen.

'Wie is dat?' vroeg ik.

'Angel,' zei hij. 'Angel Tiacoli. Lieve meid, treurig verhaal.'

Ik keek Ten Cent aan. Hij schudde zijn hoofd. 'Haal je maar niets in je hoofd, Cubaanse mafkees. Ze is verboden terrein.'

'Verboden terrein?'

Ten Cent schudde zijn hoofd. 'Jezus, hoor je niet wat ik zeg? Als ik zeg dat ze taboe is dan is ze taboe, oké?'

'Oké,' zei ik, 'maar je kunt me toch wel vertellen wie ze is.'

'Weet je nog die avond in de Blue Flame?'

Ik knikte.

'Die man aan het hoofd van de tafel, Giovanni Alessandro?'

Die herinnerde ik me niet, maar er waren ook zo veel mensen geweest, zo veel namen.

'Zijn vader is Don Alessandro. Grote baas. Geen grapjes mee uithalen. Don Alessandro heeft een broer... dat wil zeggen hij hád een broer, Louis. Louis was een enorme klootzak, die was écht gek zelfs als hij een goeie dag had, een beetje uit het lood als je begrijpt wat ik bedoel. Hoe dan ook, hij was getrouwd met een of ander meisje, een goed Italiaans meisje, en hij ging op sjouw, je weet wel.'

'Op sjouw?' vroeg ik.

'Allemachtig, knul, ze hebben jou echt uit de klei getrokken, hè? Hij ging op sjouw... Je weet wel, hij ging aan de rol en neukte een andere meid. Weet je wel wat dat betekent?'

'Ja, dat weet ik wel.'

'Nee maar, dat joch is een godvergeten genie! Hoe dan ook, Don Alessandro's broer gaat aan de rol en neukt een andere meid en die meid krijgt een kind ... en dat kind is Angelina. Iedereen weet dat ze geen volle bloedverwant is, maar ach, het is een lieve meid en ze is verdomde knap, dus Don Alessandro houdt haar hier in de buurt bij de familie.'

'En haar moeder?'

'Dat is het treurige deel van het verhaal. Haar moeder was een hoer of een stripper, zoiets, geschift verslaafd wijf, en op een avond, toen Angelina een jaar of negen was, krijgt ze ruzie met Don Alessandro's broer en het eind van het liedje is dat ze elkaar overhoopschieten. Don Alessandro had al tegen zijn broer gezegd dat hij niet meer met haar moest omgaan, dat hij ervoor zou zorgen dat alles voor het kind werd geregeld als hij beloofde niet meer met die hoer te neuken, maar Louis Alessandro was zo gek als een deur en hij bleef nog jaren met dat verslaafde wijf omgaan en dan breekt op een dag de hel los en maakt dat stelletje idioten elkaar af en zo raakt Angelina haar vader en haar biologische moeder kwijt en heeft ze niemand meer behalve de vrouw van haar vader die haar echte moeder niet is, snap je het nog?'

'Ja,' zei ik.

'Hoe dan ook, de echtgenote van haar vader, de vrouw die haar moeder had moeten zijn maar het niet was, die wil niets met Angelina te maken hebben en zegt tegen Don Alessandro dat hij maar voor het meisje moet zorgen aangezien het zijn nichtje is en dat zij de stad uit gaat en ergens opnieuw gaat beginnen, ver uit de buurt van die krankzinnige door en door slechte familie van haar overleden man. Don Alessandro geeft haar wat geld en daarna regelt hij dat er voor Angelina wordt gezorgd tot ze helemaal volwassen is en toen heeft hij een huis voor haar gekocht. Daar woont ze nu, helemaal alleen.'

'En waarom is ze verboden terrein?' vroeg ik.

'Omdat je zoiets gewoon niet doet, snap je? De moeder van het meisje was geen Italiaanse, ze hoorde niet bij de familie ... De moeder van dat arme kind was een geschift, gestoord, verslaafd wijf van zomaar ergens die haar benen wijd heeft gedaan toen ze dat beter niet had kunnen doen. En ga nu die verdomde sinaasappelen halen, wil je ... Wat moet dat trouwens met al die vragen van je?'

Ik zag haar een week later weer. Zelfde winkel. Ik was daar in mijn eentje om boodschappen te halen voor Ten Cent. Ik zei nadrukkelijk 'hoi' tegen haar en hoewel ze niets terugzei, keek ze me een hartenklop lang aan en in die hartenklop zag ik een zweem van een glimlach en in die glimlach de belofte van al het andere wat er misschien op zou kunnen volgen.

De dag daarna zag ik haar op straat. Ze kwam uit een kapsalon in Hester Street. Ze had dezelfde bedrukte zomerjurk en dezelfde camel jas aan. Ze klemde haar tasje met haar beide handen stevig tegen zich aan alsof ze bang was dat iemand het zou afpakken. Ik liep op haar af en toen ik zo'n drie meter bij haar vandaan was, zag ik dat ze mijn aanwezigheid had opgemerkt. Ik vertraagde mijn pas en bleef staan. Zij vertraagde ook haar pas. Ze wierp een blik naar rechts alsof ze overwoog de straat over te steken om me te ontlopen, maar ze aarzelde, ze aarzelde een ogenblik zodat ik nog gauw mijn hand kon opsteken en haar kon toelachen.

Ze probeerde terug te lachen, maar het was net of de spieren in haar gezicht haar dat recht ontzegden. Haar handen bewogen niet; ze klemden zich om het tasje, alsof het tasje het enige was waar ze op dat moment van op aan kon.

'Juffrouw Tiacoli,' zei ik zacht, want ik had haar naam gehoord van Ten Cent en ik zou die naam niet hebben vergeten, zelfs niet als dat een zaak van leven of dood was geweest.

Opnieuw probeerde ze te glimlachen, maar het lukte haar niet. Ze deed haar mond open alsof ze iets wilde zeggen, maar er kwam geen woord uit. Ze keek nogmaals naar rechts en daarna nog een keer naar mij en toen stapte ze opeens de weg op en stak haastig Hester Street over.

Ik keek haar na. Ik liep zeker vijftien meter met haar op aan de andere kant van de straat.

Eensklaps bleef ze staan. Ze keek mijn kant op. Auto's reden ongezien tussen ons door. Ze haalde haar rechterhand van haar tasje en stak hem in de lucht, met de handpalm naar mij toe alsof ze me ervan wilde weerhouden achter haar aan te komen en toen, net zo plots als ze was blijven staan, liep ze door. Ik liet haar gaan. Ik wilde wel achter haar aan, maar ik liet haar gaan. Op de hoek van Hester en Elizabeth keek ze één keer heel snel achterom en toen sloeg ze af en was ze verdwenen.

Ik liep terug naar het huis met lege handen. Ten Cent noemde me een achterlijke Cubaan en stuurde me nogmaals de deur uit om sigaretten te halen.

In april 1974 verhuisden we. Blijkbaar had de FBI het huis waar we zaten in de smiezen gekregen en was het er niet langer veilig. Don Calligaris bleef in zijn hoge smalle huis in Mulberry wonen, maar Ten Cent en ik verhuisden naar Baxter Street, naar het stuk aan de andere kant van Canal Street aan de rand van Chinatown. Het huis was groter, ik had drie kamers voor mezelf, mijn eigen badkamer en een klein keukentje waar ik voor mezelf kon koken als we niet met elkaar aten. Ik kocht een grammofoon en begon de muziek van Louis Prima en Al Martino te beluisteren en als Ten Cent niet thuis was, haalde ik een kostuum op een knaapje uit mijn kast, pakte het vast als een partner en deed alsof ik danste met Angelina Maria Tiacoli. Ik had haar na die dag dat ze uit de kapsalon in Hester Street kwam niet meer gezien en bijna elke nacht dacht ik aan haar, hoe het zou zijn om naast haar te liggen in het koele schemerlicht van de ochtend, met mijn warme lichaam tegen het hare, wat we tegen elkaar zouden zeggen, hoe belangrijk alles zou worden als zij bij me was. Ik voelde me als een kind dat voor het eerst smoorverliefd is en dat gevoel ging gepaard met een hartstocht en een hoop die nieuw voor me waren.

In juni waren Ten Cent en ik naar Tompkins Square Park geweest voor een ontmoeting met een zekere John Delancey. Delancey was griffier bij de rechtbank van de Fifth Circuit. Hij vertelde ons dat een van de lopende onderzoeken een kritiek punt had bereikt. Het doelwit waren Don Fabio Calligaris en Tony Provenzano.

'Tony Pro heeft iemand koud laten maken,' vertelde John Delancey ons. 'Ik weet niet waarom, ik weet niet waar het om ging, maar het slachtoffer was de broer van een politieman. Die politieman heet Albert Young en hij is brigadier bij het 11th Precinct. Ze hebben godbetert die broer zijn ballen afgesneden en in zijn mond gestopt en die politieman heeft net zo lang stampij gemaakt tot er iemand luisterde.'

Ten Cent knikte. Zijn gezicht stond strak. 'En waarom krijgt Don Calligaris het op zijn bordje?' vroeg hij.

'Omdat de FBI al jaren achter Calligaris aan zit, maar hem nooit ergens voor heeft kunnen pakken. Calligaris is dikke maatjes met Tony Ducks en Tony Ducks staat aan het hoofd van de familie Luchese en de FBI rekent erop dat de familie Luchese ten onder gaat als er iets met Calligaris gebeurt. Ze willen het laten overkomen alsof de familie Luchese Tony Pro heeft genaaid zodat er een nieuwe maffiaoorlog uitbreekt.'

Ten Cent lachte. 'Allemachtig, die mensen werken voor de overheid, maar het zijn de achterlijkste klootzakken die ooit op twee benen hebben rondgelopen.'

'Dat zal best,' zei Delancey, 'maar ze hebben bandopnamen en indirecte bewijzen, vervalst misschien, maar toch, en daaruit blijkt dat Calligaris en Tony Pro het er samen over hebben gehad hoe ze die broer van die politieman koud gaan maken.'

'Wat een onzin,' zei Ten Cent. Hij keek alsof hij langzaamaan boos werd.

Delancey haalde zijn schouders op. 'Ik vertel je alleen hoe het ervoor staat, Ten Cent. Je moet ervoor zorgen dat Calligaris die politieman de mond snoert en dan moet je het lek in jullie familie dichten.'

'Heb je een naam?'

Delancey schudde zijn hoofd. 'Nee, ik heb geen naam, Ten Cent. Als ik die had kreeg je hem van me. Ik weet alleen dat iemand uit jullie kamp, iemand uit de naaste omgeving van Calligaris, de FBI heeft gegeven wat ze nodig hadden en dat ze hem gaan gebruiken als getuige.'

Later, nadat Ten Cent Delancey discreet een dikke bruine envelop in de hand had gedrukt, liepen we terug naar de auto.

'Geen woord hierover tegen iemand,' waarschuwde Ten Cent me.

'Waarover?' vroeg ik.

Ten Cent knipoogde en lachte. 'Zo ken ik je weer.'

Drie avonden later pikte ik op een donkere hoek – van East 12th vlak bij Stuyvesant Park – het spoor op van brigadier Albert Young van het 11th Precinct toen hij uit een slijterij kwam en de straat overstak naar zijn auto.

Vier minuten later hing brigadier Albert Young van het 11th Precinct – tweemaal onderscheiden voor betoonde moed, drie keer voorgedragen voor een eervolle vermelding voor buitengewone plichtsbetrachting, zeven keer berispt wegens buitensporig geweld – slap in zijn stoel achter het stuur met een gat van een kogel van .22 kaliber achter zijn linkeroor. Hij zou geen stampij meer maken over zijn broer. Hij zou hem hoogstwaarschijnlijk heel binnenkort spreken in de politiehemel.

Vier dagen daarna kwam Don Calligaris bij ons op bezoek om met Ten Cent en mij te praten.

'Jullie moeten het lek dichten,' zei hij laconiek. 'We hebben iedereen goed in de gaten gehouden toen die politieman koud was gemaakt en we weten wie er te veel tijd buiten de deur heeft doorgebracht. We hebben hem laten volgen en gisterochtend had hij een ontmoeting met een paar kerels in burger op Cooper Square bij East Village.'

Ten Cent leunde naar voren.

'Als de naam buiten deze kamer komt, zwaait er wat. Jullie moeten het snel en stil doen. Stuur Ernesto. Hij heeft goed werk geleverd met die politieman, werkelijk heel goed, en er moet nu weer zoiets gebeuren. Het moet eruitzien alsof hij bij een smerig zaakje betrokken was zodat ze hem niet afschilderen als een of andere martelaar, oké?'

'Wie?' zei Ten Cent.

Calligaris schudde zijn hoofd en zuchtte. 'Cagnotto... Stefano Cagnotto, die godvergeten kloterige vuile hufter.'

'Ah, kut, ik vond hem aardig,' zei Ten Cent.

'Nou, je zult de kans niet meer krijgen om hem aardig te vinden, Ten Cent. De klootzak heeft zich laten pakken voor te hard rijden, ze doorzochten zijn auto, vonden een zak coke en een .38. Hij kon rekenen op een jaar, twee hoogstens als de rechtszaak misliep, en nu wil hij als getuige voor de staat optreden en dan vrijuit gaan als hij mij en Tony Pro erbij lapt voor die broer van die politieman.'

Ten Cent keek naar mij. 'Weet je nog wie het is? Hij was in de Blue Flame.'

'Nee,' zei ik, 'maar jij kunt hem aanwijzen... en mij zal hij zich zeker heugen, nietwaar?'

Calligaris lachte. 'Je bent een goeie, Ernesto, en het is verdomde jammer dat je niet uit Italië komt, want dan was je vóór Kerstmis al een volwaardig lid van de familie geweest.'

Daarop vertrok Don Calligaris. Ten Cent en ik zaten een tijdje zwijgend bij elkaar en toen keek hij me aan en zei: 'Hoe sneller, hoe beter, knul. Kom mee, gaan we kijken waar die klootzak uithangt en hoe we het moeten aanpakken, goed?'

Ik knikte. Ik stond op. Ik vroeg of ik nog tijd had om mijn schoenen te poetsen voor we weggingen.

Die avond, halverwege een hete juni in New York, zat ik in de achterkamer van het weekendflatje van Stefano Cagnotto op Cleveland Place. Een straat verder zat het hoofdbureau van politie. Ik kon de ironie wel waarderen. Ik zat al bijna twee uur te wachten toen ik het geluid van voeten op de trap beneden hoorde. De spanning in mijn buik was lekker. Ik moest eigenlijk plassen, maar het was te laat om nu nog te gaan.

Het was donker in het appartement op een zwakke lichtwaas na die door de gordijnen rechts van me naar binnen sijpelde. In mijn hand voelde ik het gewicht van een .38 met geluiddemper. Ik ging gekleed in een mooi kostuum van vijfhonderd dollar. Ik droeg een wit overhemd en een gebreide zijden stropdas. Als u me in de Blue Flame had gezien met de jongens van Luchese, zou u geen moment hebben getwijfeld. Ik hoorde bij hun familie, ongeacht mijn Cubaanse bloed, ik hoorde bij de familie Luchese, ik was iemand en die iemand beviel.

Stefano Cagnotto was niet dronken, maar hij had het nodige op en toen hij de voordeur binnenkwam struikelde hij en liet zijn sleutels vallen. Hij vloekte twee keer en tastte rond in het donker om ze te vinden. Ik hoorde het gerinkel van metaal toen hij ze opraapte. Hij sloot de deur en deed hem op het nachtslot. Dat ging instinctief. In deze wereld deed je de deur altijd op het nachtslot, zelfs als je alleen maar even terugkwam omdat je je agenda was vergeten.

Eenmaal binnen knipte hij het licht aan. Ik hoorde dat hij ging zitten. Hoorde zijn schoenen over de vloer schuiven toen hij ze uitschopte. Hij begon bij zichzelf te zingen. *Fly me to the moon, and let me play among te stars...*

Heel even nog, dacht ik. Heel even nog, dan wordt je wens vervuld, klootzak.

Ik draaide cirkels met mijn voeten tot ik de enkelgewrichten hoorde knakken. Ik schoof langzaam naar voren in de stoel en verplaatste mijn gewicht naar mijn knieën en voeten. Ik stond voorzichtig, geluidloos op en deed een stap in de richting van de voorkamer. Tegen de tijd dat ik bij de deuropening was, was Cagnotto naar de keuken gegaan. Ik hoorde de kraan lopen.

Ik hield mijn adem in en wachtte tot hij terugkwam.

Hij liep met een glas in zijn hand. Hij zag me. Hij liet het glas vallen. 'Wel allema–'

Ik stak mijn hand op.

'Ernesto,' zei hij. 'Godallemachtig, Ernesto, ik schrik me dood! Wat doe jij hier in hemelsnaam?'

Ik zwaaide mijn rechterhand, die langs mijn zij hing, een stukje opzij. Cagnotto's ogen zogen zich vast aan het wapen.

'Ah, jezuschristus, Ernesto, wat krijgen we nou?' Hij keek omlaag naar de grond. 'Kijk nou, allemaal jouw schuld,' zei hij, doelend op het gebroken glas aan zijn voeten. Hij stapte voorzichtig over de scherven heen en liep een stukje de kamer in.

'Doe dat wapen weg, Ernesto. Ik krijg de zenuwen van je. Wat kom je doen? Wat moet je hier op dit uur van de nacht?'

'Ga zitten,' zei ik zacht. Mijn stem klonk vriendelijk, hartelijk bijna.

'Zitten? Ik wil helemaal niet zitten.'

'Ga zitten,' zei ik nogmaals en toen bracht ik het wapen omhoog en richtte het op zijn buik.

'Je bent niet goed bij je hoofd,' zei hij. 'Wie zit hierachter? Die vetzak Ten Cent soms? Jezus, is hij een beetje in de war... Denkt hij dat het 1 april is of zo?'

Ik deed een stap naar voren en bracht het wapen op gelijke hoogte met Cagnotto's ogen. 'Ga zitten,' beval ik.

'Jij hebt me niet te vertellen wat ik moet doen, vuile spaghettivreter... Wie denk je wel dat je bent?'

Cagnotto had zijn vuisten stijf gebald. Hij deed nog een stap naar voren en ik ging hem zonder aarzelen te lijf.

Dertig seconden later, meer niet, zat Stefano Cagnotto op het puntje van een Italiaanse leren bank van tweeduizend dollar voorzichtig aan een brede snee aan de zijkant van zijn hoofd te voelen. Hij was nog stomverbaasd, dus wat er uit zijn mond kwam was niet echt begrijpelijk. Hij sprak een beetje onsamenhangend, maar hij begreep zonder meer wat er ging gebeuren toen ik een zakje coke voor hem op de glazen tafel legde en hem zei dat hij aan de slag moest.

Hij wist dat hij hoe dan ook de pijp uit zou gaan. Hij protesteerde niet eens, probeerde niet eens zijn daden te vergoelijken en zich te verdedigen. Toen puntje bij paaltje kwam, beschikte hij toch over een zeker eergevoel en daar had ik in een bepaald opzicht toch wel respect voor ondanks de situatie.

Na vier lijntjes werd het lastig voor hem om zich te concentreren op wat hij deed. Ik legde mijn wapen opzij en hielp hem een handje, hield zijn hoofd achterover terwijl hij cocaïne in zijn neusgaten stopte. Ik deed zijn mond open en gooide er eigenhandig wat in en toen hij begon te kokhalzen, legde ik mijn onderarm tegen zijn borst en duwde hem achteruit tegen de bank. Toen begon hij over te geven en telkens als hij moest spugen, duwde ik zijn hoofd omlaag zodat hij niet over me heen kotste. Ik gebruikte nooit coke, zou ik ook nooit doen, en ik wist niet hoeveel die klootzakken per keer in hun neus stopten. Ik had een zakje bij me dat Ten Cent ergens vandaan had gehaald, misschien een kopje alles bij elkaar, en toen we klaar waren, was meer dan de helft ervan in Cagnotto's keel en neus verdwenen.

Ik hoefde de klootzak niet neer te schieten. Was ik ook nooit van plan geweest. Hij overleed na ongeveer tien minuten.

De zaak van de FBI stierf een stille dood. Juni ging voorbij, evenals juli en augustus, en ik hoorde er niets meer van. Don Calligaris zei alleen: 'Goed werk, jongen,' en dat was dat.

In september liep ik drie straten lang achter Angelina Maria Tiacoli aan voor ze het merkte.

Kennelijk was ze boos. Ze draaide zich plotseling om en kwam op me af gelopen.

'Wat moet dit voorstellen?' snauwde ze op beschuldigende toon, maar er lag iets van woede en drift in haar stem en daar sprak veel meer uit dan alleen boosheid.

'Niks, ik loop achter je aan,' zei ik haar.

'Ik weet dat je achter me aan loopt,' zei ze. Ze deed een stap achteruit en trok haar jas strak om zich heen. Deze jas was zwart, van een soort zware wollen stof, en hij was aan de randen afgezet met een zijden garneersel. 'Maar waarom loop je achter me aan?'

'Ik wil met je praten,' zei ik. Ik voelde me dapper en driest, als de baas van het schoolplein.

'Waarover?'

'Over de vraag of we een keer samen naar de bioscoop kunnen, of ergens een hapje eten, of anders alleen een kopje koffie drinken of zo.'

Angelina Maria Tiacoli keek verbijsterd. 'Dat mag je me niet vragen,' zei ze. 'Je weet best dat je niet achter me aan mag lopen en me dat soort dingen niet mag vragen.'

Ik fronste. 'Hoezo niet?'

'Weet je wie ik ben?' vroeg ze.

'Angelina Maria Tiacoli,' antwoordde ik.

'Ja, zo heet ik, maar weet je wie mijn vader was?'

Ik knikte. 'Ja, dat weet ik. Dat heeft Ten Cent me verteld.'

'Ten Cent?'

'Dat is een man, iemand die ik ken.'

'En hij heeft je alles over me verteld?'

'Nee, niet alles. Ik ben ervan overtuigd dat hij helemaal niet veel van je weet. Hij heeft me verteld hoe je heet, wie je vader was en de rest heb ik zelf uitgedokterd.'

'De rest? Wat dan?'

'Ach, je weet wel, hoe mooi je bent, en dat je waarschijnlijk een geweldig mens bent om mee om te gaan, en hoe goed jij en ik eruit zouden zien als we ons mooi aankleedden en iets leuks gingen doen, naar een restaurant of naar het theater of zo.'

'En dat heb je helemaal zelf uitgedokterd?'

Ik knikte. 'Jazeker.'

'Nou,' zei ze, 'ik weet niet wie je bent, maar als een van je vrienden Ten Cent heet dan heb ik wel een idee met welke mensen je omgaat en als je daarmee omgaat, dan kunnen ze je stuk voor stuk vertellen dat ik niet tot het soort mensen behoor waar mannen uit de familie mee omgaan en dat ik zeker niet tot het soort meisjes behoor dat je meeneemt naar een restaurant of het theater.'

Ik schudde mijn hoofd. 'Hoezo, wat is er mis met je… Ben je ziek of zo? Heb je een terminale ziekte?'

Angelina Tiacoli keek alsof iemand haar een klap in het gezicht had gegeven. 'Je bent zo gehaaid, jij,' zei ze en ze deed een stap naar me toe. 'Je praat met je stomme vrienden met hun stomme namen en ze vertellen je wie ik ben: O, dat is maar de dochter van een hoer, loop er maar achteraan, dan neemt ze je misschien wel mee naar huis, gaat ze misschien wel met je naar bed. Is het zo gegaan? Was het zo'n soort gesprek dat je met je familie had?'

Ik was met stomheid geslagen. Ik wist niet wat ik moest zeggen. Ik worstelde met de woorden in mijn hoofd, maar ik delfde het onderspit. Ik opende mijn mond, maar er kwam enkel stilte uit.

'Ga terug naar waar je vandaan komt en zeg tegen je vrienden dat ik al lang weg was geweest als die verdomde familie van je me niet tot dit leven had veroordeeld. Zeg dat maar tegen ze namens mij, en als je hier nog eens komt, of als je me op straat staande houdt of achter me aan loopt, dan laat ik je koud maken, stompzinnige achterlijke Italiaanse boef.'

Ze keek me woest aan.

Ik deed mijn mond open.

'Geen woord meer,' zei ze en daarop draaide ze zich om en haastte zich weg.

'Ik… Ik ben… Ik ben geen Italiaan,' stamelde ik, maar het geluid van mijn stem werd overstemd door het getik van haar hakken op het asfalt en voor ik nog iets kon zeggen, voor ik een beetje bekomen was en achter haar aan kon gaan, was ze al bij de hoek van de straat en sloeg af.

Een halve minuut later kwam ik met een schok bij mijn positieven. Ik rende zo hard als ik kon achter haar aan, maar toen ik de hoek om ging, wist ik al dat ze weg zou zijn.

Ik had gelijk. Ze was verdwenen. Nergens meer te bekennen.

Ik stond daar enige tijd met het hart in de keel en toen slikte ik het met moeite weg en ging naar huis.

Het werd Kerstmis. Het werd Nieuwjaar. Ik zag Angelina niet, op een kortstondige glimp bij het busstation na toen ik daar voorbijkwam met Ten Cent en Don Calligaris. Ik wist niet zeker of zij het was, maar het voorval alleen al, dat ik iemand zag die haar had kunnen zijn, deed me beseffen hoe ik naar haar verlangde. Al die tijd dat ik in New York was, was ik niet met een meisje naar bed geweest – niet met een hoer, niet met een stripper, met niemand – en achter mijn celibataire levensstijl zat naar mijn overtuiging het idee dat ik mezelf bewaarde voor Angelina. Ik wilde bij haar zijn. Ik wilde die stem horen, die eens zo venijnig en boos had geklonken; ik wilde diezelfde stem horen wanneer ze van liefde en hartstocht sprak, wanneer ze daarover sprak tegen mij.

De lente bloeide open. New York werd verlost uit de bittere greep van de winter en met de wisseling van de seizoenen veranderde ook de stemming en de sfeer in het kamp Luchese. Er werd opnieuw gesproken over de Teamsters, over die Hoffa wiens naam ik heel wat maanden geleden in de Blue Flame had horen noemen.

'Die vent moet weg, hij moet verdomme echt weg,' zei Don Calligaris. 'Het is een kleine dikke kloothommel, een lul, een waardeloze verwaande hufter. Omdat hij voorzitter van de Teamsters is geweest, denkt hij dat het hele land van hem is. Ze veroordelen hem voor omkoping van een jurylid en illegaal afluisteren, krijgt hij gratie van die klootzak Nixon en nu hebben wij hem weer terug als de godvergeten kanker. Waarom houdt hij zich er niet buiten? Het gaat net zo goed met Frank Fitzsimmons, godsamme, dat is een watje vergeleken met Hoffa. Maar nee, hoor, Hoffa moet zich weer bemoeien met dingen waar hij zich niet mee heeft te bemoeien en iedereen krijgt ongelooflijke pijn in zijn kloten van die vent. We moeten echt iets aan die hufter doen... We moeten er als de donder voor zorgen dat hij verdwijnt en nooit meer terugkomt.'

In juli 1975 waren er vergaderingen, lange vergaderingen. Ik zag mensen komen en gaan in ons huis, en ook bij Don Calligaris – mensen als Tony Provenzano en Anthony Giacalone. Ik hoorde dat Tony Pro op dat moment vicevoorzitter van de Teamsters was en als hij over Hoffa praatte, sprak hij alsof hij het over iets had waar hij op straat in was getrapt.

'Als we willen dat Frank even de andere kant op kijkt, maakt hij zich altijd keurig uit de voeten en dat is precies wat we willen,' zei Tony Pro. 'Nixon heeft tegen Hoffa gezegd dat hij zich tien jaar niet met de vakbonden mag bemoeien, dat was een van de voorwaarden voor zijn gratie. Maar hij komt terug en nu hebben we direct de FBI op ons nek, je wilt verdomme niet weten hoe. Die vent... Jezus, we hebben die vent al ik weet niet hoe vaak gezegd dat hij zich erbuiten moet houden, maar die kerel is zo Oost-Indisch doof, die heeft volgens mij geen oren.'

Op 28 juli, een maandag, riep Don Calligaris me bij zich met Ten Cent. Toen ik in het huis in Mulberry Street aankwam, bleek het er te wemelen van de mensen; sommige kende ik, sommige had ik nog nooit gezien. Niemand werd voorgesteld, maar later vertelde Ten Cent me dat de man die naast Joey Giacalone zat, Charles 'Chuckie' O'Brien was, een zeer goede vriend van Jimmy Hoffa, iemand die door Hoffa zijn 'geadopteerde zoon' werd genoemd.

'We gaan die klootzak omleggen,' zei Joey Giacalone. 'Er is gestemd en hij is uitgeroepen tot Jan Dooie Lul. We hebben er allemaal genoeg van dat die vent ons zo veel ellende bezorgt.'

Er was een afspraak gemaakt in Michigan, in het Machus Red Fox Restaurant in Bloomfield Township. Hoffa zou daar Tony Provenzano, Tony Giacalone en een vakbondsleider uit Detroit ontmoeten om te overleggen over Hoffa's voornemen zich weer verkiesbaar te stellen voor het voorzitterschap van de Teamsters. Hoffa wilde weten of deze invloedrijke mannen hem zouden steunen als hij Frank Fitzsimmons uitdaagde.

Tony Pro en Tony Jacks zouden daar niet verschijnen. Tony Jacks zou zoals altijd gaan sporten in de Southfield Athletic Club en Tony Pro zou vestigingen van de Teamsters in Hoboken in New Jersey bezoeken. Hij zou ervoor zorgen dat hij veel handen schudde en met veel mensen sprak die niet zouden vergeten dat hij daar was. De vakbondsleider zou gevoeglijk opgehouden worden en na drieën bij de Machus Red Fox arriveren. Joey Giacalone had een kastanjebruine Mercury die hij zou uitlenen aan Chuckie O'Brien. Chuckie zou naar het restaurant rijden en tegen Hoffa zeggen dat de bijeenkomst ergens anders werd gehouden. Hoffa zou Chuckie zonder meer vertrouwen. Hij zou in de auto stappen. Hij zou zijn eigen Pontiac Grand Ville op de parkeerplaats van het Machus Red Fox laten staan. Hij zou niet meer levend uit de Mercury komen.

Er was nog een element dat me verraste.

'Jullie moeten goed begrijpen dat dit ook te maken heeft met dat zaakje met Feraud en zijn relatie met Vegas en de familie Luchese,' zei Tony Pro. 'Als jullie met New Orleans willen doorgaan, en neem maar van mij aan dat daar veel meer geld uit kan komen dan op dit moment het geval is, dan snappen jullie wel dat we dit niet alleen doen omdat we Frank Fitzsimmons als voorzitter van de Teamsters willen houden, maar ook om de zuidelijke staten tevreden te houden. Wie is de man die we daar hebben?'

'Ducane… congreslid Charles Ducane,' zei Tony Jacks.

'Ducane, juist ja. Hij is daar op dit moment de hoofdfiguur, hij is degene die zeggenschap heeft over de contributies van de Teamsters, waar het geld naartoe gaat, wie wat krijgt. Feraud heeft hem in zijn zak en als we Ducane niet tevreden houden door dit te doen, lopen we het risico dat we alle gelden uit de zuidelijke staten ook kwijtraken. Die kerels hebben overal wat in de melk te brokkelen en als we ze tegen ons in het harnas jagen dan komt het tot bloedvergieten en oorlog. Dit is noodzakelijk voor alle partijen en het mag écht niet misgaan.'

'Daarom wil ik ook je toestemming vragen om Ernesto te sturen,' zei Don Calligaris.

Tony Provenzano keek naar Calligaris en vervolgens naar mij. 'Ja, ja… Daar moeten we het nou net even over hebben. Die Ducane heeft zelf een mannetje, een ex-militair of zo.' Hij richtte zijn blik op Joey Giacalone. 'Hoe heet die vent ook alweer?'

'McCahill, iets met McCahill.'

'Ja, ja… Ducane wil dus zijn eigen man erheen sturen om dat met Hoffa af te handelen, maar wij willen onze eigen mensen gebruiken.'

'Uiteraard,' zei Don Calligaris. 'Dit is een zaak van de familie en het blijft binnen de familie. Zoals ik al zei, ik wil Ernesto sturen.'

Tony Pro trok zijn wenkbrauwen op. 'Hoezo?'

'Ernesto komt oorspronkelijk uit New Orleans, hij heeft aan het begin van de jaren zestig toen hij voor Don Ceriano werkte een klusje opgeknapt voor Feraud en Ducane. Ik wil hem erheen sturen en dan wil ik dat Feraud de boodschap krijgt dat we er een van zijn eigen mensen voor hebben gebruikt. Daarmee voorkomen we dat we onenigheid met die jongens krijgen omdat we die vent McCahill niet gebruiken, oké?'

Tony Provenzano knikte. 'Lijkt me verstandig. Ernesto?'

Ik knikte. Ik zei niets.

Tony Pro glimlachte. 'Zegt hij wel eens iets?'

Calligaris glimlachte. Hij legde zijn hand op mijn schouder en gaf een kneepje. 'Alleen als het moet en alleen tegen mensen die hij aardig vindt, nietwaar?'

Ik glimlachte.

'Jee, dan moet ik maar gauw iets aardigs voor hem doen,' zei Tony Pro. 'Ik heb niet graag dat kerels zoals hij een hekel aan me hebben.'

Ze lachten. Ik voelde me goed. Het was een gevoel waaraan ik gewend begon te raken. Ik was iemand. Ik had aanzien. Ik dacht ook aan Feraud en Ducane, mensen wier namen telkens weer opdoken in mijn zakelijke affaires, mensen die met het verstrijken der jaren blijkbaar steeds invloedrijker waren geworden. Hoewel ik vroeger van mening was geweest dat die Charles Ducane een onbetekenend en nerveus mannetje in dienst van Antoine Feraud was, was hij inmiddels blijkbaar heer en meester op zijn eigen terrein. Hij was iemand geworden, net als ik, maar uiteraard op een andere manier.

'Dus het gaat woensdag gebeuren,' zei Tony Jacks. 'Van nu af aan noemen we het Gemini. Dat is alles, één woord. Ik wil geen namen, data en plaatsen horen. Ik wil maar één woord horen als jullie het erover hebben en dat woord is Gemini.'

'Wat betekent dat in godsnaam?' vroeg Tony Pro.

'Het is een sterrenbeeld, dombo. Het is een sterrenbeeld, je weet wel, iets uit de dierenriem, en er is een plaatje van een vent met twee gezichten of zoiets. Het is verdomme gewoon een woord, goed?'

'En waarom dat woord?' vroeg Tony Pro.

'Omdat ik het zeg,' zei Tony Jacks, 'en omdat Jimmy Hoffa een schijnheilige klootzak met twee gezichten is die hij komende woensdag allebei verliest.'

Ik ging dus naar Michigan en ik ontmoette Jimmy Hoffa in Bloomfield Township op een warme woensdagmiddag. Het was een grote vent. Grote handen. Grote mond. Maar hij was zenuwachtig. Ik denk dat hij wist dat hij ging sterven. Hij stapte in de Mercury toen Chuckie O'Brien bij de Machus Red Fox verscheen en hoewel ik achterin zat, vroeg hij niet wie ik was. Hij praatte te snel, vroeg waarom de afspraak was veranderd, of

Provenzano en Giacalone er al waren, of Chuckie misschien had gehoord of ze hem zouden steunen bij zijn gooi naar het voorzitterschap van de Teamsters.

Hij spartelde erg tegen toen ik vanachter uit de auto de snaar om zijn hals legde. Hij spartelde tegen als Don Ceriano, maar ik voelde helemaal niets. Chuckie moest zijn armen omlaag duwen en het was een heel gedoe, want hij was geen sprietje van zestig kilo. Jimmy Hoffa beschikte over heel wat vechtlust, tot op het allerlaatste moment, en er was verschrikkelijk veel bloed. Het was deze keer gewoon iets zakelijks en er viel niet veel over te zeggen. Hij had mijn werkgevers tegen zich in het harnas gejaagd en dat was dat. Hij mocht dan voorzitter van de Teamsters zijn geweest, maar de blik in zijn ogen in de achteruitkijkspiegel, de blik die ik zag toen hij snakkend zijn laatste ademteug nam, was precies dezelfde als bij alle anderen. Of het nu de paus was, een vakbondsleider of de wederkomst van de Heer, iedereen die het licht achter zijn ogen zag doven, keek als een bange schooljuffrouw.

Ik bedacht dat ik op een dag wellicht ook zo zou kijken, maar ik besloot me daar pas sappel over te maken als het zover was.

Iets meer dan twintig minuten later stapte ik uit de auto met een bloederige pianosnaar in mijn jaszak. De tweeënzestig jaar oude Jimmy Hoffa werd naar een vetsmelterij in het zuiden van het land gebracht die in handen was van de familie en tot zeep verwerkt. Ik liep terug naar de Red Fox. Ik nam de bus naar Bloomfield. Daar stapte ik over op de bus naar het station. Op donderdag 31 juli was ik weer in Manhattan. Dertien dagen later vierde ik mijn zevenendertigste verjaardag. Don Fabio Calligaris en Tony Provenzano gaven een feest in de Blue Flame te mijner ere, een feest dat ik nooit zal vergeten.

Tony Giacalone was degene die het vroeg, die me vroeg wat ik voor mijn verjaardag wilde en zei dat ik alles mocht vragen wat ik wilde.

'Uw zegen,' zei ik tegen hem. 'De zegen van de familie.'

'Waarvoor, Ernesto?'

'Om met een meisje te trouwen, Don Giacalone... Dat wil ik voor mijn verjaardag.'

'Uiteraard, uiteraard... En met wie wil je trouwen?'

'Met Angelina Maria Tiacoli.'

Ze gaven me hun zegen, niet van harte misschien, maar ze gaven hem en hoewel het nog vier maanden zou duren voor ik haar weer zag, was dat de dag dat mijn leven onherroepelijk veranderde.

Later zouden nog veel meer dingen veranderen. In augustus erkende Nixon eindelijk zijn nederlaag. Hij trad af en nam het spinnenweb van relaties dat door alle families dwars door de hele Verenigde Staten liep met zich mee. Het jaar daarna overleed Carlo Gambino op 15 oktober in zijn zomerhuis op Long Island aan een hartaanval toen hij naar een wedstrijd van de Yankees op tv keek. Hij werd opgevolgd, niet door Aniello Dellacroce zoals iedereen had verwacht, maar door Paul Castellano, een man die op Todd Hill op Staten Island een replica van het Witte Huis had gebouwd; een man die een wapenstilstand sloot met de Ierse maffia in New York en hun leiders – Nicky Featherstone en Jimmy Coonan – toestemming gaf om bij het zakendoen de naam Cambino te gebruiken in ruil voor een aandeel van tien procent in al hun inkomsten in Hell's Kitchen in West Side; een man die er uiteindelijk aan bijdroeg dat de Italiaanse misdaadfamilies in New York een deel van hun macht opgaven. Carmine Persico stootte in 1978 Thomas DiBella, het hoofd van de familie Colombo, van de troon; Carmine Galante hield de leiding over de familie Bonanno tot 1979 toen hij in Brooklyn in Joe and Mary's Italian Restaurant werd vermoord. Hij werd vervangen door Caesar Bonaventre, met zijn vierentwintig jaar de jongste capo ooit. Mijn tijd in New York zat er toen al bijna op; ik had mezelf al lang omhooggewerkt en was niet langer de man voor de moordklussen en schietpartijen waarmee ik mijn reputatie had verdiend. Mijn leertijd zat erop.

Ik was in de veronderstelling dat ik naar New York was gekomen om iets te vinden. Wat ik zocht wist ik toen niet en kan ik zelfs nu niet met zekerheid zeggen, maar ik vond iets wat ik nooit had kunnen voorzien en daar zal ik nu iets over vertellen.

Het was bijna Thanksgiving en hoewel Thanksgiving geen bijzonder belangrijke gebeurtenis was op de Italiaanse kalender, was het toch een reden om meer te eten, meer te drinken, te feesten in de Blue Flame en elkaar een beetje te plagen.

Ik leende de auto van Ten Cent, ging ermee naar een garagebedrijf en liet hem vanbinnen en vanbuiten schoonmaken. God mag weten wat ze in de auto aantroffen, maar ze hoorden bij de familie, dus het maakte hun hoe dan ook niet uit. Ik parkeerde de auto een eind bij het huis vandaan, zodat Ten Cent niet zou vergeten dat hij hem aan mij had uitgeleend en ermee zou wegrijden, en liep naar huis. Ik kleedde me netjes aan, op zijn zondags zeg maar, en ik poetste mijn schoenen en strikte mijn das. Het was vroeg in de avond, een zaterdag, en om zeven uur vertrok ik weer met opgewekt gemoed en tweeduizend dollar op zak.

Toen ze aan de deur kwam, had ze alleen pantoffels en een ochtendjas aan. Ze had haar haar uit haar gezicht gekamd en opgestoken alsof ze aan het schoonmaken was geweest of zo, en toen ze me daar zag staan met mijn dure kostuum en een boeket van vijfendertig dollar vielen haar ogen bijna uit haar hoofd. Ik was geen bijzonder knappe man, ik had verdorie geen fotomodel kunnen worden of zo, maar ik was tot in de puntjes verzorgd en je had me overal mee naartoe kunnen nemen zonder je te hoeven schamen.

'Ja?' zei ze.

'Er is een voorstelling in de Metropolitan Opera,' zei ik. 'Een concert.' Ik hield haar de bloemen voor. Ze keek naar het boeket alsof ik haar een tas met een dode rat wilde geven. 'Hoe dan ook, er is een concert in de Metropolitan Opera –'

'Dat zei je al... Dan zou ik me maar haasten, anders mis je het begin.'

Ik keek haar aan. 'Ik heb mijn best gedaan om er mooi uit te zien en jij ziet er zelfs in je ochtendjas en op je pantoffels al mooi uit. Vind je het gewoon leuk om naar te doen tegen mensen, of komt het doordat je ziek in je hoofd bent of zo?'

Toen moest ze toch lachen en dat geluid klonk beter dan alles wat iemand ooit in de Metropolitan zou kunnen horen.

'Nee, ik ben ziek in mijn hoofd en ik kan alleen maar naar doen tegen mensen,' zei ze. 'En donder nu maar op met je stomme bloemen. Ga op zoek naar een knap blondje met benen tot haar oksels en neem haar mee naar de opera.'

'Maar ik wil met jou.'

Angelina Maria Tiacoli keek verbluft. 'Volgens mij heb ik jou al eens op straat gezien. Dat was jij toch?'

'In Hester Street toen je van de kapper kwam.'

Angelina fronste en was een moment uit het veld geslagen. 'Maak je soms aantekeningen of zo?'

Ik schudde mijn hoofd. 'Nee, ik maak geen aantekeningen... Ik vergeet alleen nooit iets belangrijks.'

'En waar ik mijn haar laat doen is belangrijk?'

'Nee, niet waar je je haar laat doen... Het feit dat jij het was, dat was belangrijk.'

'Je meent het serieus, hè?'

'Ja, zo serieus dat ik de zegen van Don Giacalone en de zegen van de familie heb gevraagd.'

'Waarvoor?'

'Om met je te trouwen, Angelina Maria Tiacoli… Om met je te trouwen en je tot mijn vrouw te maken.'

'Om met me te trouwen én me tot je vrouw te maken? Nee maar.'

'Ja, echt waar.'

'O,' zei ze. 'En weet je wie ik ben?'

'Ik weet genoeg van je om met je uit te willen en ik weet zo weinig van je dat ik je echt heel interessant vind.'

'Dus ik ben interessant, hè?'

'Ja,' zei ik. 'Interessant en mooi, en als je praat, hoor ik allerlei dingen in je stem die mij sterken in de overtuiging dat ik je de rest van je leven zou kunnen liefhebben.'

'Heb je dit geoefend voor je kwam, of heb je het door een scenario-schrijver uit Hollywood laten schrijven?'

Ik knikte met mijn hoofd. 'Je hebt me door. Ik heb het allemaal voor me op papier laten zetten door een schrijver uit Hollywood en ik heb tegen hem gezegd dat ik bij hem langs zou komen om een kogel in zijn knie te jagen als het niet werkte.'

Ze lachte opnieuw. Ik begon anschluss te krijgen.

'Dus je hebt je helemaal opgedoft en je hebt bloemen voor me gekocht en je bent hier op de bonnefooi naartoe gekomen om te vragen of ik meega naar de Metropolitan Opera?'

'Inderdaad.'

'Ik kan niet.'

Ik fronste. 'Waarom niet?'

'Omdat ik niet met je uit kan, of met iemand anders zoals jij, dus je zult je er heel snel overheen moeten zetten en iemand anders moeten zoeken om lastig te vallen.'

Angelina Tiacoli glimlachte nogmaals, maar het was geen warme of welgemeende glimlach, en toen deed ze de deur hard en snel dicht en liet me op de stoep staan.

Ik stond daar ongeveer een halve minuut, tot ik haar voetstappen binnen hoorde wegsterven. Toen stapte ik achteruit, legde het boeket tegen de deur en reed naar huis.

Ik ging de volgende middag na de lunch terug.

'Ben je er nu alweer?'

'Ja.'

'Je geeft het niet op, hè?'

Ik schudde mijn hoofd.

'Hoe was het concert?'

'Ik ben niet gegaan.'

'En nu wil je dat ik de kaartjes betaal, is dat het?'

'Nee, je hoeft de kaartjes niet te betalen.'

'Wat wil je dan?'

'Ik wil je mee uit nemen, naar de bioscoop misschien –'

'Of een concert in de Metropolitan.'

'Ja,' zei ik, 'of een concert in de Metropolitan, of misschien alleen ergens een kopje koffie drinken en een tijdje met elkaar praten.'

'Alleen een kopje koffie.'

'Natuurlijk, als je dat wilt.'

'Nee, ik wil het eigenlijk niet, maar als ik nu een kopje koffie met je ga drinken, laat je me misschien met rust. Of verwacht ik nu te veel?'

'Ja, je verwacht te veel. Als je een kopje koffie met me gaat drinken, wil ik vast nog een keer langskomen om ergens anders met je heen te gaan.'

Angelina zei een moment niets en toen knikte ze. 'Goed,' zei ze. 'Kom om vier uur maar terug.'

Ze sloot de deur.

Ik ging om vier uur terug. Ik klopte op de deur tot iemand in het huis ernaast zijn hoofd uit het raam stak en tegen me riep dat ik als de donder moest ophouden met dat lawaai.

Angelina was de deur uit, of hield zich binnen schuil.

Ik was niet boos, niet op dat moment, en niet op enig ander moment; ik was alleen vastbesloten.

Ik wachtte tot dinsdagavond. Toen ging ik iets na zevenen weer bij haar langs.

Ze deed open. Ze was chic gekleed. Ze droeg een rok, een wollen jasje en een mooie roze blouse die aan haar huid een warme en aantrekkelijke gloed gaf.

'Ik stond helemaal klaar gisteravond en toen kwam je niet,' zei ze.

'Ik heb niet gezegd dat ik gisteravond zou komen.'

'Dat is waar, maar omdat je de dag daarvoor en de dag daarvoor wel was geweest, dacht ik dat je elke dag zou komen tot ik me gewonnen gaf.'

'Als je had gezegd dat je gisteravond mee uit wilde, was ik gekomen. Je hebt de deur voor mijn neus dichtgedaan en toen ik terugkwam zondag was je er niet.'

'Ik was er wel, ik heb alleen niet opengedaan.'

'Waarom niet?'

'Ik wilde zien hoe vasthoudend je was.'

'En?'

'En je bent een zeer vasthoudend, hoewel het me nog steeds verbaast dat je gisteren niet bent geweest.'

'Sorry.'

'Excuses aanvaard,' zei ze. 'Waar ga je me mee naartoe nemen?'

'Waar wil je heen?'

'Met de ondergrondse naar de Avenue of the Americas, het duurste restaurant uitzoeken en dingen eten die ik nog nooit heb gegeten.'

'Dat kunnen we doen.'

Ze zweeg een moment alsof ze ergens over nadacht en toen knikte ze. 'Goed, geef me vijf minuten, dan kom ik.'

'Je gaat toch niet de deur dichtdoen en je dan binnen verschuilen, hè?'

Ze lachte. 'Nee… Geef me vijf minuten.'

Ik gaf haar vijf minuten. Ze kwam niet naar buiten. Ze liet me daar nog twee minuten staan en toen hoorde ik haar voetstappen achter de deur.

Ze deed open en stapte naar buiten. Ze zag er fantastisch uit; ze rook fantastisch, naar viooltjes of kamperfoelie, zoiets, en toen ik haar een arm wilde geven, vond ze dat goed en ik leidde haar naar de auto. Ik deed het portier voor haar open en reed naar het station van de ondergrondse. Ik vroeg niet aan haar waarom ze niet met de auto wilde. Ze wilde met de ondergrondse, we gingen met de ondergrondse. Als ze me had gevraagd de ondergrondse voor haar te kopen, zou ik een manier hebben bedacht.

Ik nam haar mee naar de Avenue of the Americas. We zochten een restaurant uit en of het het duurste in de straat was, weet ik niet, kon me ook niet schelen, maar ik gaf tweehonderdelf dollar uit aan het eten en nog eens vijftig dollar aan fooi.

Ik bracht haar niet met de auto van de ondergrondse naar huis toen we terugkwamen. Ik wilde zoveel mogelijk tijd in haar gezelschap doorbrengen. Ik liep met haar naar huis, de wandeling duurde zeker twintig minuten, en toen ik op de stoep stond en tegen haar zei dat ik de beste avond van mijn leven had gehad, legde ze even haar hand tegen mijn wang.

Ze kuste me niet, maar dat gaf niet. Ze zei wel dat ik nog eens mocht langskomen en ik zei dat ik dat zou doen.

Ik zag haar bijna acht maanden vrijwel iedere dag, afgezien van de paar dagen dat ik de stad uit was voor zaken. In juli 1976 vroeg ik haar ten huwelijk.

'Je wilt dat ik met je trouw?' vroeg ze.

Ik knikte. Mijn keel zal dichtgesnoerd. Ik kreeg bijna geen adem. Het meisje deed met mij hetzelfde als Ten Cent met iemand zou doen die geld achterhield.

'En waarom wil je met me trouwen?'

'Omdat ik van je hou,' zei ik en ik meende het.

'Hou je van me?'

Ik knikte. 'Ja.'

'En je begrijpt dat je hier nooit meer mag komen als ik nee zeg. Zo gaan die dingen... Als je een meisje ten huwelijk vraagt en ze zegt nee, dan is het einde verhaal. Je weet dat het dan direct voorgoed voorbij is. Besef je dat wel, Ernesto Perez?'

'Ja, dat weet ik.'

'Vraag het me dan maar eens zoals het hoort.'

Ik fronste. 'Wat bedoel je, zoals het hoort? Ik heb het je net netjes gevraagd. Ik heb een ring in mijn zak en alles.'

Angelina trok haar mondhoeken omlaag en knikte goedkeurend met haar hoofd. 'Heb je een ring?'

'Ja, natuurlijk. Je denkt toch niet dat ik je ten huwelijk zou komen vragen als ik geen ring had?'

'Laat eens zien.'

'Wat?'

'Laat die ring eens zien die je bij je hebt.'

'Meen je dat nou?' vroeg ik.

Ze knikte. 'Ja, wat dacht je dan?'

Ik schudde mijn hoofd. Dit ging niet volgens plan; dit werd zo langzamerhand veel lastiger en ingewikkelder dan ik me had voorgesteld. Ik haalde de ring uit mijn zak. Hij zat in een klein zwartfluwelen doosje.

Ik overhandigde het doosje aan Angelina.

Ze pakte het aan, maakte het open, haalde de ring eruit en hield hem omhoog tegen het licht. 'Echte diamanten?' vroeg ze.

Ik fronste. Ik begon nu kwaad te worden. 'Natuurlijk zijn het echte diamanten. Je denkt verdomme toch niet dat ik met goedkope rotzooi kom aanzetten als ik iemand ten huwelijk vraag –'

'Let op je woorden, Ernesto.'

Ik knikte. 'Sorry.'

'En ben je er eerlijk aan gekomen?'

'Nou ja, zeg –'

'Dat moet ik gewoon weten, ja? Dat moet ik weten. Ik ga mijn hele leven al met mensen zoals jij om. Ik denk dat ik in mijn leven niet meer dan drie of vier dingen heb gekregen die niet gestolen waren. Een verloving is een gewichtige zaak, een huwelijk nog meer, en ik zou geen plechtige beloften aan God en de Maagd Maria willen doen als ik iets om mijn vinger had wat gestolen was van een arme weduwe in 9th Street...'

'Godsamme, Angelina –'

'Niet vloeken...'

'Ach, hou toch op. Geef die rotring maar terug. Ik ga naar huis. Ik kom morgen wel terug als je een beetje normaal kunt doen.'

Angelina hield de ring in haar hand. Ze sloot haar vingers eromheen. 'Maar je kwam me toch ten huwelijk vragen?'

'Ja. Ik kwam je ten huwelijk vragen, maar jij staat me gewoon in de zeik te nemen.'

'Doe het dan zoals het hoort,' zei ze.

'Dat heb ik verdomme net gedaan!'

'Ga op één knie zitten, Ernesto Perez... Ga op één knie zitten en vraag me zoals het hoort zonder gescheld en zonder de naam van de Heer ijdel te gebruiken.'

Ik zuchtte. Ik schudde mijn hoofd. Ik knielde neer op de stoep en keek naar haar op. Ik deed mijn mond open om iets te zeggen.

'Ja,' zei ze, voor ik een woord had kunnen uitbrengen.

'Hè?'

'Ja, Ernesto Perez... Ik wil met je trouwen.'

'Maar ik heb je nog niet eens gevraagd!' zei ik.

'Maar ik wist dat je me ging vragen en ik wilde geen tijd meer verspillen.'

'Jezusmina, Angelina –'

'Hou op met vloeken, Ernesto, hou op.'

'Goed, goed… Ik zal niet meer vloeken.'

In november stelde ik voor om het jaar daarop in januari te trouwen. Ze stelde het uit tot mei omdat ze buiten wilde trouwen.

Er kwamen driehonderd mensen op de bruiloft. Het feest duurde twee dagen. We gingen op huwelijksreis naar Californië. We gingen naar Disneyland. Van haar houden hoefde ik niet te leren. Ik had al heel lang van een afstand van haar gehouden. Ze betekende alles voor me en dat wist ze. Afgezien van de kinderen was zij het belangrijkste in mijn leven. Ze maakte me belangrijk, zo voelde ik me, en dat was een gevoel dat ik nooit voor mogelijk had gehouden.

In juli '76 had ik het nieuws over Castro gehoord, dat hij zichzelf had uitgeroepen tot staatshoofd, voorzitter van de Staatsraad en ook van de Ministerraad. Het nieuws was afkomstig uit tv-reportages over de Speciale Senaatscommissie inzake de Inlichtingendiensten onder leiding van senator Frank Church, die onderzoek deed naar de vermeende betrokkenheid van de CIA bij de moordaanslag op Castro. Ik moest direct aan Cuba denken, aan Havana, aan mijn moeder en vader en alles wat er was gebeurd. Ik zei daar niets over tegen Angel, want zo noemde ik haar en ze was ook een engel.

In een bepaald opzicht was ze mijn redding, en in een ander opzicht mijn ondergang, en als de kinderen er niet waren geweest, zou het net zijn of het allemaal niet was gebeurd. Maar dat was allemaal later, veel later, en het is nu niet het moment om het daarover te hebben.

Toen we erover begonnen te denken uit New York te vertrekken, was ik drieënveertig jaar oud. Een tweederangs acteur uit B-films was president van de Verenigde Staten geworden en Angel Perez was zwanger. Ze wilde onze kinderen niet in New York grootbrengen en met de zegen van de familie overwogen we naar Californië te verhuizen, waar de zon driehonderddrieënzestig dagen per jaar drieëntwintig uur per dag scheen. Ik kan niet zeggen dat we onze dagen sleten in een waas van kalme tevredenheid; ik denk niet dat zoiets mogelijk is voor een man met mijn werk, maar de beelden van en herinneringen aan de relatie van mijn ouders verschilden zo sterk van wat Angel en ik ervan maakten, dat ik gelukkig was.

Ik geloofde niet, nog geen tel, dat er iets mis zou gaan, maar anderzijds kan ik terugkijkend in alle eerlijkheid zeggen dat ik geen man ben die zich in zijn leven heeft laten leiden door geloof.

Het hoofdstuk New York werd afgesloten. We stapten in maart 1982 op het vliegtuig, Angel was zes maanden zwanger, en hoewel het vijftien jaar zou duren voor ik naar New York terugkeerde, zou ik die stad nooit meer met dezelfde ogen bekijken.

De wereld veranderde, ik veranderde mee en als ik één ding had geleerd, dan was het dat er geen weg terug was.

18

Het slechte weer was nog niet voorbij. Het goot pijpenstelen en toen Hartmann van het kantoor van de FBI naar het Royal Sonesta werd gebracht – een konvooi van drie auto's, hijzelf in de middelste wagen met Woodroffe, Schaeffer en Sheldon Ross – voelde hij zich net de schuldige partij in plaats van de biechtvader. Want dat was hij nu, nietwaar? De biechtvader van Ernesto Perez, een man die zijn leven met zo veel nachtmerries had gevuld als wellicht mogelijk was voor één mens.

'Ik vind het ongelooflijk,' had Woodroffe al talloze malen gezegd en nu onder het rijden zei hij het weer. 'De moord op Jimmy Hoffa is waarschijnlijk een van de belangrijkste onopgeloste moorden aller tijden –'

'Afgezien van Kennedy,' had Ross in het midden gebracht, een opmerking die hem een afkeurende blik van zowel Woodroffe als Schaeffer opleverde. Hartmann veronderstelde dat het officiële externe en interne standpunt van de FBI was dat J. Edgar Hoover en de Commissie Warren het bij het rechte eind hadden. Het was, kon hij slechts aannemen, een van die onderwerpen die bij deze mensen niet werden besproken. Ze geloofden wat ze geloofden, maar wat ze geloofden bleef opgeborgen in hun hoofd en kwam niet over hun lippen.

'Die klootzak Jimmy Hoffa... Godallemachtig,' zei Woodroffe. 'Ik kan het me nog goed herinneren. Ik weet het nog goed. Ik herinner me de speculaties, de krantenverslagen, al die theorieën over wat er met hem was gebeurd.'

'Hoe oud was je toen helemaal?' zei Schaeffer.

'Ja, maar toch,' zei Woodroffe. 'Ik kan het me nog goed herinneren. En toen ik bij de FBI begon en dossiers onder ogen kreeg die over de georganiseerde misdaad gingen, dook die naam telkens weer op. Het was de grote vraag... Wat was er met Jimmy Hoffa gebeurd? Ongelooflijk dat Perez hem dan uiteindelijk blijkt te hebben vermoord. En dat Charles

Ducane, de gouverneur van Louisiana nota bene, ervan afwist... er in feite mee heeft ingestemd –'

'En Gerard McCahill zou sturen om het te doen,' zei Hartmann, aangezien dat punt in zijn ogen nog het meest relevant was en iedereen eraan voorbij leek te willen gaan.

'Mond dicht,' zei Schaeffer. 'Dat kunnen we niet bewijzen.'

'Maar we weten dat vrijwel alles wat Perez tot nu toe heeft gezegd uiteindelijk waar blijkt te zijn,' wierp Woodroffe tegen.

'Dat nemen we aan,' antwoordde Schaeffer. 'Maar we weten niet zeker of alles wat hij heeft gezegd waar is, en op dit moment richt ons onderzoek zich op Ernesto Perez en niet op Charles Ducane. Charles Ducane en zijn dochter zijn voor mij het slachtoffer van een misdrijf, evenals Gerard McCahill, en ik wil er geen woord meer over horen.'

'Dan is er ook nog het lichaam van McCahill, hoe dat werd aangetroffen,' zei Hartmann.

'Hoezo?' vroeg Woodroffe.

'De tekening op zijn rug... het sterrenbeeld Gemini. Dat was het woord dat ze gebruikten als ze het over de moord op Hoffa hadden... die noemden ze Gemini. Ik veronderstel dat dat gedaan is om Ducane eraan te herinneren dat zijn rol in het geheel niet is vergeten.'

'Ook allemaal vermoedens,' zei Schaeffer. 'We weten niets zeker. Het enige waar we ons op kunnen baseren, is het woord van één man, en die is zo gek als een deur.'

'Nou, mooi is dat,' zei Hartmann. 'Daar gaat een van de grote mysteries van het leven,' en daarmee scheen alles over het onderwerp te zijn gezegd. Het was een moment stil. Hartmann keek naar buiten. In zijn achterhoofd zag hij de afbeelding van het sterrenbeeld opgloeien op de rug van McCahill, en daarna dacht hij eraan hoe Ernesto Perez over het dode lichaam van Stefano Cagnotto gebogen had gestaan. Een ogenblik was hij terug in het motel met Luca Visceglia, een motel vlak bij het Calvary Cemetery, de nacht voor een verklaring aan de Grand Jury moest worden voorgelegd. Hij wist hoe iemand eruitzag als hem met geweld een overdosis was toegediend.

'We moeten achter zijn vrouw aan,' zei Schaeffer. Hij keek achterom naar Hartmann die op de achterbank zat. 'Kijk of je hem zo ver kunt krijgen dat hij iets meer over zijn vrouw vertelt. Ze moet ergens zijn.'

'En dat kind... jongen, meisje, weet ik veel, dat moet nu begin twintig zijn,' zei Woodroffe.

'Ik heb de opsporingsafdeling van de FBI gewaarschuwd,' voegde Schaeffer eraan toe. 'Die vinden haar wel, ze kunnen alleen niet inschatten hoeveel tijd het ze zal kosten. Ze gaan zo ver terug als nodig is. Maar je mag ervan uitgaan dat er niemand in dit land is die ze uiteindelijk niet kunnen opsporen.'

'Behalve Perez zelf,' zei Woodroffe, en Schaeffer wierp hem een snijdende blik toe zodat hij er onmiddellijk het zwijgen toe deed.

'Ik denk niet dat we ervan uit mogen gaan dat de vrouw van Perez hier iets mee van doen heeft,' zei Hartmann.

'Waarop baseer je die conclusie?' vroeg Schaeffer.

'Perez is heus niet zo stom om zijn eigen gezin erbij te betrekken. Dan zou het te dichtbij komen.'

'Maar dan nog. Het is iets,' zei Schaeffer, 'en in deze situatie trekken we alles na, of het op dit moment nu irrelevant lijkt of niet.'

'En daar hoort Charles Ducane ook bij?' vroeg Hartmann, hoewel het een bijna retorische vraag was omdat hij wel wist hoe Schaeffer zou reageren.

Schaeffer draaide zich om en keek hem aan. De blik op zijn gezicht was onvriendelijk en afstandelijk, maar daaronder lag iets van vermoeidheid en verslagenheid. 'Wil je die discussie nu nog een keer voeren?' vroeg hij Hartmann.

'Of ik dat wíl?' vroeg Hartmann. 'Nee, dat wil ik helemaal niet. Eigenlijk wil ik hier helemaal niets mee te maken hebben. Het liefst hou ik het nu direct voor gezien en ga ik terug naar New York.'

'We vinden het meisje,' zei Schaeffer.

'En dan?'

Schaeffer trok zijn wenkbrauwen op.

'En dan gaat iemand met Ducane praten?' vroeg Hartmann.

Schaeffer sloot zijn ogen en zuchtte. 'Of er met Ducane wordt gepraat, hangt volledig van anderen af,' antwoordde hij.

'En wij nemen daar geen enkele verantwoordelijkheid voor, is dat het? Jullie hebben gehoord wat ik heb gehoord –'

Schaeffer stak zijn hand op. 'Hou maar op,' zei hij. 'Ik doe één ding tegelijk, ik hou me aan de instructies die ik heb gekregen... en op dit moment is Catherine Ducane het enige relevante.'

'Dus we laten het gewoon gaan als we het meisje eenmaal hebben gevonden?'

Woodroffe leunde naar voren. 'Ray... hou er nu even over op, oké? We gaan praten met Perez, we doen alles wat we moeten doen tot we het meisje terug hebben en dan –'

Hartmann viel hem in de rede. 'Laat maar. Ik zeg al niets meer. Het is toch mijn taak niet. Ik maak tenslotte niet uit wie dit land bestuurt.'

Schaeffer reageerde niet; dat leek hem beter. Dit gesprek draaide rond in cirkels en in het middelpunt van die cirkels bevond zich een groot aantal dingen die ze geen van allen echt wilden weten.

Het was een korte rit, die door de regenval alleen langer duurde; het water bleef op de straten staan omdat de putten het niet aan konden en hier en daar zag Hartmann mensen zich door de stortregen haasten in een vergeefse poging niet doornat te worden. Het was hopeloos, de hemelsluizen waren wijd opengezet en alles wat beschikbaar was, werd over New Orleans uitgegoten. Misschien trachtte God in zijn oneindige wijsheid de stad schoon te spoelen. Dat zou niet lukken; er was op dit land te veel bloed vergoten zodat het louter nog een kleine afspiegeling van de hel kon zijn.

Het konvooi kwam voor het Royal Sonesta tot stilstand. Hartmann stapte uit en rende naar de hoofdingang en daar werd hij opgewacht door drie agenten van de FBI. Binnen stonden er nog vier, allemaal gewapend, allemaal klonen van elkaar, en Hartmann besefte hoeveel aandacht en geld er aan deze operatie werden besteed.

Men had hem in een bijzonder onhoudbare positie geplaatst. Hij wist, zekerder dan de meeste andere dingen in zijn leven, dat Perez niet van plan was te onderhandelen over het leven van het meisje. Dat interesseerde hem helemaal niet. Perez was niet gekomen om een gevangenisstraf, een doodvonnis of iets anders wat de rechterlijke macht over hem kon uitstorten te ontlopen. Perez was gekomen om een verhaal te vertellen en iets duidelijk te maken. Wat, dat wist niemand. Hartmann had met zichzelf afgesproken dat hij zijn uiterste best zou doen en als zijn best niet goed genoeg was, mochten ze iemand anders het laten opknappen.

Een van de agenten nam zijn jas aan en overhandigde hem een handdoek.

'Vreselijk weer,' zei Hartmann en hij begon zijn haar en zijn nek af te drogen.

De agent keek hem alleen maar onvermurwbaar aan en zei niets.

Waar halen ze deze mensen in hemelsnaam vandaan? vroeg Hartmann zich af. Misschien hebben ze bij Quantico een fabriek waar ze ze gewoon kweken uit één type stamcellen.

Hartmann gaf de handdoek terug en streek zijn haar glad.

Woodroffe dook naast hem op, met Schaeffer op zijn hielen.

'Geven jullie me een afluisterapparaatje?' vroeg Hartmann.

'Het hele hotel wordt afgeluisterd,' zei Schaeffer. 'Er zijn vijf verdiepingen en Perez zit op de bovenste. We moeten met de trap, want de liften zijn stilgezet. Op de eerste vier verdiepingen zijn alle uitgangen en ingangen afgesloten. Alle ramen zijn aan de binnenkant vergrendeld en op de vijfde verdieping bevinden zich om en nabij twintig agenten verspreid in de gangen en in de kamers aan weerszijden van Perez. In de kamer van Perez zijn drie agenten die vanuit de zitkamer alles in de gaten houden. Perez gebruikt de slaapkamer, de daaraan grenzende badkamer en soms komt hij naar de zitkamer om tv te kijken en een potje te kaarten met onze mensen. Zijn eten komt uit de keukens in de kelder en dat gaat via de trappen net als de rest.'

'Jullie hebben een fort voor hem gebouwd,' zei Hartmann.

'Nou, hij komt er in elk geval niet uit... En er komt ook niemand in om hem te grazen te nemen.'

Hartmann fronste. 'Wie zou dat dan willen?'

Woodroffe wierp een schuine blik op Schaeffer. Schaeffer schudde zijn hoofd. 'Ik heb geen idee, Hartmann, maar tot nu toe zit die vent vol verrassingen, dus we nemen geen enkel risico.'

'Goed, dan gaan we maar eens naar boven,' zei Hartmann en hij liep door de hal naar de voet van de trap.

'Hartmann?' riep Schaeffer hem na.

Hartmann vertraagde zijn pas en draaide zich om.

'Ik snap dat je je bedenkingen hebt en ik kan niet zeggen dat ik er zelf van overtuigd ben dat we hier iets mee zullen bereiken, maar er is een meisje ontvoerd, een jong meisje dat nog in leven zou kunnen zijn, en zolang we nog niet zeker weten wat er met haar is gebeurd, moeten we alles proberen.'

Hartmann knikte. 'Dat weet ik,' zei hij zacht. 'Dat weet ik net zo goed als ieder ander hier en ik zal doen wat ik kan. Ik heb alleen het idee dat het niets zal opleveren voor ons... niets zal opleveren voor haar.'

'Doe gewoon je best, hè?' zei Schaeffer.

'Natuurlijk,' zei Hartmann en daarop draaide hij zich om en begon de trap op te lopen in gezelschap van twee van de agenten uit de hal, en pas toen hij bij de vijfde verdieping kwam, pas toen hij twee meter bij de deur van Perez vandaan stond, drong de draagwijdte van wat hij ging doen tot hem door. Met wat hij nu ging zeggen, kon hij Perez tegen zich in het harnas jagen, zodat hij niet meer zou willen praten en als hij niet praatte, zou hij hun nooit het hele verhaal van zijn leven vertellen en Hartmann meende dat dat nu juist het doel van de ontvoering van het meisje was geweest.

Van iemand willen zijn tot geloven dat hij iemand was tot een gevoel van verlies omdat hij opnieuw niet meer meetelde.

Was dit nu louter de laatste wanhopige, zij het krankzinnige, poging van een oude man om iets van zichzelf te maken voor het licht voor de laatste keer uitging?

Hartmann keek even naar het uitdrukkingsloze gezicht van de agent naast hem. 'Toe maar,' zei hij zacht en de agent boog zich naar voren en klopte op de deur.

Uit de slaapkamer kwam het zangerige geluid van een piano.

Hartmann trok zijn wenkbrauwen op.

In de eerste kamer bevonden zich nog drie mensen van Schaeffer, allemaal doorgewinterde veteranen zo te zien. De agent die het dichtst bij de deur stond, heette Hartmann welkom, schudde hem de hand, stelde zich voor als Jack Dauncey. Dauncey scheen oprecht blij te zijn iemand van buiten te zien, of iemand die niet bij de FBI hoorde misschien.

'Hij zit binnen,' zei Dauncey. 'We hebben hem verteld dat je kwam… Weet je wat hij vroeg?'

Hartmann schudde zijn hoofd.

'Of je bleef eten.'

Hartmann glimlachte. 'Het is me er eentje, hè?'

'Zeg dat wel. Zo kom je ze niet vaak tegen.' Dauncey glimlachte en liep naar de andere kant van de kamer. Hij klopte op de deur en nog geen tel later werd de muziek zachter gezet.

'Kom binnen!' beval Perez en Dauncey opende de deur.

De kamer was ingericht als zitruimte en slaapkamer. Het bed was tegen de linkermuur geschoven en aan de rechterkant stonden een tafel, twee stoelen, een bank en een stereo. Daar kwamen de zangerige pianoklanken uit.

'Sjostakovitsj,' zei Perez, terwijl hij opstond en naar Hartmann toe kwam. 'Kent u Sjostakovitsj?'

Hartmann schudde zijn hoofd. 'Niet persoonlijk, nee.'

Perez glimlachte. 'Uw slag mensen verdedigt onwetendheid met humor. Sjostakovitsj was een Russische componist. Hij is al heel lang dood. Dit stuk heet "Aanval op het mooie heuveltje" en is geschreven ter nagedachtenis aan de bestorming van het Winterpaleis. Het is mooi, niet? Mooi en bijzonder triest in alle opzichten.'

Hartmann knikte. Hij liep naar de tafel en nam plaats in een van de stoelen.

Perez kwam achter hem aan, ging tegenover hem zitten en op de muziek na was het net of ze weer in het gebouw van de FBI zaten.

'Misschien moeten we onze gesprekken in het vervolg hier houden,' zei Perez. 'Dat zou een hoop moeite schelen, want dan hoeven ze me niet elke keer heen en weer te brengen met al die federale agenten, die geen van allen, kan ik u verzekeren, enig gevoel voor humor hebben, en het zou veel comfortabeler zijn, niet?'

Hartmann knikte. 'Zeker. Ik zal het Schaeffer en Woodroffe voorstellen.'

Perez glimlachte en pakte zijn sigaretten. Hij bood er Hartmann een aan, haalde zijn aansteker uit zijn zak en gaf hem vuur.

'Hoe houden ze zich?' vroeg Perez.

'Wie?'

'Meneer Schaeffer en meneer Woodroffe.'

Hartmann fronste. 'Hoe houden ze zich?'

'Ja. Deze situatie zal hun de nodige stress opleveren, niet? Ze hebben in hun hele carrière waarschijnlijk niet eerder in zo'n vervelende positie gezeten. Ze staan natuurlijk onder enorme druk vanwege de verdwijning van het meisje, ze worden voortdurend op de vingers gekeken door allerlei hoge en invloedrijke personen die zitten te springen om resultaten. Ik vraag me af hoe ze zich voelen.'

'Gespannen,' zei Hartmann. 'Zo gespannen als een veer.'

Perez lachte. 'U bent goed, meneer Hartmann. Ik wist heel weinig van u voor we elkaar leerden kennen, werkelijk heel weinig, maar in al die uren die we in elkaars gezelschap hebben doorgebracht, ben ik u aardig gaan vinden.'

'Ik voel me gevleid.'

'En terecht… Er zijn maar heel weinig mensen in deze wereld van wie ik kan zeggen dat ik ze oprecht aardig vind. Ik heb in mijn leven zo veel idiote dingen meegemaakt, dingen die mensen deden zonder duidelijke reden, dat ik de mensheid inmiddels als een verloren zaak beschouw.'

'Waarom ik?' vroeg Hartmann.

Perez leunde achterover en bekeek Hartmann. 'Die vraag intrigeert u. Hij speelt vanaf de eerste dag al door uw hoofd, is me opgevallen. U wilt weten waarom ik heb gevraagd of u hierheen kon komen om naar me te luisteren, terwijl ik talloze anderen had kunnen vragen die allemaal gekomen zouden zijn.'

Hartmann knikte. 'Ja,' zei hij. 'Waarom hebt u mij uitgekozen?'

'Drie redenen,' merkte Perez zakelijk op. 'Eerst en vooral omdat u uit New Orleans komt. U bent in Louisiana geboren en getogen, net als ik. Ik ben van Cubaanse komaf, dat is waar, maar ik ben evenwel hier in New Orleans geboren. Ik kom uit New Orleans, of u dat nu leuk vindt of niet, hier liggen mijn wortels. En deze stad heeft iets wat alleen mensen die hier geboren zijn, alleen mensen die hier hun eerste jaren hebben doorgebracht, werkelijk kunnen begrijpen. Ze heeft een heel eigen stem en kleur en sfeer. Geen enkele stad is ermee te vergelijken. De mengeling van mensen, van religies en overtuigingen, talen en etnische elementen die je hier aantreft, maakt haar werkelijk uniek. Ze is een paradox, een puzzel, en mensen die de stad bezoeken kunnen nooit precies zeggen wat haar zo anders maakt. Het is een stad waar je van houdt, of die je haat en als je eenmaal hebt besloten wat je voor haar voelt, is dat niet meer te veranderen.'

'En u?' vroeg Hartmann. 'Houdt u van New Orleans of haat u het?'

Perez lachte. 'Ik ben een anomalie en een anachronisme. Ik ben de uitzondering die de regel bevestigt. Ik voel helemaal niets voor New Orleans. Ik kan niet van haar houden en ik kan haar niet haten. Na alles wat ik heb meegemaakt, is er in deze wereld bijna niets waar ik van kan houden of wat ik kan haten.'

'En de tweede reden?'

'Familie,' zei Perez en hij sprak zacht, maar er lag zo veel intentie en nadruk in dat ene woord, dat het Hartmann sterk raakte.

'Familie?' vroeg hij.

Perez knikte. Hij reikte naar de asbak en tikte de as van zijn sigaret.

Hartmann schudde zijn hoofd. 'Dat snap ik niet.'

'O, jawel,' zei Perez, 'misschien wel beter dan iedereen die hierbij betrokken is. U weet hoe groot de kracht en invloed van familie is.'

'Hoezo?'

'Kom nou toch, meneer Hartmann, u kunt dat niet loochenen, u weet dat het waar is. Wat denkt u van uw vader en moeder? Wat denkt u van Danny?'

De ogen van Hartmann werden groot. 'Danny?' vroeg hij. 'Hoe weet u van Danny?'

'Op dezelfde manier als ik van Carol en Jessica weet.'

Hartmann was sprakeloos. Hij keek Perez verslagen en ongelovig aan.

'Kom, kom, meneer Hartmann, doe nu niet zo verbaasd. Ik ben niet dom. Het leven dat ik heb geleid overleef je niet als je dom bent. Ik heb misschien dingen gedaan die voor u moeilijk te bevatten zijn, maar daarom ben ik nog niet gek of onnozel of onvoorbereid. Ik ga altijd methodisch en systematisch te werk. Ik ben een planner, een denker. Ik heb uiteraard met mijn handen gewerkt, maar het werk dat ik heb gedaan was wat executie betreft voornamelijk cerebraal.'

'Passend geformuleerd,' zei Hartmann.

'Executie? Niet grappig bedoeld,' zei Perez. 'Sommige mensen zijn geboren voor bepaalde dingen, meneer Hartmann, dingen als politiek en kunst, zelfs Sjostakovitsj die de twee wist te combineren en iets waardevols te zeggen had, en dan zijn er de mensen die terechtkomen op een pad dat in zekere zin niet hun eigen keuze is.'

'En waar rekent u uzelf bij?'

'Bij de laatsten natuurlijk,' antwoordde Perez. Hij drukte zijn sigaret uit en stak een nieuwe op. 'Een samenloop van omstandigheden misschien, ik weet het niet zeker. Wellicht wordt het na mijn dood allemaal helder en duidelijk en zal ik alles begrijpen. Mogelijk worden we wie we zijn door een samenloop van omstandigheden, maar aan de andere kant denk ik soms dat we onbewust de kracht hebben de gebeurtenissen en omstandigheden om ons heen te beïnvloeden en zo in feite voor het grootste deel precies bepalen wat ons overkomt.'

'Ik kan niet zeggen dat ik er zo'n filosofisch standpunt over heb,' zei Hartmann.

'Nou, denk er eens over na.' Perez leunde achterover. Hij scheen zo ontspannen als wat. 'Uw eigen situatie is een perfect voorbeeld. De dood van uw vader, de dood van uw jongere broer, het werk dat u vrijwel uw hele leven hebt gedaan. Zijn dat de factoren die bijdragen aan uw probleem, of was dat probleem er altijd al en wachtte het alleen op de noodzakelijke *force majeur* om aan het licht te treden?'

'Mijn probleem?'

'Het drinken,' merkte Perez op.

'Het drinken?' vroeg Hartmann, opnieuw van zijn stuk gebracht door de mate waarin Perez op de hoogte was van de details van zijn leven.

'Het drinken, ja. Het probleem waarmee u al zo veel jaar worstelt, en dat uiteindelijk aanleiding is geweest voor het vertrek van uw vrouw en dochter.'

Hartmann voelde zich onrustig en gespannen. 'Wat is er met mijn vrouw en dochter? Wat weet u van hen?'

Perez schudde zijn hoofd en glimlachte. 'Maakt u zich geen zorgen, meneer Hartmann. Uw vrouw en dochter hebben met deze zaak absoluut niets te maken. Ik snap dat u zich verantwoordelijk voor hen voelt –'

'Zoals u voor uw eigen vrouw en kind, meneer Perez?' merkte Hartmann op, omdat hij besefte dat dit een goede gelegenheid was om dat punt van onderzoek aan de orde te stellen.

'Mijn vrouw en mijn kind?' vroeg Perez. 'We hebben het nu niet over mijn vrouw en mijn kind, meneer Hartmann We hebben het over die van u.'

Hartmann knikte. 'Dat weet ik, maar nu we het toch over dit onderwerp hebben... Ik vind het feit dat u een vrouw en een kind hebt bijzonder fascinerend.'

Perez trok zijn wenkbrauwen op.

'Het soort werk, de dingen die u hebt gedaan... Hoe kon u naar huis gaan en uw vrouw in de ogen kijken, terwijl u wist dat u nog maar een paar uur daarvoor iemand had vermoord?'

'Ongeveer net zoals u, stel ik me voor,' zei Perez.

'Ik? Wat bedoelt u? Ik heb nog nooit iemand vermoord.'

'Maar u hebt gelogen en u hebt haar bedrogen en u hebt u voorgedaan als iemand die u niet was. U hebt beloften gedaan en ze vervolgens gebroken, daar ben ik van overtuigd. Het is bij iedereen die een schaduw met zich meedraagt hetzelfde, meneer Hartmann, of het nu alcoholisme, gokken of overspel is. Welke schaduw hen ook vergezelt, ze leiden in feite een dubbelleven.'

'Maar u hebt mensen vermoord. U ging van huis met de bedoeling iemand om te brengen en deed dat vervolgens dan ook. In mijn ogen verschilt dat nogal van een drankprobleem.'

Perez haalde zijn schouders op. 'Hangt af van je persoonlijke filosofie... Of je ervan uitgaat dat je wordt wie je bent door een samenloop van omstandigheden, of dat je iemand bent die gelooft dat de mens het vermogen bezit om met behulp van zijn eigen geestkracht te bepalen wat er gebeurt.'

'We dwalen af,' zei Hartmann, die geïntrigeerd was maar zich tevens erg slecht op zijn gemak voelde.

'Inderdaad,' zei Perez, 'hoewel ik moet toegeven dat ik het familieleven een even belangrijk gespreksonderwerp vindt als u.'

'Goed,' zei Hartmann. 'Zullen we het dan over het meisje hebben?'

Perez keek op. 'Waarom zouden we?'

'Ze hoort ook bij een familie. Ze heeft een moeder en een vader.'

'En een kat en een hond. En ze kan pianospelen en ze praat graag met haar vriendinnen over jongens en kleren en make-up.'

'Juist ja... En haar familie dan?'

'Waar wilt u heen?'

'U beweert dat u gelooft in de noodzaak en het belang van familie. Hebt u er wel eens bij stilgestaan hoe zij zich moeten voelen?'

Perez glimlachte nogmaals en leunde naar voren. Hij zette zijn ellebogen op tafel en legde zijn vingers tegen elkaar. 'Ik heb overal bij stilgestaan, meneer Hartmann.'

'En?'

Perez trok zijn wenkbrauwen op.

'Is het belangrijk hoe zij zich voelen?'

'Van vitaal belang, ja,' antwoordde Perez.

'En is wat u doet niet het schokkendste en meest ontstellende wat u zou kunnen doen?'

Perez lachte, maar er zat zo op het eerste gehoor niets kwaadaardigs in zijn toon. 'Dat is nu net de bedoeling van de hele onderneming.'

'Charles Ducane en zijn ex-vrouw volledig overstuur te maken?'

Perez maakte een afwerend gebaar met zijn hand. 'Die vrouw, Eve heet ze geloof ik, hoe die zich voelt kan me niet schelen. Maar Charles Ducane... dat is een ander verhaal.'

'Hoezo?'

'Omdat hij net zo schuldig is als ik, en zie hem nou, gouverneur van Louisiana: zit in zijn grote huis en wordt door de hele wereld beschermd, en kijk mij dan, ik zit weggestopt in een soort fort, word door de FBI tegen de wereld beschermd en moet mijn bestaan rechtvaardigen tegenover u, een drinkende juridisch medewerker die zich schaamt voor het feit dat hij in New Orleans is geboren.'

Hartmann nam nog een sigaret. Hij meende dat hij de toon van het gesprek moest zien te veranderen voor Perez boos werd. 'Ik vind het opmerkelijk dat u verantwoordelijk was voor de dood van Jimmy Hoffa.'

Perez knikte. 'Hij is gestorven, iemand moet hem hebben vermoord, waarom ik niet?'

'Hebt u Kennedy ook neergeschoten?'

'Welke?'

Hartmann glimlachte. 'Hebt u allebei de aanslagen gepleegd?'

'Geen van beide, hoewel ik er volgens mij mee weggekomen zou zijn, in tegenstelling tot Oswald en Sirhan Sirhan, die er geen van beiden uiteindelijk verantwoordelijk voor waren, wat J. Edgar Hoover en de Commissie Warren ook beweren. De moord op John Kennedy, het mysterie dat nu al veertig jaar rond zijn dood hangt, is waarschijnlijk het spectaculairste en succesvolste voorbeeld van propagandistische desinformatie van de overheid ooit. Adolf Hitler zou trots zijn geweest op wat uw overheid daarmee heeft bereikt. Hoe groter de leugen, hoe meer men geneigd is hem te geloven. Heeft hij dat niet gezegd?'

'Het is ook uw overheid,' zei Hartmann.

'Ik ben kritisch... Het is de minste van twee kwaden. De Verenigde Staten of Fidel Castro. Ik heb nog altijd niet besloten met welke van de twee ik me uiteindelijk wil verbinden.'

Hartmann zweeg een ogenblik. Hij rookte zijn sigaret.

Perez verbrak de stilte tussen hen. 'Dit is geen beleefdheidsbezoek en u bent niet gekomen om met me te dineren of mijn sigaretten op te roken, meneer Hartmann. Ik was in de veronderstelling dat u me een voorstel moest doen.'

'Hoe weet u dat?'

'Het wordt zo ondertussen tijd dat de minister van Justitie zijn beste kaart uitspeelt en zoals ik al zei: het leven dat ik heb geleid overleef je niet als je dom bent. Dus voor de draad ermee. Waartoe zijn ze bereid?'

'Ze zijn bereid u gratie te verlenen,' zei Hartmann en hij bedacht dat het hele gesprek van meet af aan was voorspeld en bepaald door Perez. Hartmann had het zo niet willen aanpakken, maar Perez had hem het heft uit handen genomen. Hij was ervan uitgegaan dat zijn kaarten geheim waren, maar hij had aan de tafel plaatsgenomen zonder te weten dat zijn kaarten voor hem waren uitgekozen door zijn tegenspeler.

'Gratie?' vroeg Perez. 'Genade? Kwam ik daar om vragen volgens u?'

Hartmann schudde zijn hoofd. 'Nee,' zei hij. 'Volgens mij niet.'

'Ik ben uit vrije wil gekomen. Ik heb me zonder verzet aan jullie overgeleverd. Ik had mijn leven kunnen voortzetten, had niets kunnen doen. Als ik de FBI niet had gebeld, als ik niet met die mensen had gesproken, als ik u niet had gevraagd om te komen, hadden we dit gesprek niet gehad. Ik had het meisje kunnen ontvoeren, ik had haar kunnen vermoorden zonder dat er een haan naar had gekraaid.'

'Ze zouden u hebben opgespoord,' merkte Hartmann op.

Perez barstte in lachen uit. 'Denkt u, meneer Hartmann? Denkt u werkelijk dat ze me hadden kunnen vinden? Ik ben haast zeventig. Ik doe dit al bijna vijfenvijftig jaar. Ik was de man die jullie Jimmy Hoffa heeft vermoord. Ik legde een pianosnaar om zijn keel en trok zo hard dat ik de snaar tegen de wervels in zijn nek tot stilstand voelde komen. Ik heb dat soort dingen gedaan, en ik heb ze door het hele land gedaan en die mensen wisten mijn naam niet eens.'

Hartmann wist dat Perez gelijk had. Hij had het leven dat hij had geleid niet overleefd als hij stom was geweest. Als hij Catherine Ducane had willen doden, had hij dat gedaan, en Hartmann veronderstelde dat die moord onopgelost zou zijn gebleven.

'Goed,' zei Hartmann. 'Dit is wat ze u willen voorstellen... U geeft ons het meisje, u wordt uitgewezen naar Cuba, en de federale overheid van de Verenigde Staten zal geen informatie omtrent uw verleden verstrekken aan het Cubaanse ministerie van Justitie. Dat is het voorstel, aan u de keuze.'

Perez leunde achterover. Hij keek een tijdje peinzend voor zich uit, zei niets, en toen hij Hartmann aankeek, had hij een koele en afstandelijke blik in zijn ogen die Hartmann niet eerder had gezien. 'Komt u morgenavond terug,' zei hij. 'We zien elkaar morgenochtend zoals afgesproken. Ik zal u nog wat meer vertellen over mezelf en mijn leven en als we klaar zijn, gaan we hier samen dineren, u en ik, en dan krijgt u mijn antwoord.'

Hartmann knikte. 'Kunt u ons één ding zeggen?'

Perez trok zijn wenkbrauwen op.

'Het meisje. Kunt u ons garanderen dat ze nog leeft?'

Perez schudde zijn hoofd. 'Nee, dat kan ik niet.'

'Is ze dood?'

'Dat zei ik niet.'

'U wilt niets zeggen?'

'Inderdaad, ik wil niets zeggen.'

'Als ze dood is, is dit hele gedoe nogal zinloos,' zei Hartmann.

'Het is alleen zinloos voor degenen die de zin ervan nog niet inzien,' antwoordde Perez. 'Als u me nu wilt verontschuldigen, ik ben moe. Ik zou graag even rusten. Ik heb morgenochtend een afspraak en als ik moe ben, kan ik me niet goed concentreren.'

Hartmann knikte en stond op.

'Het was me een genoegen, meneer Hartmann,' zei Perez. 'En ik hoop oprecht dat alles weer goed komt met u en uw vrouw en dochter.'

'Dank u, meneer Perez, hoewel ik niet zonder meer kan zeggen dat dat gevoel wederzijds is.'

Perez wuifde Hartmanns opmerking weg. 'Het kan me niet schelen wat u denkt, meneer Hartmann. Sommigen van ons kunnen heel goed onze eigen beslissingen nemen zonder zich veel te laten hinderen door het leven zelf.'

Hartmann gaf geen antwoord. Er viel niets meer te zeggen. Hij liep terug naar de deur van de slaapkamer en liet zichzelf uit.

Achter zijn rug nam het volume van de muziek toe – 'Aanval op het mooie heuveltje' van Sjostakovitsj – en Hartmann keek enigszins verdwaasd en verbijsterd naar Dauncey.

'Zoals ik al zei, het is een portret,' zei Dauncey en hij opende de deur van de hotelsuite om Hartmann uit te laten.

Het hield uiteindelijk om een uur of tien op met regenen. Hartmann zat op de rand van zijn bed in het Marriott Hotel en dacht na over het pijnlijke trage strijdtoneel van zijn leven. Carol en Jess waren niet blij met hem; Schaeffer en Woodroffe, de minister van Justitie Richard Seidler en de directeur van de FBI Bob Dohring waren ook niet blij met hem. Inmiddels zou Charles Ducane Hartmanns naam zeker kennen en hem beschouwen als de man die verantwoordelijk was voor de veilige terugkeer van zijn dochter. En hoe zat het met Charles Ducane zelf? Had hij echt met deze mensen samengewerkt? Had hij zich ingelaten met de georganiseerde misdaad? Was hij betrokken geweest bij de moord op Jimmy Hoffa? De dood van McLuhan en de twee mensen in het Shell Beach Motel in de herfst van '62? Had Charles Ducane hier net zo goed de hand in gehad als Ernesto Perez?

Hartmann kleedde zich uit en nam een douche. Hij zette de kraan zo heet als hij kon verdragen en bleef een tijdje onder de straal staan. Hij dacht aan Carol en Jess, wat hij er niet voor over zou hebben gehad om nu hun stem te horen, te weten dat ze veilig waren, te zeggen dat het hem speet, hun te vertellen dat hij in zekere zin een catharsis doormaakte, dat de persoon die hij vroeger was geweest werd uitgedreven en dat het van nu af aan anders zou worden. Dat het allemaal heel anders zou worden.

Ray Hartmann werd even overvallen door een gevoel van wanhoop en vertwijfeling. Was dit nu zijn leven? Alleen? Hotelkamers? Overheidsonderzoeken? Alle dagen luisteren naar het ergste wat mensen te bieden hadden en proberen een deal met hen te sluiten?

Hij ging in de douche op de grond zitten. Het water stroomde over hem heen. Hij kon zijn eigen hart horen kloppen. Hij was bang.

Later, toen hij op bed lag, kampte hij met een gevoel van rusteloze opwinding en hij viel pas in de vroege uurtjes van donderdagochtend in slaap. Vreemde beelden doemden op in zijn geest, beelden van Ernesto Perez die met het levenloze lichaam van Jess in zijn armen uit een moeras kwam, terwijl Sjostakovitsj op de achtergrond piano speelde.

En toen drong de ochtend zijn kamer binnen en hij stond op, kleedde zich aan, dronk twee koppen sterke zwarte koffie en vertrok samen met Sheldon Ross – die er inmiddels tien jaar ouder uitzag dan het jonge fris ogende groentje dat hij nog maar een paar dagen geleden voor het eerst had gezien – naar het gebouw in Arsenault Street om te horen wat de wereld met al zijn waanzin hun vandaag te bieden had.

En pas toen hij door de smalle deuropening het overbekende gebouw binnenging, herinnerde hij zich dat er drie redenen waren. Drie redenen waarom Perez had besloten hem naar New Orleans te halen. Perez had hem er twee verteld en Hartmann had – door alles wat er was gezegd – vergeten naar de derde te vragen.

Het was het eerste wat hij Perez vroeg toen ze aan tafel zaten.

Perez glimlachte met die veelbetekenende blik in zijn ogen.

'Later,' zei hij zacht. 'Ik zal u de laatste reden later vertellen… Misschien als we klaar zijn, meneer Hartmann.'

Als we klaar zijn, herhaalde Hartmann bij zichzelf. Het klonk zo definitief, zo beslissend.

'Ik wil vandaag iets met u delen over Californië,' zei Perez. 'Want dat is toch een typisch Californische gewoonte, dingen met elkaar delen, nietwaar?' Perez glimlachte om zijn eigen droge humor en leunde achterover. 'En als we klaar zijn, gaan we terug naar het hotel. We dineren samen en daarna zal ik u het antwoord op uw voorstel geven.'

Hartmann knikte.

Hij sloot een moment zijn ogen en probeerde zich het gezicht van zijn dochter voor de geest te halen.

Hij deed zijn uiterste best, maar het lukte hem niet.

19

Wij, Angel en ik, we trokken naar de westkust van Amerika; naar Californië, genoemd naar een eiland in de Spaanse roman *Las Sergas de Esplandian* van García Ordónez de Montalvo.

Het land van nog lang en gelukkig; de Big Sur waar de Santa Lucia Mountains loodrecht uit zee oprijzen; de noordelijke kust, ruig en verlaten, dikke ondoordringbare mistbanken; de slapende vulkaan Mount Shasta; en daarachter uitgestrekte sequoiabossen met bomen van duizend en tweeduizend jaar oud.

Los Angeles, De Engelen, in het noorden en oosten ingesloten door de Mojavewoestijn en Death Valley, maar ondanks de schoonheid en de schijnbare romantiek van deze plek, ondanks de belofte van zon, van dertig kilometer wit zand en warmte op het strand bij Santa Monica, kwamen wij in maart 1982 als immigranten en vreemdelingen in deze stad aan.

Verwelkomd werden we niet. We betrokken een appartement in een gebouw met drie verdiepingen zonder lift in Olive Street bij Pershing Square in het centrum van LA. We betaalden contant voor de woning en schreven ons in onder de meisjesnaam van Angelina, en terwijl we in New York iemand waren geweest, terwijl we daar een gezicht, een karakter, een persoonlijkheid hadden gehad, hadden we in LA niets. We werden stil, moeiteloos, opgeslokt door het mensdom in die nietige microkosmos Amerika.

Het duurde drie weken voor ik onze buurman zag. Ik kwam terug van een ontmoeting met een neef van Don Fabio Calligaris die een omkatbedrijf had in Boyd Street. Ik zag een man uit het huis naast ons komen, ik stak mijn hand op, ik riep 'hallo', en hij draaide zich om en keek me wantrouwend en vijandig aan. Hij zei niets terug, knikte niet eens naar me, maar haastte zich weg. Eén keer keek hij achterom en wierp me nogmaals een haatdragende blik toe. Verbaasd vroeg ik me een moment af of mijn zonden op mijn gezicht getekend stonden zodat iedereen ze kon zien. Dat was niet zo. Het lag niet aan mij; het lag aan Los Angeles, de uitwerking die de stad onverbiddelijk en onherroepelijk op mensen had.

We waren hiernaartoe gegaan voor Angelina en ook voor de kinderen.

'De zon,' zei ze. 'De zon schijnt hier. Het is altijd grauw en grijs in New York. Mensen daar weten te veel van me. Ik wilde er weg, Nesto. Ik moest er weg.'

Ik begreep wel wat ze bedoelde. Ik dacht hetzelfde over New Orleans, en misschien ook over Havana, maar de onhartelijke sfeer in de stad, het gebrek aan meelevendheid en bekenden in Californië was schokkend.

Er was echter geen tekort aan werk. Via de zoon van Fabio Calligaris maakte ik kennis met Michael, de broer van Angelo Cova. Michael was heel anders dan iedereen die ik tot dan toe had ontmoet. Hij was een grote man, qua postuur – ongeveer even groot als Ten Cent – maar nog meer qua persoonlijkheid. We leerden elkaar in de eerste week van mei kennen en hij legde me uit dat er in Los Angeles bepaalde zakelijke aangelegenheden waren die ik op me kon nemen waarvoor New York erkentelijk zou zijn.

'LA is Lucifers Aarsgat,' zei hij.

We zaten in een kleine cafetaria achter Spring Street. Het was net of het smalle gebouw voortdurend stond te rammelen door het verkeer dat over de Santa Anna Freeway reed. Vóór ons was het hoofdbureau van politie, achter ons het federale gerechtshof, om de hoek het gebouw van de rechtbank voor strafzaken. Ik voelde me in zekere zin in het nauw gedreven, belemmerd door de aanwezigheid van overheidsinstanties en het federale gezag.

'God heeft LA geschapen zodat mensen hun verdorvenheid kunnen botvieren. Hier vind je hoeren met een gezicht als een bulldozer die pis van een citroenboom likt. Je hebt hier dertien jaar oude jochies die hun reet verkopen voor barbituraten en amfetaminen. Je hebt hier drugs die je nog niet aan een stervende man zou geven om zijn pijn te verlichten. Je hebt hier goktenten, moord en afpersing, alles wat je ook in New York en Chicago vindt, maar in LA is het anders. Je zult tot de ontdekking komen dat hier iets ontbreekt, en wat er ontbreekt, is een fundamenteel respect voor de waarde van een mensenleven.'

'Hoe bedoel je?' vroeg ik.

'Neem nou afgelopen week,' zei Michael Cova. Hij leunde achterover en sloeg zijn benen over elkaar. Hij hield zijn espressokopje in zijn handen, ook al was het leeg. 'Afgelopen week ging ik bij een vent langs die een paar meisjes heeft lopen. Het zijn geen lelijke meiden, ook niet moeders mooisten, maar smeer er een beetje make-up op en ze kunnen ermee door. Het soort meisje waar je je leuter in stopt en een prima tijd mee hebt, je weet wel. Dus ik ging bij hem langs. Hij had hulp nodig omdat een paar klootzakken zijn buurt probeerden over te nemen en er zat een meisje bij hem, meid van één-, tweeëntwintig, ouder niet, en d'r halve gezicht was zo erg in elkaar geslagen dat ze haar ene oog niet open kon doen. Haar lippen leken wel een stootkussen, zo opgezwollen waren ze, en in haar hals en op haar keel zaten van die donkerblauwe striemen alsof een of andere hufter had geprobeerd haar te wurgen.'

Michael schraapte zijn keel.

'Ik zeg tegen die vent, ik zeg: "Hé... Wat is er met haar gebeurd?" en hij zegt: "O, let maar niet op dat wijf," en ik zeg: "Wat is er gebeurd, man? Heeft een van die klootzakken waar je het over had haar geslagen?" en hij begint te lachen en hij zegt: "Nee, ze heeft een lesje gekregen."'

Michael haalde zijn benen van elkaar en leunde naar voren.

'Dus ik zeg: "Wat krijgen we nou? Waarvoor heeft ze een lesje gekregen?" En die achterlijke hufter zegt: "Het kreng probeerde me te belazeren, het kreng probeerde vijftig dollar achter te houden die ze van een rijke vent uit de stad had gekregen, dus moest ik haar een lesje leren, nou goed?" en toen begon hij te lachen.'

Michael schudde fronsend zijn hoofd.

'Ik was geschokt, man, laat ik je dat wel zeggen. Die klootzak slaat dat arme kind helemaal lens voor vijftig dollar. Scheen niet bij hem op te komen dat ze geen klant zou krijgen met een in elkaar geslagen gezicht. Had er geen moment bij stilgestaan dat hij er heel wat geld bij in zou schieten als ze niet kon werken. En dat soort dingen kom ik hier elke dag tegen. Een fundamenteel gebrek aan respect voor de waarde van een mensenleven. Het is net of ze allemaal hun zelfrespect en waardigheid hebben verloren en soms schiet het me echt in het verkeerde keelgat.'

Michael zette zijn lege kopje op tafel.

'Dus het is hier allemaal een beetje anders en hoewel we jou niet voor dat soort vuiligheid willen gebruiken, ben ik bang dat je het toch zult tegenkomen, of je er nu naar op zoek gaat of niet.'

'Wat willen jullie me dan laten doen?' vroeg ik.

'Een beetje van dit en een beetje van dat. Angelo heeft me van alles verteld over het werk dat je voor Fabio Calligaris hebt gedaan en we kunnen altijd wel wat hulp op dat gebied gebruiken, als je snapt wat ik bedoel.'

Ik knikte. Ik wist wat Michael Cova bedoelde. 'En is er nog iets specifieks?'

Michael glimlachte. 'Nou, dat verhaaltje dat ik je zojuist vertelde, dat vertelde ik niet zomaar om wat te lullen te hebben en de tijd te doden. Ik vertelde het omdat die vent, die pooier, weet je? Die kerel die dat meisje heeft gemolesteerd?'

Ik knikte; ik wist wat er komen ging.

'Nou, kennelijk is zij niet de enige die hier en daar vijftig dollar heeft achtergehouden. Kennelijk is hij net zo schuldig als die meisjes van hem en we willen dat je eens even een praatje met hem gaat maken, zo'n praatje dat hij donders goed begrijpt en nooit meer kan herhalen.'

'Hij moet koud gemaakt worden?'

Michael keek verbaasd op en toen barstte hij in lachen uit. 'Jezus, Angelo had gelijk. Jij windt er geen doekjes om, hè?'

Ik haalde mijn schouders op. 'Wat heeft dat voor zin? Als je wilt dat ik hem koud maak, zeg dat dan. We bewaren alle leuke dingen over het weer en weet ik veel wat nog meer wel voor als ik een keer bij je thuis kom barbecueën.'

Michael liet de vriendelijke houding varen. Ik zag hem zo het raam van die smalle cafetaria bij de Santa Anna Freeway uit zeilen.

'Best. We willen inderdaad dat je hem koud maakt. Gaat dat lukken?'

'Komt voor elkaar. Hebben jullie nog een bepaalde manier voor ogen?'

Michael fronste. 'Hoe bedoel je?'

'Er zijn net zo veel verschillende manieren om iemand koud te maken als er mensen zijn. Soms moet het snel en stil gebeuren, die vent verdwijnt bijvoorbeeld voor een vakantie en komt nooit meer terug; soms is het de bedoeling dat er een voorbeeld wordt gesteld voor anderen die misschien hetzelfde idee hebben –'

Michaels gezicht klaarde op. 'Dat is hem. Die bedoelen we. We willen hem zo koud maken dat hij als voorbeeld kan dienen voor al dat andere tuig dat ook dreigt te vergeten voor wie ze werken.'

'Wanneer?' vroeg ik.

'Wat?'

'Wanneer moet hij worden afgemaakt?'

Michael schudde zijn hoofd. 'Vandaag?'

'Mij best,' zei ik. 'Waarom niet vandaag. Waar vind ik hem?'

Michael gaf me een adres, een huis op de hoek van Miramar en Third vlak bij de Harbor Freeway.

Ik stond op.

'Nu direct?' zei hij, kennelijk verbaasd.

'Is daar iets op tegen?'

Michael schudde zijn hoofd. 'Nee, waarschijnlijk niet. Vanwaar die haast?'

'Ik heb een zwangere vrouw thuis zitten... Ik heb gezegd dat ik het niet laat zou maken.'

Michael barstte uit in een ruw gelach. Hij keek me aan alsof hij verwachtte dat ik ook zou gaan lachen. Dat deed ik niet.

'Je meent het serieus,' zei hij.

Ik knikte.

'Oké. Dat is niet meer dan redelijk. Een man moet doen wat hij moet doen.'

'Geen probleem,' zei ik. 'Moet ik je bellen als ik klaar ben?'

'Ja, Ernesto, bel me maar.'

'Ben je dan hier?'

Michael schudde zijn hoofd. 'Nee, waarschijnlijk ben ik thuis.'

'Geef je nummer maar.'

Hij gaf me zijn nummer en ik schreef het op, naast het adres dat hij me gaf. Ik keek naar het adres en het nummer tot ik er zeker van was dat ik ze zou onthouden en toen stak ik het stukje papier aan en liet het opbranden in de asbak.

'En hoe heet die vent?'

'Clarence Hill,' zei hij. 'Clarence Hill heet die matennaaier.'

Ik koos een route die niet over de doorgaande wegen voerde – van Spring Street naar Fourth, door Fourth onder de Harbor Freeway door naar Beaudry en daar op de hoek van Miramar en Third vond ik wat ik zocht.

Ik reed een stukje door en parkeerde de auto twee straten zuidelijker, stapte uit en wandelde te voet terug. Het was inmiddels vroeg in de avond, de zon was onder en aan het licht binnen kon ik zien waar de meisjes aan het werk waren.

Ik liep de stoep voor het gebouw op en klopte op de deur, klopte drie keer voor er werd opengedaan en toen ik naar binnen stapte, pleegde de lucht die er hing een zware aanslag op mijn neusgaten.

'Wat moet je?' vroeg een lelijke latino met uitslag in zijn gezicht.

'Ik wil Clarence spreken,' zei ik.

De latino fronste. 'Wa's er met jou aan de hand? Hebbie een koutje of zo? Je gaat ons toch niet aansteken met een of ander rottig griepje, hè?'

'Ik heb geen griep,' zei ik. 'Ik wil alleen niet door mijn neus ademhalen... Het stinkt hier ongelooflijk, ik heb nog nooit zoiets geroken.' Wat niet waar was, want ik was nog niet binnen of ik werd herinnerd aan een avond dat ik onvast ter been het huis was binnengekomen waar ik met Ruben Cienfuegos woonde al die jaren geleden.

De latino maakte een snerend geluid en zei: 'Wat moet je van Clarence?'

'Ik moet hem spreken,' zei ik. 'Ik moet hem iets geven van Michael.'

Op het gezicht van de latino verscheen een brede glimlach. 'Jezus, man, waarom zeg je dan niet meteen dat je van Michael komt? Michael is mijn vriend, we kennen elkaar al jaren. Michael en ik drinken wel eens een biertje met elkaar, effe een beetje ouwehoeren, je weet wel.'

Ik knikte. Ik glimlachte; ik kon het me helemaal voorstellen, Michael Cova die met deze latino een biertje dronk, zoals ik me ook kon voorstellen dat Capone en ik een gezellig babbeltje maakten, maar niet heus.

'Waar is hij dan?'

De latino knikte naar de trap. 'Op de eerste, derde deur links, maar klop alsjeblieft voor je naar binnen gaat, want het is heel goed mogelijk dat hij net zijn paal laat poetsen, als je begrijpt wat ik bedoel.'

Ik schudde mijn hoofd, maar ik glimlachte omwille van de latino. Clarence sloeg de handelswaar niet alleen lens, hij stal ook nog uit de koektrommel.

Ik liep snel en stil naar boven, door de gang op de eerste verdieping tot ik bij de deur kwam. Ik klopte één keer, hoorde een stem binnen en stapte de kamer in.

Clarence Hill was een nutteloze vette zak van nul en generlei waarde. Hij zat in een korte broek en een smerig t-shirt in een diepe leunstoel met in zijn rechterhand de afstandsbediening van de tv en in zijn linkerhand een blikje bier. Op de vloer lagen drie lege blikjes.

'Ho!' zei hij. 'Ik denk dat je in de verkeerde kamer bent, kerel.'

Ik schudde mijn hoofd. 'Ik kom van Michael.'

Clarence liet zijn hoofd schuin zakken en keek me loerend aan. 'Ik heb je nog nooit gezien. Waar ken je Michael van?'

'We zijn familie van elkaar.'

Op het gezicht van Clarence verscheen een brede en opgewekte glimlach. 'Nou, als je familie bent van Michael dan ben je familie van mij... Kom binnen, brand maar los.'

'Dat zal ik doen,' zei ik. Ik haalde een .38 tussen mijn broekband uit en richtte hem recht op zijn hoofd.

Clarence liet de afstandsbediening en het blikje bier allebei tegelijk uit zijn handen vallen. Hij wilde iets gaan zeggen, ongetwijfeld iets doms, maar ik legde de wijsvinger van mijn linkerhand tegen mijn mond. 'Ssjjj,' fluisterde ik en Clarence viel stil voor er één woord over zijn trillende lippen was gekomen.

'Die vent beneden... Hoe heet hij?'

'L-L-Lourdes.'

Ik fronste. 'Lourdes. Wat is dat nou voor naam?'

'Zo h-h-heet hij,' mompelde Clarence. 'Hij heet... Lourdes.'

Ik helde achterover naar de deur en schreeuwde de naam van de latino.

'Wat?' brulde hij van beneden.

'Boven,' schreeuwde ik.

'Wat boven?'

Ik keek naar Clarence. Clarence knikte.

'L-Lourdes, kom als de donder boven!' schreeuwde Clarence, alsof hij dacht dat het enig verschil zou maken als hij meewerkte.

Lourdes kwam de trap op. Ik ging achter de deur staan en toen hij binnenkwam, gaf ik hem een harde duw en hij viel wijdbeens op de grond.

'Wat mot dat verdomme –' begon hij en toen keek hij om en zag hij me daar staan met een .38 en slikte de rest heel snel in.

Uit mijn binnenzak pakte ik een mes, een klein en scherp mes. 'Pak aan,' zei ik, 'snij Clarences T-shirt van zijn lijf.'

'Wa–'

'Schiet op,' gebood ik met vaste stem. 'Doe maar heel snel en heel stil wat ik zeg, dan komt er misschien nog iemand levend uit deze kamer.'

Lourdes pakte het mes aan. Hij sneed Clarences T-shirt door bij de schouders en stond een paar tellen later met het smerige vod in zijn hand.

'Snij er repen van en bind Clarence vast op die stoel daar.' Ik wees naar een simpele vurenhouten stoel die links in de kamer tegen de muur stond.

Ze hoefden niet aangespoord te worden; ze werkten allebei mee en zeiden niets.

Na een minuut of vier zat Clarence Hill, bibberend en hevig transpirerend, vastgebonden op de stoel midden in de kamer.

'Haal de hoes van het kussen en prop die in zijn mond,' zei ik.

De ogen van Clarence waren groot en wit, alsof er twee pingpongballen op zijn grote dikke gezicht balanceerden.

Lourdes deed wat hem werd gezegd en keek me daarna afwachtend aan met het kleine, scherpe mes in zijn hand.

'Snij zijn lul eraf.'

Lourdes liet het mes vallen.

Clarence begon te gillen, maar met de lap stof in zijn mond maakte hij nauwelijks geluid. Hij ging als een razende tekeer in de stoel en probeerde zich uit alle macht los te rukken.

'Lourdes... Raap verdomme dat mes op en snij die vette zak zijn lul af, anders ga ik me ermee bemoeien en ben jij eerst aan de beurt.'

Lourdes, wiens hele lichaam verstijfd was van angst, bukte zich om het mes op te rapen. Hij hield het aarzelend in zijn hand. Hij keek naar mij. Ik knikte van ja.

Clarence viel al flauw voor het mes hem raakte. Dat was nog een geluk voor hem. Lourdes deed wat ik hem had opgedragen, maar het kostte zeker vijf tot tien minuten want hij moest bijna om de dertig seconden stoppen om over te geven. Het bloed was ongelooflijk. Het gutste eruit, doorweekte de stoel en liep in straaltjes op de vloer, en algauw was Lourdes verworden tot een bazelend wrak van een man, die daar op zijn knieën in het bloed van Clarence zat met in zijn rechterhand het mes en in zijn linkerhand de lul van Clarence.

Op een bepaald moment kwam Clarence bij, zijn ogen gingen heel even open en toen hij omlaag keek naar zijn schoot, viel hij weer flauw. Binnen tien minuten, misschien minder, zou Clarence overlijden door het enorme bloedverlies, als hij voor die tijd al geen hartinfarct had gekregen.

'Goed gedaan, Lourdes,' zei ik en toen pakte ik het kussen, drukte het tegen zijn achterhoofd terwijl hij op de vloer geknield zat en schoot hem dood.

Lourdes viel naar voren en een tel later kon je al niet meer zien welk bloed van wie was.

Ik stopte het wapen achter mijn broeksband. Ik stapte de kamer uit en deed de deur zacht achter me dicht. Ik liep de gang door, passeerde een deur waarachter ik een vent *schatje, schatje, schatje* hoorde jammeren en ging met twee treden tegelijk de trap af naar beneden.

Ik bleef een moment staan, haalde één keer adem door mijn neus om mezelf eraan te herinneren hoe afschuwelijk het daar stonk, stapte naar buiten en trok de voordeur stevig achter me in het slot.

Later, na het eten, belde ik Michael Cova thuis op.

'Gebeurd,' zei ik zacht.

'Nu al?'

'Ja.'

'Mooi, Ernesto, mooi. Hoe is het met je vrouw?'

'Prima, Michael, aardig dat je het vraagt.'

'Wanneer komt de baby?'

'Juni... Dat wordt juni.'

'Nou, God zegene jullie, hè?'

'Dank je wel, Michael... Heel aardig van je.'

'Ja, ja. Doe haar de groeten van me.'

'Dat zal ik doen.'

'Tot morgen.'

'Ja, tot morgen,' zei ik en ik hing op.

'Nesto?' riep Angelina uit de voorkamer.

'Ja, lieverd?'

'Zou je alsjeblieft mijn voeten willen masseren, schat? Alles doet me zeer.'

'Natuurlijk, lieverd. Ik doe eerst even de voordeur op slot, oké?'

Ik deed de deur op slot, schoof de grendel ervoor en liep naar de voorkamer naar mijn vrouw.

Op 17 juni 1982 bracht Angelina Maria Perez in St Mary Magdalene Hospital in Hope Street vlak bij het park een tweeling ter wereld. Een jongen en een meisje. Wat ik voelde is met geen pen te beschrijven, dus daar waag ik me niet aan. Het enige wat ik kan zeggen is dat ik in mijn hele verdere leven nooit iets heb meegemaakt wat te vergelijken is met wat ik in die operatiekamer ervoer.

We wisten niet dat het er twee waren. Ik zag wel dat ze dik was, maar dik vergeleken met wat? Ik had op één kind gerekend. We werden gezegend met twee kinderen. Ik telde hun vingers, hun tenen. Ik nam er op elke arm één. Ik liep rondjes om ze heen tot ik het gevoel had dat ik onder alle vreugde, emotie, trots en liefde zou bezwijken.

Mijn baby's. Mijn bloed. Míjn familie.

Destijds heb ik me niet afgevraagd of ik ooit verstrikt zou raken in een conflict tussen mijn zakelijke verwanten en mijn bloedverwanten. Ik vroeg me niets af. Het ontbrak me aan niets. Welke God er ook bestond, wat er ook was tussen hemel en aarde dat mijn begrip te boven ging, ik was gezegend met iets wat onbetaalbaar en onmetelijk was.

Drie dagen later namen we Victor en Lucia mee naar huis. Ze huilden, ze hadden altijd honger; ze maakten ons wakker met hun smeken in het koele schemerlicht van de vroege ochtend en we stapten uit ons bed met iets in ons hart wat daar nooit eerder was geweest, iets wat we vroeger als onbereikbaar hadden beschouwd.

Zes weken lang, tot eind juli van dat jaar, deed ik geen enkele poging met iemand in contact te treden. In zekere zin was ik daar blij om. Ik kreeg één telefoontje van Michael Cova. Hij wenste ons geluk en bracht de beste wensen van de familie over. Tien keer, misschien wel vaker, vonden we bij het ontwaken op de veranda manden met fruit, rieten potten met gedroogd vlees en salami. Wat voor soort lui het ook waren, begreep ik toen, hoeveel bloed er ook was vergoten uit naam van hebzucht, of wraak, of haat en bezit, het bleven mensen. Ze hadden meer respect voor bloedverwantschap en familiebanden dan voor wat ook. Ze hadden respect voor mij, en zo gaven ze me de tijd die ik nodig had om bij mijn vrouw en mijn kinderen te zijn.

Als tieners die voor het eerst smoorverliefd zijn, vonden Angelina en ik de wereld volmaakt. Elke nieuwe dageraad bracht een fellere zon, een blauwere hemel, een zoetere geur in de lucht. Angelina vroeg niet waarom ik niet aan het werk was en in die weken begon ik me misschien voor het eerst af te vragen waarom ze me nooit had gevraagd wat ik had gedaan, wat voor werk ik deed als ik van huis ging in de dagen vóór de geboorte van onze kinderen. Aanvankelijk veronderstelde ik dat het een gevolg van haar afkomst was, van het feit dat ze zelf uit deze wereld kwam, dat haar vader, de broer van haar vader – al die mensen die haar in haar jeugd hadden omringd – zich in de duistere regionen van de Amerikaanse georganiseerde misdaad hadden opgehouden. Later, toen ik haar met Victor en Lucia zag spelen, toen ik merkte dat ze me vanuit de deuropening van de keuken gadesloeg als ik gekke gezichten trok om hen aan het lachen te maken, besefte ik dat ze het niet wilde weten. Ze stelde geen vragen omdat ze de antwoorden al wist, en daarom zweeg ze, ook toen de telefoontjes in de eerste week van augustus begonnen; daarom zweeg ze toen ik op de gang stond en met mijn woorden gedempt tot een gefluister de wereld achter onze voordeur uitlegde dat ik nog iets meer tijd nodig had, een week nog, misschien twee.

Als het telefoontje was beëindigd, liep ik de kamer weer in.

'Alles goed?' vroeg ze dan.

Ik knikte en glimlachte en zei dat alles prima was.

'Willen ze je terug?'

'Jazeker, Angelina, jazeker.'

'En ga je?'

'Nog niet… Nog even niet.'

Een korte stilte en dan: 'Ernesto?'

'Ja?'

'Je hebt nu een gezin –'

'Angelina… Daar hebben we het al eerder over gehad. Iedereen die ik ken heeft een gezin. Al die mensen hebben een gezin. Hun gezin is het belangrijkste in hun leven. Maar daarom moeten ze nog wel bepaalde dingen doen, de zaken gaan door en alles moet goed worden geregeld. Dat ik nu een gezin heb, verandert niets aan het feit dat ik mijn afspraken hoor na te komen.'

'Afspraken? Noem je ze zo?'

'Ja, Angelina, afspraken. We zijn hier omdat mensen ons geholpen hebben om hier te komen. Ik heb de plicht wederdiensten te bewijzen voor de gunsten die me zijn verleend. Dit is een langlopend iets, Angelina… Jij kent dit leven al veel langer dan ik. Je weet hoe die dingen werken en er is niets aan te veranderen.'

'Maar Ernesto –'

'Hou erover op, Angelina. Echt, je moet er nu over ophouden. Zo ziet ons leven eruit en –'

'Maar ik wil dit leven niet meer, Ernesto.'

'Ik weet het, Angel, ik weet het,' en dan nam ik haar in mijn armen; ze zei niets en ik durfde haar niet aan te kijken omdat ik wist dat ze dwars door me heen zou kijken en zou begrijpen dat ik dit leven ook niet meer wilde.

Op maandag 9 augustus 1982, de dag dat John Hinckley voor onbepaalde tijd werd opgesloten voor de moordaanslag op president Ronald Reagan, kwam Samuel Pagliaro, een man die ik in een ander leven had gekend als Ten Cent, bij ons aan de deur en vroeg me te spreken.

Ik ontving hem hartelijk, ik had hem bijna vijf maanden niet gezien en ik was blij toen ik zijn gezicht zag, blij toen hij me bij de schouders vatte en me omhelsde, en Angelina kuste en daarna mijn kinderen van het kleed optilde alsof ze zo licht als een veertje waren en ons complimentjes maakte dat ze zo mooi waren en zulke stralende ogen hadden. Het was fijn om Ten Cent te zien, maar onder het oppervlak van mijn onthaal schuilde een donker, akelig voorgevoel dat me waarschuwde voor wat er komen zou.

Later, nadat we gegeten hadden, nam hij me apart. We gingen in de voorkamer zitten. Angelina was boven met Victor en Lucia en probeerde hen in bed te krijgen.

'Don Calligaris is blij dat het zo goed met je gaat,' begon Ten Cent. 'Hij is heel tevreden met het werk dat je hier hebt gedaan en we hebben ook goede berichten gekregen van Michael Cova. Maar deze periode is ten einde –'

Hij keek me aan met een vonk van angst in zijn ogen. Hij kende me goed en wist dat ik driftig en gewelddadig kon zijn. Hij was – ondanks zijn postuur – misschien een beetje bang voor mijn reactie.

Ik zei niets. Ik knikte alleen maar. Ik wist inmiddels hoe men te werk ging en besefte dat alles wat ik had me in een oogwenk, met een enkel woord, kon worden afgenomen. Hoewel deze mannen extreem loyaal waren aan hun eigen mensen, zouden ze mij toch zien als een buitenstaander als ik besloot hun de voet dwars te zetten. Ik was niet van plan dat te doen, maar ik was me ervan bewust dat er inderdaad een innerlijk conflict in me woedde. Misschien waren mijn gevoelens een weerspiegeling van een eerdere periode uit mijn leven. Ik had nooit veel aan zelfbespiegeling gedaan; ik had nooit diep over de dingen nagedacht. Ik kon het innerlijke conflict dat ik nu had relateren aan twee andere incidenten in mijn leven: het doden van Don Ceriano, hoe mijn loyaliteit jegens hem had gebotst met de noodzaak en drang om te overleven; en de dood van de vertegenwoordiger in Louisiana. Zo graag willen worden wat mijn moeder wenste, dat ik iets werd wat heel sterk op mijn vader leek. Ik had er liever geen last van gehad, maar ik voelde het opnieuw in de aanwezigheid van Ten Cent toen hij me herinnerde aan wie ik was geweest, wie ik nu weer geacht werd te worden.

'Er moet een klusje worden opgeknapt,' ging hij verder. 'En volgens Don Calligaris ben jij er met jouw vaardigheden geknipt voor en hij heeft me gevraagd naar je toe te gaan om te vragen of je het voor hem wilt doen.'

Ik knikte. 'Ga verder.'

'Er is een onrecht begaan, een zwaar onrecht. De banden tussen New York en Los Angeles zijn jarenlang sterk geweest. Don Calligaris heeft familie hier en ze zijn altijd voor elkaar opgekomen.' Ten Cent schudde zijn hoofd en keek naar zijn handen die in zijn schoot lagen. Deze nerveuze en verlegen manier van doen kende ik niet van hem.

'Ten Cent?'

Hij keek op.

'Vertel me wat Don Calligaris wil.'

Ten Cent schraapte zijn keel. Hij richtte zijn blik een moment op het raam, op de avondlucht, de lichten van de stad. 'De vrouw van Don Calligaris heeft een zus. Die is getrouwd met een Amerikaan. Ze hebben een dochter, een goed kind, een fijn en mooi meisje, en dat kind is naar Los Angeles gegaan om actrice te worden. Vorige maand kregen ze te horen dat ze op een feestje in Hollywood was gedrogeerd en verkracht, op een bijzonder afschuwelijke manier... Te vreselijk voor woorden.' Ten Cent zweeg een moment alsof het hem zwaar viel over dat soort dingen te praten. 'De ouders van het meisje hebben met de politie gesproken, maar de politie weet wie de moeder is, dat ze de schoonzus van Fabio Calligaris is, en ze hebben tegen haar gezegd dat er geen bewijs is dat hun dochter niet heeft ingestemd met wat er is voorgevallen. Ik heb begrepen dat het in het huis van een filmster is gebeurd, iemand die hier zeer bekend is, en zijn vader is een machtig man in de filmindustrie. De filmster heeft haar niet verkracht; dat was een andere man, een kledingontwerper of zoiets. Hij was de dader en er is in deze zaak geen gerechtigheid gedaan. Don Calligaris vraagt of jij namens hem wilt optreden en deze kwestie wilt oplossen. Je moet zelf bepalen welke straf je rechtvaardig vindt. Hij wil niet dat er problemen van komen, maar hij wil dat het gebeurt, anders verliest hij aanzien binnen de familie. Ik moet je van hem de foto's laten zien van wat ze zijn nichtje hebben aangedaan, zodat je je een oordeel kunt vormen over een passende straf.'

Ik knikte. Ik keek achterom naar de half openstaande deur. Ik zag het licht dat van de overloop boven kwam en ik wist dat op slechts zes meter afstand mijn vrouw bij mijn slapende kinderen lag. Ik wist wat bloedverwantschap betekende, ik wist wat familie betekende, en uit respect en liefde voor Don Fabio Calligaris wilde ik zijn probleem wel oplossen. Maar mijn gevoel van verantwoordelijkheid ten opzichte van Don Calligaris veranderde niets aan mijn innerlijke conflict. Zoals altijd had ik geen keuze en in de loop der jaren zou het steeds moeilijker worden me te schikken in die situaties waarbij me geen keuze werd gelaten. Ik ging omdat de plicht het eiste, dat was de waarheid, maar voor het eerst in mijn leven zette ik daar vraagtekens bij.

Het meisje was zo te zien halfdood geslagen. Haar gezicht was gezwollen tot twee keer de normale afmetingen. Op haar bovenarmen en haar borsten zaten sneeën, alsof iemand haar met een stuk ijzerdraad had gegeseld. Haar haar zat aan elkaar geplakt van het bloed, één oog werd helemaal dichtgedrukt door de zwelling van haar wang. Haar billen zagen er hetzelfde uit, en op haar onderbuik en de bovenkant van haar dijen zaten schaafwonden, waarschijnlijk van de touwen die waren gebruikt.

'Zijn dit politiefoto's?' vroeg ik.

Ten Cent knikte.

'En hoe is Don Calligaris daaraan gekomen?'

'Hij heeft vrienden bij de politie van New York. Hij heeft kopieën naar ze laten opsturen.'

'En niemand vond het vreemd dat de politie van New York die wilde hebben?'

'Zijn vriend in New York heeft tegen de LAPD gezegd dat hij van het geval had gehoord, dat hij dacht dat er een relatie was tussen die zaak en een van hun lopende onderzoeken. De LAPD stelde verder geen vragen. Ze hebben ze gewoon gestuurd en Don Calligaris heeft ze aan mij gegeven om aan jou te laten zien.'

Nooit vrouwen en kinderen... Je deed nooit de vrouwen en kinderen kwaad. Dat was de gedachte die bij me opkwam. Onuitgesproken, als een soort stilzwijgende afspraak, en nu was een lid van de familie van mijn beschermheer bijna doodgeslagen door een kledingontwerper uit Hollywood.

'Hoe heet hij?' vroeg ik.

'Richard Ricardo noemt hij zichzelf,' zei Ten Cent. 'Dat is niet zijn echte naam, maar de naam die hij gebruikt, de naam waaronder hij bekend is.'

'En waar woont hij?'

'Hij woont in een appartement vlak bij Hollywood Boulevard, op de tweede verdieping van een gebouw op de hoek van Wilcox en Selma. Zijn huisnummer is 2B.'

Ik schreef het adres niet op. Ik had een goed geheugen voor feitjes en het was niet verstandig namen en adressen op zak te hebben.

'Zeg tegen Don Calligaris dat deze kwestie zeer snel zal worden opgelost,' zei ik.

Ten Cent stond op uit zijn stoel. 'Dat zal ik doen en ik weet dat hij het zal waarderen, Ernesto.'

'Ga je nu al weg?' vroeg ik.

Ten Cent knikte. 'Ik moet nog een heleboel doen voor ik uit Los Angeles vertrek. Het is al laat. Je moet naar je kinderen toe.'

Opnieuw de tweedeling van mijn leven; zwart en wit, zonder tinten grijs ertussen.

Ik liet Ten Cent uit. Bij de deur hield ik zijn hand een moment vast.

'We zien elkaar snel weer,' zei hij zacht. 'Doe je vrouw en kinderen de groeten van me, Ernesto.'

'Ja, jij ook,' antwoordde ik.

Ik keek hem na toen hij het trapje naar het trottoir afdaalde, naar het einde van de straat liep. Hij draaide zich niet om, hij keek niet even over zijn schouder, en ik deed zacht de deur dicht en draaide hem op slot.

Die nacht kon ik niet slapen. In de vroege uurtjes van de ochtend werd Angelina opeens wakker. Misschien voelde ze mijn innerlijke onrust.

Ze bleef een paar tellen stil liggen, draaide zich toen om en legde haar arm over mijn borst. Ze trok me dicht tegen zich aan en drukte een kus op mijn schouder.

'Je vriend,' zei ze. 'Had hij werk voor je?'

Ik knikte. 'Ja.'

Ze zweeg een minuut lang. 'Wees voorzichtig,' zei ze. 'Je hebt nu niet alleen jezelf om om te denken.'

Meer zei ze niet en de volgende ochtend zei ze niets over Ten Cent, niets over het werk dat ik voor hem moest opknappen. Ze maakte het ontbijt klaar zoals altijd, zorgde voor de kinderen – zeven weken oud, onschuldig en woordeloos, verbaasd en nieuwsgierig naar de nieuwe wereld waarin ze terecht waren gekomen – en in mijn hart treurde ik om hen, treurde ik om wie ik was geworden en hoe ze zich zouden voelen als ze er ooit achter kwamen.

Ik ging die avond. Het was donker en de kinderen sliepen. Ik zei tegen Angelina dat ik maar een paar uur weg zou zijn. Ze hield me een tijdje dicht tegen zich aan en toen ging ze op haar tenen staan en kuste me op het voorhoofd.

'Doe voorzichtig,' zei ze nog een keer en ze bleef in de deur staan kijken toen ik de straat uit liep. Bij de hoek keek ik achterom. Daar stond ze, in silhouet afgetekend tegen het licht uit het huis, en ik voelde iets in mijn hart, iets wat me had moeten doen besluiten terug te gaan, maar ik vertraagde mijn pas niet, ik bleef niet staan, noch keerde ik op mijn schreden terug omdat ik me had bedacht; ik stak alleen mijn hand in de lucht, zwaaide en vervolgde mijn weg.

Ik nam de ondergrondse tot Vine. Ik wandelde over Hollywood Boulevard en de Walk of Fame, ging linksaf bij Cahuenga Boulevard, rechtsaf Selma Avenue in en daar stond op de hoek van Wilcox een verbouwd pakhuis, het gebouw waar Ten Cent op had gedoeld. Ik zag dat er op de hele tweede verdieping licht brandde, op de verdieping eronder ook en ik hoorde vaag het geluid van muziek uit de ramen komen.

Een ingang was zo gevonden. Ik ging naar binnen door de uitgang aan de achterkant die bestemd was voor de vuilnismannen en werklui. Ik kwam bij een smal trappenhuis dat zo te zien tot de bovenste etage van het gebouw liep en klom de trap op – geluidloos, met twee treden tegelijk – tot ik bij de tweede verdieping was.

Ik bleef stil in de deur van het trappenhuis staan, hield hem voorzichtig een paar centimeter open, en toen hoorde ik de muziek harder. Hij kwam uit het appartement recht voor me, vanachter een deur waar in duidelijke letters 2B op stond en ik bleef daar een paar minuten staan om me ervan te vergewissen dat er niemand door het gebouw liep. Toen ik er zeker van was dat er niemand een van de hoger gelegen appartementen in of uit kwam, stak ik de gang over. Uit mijn binnenzak haalde ik een dun metalen plaatje en dat duwde ik voorzichtig tussen de deurpost en de deur. Ik schoof het omlaag tot ik voelde dat het tegen de lip van het slot stootte en duwde met stille minuscule bewegingen de lip naar binnen. Het slot sprong zonder enige moeite open. Ik duwde tegen de deur en hij gaf mee. Ik zette hem op een kier en luisterde of ik binnen iets hoorde. Alleen het geluid van de muziek drong tot me door, harder nu, en ik besefte dat degene die binnen was, me onmogelijk zou kunnen horen als ik naar binnen ging.

Het tapijt in de gang was dik en donker. Aan de muur hingen zwart-witfoto's, sommige duidelijk herkenbaar als stadsgezichten van vele jaren geleden, andere abstracter en qua onderwerp minder duidelijk omlijnd. Ik duwde de deur achter me dicht, draaide hem op het nachtslot en deed de ketting erop. Richard Ricardo dacht blijkbaar dat hij binnen de muren van zijn eigen huis veilig was. Niets, werkelijk niets, was meer bezijden de waarheid.

Ik sloop zonder geluid te maken door de gang. Mijn ademhaling was langzaam en oppervlakkig en toen ik aan het einde van de gang was en me tegen de hoek van de muur drukte, kon ik als ik mijn hoofd schuin hield in het appartement zelf kijken.

Door een half openstaande deur aan de andere kant van de grote ruimte zag ik het voeteneinde van een bed. Een mannengedaante, naakt zo te zien, schoot door mijn gezichtsveld en ik deinsde achteruit. Ik wachtte een moment en keek nogmaals. Ik zag niemand meer.

Ik liep dicht langs de muur de zitkamer in, drukte mijn lichaam tegen het pleisterwerk en sloop voorzichtig verder tot ik de hele kamer door was en achter de slaapkamerdeur stond. Ik hoorde stemmen, eerst een en toen nog een, en trok met wild bonzend hart mijn .38 tussen mijn broekband uit.

Het schouwspel waarop ik werd onthaald toen ik om de deurpost heen de kamer in keek, was een verrassing. Er waren twee mannen, allebei naakt, een op zijn rug op bed met zijn handen vastgebonden aan het hoofdeinde. De andere man zat op zijn knieën tussen de benen van de vastgebonden man en zijn hoofd ging in een woest tempo op en neer. Ik sloeg hen een tijdje gade, terwijl mijn gedachten teruggingen naar Ruben Cienfuegos en de mannen die wij hadden beroofd in Havana, de dood van Pietro Silvino, de dingen die hij tegen me had gezegd voor ik hem vermoordde.

De man op zijn rug kronkelde en kreunde. De andere man ging nog zo'n dertig seconden fanatiek door en kwam toen half overeind op zijn hurken, duwde de benen van de andere man tegen elkaar en ging schrijlings op hem zitten. Hij schoof naar voren tot hij op de borst van de man zat en liet zich, terwijl hij met zijn hand de pik van de man onder zich hield, voorzichtig achteruit zakken. Ik zag hoe de pik van de man in hem gleed. Ze moesten samen ergens om lachen en toen begon de man bovenop op en neer te bewegen, geleidelijk aan steeds sneller.

Ik stapte bij de muur vandaan, liep achter hen langs de kamer door en zwiepte met één zwaai van de kolf van het wapen de stereo van de tafel. De muziek hield onmiddellijk op. De twee mannen ook.

'Wat zullen we nou –' riep de bovenste man uit en toen draaide hij zich om en zag mij daar staan met een wapen in mijn hand en er lag een blik in zijn ogen die alles zei wat ooit gezegd zou kunnen worden zonder één woord.

' O, mijn god... O, mijn god,' begon hij, maar de man onder hem zag bleek van schrik. Geen woord kwam over zijn lippen terwijl hij daar lag, even naakt als op de dag dat hij geboren werd, met zijn handen geboeid aan het hoofdeinde van het bed, zijn pik in iemands aars en het gevoel dat het einde van de wereld nabij was.

De man bovenop liet zich opzij zakken en wilde opstaan.

'Zitten,' zei ik.

Hij deed wat hem werd gezegd.

'Wil je geld?' begon hij jammerend en plots stonden er tranen in zijn ogen. 'We hebben geld hier, heel veel geld... Je mag al het geld hebben –'

'Geen geld,' zei ik, en dat was het moment dat ze allebei begrepen wat er ging gebeuren.

De vastgebonden man begon te huilen en trok zijn knieën op naar zijn borst en probeerde zijn lichaam weg te draaien, zodat ik zijn naakte lijf niet kon zien.

'Wat wil je?' zei de zittende man.

'Wie van jullie is Ricardo?' vroeg ik.

De zittende man keek me ontzet aan. 'Ik... Ik ben Richard Ricardo,' zei hij met een stem die oversloeg van angst.

'Zo, dus jij eet van twee walletjes?' zei ik en ik glimlachte.

Ricardo fronste.

'Meisjes en jongens, net waar je zin in hebt, hè?'

Hij schudde zijn hoofd. 'Ik weet niet wat je bedoelt... Wat wil je?'

'Genoegdoening,' zei ik en uit mijn binnenzak haalde ik een van de foto's die Ten Cent had meegebracht.

Ik hield hem omhoog zodat hij goed te zien was.

Ricardo staarde zwijgend naar de foto en toen sloot hij zijn ogen.

'Hoe heet hij?' vroeg ik en ik wees naar de andere man die op het bed lag.

Ricardo wierp een schuine blik op hem. 'Hoe hij heet?'

Ik knikte. 'Ja, hoe hij heet.'

'Leonard... Dat is Leonard.'

'Goed, zeg tegen Leonard dat hij geen struisvogel is. Als hij niet naar me kijkt, wil dat niet zeggen dat hij onzichtbaar is.'

Ricardo reikte opzij en legde zijn hand op Leonards schouder. Leonard probeerde hem van zich af te schudden. Hij begroef zijn gezicht dieper in het kussen en hoewel het geluid werd gedempt, kon ik toch horen dat hij huilde.

'Maak die handboeien los, Richard,' zei ik.

Ricardo pakte het sleuteltje dat op een tafeltje naast het bed lag en draaide de handboeien van het slot. Leonard trok snel het laken over zich heen.

'Leonard?'

Leonard verroerde zich niet.

'Leonard... Draai je deze kant op en kijk me aan, anders kom ik naar je toe en duw ik dit wapen zo ver in je reet dat het zondag nog zeer doet.'

Leonard draaide zich op zijn zij en ging langzaam rechtop zitten. Hij klemde het laken tegen zich aan alsof hij geloofde dat het hem tegen een kogel zou beschermen.

Ik hield de foto omhoog zodat hij hem goed kon zien. 'Van jou houdt hij misschien voor eeuwig,' zei ik, 'maar je vriend Richard heeft een speciale manier om met vrouwen om te gaan die ze niet waarderen.'

'Je... Je begrijpt het niet –' begon Ricardo.

Ik bracht mijn wapen omhoog, richtte het recht tussen Ricardo's ogen en deed drie stappen naar voren tot de loop zijn neusbrug raakte.

'Hou je kop,' zei ik. Met mijn andere hand hield ik de foto omhoog en ik wachtte tot hij ernaar keek. 'Ken je dit meisje?' vroeg ik.

Ricardo probeerde te fronsen, probeerde te doen alsof hij zich trachtte te herinneren of hij haar wel of niet kende.

'Dit is geen spelletje,' zei ik. 'Ik weet het en jij weet het, dus ga nu niet mijn tijd verspillen en zeggen dat het niet zo is. Ken je dit meisje?'

Ricardo knikte. Hij sloot zijn ogen. Tranen biggelden over zijn wangen.

'Heb jij dit gedaan?'

'Ze... Ze wilde het... Ze wilde dat ik haar pijn deed... Echt, die meid is volkomen gestoord. Ze wilde dat ik haar pijn deed...'

'Ze wilde dat je haar pijn deed,' stelde ik op zakelijke toon vast.

Ricardo knikte woest met zijn hoofd.

'Ze wilde helemaal lens geslagen worden, ze wilde dat je haar zo'n aframmeling gaf dat ze dagen lang niet goed kon zien, dat je haar met een kleerhanger van ijzerdraad geselde tot ze zo hard gilde dat ze haar stem kwijtraakte? Dat wilde ze?'

Leonard keek over Ricardo's schouder naar de foto met grote, ongelovige ogen.

'Ricky... Ricky? Heb jij dat gedaan?'

Ricardo keek snel zijn kant op. 'Hou je kop, Lenny... Hou toch verdomme je kop.'

'Ja,' merkte ik op. 'Hou toch verdomme je kop, Lenny.'

Lenny sloot zijn mond en draaide zijn hoofd af. Hij zag eruit alsof hij moest overgeven. Ik vermoedde dat hij Richard Ricardo niet meer in zijn reet zou willen neuken.

'Ik weet niet precies wat er allemaal tussen jou en dat meisje is gebeurd, maar ik heb zo het idee dat ze iets meer heeft gekregen dan waar ze om had gevraagd... Komt dat in de buurt van de waarheid, Ricky?'

Ricardo vertrok geen spier, zei geen woord. Ik porde met de loop van het wapen tegen zijn voorhoofd. Hij huiverde van de pijn.

'Komt dat in de buurt van de waarheid?'

Ricardo knikte.

'Heb je spijt van wat je hebt gedaan?'

'O, jezus... o, jezus, god, het spijt me. Het was nooit mijn bedoeling dat het zo zou aflopen... ik zweer dat dat echt mijn bedoeling niet was... het was een wilde nacht, het was krankzinnig, er waren zo veel mensen en we hadden te veel gedronken en we hadden te veel coke gesnoven en het is gewoon uit de hand gelopen –'

'Ssjj,' fluisterde ik. 'Stil maar, Ricky, het is al goed... het is goed.'

Richard Ricardo opende zijn ogen en keek naar me op. Er lag een smekende blik in zijn ogen – hij smeekte om begrip, om vergeving, om genade, om zijn leven.

'Nooit meer,' mompelde hij. 'Nooit meer...'

'Inderdaad,' zei ik, en met alle kracht die ik kon opbrengen, hief ik het wapen hoog in de lucht en liet het op de bovenkant van zijn hoofd neerkomen.

Het geluid was onbeschrijflijk, alsof zijn hele lichaam van binnenuit instortte – 'Nieuuufff'. Hij zakte opzij en rolde van de rand van het bed op de vloer. Uit de scheur in zijn schedel sijpelde bloed op de grond en trok in het tapijt.

Lenny begon te gillen. Ik boog me over het bed en greep hem bij zijn haar. Ik duwde hem met zijn gezicht omlaag op de matras om het geluid te smoren en toen waarschuwde ik hem dat hij een kogel in zijn nek kreeg als hij zijn mond niet hield. Hij hield onmiddellijk op met gillen.

Ik trok hem van het bed af en gooide hem op de grond naast zijn vriend.

In mijn hand had ik een kussen.

Ik keek neer op Lenny, op zijn gezicht met natte strepen van de tranen, zijn grote en verschrikte ogen.

'Wanneer ben je jarig geweest?' vroeg ik hem.

Hij keek me vol ontzetting aan.

'Wanneer was je jarig?' herhaalde ik.

'Jan-januari,' stamelde hij.

Ik knikte. Ik tilde het kussen op. Ik drukte het vuurwapen erin. 'Dat is dan de laatste verjaardag geweest die je van je leven zult hebben,' zei ik en ik haalde de trekker over.

De kogel raakte hem in zijn keel. Zijn handen grepen naar zijn hals. Hij klauwde aan zijn vlees alsof hij dacht dat hij de kogel eruit kon trekken. Het bloed spoot uit de wond en spetterde op zijn borst, zijn benen, over Ricardo heen, en toen zakte hij opzij op de vloer. Zijn lichaam schokte enige tijd. Ik bleef naar hem staan kijken tot hij ophield.

Ricardo bewoog.

Ik gaf een harde trap tegen zijn borst en daarna verroerde hij zich niet meer. Ik bukte, duwde het kussen tegen de zijkant van zijn hoofd en joeg een kogel door zijn slaap.

Anderhalf uur later stond ik in mijn slaapkamer en keek ik naar de slapende gedaanten van mijn vrouw en mijn kinderen. Ik bukte en kuste hen – alle drie om de beurt – zacht op het voorhoofd. Ik hield mijn adem in. Ik wilde ze niet wakker maken.

Ik liep de kamer uit. Ik ging naar beneden. Ik waste mijn handen en mijn gezicht aan de gootsteen en daarna zat ik een tijdje in het donker en rookte een sigaret. Toen ik daarmee klaar was, begaf ik me naar de voorkamer en ging op de bank liggen. Daar viel ik in slaap; ik sliep als een blok en toen Angelina me wakker maakte, was het al over zevenen in de ochtend. Ik had al mijn kleren nog aan afgezien van mijn colbert en mijn schoenen.

'Kom, we gaan ontbijten,' zei ze zacht. Ze bukte en kuste me.

Ik kwam overeind en bleef een moment staan, en vervolgens sloeg ik mijn armen om haar heen en trok haar dicht tegen me aan.

In de keuken stond de tv aan zonder geluid. Ik zei niets toen het gezicht van Richard Ricardo op het scherm verscheen en ook dat van zijn vriend Leonard. Ik maakte geen geluid, ik vertrok zelfs geen spier, en zodra de nieuwslezeres weer in beeld verscheen zette ik hem uit.

Ik at mijn ontbijt. Ik praatte met mijn kinderen, ook al wist ik dat ze geen woord begrepen van wat ik zei. Ik was van slag, onrustig. Ik voelde me niet goed.

Ongeveer een uur later, nadat ik me had geschoren en had gedoucht en een schoon overhemd en een ander kostuum had aangetrokken, liep ik de deur uit naar een cafetaria drie straten verder. Daar ging ik zitten en met een kop koffie voor me en een sigaret in mijn hand keek ik stil naar alle passerende mensen, die opgingen in hun leven.

Aan twee van die levens was gisteravond een einde gekomen. Twee van die levens – mensen van wie ik niets wist – waren voorgoed voorbij. Ik stond niet stil bij wat ik had gedaan, noch bij de vraag waarom ik het had gedaan. Er werd me gevraagd iets te doen en ik gehoorzaamde. Zo ging dat in mijn wereld; de enige wereld die ik kende.

De volgende dag kreeg ik de krant onder ogen. Hij was een dag oud, lag onschuldig op een stoel achter in de kapperszaak van de neef van Michael Cova waar ik naartoe was gegaan om mijn haar te laten knippen. Ik pakte hem op en bladerde naar de voorpagina.

BRUTE DUBBELE MOORD IN HOLLYWOOD
Zoon van locoburgemeester Los Angeles vermoord

Mijn adem stokte.

Ik bekeek de foto's van de twee mannen die ik in het appartement had omgebracht.

Gisteravond is in Hollywood de zoon van locoburgemeester John Alexander doodgeschoten bij een dubbele moord die de stad Los Angeles heeft doen opschrikken. Leonard Alexander, 22, werd vermoord aangetroffen in het huis van de bekende kledingontwerper Richard Ricardo. Politiecommissaris Karl Erickson was ter plaatse en heeft de volgende verklaring afgelegd –

Ik las niet verder. Ik vouwde de krant op en gooide hem terug op de stoel.

Ik stond op en liep de kapperszaak uit, wandelde twee straten door zonder duidelijk doel voor ogen en keerde toen op mijn schreden terug.

Voor het eerst in mijn leven had ik het gevoel dat de mensen naar me keken.

Op het volgende kruispunt stapte ik een telefooncel in en belde interlokaal naar New York. Ik kreeg Ten Cent zonder problemen aan de lijn.

'Ernesto?' zei hij en aan zijn stem hoorde ik dat hij verrast was.

'Heb je gehoord wat er is gebeurd?'

'Ja… Is er een probleem?'

'Een probleem? Die andere man was de zoon van de locoburgemeester van Los Angeles.'

Het was een moment stil aan de andere kant van de lijn.

'Ten Cent?'

'Ja, ik ben er nog, Ernesto.'

'Hoorde je wat ik zei?'

'Ja, ik heb het gehoord… Wat is het probleem? Heeft iemand je bij het gebouw gezien?'

'Nee, niemand heeft me bij het gebouw gezien. Natuurlijk niet. Maar die knul was de zoon van de locoburgemeester. Ze zullen dit niet laten rusten.'

'Dat weten we, dat weten we, Ernesto… Maar maak je geen zorgen.'

'Maak je geen zorgen? Hoe bedoel je?'

'We voeren je af en sturen je naar een veilige plek.'

'Voeren me af?'

Ten Cent lachte. 'Voeren je af… Ja, we halen je uit LA, we voeren je niet af natuurlijk! Maak je niet druk, Don Calligaris is op de hoogte van de situatie en hij zal je daar niet laten zitten.'

'Is hij boos over die andere man?'

Ten Cent begon opnieuw te lachen. 'Boos? Hij is zo vrolijk als wat. Weet je wat hij zei? ... Hij zei: "Twee klootzakken voor de prijs van één." Dat zei hij.'

Ik was een moment stil.

'Ernesto?'

'Ja.'

'Het komt allemaal in orde... Ik heb nog nooit meegemaakt dat je bang was. Het komt goed... We halen je daar weg zodra Don Calligaris heeft bedacht waar je heen moet. Hou vol. Doe niets, zeg niets... Het komt voor elkaar, daar zorgen we voor, ja?'

'Ja, ja... Laat me alsjeblieft niet stikken.'

'Ik geef je mijn woord, Ernesto. Je bent net zo goed familie als de rest.'

Ik sloot mijn ogen, ik haalde diep adem, ik zei 'goed' en daarna hing ik op.

Ik liep naar huis als een verloren man. Ik liep bang naar huis. Ten Cent had gelijk: dit was een nieuw gevoel en het gevoel was moeilijk te bevatten.

Het had alles met familie te maken. Ik was niet meer alleen, ik was nu een man met verantwoordelijkheden, een man die de last van een vrouw en kinderen droeg, hem met liefde droeg, ja, dat leed geen twijfel, maar alles werd er anders door.

Angel zat op me te wachten toen ik thuiskwam.

'De kinderen slapen,' zei ze, en toen draaide ze zich om en liep naar de keuken. Het was duidelijk dat ze wilde dat ik achter haar aan kwam en dat deed ik zonder iets te vragen.

Ik ging aan tafel zitten terwijl zij koffie zette. Ik rookte een sigaret, iets wat ik thuis niet meer had gedaan sinds de kinderen er waren, maar op dat moment was ik zo vervuld van afschuw en zo gespannen, dat ik het niet kon laten.

Angelina zette de koffie voor me neer en ging tegenover me zitten.

Ze boog zich naar voren en pakte mijn hand. Ze hield hem een moment vast en toen keek ze me recht in de ogen en glimlachte.

'Er is iets veranderd, hè?' vroeg ze.

Ik knikte maar zei niets.

'Ik ga er niet naar vragen, Ernesto... Ik vertrouw je, ik heb je altijd vertrouwd, en ik weet dat je bepaalde dingen niet zou doen tenzij er een heel goede reden voor was. Maar ik ben niet gek, en ik ben niet dom, en ik weet uit mijn eigen ervaringen met de familie dat wat er is gebeurd niet iets is waar je over zult praten.'

Ik deed mijn mond open om iets te zeggen.

'Nee, Ernesto, luister eerst naar wat ik te zeggen heb.'

Ik sloot mijn mond en keek omlaag naar de tafel.

'Ik weet niet wat er is gebeurd,' zei ze, 'maar ik wil dat je me vertelt of het leven van onze kinderen erdoor in gevaar is gekomen.'

Ik schudde mijn hoofd. 'Nee, Angelina, dat is niet het geval.'

'Je zou nooit tegen me liegen, Ernesto, dat weet ik, maar deze keer ga ik je vragen antwoord te geven en hoe de waarheid ook luidt, ik moet het weten. Vertel me nu of het leven van onze kinderen erdoor in gevaar zal komen.'

'Nee,' zei ik zacht en ik schudde opnieuw mijn hoofd. 'Dat zal niet gebeuren.'

'Goed,' zei ze en haar hele wezen straalde opluchting uit. 'Wat betekent het dan voor ons?'

'Het betekent dat we binnenkort zullen moeten verhuizen,' zei ik. 'We zullen naar een andere stad toe moeten en daar weer opnieuw moeten beginnen.'

Angelina zei enige tijd niets en toen kneep ze opnieuw in mijn hand. Ik keek op en er stonden tranen in haar ogen. 'Ik ben met je getrouwd omdat ik van je hou,' zei ze. 'Ik wist wie je was, ik kende de mensen met wie je omging en wist hoe ons leven zou worden, en als we moeten verhuizen ga ik met je mee, maar ik wil één ding aan je vragen en ik wil dat je me je woord geeft.'

'Vraag maar, Angel, vraag maar.'

'Ik wil dat je me belooft dat Victor en Lucia nooit iets zal overkomen... Dat is het enige wat ik van je vraag, en ik wil dat je me dat belooft.'

Ik nam haar beide handen in die van mij. Ik hield ze een moment vast en toen raakte ik haar wang aan, met mijn vingers, veegde de natte strepen van haar tranen weg.

'Dat beloof ik,' zei ik. 'Ik zweer je met de hand op mijn hart dat hun nooit iets zal overkomen.'

Ze glimlachte. Ze boog haar hoofd en toen ze opkeek, glimlachte ze. 'Ik wilde hier blijven, Ernesto... in Californië. Ik wilde zo graag dat de kinderen de zon op hun gezicht voelden en in zee zwommen –'

Ze verbeet haar tranen en was een tijdje stil.

Ze keek opnieuw naar me op.

Mijn hart lag als een dode vuist in mijn borst.

'Hoelang hebben we?' vroeg ze.

'Dat weet ik niet. Ze laten het me weten als ze een plekje voor ons hebben.'

'Niet meer naar New York, Ernesto… Alles is goed, behalve New York, oké?'

'Goed,' zei ik. 'Goed.'

We moesten drie maanden wachten. De ergste drie maanden uit mijn leven. Ik had niets te doen. Ik kreeg opdracht thuis te blijven, 'een goede huisvader' te zijn; Ten Cent zou me bellen om afspraken te maken als het zover was.

Drie keer zag ik, toen ik daar zat achter het raam in de voorkamer, een politieauto langzaam voorbijrijden. Ik beeldde me in dat ze wisten wie ik was, waar ze me konden vinden en alleen het moment afwachtten dat ik het huis verliet zodat ze me konden volgen en hun arrestatie konden plegen.

Dat is nooit gebeurd. Ik ging heel weinig de deur uit en toen de maand november aanbrak, toen Ten Cent eindelijk belde om te vertellen dat het zover was, meende ik dat ik het geen dag langer in dat huis had kunnen uithouden.

Angelina was het toonbeeld van geduld. Ze werd de perfecte moeder en stak al haar aandacht, elke seconde van haar tijd in de kinderen. Ik sloeg haar gade, ik benijdde haar het vermogen volledig op te gaan in haar bezigheden, maar ik besefte ook dat ze alleen zó de toestand die door mijn toedoen was ontstaan de baas kon blijven. Ik had haar een geweldig leven kunnen geven, maar ik bracht haar dit. Dat speet me, ik voelde me schuldig en ik vervloekte de dag dat ik er zo op gebrand was geweest Don Calligaris een genoegen te doen. Hij had opdracht gegeven één man te doden, maar ik had hen allebei vermoord. Dat was de fout die ik had gemaakt en hij kwam me duur te staan.

'Chicago,' zei de stem aan de andere kant van de lijn. 'Don Calligaris verhuist naar Chicago en gaat zich daar over een groot deel van onze activiteiten ontfermen. Hij wil je daar bij zich hebben, begrijp je?'

'Ik begrijp het.'

'Jullie vertrekken overmorgen. Ga naar O'Hare. Ik zal daar op jullie wachten.'

Ik zei niets.

'Ernesto?'

'Ja?'

Ten Cent glimlachte; ik hoorde het aan zijn stem. 'Zeg tegen Angelina dat ze warme kleding voor de kinderen inpakt... Het is stervenskoud in Chicago deze tijd van het jaar.' Hij lachte en hing op. Ik stond daar met het zoemende geluid in mijn oor en een steen in mijn hart.

20

'We hebben niets over die vrouw,' zei Schaeffer. 'Echt geen ene moer.'

'Ze zijn pas vierentwintig uur bezig,' antwoordde Hartmann. 'Dan mogen zelfs jullie geen wonderen verwachten.'

'En nu moeten we twee kinderen opsporen, niet eentje. Ongelooflijk dat we met de meest geavanceerde, modernste databasesystemen ter wereld geen enkel bewijs kunnen vinden dat deze vrouw ooit heeft bestaan.'

'Maar jullie gaan uit van één naam,' zei Hartmann. 'En wie zegt dat de naam die hij gebruikt zijn echte naam is?'

Schaeffer gaf geen antwoord. Hij keek opgelaten. De uitgebreidste en modernste veiligheidsdatabase ter wereld was slechts zo effectief als de informatie die werd ingevoerd. Rotzooi in, rotzooi uit – zo zeiden de deskundigen dat toch?

Woodroffe stond op van de tafel. Het was vijf minuten voor zeven. Perez was iets na zessen teruggebracht naar het Royal Sonesta. Hartmann was zich bewust van het feit dat hij een afspraak had met de man.

'Dus we krijgen vanavond antwoord,' zei Schaeffer met een ondertoon van kalme berusting in zijn stem.

Hoewel ze het er niet meer over hadden gehad, was Hartmann ervan overtuigd dat ze er allemaal van doordrongen waren wat dat antwoord zou zijn. Perez was niet geïnteresseerd in een deal; dat was nooit zijn doel geweest. Zo simpel was het. Perez was hier om zichzelf te laten horen en op dit moment leek de hele wereld te luisteren.

'Jullie onderzoeken nu toch in hoeverre Ducane bij deze dingen betrokken was?' vroeg Hartmann en de eerlijkheid gebood te zeggen dat hij het naar zijn idee alleen vroeg om tweedracht te zaaien.

Schaeffer schudde zijn hoofd. 'De uitgewerkte tekst van alles wat Perez heeft gezegd is linea recta naar de minister van Justitie en de directeur van de FBI gegaan. Die maken uit wat er gebeurt, wij niet. Ik heb het al eerder gezegd, maar laat ik het nog maar eens herhalen: wij zijn hier voor het meisje, niet om onszelf bezig te houden met de handel en wandel van corrupte politici.'

'Naar verluidt corrupte politici,' zei Hartmann met enig sarcasme in zijn stem.

Schaeffer knikte. 'Naar verluidt corrupte politici, ja.'

'En wat denk je?' vroeg Hartmann.

'Van Ducane?' Schaeffer schudde zijn hoofd. 'Ik zit al zo lang bij de FBI dat ik nergens meer van opkijk, Hartmann... en meer zeg ik er niet over.'

'En hoe gaan we nu verder?' vroeg Woodroffe.

'Ik ga een hapje eten met Perez,' zei Hartmann. 'Ik ga horen hoe hij zegt dat we ons voorstel in ons aller reet kunnen stoppen en daarna ga ik naar mijn hotel en kruip in mijn bed. Ik heb een drukke dag morgen.'

Woodroffe schudde zijn hoofd en zuchtte.

'Aan de slag dan maar,' zei Schaeffer en hij maakte aanstalten om op te staan.

'Filet mignon,' zei Perez en hij wees naar een stoel aan de tafel in zijn kamer in het Sonesta. 'Het ziet ernaar uit dat ze verdienstelijk werk hebben geleverd. Misschien beveel ik dit hotel wel aan bij enkele van mijn vrienden.'

Hartmann trok zijn jasje uit en nam plaats. Er was een kleed op de tafel gelegd, er stonden kaarsen, warme borden waren al neergezet en uit afgedekte schalen op een dienwagen steeg een aantal zeer aangename aroma's op.

Perez bleef staan om het diner op te dienen, groenten te offreren, de wijn in te schenken en toen hij ook was gaan zitten, vouwde hij een servet open en legde dat op zijn schoot.

'Ik heb nagedacht over uw voorstel,' zei hij kalm, 'en hoewel ik het uiteraard op prijs stel dat de minister van Justitie en de directeur van de FBI zich om mijn welzijn bekommeren, heb ik na lang beraad besloten dat ik het aanbod moet afwijzen.'

'Na lang beraad?' vroeg Hartmann. Hij glimlachte veelbetekenend. 'U wist het antwoord op de vraag al voor hij was gesteld.'

Perez haalde zijn schouders op. 'Misschien heb ik het voorstel alleen in overweging genomen om ons de gelegenheid te geven vanavond enige tijd met elkaar door te brengen, meneer Hartmann. We verkeren allebei in het beste gezelschap dat onder de huidige omstandigheden in ons leven voorhanden is en het leek me een goed idee daar gebruik van te maken. Volgens mij zijn we allebei bescheiden genoeg om in te zien dat deze relatie voor beide partijen een leerzame en nuttige ervaring kan zijn.'

'Ik heb iets geleerd,' zei Hartmann.

Perez keek op. 'Mag ik horen wat?'

'Dat ongeacht de situatie waarin iemand terechtkomt, er altijd een keuze is en dat zijn leven afhankelijk van die keuze in opwaartse of neerwaartse lijn zal gaan.'

'U vindt uiteraard dat ik voortdurend de verkeerde beslissingen heb genomen?'

'Ja, inderdaad. Ik neem aan dat u uw beslissingen hebt genomen op basis van wat u destijds voor waar aannam, maar ik ben van mening dat uw ideeën in de grond onjuist waren. Wijsheid achteraf is een uitzonderlijk doeltreffend hulpmiddel om de juistheid van iemands beslissingen te bepalen, maar helaas is het altijd al te laat tegen de tijd dat je dat voordeel hebt.'

'U bent een gemankeerde filosoof, meneer Hartmann.'

'Ik ben een gemankeerde realist, meneer Perez.'

Perez glimlachte. Hij prikte een stukje biefstuk aan zijn vork en stak het in zijn mond. 'En nu?'

Hartmann trok zijn wenkbrauwen op.

'Hebt u een besluit genomen over het vervolg van uw leven?'

'Jazeker.'

'En?'

Hartmann was een moment stil. 'Ik ben tot de conclusie gekomen dat er niet zoiets bestaat als de perfecte oplossing, meneer Perez. Ik geloof niet dat de mens bij machte is altijd de perfecte oplossing te kiezen. Wat op een bepaald moment perfect is, hoeft dat vijf minuten later niet meer te zijn. We hebben altijd te maken met de ultieme variabele.'

'Variabele?'

'Mensen,' zei Hartmann. 'De variabele mensen. De keuzes die u hebt gemaakt, hingen – juist gezien hun aard – voor een groot deel samen met de mensen in uw omgeving. Je denkt dat je ze goed genoeg begrijpt, vooral als het de mensen zijn met wie je samenleeft, en je maakt keuzes op grond van wat naar jouw idee niet alleen voor jezelf, maar ook voor hen het beste zal zijn. Het probleem is dat mensen veranderen, mensen zijn on-voorspelbaar, en ze hebben andere factoren die van invloed zijn op hun meningen en standpunten, en meningen en standpunten zijn onderhevig aan verandering. De betrekkingen en interrelaties tussen mensen zijn iel en grillig, meneer Perez, en daarom geloof ik niet dat er ooit een oplossing zal zijn die voor alle betrokkenen tegelijk juist is.'

'Hebt u een besluit genomen over uw eigen gezin?' vroeg Perez.

'Ja.'

'En?'

'Het weer goed maken... Alles in het werk stellen om het weer goed te maken.'

'En gelooft u dat u dat kunt?'

'Dat moet ik geloven, anders wordt alles eigenlijk zinloos.'

'En is er iets wat u kunt ondernemen?'

Hartmann zei niets.

'Meneer Hartmann?'

Hartmann keek op. 'Ik was van plan iets te ondernemen, maar door een samenloop van omstandigheden gaat dat misschien niet lukken.'

'Vertel.'

'Ik had een afspraak met mijn vrouw en dochter.'

'Hier?'

'Nee, in New York.'

'Wanneer?'

'Aanstaande zaterdag om twaalf uur.'

Perez zweeg een moment. Hij leunde achterover. Hij legde zijn mes en vork neer, pakte het servet van zijn schoot en veegde zijn mond af. 'En ik ben die samenloop van omstandigheden,' zei hij op zachte, haast meelevende toon.

'Inderdaad... Hoewel ik inzie dat dit belangrijk is en dat onze bijeen-komsten waardevol zijn. Uiteraard zijn deze gebeurtenissen waarschijnlijk niet zo belangrijk voor mij als ze voor u zijn, maar dan nog, ik heb een afspraak met u gemaakt en daar zal ik me aan houden.'

'Daar hebt u uw realist, meneer Hartmann, dat wat u nu juist vreest te worden.'

'Vreest? Hoezo?'

'Accepteren dat u hier niets aan kunt doen vanwege mij is fatalistisch. Een realist zou actie ondernemen zonder op andere zaken te letten.'

'Ik zal actie ondernemen.'

'Die volstaat om de schade te herstellen die mogelijk wordt aangericht als het u niet lukt uw vrouw en dochter zaterdag te zien?'

'Ik denk het wel, ja.'

Perez knikte. Hij legde zijn servet weer op zijn schoot en nam zijn mes en vork op. 'Het zij zo,' zei hij. 'Ik geloof dat u zult doen wat nodig is en de situatie goed zult aanpakken.'

Hartmann keek naar Perez en zag dat het gesprek niet verder in deze richting zou gaan. Hij at door, hoewel eten wel het laatste was wat hem bezighield, en toen hij klaar was, spraken ze nog enige tijd met elkaar – over muziek, over kunst, over filosofie – maar Hartmann wist dat het allemaal toneelspel was, een gezicht dat Perez de wereld toonde, een manier om te kunnen praten zonder iets te zeggen. Perez wenste zijn onthullingen te bewaren voor het kantoor van de FBI. Zo wilde hij het en zo geschiedde het.

Hartmann vertrok iets voor halfnegen. Hij trof Woodroffe en Schaeffer in de hal beneden aan. Ze hadden meegeluisterd met het gesprek in de hotelkamer van Perez en het antwoord van Perez was al doorgegeven aan de minister van Justitie en de directeur van de FBI.

'Nog niets over die vrouw,' zei Woodroffe tegen Hartmann. 'We kunnen alleen maar aannemen dat beide namen, Perez en Tiacoli, vals zijn. De vrouw komt onder die namen op het vasteland van de Verenigde Staten niet voor, in geen enkel geboorteregister, niet bij een burgerlijke stand, in een huwelijksregister, niet bij de echtscheidingsvonnissen, nergens. Maar we blijven zoeken,' voegde hij eraan toe, 'en dat houden we vol tot we iets beters hebben om achteraan te gaan.'

'En het criminalistische en forensische team hebben niets kunnen vinden wat ons verder kan helpen? En de mensen die je op pad hebt gestuurd om langs de verschillende routes van en naar de stad te zoeken?' vroeg Hartmann. 'Geen enkele aanwijzing waar hij haar zou kunnen vasthouden?'

Woodroffe schudde zijn hoofd. 'Helemaal niets.'

'Iedereen zal zich zo ondertussen wel de haren uit het hoofd trekken.'

'Iedereen trekt mij de haren uit het hoofd,' zei Woodroffe, en voor het eerst besefte Hartmann dat deze mensen volkomen uitgeput waren – mentaal, fysiek en emotioneel. Hun hele toekomst kon hiervan afhangen en daar had Hartmann in feite nooit bij stilgestaan. Hij had alleen aan de gevolgen voor hemzelf gedacht. Misschien moest hij hieruit ook lering trekken.

'Ik ga,' zei Hartmann. 'Ik ben doodmoe.'

'Ik wist het niet, van je vrouw,' merkte Schaeffer op.

Hartmann haalde zijn schouders op. 'Ach, wat zal ik zeggen? Ik heb het verbruid… Aan mij de taak er weer iets van te maken.'

'Succes,' zei Schaeffer.

Hartmann knikte. 'Dat kan ik wel gebruiken.'

'Wie niet?' antwoordde Schaeffer en toen glimlachte hij en op het moment dat Hartmann zich omdraaide naar de deur, zei hij: 'Slaap lekker, hè?' en Hartmann besefte dat Schaeffer waarschijnlijk nog geen oog dicht zou hebben gedaan als hij hem de volgende ochtend weer zag.

Van het Royal Sonesta reed hij dwars door de stad naar het bureau van Verlaine. Verlaine was vrij, maar de brigadier van dienst belde hem voor Hartmann op zijn mobiele telefoon.

'Ben je er klaar voor?' vroeg Hartmann.

'Altijd,' antwoordde Verlaine. 'Zullen we ergens afspreken?'

'Waar?'

'Ken je de Orleans Star? Een bar in de Vieux Carré vlak bij Tortorici's Italian Restaurant.'

'Ja, die weet ik wel te vinden.'

'Zie ik je daar over een minuut of twintig. Ik kan haar met mijn mobiel bellen… Dan kan ze Inlichtingen de landlijn niet laten traceren en komt ze er niet achter dat ze gebeld is uit New Orleans.'

'Tot zo,' zei Hartmann en hij hing op.

'Wat wil je dat ik zeg?' vroeg Verlaine.

Ze zaten tegenover de bar in Verlaines auto. Hartmann had niet naar binnen gewild, voornamelijk omdat Carol de muziek op de achtergrond zou horen en zou denken dat hij ergens was waar hij niet hoorde te zijn, maar ook omdat hij zich niet wilde blootstellen aan de verleiding van alcohol. Wat had Perez ook alweer gezegd: Een verleiding weerstaan is een ware maatstaf voor karakter? Zoiets.

'Zeg haar dat je bij de politie werkt, dat je niet in New York werkt, dat de FBI bezig is met een onderzoek en dat ik onontbeerlijk ben voor dat onderzoek. Zeg haar dat ik aan de andere kant van het land zit en dat de kans zeer groot is dat ik zaterdag nog niet in New York kan zijn.'

'Wil jij ook nog met haar praten?' vroeg Verlaine.

'Ik denk niet dat ze met mij zal willen praten,' zei Hartmann.

'Geef het nummer maar.'

Hartmann gaf hem het nummer. Verlaine toetste het in.

Hartmann zat met het zweet op zijn voorhoofd. Zijn handen trilden, hij kon zijn hart door zijn borst heen voelen bonzen. Hij voelde zich weer helemaal een tiener.

'Carol Hartmann? Hallo, u spreekt met John. Ik ben rechercheur van politie.'

'Nee, mevrouw, er is niets aan de hand. Ik bel u eigenlijk over een privékwestie.'

'Ja, over uw echtgenoot. Hij is op dit moment niet in New York, hij zit aan de andere kant van het land, en hij werkt mee aan een zeer belangrijk federaal onderzoek en –'

Verlaine wierp een blik op Hartmann. 'Ja mevrouw, hij zit naast me.'

Verlaine knikte, keek opnieuw naar Hartmann. 'Ze wil jou spreken.'

Hartmann kon zijn verbazing niet verbergen. Verlaine gaf hem de telefoon en Hartmann pakte hem aan. Zijn hand trilde zichtbaar.

'Carol?'

Nee, Ray, de aartsengel Gabriel, nou goed? Wat is er in godsnaam aan de hand?

'Zoals John al zei. Ik ben ergens in verzeild geraakt hier –'

Waar?

'Dat mag ik niet vertellen, Carol... maar er loopt een federaal onderzoek –'

Sinds wanneer?

'Sinds een paar dagen... en ik ben nu niet in New York en ik wilde je bellen om te zeggen dat ik misschien niet voor zaterdag terug kan zijn.'

Waarom heb je me dan niet gebeld? Waarom laat je dan een of andere kerel bellen die ik helemaal niet ken?

'Omdat ik bang was dat je me niet zou geloven, Carol.'

Ah, toe nou, Ray, je weet wel beter. Je mag dan een zuiplap zijn –

'Gewéést, Carol... Ik mag dan een zuiplap zijn gewéést –'

Dat valt nog te bezien. Hoe dan ook, je mag dan een zuiplap zijn geweest, maar een leugenaar ben je niet. We zijn al heel wat jaren getrouwd, Ray, en ik ken je beter dan wie ook. Dus waar gaat het nu om? Wanneer kom je terug?

'Dat weet ik nog niet.'

Je hebt toch wel een idee... Een week, twee weken, een maand?

'Nee, geen flauw idee… Ik denk niet dat het zo lang zal duren, maar het is op dit moment nog niet duidelijk.'

En je kunt me er uiteraard niets over vertellen.

'Inderdaad.'

Nou, goed dan… Het is niet anders. Doe maar wat je moet doen en bel me maar als je terug bent in New York, dan zal ik kijken hoe ik erover denk. Ik had toch al mijn twijfels over die afspraak…

'Twijfels?' zei Hartmann en hij versprak zich bijna van angst. 'Wat voor twijfels?'

Daar ga ik het nu niet over hebben, Ray… Niet over de telefoon terwijl er een of andere vent naast je zit. Bel me maar als je terug bent in New York en als we dan afspreken… Nou ja, dat zien we nog wel als je belt, goed? Wil je Jess nog spreken?

Hartmann liet bijna de telefoon uit zijn handen vallen. 'Hemel ja… Jezus, Carol… dank je wel.'

Allemachtig, Ray, wat is er met je aan de hand? Je doet net alsof ik vergeten ben dat jij haar vader bent. Blijf even hangen… dan ga ik haar halen.

Hartmann keek naar Verlaine. 'Mijn dochter,' zei hij en Verlaine knikte en glimlachte.

Papa?

'Hoi troelepoel… Hoe is het met je?

Goed, hoor. Hoe is het met jou?

'Ook goed, lieverd… Pas jij een beetje op mama voor mij?'

Dat is mijn taak niet, papa, dat is de jouwe. Wanneer kom je thuis?

'Gauw hoop ik, Jess, heel gauw. Ik belde om te vertellen dat ik zaterdag niet kan komen, maar zodra ik weer in New York ben, zal ik mama bellen en dan spreken we af, goed?'

Kom je zaterdag niet?

'Ik kan niet, lieverd.' Hartmann merkte dat zijn stem brak van emotie.

O, maar we gaan nog wel picknicken.

'Ik weet het, lieverd, maar ik moet iets doen en ik denk niet dat het lang zal duren en als het klaar is, kom ik terug naar New York en dan zien we elkaar.'

Zeg dan dat ze je een dag vrij moeten geven zodat je naar ons toe kunt.

'Dat zou ik doen als dat kon, dat weet je, Jess… maar er is iets wat ik eerst moet afmaken en dan kom ik direct terug, goed?'

Ik mis je, papa.

'Ik mis jou ook, troelepoel, maar het duurt niet lang meer, dat beloof ik.'

Beloof je het echt?

'Ja, ik beloof het, Jess… Ik beloof het echt.'

Oké, papa. Niet te lang wegblijven, hoor. Hier is mama.

'Oké, Jess… Ik hou van je, lieverd. Papa houdt echt heel, heel veel van je.'

Ray?

'Carol.'

We moeten ophangen… Ze moet naar bed.

'Goed, Carol… en bedankt.'

Ja, hoor…

'Ik hou van je, Carol.'

Daar heb ik geen moment aan getwijfeld, Ray… maar het is waar wat ze zeggen.

'Wat ze zeggen?'

Ja, Ray, je weet wel, zeggen en doen zijn twee. Hoe je het ook bekijkt, we hadden zaterdag een afspraak en die gaat nu niet door. Daar ben ik pisnijdig om en ik weet dat Jess nu heel verdrietig is. Dat maakt me nog veel kwader. Ik weet dat het niet uitmaakt wat ik zeg, dat je besluit toch al vaststaat en hoe meer ik erover nadenk, des te meer krijg ik het gevoel dat het eigenlijk altijd zo ging in ons huwelijk. Daar moet je maar eens over nadenken, en als je tot de conclusie komt dat onze relatie nog de moeite waard is, dan neem ik aan dat je hier zaterdag bent. Zo niet, nou, dan ben je er niet, hè?

Hartmann was met stomheid geslagen.

Ik zal Jess welterusten van je wensen, oké?

'Carol –'

Ik ga haar naar bed brengen, Ray… Ik heb niets meer te zeggen.

De verbinding werd verbroken en Hartmann bleef een paar tellen met de mobiele telefoon tegen zijn oor zitten. Er stonden tranen in zijn ogen, er zat een brok in zijn keel van emotie en toen hij de telefoon aan Verlaine teruggaf, zei hij niets.

'Het komt wel goed,' zei Verlaine. 'Je mocht toch ook al even met je kind praten?'

Hartmann knikte. Hij veegde zijn ogen af met de muis van zijn hand. Hij reikte naar de hendel en deed het portier open.

'Bedankt, John,' zei hij, terwijl hij uitstapte.

'Hé,' riep Verlaine hem na.

Hartmann keek achterom over zijn schouder.

'Je komt hier heus wel doorheen,' zei Verlaine. 'Geloof me, ik heb erger meegemaakt. Gewoon blijven ademhalen. Dat is de truc.'

Hartmann glimlachte. 'Ja,' zei hij. 'Gewoon blijven ademhalen.'

Hij sliep beter. Dat gelukkig wel. En hij droomde niet. En toen Ross hem 's ochtends kwam ophalen, klampte Ray Hartmann zich gewoon vast aan de herinnering aan de stem van zijn dochter. Te midden van alles – de waanzin, het moorden, de wreedheid van alles wat hij hoorde, alles waar hij getuige van was – leek die herinnering zijn enige anker in de storm te zijn.

Schaeffer en Woodroffe waren geen steek verder met het opsporen van Perez' vrouw en kinderen en ze wisten allemaal – ook al zei niemand het – dat dat onderdeel van het onderzoek een doodlopend spoor was. Niemand sprak het uit, omdat niemand het laatste restje hoop wilde verliezen. Er was al nauwelijks genoeg voor iedereen. Bij vermissingen waren de eerste vierentwintig uur cruciaal. Dat wisten ze maar al te goed. Over nog eens vierentwintig uur zou Catherine Ducane al twee weken weg zijn.

Haar tijd raakte op.

Misschien was hij al voorbij.

En toen arriveerde Perez met zijn escorte en hij werd naar de kamer gebracht waar Hartmann al op hem zat te wachten. Hij trok zijn jas uit en gaf hem aan Sheldon Ross en Ross trok de deur zachtjes achter zich dicht.

'Meneer Hartmann,' zei Perez kalm toen hij ging zitten in de kleine kamer achter in het gebouw. 'Neem een kop koffie en laat me u vertellen wat er in Chicago gebeurde.'

'Ik heb al twee koppen koffie op, meneer Perez.'

'Om wakker te blijven?' vroeg Perez.

Hartmann wuifde de vraag weg. 'U moet ons vertellen wat hier aan de hand is, meneer Perez,' zei hij.

Perez fronste. 'Wat hier aan de hand is, meneer Hartmann? Ik ga u vertellen wat er in Chicago –'

'U snapt best wat ik bedoel...' begon Hartmann.

Perez leunde naar voren. Zijn gezicht stond nors en gereserveerd. 'U moet naar me luisteren,' zei hij kalm. 'U moet eerst luisteren naar wat ik te zeggen heb en dan zal ik u vertellen waar ze is.'

Hartmann schudde zijn hoofd. 'We moeten op zijn minst weten of ze nog in leven is, meneer Perez.'

'Wé?' vroeg Perez. 'En wie mogen dat dan wel zijn, meneer Hartmann? Is het niet domweg zo dat uw eigen situatie –'

'Hou maar op,' onderbrak Hartmann hem. Hij was zich ervan bewust dat Schaeffer in de kamer ernaast was. Hij wist dat hij zijn frustratie en boosheid op geen enkele manier op Perez kon overbrengen. Alles was geblokkeerd vanbinnen, alles zat op slot, en hij wist dat hij er niet onderuit zou komen, wat hij ook zei. Perez zou hun vertellen wat hij wilde vertellen, op het moment dat het hem uitkwam en daar zouden ze het mee moeten doen.

'Vertelt u maar,' zei Hartmann. 'Vertel maar wat er in Chicago gebeurde.'

Perez knikte en leunde achterover. 'Goed,' zei hij en hij sloot een moment zijn ogen alsof hij zich concentreerde.

Toen hij ze opendeed, keek hij Ray Hartmann aan en voor het eerst in al die uren die ze samen hadden doorgebracht, meende Hartmann dat er een greintje echte emotie in de man zat, alsof er iets in hem was opgeborreld en nu elk moment tot uitbarsting kon komen.

'Familie,' begon hij. 'Het had, en heeft altijd, allemaal te maken met familie.'

21

'Hier,' zei Don Calligaris, 'hier ligt nou echt een stuk geschiedenis.' Hij lachte. Hij was blijkbaar in een goed humeur. Drie dagen waren we nu in Chicago, Angelina en ik, de kinderen, wij allemaal, ondergebracht in een huis in Amundson Street. Ten Cent, een paar van de andere gasten die tot het oorspronkelijke Alcatraz Swimming Team in Miami hadden behoord, woonden in een huis aan de overkant van de straat. We hebben ons eigen buurtje, zei Don Calligaris telkens, alsof hij zichzelf ervan probeerde te overtuigen dat alles wat hij had achtergelaten in New York minder was. Ik vroeg niet waarom hij er was weggegaan; ik hoefde het niet te weten; mijn gezin was Los Angeles uit, dat was het enige wat telde, en het leven in Chicago – waar het bitterkoud was, met een gemene wind die van de kant van Lake Michigan kwam en je overal scheen te kunnen vinden – was heel wat beter dan voortdurend over je schouder moeten kijken in Los Angeles.

'Hier, hier uit Chicago,' ging Don Calligaris verder, 'haalt een groot deel van de Amerikaanse bevolking zijn ideeën over de familie. Het hele gedoe met de drooglegging en de politiek die hier werd gevoerd in het begin van de eeuw, je weet wel. Big Bill Thompson en Mont Tennes en toen uit New York de man zelf, Al Capone. Heb je wel eens van Al Capone gehoord?'

'Natuurlijk heb ik van Al Capone gehoord,' zei ik.

Don Calligaris glimlachte.

Ik dacht aan Angelina en de kinderen. Ze was met hen op pad, wandelen in het park of zoiets. Ik was hier, in het huis van Don Calligaris, terwijl ik bij hen wilde zijn. Ik kreeg steeds sterker het gevoel dat ik twee afzonderlijke en onverenigbare levens leidde.

'Capone werd geboren in Brooklyn, was lid van de straatbende de Five Pointers,' zei Don Calligaris. 'Een van de bendeleiders uit die tijd, een zekere Frankie Yale, ontdekte bepaalde kwaliteiten in Al en zette hem aan het werk als gastheer in de Harvard Inn op Coney Island, een club waar je voor tien cent met een meisje kon dansen. Dan begint Al Capone er eigen ideeën op na te houden. Hij begint dingen op eigen houtje te doen en hij doodt een van de leden van de White Hand Gang van Wild Bill Lovett. Hij weet dat hij moet maken dat hij wegkomt, vóór Frankie Yale hem uit de weg laat ruimen, en vertrekt uit New York. Hij was twintig toen, misschien eenentwintig, en hij gaat naar Chicago om voor Big Jim Colosimo te werken. Big Jim was de grootste pooier in Chicago, verdiende bakken met geld, maar hij wilde niets te maken hebben met de dranksmokkel. Hij is door iemand doodgeschoten in het Wabash Avenue Café en het gerucht gaat dat Capone dat wel eens gedaan zou kunnen hebben.'

Ik sloeg Don Calligaris gade terwijl hij zat te praten. Hij had het over zijn voorvaderen, zo niet in den bloede dan wel qua werk en reputatie. Fabio Calligaris wilde onder deze mensen geschaard worden; dat kon ik horen aan de trotse klank in zijn stem wanneer hij sprak. Hij wilde herinnerd worden, waarom weet ik niet, maar hij wilde zijn naam naast die van Capone en Luciano en Giancana hebben. Don Calligaris zou nooit iets anders worden dan een onderbaas, machtig op zijn eigen manier en met zijn eigen reputatie en faam, maar het ontbrak hem aan de noodzakelijke wreedheid om aan de top te komen.

'Johnny Torrio nam Colosimo's organisatie over en met de hulp van Capone troffen ze voorbereidingen voor de grote dorst en zetten brouwerijen op. Ze wisten wat er komen zou, ze zagen een kans en ze grepen hem met beide handen aan. Slimme jongen, die Johnny Torrio... Hij kreeg het voor elkaar dat de bendes in Chicago de onderlinge strijd staakten en gaf ze allemaal een eigen gebied. Hij gaf de noordkant aan Dion O'Banion, maar het grootste deel van de stad was van Torrio en Capone en in 1924 streken die twee samen elke godvergeten week bijna honderdduizend dollar op.'

Don Calligaris lachte. Ik moest naar de wc, maar ik wilde hem niet midden in zijn verhaal onderbreken. Hij was in zijn element; hij scheen zich meer op zijn gemak te voelen dan ik ooit had meegemaakt. Misschien was er in New York iets wat hem achtervolgde en was hij daaraan ontsnapt, zoals ik uit Los Angeles.

'Capone stelde iemand kandidaat voor het burgemeesterschap van Cicero en Cicero werd de basis voor de drankhandel. Tussen Torrio, Capone en O'Banion was het nooit echt koek en ei geweest en aan het eind van

1924 seinde O'Banion de politie in over een brouwerij. De politie deed een inval, arresteerde Torrio en hij werd veroordeeld tot een boete van vijfduizend dollar en negen maanden cel. O'Banion werd korte tijd later overhoopgeschoten in zijn bloemenwinkel. De Northside Gang kreeg een nieuwe baas, een Pool die Hymie Weiss heette, en ze gingen achter Capone aan en probeerden hem en Torrio koud te maken. Ze ontkwamen, maar Weiss was er de man niet naar om op te geven en ze gingen dezelfde dag nog een keer achter Torrio aan en vuurden vijf kogels op hem af. Torrio overleed niet, maar hij was helemaal naar de kloten en toen hij naar de gevangenis ging om zijn straf van negen maanden uit te zitten, leek hij verdomme de onzichtbare man wel. Een paar weken nadat Torrio was vrijgekomen, namen ze Weiss te grazen en schoten hem neer. Een zekere Bugs Moran nam na de dood van Weiss de leiding over de Northside Gang over. Hij werkte vanuit een garage in Clark Street. Capone stuurde er een paar van zijn mensen heen, twee kerels, Albert Anselmi en John Scalisi. Hij verkleedde ze als politiemensen. Ze zetten zeven mensen van Moran op een rijtje tegen de muur en knalden ze neer. Saint Valentine's Day Massacre noemden ze het, en later liet Capone Anselmi en Scalisi koud maken. Stelletje zakenlui ging aan het einde van de jaren twintig naar president Hoover. Ze vroegen hem de drooglegging af te schaffen en Capone uit te schakelen. Hoover stelde een zekere Elliot Ness aan bij de politie van Chicago. Ness kwam van het ministerie van Financiën, maar hij was naar ieders mening een harde kerel. Hij ging achter Capone aan, maar hij heeft hem in feite nooit ergens op kunnen betrappen. Toen hebben ze dat idee verzonnen om hem te pakken op belastingontduiking en uiteindelijk hebben ze hem in 1931 gearresteerd. Capone zat een paar jaar in Atlanta en daarna hebben ze hem naar Alcatraz overgeplaatst.'

Don Calligaris nipte aan zijn koffie en stak een nieuwe sigaret op. De kamer hing vol rook en elke keer dat ik de kant van het raam op keek, dacht ik aan Angelina en de kinderen. Ik wilde hier weg, naar buiten, naar de mensen om wie ik gaf, niet in dit huis opgesloten zitten en naar oude oorlogsverhalen luisteren.

'De bende van Capone... Dat was me nog eens een bende, weet je wel? Daar zijn mensen als de gebroeders Fischetti, Frank Nitti en Sam Giancana uit voortgekomen. Nicky nam de leiding over toen Capone werd gearresteerd en hij werd met een stelletje anderen aangeklaagd wegens het afpersen van een paar studio's in Hollywood. Frank had geen zin om de nor in te gaan, hij wilde niet getuigen tegen zijn familie, dus schiet hij zichzelf voor zijn kop met een .38. Toen nam Tony Accardo de leiding over en hij breidde de belangen van Chicago uit tot in Vegas en Reno. Hij zat in het zadel tot '57, het jaar dat hij aftrad ten gunste van Giancana. Giancana was de baas tot '66, zat twaalf maanden in de lik en nadat hij was vrijgekomen, leidde hij een luxe leventje tot '75, toen iedereen de buik meer dan vol had van zijn gelul. Hij werd omgelegd en daarna begon een stel sukkels ruzie te maken over wie de baas moest worden, dus toen is Tony Accardo teruggekomen. Hij is hier nu de baas en met hem gaan we werken. Hij is een oude rot, een heel slimme man, en hij wil dat wij een deel van zijn activiteiten in het gareel houden, want dan kan hij zich bezighouden met het maken van nieuwe vrienden en het uitbreiden van het territorium. Dus daar komen wij om de hoek kijken. Ik moest hierheen en ik wilde een paar mensen in de buurt hebben van wie ik zeker wist dat ze hun werk zouden doen, snap je?'

'Ja,' zei ik.

Don Calligaris glimlachte. 'En hoe gaat het met jou en Angelina? Hoe is het om vader te zijn, Ernesto?'

Ik glimlachte ook. Als ik aan Angelina en de kinderen dacht, kreeg ik een gevoel van warmte en zekerheid. 'Het gaat goed, heel goed. Het is iets geweldigs.'

'Vertel mij wat. Niets belangrijker dan familie, toch? Niets in deze wereld is belangrijker dan familie, maar je moet je prioriteiten in de gaten houden, je moet je hoofd erbij houden en goed uit je ogen kijken. Je moet niet vergeten waar de dingen die je hebt vandaan zijn gekomen en dat je verplichtingen hebt.'

Hij doelde op Don Alessandro, Don Giacalone en Tony Provenzano, de mensen die mij hun zegen hadden gegeven toen ik in de familie wilde trouwen, ook al was het met een doodgezwegen verwant; het feit dat Angelina Tiacoli was geboren uit een relatie die leidde tot de dood van haar ouders en een gevoel van schaamte voor de Alessandro's, maar desondanks toch familie was.

Don Calligaris waarschuwde me in feite dat alles wat me gegeven was, me net zo makkelijk kon worden afgenomen. Ik hoorde wat hij zei en ik begreep het. Ik was niet van plan deze mensen tegen me in het harnas te jagen; ze waren zo verschrikkelijk veel machtiger dan ik en ik kon nergens naartoe met Angelina en de kinderen, want de macht en communicatielijnen van deze familie strekten zich uit over de gehele Verenigde Staten, tot aan de Florida Keys en Cuba zelfs, en ze zouden ons altijd vinden. Als man alleen, in mijn eentje, had ik misschien kunnen verdwijnen. Maar met een vrouw en twee kleine kinderen maakte ik geen schijn van kans. De simpele waarheid was dat ik nooit bewust iets zou doen wat het bestaan dat ik had opgebouwd met Angelina en de kinderen in gevaar zou brengen. Ze waren alles voor me; ze waren mijn leven.

'Ik weet hoe de zaken ervoor staan, Don Calligaris... Ik weet hoe het werkt. Die kwestie in LA is een puinhoop geworden, maar hij is wel afgehandeld.'

Calligaris knikte. 'Hij is wel afgehandeld, Ernesto, dat is het belangrijkst en ik stel het op prijs. Dat ligt nu allemaal achter ons. We hebben allemaal dingen die we anders zouden doen als we de klok konden terugdraaien, maar gedane zaken nemen geen keer, nietwaar? We doen wat we moeten doen en dan gaan we verder. Daarom is het goed dat we naar Chicago zijn gekomen. We hebben nu de kans alles te herstellen. Er gebeuren hier belangrijke dingen. Het is een nieuwe start. We zorgen ervoor dat het goed gaat, voor onszelf en voor de familie, en we doen wat we moeten doen.'

Opnieuw viel me op dat er dingen waren die hij niet uitsprak. Er was iets gebeurd in New York wat had geleid tot zijn vertrek. Hij zou het me niet vertellen; Don Calligaris was een man die alleen informatie verstrekte als het nodig was. Ik vroeg er niet naar, het lag niet op mijn weg het vragen, en als ik het wel had gedaan, zou hij beledigd zijn geweest en boos zijn geworden.

Ten Cent kwam de kamer binnen. Het was fijn hem te zien. We kenden elkaar al jaren en hoewel hij meer bij deze familie hoorde dan ik, was hij toch iemand die ik kon vertrouwen naar ik dacht. Hij behandelde me als een gelijke, iemand die er net zo goed bij hoorde als hij, en ik meende dat ik altijd op hem zou kunnen rekenen, wat er ook gebeurde.

'We nemen het er een paar dagen van,' zei Don Calligaris. 'We doen het rustig aan. Ik ga bij een paar mensen langs, we zetten enkele dingen op een rijtje en dan wachten we af wat voor soort werk ze van ons gaan vragen.'

Ik bleef nog een tijdje. Ik praatte met hen over koetjes en kalfjes. Ten Cent vroeg naar de kinderen, zei dat hij later die dag zou langskomen en bij ons zou eten. Ik vond het prima dat hij kwam. Angelina vond hem aardig, de kinderen leken uitsluitend te lachen als hij er was en met hem in huis had ik altijd het geruststellende gevoel dat ons niets kon gebeuren. Zo was het toen: weten wie aan je zijde zou staan, wie achter je zou staan. Altijd aanwezig, zelfs als je sliep, was de zekerheid dat niemand onschendbaar was, dat er niemand was die niet gepakt kon worden. Deze lui schakelden hun eigen mensen uit als dat de familie te pas kwam, en hoewel ik mijn connecties had, hoewel ik hen bijna vijfentwintig jaar trouw had gediend, zou er heel snel een einde aan mijn leven komen als ik mijn boekje te buiten ging. Ik was niet van plan dat te doen. Geen haar op mijn hoofd die eraan dacht. Maar ik was niet naïef, ik was bekend en vertrouwd met de gewoonten en mores van deze wereld. Zaken waren zaken en iemand omleggen was even ingrijpend als hem een knipbeurt geven als het nodig was.

Het eerste telefoontje kwam op maandag 22 november, drie dagen voor Thanksgiving.

'Het is zover,' zei Ten Cent. 'Kom hierheen.'

Ik liep uit de hal aan de voorkant van het huis terug naar de keuken waar Angelina bezig was met de kinderen. Ze waren toen zes maanden oud, groeiden centimeters per dag, leek het wel, en de vorige dag nog had Lucia haar eerste duidelijk verstaanbare woordje gezegd.

'Pa... pa... pa,' had ze gezegd en ze had haar armen naar me uitgestoken. Dat simpele gebaar, het geluid dat erbij werd gemaakt, hadden me zo ontroerd dat de tranen in mijn ogen waren gesprongen.

'Blijf je lang weg?' vroeg Angelina.

Ik schudde mijn hoofd. 'Dat weet ik niet.'

Ze keek bedroefd. 'Zeg maar namens mij tegen Fabio Calligaris dat je nu getrouwd bent en kinderen hebt en dat hij je geen dingen moet laten doen waar problemen van komen.'

Wat ze bedoelde, hoewel ze zich er nooit toe zou hebben kunnen brengen het uit te spreken, was dat ik Don Calligaris moest zeggen dat hij mij ergens in een rustig kamertje moest neerzetten om geld te tellen, dat hij me niet op pad moest sturen om dingen te doen waarbij mijn leven gevaar liep.

Ik zei haar dat ik de boodschap zou doorgeven, maar ik wist dat een dergelijke boodschap hem nooit ter ore zou komen, en dat wist zij ook.

Ik boog me naar haar toe en raakte de zijkant van haar gezicht aan. Ze draaide haar hoofd en kuste mijn handpalm.

'Het komt wel goed,' fluisterde ik.

'Ja?' vroeg ze. 'Zweer je dat?'

Ik knikte. 'Ik zweer het.'

'Op het leven van je kinderen, Ernesto?'

'Dat mag je niet van me vragen, Angelina.'

'Geef me dan je woord, als mijn man en als hun vader.'

'Ik geef je mijn woord.'

'Ga dan maar, doe maar wat je moet doen… Ik zie je straks als je thuiskomt.'

Ik kuste mijn kinderen. Ik ging naar boven. Ik trok een schoon overhemd aan, deed een stropdas om, trok een pak aan en een jas. Ik haalde mijn .38 uit een bundeltje sokken onder in de ladekast en stak hem tussen mijn broekband. Ik nam een sigaret en keek een moment door het raam naar buiten. Auto's gingen voorbij, met mensen die niets wisten van mijn wereld en alles wat die met zich meebracht. Ze waren zalig in hun onwetendheid en daar benijdde ik hen om.

Eenmaal weer beneden bleef ik op de onderste tree staan van waar ik in de keuken kon kijken. Angelina was in de weer met de kinderen, gaf hun te eten, ruimde de tafel af en wat ik voelde toen ik naar haar keek, was niet te beschrijven. Het was meer dan liefde. Het ging verder dan het lichamelijke en emotionele. Ik meende dat het iets spiritueels was. Ik bedacht me dat er iets zou kunnen gebeuren waardoor dit me allemaal werd afgenomen, en toen werd ik, voor zover ik me kon herinneren voor het eerst, een ogenblik lang bevangen door zo'n hevige paniek dat ik me moest vasthouden aan de leuning om niet te vallen. Ik sloot mijn ogen en haalde diep adem. Ik dwong mezelf niet aan negatieve dingen te denken.

Ik schudde mijn hoofd en keek nogmaals de keuken in. Angelina stond nu ergens waar ik haar niet kon zien, maar de kinderen waren er, allebei onschuldig en lachend. Ze konden me geen van beiden zien, maar er lag iets in de uitdrukking op hun gezicht wat ik naar mijn idee zelf nooit zou kunnen bereiken. Echte blijdschap, onbekommerdheid misschien, en ik vroeg me af of er ooit een moment zou komen dat ik aan dit leven kon ontsnappen en hen bij mijn verleden kon weghalen.

Ik haalde diep adem. Ik stapte de tree af en liep door de gang naar de voordeur. Ik liet mezelf zacht uit en trok de deur achter me dicht.

Don Calligaris zat in de keuken van zijn huis op me te wachten. Er waren twee mannen bij hem die ik nog nooit had gezien. De oudste man had rood, aan de slapen grijs doorspikkeld haar; de andere gitzwarte ogen die eruitzagen als de kooltjes die je zou gebruiken in een sneeuwpop.

Ten Cent kwam achter me de keuken in en we gingen allemaal aan de tafel bij het raam zitten.

'Er ligt een groot stuk geschiedenis hier,' zei Don Calligaris, 'en veel daarvan gaat terug tot Dion O'Banion. Er is een heleboel kwaad bloed gezet destijds tijdens de drooglegging, maar kwaad bloed wordt na verloop van tijd weer goed en de noordkant, het gebied dat Johnny Torrio aan O'Banion en de Ierse bendes gaf, is nog altijd voor een groot deel Iers. We zijn hier om een paar dingen op een rijtje te zetten, want Tony Accardo wil dat we samenwerken met de Ieren zodat de noordkant meer gaat opleveren. Jij hebt daar hoeren lopen, nietwaar?'

De oudste, roodharige man knikte.

'En dan zijn er de verdovende middelen en het gokken, zelfs de gokautomaten zijn in handen van de Ieren, en nu hebben ze een beetje hulp nodig om een paar kleinigheidjes op te lossen die een bedreiging vormen voor hun territorium.'

De twee mannen gaven te kennen dat ze het met Don Calligaris eens waren, maar zeiden niets.

'Deze man,' zei Don Calligaris, wijzend op de oudste van de twee, 'is Gerry McGowan, en deze man hier is zijn schoonzoon Daniel Ryan. Meneer McGowan –'

'Zeg maar Gerry,' zei McGowan. 'Niemand noemt me meneer McGowan, behalve de priester.' Hij lachte. Hij had een Iers-Amerikaans accent, een zwaar Iers accent, en toen hij glimlachte zag ik dat op drie van zijn voortanden een halve gouden kroon zat.

'Gerry werkt voor een zekere Kyle Brennan en meneer Brennan staat aan het hoofd van de Ierse familie.'

'Ook wel bekend als de Cicero Gang,' zei Gerry McGowan, 'aangezien de familie van meneer Brennan uit Cicero komt, snap je.'

'Meneer Brennan heeft een groot deel van de grond die aan de zakenwijk grenst in bezit,' legde Don Calligaris uit, 'en enkele zakenlui uit Chicago hebben zich tot de burgemeester gericht met het verzoek die grond terug te vorderen omdat hij tot de stad behoort. Ze willen er projecten ontwikkelen, de oude gebouwen waar veel van de activiteiten van meneer Brennan plaatsvinden neerhalen, en meneer Brennan heeft wat hulp nodig om deze kwesties op te lossen. Ons is gevraagd om, als blijk van goede trouw en vriendschap, een handje te helpen bij het oplossen van deze problemen en ervoor te zorgen dat ze verdwijnen.'

'Wie zit erachter?' vroeg ik.

'Een zekere Paul Kaufman,' zei McGowan giftig. 'Een Joodse hufter uit het oosten die hier een beetje moeilijkheden komt veroorzaken. Het is een grote jongen in de financiële wereld, geen vrouw, geen kinderen, een jaar of vijfenveertig, en hij sterft van het geld. Hij zit in de aandelen en obligaties en in het onroerend goed, denkt dat hij de gemeenteraad kan dwingen de rand van Noord-Chicago plat te gooien zodat hij daar een hele zooi kantoorgebouwen en appartementen kan neerzetten.'

'En wie is zijn contactpersoon bij de gemeente?'

'Een hoge ambtenaar bij Projectontwikkeling, een zekere David Hackley. De plannen die Kaufman heeft ingediend moeten via hem, maar hij heeft niet het laatste woord. Het besluit wordt genomen door de gemeenteraad tijdens een vergadering in januari volgend jaar, maar Hackley is een serieuze tegenstander, de gemeenteraad zal zijn advies opvolgen. Als hij ja zegt, zeggen zij ja en dan is er niets meer aan te doen.'

'Dus Hackley is de man,' zei ik. 'Als je de schakel tussen Kaufman en de gemeenteraad weghaalt, is hij terug bij af.'

'Ja, misschien wel,' merkte Daniel Ryan op. 'Maar zo eenvoudig is het niet. Als je Hackley uit de weg ruimt, halen ze een keer hun schouders op en zetten er iemand anders neer die het groene licht geeft. Je moet ervoor zorgen dat Hackley tegen de ontwikkelingsplannen adviseert... maar dan ook écht ertegen adviseert, dat hij bijvoorbeeld tegen de gemeenteraad zegt dat het slecht is voor Chicago om dat gebied te renoveren.'

'Maar dat gaat hij niet doen, hè?' vroeg ik; een retorische vraag.

Gerry McGowan glimlachte. 'Behalve als hij een heel goede reden heeft om te doen wat wij willen, nietwaar?'

'Inderdaad,' zei ik. 'Maar ik denk niet dat het een kwestie is van bij hem thuis inbreken en hem een pak op zijn lazer geven... Dit gaat niet lukken met grove middelen. Het is allemaal politiek, hè? Politiek heeft hem op de positie gekregen waar hij zit, en we zullen het politiek moeten aanleggen om hem uit te schakelen.'

'Hoe dan ook moet Hackley halverwege volgende maand het zwijgen zijn opgelegd, want dan gaat hij zijn definitieve advies uitbrengen aan de gemeenteraad. Ze zijn rond Kerstmis allemaal weg uiteraard, maar als ze weer bij elkaar komen in januari hebben ze alle tijd gehad om over het voorstel na te denken, en ik ben ervan overtuigd dat die mensen heel wat douceurtjes zullen worden toegestopt, met dank aan onze gulle Joodse vriend.'

'Weten we iets nuttigs van Hackley?' vroeg Don Calligaris.

'Hij is brandschoon. Vrouw, drie kinderen, maar één keer getrouwd. Doet niet aan drugs en hoeren, gokt niet, drinkt voor zover bekend geen druppel. Een echte hardwerkende op-en-top Amerikaanse geest heb ik begrepen.'

'Iedereen heeft een achilleshiel,' zei ik.

McGowan glimlachte met zijn gouden tanden. 'Dat is een waarheid als een koe, maar we houden deze vent nu al bijna drie maanden in de gaten en we kunnen niets vinden.'

Ik haalde mijn schouders op. 'Als die vent geen achilleshiel heeft, dan maak je er een voor hem.'

McGowan knikte. 'Daarvoor zijn we dus hier en als jullie dit probleem oplossen, komt het wel goed met de samenwerking tussen de Ieren en de Italianen.'

'Ga naar meneer Brennan,' zei ik. 'Ga terug met onze zegen en goede wensen. Zeg hem dat hij jullie naar de juiste mensen heeft gestuurd, dat we dit probleem voor jullie zullen oplossen en dat Hackley halverwege volgende maand voor de gemeenteraad zal staan en zal verklaren dat het renoveren van Noord-Chicago het slechtste is wat ze kunnen doen.'

McGowan glimlachte. 'En daar mogen we jullie aan houden?'

Ik stond op. Ik stak mijn hand uit. McGowan stond ook op en schudde me de hand. 'Ik geef je mijn woord,' zei ik. 'Ik geef je het woord van de familie van Don Calligaris dat het voor elkaar komt.'

McGowan grijnsde van oor tot oor. 'Zo doen we graag zaken,' zei hij.

Don Calligaris stond ook op. 'Mooi,' zei hij, 'laten we dan nu maar eens een hapje gaan eten.'

Die avond, toen McGowan en Ryan al lang weg waren, zat ik met Don Calligaris in de achterkamer om na te praten.

'Je hebt het woord van de familie gegeven,' zei hij. 'Ik begrijp waarom je dat hebt gedaan, daar kwamen ze ook voor, maar nu je dat eenmaal hebt gezegd, kun je niet naar ze terug om te zeggen dat het niet lukt.'

'Maar het komt voor elkaar, Don Calligaris.'

'Weet je dat zeker?'

'Ja.'

'Hoe? Hoe kun je daar zo zeker van zijn, Ernesto?'

'Als ik zeg dat ik iets zal doen, dan doe ik het. Vandaar.'

'Ik moet je vertrouwen,' zei Don Calligaris.

'Ja, u moet me vertrouwen… en heb ik u ooit teleurgesteld?'

Hij schudde zijn hoofd. 'Nee, je hebt me nooit teleurgesteld.'

'Dit is belangrijk, nietwaar?'

Don Calligaris leunde achterover. 'Ik ben niet zomaar uit New York vertrokken,' zei hij. 'Ik ga je niet vertellen waarom, want dat doet er nu niet toe, maar het komt erop neer dat er iets wat gedaan had moeten worden niet is gedaan en dat gaf problemen voor de familie. In zekere zin mag ik van geluk spreken dat ik nog leef… Hoewel ik eigenlijk nooit geloofd heb in geluk. Ik leef nog omdat ik waardevol ben, omdat ik een volwaardig lid van de familie ben, en als je eenmaal een volwaardig lid bent, kun je niet uit de weg worden geruimd zonder de uitdrukkelijke toestemming van het hoofd van de familie. Tony Ducks, Don Corallo, wilde me niet kwijt en daarom heeft hij me bij wijze van straf hierheen gestuurd, zodat ik het weer kan goedmaken.' Don Calligaris wendde een moment zijn blik af en keek toen weer naar mij. 'En we komen allemaal van tijd tot tijd in situaties terecht dat we iets goed te maken hebben, dat we de tol moeten betalen, weet je. Maar goed, deze kwestie, deze kwestie met de Ierse familie, we zullen zorgen dat het lukt en dan heb ik mijn leergeld betaald, dan heb ik mijn tijd in de wildernis uitgediend zo je wilt. Als je zegt dat je het kunt, dan moet je het voor me doen. Je moet je woord en het woord van de familie houden en zorgen dat het voor elkaar komt. Als je dit doet, heb ik in zekere zin mijn leven aan je te danken, en er zal ooit een moment komen dat jij iets van mij nodig hebt en dan zal ik zorgen dat het voor elkaar komt. Begrepen, Ernesto?'

'Ja, ik begrijp het, en ik zal ervoor zorgen dat het lukt; dan kan de Ierse familie de noordkant houden en kunt u weer naar huis.'

Don Calligaris stond op en stak zijn armen uit. Ik stond ook op en hij omhelsde me stevig.

'Als je dit voor elkaar krijgt, ben je in mijn ogen een volwaardig lid van de familie, Ernesto Perez, gekke Cubaanse klootzak of niet.'

Hij lachte. Ik lachte ook.

Ik vertrok korte tijd later en hoewel ik nu iemands goede naam kapot moest maken, iemands leven hoogstwaarschijnlijk, zat er een gevoel van vreugde in mijn hart. Ik hoefde niemand te vermoorden. Dat was de reden dat ik mijn woord had gegeven. Dat zou ik nooit hebben uitgesproken, ik zou de reden nooit tegen Don Calligaris hebben verteld, maar het kwam erop neer dat ik dit wílde doen, dat ik dit probleem wilde oplossen omdat ik dat kon zonder nog meer bloed aan mijn handen te krijgen.

Die nacht sliep ik goed. Ik droomde niet. Ik vreesde niet voor de veiligheid van mijn gezin. En toen ik de volgende ochtend opstond, viel zelfs Angelina een verandering in mijn gedrag op.

'Ging het goed gisteren?' vroeg ze.

'Ja, Angelina, het ging goed.'

'Is er iets wat je moet doen?'

'Ja, er is iets wat ik moet doen.'

'Maar het is veilig,' stelde ze vast.

'Ja, het is veilig… Je hoeft niet bang te zijn dat jou of de kinderen iets overkomt.'

'En jou? Moet ik me zorgen maken om jou, Ernesto?'

'Nee, dat is niet nodig. Ik moet een paar dingen doen, maar het zijn zaken die met woorden kunnen worden afgedaan. Begrijp je?'

'Ja, ik begrijp het.'

Ze begon er niet meer over; ze stelde me geen vragen meer. Het onderwerp was afgesloten en ik bespeurde in haar houding een grote opluchting en een groot vertrouwen dat alles, werkelijk alles, goed zou komen. Wat ze niet kon weten, en ook nooit zou kunnen begrijpen, was welke betekenis deze situatie voor me had. Ik zou een daad verrichten, ik zou deze kwestie regelen en niemand zou sterven. Dat was de simpele waarheid. Ik, Ernesto Cabrera Perez, zou een probleem gaan oplossen en niemand doden.

Het had er alle schijn van dat Gerry McGowan gelijk had; ik hield de handel en wandel van David Hackley bijna een week in de gaten en hij bleek een modelburger te zijn. Ik haatte hem erom. Ik had mijn woord gegeven. Ik had iets meer dan twee weken en er waren nog geen vijf dagen om of ik vroeg me al af wat ik in hemelsnaam moest beginnen.

Ik herinnerde me toen iets wat Don Ceriano me een groot aantal jaren geleden had verteld, dat je twee graven moest delven als je wraak ging nemen.

Maar dit was geen kwestie van wraak nemen, maar van territorium en nu het woord van de familie en de positie van Don Calligaris op het spel stonden, moest ik er wel voor zorgen dat het voor elkaar kwam. Als David Hackley dan geen achilleshiel had, had zijn zoon die misschien wel.

Ik verlegde mijn aandacht naar de jongeman. Ik postte bij zijn kantoor en bij zijn appartement. Ik zag dat hij 's avonds laat van zijn werk naar huis ging. Een tijdje dacht ik dat hij een jongere uitgave van zijn vader was en er leek geen enkel zwak punt in zijn leven te vinden te zijn.

Het was begin december. Ik zat een half blok voorbij de ingang van het appartementengebouw waar James Hackley woonde in mijn auto en wilde net de motor starten en naar huis gaan toen de deur openging en de man zelf verscheen. Hij was gekleed op het weer en droeg een lange jas, een sjaal en handschoenen en hij haastte zich naar de overkant van de straat waar zijn auto stond geparkeerd en stapte in.

Ik reed bijna vijf kilometer achter hem aan via het centrum, door de minder welvarende buurten van de stad naar de noordkant. Daar minderde hij vaart, stopte in Machin Street en nadat hij een poosje in zijn auto naar iets had gezocht, stapte hij uit en liep verder de straat in. Ik volgde hem te voet op een afstand van zo'n vijftien meter, voortdurend op mijn hoede voor het geval dat hij zich zou omdraaien of over zijn schouder zou kijken. Dat deed hij niet en ik zag hoe hij overstak bij het kruispunt en een pornobioscoop in Penn Street binnenging door de zijingang. Hij bevond zich op het terrein van de Cicero Gang, midden in de buurt die zijn eigen vader wilde slopen, en hij bezocht een van de bioscopen die hoogstwaarschijnlijk eigendom was van Kyle Brennan. De ironie bracht een glimlach op mijn gezicht. Ik had nog niet wat ik wilde – de helft van de Amerikaanse modelburgers ging immers naar pornoshows en striptenten, en het kon in geen enkel opzicht worden beschouwd als iets illegaals – maar het was een begin, en een begin, hoe klein ook, was beter dan helemaal niets.

Ik ging de bioscoop binnen na hem. Ik wandelde naar de kassa en informeerde naar de jongeman die zojuist was binnengekomen.

'En wat gaat jou dat aan?' zei een zwaarlijvige man in een vettig vest die achter de kassa zat.

'Een heleboel,' zei ik. 'Ik ben hier namens Gerry McGowan en ik heb jullie hulp nodig.'

'O shit,' zei de man. 'O shit, het spijt me... Ik wist niet dat meneer McGowan vanavond iemand zou sturen. Volgens mij hebben we alles betaald... Ik weet vrijwel zeker dat we alles betaald hebben... Ik zal de baas vragen of hij naar beneden wil komen, dan kunt u even met hem praten. Jezus, wat doe ik nou moeilijk? Kom maar mee, hierheen en dan de trap op, dan kunt u hem zelf spreken.'

Ik liep achter de dikke man aan toen hij zijn enorme lijf een smalle trap op hees. Bovenaan sloegen we rechts af en hij klopte op een deur.

'Binnen!' riep iemand in de kamer.

De dikke man stapte naar binnen. Ik volgde zijn voorbeeld. We stonden in een klein maar keurig ingericht kantoor, kale muren, een groot mahoniehouten bureau en daarachter een piekfijn geklede man met dezelfde donkere haarkleur en glanzende ogen als Daniel Ryan.

'Julie, wat krijgen we nou?' zei de man achter het bureau. 'Ik heb het druk… Jij moet beneden achter de kassa zitten en opletten dat er niet van die kutjochies naar binnen glippen zonder te betalen.'

'Er is iemand,' zei de dikke man. 'Iemand van meneer McGowan.'

Ik stapte om Julie heen en ging voor de man achter het bureau staan. Hij glimlachte. Hij kwam naar mijn kant van het bureau en stak zijn hand uit. 'Hé, hoe staat het ermee?' zei hij. 'Ik ben Michael Doyle… Wat kunnen we doen voor u en meneer McGowan?'

'Ik heb hem al gezegd dat we alles betaald hebben, meneer Doyle… Zodra hij vertelde dat hij van meneer McGowan kwam, heb ik hem gezegd dat we alles betaald hadden,' zei de dikke man wiens stem duidelijk nerveus klonk.

'Goed, Julie, goed… Bemoei je hier maar niet mee, ga beneden achter de kassa zitten.'

'Goed, meneer Doyle,' zei Julie en hij wurmde zijn brede postuur door de deuropening en denderde de trap af.

'Bijna niet meer aan goed personeel te komen tegenwoordig, hè?' zei Michael Doyle. Hij wees op een stoel aan de andere kant van het bureau en vroeg me te gaan zitten. Dat deed ik en Doyle nam weer plaats op zijn stoel ertegenover. 'Wat kunnen we doen voor u en meneer McGowan?' vroeg hij.

'Er is op dit moment een bezoeker binnen, een zekere James Hackley.'

Doyle haalde zijn schouders op. 'Hemel, dat zou ik niet weten… De mensen die hier naar dat spul komen kijken zijn echt mijn hobby niet. Daar laat ik me nooit mee in.'

'Het is de zoon van een zeer belangrijke gemeenteambtenaar, David Hackley. Meneer McGowan heeft uw hulp nodig bij het oplossen van een probleem, en het is heel goed mogelijk dat Hackleys zoon daarvoor in een enigszins gênante positie moet worden gemanoeuvreerd.'

Doyle lachte. 'Nou, als ze me met mijn broek op mijn enkels in zo'n tent als deze zouden vinden, zou ik dat wel enigszins gênant vinden.'

Ik schudde mijn hoofd. 'Iets wat een beetje gevoeliger ligt,' zei ik.

Doyle leunde achterover. 'Iets wat de goede naam van de familie een beetje zou schaden?' zei hij.

'Zeer ernstig zou schaden,' antwoordde ik. 'Iets waarmee gedreigd kan worden, iets wat opeens zou kunnen opduiken als de ambtenaar het niet eens kan zijn met meneer McGowan.'

'En als dat lukt, betekent dat natuurlijk een goed woordje voor me bij meneer McGowan, hè?'

'En een goed woordje bij meneer McGowan is een goed woordje bij Kyle Brennan,' zei ik. 'Er ligt waarschijnlijk wel een functie in een iets betere gelegenheid voor je in het verschiet als dit naar wens verloopt.'

Doyle grinnikte. 'Ik denk dat we wel iets kunnen regelen, meneer...?'

'Perez,' zei ik. 'Ik heet Perez.'

'Ik denk dat de heer James Hackley vriendelijk zal worden uitgenodigd voor een iets kleurrijker schouwspel dan wat hij vanavond zit te bekijken.'

Zo eenvoudig was het.

Drie dagen later werd James Hackley gearresteerd in de achterkamer van een kleine bioscoop in Penn Street. Drie andere 'klanten' werden tegelijk met hem gearresteerd. Ze werden beschuldigd van 'het in bezit hebben met de bedoeling van verspreiding van gegevensdragers met illegale seksuele activiteiten met minderjarigen'. Michael Doyle had een privévoorstelling van kinderporno georganiseerd. James Hackley werd voorgeleid en gedagvaard, vervolgens vrijgelaten tegen een borgsom van dertigduizend dollar met de aantekening dat hij op 11 december moest verschijnen voor verder verhoor.

Op 9 december vond een kort gesprek plaats tussen de commandant van het bureau van politie waar Hackley in staat van beschuldiging was gesteld en twee *consiglieri* van Kyle Brennan. Er werd een deal gesloten. Een bijdrage van een niet nader genoemd bedrag zou nog diezelfde week worden vermaakt aan het fonds voor weduwen en wezen van het 13th Precinct als de aanklacht tegen Hackley werd ingetrokken wegens gebrek aan bewijs.

Twee uur later ontmoette een van die *consiglieri* een achtenswaardig en eerzaam lid van de Renovatiecommissie van Chicago op een parkbank bij Howard Street. Het gesprek duurde nog geen kwartier. De mannen, onder wie een terneergeslagen en somber kijkende David Hackley, liepen zonder een woord weg.

Op donderdag 16 december 1982 verscheen David Hackley voor de gemeenteraad van Chicago om zijn ideeën te presenteren. Hij adviseerde in zeer besliste en klemmende bewoordingen de bouwvergunning voor de herontwikkeling van Noord-Chicago op dit moment af te wijzen. Hij had een goed verhaal, kwam zelfs met een uiteenzetting van elf pagina's waarin hij uitlegde waarom dergelijke plannen nadelig zouden zijn voor de geschiedenis en het karakter van de stad.

De gemeenteraad kwam terug met een unaniem besluit op de tweeëntwintigste, drie weken eerder dan gepland. De vergunningaanvraag voor de herontwikkeling werd afgewezen. Paul Kaufman werd naar huis gestuurd met de staart tussen de benen.

De volgende dag, 23 december, net op tijd voor Kerstmis, werden alle aanklachten tegen James Hackley ingetrokken wegens gebrek aan bewijs.

De Cicero Gang was verheugd, evenals Don Calligaris. We hadden een Iers-Italiaans feestje in een club in Plymouth Street in Noord-Chicago en ik ontmoette Kyle Brennan. Hij gaf Angelina vijfhonderd dollar 'voor speelgoed en spulletjes voor de baby's, hè?' en ik dacht dat we hier in Chicago – ondanks de bitterkoude wind en de vaak hevige regen van de kant van Lake Michigan, tussen de dolers en de zwervers, de Ierse gangsters met hun zware accent en hun onbezonnenheid – misschien een thuis hadden gevonden.

De volgende acht jaar, jaren waarin we onze kinderen zagen opgroeien, hun eerste woordjes hoorden zeggen, hun eerste letters zagen leren en hun eerste zinnen zagen schrijven, bleven we in Chicago. We woonden in het huis in de straat bij Don Calligaris en zijn eigen uitgebreide familie. Ik kan niet zeggen dat er geen momenten waren dat ik mijn oude vak moest uitoefenen, mijn spieren moest aanspreken en een of andere minkukel naar het hiernamaals moest sturen, maar die kwamen niet vaak voor. Het decennium was bijna ten einde, de wereld was ook volwassen geworden en toen ik in augustus 1990 mijn drieënvijftigste verjaardag vierde – en in de deuropening van mijn huis stond te kijken toen Victor en Lucia, nu acht jaar oud, van de plek waar de schoolbus hen had afgezet door de straat kwamen aanhollen – richtten mijn gedachten zich op de vraag waar ik heen zou gaan als ik te oud werd voor dat soort dingen. De wereld veranderde. Invloeden uit Oost-Europa doorkruisten de activiteiten van de familie in Amerika. Jongeren uit straatbendes maakten elkaar genadeloos af, alsof ze een insect doodsloegen. Russen en Polen en Jamaicanen hadden hun eigen aanvoerlijnen voor wapens en drugs en hoeren, en ze hadden de mankracht en het wapentuig om hun plaats aan tafel op te eisen en te verdedigen. We zagen wat er gebeurde en we meenden dat de generatie na ons veel harder zou moeten vechten dan wij om een deel van onze activiteiten overeind te houden. Maar we wisten ook dat je niet met pensioen kon gaan, zoals je evenmin uit dit leven kon stappen. Je mocht misschien je laatste dagen slijten in Florida, of zelfs in Californië bij de bergen, maar je werd niet vergeten, en als er iets gedaan moest worden waarbij jouw aanwezigheid was vereist, het zij zo.

Don Calligaris was zelf bijna vijfenzestig en hoewel Chicago goed voor hem was geweest, zag ik dat hij er ook over nadacht waar hij heen zou gaan en wat hij zou worden als werken geen optie meer was.

'De tijd heeft ons ingehaald,' zei hij op een keer. 'Het gaat allemaal in een vloek en een zucht voorbij. Ik kan me nog goed herinneren dat ik als kind door de straat holde en dacht dat een dag eeuwig duurde. Nu is het grootste deel van de dag al voorbij voor ik mijn ontbijt op heb.'

We zaten in de keuken van zijn huis. Ten Cent zat in de voorkamer tv te kijken.

'Mijn kinderen zorgen ervoor dat ik blijf denken als een tiener,' zei ik.

'Hoe oud zijn ze nu?'

'Acht geworden afgelopen juni.'

Calligaris schudde zijn hoofd. 'Acht jaar alweer… Ik weet nog dat Ten Cent ze allebei op één arm droeg.'

Ik lachte. 'Nu kan mijn zoon Victor Ten Cent waarschijnlijk tegen de grond werken. Het is een sterk ventje, de baas in huis vindt hij zelf.'

'Maar zijn zus, die is slim zoals de meeste meisjes,' zei Don Calligaris. 'De mannen zijn het hoofd van het huishouden, maar de meisjes zijn de nek en kunnen het hoofd alle kanten op laten draaien, waarheen ze maar willen.'

Op dat moment hoorde ik de telefoon gaan en ik kreeg een akelig voorgevoel. De zaken liepen de laatste tijd op rolletjes en er was al bijna een maand niet gebeld.

Ik hoorde dat Ten Cent de tv zacht zette en naar de gang liep.

'Si,' hoorde ik hem zeggen en toen legde hij de hoorn op het tafeltje en kwam naar de keuken.

'Het is voor u Don Calligaris, van boven.'

'Boven' was het woord dat we gebruikten voor de baas en zijn mensen; 'boven' betekende dat er iets te gebeuren stond, iets waar wij bij nodig waren.

Ik luisterde of ik woorden hoorde die ik begreep in het gesprek van Don Calligaris, kort als het was, maar in al die jaren dat ik met deze mensen omging, had ik nooit de tijd genomen om Italiaans te leren. Ik probeerde zo vaak mogelijk Spaans te spreken, zelfs tegen mezelf, maar Italiaans was voor mij, ondanks de vele overeenkomsten, gewoon te moeilijk om onder de knie te krijgen.

Don Calligaris was slechts een minuutje weg en kwam daarna terug naar de keuken en keek me aan.

'We hebben overleg,' zei hij.

'Nu?' vroeg ik.

'Vanavond.' Hij keek op zijn horloge. 'Over drie uur in Don Accardo's restaurant. Hij wil ons er alle drie bij hebben en er komt nog een stel anderen, geloof ik.'

Ik trok mijn wenkbrauwen op.

'Ik weet het niet, Ernesto, dus vraag maar niets. We bespreken geen details over de telefoon. Ik weet alleen dat we om zeven uur bij elkaar komen in de *trattoria*.'

Ik ging naar huis om me om te kleden. Ik sprak met Angel, zei dat ze niet voor me moest opblijven. De kinderen waren weg met een paar vriendjes en zouden pas later thuiskomen. Ik zei dat ze hen welterusten moest wensen voor mij, moest zeggen dat ik hen morgenochtend weer zou zien.

Ik keek naar haar, een vrouw van vierenveertig, maar in haar ogen zat nog altijd die moeilijke en lastige jonge vrouw die ik in New York had leren kennen.

'Je hebt van mijn leven iets gemaakt om trots op te zijn,' zei ik tegen haar.

Ze fronste. 'Wat is dat nou? Waarom praat je zo?'

Ik haalde mijn schouders op. 'Ik weet het niet. Ik loop al een paar dagen met de gedachte rond dat ik een oude man begin te worden –'

Ze lachte. 'Er zijn maar weinig oude mannen die zo veel energie hebben als jij, Ernesto Perez.'

Ik maakte een afwerend gebaar met mijn hand. 'Nee, serieus,' zei ik. 'Het wordt naar mijn idee tijd binnenkort eens een paar dingen te veranderen, ergens te gaan wonen waar de kinderen bij dit hele gedoe uit de buurt zijn.'

Toen keek Angelina me aan. Uit de blik in haar ogen maakte ik op dat ze al zolang als ze me kende op deze woorden had gewacht. Ze schudde haar hoofd, misschien deels van ongeloof. 'Ga naar je vergadering, Ernesto. Over dit soort dingen praten we wel een andere keer.'

Ik boog me naar voren, ik nam haar gezicht in mijn handen en ik kuste haar.

'Ik hou van je, Angelina.'

'Ik van jou, Ernesto. En nu wegwezen…'

Toen zag ik tranen opwellen in haar ooghoeken. Ik streek haar haar uit haar gezicht en fronste. 'Wat is er?'

Ze schudde haar hoofd. Ze sloot haar ogen en keek naar de grond.

Ik liet mijn hand zakken en tilde haar kin op. Ze deed haar ogen open en keek me aan.

'Wat is er?' vroeg ik nogmaals. 'Wat is er?'

Er gleed een boze uitdrukking over haar gezicht en toen werd haar blik weer zacht. Ze schudde nogmaals haar hoofd en zei: 'Ga nu maar, Ernesto, ga nu maar. Ik moet nog van alles doen voor de kinderen thuiskomen.'

Ik ging niet. Ik wachtte tot ze me opnieuw aankeek en deed mijn mond open om haar te vragen wat er aan de hand was.

Ze draaide naar links en stond op. Ik was een moment uit het veld geslagen, verbaasd, en toen zag ik hoe geëmotioneerd ze was.

'Je weet wat er is, Ernesto,' zei ze met die ondertoon van uitdagende onafhankelijkheid in haar stem die ik zo onweerstaanbaar had gevonden toen ik haar pas kende. 'Ga nu maar naar je vergadering. Ik zal geen kritiek hebben op wat je doet en als je terugkomt, zal ik niet vragen wat je hebt gedaan. Je bent een goede man, Ernesto. Dat weet ik en als ik niet geloofde dat er meer goed dan kwaad in je school, was ik nooit bij je gebleven. Je bent wie je bent en ik ben inmiddels zo verstandig om in te zien dat ik daar nooit iets aan zal kunnen veranderen... maar ik sta niet toe dat je mijn leven of dat van onze kinderen in gevaar brengt...'

Ik stak mijn hand op. Ik was geschokt, niet door wat ze zei, want het waren woorden die ik wellicht al heel lang verwachtte, maar door de heftige en boze manier waarop ze ze uitsprak.

'Zeg maar niet dat ik mijn mond moet houden,' zei ze. 'Zeg maar niets, Ernesto, helemaal niets. Ik wil geen verklaring van je horen en je hoeft jezelf en de mensen voor wie je werkt ook niet te verdedigen. Ik wil het niet horen. Ga met ze praten. Ga doen wat je moet doen en als je klaar bent, zal ik hier zijn met je kinderen. Zolang je er maar voor zorgt dat je die waanzin bij ons uit de buurt houdt, want als mijn kinderen iets overkomt, vermoord ik je eigenhandig.'

Ik was met stomheid geslagen, ik durfde niets te zeggen.

Ze liep de kamer door en pakte mijn jas van de rug van een stoel. Ze hield hem omhoog en ik liep naar toe. Ze hield hem zelfs voor me op zodat ik mijn armen in de mouwen kon steken.

Ik draaide me naar haar om en ze bracht haar hand omhoog en drukte haar vinger tegen mijn lippen.

'Ga nu maar,' zei ze. 'Ik heb alles gezegd wat ik moest zeggen. Ik ben leeg, Ernesto.'

Ik overwoog hoe ik moest reageren en ze las mijn gedachten.

'Nee,' fluisterde ze. 'Ga eerst je zaken afhandelen, dan praten we daarna over de toekomst.'

Ik verliet het huis en stak de straat weer over. Mijn hoofd was net een holle pompoen.

We praatten een tijdje met elkaar, Don Calligaris en ik; we filosofeerden over de vraag waar het overleg over zou kunnen gaan, maar in feite wisten we niets. Ik kon me niet concentreren. Ik zag Angelina's gezicht voor me, de vonk van boosheid in haar ogen, de angst die ze om onze kinderen had.

Om halfzeven vertrokken we en aan het einde van de straat keek ik achterom naar mijn huis, naar de plek waar mijn vrouw en kinderen zouden zijn terwijl ik in Don Accardo's restaurant was, en ik wenste dat ik uit de auto kon stappen en terug kon gaan.

Ik had een naar voorgevoel, dat een duister iets door de straten waarde en voor mijn huis stilhield. Ik zette dergelijke gedachten van me af. Mijn vrouw en kinderen waren veilig. Ik hoefde me nergens zorgen over te maken. Ik dwong mezelf te geloven dat dat de waarheid was.

Het restaurant zelf zat van voor tot achter helemaal vol. We manoeuvreerden tussen de tafeltjes en stoelen door, bleven soms een moment staan als obers hun evenwichtskunsten vertoonden met antipasta en dampende borden carbonara, en begaven ons naar het zaaltje achter het eigenlijke restaurant. Hier werden we begroet door de mannen van Don Accardo, zwaargebouwde Sicilianen met harde gezichten, en naar een tafel gebracht waaraan al een stuk of tien mannen zaten.

Het duurde niet lang voor Don Accardo zelf verscheen en toen hij het zaaltje binnenkwam, stond iedereen op en applaudisseerde. Hij bracht ons met een gebaar tot bedaren en daarna nam hij ook plaats aan de tafel. Er gingen enkele minuten voorbij, mensen staken een sigaret op, werden aan elkaar voorgesteld en toen nam Don Accardo het woord.

'Ik ben blij dat jullie allemaal op zo'n korte termijn konden komen. Ik weet dat jullie het druk hebben, jullie hebben een gezin en je werk, en het feit dat iedereen die ik heb gevraagd te komen hier is, zal niet onopgemerkt blijven.'

Hij zweeg een moment en nam een slokje water uit een glas dat rechts van hem stond.

'Was het geen belangrijke aangelegenheid, dan zou ik jullie niet hierheen hebben laten komen, maar er is een kwestie die mijzelf en anderen ernstig zorgen baart en onze onmiddellijke aandacht vraagt.'

Don Accardo keek de gezichten aan de tafel langs. Niemand zei iets.

'Enkele jaren geleden hebben wij voor onze Ierse verwanten een bepaald probleem opgelost. Don Calligaris heeft destijds actie ondernomen en daarmee de weg vrijgemaakt voor een relatie die de afgelopen jaren steeds sterker is geworden. Daarvoor zijn we Don Calligaris en zijn mensen dankbaar.'

Er ging een instemmend en waarderend gemompel op rond de tafel.

'Nu hebben onze Ierse verwanten te maken gekregen met een veel ernstigere bedreiging van hun activiteiten, niet hier in Chicago, maar in New York, en ze hebben ons nogmaals om hulp gevraagd.'

Het was stil in het zaaltje.

'Al enkele jaren bestaat er een relatie tussen de families in New York, de familie Luchese met name, en een zekere Antoine Feraud uit New Orleans.'

Ik keek snel op. Ik dacht een moment dat ik het niet goed had verstaan.

'Jullie kennen deze man allemaal van horen zeggen. Jullie weten allemaal waartoe hij in staat is. We hebben hem enige tijd geleden ergens mee geholpen, met een klein probleem dat we met de Teamsters hadden.'

Ogen rond de tafel richtten zich op mij. Hier en daar werd respectvol naar me geknikt en ik knikte terug. Ik had me niet gerealiseerd hoeveel mensen wisten wie ik was en op de hoogte waren van mijn verleden.

'En nu hebben we dus een probleem met die Feraud. Hij heeft sterke banden met de Fransen en de latino's hier in Chicago en hij probeert zich een deel van het territorium van Brennan aan de noordkant toe te eigenen. Brennan is een sterke man, hij zal zoiets niet dulden, maar met de Fransen en de latino's achter zich, is Feraud in sommige buurten sterk. Het maakt Feraud niet uit met wie hij werkt... de Polen, de Oost-Europeanen, en hij zal deze mensen gebruiken om de dingen die hij wil hebben in handen te krijgen. Brennan heeft ons opnieuw om hulp gevraagd en we zijn hier bijeen om over deze kwestie te stemmen.'

'Dat wordt oorlog,' zei een man rechts van Accardo.

Accardo knikte. 'Dat is iets waar we rekening mee moeten houden. Het zou oorlog kunnen worden. Ik ben wel de laatste die op dit moment op oorlog zit te wachten, maar onze loyaliteit en eer zijn in het geding. We werken al vele jaren nauw samen met de Ieren. Ze zijn niet zo sterk als wij en daarom hebben wij de overhand. Er zijn concessies aan ons gedaan die anders waardeloos zouden zijn, en het heeft voordelen dat de overgrote meerderheid van de hoge politiefunctionarissen van Ierse afkomst is. Het is een sterke band, een band die we niet met de Fransen en de latino's hebben, en ik zou het bijzonder jammer vinden als we de positie die we in de stad hebben zouden verliezen. Dit is tenslotte de stad van Big Jim Colosimo en we zouden niet willen dat die hem werd afgenomen.'

Opnieuw instemmend gemompel van de aanwezigen rond de tafel.

'Ik stel voor dat jullie korte tijd met elkaar overleggen. Daarna stemmen we en als we tot een besluit zijn gekomen, laten we dat Brennan en zijn mensen weten en wachten we tot er een tactiek is uitgestippeld.'

Don Accardo stak zijn rechterhand in de lucht. 'Ga je gang,' zei hij.

Ik richtte me tot Don Calligaris. 'Ik vind het ongelooflijk... Na al die jaren, dezelfde mensen.'

Don Calligaris glimlachte. 'Zo gaan die dingen. Deze mensen bezorgen elkaar een machtspositie en dan doen ze hun best om al hun vrienden te houden waar ze zijn. Het is een politiek spel dat al sinds Machiavelli wordt gespeeld.'

'Wat mij betreft hoeven we niet te stemmen,' zei ik. 'Onze banden met de Ieren zijn vele malen sterker dan die met Feraud en zijn mensen.'

'Maar Feraud heeft mensen in Vegas, en ook in New York. Het zijn er niet veel, maar je hebt ook niet echt een leger nodig om een oorlog te winnen.'

Ik schudde mijn hoofd. 'Ik weet wel waar mijn loyaliteit ligt,' zei ik. 'En ik heb zo mijn eigen mening over Feraud en zijn politieke vriendje.'

Calligaris knikte. 'Ik denk dat de mensen hier aan tafel je mening delen.'

Don Accardo stak opnieuw zijn hand op en het rumoer bedaarde.

'We moeten nu dus stemmen. Iedereen vóór een hernieuwde samenwerking met Brennan en de Cicero Gang om deze Fransen en latino's te verdrijven, steek je hand op.'

De stemming was unaniem. Geen enkele twijfel. Deze mensen wisten wie ze bij zich in de buurt wilden hebben en dat was niet de organisatie van Feraud.

We bleven een paar uur. We aten goed, we dronken heel wat flessen rioja en toen we weggingen, meenden we dat het niet meer was dan een onbetekenende politieke kwestie. Zelfs Don Calligaris maakte een geringschattend gebaar met zijn hand toen ik erover begon en zei: 'Zo ernstig is het niet… Ik veronderstel dat we er in de komende weken nog wat over zullen horen en dan is het voorbij. De Ieren blijven Ieren; die houden alles natuurlijk in eigen hand.'

De woorden van Don Calligaris hadden niet meer bezijden de waarheid kunnen zijn.

Nog geen week later waren er al zevenendertig mannen vermoord, elf uit de familie in Chicago, één jongeman de zoon van de neef van Don Accardo zelf. Hoewel we niet rechtstreeks deelnamen aan de strijd die in Noord-Chicago was uitgebroken, waren we ons er toch van bewust dat elk moment de telefoon kon gaan en we eropuit gestuurd konden worden.

Toen september aanbrak, was het weer rustig in Chicago. Het telefoontje dat we verwachtten, kwam niet. We wachtten af, maar hoorden niets meer over wat er was voorgevallen tussen de Ieren en de mensen van Feraud, alleen dat Feraud zijn Franse en Latijns-Amerikaanse soldaten uit Chicago had teruggetrokken en naar huis was gegaan.

Don Calligaris dacht dat het voorbij was.

We vierden Kerstmis.

Het nieuwe jaar luidden we in met een reisje naar de Niagara-watervallen. We gingen – Angelina, ikzelf, Victor en Lucia – als een echt Amerikaans gezin. Dat waren we niet, waren we nooit geweest en zouden we nooit worden, maar we zagen er wel zo uit.

Opnieuw begon ik over de vraag waar we naartoe zouden gaan als ik ophield met werken, en opnieuw veranderde Angelina discreet van onderwerp. Kennelijk wilde ze het er niet over hebben, alsof het einde van ons verblijf in Chicago het einde van iets anders zou betekenen. Misschien vond ze dat er een soort evenwicht was bereikt en wilde ze het lot niet tarten door het te verstoren. Misschien dacht ze er nog over na wat ze werkelijk wilde, omdat ze wist dat de beslissingen die we deze keer zouden nemen de rest van ons leven zouden bepalen. Ik wist het niet; Angelina zou naar me toe komen als ze zover was, en als ze zover was zou ze me vertellen wat ze wilde.

In maart 1991 overleed Don Accardo. Korte tijd heerste er wanorde in de familie. Don Calligaris bracht steeds meer tijd buitenshuis door en de momenten dat ik hem zag werden schaars.

Op de zestiende van die maand kwam Ten Cent bij me langs.

'Don Calligaris komt vanavond,' zei hij. 'Hij is op reis geweest voor zaken, maar vanavond komt hij terug en hij wil jou en je gezin mee uit eten nemen. Kleed je mooi aan en zorg ervoor dat jullie op tijd klaar zijn. Hij brengt cadeautjes mee voor de kinderen en Angelina. Hij is erg blij. Het is allemaal heel goed verlopen.'

Ik overlegde met Angelina. Ze was uitgelaten, de kinderen ook, want het enige wat de kinderen van Don Calligaris wisten was dat hij met hen sprak alsof ze volwassen waren, maar hen verwende als achtjarigen.

Toen Don Calligaris kwam, stonden we klaar in onze paasbeste kleren. De kinderen waren door het dolle en we moesten hen in de keuken zetten tot Don Calligaris genoeg op adem gekomen was om hen te zien.

We gingen met één auto, met z'n allen – Don Calligaris voorin met Ten Cent en Angelina en ik met de kinderen achterin. Het was een warme avond voor de tijd van het jaar en we reden naar het hart van Chicago naar het beste restaurant in de stad. Uit respect voor Angelina en de kinderen had Don Calligaris een eetgelegenheid uitgekozen waarmee de familie niets te maken had. Daar was ik blij om; ik wist dat mijn kinderen oud en slim genoeg waren om alles te horen wat er om hen heen werd gezegd.

We aten goed, we praatten over koetjes en kalfjes. De kinderen vertelden over hun bezoek aan Niagara en Don Calligaris vertelde hun een verhaal over een reisje naar Napels dat hij in zijn jeugd had gemaakt.

Mijn kinderen waren keurig opgevoed en beleefd, geïnteresseerd in alles wat Don Calligaris te zeggen had en meer dan eens keek hij me glimlachend aan. Hij wist hoe bijzonder mijn kinderen waren; hij wist bovenal hoe belangrijk familie was en toen hij met hen sprak, toen Angelina zich naar voren boog om hun glazen nog een keer vol te schenken, sloeg ik hen alle drie gade – mijn vrouw, mijn zoon, mijn dochter – en besefte ik ten volle hoe gezegend ik was. Ze betekenden alles voor me, echt alles, en op dat moment geloofde ik dat ik op de een of andere manier de last van het verleden, de dood van mijn vader en moeder, de dingen die in New Orleans en Havana waren gebeurd, van me af had geschud. Ik was nu een man. Ik bepaalde mijn eigen leven. Ik was iemand, al was het maar als vader en echtgenoot, en 'iemand' was alles wat ik ooit had willen zijn.

De avond verstreek. De kinderen werden moe en voor ik het wist riepen we om de rekening, verzamelden we jassen en hoeden, maakten we ons op om te vertrekken.

Don Calligaris gaf de sleuteltjes van zijn auto aan Ten Cent. 'Neem Angelina en de kinderen alvast mee,' zei hij. 'Rij de auto voor. Ernesto en ik komen er zo aan.

'Er gaan dingen veranderen nu Don Accardo is overleden,' zei hij toen we alleen waren. 'We hebben een nieuwe baas gekozen, een goede man, een vriend van Don Alessandro. Hij heet Tomas Giovannetti. Het zal je goed gaan met hem.' Don Calligaris leunde achterover en glimlachte. 'Voor mij gaan er ook dingen veranderen. Ik ga eind deze maand terug naar Italië, voorgoed.'

Ik opende mijn mond om iets te zeggen.

Don Calligaris stak zijn hand op. 'Ik ben een oude man, veel ouder dan jij. Ik heb geen vrouw en kinderen gehad om me jong te houden... Wat een geweldige vrouw heb je toch, Ernesto, en je kinderen!' Hij stak zijn handen in de lucht en balde zijn vuisten. Hij lachte. 'Je hebt heel bijzondere kinderen en al zijn ze niet van mij, ik ben toch trots op ze.' Hij liet zijn handen zakken en pakte me bij mijn onderarm. 'Voor mij is het tijd om me terug te trekken. Jij blijft hier met Ten Cent en Don Giovannetti zal ervoor zorgen dat alles voor je geregeld wordt… Zoals ik al zei, het is een goede man, een man bij wie het belang van de familie hoog in het vaandel staat, en hij is op de hoogte van alle assistentie die je hebt verleend, zowel hier in Chicago, als in New York en Miami. Ik heb me gunstig over je uitgelaten, maar hij kende je reputatie al.'

Ik schudde mijn hoofd. Ik wist niet wat ik moest zeggen.

'Veranderingen zijn onvermijdelijk,' zei Don Calligaris. 'Alles verandert. We aanvaarden de veranderingen en we veranderen mee, anders raken we alles kwijt.'

Ik hoorde Victor die bij de deur stond en me riep. Ik draaide me om en zag hem naast Ten Cent staan. Ze kwamen door het restaurant naar ons toe gelopen.

'Angelina en Lucia zitten buiten in de auto,' zei Ten Cent. 'We kunnen vertrekken. De kinderen willen graag naar huis, want ze willen nog met hun cadeautjes spelen.'

'Naar bed zullen ze bedoelen,' zei ik en ik maakte aanstalten om op te staan.

Victor trok een gezicht tegen me; hij keek als een verwend kind, dat kon hij als de beste.

'Tien minuutjes dan,' zei ik. 'Tien minuutjes en dan naar bed, jongeman.'

'Twintig,' antwoordde Victor.

Don Calligaris lachte en woelde door Victors haar. 'Dat soort gedrag heb ik eerder meegemaakt, hè, Ernesto?'

'We zullen zien,' zei ik. 'Nu gaan we… Kom mee.' Ik pakte zijn hand en draaide me weg van de tafel waaraan we hadden gezeten.

'We houden contact met elkaar als ik weer in Italië ben,' zei Don Calligaris, 'en wie weet, als je te oud bent om in de stad te blijven werken, kom je misschien wel eens bij me op bezoek.'

Ik lachte. Het was een leuke gedachte: Don Calligaris en ik als oude mannen onder de olijfbomen in de warme avondzon.

Ik keek naar Victor en Ten Cent die voor me uit liepen. Victor kwam niet hoger dan de elleboog van Ten Cent, maar Ten Cent liep een beetje voorovergebogen om Victor te kunnen verstaan die hem iets aan het vertellen was. Ik hoorde het geluid van gelach, van mensen die elkaars gezelschap deelden, ik genoot van de prettige sfeer, van het gevoel dat er dingen gingen veranderen, maar ten goede; het gevoel dat we ondanks alles wat was voorafgegaan nog altijd in leven waren, dat we het tot nu toe hadden gered en dat we het in de toekomst ook zouden redden. Een gevoel van voldoening misschien; een gevoel van trots; de overtuiging dat alles goed was.

Later kon ik me alleen het licht herinneren. Dat het restaurant opeens leek te baden in licht. Het geluid kwam pas veel later, tenminste zo leek het op het moment zelf, maar toen het kwam, was het enorm, als een vloedgolf in mijn hoofd, en toen kwam het glas en begonnen mensen te gillen en daarna voelde ik het langzaam dagende besef wat er was gebeurd.

Het voelde alsof iets door mijn oren en ogen probeerde te ontsnappen, alsof de druk op alles in mijn hoofd zo hoog was geworden, dat het er alleen nog maar uit kon barsten.

Ik weet nog dat ik over mensen heen moest stappen die op de grond lagen toen ik naar de deur rende.

Ik weet nog dat ik tegen Ten Cent riep dat hij Victor bij zich moest houden.

Ik weet nog dat ik bang was dat de kinderen niet zouden kunnen slapen van opwinding als we weer thuis waren.

Kleuren kolkten door elkaar en ik kreeg mijn ogen niet scherp gesteld. Ik viel opzij en voelde een scherpe pijn door mijn bovenbeen schieten. Werktuiglijk greep mijn hand naar het wapen achter mijn broekband, maar het zat er niet. Dit was een avond voor mijn gezin geweest. Meer was het niet geweest. Het kon toch niet kloppen; deze dingen – die geluiden en gevoelens, het besef van pijn en vernietiging – hoorden toch bij het leven van iemand anders?

Ik herinner me een man met een bebloed hoofd die een puntig stuk glas in zijn wang had en zo hard als hij kon om hulp schreeuwde. Ik herinner me al die dingen, maar zelfs die dingen vielen weg toen ik door de ingang naar buiten struikelde en het opgeblazen en uitgebrande wrak zag van wat eens de auto van Don Calligaris was geweest.

Zwart en verwrongen metaal, de geur van cordiet en verschroeide verf. Het ongeloof toen ik besefte dat ik op de een of andere manier in de realiteit van iemand anders was geworpen, want dit gebeurde niet echt, zo hoorde de avond niet te eindigen, dit was verkeerd… Zo verkeerd…

De hitte was ondraaglijk en toen ik dichter bij de restanten van de auto probeerde te komen, wist ik al dat ik niets meer kon doen.

De wanhoop was verpletterend. Het geluid in mijn hoofd alsof mijn leven in elkaar stortte.

Mijn vrouw en mijn dochter.

Angelina en Lucia.

Ik viel op mijn knieën op het trottoir en uit mijn keel kwam een geluid dat niet menselijk was.

Dat geluid hield niet op.

Urenlang heb ik niets anders gehoord.

Ik weet nu nog niet hoe ik daar weg ben gekomen, noch waar ik die nacht ben geweest.

'Het spijt me,' zei Don Calligaris. 'Ik heb het ze gesmeekt. Ik heb ze verteld dat deze afschuwelijke aanslag op mij was gericht, maar ik kan niets doen.'

Mijn hoofd in mijn handen, mijn ellebogen op mijn knieën, Ten Cent achter me met zijn hand op mijn schouder, Don Calligaris voor me, met een strak wit gezicht, tranen in zijn ogen, trillende handen toen hij zijn armen uitstak om me te omhelzen.

'Ik weet dat je al heel veel jaren bij ons bent, en dat je loyaal bent staat buiten kijf, en als Don Accardo nog leefde had hij misschien iets gedaan… maar alles is veranderd. Ik heb niet zo veel macht meer als vroeger. Don Giovannetti heeft nu de leiding in handen. Hij denkt dat het voor hem nog te vroeg is om een daad te stellen…'

Don Calligaris leunde naar voren en begroef zijn gezicht in zijn handen.

'Ik vind het vreselijk voor je, Ernesto. Ik heb alles gedaan wat ik kon. Ik heb met Don Giovannetti gesproken en hoewel hij weet dat je altijd loyaal aan de familie bent geweest, vindt hij dat hij de tradities moet eerbiedigen. Hij is de nieuwe baas. Hij moet ook zijn reputatie en de loyaliteit van de familie verdienen. Volgens de traditie mogen we de dood van iemand die geen bloedverwant is niet wreken. Je bent een Cubaan, Ernesto, en je vrouw was de dochter van iemand die niet bij deze familie hoorde, en hoewel ik urenlang voor je heb gepleit, kan ik nu niets meer doen.'

Ik tilde mijn hoofd op.

'Ik heb alles gedaan wat ik kon, Ernesto… Alles.'

Ik keek naar Don Calligaris alsof hij een vreemde was. 'En ik? Hoe moet het dan met Victor en mij?' vroeg ik.

'Ik heb geld… We hebben geld, meer geld dan je ooit nodig zult hebben, maar het is tijd voor verandering, Ernesto, en jij moet uitmaken wat voor jou en je zoon het beste zal zijn.'

Ik hoorde zijn woorden. Ze werden verzwolgen door de enorme donkere stilte in mijn geest. Ik zei niets terug, want er viel niets te zeggen.

Enkele dagen later begroef ik mijn vrouw en mijn dochter. Naast me stond mijn zoon, die nog steeds in shock verkeerde en sinds de explosie niet meer had gesproken. Zijn zus en zijn moeder waren vermoord, door wie wisten we niet, maar degene die het had gedaan, had Don Fabio Calligaris willen doden en gefaald. Was Don Calligaris gestorven, dan zou er wraak zijn genomen. Als Don Accardo er nog was geweest, had hij het evenwicht misschien hersteld, want hij wist wie ik was en zou voor me hebben gepleit bij de Raad van *la Cosa Nostra*. Maar alles was veranderd; er was een nieuwe peetvader en hij was ervan overtuigd dat er te zijner tijd voor gezorgd zou worden dat er gerechtigheid geschiedde. Hij was geen onbesuisde man; hij was een tacticus en een politicus, en hij was van mening dat het zo vroeg in zijn periode als leider niet juist zou zijn om te mijnen behoeve op te treden.

Ik heb Don Giovannetti nooit gezien. Ik dacht, en denk nog steeds, dat hij niet in staat zou zijn geweest me recht in de ogen te kijken en tegen me te zeggen dat de levens van mijn vrouw en dochter volkomen onbelangrijk waren.

De volgende dag, twee dagen voor Don Calligaris – vrezend voor zijn leven – naar Italië vertrok, ging ik aan boord van een schip met als eindbestemming Havana. Ik nam een koffer vol met biljetten van vijftig dollar met me mee, hoeveel in totaal wist ik niet, en naast me toen we uit de haven weggleden stond mijn acht jaar oude zoon Victor.

Hij stelde me slechts één vraag toen we het land achter ons zagen verdwijnen.

'Gaan we ooit nog naar huis?'

Ik keerde me naar hem toe. Ik veegde met mijn vingertoppen de tranen van zijn wangen.

'Op een dag, Victor,' fluisterde ik. 'Op een dag gaan we naar huis.'

22

'En dat,' zei Hartmann, 'is denkelijk de beste reden waarom we de vrouw niet hebben kunnen vinden. Nu weten we dat niet alleen zij dood is, maar de dochter ook.'

'Maar de zoon,' zei Woodroffe. 'De zoon leeft nog. Nou ja, we mogen aannemen dat hij nog leeft. Hij zal nu wat, geboren in juni 1982... Hij zal nu eenentwintig zijn?'

'Denk jij wat ik denk?' vroeg Hartmann.

'Dat Perez Gerard McCahill niet in zijn eentje kan hebben vermoord, zeker het lijk niet in zijn eentje kan hebben getild?' vroeg Woodroffe.

'Ja,' zei Hartmann. 'Het zat me al niet lekker dat het allemaal door één man was bedacht en uitgevoerd... maar de kans is dus groot dat ze met zijn tweeën waren.'

'Speculatie,' merkte Schaeffer op. 'Gewoon weer een gok van ons. We weten niets over die zoon. Misschien is hij ook wel dood, wie zal het zeggen.'

'Je zou gelijk kunnen hebben,' zei Hartmann, 'maar we hebben nu tenminste iets om achteraan te gaan. Afgaande op wat de criminalistische en de forensische afdeling ons hebben verteld, mogen we aannemen dat het lichaam van McCahill niet door één persoon achter in de auto kan zijn getild en vervolgens weer van de achterbank naar de kofferbak kan zijn versjouwd.'

'Dat mogen we aannemen, ja,' stelde Woodroffe vast.

'En dan waren er nog die krassen op het achterspatbord van het voertuig. Waar is het rapport?'

Schaeffer stond op en liep over de afdeling naar een stapel archiefdozen die tegen de muur stond. Hij maakte er een open, bladerde door de stapel papier die erin zat en kwam terug met het rapport van Cipliano.

'Hier,' zei hij. 'Hij zegt dat er enkele krassen op het achterspatbord van de auto zaten. Hij zegt dat ze afkomstig zouden kunnen zijn van de nageltjes die ze in spijkerbroeken slaan... Zien jullie Ernesto Perez al in een spijkerbroek?'

Woodroffe glimlachte. 'Nee, niet echt.'

'En de lengte?' vroeg Hartmann.

'Als de persoon die het lichaam optilde, het achterspatbord als steuntje gebruikte en als hij op dat moment rechtop stond, staat hier, dan wordt zijn lengte geschat op één zevenenzeventig à één tachtig.'

'Hoe lang is Perez?' vroeg Woodroffe.

'Ongeveer van die lengte... Maar daaruit zou je kunnen opmaken dat zijn zoon ongeveer even lang is.'

'Dat hoeft niet,' zei Schaeffer. 'Ik ben één vierenzeventig en mijn zoon is één zevenentachtig.'

'Maar het is iets,' zei Hartmann. 'Daardoor begin ik toch in de richting van de zoon te denken... Nou ja, dat er buiten Perez nog iemand bij betrokken was en de zoon lijkt dan het meest waarschijnlijk.'

'Maar we weten het pas als we het weten, en zo is het,' zei Schaeffer.

'En we hebben nog steeds de verkeerde naam, althans daar mogen we wel van uitgaan. Als de vrouw en dochter Perez heetten, zou die naam ergens opgedoken zijn,' zei Woodroffe.

'Ik laat een paar mensen die bomaanslag op die auto natrekken. Chicago, maart 1991. Als het is gebeurd, moeten er gegevens over zijn – namen, rapporten, stukken die we kunnen inzien. Ik denk dat we binnen een uur iets zullen horen.' Schaeffer leunde achterover en liet zijn armen langs zijn zij bungelen. Hij zag er doodmoe uit. 'Ik weet niet hoe het met jullie is, maar ik zou best een biefstuk lusten met alles erop en eraan. Ik heb het gevoel dat ik al een week geen behoorlijke maaltijd heb gehad.'

'Klinkt goed,' zei Woodroffe. Hij stond op en trok zijn jasje van de rugleuning van zijn stoel.

Hartmann kwam ook overeind. Hij meende dat het geen kwaad kon. Wat moest hij anders doen? Teruggaan naar het Marriott, tv kijken, in zijn kleren in slaap vallen terwijl hij aan Jess en Carol dacht en vroeg in de ochtend wakker worden met een barstende hoofdpijn?

'Suggesties?' vroeg Schaeffer. 'Jij bent beter thuis in deze stad dan wij.'

'De Vieux Carré... De kant van het oude New Orleans. Daar zitten een paar goede restaurants.'

· 'Best,' zei Woodroffe. 'We laten Ross hier. Ik zal even kijken of hij alle nummers heeft en tegen hem zeggen dat hij moet bellen zodra er iets binnenkomt over die bomaanslag in Chicago.'

Het drietal vertrok door de voordeur. Ross werd opgespoord en op de hoogte gebracht van de situatie, van de informatie die werd verwacht. Hij en drie andere agenten bleven op het bureau om de telefoon te bemannen, Schaeffer en Woodroffe te waarschuwen als zich iets voordeed. Doordat er zo opvallend veel agenten afwezig waren, besefte Hartmann opnieuw hoeveel geld en mankracht er aan deze zaak werden besteed. Die teams waren al dagen op pad, maar die hele speurtocht had nog niets wezenlijks opgeleverd.

'Neem iets te eten voor me mee, wil je?' riep Sheldon Ross Hartmann na, en Hartmann draaide zich om en stak zijn hand op.

'De volgende keer ga je met ons mee,' riep Hartmann uit de deuropening. 'En dan gaan we eens uitzoeken hoe we voor jou een FBI-meisje vinden dat op Meg Ryan lijkt!'

Ross lachte en zwaaide toen Hartmann de deur uit liep. Hij draaide zich om en ging terug naar de afdeling.

Ze namen de grijze burgerauto van Schaeffer, even opvallend als visitekaartje van het Bureau als een rode Pontiac Firebird, maar ze bleven ze toch halsstarrig gebruiken. Hartmann zat voorin, Woodroffe op de achterbank en Hartmann wees Schaeffer de weg van Arsenault Street naar het oude deel van de binnenstad.

Er lagen hier veel herinneringen, maar hij deed zijn best er geen aandacht aan te besteden. Gedachten schoten door zijn hoofd, en met die gedachten kwamen de beelden: Danny en hij, zijn moeder, zelfs een herinnering aan zijn vader waarvan hij dacht dat hij hem vergeten was. Het was allemaal erg pijnlijk, was het misschien altijd geweest, maar op de een of andere manier was het Hartmann gelukt het in de gefingeerde gewichtigheid van zijn eigen leven te begraven. Wortels waren wortels tenslotte. Iedereen heeft wortels, dacht hij, en toen schoot hem te binnen dat dat een regel uit een gedicht van William Carlos Williams was geweest waar Carol zo van had gehouden. Hij meende dat er nog een sprankje hoop was voor zijn huwelijk en aan liefde van zijn dochter ontbrak het zeker niet. Ze miste hem. Dat had ze gezegd, zo duidelijk als wat. Ze miste hem. Zijn hart maakte een sprongetje toen hij aan haar dacht en het geluid van haar stem hoorde naklinken in zijn hoofd. Maar Carol had twijfels. Dat had ze gezegd. Dat ze twijfels had. Ze had gezegd dat hij haar moest bellen als hij terug was in New York en dat ze dan zou kijken hoe ze erover dacht. Terwijl hij uit het raampje keek naar de straten uit zijn verleden, hoorde hij haar stem alsof ze pal naast hem zat, alsof hij haar als hij zijn hoofd draaide, zo aan kon kijken...

De herinnering aan haar stem en het beeld van haar gezicht werden opeens vergruizeld en aanvankelijk was het net of hij zich iets inbeeldde. Ze waren juist links afgeslagen naar Iberville en Treme en het geluid dat achter hen opklonk, leek wel een vloedgolf. Het was moeilijk thuis te brengen, maar Hartmann werd er zo door verrast, dat hij zich ogenblikkelijk en onwillekeurig omdraaide om door de achterruit te kijken.

Woodroffe keek ook om. Ze zagen het samen en hoewel er misschien woorden waren die konden beschrijven wat ze zagen, werden die woorden niet uitgesproken

Rook kolkte van de grond omhoog als een tornado in spiegelbeeld. En toen klonk er nog een geluid, alsof honderdduizend kanonnen in één keer afgingen, en Schaeffer trapte op de rem en knalde hard tegen de stoeprand aan.

'Wat zullen we nou –' zei hij en toen was er zoiets als een langzaam dagend besef en daarna kwam een gevoel van herkenning, en daar vlak achteraan een gedachte die ze geen van allen konden bevatten.

'Ross,' zei Schaeffer, maar het was meer een geluid dan iemands naam, en hij minderde vaart, zette de auto in zijn achteruit, draaide midden op de weg met gierende banden honderdtachtig graden om en ging terug in de richting van waaruit ze gekomen waren. Hij reed tachtig of negentig tegen de tijd dat ze bij het kruispunt kwamen, terwijl Hartmann voorover geleund door de voorruit zat te turen. Woodroffe zat achter hem, met zijn handen stijf om de passagiersstoel geklemd, en hoe dichter ze bij Arsenault Street kwamen, des te meer beseften ze dat wat hun daar te wachten stond niet iets was wat ze wilden zien.

Honderd meter van het gebouw van de FBI konden ze niet meer door de rook heen kijken. Schaeffer stopte langs de stoeprand, duwde het portier open en begon te rennen zodra zijn voeten de grond raakten. Hartmann ging achter hem aan, met Woodroffe in zijn kielzog, maar na nog geen vijftien meter konden ze door de zwarte en bijtende rook niet verder meer. De hitte was onverdraaglijk, een hel, en het enige waar Hartmann aan kon denken was dat ze er middenin zouden hebben gezeten als ze nog geen tien minuten later waren vertrokken.

Schaeffer stond voorovergebogen langs de kant van de weg. Hij snakte naar adem. Woodroffe sleepte hem achteruit, schreeuwde iets onverstaanbaars boven het geloei van de vlammen uit en toen hij zich omdraaide, besefte Hartmann dat hij hulp nodig had om Schaeffer terug te brengen naar de auto.

'Radio!' schreeuwde hij zo hard als hij kon. 'Moet terug naar de radio!'

Hartmann had zichzelf nauwelijks onder controle. Hij voelde zich beroerd, niet alleen door de rook en de hitte, maar ook door de portee van wat er om hem heen gebeurde. Toen dacht hij aan Ross en de andere mensen, de mensen die ze hadden achtergelaten om de telefoon te bemannen toen ze op weg waren gegaan naar het restaurant. Impulsiviteit en instinct dreven hem in de richting van de bron van de hitte, maar overlevingsdrang verbood het hem. Hij wist dat hij nog geen vijf meter dichter bij het FBI-gebouw zou kunnen komen.

Opeens nog een geluid, alsof iets in één ruk uit de grond werd losgewrikt, en Hartmann hoorde het gerinkel van brekend glas, weerkaatst van alle kanten, en toen hij opnieuw een hete luchtstroom voelde, liet hij zich op de grond vallen en bedekte zijn hoofd. Het was of er een orkaan over hem heen ging; hij wist zeker dat het haar op zijn achterhoofd was geschroeid. Hij bleef een moment liggen en toen hoorde hij Woodroffes stem weer, die schreeuwde dat hij moest opstaan, terug moest naar de auto en om bijstand moest vragen.

Hartmann draaide zich op zijn rug. De lucht boven hem was zwart. Hij rolde op zijn zij en duwde zichzelf toen met alle kracht die hij in zich had overeind en rende terug naar de auto.

Het drietal was binnen een paar seconden terug, maar toen Woodroffe de handset van de radio van het dashboard griste, toen hij in het mondstuk begon te schreeuwen, hoorde Hartmann al sirenes. Ze kwamen van links voor hem en hij keek die kant op en zag knipperende paarsblauwe lichtbalken door de rook heen. Hij hoorde achter zich de vlammen onophoudelijk en oorverdovend loeien, en hij ging op straat zitten, met zijn rug tegen de zijkant van de auto en drukte zijn handen tegen zijn oren. Zijn ogen traanden en hij had een scherpe brandende pijn in zijn borst en toen hij diep ademhaalde, voelde hij hoe de zure rook zijn keel en neusgaten schroeide.

Later bleek, uit het bewijsmateriaal, uit de rapporten van de technische recherche, uit alles wat ze konden vergaren zonder één ooggetuige, dat er een koffer door de deur van het FBI-gebouw in Arsenault Street was geslingerd. De forensische afdeling en explosievenopruimingsdienst schatten dat er in de koffer vier à vijf kilo kneedbare springstof C-4 moest hebben gezeten. Het ontstekingsmechanisme was eenvoudig. De klap waarmee de koffer in de hal terechtkwam, moest genoeg geweest zijn om het af te laten gaan, en door de kracht van de explosie werden het overgrote deel van de begane grond en een groot deel van de eerste verdieping van het gebouw verwoest. De aanslag had ook de dood van Sheldon Ross, Michael Kanelli, Ron Sawyer en James Landreth tot gevolg. Alle bewijzen, alle rapporten, alle stukken, alle banden en transcripties, alle opnameapparatuur waren eveneens vernietigd, maar op dat moment – toen Hartmann, Schaeffer en Woodroffe naar de vlammen keken die uit de achterkant van het gebouw schoten – gingen hun gedachten alleen uit naar de mannen die waren achtergebleven.

Ze zeiden geen van drieën iets. Het diner was vergeten. Artsen kwamen uit het New Orleans City Hospital om hen te onderzoeken. Hartmann had geen brandwonden en ontvellingen, maar Woodroffe was met zijn zij tegen de auto aan gegleden en een groot deel van de linkerkant van zijn lichaam was gekneusd. Schaeffer was alleen met stomheid geslagen en toen de artsen hem van de plaats des onheils wilden wegleiden, zei hij tegen hen dat ze hem met rust moesten laten. Hij was aangesteld als hoofd van de taakeenheid voor het FBI-kantoor in New Orleans. Dit was zijn territorium geweest, dit waren zijn mensen geweest, en iemand had zijn kleine wereld aan stukken gescheurd. Het enige doel van hun aanwezigheid daar – het onderzoek, de verdwijning van Catherine Ducane, de bijzonderheden uit het illustere verleden van Ernesto Perez – was compleet weggevaagd in het aanschijn van de gruweldaad die was gepleegd.

Het zou meer dan een uur duren voor de vlammen ten slotte waren gedoofd, voor de technische recherche en federale criminalistische teams de plek konden betreden, voor iemand zelfs maar vragen begon te stellen over wat er was gebeurd en waarom.

'Feraud,' was Hartmanns eerste woord. Op dat moment hadden ze de plaats des onheils al verlaten en waren ze vlak bij het Sonesta. Woodroffe was het met hem eens, Schaeffer ook, maar ze wisten dat zo'n onderzoek weken kostte en er zou eerst dagenlang bewijsmateriaal moeten worden verzameld voor iemand zich een idee zou kunnen vormen over de vraag hoe dit was gedaan, laat staan door wie.

Hartmann was razend, onbeschrijfelijk boos, maar hij merkte dat Stanley Schaeffers training zich onmiddellijk deed gelden. Hartmann zou direct hebben gereageerd en Feraud hebben teruggepakt, hard en snel teruggepakt, maar Schaeffer hield hem telkens voor dat daar geen sprake van kon zijn tot ze duidelijk en ondubbelzinnig toestemming hadden om op te treden. Het waren dezelfde wereld van regels en richtlijnen, dezelfde commandostructuren en gedisciplineerde starheid die hun verhinderden een onderzoek naar Ducane zelf in te stellen. De mate van bevestiging die ze al hadden verkregen met betrekking tot heel veel dingen die Perez hun had verteld, het feit dat alles op een duidelijk en onomstreden motief voor de daden van Perez wees, legden het toch af tegen het federale protocol.

Hartmann had er geen behoefte aan het nogmaals aan de kaak te stellen en zei niets.

Ze deden er allemaal het zwijgen toe tot ze bij het Sonesta kwamen. De eerste verdieping van het hotel was opengesteld en alle agenten waren teruggeroepen uit het veld. Er heerste een ongelovige en bedrukte stemming; mensen stelden vragen die niet beantwoord konden worden; mensen stonden stomverbaasd en stil bij elkaar met witte gezichten en grote ogen. Schaeffer ging voor hen staan en tot Hartmanns verrassing zei hij enkele woorden voor de vier mannen die waren omgekomen en ging de aanwezige ploeg daarna voor in het Onzevader. Sommigen schaamden zich niet hun emoties te tonen. Sommigen konden niet blijven staan en gingen zitten met het gezicht in hun handen en allen probeerden zich te verzoenen met het feit dat dit soort dingen bijna te verwachten was, want dit was immers het leven dat ze hadden gekozen, dit was de wereld waarin ze zich hadden begeven en sommigen... Ach ja, sommigen kwamen er nooit meer uit.

Later – twee, misschien drie uur later – ging Hartmann naar boven naar Perez.

De man leek oprecht bedroefd en van streek te zijn.

'Hoeveel?' vroeg hij herhaalde malen. 'Vier mannen... allemaal nog jong. Getrouwd, en kinderen ook? Aah, wat een verspilling, wat een nodeloze verspilling.'

En toen zei hij iets wat Hartmann niet begreep, en misschien niet zou begrijpen totdat deze hele zaak was ontrafeld.

'Dat,' zei hij. 'Dat wat Feraud heeft gedaan... En ik ben er zeker van, net zo zeker als ik van mijn eigen geboorte en dood ben dat het Feraud was... Wat hij heeft gedaan, heeft mij alleen maar gesterkt in de overtuiging dat ik de juiste beslissing heb genomen.'

En hoewel Hartmann hem aan de tand voelde, erop aandrong dat hij zich nader verklaarde, wilde Perez verder niets loslaten.

'Wacht maar af,' zei hij. 'Wacht maar af, meneer Hartmann, dan zult u zien wat ik heb gedaan.'

Hartmann, Schaeffer en Woodroffe keerden niet terug naar het Marriott. Ze bleven in het Royal Sonesta, want dat moest nu hun operatiebasis worden, en terwijl ze rusteloos en bang in hun bed lagen, terwijl ze zichzelf de vraag stelden of Feraud ook zou proberen Ernesto Perez te vermoorden in het hotel waar zij zich nu bevonden, was Lester Kubis tot in de vroege uurtjes van zaterdagochtend bezig een andere kamer in te richten waarin Hartmann met Perez kon praten.

De volgende ochtend zouden federale agenten en masse worden opgesteld in de hal en rondom het Royal Sonesta Hotel. Nog geen anderhalve kilometer daarvandaan zouden drie teams van de technische recherche het puin van de onderste verdieping van het FBI-gebouw doorspitten en uit de nog smeulende ruïne het weinige wat ze konden vinden veiligstellen om zich een beeld te kunnen vormen van wat er was gebeurd. Schaeffer legde een zekere mate van zelfbeheersing en militaire precisie aan de dag bij alles wat hij deed en hij benadrukte keer op keer dat ze niet uit het oog mochten verliezen waar ze mee bezig waren en waarom. Het onderzoek naar de bomaanslag was nu het probleem van iemand anders; zij hadden nog altijd de taak Catherine Ducane te vinden.

Uiteindelijk zou er uit Quantico een rapport over de bomaanslag in Chicago in maart 1991 komen. Bleek dat degene die de leiding over het onderzoek had gehad in dienst was geweest van de Ierse families en dat na een woordje van hun Italiaanse tegenhangers de gegevens waren 'zoekgeraakt'. In de officiële stukken werd erkend dat er weliswaar een auto was opgeblazen, maar of dat een moedwillige aanslag op iemands leven of een 'ongeluk' met een voertuig was geweest, werd nooit vastgesteld. Men had twee dodelijke slachtoffers genoteerd, maar er waren geen namen, helemaal niets waaruit bleek wie er in de auto hadden gezeten toen hij de lucht in ging.

De moeder van Sheldon Ross zou bij het ontwaken een vertegenwoordiger van de FBI bij haar op de stoep aantreffen, en datzelfde gold voor de vrouw van Michael Kanelli en die van Ron Sawyer. James Landreth was wees sinds zijn negende, maar zijn zus leefde nog en woonde in Providence op Rhode Island. Ze heette Gillian, haar man heette Eric, en drie weken daarvoor hadden ze te horen gekregen dat er een kans van vijfennegentig procent was dat ze nooit kinderen zouden kunnen krijgen. Gillian ontving de agent, een zekere Tom Hardwicke, en toen hij haar op de hoogte bracht van het overlijden van haar broer, stond zij bij de aanrecht om koffie te zetten en huilde zonder tranen.

'Wat een verspilling,' zei Ernesto Perez herhaalde malen toen hij die zaterdagochtend tegenover Hartmann zat. 'Zo'n totale verspilling van leven, vindt u ook niet?'

En Hartmann – nog geschokt en ontzet door wat er slechts enkele uren geleden was gebeurd, nog gebroken door te weinig slaap en onvoldoende eetlust om te kunnen ontbijten – keek naar Ernesto Perez en vroeg zich af wanneer deze nachtmerrie voorbij zou zijn.

Blijven ademhalen, hield hij zichzelf voor. Dat is de truc.

Ross, Kanelli, Sawyer en Landreth was de truc ontgaan, zo leek het, en dat zou ook voor Catherine Ducane kunnen gelden als dit nog veel langer duurde.

'Gaat u verder,' zei Hartmann ten langen leste, 'vertel me wat er is gebeurd toen u terugkeerde naar Havana. Vertel me wat er met uw zoon is gebeurd.'

En Perez, gezeten in een kamer op de eerste verdieping van het Royal Sonesta, aan alle kanten omringd door agenten van het Federal Bureau of Investigation, leunde achterover en slaakte een zucht.

'Goed,' zei hij zacht. 'Ik zal u precies vertellen wat er is gebeurd.'

23

Havana. Geboorteplaats van mijn vader.

Tweeëndertig jaar geleden waren we hiernaartoe gekomen. De ironie is scherp en meedogenloos: hij vluchtte ook vanwege de moord op zijn vrouw.

Havana. Een vermeend toevluchtsoord misschien. Ze begon er langzaamaan oud uit te zien, haar charme en passie te verliezen, maar voor mij had de stad haar herinneringen niet verloren.

Begon ook de steun van de sovjets te verliezen, maar Castro was overal waar ik keek toch nog aanwezig. Het Amerikaanse geld en de Amerikaanse invloed begonnen al zichtbaar te worden en toen ik met mijn acht jaar oude zoon door de straten van La Habana Vieja wandelde, kon ik zien waar de verstreken tijd in de stad zijn stempel had gedrukt.

Dertig jaar was ik weg geweest, dertig jaren van het leven met al zijn scherpe kanten en ruwe randjes, maar toch kwamen de geluiden en geuren van de stad bij me terug alsof het allemaal gisteren was geweest.

Ik vond het huis waar ik als jongeman had gewoond met mijn vriend Ruben Cienfuegos en voor het eerst drong werkelijk tot me door hoe ik was veranderd. Destijds had ik Ruben gedood voor een belofte. Nu meende ik dat ik slechts om twee redenen zou moorden: om mijn vrouw en dochter te wreken en om het leven van mijn zoon te beschermen.

Er was geen gebrek aan geld en ik huurde een klein huis in de Avenida Bélgica vlak bij de ruïnes van de oude stadsmuur. Ik nam ook een vrouw in dienst, Claudia Vivó, een oudere Cubaanse landgenote die bij ons kwam inwonen om te koken, het huis schoon te maken, Victor onderricht te geven en voor hem te zorgen.

Ik was een verloren man, een man zonder ziel, en er waren heel wat middagen dat ik doelloos over straat dwaalde. Soms hoorde ik hun stemmen, van Angelina en Lucia, het geluid van hun lach, alsof ze achter me door de straat renden en dan draaide ik me om met grote ogen van verwachting en zag ik een of ander kind, een of andere moeder, en leunde ik met mijn adem oppervlakkig en snel in mijn keel en de tranen prikkend in mijn ogen tegen de muur.

Mijn hart was onherstelbaar gebroken. Ik wist dat het nooit meer zou helen.

Ik herinner me een dag, zo'n week of twee nadat we waren aangekomen. Victor was thuis met Claudia Vivó; hij was zich aan het verdiepen in Cuba en de Cubaanse geschiedenis, want ik had hem verteld dat dit het land van zijn grootvader was en hij wilde er meer over weten. Hoewel het pas halverwege de middag was, de ochtend onherroepelijk opgeslokt in een vage waas van vergetelheid, begon de hemel te donkeren en kreeg een grijsgroene kleur. Het was benauwd, ik kon bijna geen adem krijgen en ik had het gevoel dat ik het slechts enkele momenten zou kunnen verdragen. Ik dwaalde door de stegen met mijn overhemd open tot aan mijn middel, sandalen aan mijn voeten, en op een gegeven moment strompelde ik naar een houten huis met een veranda over de hele lengte van de voorgevel. Ik liet me in een rieten stoel vallen, trok mijn overhemd uit en gebruikte het om het zweet van mijn voorhoofd en borst te vegen. Ik hoorde stemmen achter me, iemand die om limonade riep. Ergens kwam muziek uit een oude grammofoon, waarop gekraste zware bakelieten platen werden gedraaid, en de muziek klonk alsof een kamerorkest uit een doolhof van tunnels kwam.

Soms was ik boos. Andere keren verdrietig, eenzaam, wanhopig, kalm. Soms had ik zin om de wereld in brand te steken en iedereen te zien verbranden. Maar op dat moment voelde ik niets. Ik was ziek en zwak en mager. Ik was drieënvijftig jaar oud en ik voelde me tachtig. Er waren zo veel dingen veranderd, maar ten kwade, leek het. Mensen zoals ik waren onbelangrijk, van generlei waarde, minder dan niets en we moesten ons zelf een weg door het leven hakken.

Vaak wenste ik dat ik iemand anders was. Iemand die lang en sterk was. Zomaar iemand. Dan zou het tenminste anders zijn geweest.

Door de hitte, het afmattende en benauwde weer, werd ik misselijk. Ik pakte mijn klamme overhemd en trok het weer aan.

De prikkel kwam kort daarna, toen de lucht donkerder werd, een onweersbui dreigend op de middag drukte, een genadeloze en harde invasie, en ik stond op en begon weer door de straten te lopen.

Ik hoorde dat de muziek weg was. Die was enige tijd daarvoor verdwenen. Ik kon me niet herinneren wanneer. Ik had een bedorven en bittere smaak in mijn mond, mijn spieren deden pijn en ik had honger.

Toen ik weer dacht, dacht ik aan Angelina. Echte liefde was aanraken zonder pijn te doen, huilen zonder verdriet, een hart in je geest houden, niet in je hand. We waren allemaal kinderen, zo leek het, en degenen van ons die bekend raakten met de volwassenheid, betaalden de prijs en vergaten hoe het was om kind te zijn. We groeiden op en de kindertijd behoorde tot een deel van het verleden dat nooit had bestaan, en als ik aan die dingen dacht, me voorstelde hoe het was toen alles zo veel groter was dan ik, werd ik me bewust van het verlies van hoop; ik besefte dat de mensen die mij wegwijs hadden gemaakt in het leven, het zelf nooit echt hadden begrepen. Ze hadden maar gedaan alsof. Ze hadden me bedrogen. Als een kind slim is, krijgt het wat hij wil. Als een volwassene slim is, wordt hij gebruikt. Verraden. Misbruikt.

En daarna dacht ik na over de vraag waar ik nu heen zou gaan, wat ik zou doen. Het was veilig hier in Havana, maar Havana was niet de plaats waar ik wilde zijn. Ik wilde thuis zijn. Ik wilde in Amerika zijn. Ik wilde bij mijn familie zijn. Ik kon niet de handen in de schoot leggen, kon niet in het niets oplossen en sterven, hier in dit troosteloze deel van de wereld, maar ik kon niet terug.

Ik dacht aan de winter in Amerika, de bomen die hun blad verloren, kleuren die namen hadden moeten hebben als 'cremona' en 'smart' en 'eldorado', de lichte sneeuwbuien die je kon ruiken in de lucht, de bitterkoude wind die om de dakranden boven de ramen van de huizen joeg, vleugjes rook van smeulende vuurtjes als mensen bladeren verbrandden op plaatsjes en in voortuintjes...

En het lijden begon opnieuw.

Ik keerde op mijn schreden terug naar het huis, waar mijn zoon zat te leren. Ik bleef bij de achterdeur staan wachten tot de hemel openbrak en het geluid van regen weerklonk. Uiteindelijk kwam de regen, zoals ik wel wist, en buiten voorbij de grenzen van het huis hoorde ik hoe de weelderige vegetatie zich uitrekte en gaapte en zijn bladeren en stelen en wortels volzoog. De regen kwam omlaag als een waterval, het ruisen van de druppels verdrong alle geluid uit mijn oren, golven water waren alles wat mijn ogen nog zagen, ieder zintuig weerkaatste het crescendo van de natuur toen de regen losbarstte en neergutste. Het was groots, immens, majestueus. Het symboliseerde alles, en toch ook weer niets, en er waren veel dingen die ik niet begreep.

Later, toen het was afgekoeld en rook naar vochtige groene vernieling, draaide ik me om en liep het huis weer in. Boven ging ik naar een kleine en onberispelijke kamer, met meubels die niet uit deze eeuw waren, de sprei op het bed oud en verbleekt van het vele wassen. Ik keek in mijn ladekast en haalde er een wit overhemd met een monogram uit. Ik nam een kostuum en andere zaken uit de kleerkast, zijde en zachte katoen en een gabardine pantalon met een vouw en schoenen met twee soorten sluiting, haakjes en veters en over de veters een met de hand gemaakte leren flap om te voorkomen dat de omslag van de pantalon kapot schuurde. Van onder het kussen op het bed pakte ik mijn .38, die zwaar en solide was, de paarlemoeren kolf ingelegd met pokhout gewolkt als marmer. Ik nam hem in mijn hand, stak mijn vinger door de trekkerbeugel, liet het wapen ronddraaien als een revolverheld, deed een stap achteruit en mikte op de spiegel, keerde me om en volgde, terwijl ik langs de korrel keek, de onderkant van de vensterbank. Ik ging op de rand van het bed zitten. Ik draaide het wapen om, zette mijn duim tegen de trekker, bracht het omhoog, opende mijn mond en voelde de onderkant van de loop tegen mijn tanden. Ik rook olie, cordiet, salpeter – bloed, dacht ik – en toen ik harder tegen de trekker duwde, kon ik bijna horen hoe het inwendige mechaniek zich klaarmaakte om in beweging te komen.

Het geluid van de hamer die tegen de lege kamer sloeg was bijna oorverdovend, alsof het geluid tegen mijn gehemelte had weergalmd, mijn hoofd had gevuld en daarna door mijn oren naar buiten was gekomen. Ik glimlachte nogmaals, haalde het wapen uit mijn mond en draaide het om in mijn hand. Ik legde het terug onder het kussen en liep door de kamer naar de kleine badkamer. De witte porseleinen tegels en badkuip hadden een groenige tint in het vale licht dat door het venster naar binnen viel. Ik zette het onderste deel van het raam open, keek naar buiten naar de weg en bleef daar een kleine eeuwigheid staan luisteren of ik geluiden in het huis hoorde.

Het was bijna avond. Ergens zat Victor Claudia Vivó voor te lezen. Ik hoorde buiten ver weg de regen onophoudelijk op een ander deel van de wereld roffelen. Ook in Louisiana regende het, maar dat wist ik niet. Drie uur later zou de Bayou Bienvenue buiten zijn oevers treden;

het kanaal tussen Lake Borgne en de Mississippi zou uit zijn betonnen bedding breken en Violet, een stadje aan Highway 39, onder water zetten; het water in de River Gulf Outlet Canal zou stijgen en de veiligheid van de Intracoastal Waterway die in noordoostelijke richting naar Gulfport liep, in gevaar brengen... En een zekere Duchaunak, een mij onbekende man, zou door de moerassen bij het terrein van Feraud rennen. Hij zou niet meer thuiskomen. Hij zou in de modder in elkaar zakken en verdrinken en zijn lichaam zou voor eeuwig rusten naast dat van Carryl Chevron.

Ik wist hoe bodemloos verlies was. Ik zag de put van wanhoop waarin ik had kunnen verdrinken, maar het enige wat ons drijvende houdt is hoop. Geloof misschien. Maar wat was geloof behalve dat in jezelf? We denken dat we onszelf begrijpen, maar dat doen we niet; en als we onszelf wel begrepen, zouden we misschien minder vaak voor anderen proberen te verbergen dat we niet zijn wie we lijken te zijn. We spelen toneel, weet u, we voeren een toneelstuk op voor de wereld; we dragen een koffer vol met gezichten, met woorden, met verschillende scènes en bedrijven en toejuichingen met ons mee, en we bidden dat de wereld nooit verder zal kijken dan de voorstelling waarvoor we geoefend hebben.

Ik draaide me om en keek in de spiegel. Mijn gezicht zag er oud en getekend uit, belijnd met verdriet, leek het wel.

'Wie was je?' vroeg ik mezelf. 'Wat dacht je, hoopte je, of probeerde je te zijn? Wie was je naar jouw idee geworden?'

Ik reikte naar de spiegel en raakte met mijn vingers het koele gladde spiegelbeeld aan.

Mijn depressiviteit verergerde, wraaklust knaagde aan me, en ergens in de nietige en kleine schaduw van mijn ziel begon ik te begrijpen dat mijn vrouw en dochter dood waren, dat Victor en ik alleen op deze wereld waren en dat niets ooit nog hetzelfde zou zijn.

Later ging ik naar beneden voor de avondeten. Ik zat naast mijn zoon, terwijl Claudia ons eten bracht. Ik luisterde naar hem toen hij opgewonden sprak over de dingen die hij die dag had geleerd, en ik bespeurde bij hem het pure en hevige verlangen een man te worden.

Men is geen heer en meester over zijn eigen leven, wilde ik hem vertellen. Men leent het, en als er voor het lenen onvoldoende wordt terugbetaald, moet het leven worden teruggegeven. Zo gaat het met alles.

Ik sprak niet; ik luisterde. Ik zag niet; ik nam waar. Ik schreeuwde en smeekte niet om mijn eigen stem boven die van mijn zoon uit te laten klinken.

Hij was wat hij was en dat was goed genoeg.

Wat mijn eigen leven betrof: ik had misschien te veel gewild.

Toen mijn zoon sliep, ging ik nogmaals de deur uit.

Ik voelde dat ik iets aan het worden was. Ik had de gedachten die mij – in mijn mooie kleren, op mijn glimmende schoenen, met het wapen in de hand – in hun greep hadden gehouden, uitgeleide gedaan en ik stond in de regen, het water liep over mijn gezicht en ik voelde een warme gloed vanbinnen.

Je ne sais pas la vérité, seulement les mots du coeur, car ça, c'est tout que j'entends.

Een stem in mijn hoofd, een stem uit New Orleans misschien, met rimpelingen van echo's als een steen in koel glazig water gegooid, die zich door alles heen verspreidde. De woorden van het hart; dat was alles wat ik hoorde.

Duisternis en regen en onderbrekingen van stilte, niets dan golven water die met tussenpozen op de aarde braken, de rivieroevers overstroomden... De natuur die tranen met tuiten huilde...

Ik wierp mijn huid af als een slang, en als ik geloofde, als ik ademhaalde en geloofde in alles wat ik was, zou ik uiteindelijk mijn eigen staart opeten en verdwijnen. Het was goddelijk en voorbeschikt en compleet in al zijn eenvoud.

Er zat soepelheid, sierlijkheid in mijn bewegingen. Als de barenswee van een of ander wezen – bovennatuurlijk, mysterieus, dat door de wand van de pop gleed, de cocon opensplet en op de grond voelde vallen. Ik was alles en toch niets, en in mijn ogen stond alleen de weerspiegeling van alles wat ik was, alles wat ik zou worden. Zo nodig alleen voor mijn zoon zou ik eeuwig leven.

Ik stapte opzij, ik liet me op de grond zakken, ik rolde door de zachte en meegevende aarde, en het water verkoelde me, spoelde het zweet van mijn huid, en toen ik opstond, was ik zwart. Ik knielde neer, ik maakte een kommetje van mijn handen en uit de springerige beekjes tussen de lage struiken schepte ik een handvol vloeibaar zwart. Tegen mijn gezicht voelde het zacht en vergevensgezind, het verdoezelde de randen, de naden, de overgangen tussen geluid en stilte, schaduw en licht, en toen ik met mijn vingers door mijn haar streek, de modder op mijn schedel voelde, besefte ik dat ik werkelijk iets alziends, zinnelijks en subliems was geworden.

In beweging, op de ballen van mijn voeten, met lichte tred, steeds sneller en algauw rende ik geluidloos in de wind tussen de bomen door, zigzaggend tussen de stammen van bemoste bomen, bladeren in mijn gezicht, tegen mijn huid. Een geest, een verschijning, een schrikbeeld.

Vanuit het hart van dit land, van de grenzen en einders ging ik als een schim, mijn huid zo volmaakt in overeenstemming met de natuur dat ik onzichtbaar was. Ik was stil en het was net of ik alleen in mijn eigen geest bestond.

Kilometers lang, zo leek het, sloop ik door de nacht, de regen, de stilte, tot ik bij een hek kwam dat zich naar beide kanten uitstrekte zo ver het oog reikte. Ik deed een stap achteruit en sprong er in één keer overheen, landde op gebogen knieën aan de andere kant, regen droop van mijn bezwete schouders en ik bukte nogmaals om mijn gezicht op te frissen in de plassen die zich hadden gevormd.

Ik herkende in mezelf het wezen dat talloze jaren geleden uit de moerassen was gekomen, dat stil een motelkamer in was geslopen, dat de zonde had verdreven uit bleke, zwakke lichamen.

Poëzie in beweging, machtig en mooi.

Ik eiste het recht van eigendom van mijn eigen fantasie, mijn eigen geloof, mijn eigen overtuiging op en ik besefte dat ik alles kon worden wat ik wilde, en alles kon hebben wat ik wilde.

Ik geloofde dat ze nog leefden – mijn vrouw en mijn dochter. Ik geloofde dat ze ergens op me wachtten en dat het slechts een kwestie van tijd was voor we herenigd zouden worden.

Ik geloofde die dingen met heel mijn hart, want als ik iets anders had geloofd, zou ik mijn verstand hebben verloren. Het liep als een wiel van begin naar eind, weer terug naar de oorsprong, en als een draad van een spindel zou het ons allemaal opnieuw bij elkaar brengen.

Op de terugweg naar huis vond ik in de berm een slapende hond onder een boom. Met mijn blote handen wurgde ik het beest en droeg zijn slappe lijf vervolgens naar de rand van het bos en slingerde het de duisternis in.

Ik knielde neer in de modder en huilde tot er vanbinnen niets meer over was.

Weer binnen de muren van het huis stond ik roerloos voor de deur van Victors slaapkamer. Ik kon hem horen ademen, horen mompelen in zijn slaap en ik sloot mijn ogen en bad tot een God die naar ik wist niet kon bestaan dat hij deze dingen zou overleven.

Ik keerde terug naar mijn eigen kamer; ik ging op mijn bed liggen; ik sloot mijn ogen.

Ik sliep als de doden, want dat was wat ik – vanbinnen tenminste – geworden was.

Over deze dingen – deze gedachten en gevoelens – vertelde ik Victor niets. Hij was een levendig kind; acht jaar oud, nieuwsgierig naar de wereld en alles wat die te bieden had. Mevrouw Vivó gaf hem goed les, bracht hem zelfs de beginselen van het Spaans en de geschiedenis van het geboorteland van zijn grootvader bij. Ik keek toe als een man op afstand. Ik hield van het kind, hield meer van hem dan van het leven zelf, maar er lag altijd iets in zijn ogen, iets waaruit ik opmaakte dat hij me verantwoordelijk hield voor de dood van zijn moeder en zijn zus. Misschien was het verbeelding, misschien een projectie van mijn eigen schuldgevoel, maar altijd als ik naar hem keek, herkende ik zijn eenzaamheid en verwarring. Hij had zijn familie verloren op dezelfde manier als ik, door de brute daden van brute mensen, en had ik een dergelijk pad niet gekozen, was ik een geletterd en ontwikkeld man geweest, hadden mensen als Fabio Calligaris en Don Alessandro geen deel van mijn leven uitgemaakt, dan zou dit allemaal niet zijn gebeurd.

Op een dag bracht hij God ter sprake. Hij vroeg me of ik geloofde.

Ik glimlachte, ik trok hem naar me toe, ik drukte mijn gezicht tegen zijn haar en ik vertelde hem de waarheid.

'Sommige mensen geloven in God, Victor, en sommige niet.'

'En u? Gelooft u in God, papa?'

Ik was een moment stil. 'Ik geloof dat er iets is, maar ik weet niet wat.'

'Claudia gelooft in God… Ze bidt elke dag voor we beginnen en dan nog een keer voor ze weggaat.'

'Het is goed voor mensen als ze geloven. Het gelooft stelt ze in staat hun leven te leiden zonder angst.'

'Angst waarvoor?'

Ik zuchtte. 'Angst voor mensen, voor de dingen die mensen kunnen doen.'

'Zoals de mensen die mama en Lucia hebben vermoord?'

Mijn keel kneep samen. Ik kon nauwelijks ademhalen. Beginnende tranen prikten in mijn ogen. 'Ja, Victor, zoals de mensen die mama en Lucia hebben vermoord.'

'Gelooft u, papa?'

'Jazeker.'

'Waarin? Waar gelooft u in?'

'In jou, Victor. Ik geloof in jou. En ik geloof ook dat we op een dag mama en Lucia zullen weerzien.'

'Gauw?'

Ik schudde mijn hoofd. 'Nee, Victor, dat duurt nog heel lang, maar ze zullen op ons wachten.'

'Ik wil bidden, papa. Ik wil bidden met Claudia… Voor jou en voor mama en Lucia, dat we ze snel weer zullen zien. Is dat goed?'

Ik trok hem dichter naar me toe. 'Ja, Victor, dat is goed. Bid maar met Claudia en geloof in deze dingen.'

'En wat gaat er gebeuren met de mensen die mama en Lucia hebben vermoord?'

'Misschien zal God hen ook laten lijden,' zei ik.

'Ja, dat doet Hij… Dat doet Hij vast,' zei Victor en daarna was hij stil en ik legde hem in bed en ik kroop naast hem tot zijn ademhaling rustig werd en hij in slaap was gevallen.

Ik hoefde niet te werken. Van het geld dat ik had meegebracht, zouden we geruime tijd comfortabel hebben kunnen leven, maar ik werd al gauw rusteloos, snel geïrriteerd, en ik beschouwde dit als een teken dat ik een doel in mijn bestaan moest hebben.

Overdag, wanneer Claudia voor Victor zorgde, ging ik uit wandelen tussen de mensen in La Habana Vieja. Ik luisterde naar hen, keek naar wat ze deden in een poging iets te vinden wat me zou interesseren. Op de hoek van Bernaza en Muralla vond ik een ouderwets winkeltje dat gespecialiseerd was in sigaren en oude boeken. Hier maakte ik vaak een praatje met de eigenaar, een man van in de zeventig die Raúl Brito heette, en hij vertelde over de *revolución*, de tijd dat Batista aan de macht was en het feit dat hij bij twee gelegenheden Castro persoonlijk had gesproken.

Raúl was een ontwikkeld man die graag las en hoewel hij in het begin alleen fijne tabak en sigaren had verkocht, nam hij al snel zijn eigen boeken mee naar zijn werk omdat hij zich anders verveelde. Klanten toonden vaak belangstelling voor wat hij las en algauw begon hij ook boeken te verkopen. De winkel, die iedereen gewoon Brito noemde, werd een verzamelplaats voor de oudere mensen van La Habana Vieja, waar ze hun sigaartje rookten, hun boeken kochten en verkochten en lazen en de uren dat ze niet thuis waren doorbrachten.

Ik ging steeds vaker naar Brito, tot er een dag kwam in juni van dat jaar, nog geen week na de negende verjaardag van Victor, dat Raúl me vroeg of ik zin had de leiding over de winkel op me te nemen als hij met pensioen ging.

'Ik word volgende maand vierenzeventig,' zei hij en hij leunde op een stapel gehavende in leer gebonden boeken die zijn gewicht maar nauwelijks leek te kunnen dragen. 'Dan ben ik vierenzeventig en het is elke week weer de vraag of ik het nog haal om hierheen te komen.' Hij glimlachte, en door de plooien rond zijn ogen verdwenen deze bijna in de gerimpelde hartelijkheid van zijn gezicht. 'Je bent een goed mens, Ernesto Perez, een man met karakter, en volgens mij zou het wel iets voor je zijn om hier je bedrijf van te maken.'

Ik gaf Raúl Brito die dag nog geen antwoord, evenmin als de volgende. Ik gaf hem geen antwoord tot augustus en toen vertelde ik hem dat ik bereid was de leiding over de winkel op me te nemen, maar dat ik vond dat we een vennootschap moesten aangaan, dat de naam van de winkel hetzelfde moest blijven, en dat ik hem een honorarium als vennoot moest betalen om mezelf in te kopen in het bedrijf.

'Geld?' zei hij. 'Ik heb het niet voorgesteld omdat ik op je geld uit was.' Hij was kennelijk beledigd, alsof ik een oneerbaar voorstel had gedaan.

Ik maakte een verzoenend gebaar met mijn hand. 'Dat weet ik, Raúl, ik weet dat dat niet je bedoeling was, maar ik ben een man van principes en van eer, en ik zou het onjuist vinden als ik in de zaak kwam zonder iets aan de onderneming bij te dragen. Ik sta erop dat we het zo doen, wat je er ook van vindt.'

Raúl glimlachte. Hij knipoogde. 'Goed,' zei hij. 'Als je er zo over denkt, nemen we een jurist in de arm en laten we een contract opstellen, een samenwerkingsovereenkomst zo je wilt, en dan maken we het allemaal officieel.'

We drukten elkaar de hand. Ik zou Raúl Brito tienduizend Amerikaanse dollar geven en ik zou zijn partner worden.

En toen begonnen de problemen. Mijn geld was veilig verstopt in mijn huis. Ik had geen bankrekening, ik had geen papieren, noch op naam gestelde eigendommen. Om onze vennootschap te formaliseren moest ik een paspoort of een ander wettig identiteitsbewijs overleggen. Die dingen bezat ik niet, althans niet iets wat geldig en acceptabel was in een Cubaans advocatenkantoor, en toen de jurist me voorstelde het probleem op te lossen door mijn naam en geboorteplaats te laten registreren bij het plaatselijke hoofdbureau van politie, zat ik gevangen als een konijn in het licht van een paar koplampen. Ik had met Raúl afgesproken dat we dit zouden doen, maar wat er van me werd gevraagd kon ik niet leveren en mijn pogingen de overeenkomst met Raúl te bezegelen met een handdruk en een woord van trouw, haalden niets uit, want Raúl stond erop dat we het goed zouden doen, als we het dan toch deden. Het was tenslotte mijn idee, nietwaar?

Toen ik niet op het hoofdbureau van politie verscheen, niet slechts één, maar zelfs twee keer, merkte de jurist – een achterdochtige en opdringerige man die Jorge Delgado heette – tegen de plaatselijke politie op dat er iets vreemds was aan de man op leeftijd die in het huis in Avenida Bélgica woonde. De politieman, een lid van het plaatselijke Comité de Defensa de la Revolución, een organisatie die niet meer en niet minder was dan de ogen en oren van Castro's geheime politie, was in zoverre geïnteresseerd in me dat hij Claudia Vivó over me uithoorde, en zij – loyaal en terughoudend als ze was – wakkerde zijn nieuwsgierigheid alleen maar aan.

In de tweede week van september kwam hij naar de winkel van Brito en daar trof hij mij aan in een stoel bij het raam, waar ik een sigaar rookte en een tijdschrift las.

'Meneer Perez,' zei hij kalm en hij ging naast me aan de smalle tafel zitten.

Ik keek hem aan en ik voelde aan mijn water dat me problemen te wachten stonden.

'Ik ben Luis Hernández. Ik ben de wijkagent.'

Ik stak mijn hand uit. 'Prettig kennis te maken,' zei ik.

Hernández greep mijn hand niet en ik trok hem langzaam terug.

'Ik heb begrepen dat u sinds enkele maanden in Cuba bent?'

'Ja, dat klopt… Samen met mijn zoon Victor.'

'En hoe oud is uw zoon, meneer Perez?'

Ik glimlachte. 'Hij is negen.'

'En ik heb begrepen dat hij les krijgt van Claudia Vivó?'

'Ja, dat klopt.'

'Ik heb haar gesproken en ze heeft me verteld dat hij een zeer intelligente jongen is.'

Ik knikte. 'Hij is inderdaad intelligent.'

'En zijn moeder?'

'Zijn moeder is overleden.'

Hernández schudde zijn hoofd. 'Vreselijk. Is ze al lang dood?'

'Sinds maart van dit jaar.'

'En is ze hier in Cuba overleden?'

'Nee, ze is niet in Cuba overleden.'

Hernández zweeg. Hij keek me aan en trok zijn wenkbrauwen op.

'In Amerika. Ze is in Amerika overleden.'

'Ah,' zei hij, alsof hij opeens iets belangrijks begreep. 'En mag ik vragen hoe ze is overleden, meneer Perez?'

'Bij een auto-ongeluk, zij en mijn dochter, Victors zus.'

'En hoe heette ze?'

'Angelina,' zei ik terughoudend. Ik wist wat er gebeurde. Ik zat tussen twee kwaden. Hernández was onder het mom van bezorgde interesse zoveel mogelijk informatie aan het vergaren.

'Bijzonder tragisch, meneer Perez... mijn deelneming.'

'Dank u wel,' zei ik en ik richtte mijn blik weer op mijn tijdschrift.

'En ik heb begrepen dat u voorgoed in Cuba wenst te blijven?'

'Misschien, dat weet ik nog niet zeker. Na de dood van mijn vrouw wilde ik een poosje weg uit Amerika. Het is heel moeilijk om met zoiets in het reine te komen en het leek me beter om met mijn zoon naar een omgeving te gaan waar hij er niet te veel aan herinnerd werd.'

'Uiteraard,' zei Hernández. 'Ik zou er waarschijnlijk precies hetzelfde over denken.'

Ik draaide mijn hoofd naar het raam en keek naar buiten. Ik voelde dat het zweet me uitbrak.

'En bent u op een bezoekersvisum of als Cubaans staatsburger het land in gekomen?' vroeg Hernández.

'Als Cubaans staatsburger,' zei ik. 'Mijn vader is hier op Cuba geboren en op grond daarvan kan ik aanspraak maken op de Cubaanse nationaliteit.'

'Dat is waar,' zei hij. 'Dat is inderdaad waar.' Hij keek me schuin aan en toen leunde hij achterover en strekte zijn benen uit. 'Ik wil graag één ding vragen,' zei hij en hij glimlachte als een man die een val zette voor iets wat naar zijn weten weerloos was.

Ik keek hem weer aan en probeerde niets van mijn gevoelens te laten blijken.

'Ik heb begrepen dat u overweegt een vennootschap met Raúl Brito aan te gaan?'

'Daar hebben we het over gehad,' antwoordde ik.

'Maar de overeenkomst is nog niet gesloten?'

Ik schudde mijn hoofd.

'Wilt u het niet meer? Bent u misschien van gedachten veranderd?'

'Nee,' zei ik. 'Ik heb nog geen tijd gehad om al het papierwerk te regelen.'

Hernández knikte met zijn hoofd. 'Dat heb ik begrepen, ja. Ik sprak toevallig de advocaat die met het contract bezig is geweest, meester Jorge Delgado, en hij vertelde me dat u bij beide afspraken die hij met meneer Brito en u had gemaakt om de papieren in orde te maken, verstek hebt laten gaan.'

'Dat klopt,' zei ik. 'Ik heb het erg druk gehad met de opvoeding van mijn zoon.'

'Maar op dit moment hebt u het niet zo druk,' antwoordde hij en hij vertoonde opnieuw zijn kruiperige glimlach en keek me door de spleetjes van zijn ogen aan.

'Nee, ik heb het nu niet druk,' zei ik, want ik kon niets ter verdediging aanvoeren.

'Dan is het misschien een goed idee, al was het maar voor de gemoedsrust van meneer Brito, om deze zaak vanmiddag nog rond te maken. Het lijkt me niet meer dan redelijk dat we, om hem en meneer Delgado nog meer ongemak te besparen, nu naar uw huis gaan om uw identiteitspapieren op te halen en dan deze samenwerkingsovereenkomsten te tekenen.'

Ik glimlachte. 'Maar natuurlijk,' zei ik. 'Dat lijkt me een uitstekend idee.'

Hernández stond onmiddellijk op. Hij leek erg ingenomen met zichzelf. Ik pakte mijn jas, sloeg hem om mijn schouders en leidde Hernández met een air van ontspannen zorgeloosheid naar de deur en liep achter hem aan de straat op.

We voerden een gesprek onder het lopen, over niets bijzonders – het weer, het schandalige gebrek aan aandacht voor sommige van de oudere en mooiere gebouwen in Havana – en na iets meer dan een kwartier kwamen we bij het huis dat ik had gehuurd in Avenida Bélgica.

De gedachten die door mijn hoofd waren gegaan, waren die gedachten die men altijd alleen achteraf krijgt. Ik had al toen ik uit Amerika vertrok overwogen onder een valse naam naar Cuba te reizen, maar ik moest zo dringend weg uit dat land, voelde er zo weinig voor om betrokken te raken bij een officieel onderzoek naar de moord op mijn vrouw en dochter, dat ik was gegaan zoals ik was. Uiteraard had ik een Cubaans paspoort en dat stond op mijn geboortenaam, maar dat paspoort was enkele jaren daarvoor voor zevenhonderdvijftig dollar aangeschaft bij een vakkundige vervalser. In Amerika had ik geen sofinummer gehad, geen officiële identiteit, en de douane en immigratiedienst in de haven van Havana hadden slechts een vluchtige blik op mijn papieren geworpen toen ik aankwam. Weggaan was een ander verhaal, een veel moeilijkere onderneming, zoals ik wist uit ervaring van die keer met mijn vader al die jaren geleden. Als het paspoort dat ik Hernández zou laten zien nauwkeurig werd bekeken, zou blijken dat het vals was en dat was een weg die ik niet wilde gaan.

Ik liet Hernández hoffelijk binnen in mijn huis. Ik had gebeden dat Claudia en Victor er niet zouden zijn en mijn gebed was verhoord. Het was stil en rustig in huis. Ik ging met Hernández naar de voorkamer waar de studieboeken van Victor op de tafel lagen uitgespreid, de kamer waar hij altijd met zijn onderwijzeres zat en zoveel mogelijk over de wereld leerde. Ik vroeg Hernández of hij iets wilde drinken en hij zei ja.

Ik liep naar de keuken achter in het huis en begon koffie te zetten. Hij riep vragen door de half openstaande deur. Hoe lang had ik in Amerika gewoond? Wat voor werk had ik daar gedaan? Had ik nog meer familie op Cuba? Ik gaf tactvol, diplomatiek antwoord, maar tijdens het praten besefte ik al dat het geen verschil maakte wat ik nu tegen hem zei.

Ik keerde terug naar de kamer met een dienblad waarop twee kopjes verse koffie stonden. Ik vroeg Hernández of hij misschien een stukje warm brood of wat kaas bij zijn koffie wilde. Hij sloeg het aanbod beleefd af, pakte zijn koffie en vroeg toen of hij mijn papieren mocht zien.

Ik glimlachte en zei: 'Maar natuurlijk, señor Hernández,' en verliet opnieuw de kamer.

Toen ik terugkwam, zat hij volkomen ontspannen in een stoel. Hij had zijn koffiekopje in zijn hand.

Ik liep op hem toe met mijn vervalste paspoort in mijn hand en toen hij het van me wilde aanpakken, toen hij zijn vingers eromheen sloot, deed ik opeens een uitval en stak een steakmes in zijn rechteroog. Ik wrikte het mes omhoog en vervolgens omlaag. Hij was als verlamd en zijn andere oog keek me zo verbaasd aan, dat ik mezelf niet goed kon houden. Ik barstte in lachen uit en het leek wel of Hernández glimlachte, alsof dit een of andere practical joke was, alsof ik het beeld van zijn ophanden zijnde einde had weten te scheppen en hem vervolgens snel zou redden uit de dood. De glimlach hield niet lang stand. Een seconde, misschien twee, en mogelijk was het louter een onwillekeurige reflexbeweging die de spieren in zijn gezicht maakten in een poging het lemmet tegen te houden. Misschien, en dat zou wel eens dichter bij de waarheid kunnen zijn, was het slechts verbeelding van me.

Hernández leunde naar voren toen ik het heft van het mes losliet. Hij klauwde met zijn handen, die hij bijna niet meer onder controle had, aan zijn gezicht en toen gleed hij voorover de stoel af, op zijn knieën.

Er was weinig bloed, vrijwel niets, en daar was ik blij om. Beelden van Carryl Chevron en de zee van bloed die heel lang geleden uit zijn lichaam over het vuile zeil op een keukenvloer was gelopen, kwamen bij me boven. Ik stapte achteruit. Ik zag Hernández worstelen met de pijn, de schok, de afschuwelijke verstoring van alle lichaamsfuncties, en toen kwam er uit zijn keel een hakkelende dierlijke grauw als van een gewond beest in zijn laatste doodsstuip. En daarna lag hij stil. Ik boog me over zijn lichaam. Met mijn rechterhand drukte ik op de zijkant van zijn keel. Niets. Wijkagent Hernández was dood.

Ik trok mijn jasje uit en deed mijn stropdas af. Ik rolde mijn mouwen op. Ik sleepte zijn lichaam naar de rand van het kleed en rolde hem vervolgens om en om tot hij er midden in lag. Ik zette mijn voet op zijn borst en gebruikte allebei mijn handen om het mes uit zijn oog te trekken. De spieren hadden zich er al omheen gespannen en ik moest twee of drie harde rukken geven voor het loskwam. Ik wandelde naar de keuken en waste het mes grondig af met de hete koffie die nog over was. Ik haalde een fles bleek uit het kastje, liet de gootsteen halfvol lopen, goot de bleek erin en liet het mes in het water glijden. Ik ging terug naar de voorkamer en keek neer op de cocon met het lijk die daar op de vloer lag.

Ik was gespitst op geluiden vanaf de straat, op de terugkeer van Claudia en Victor. Ik had geen idee waar ze naartoe waren en wanneer ze zouden terugkomen. Ik dacht na over de situatie die ik had veroorzaakt. Een lijk verdwijnt niet vanzelf. Een lijk is een lijk. Tachtig kilo dood gewicht tot het iets anders wordt. Er zat geen oven in het huis, er was geen snelle route naar zee en er waren geen moerassen in de buurt zoals in Louisiana waar zo'n lichaam binnen een paar tellen voorgoed in kon wegzakken.

Ik ging zitten waar Hernández had gezeten. De stoel was nog een beetje warm van zijn lichaam. Door de opening aan het uiteinde van het kleed kon ik de zijkant van zijn gezicht zien, het ene openstaande oog dat me schuin leek aan te kijken. Ik leunde naar voren en drukte het dicht. Het was net of hij zelfs nu hij dood was nog verwijtend en achterdochtig keek.

'Je had niet zo nieuwsgierig moeten zijn naar dingen die je niets aan-gaan,' zei ik hem, en: 'Je had je bezig moeten houden met andere, belang-rijkere zaken. Dit is je verdiende straf omdat je je altijd te veel met de details van andermans leven hebt bemoeid.' Ik dacht na over de perfecte ironie van de situatie. Na alle dingen die waren gedaan, nadat zo veel le-vens abrupt door mij waren beëindigd, had juist deze man gedaan wat nog niemand was gelukt en bijna op het punt gestaan te ontdekken wie ik was, en dat allemaal vanwege een beetje papierwerk.

Nadat ik hem had berispt, in en op zichzelf niet meer dan een arm-zalige verklaring voor mezelf waarom hij nu dood was, zat ik nog met een grimmige realiteit: op de vloer van mijn voorkamer lag, in een kleed gewikkeld, een dode wijkagent en zolang ik niets ondernam, bleef hij daar liggen.

Vijftien minuten later stond ik op uit de stoel en begon door de kamer te ijsberen. Ik wandelde met de wijzers van de klok mee om Hernández heen, en daarna tegen de wijzers van de klok in. Op een gegeven moment bleef ik bij zijn hoofd staan, bukte, tuurde in de opening waar zijn gezicht lag en zei '¡Hijos de puta!' met zo veel venijn dat het speeksel van mijn lippen vloog.

Zijn stille aanwezigheid ergerde me en maakte me boos, en mijn eer-ste impuls was iets zwaars te pakken – een hamer misschien, of een grote steen – en zijn hoofd tot moes te slaan, maar ik hield mezelf in. Het was op zich al een probleem zonder verdere complicaties die moesten worden opgeruimd. En toen volgde op die reactie een gevoel van spijt, een licht schuldgevoel misschien. Ik raakte een moment in paniek toen ik eraan dacht dat Victor thuis zou kunnen komen en een lijk in zijn huis zou zien. Ik maakte me geen zorgen over mezelf, maar toen ik aan mijn zoon dacht, veranderde ik van mening. Ik wilde het verleden achter me laten, maar nu, terwijl ik over het dode lichaam van de wijkagent stond gebogen, sloop het verleden al in de richting van het heden.

Ik wierp een blik op mijn horloge. Het was net twee uur geweest. Ik liep naar buiten, reed mijn auto achteruit het tuinpad op en zette hem zo dicht bij het huis als mogelijk was zonder dat het te veel opviel. Ik haalde de kofferbak van het slot en zette hem een klein stukje open met de punt van een deken ertussen. Ik liep het huis weer in en van een sterk stuk touw dat ik in een la in de keuken vond, knipte ik twee in stukken af waarmee ik de beide uiteinden van het kleed dichtbond. Hernández was niet zo zwaar als ik had gedacht en het verbaasde me met hoeveel gemak ik hem op mijn schouder tilde. Ik bleef net achter de drempel van de voordeur staan tot ik er zeker van was dat er geen mensen voorbijkwamen of op hun veranda stonden, en toen liep ik snel het kleine stukje naar de auto, duwde met mijn knie de achterklep omhoog en liet het lijk van Hernández in de kofferbak zakken. Ik moest de benen van Hernández buigen om hem erin te krijgen en daarna sloeg ik de achterklep dicht en draaide de kofferbak op slot. Ik reed de auto de weg op en parkeerde hem langs de stoeprand. Herinneringen aan Carryl Chevron kwamen bij me boven. Ik dacht eraan hoe ik met de dood van de vertegenwoordiger mijn eerste schreden op dit pad had gezet, dat ik toen ongeveer even oud was als Victor, en het gevoel van toeval was bijna pijnlijk.

Claudia en Victor kwamen nog geen halfuur later thuis. Ik begroette ze hartelijk. Ik had het steakmes uit de gootsteen gehaald, zorgvuldig af- gedroogd en teruggelegd in de la. Ik had wat brood opgepiept, een paar plakjes gedroogd vlees gesneden en een boterham gegeten. Ik voelde me kalm, had mezelf volkomen in de hand, en toen Claudia naar de keuken ging om het avondeten klaar te maken, trok ik me met Victor terug in de voorkamer en luisterde naar hem terwijl hij me voorlas.

Later, toen de avond begon te vallen, vroeg ik Claudia of ze bereid was een uurtje langer bij Victor te blijven omdat ik nog een boodschap moest doen. Claudia was graag bereid me te helpen. Ik nam aan dat ze eenzaam was misschien, want haar echtgenoot was al meer dan drie jaar dood, en de tijd die ze met de Victor doorbracht, de uren die ze in mijn huis doorbracht om voor ons te zorgen, gaven haar een doel en verlosten haar een poosje van een wereld waarin ze niet graag lang verkeerde. Ik pakte mijn autosleuteltjes; ik ging het huis uit. Ik haalde de auto van de handrem en liet hem omlaag naar het einde van de straat rijden voor ik de motor startte. Ik deed de koplampen pas aan toen ik bij het kruispunt aan het einde was en daarna reed ik in noordelijke richting over Bélgica en Avenida las Misiones. Ik ging naar de kust, naar het Castillo de San Salvador de la Punta, en daar, beneden langs de rand van het Canal de Entrada, bracht ik de auto tot stilstand boven een donkere geul die omlaagliep naar het water.

Ik tilde het lijk van Hernández uit de kofferbak en droeg het naar de rand van de diepe geul. Ik rolde hem uit het kleed, vouwde het kleed op en legde het terug in de kofferbak. Ik pakte een kleine jerrycan met benzine achter uit de auto en besprenkelde het lijk van Hernández royaal. Ik deed een stap achteruit en stak een lucifer aan. Ik keek een moment naar het vlammetje, net een enkel kaarsje tegen de nachthemel, en toen gooide ik hem naar het lichaam. Het lijk stond in één klap in lichterlaaie en de vlammen schoten omhoog. Even raakte ik in paniek. Zo'n vuur zou langs de hele kust te zien zijn, maar toen was het al te laat. Ik haastte me terug naar de auto, startte de motor zonder de koplampen aan te doen, keerde en reed terug naar de weg. Boven aan de helling, zo'n drie- tot vierhonderd meter van het vuur, zette ik de motor uit en bleef een tijdje kijken. Er kwam niemand. Er werd geen alarm geslagen. Het was net of de ogen van Cuba de andere kant op waren gericht. Hoe lang het lijk brandde, wist ik niet. Na een minuut of dertig startte ik de motor weer en reed weg. Ik was een halve kilometer bij Hernández vandaan voor ik de koplampen aandeed en tegen de tijd dat ik thuiskwam, was ik al bijna vergeten dat de man bestond.

Het duurde drie dagen voor het lijk van Hernández uiteindelijk werd geïdentificeerd, meer dan een week voor er een andere politieagent naar de winkel van Raúl Brito kwam om te vragen of Hernández daar de afgelopen dagen was gezien. Raúl, die altijd al enigszins vergeetachtig was, zei dat hij zich niet kon herinneren wanneer hij de man voor het laatst had gezien, en ik liet het lijdzaam over me heen komen en deed alsof ik nergens veel van wist, behalve van boeken en sigaren. Ik had al met Luis gesproken, hem verteld dat alle noodzakelijke papieren waren getekend en hem de eerste duizend dollar gegeven van de tien die hem toekwamen.

Ik hoorde de naam van Raúl Hernández in de weken daarna nog één keer en daarna werd het stil. Blijkbaar was hij een onbetekenend man geweest bij leven, en was hij even onbetekenend in de dood. De jurist nam nooit contact op met Raúl Brito over onvolledige stukken en de kwestie werd onbelangrijk. De daaropvolgende negen maanden gaf ik Raúl elke maand duizend dollar en Raúl – man van de oude stempel – voelde nooit enige behoefte het geld op de bank te zetten. Ik was partner naar de geest, niet op papier, en dat kwam mij goed uit.

Drie jaar lang werd mijn leven met Victor simpel en eenvoudig een kwestie van rustig van de ene dag naar de andere gaan met alleen het donker als naad ertussen. Hij werd goed onderwezen en toen hij dertien werd, bespeurde ik in hem het nieuwsgierige verlangen naar de wereld die hij als jong kind had gekend. Hij stelde me regelmatig vragen over Amerika, over de dingen die ik had gedaan, het leven dat ik had geleid in de Nieuwe Wereld. Ik verdraaide de waarheid enigszins. Het leek me niet nodig hem iets te vertellen wat hij niet zou kunnen begrijpen, en zo hoorde hij wat hij wilde horen en verzon de rest. Bijna een jaar later, aan het begin van de herfst van 1996 en vlak voor mijn negenenvijftigste verjaardag, kwam Victor op een avond naar me toe en ging tegenover me zitten in de keuken. Claudia was al enige tijd geleden vertrokken en het was stil in huis. Hij had een boek bij zich met plaatjes, landschappen en horizonnen bij avond, en hij liet me een foto van het hoog oprijzende Manhattan tegen een schitterende zonsondergang zien.

'U bent in New York geweest,' zei hij bijna fluisterend.

'Ja, dat klopt,' zei ik. 'Ik heb enkele jaren in New York gewoond.'

'Voor ik was geboren.'

Ik knikte. 'Ja, voor jij was geboren. Ik ben in de lente van 1982 uit New York vertrokken en jij bent pas in de zomer geboren en toen woonden we al in Los Angeles.'

'En u hebt mama daar leren kennen?'

'Ja, ik heb haar begin 1974 leren kennen en in mei 1977 zijn we getrouwd.'

'Waar woonden jullie?'

Ik glimlachte. Ik kon me de geluiden en geuren, de gezichten van de mensen in de straat nog goed herinneren. Ik herinnerde me bijna woordelijk de discussie die over een zekere Jimmy Hoffa was gevoerd.

'We woonden in een wijk van New York die Little Italy wordt genoemd.'

'Italy? Zoals het land?'

'Ja, zoals het land.'

Victor was een poosje stil, diep in gedachten, en toen keek hij naar me op en zei: 'Hoe was het daar, papa? Hoe was het in Amerika? Ik kan me er bijna niets meer van herinneren.'

Ik leunde naar voren en pakte zijn hand. Ik hield hem vast alsof hij mijn enige verbinding met iets kostbaars en eeuwigs was. 'Het is een immens land,' zei ik. 'Veel en veel groter dan Cuba. Cuba is maar een klein eiland vlak bij de kust van Amerika. Er zijn daar miljoenen mensen, hoge gebouwen, brede straten, winkelcentra groter dan de ruïnes van de oude muur. Soms kun je bijna niet over straat lopen omdat er zo veel mensen van de andere kant komen. Je vindt er alles wat goed en alles wat slecht is in de wereld.'

'Slecht?' vroeg Victor. 'Wat dan?'

Ik schudde mijn hoofd. 'Het is soms moeilijk te begrijpen waarom mensen bepaalde dingen doen. Sommige mensen moorden, sommige mensen gebruiken drugs en stelen andermans eigendommen. Sommige mensen hebben, misschien uit wanhoop, het idee dat ze hun leven alleen zo kunnen leiden. Maar daartegenover staat dat het voor iedereen mogelijk is gelukkig te worden in Amerika. Er is genoeg van alles en als een man hard werkt en zijn woord houdt, kan de hele wereld van hem zijn.'

Victor was opnieuw stil. Ik bestudeerde zijn gezicht. Ik zag het licht in zijn ogen en ik wist wat hij zou gaan zeggen.

'Ik wil terug naar Amerika, papa. Ik wil echt terug naar Amerika. Ik wil naar New York, ik wil de gebouwen en de mensen zien. Zou dat kunnen?'

Ik zuchtte en schudde mijn hoofd. 'Ik ben oud, Victor. Ik ben van plan hier de rest van mijn leven te slijten. Je bent nog jong en als ik er straks niet meer ben, zul je nog tijd genoeg hebben om naar Amerika te gaan... Tijd genoeg om de hele wereld over te reizen als je wilt, en dan zit je niet meer met een oude vader opgescheept die je ophoudt.'

'Ik wil er niet alleen naartoe, ik wil dat u me meeneemt. Ik wil dat u me laat zien waar u allemaal bent geweest, alle plaatsen en de mensen –'

Ik liet Victors hand los en maakte een afwerend gebaar. Ik schudde langzaam mijn hoofd. 'Victor... Ik denk niet dat je het zult begrijpen, zelfs niet als ik het je uitleg, maar ik kan niet terug naar Amerika. Ik ben nu een oude man. Ik ben bijna zestig en heel veel dingen uit Amerika wil ik liever vergeten. We blijven nog een paar jaar hier en dan, als je straks achttien bent, kun je doen en laten wat je wilt en overal naartoe reizen. Ik zal je niet tegenhouden. Ik zou het niet over mijn hart kunnen verkrijgen je tegen te houden als je iets wilde...'

'Hou me dan nu ook niet tegen,' zei Victor en in zijn stem hoorde ik die scherpe klank van felle vastberadenheid die ik als jongeman had gehad. Hij leek in zo veel opzichten op mij, maar hij was ook naïef en blind voor de wreedheid van de wereld waarnaar hij verlangde.

'Ik kan niet –' begon ik.

'U bedoelt dat u niet wílt,' wierp hij me voor de voeten en hij greep het boek en sloeg het dicht.

'Victor,' zei ik op strenge, onverzoenlijke toon.

Hij keek me uitdagend aan.

'We praten hier vanavond niet meer over,' zei ik.

'We praten hier nooit meer over als het aan u ligt,' antwoordde hij.

'Victor, ik ben je vader –'

'En ik ben uw zoon. En ik heb ook mijn zus en mijn moeder verloren. Ik ben eenzaam hier. De enige die ik zie is Claudia, ik zit hele dagen te leren. Zo kan het niet blijven de rest van mijn leven.'

'Niemand zegt dat het de rest van je leven zo zal blijven... nog maar een paar jaar.'

'Nog een paar dagen zou al te lang zijn,' zei hij en hij stond op. Hij keek op me neer, een jongeman die zijn vader uitdaagde, en hoewel ik op een ander moment mijn stem tegen hem zou hebben verheven, hoewel ik hem naar zijn kamer had kunnen sturen voor zijn gebrek aan gehoorzaamheid en zijn wangedrag, kon ik hem alleen maar stil aankijken toen hij sprak.

'Ik ben nu veertien... Oud genoeg om te weten wat ik wil, vader, en ik wil naar Amerika. Nee, we praten er vanavond niet meer over. Maar we gaan er wel een andere keer over praten en we blijven erover praten tot u het ook van mijn kant wilt bekijken. En dan neemt u een besluit, en als u besluit dat u me er niet mee naartoe neemt, ga ik een manier zoeken om er alleen heen te gaan.'

Hij schoof zijn stoel terug met zijn knieën, een geluid alsof iets akeligs zich over de keramische tegels sleepte, en toen draaide hij zich om en liep naar de deur.

Hij keek achterom toen hij in de deuropening stond. 'Welterusten, vader,' zei hij kortaf op norse toon. 'Ik zie u morgen.'

Ik luisterde toen hij de trap op liep naar zijn kamer, toen hij zijn deur achter zich dichtgooide, en ik leunde naar voren, legde mijn armen op tafel en liet mijn voorhoofd op mijn handen rusten.

Ik stelde me voor dat Victor alleen naar Amerika ging. Ik stelde me voor dat hij in New York kwam en alleen door de straten dwaalde. Ik stelde me voor wat hem zou kunnen gebeuren, wie hij zou kunnen tegenkomen en wat er van hem zou worden.

Ik voelde tranen in mijn ogen, een brok samengebalde emotie in mijn keel, en ik dacht een moment dat hij zou worden wat ik was geworden als hij ging. Of hij zou doodgaan.

Ik sliep die nacht niet en toen ik hem 's ochtends hoorde opstaan, toen ik hem in de keuken onder me zijn eigen ontbijt hoorde klaarmaken, kon ik het vooruitzicht dat hij opnieuw zo uitdagend naar me zou kijken niet aan.

Ik wachtte tot Claudia kwam en ze met zijn schoolwerk begonnen, en toen stond ik op en nam een douche. Ik kleedde me snel en stil aan, verliet het huis via de achterdeur en ging naar de winkel.

Victor ging me niet zozeer uit de weg, hij verdween gewoon stilletjes. Ik zag hem steeds minder en ik dacht dat dat zijn bedoeling was. 's Ochtends zei hij weinig. Hij maakte zijn eigen ontbijt klaar en vertrok naar zijn kamer tot Claudia kwam. Dan ging hij met haar naar de voorkamer en trok de deur stevig achter zich dicht. Hoewel de deur niet op slot zat, was het duidelijk dat hij niet wilde dat ik binnenkwam, dus deed ik dat niet. Misschien dacht ik dat ik hem tot op zekere hoogte zeggenschap over zijn eigen leven gaf, maar eigenlijk gaf ik hem alleen de gelegenheid zich steeds verder van me te verwijderen. 's Avonds als ik thuiskwam uit de winkel zat hij boven in zijn kamer. Ik merkte al snel dat hij ervoor zorgde dat het avondeten klaar was voor ik thuiskwam en dan at hij met Claudia. Ook dat had hij zelf bedacht en uit zijn manier van doen en houding bleek dat ik wat hem betrof geen deel meer uitmaakte van zijn leven. Ik had hem iets geweigerd waar hij hevig naar verlangde en daarom was ik op staande voet in de ban gedaan.

Vele malen, te veel om na te vertellen, probeerde ik hem weer voor me te winnen, maar hij was koppig en aan het begin van oktober besefte ik dat hij een pad had gekozen, zoals ik ook had gedaan. Misschien troostte ik mezelf met de gedachte dat ik weliswaar een man had vermoord om mijn kennis over de wereld te vergaren, maar dat mijn zoon slechts naar

Amerika wilde, naar zijn geboorteland, het land van zijn moeder.

Op de laatste zaterdag van die maand, een dag die in zo veel opzichten het begin van het einde zou betekenen, liep ik de trap op naar de kamer van mijn zoon en ging op de rand van het bed zitten. Hij keek niet naar me, hij draaide zich alleen op zijn zij en ging verder met lezen.

'Luister eens even, Victor,' zei ik kalm.

Hij reageerde niet.

'Victor, luister naar me. Ik heb je iets te zeggen en je zult naar me luisteren.'

Ook nu verroerde hij zich niet.

'Wil je naar Amerika?'

Zijn gezicht vertrok enigszins.

'Als je met me over Amerika wilt praten, moet je je omdraaien en me aankijken en met me praten als een man.'

Victor ging verliggen. Hij draaide zich om en keek me aan met haast onverschillige ogen.

'We gaan naar Amerika,' zei ik zacht. 'We zullen doen wat je wilt en we gaan naar Amerika, maar je moet één ding goed begrijpen.'

Victor ging rechtop zitten. Hij stak zijn armen naar me uit. Ik maakte een afwerend gebaar en schoof een stukje achteruit. 'Luister naar me, Victor, luister goed naar me. Ik zal je meenemen naar Amerika, maar je moet weten dat ik daar voor jij werd geboren een bepaald leven heb geleid, en er zijn dingen gedaan en dingen gezegd die je naar mijn overtuiging nooit zou kunnen begrijpen. Als je daar toevallig iets over hoort, moet je er met mij over komen praten voordat je aanneemt dat het waar is, en voor je een oordeel over me velt. Ik ben je vader. Ik ben de beste vriend die je in deze wereld hebt en ik hou meer van je dan van het leven zelf. Maar ik zal niet dulden dat je een oordeel over me velt, Victor. Ik zal niet dulden dat je een oordeel over me velt.'

De angst was er, diep binnen in me weggestopt, een intrinsiek deel van mijn wezen bijna. De angst voor wie ik was, de angst dat mijn zoon de waarheid over zijn vader te weten zou komen. Hij was er, was er altijd geweest, maar ik had hem nooit onder ogen durven zien.

Victor boog zich naar voren en sloeg zijn armen om mijn hals. Hij omhelsde me en trok me dicht tegen zich aan. Ik ademde langzaam in. Ik sloot mijn ogen. Ik hield hem een kleine eeuwigheid vast en ik wilde hem niet loslaten.

Ik wilde niet dat mijn zoon zag dat ik huilde.

De volgende dag belde ik een paar mensen in Chicago. Ik hoorde dat Don Calligaris, Ten Cent, en een aantal anderen, in de zomer van 1994 teruggegaan waren naar New York. Ik had Ten Cent zo te pakken en toen ik hem vertelde dat ik van plan was terug te keren naar New York, zei hij dat hij een privévlucht vanuit Havana kon regelen die me naar het vasteland van Florida zou brengen en daar kon ik de trein nemen of met een auto naar New York gaan. Papieren en identiteitsbewijzen waren niet nodig. Niemand behalve het Alcatraz Swimming Team hoefde te weten dat Ernesto Cabrera Perez weer naar Amerika kwam.

Vijfenhalf jaar was ik weg geweest. Mijn zoon, acht jaar oud toen we waren vertrokken, was nu een puber met een eigen karakter en een eigen visie en heel eigen ideeën. New York zou vol pijnlijke herinneringen zijn en ik wist dat het moment zou komen dat ik door de straten wandelde waar ik al die jaren geleden met Angelina Maria Tiacoli had gewandeld.

Maar dat was een ander leven geweest. Dat was een heel andere man geweest, en ik beloofde mezelf plechtig dat het deze keer, déze keer anders zou worden.

Ik had me niet sterker kunnen vergissen, maar toen ik aan boord ging van het kleine vliegtuig, toen we over de smalle startbaan taxieden en vervolgens door de raampjes zagen dat de grond onder ons door het donker werd opgeslokt, verbeeldde ik me dat ik na mijn terugkeer toch op de een of andere manier verre zou kunnen blijven van het verleden.

De waarheid gebiedt te zeggen dat het verleden er al die tijd was geweest en haast niet kon wachten tot ik thuiskwam.

24

Hartmann wist het niet. Misschien kwam het doordat hij nog verdoofd was door de gebeurtenissen van de vorige avond, misschien doordat hij gefrustreerd was vanwege het feit dat veel van hun bewijsmateriaal nu was vernietigd, met daarbij de gedachte dat het onderzoek voor zover er sprake was van een onderzoek niets opleverde, maar het was net of ieder gevoel van prestatie of positieve voortgang met één snelle en effectieve daad was weggevaagd.

In dit vroege stadium kon onmogelijk iets met zekerheid worden gezegd over de bomaanslag op het FBI-gebouw, behalve dat hij het werk was van iemand die afwist van het bestaan van Perez, iemand die wilde dat Perez verdween en er niet om maalde wie er eventueel met hem zou verdwijnen. Hartmann zelf verdacht Feraud. De man had de macht, de middelen en de mensen om een dergelijke aanval uit te voeren en Hartmann geloofde ook dat Feraud de doden onder zowel onschuldige omstanders als federale agenten louter zou beschouwen als oorlogsslachtoffers, als een soort bonus zelfs. En dan was er Ducane, Charles Ducane, de gouverneur van Louisiana. En als je Perez mocht geloven, had deze man minstens veertig jaar nauw samengewerkt met de georganiseerde misdaad. Ducane was nu een man van in de zestig, wellicht even oud als Perez zelf, maar had officieel aan de andere kant van de wet gestaan, de acceptabele kant waar alles zoals het feitelijk was en alles zoals het leek te zijn, zeer sterk van elkaar verschilden. Bij mensen zoals Perez was de wereld tenminste zwart-wit. Wat zij deden was duidelijk: moord, afpersing, chantage, geweld, drugssmokkel, wapenhandel, pornografie, prostitutie, omkoping en intimidatie. In de politiek heette het: public relations, fondsenwerving, politieke druk, lobbyen, stemmen winnen en 'een pekelzonde begaan'. Het was allemaal één pot nat, en Hartmann was niet zo naïef om te denken dat mensen als Ducane niet in staat waren tot precies dezelfde dingen als

Perez en het Alcatraz Swimming Team. Het was geen verschil in daden, meer een kwestie van terminologie.

Die avond, de avond van zaterdag 6 september, de dag dat Catherine Ducane op de kop af twee weken weg was, de dag dat hij in Tompkins Square Park had moeten zijn met zijn vrouw en dochter, lag Ray Hartmann – de man met het gekwetste hart en de gebroken geest – op zijn bed in het Marriott Hotel. Hij had kunnen verhuizen naar het Royal Sonesta zoals Schaeffer en Woodroffe hadden gedaan, en het was niet de dreiging van een nieuwe bomaanslag die hem ervan had weerhouden. Hij probeerde gewoon, ogenschijnlijk tegen beter weten in, enige afstand te bewaren tussen hemzelf en alles wat er gebeurde. Als hij wakker werd, douchte, zich schoor en aankleedde in hetzelfde hotel waar hij met Perez moest praten, zou hij het gevoel krijgen dat zijn leven alleen daaruit bestond. Het Marriott was niet hetzelfde als thuis, zou daar zelfs nooit bij in de buurt kunnen komen, maar het gaf hem tenminste de indruk dat er verschil bestond tussen wat hij deed en wie hij was. Hij geloofde inmiddels dat hij de zaak, zelfs als men hem de keuze had gelaten, niet meer uit handen had kunnen geven. Zelfs als iemand had gebeld en tegen hem had gezegd dat het goed was, dat hij vandaag mocht terugkeren naar New York om zijn vrouw en dochter te zien, zou hij er naar zijn idee geen moment aan getwijfeld hebben dat dat de juiste handelwijze was.

Negentien moorden. Ernesto Perez had hun omstandig verteld over negentien verschillende moorden. Van de vertegenwoordiger in encyclopedieën hier in New Orleans tot en met de Cubaanse wijkagent die in september 1991 was doodgestoken en verbrand, waren het negentien levens, negentien mensen die niet meer rondliepen en lachten, die hun echtgenoot, vrouw, vriendin, broers, zussen, ouders, kinderen niet meer zagen. Negentien mensen die uit de fysieke realiteit van het leven waren verdwenen, die nooit meer zouden terugkomen, die nooit meer een gedachte of gevoel of emotie of passie zouden hebben. En daarnaast waren er nog de elf niet bij name genoemde slachtoffers die zonder plichtplegingen uit de weg waren geruimd toen Perez voor Giancarlo Ceriano werkte. Allemaal om het leven gebracht door één man. Ernesto Cabrera Perez. Een psychopaat, een homofoob zelfs, maar tegelijkertijd merkwaardig welsprekend en beschaafd, met oog voor gevoelens en de noodzaak van familiebanden, de kracht van loyaliteit en het geven van je woord. Een paradox. Een anachronisme. Een mysterie.

Hartmann kwam tot de ontdekking dat alles waarin hij geloofde in een bepaald opzicht op losse schroeven was komen te staan. Het belang van zijn werk, zijn zogenaamde carrière. De waarde van vriendschap. De noodzaak vertrouwd te worden, anderen te vertrouwen, een belofte te doen en haar na te komen. Precies zoals Jess hem had gevraagd: zou hij zijn beloftes nu nakomen? Hij dacht van wel. De dood van Ross en de anderen, zelfs de dood van hen die vermoord waren door Perez, leken enkel te benadrukken hoe belangrijk het was om van ieder moment iets te maken, hoe onbetekenend het op het moment zelf ook mocht lijken.

Hij was een klootzak geweest en dat was niet de schuld van zijn vader, en het was niet de schuld van zijn afkomst of een of andere erfelijke eigenschap; het was zijn eigen schuld, van hem alleen.

Perez had hem gevraagd of keuzes werden bepaald door omstandigheden, of dat omstandigheden werden bepaald door keuzes. Hartmann – en dit was mogelijk de belangrijkste verandering van opvattingen die hij had ervaren sinds Carol en Jess hem hadden verlaten – meende nu dat het het laatste was. Hij had keuzes gemaakt: om te werken, laat op kantoor te blijven, te weinig geloof en waarde te hechten aan de kleine dingen die Carol en Jess belangrijk vonden; en hij had ervoor gekozen te drinken, of dat nu met Luca Visceglia was geweest of alleen, hij was in de gelegenheid geweest nee te zeggen. Maar dat had hij niet gedaan. Ondanks zijn belofte had hij het niet gedaan. En dit was de prijs die hij had betaald. Omstandigheden werden bepaald door keuzes, daar was hij van overtuigd, en hij wist dat hij nu, na dit alles, andere keuzes zou maken.

In die eerste uren van zondagochtend, toen men in New Orleans deed wat men altijd deed; toen mensen lachend door Gravier Street en door de wijken Arabi en Chalmette wandelden en dansten; toen ze bij Tortorici's Italian Restaurant aten en bij Ursuline; toen ze over de Chef Menteur Highway en het viaduct over South Claiborne Avenue reden; toen ze hun woorden uitspraken, uiting gaven aan wat er in hun hoofd en hart en ziel omging; toen ze blootsvoets door Louis Armstrong Park renden en even de pas inhielden bij het passeren van de Onze Lieve Vrouwe van Guadalupe, omdat ze niet zeker konden weten, nooit zeker konden weten of er geen God was, en God had geen bezwaar tegen het drinken, maar van het vloeken en de herrie rond zijn Huis zou Hij wel eens zo nijdig kunnen worden dat Hij een bliksemschicht door je hart liet vliegen; toen zij het leven leidden in de vage hoop dat er om de volgende hoek misschien iets beters was, en zo niet om die hoek dan misschien om de volgende, en dat alles toeviel aan hen wier tong stil was, wier hart geduldig was, wier gedachten zuiver en rein en simpel waren; toen mensen in de hele stad zoals iedere dag weer broos en onzeker, impulsief en voorzichtig, koppig, hartstochtelijk, ontrouw, eerlijk, loyaal, kinderachtig, naïef en gekwetst waren... toen al deze dingen zich in het donker om hem heen ontvouwden, geloofde Ray Hartmann dat wat hier in New Orleans was gebeurd mogelijk – op een bescheiden en onaangename manier – een tweede kans was geweest. Als hij hier levend uit kwam, als hij er gewoon om dacht te blijven ademhalen, dan was er misschien een kans dat hij zijn leven zou kunnen redden van het dieptepunt dat het nu had bereikt.

Hij hoopte het zo. God, wat hoopte hij dat.

En met die gedachte gaf hij zich ten slotte, dankbaar, over aan de slaap.

Zondagochtend kwam Sheldon Ross hem niet uit het Marriott ophalen, want Sheldon Ross was dood.

Dat bovenal herinnerde Ray Hartmann aan de broze vergankelijkheid der dingen.

Hartmann arriveerde alleen bij het Royal Sonesta, maar ruim op tijd voor zijn afspraak met Perez. Toen hij het gebouw naderde, merkte hij echter al dat er iets was veranderd. Er stonden auto's voor het hotel die hij nog nooit had gezien, mannen ook – twee in totaal, keurig in het pak, eentje met zonnebril – maar uit de manier waarop ze zich gedroegen, maakte Hartmann op dat ze niet bij Schaeffers kleine familie hoorden. Zijn intuïtie zei hem dat er iets helemaal mis was en hij bleef een moment aan de overkant van de straat staan. De langste van de twee volgde hem met zijn ogen toen hij ten slotte de weg overstak en verder liep over het trottoir. Zodra hij bij de hoofdingang van het hotel kwam, stapte een agent van de FBI naar buiten en stak zijn hand op naar de twee mannen en Hartmann liep langs hen heen naar binnen.

'Nieuwe speelkameraadjes?' vroeg Hartmann.

De agent glimlachte vermoeid. 'Dat wil je niet weten,' zei hij bijna fluisterend en hij gaf aan dat Hartmann zich tot een agent achter de ontvangstbalie moest wenden.

'Eerste verdieping, tweede kamer rechts,' kreeg Hartmann te horen. 'Meneer Schaeffer en meneer Woodroffe zitten al op u te wachten.'

Hartmann bleef opnieuw een moment staan. Hij keek naar de man achter de receptie maar het was duidelijk dat er verder niets te zeggen viel.

Hartmann liep de hal door en ging de trap op. Hij kwam in de hal op de eerste verdieping en toen hij rechtsaf ging, hoorde hij stemmen. Er was niemand in de gang en hij wachtte even voor hij zijn aanwezigheid kenbaar maakte.

'...weten we niet. Dat is de simpele waarheid... We weten het gewoon nog niet.'

Het was de stem van Schaeffer, duidelijk als wat.

'Maar agent Schaeffer,' zei een andere stem, 'u wordt ervoor betaald om het wel te weten. Dat is het hele doel van uw bestaan... dingen weten die niemand anders weet.'

Hartmann fronste en deed nog een stap in de richting van de deuropening van de hotelkamer.

De tweede stem, het soort stem dat je verwachtte bij iemand die zichzelf heel graag hoorde praten, begon weer.

'U hebt vrijwel het hele welslagen van het onderzoek in handen gegeven van een overwerkte alcoholist uit New York...'

De haren in Hartmanns nek gingen recht overeind staan.

'...en die man, die Ray Hartmann, is er al niet in geslaagd een deal te sluiten met die maniak Perez. Ik begrijp het niet, agent Schaeffer. Ik begrijp gewoon niet hoe een man met uw achtergrond en ervaring het belangrijkste en neteligste aspect van deze kwestie hebt kunnen toevertrouwen aan iemand zoals Hartmann.'

'Omdat Ray Hartmann het vertrouwen van Perez heeft gewonnen, gouverneur.'

Hartmann, die daar in de smalle gang van het hotel stond op nog geen meter van de deur waar deze mensen met elkaar spraken, begreep wie er binnen was. Ducane. Gouverneur Charles Ducane.

'En als je met een man als Ernesto Perez te maken hebt,' ging Schaeffer verder, 'maak je gebruik van alle mogelijkheden en middelen die je kunt vinden. We hebben niet te maken met een rationeel mens, gouverneur. We hebben te maken met een meervoudige moordenaar, een moordzuchtige psychopaat. De wetten en regels en richtlijnen die bepalen hoe de dingen worden aangepakt op Capitol Hill, zijn niet van toepassing op dit soort situaties. Hier hebben we met een totaal andere wereld van doen –'

'Dit soort badinerende opmerkingen kan ik niet waarderen, agent Schaeffer. Ik ben hier omdat mijn dochter is ontvoerd en ik sta rechtstreeks in contact met de minister van Justitie zelf, en met de directeur van de FBI ook trouwens. Ik kan u verzekeren dat er genadeloos zal worden opgetreden als blijkt dat enig aspect van deze operatie door u of iemand onder uw gezag verkeerd is aangepakt –'

'En ik kan u verzekeren, gouverneur Ducane, dat werkelijk al het mogelijke wordt gedaan.'

Hartmann deed met gebalde vuisten en knarsende tanden drie stappen naar voren en verscheen in de deuropening van de hotelkamer waar Schaeffer, Woodroffe en Ducane in gesprek waren.

Ducane stond recht tegenover Schaeffer. Woodroffe zat op een stoel. Schaeffer zag er geïrriteerder en geagiteerder uit dan Hartmann hem ooit had meegemaakt. Hij had donkere kringen onder zijn ogen en zijn haar was niet gekamd. Ducane daarentegen leek het toonbeeld van zelfbeheersing. Hij had de houding van een man die altijd zijn eigen doelen bereikte en nooit hoefde uit te leggen wat hij deed, noch waarom hij het deed. Hij had scherpe en harde ogen. Zijn haar – zilvergrijs en vol – zijn maatpak en jas, zelfs de diepbordeauxrode sjaal om zijn nek, al die dingen getuigden van een man die zich nooit had voorgesteld hoe het was om zonder te moeten. Hij maakte op Hartmann niet de indruk van een man die bijzonder verontrust en van streek was door de afwezigheid van zijn enig kind.

Hij draaide zich om toen Hartmann de kamer binnenkwam. 'Meneer Hartmann,' zei hij langzaam.

Hartmann knikte. 'Gouverneur Ducane.'

'Ik kwam kijken of alle voortgang die kan worden geboekt ook wordt geboekt –'

'Dat begrijp ik,' merkte Hartmann op. Het laatste wat hij wilde was een preek.

Ducane schudde zijn hoofd. 'Ik ben bang, meneer Hartmann, dat ik er niet van overtuigd ben dat u het daadwerkelijk begrijpt.'

Hartmann wilde iets zeggen, maar Ducane stak zijn hand op.

'U hebt toch een dochter, meneer Hartmann?'

Hartmann knikte.

'Hoe oud is ze? Elf? Twaalf?'

Ducane keek naar Hartmann voor een antwoord maar sprak verder zonder erop te wachten.

'Dan begrijpt u misschien enigszins hoe iemand als ik zich nu voelt. Mijn dochter is negentien. Ze is zelf nauwelijks meer dan een kind. Die man –' Ducane sloeg zijn ogen een moment op naar het plafond; hij wist dat Perez in het gebouw was op een van de bovenverdiepingen. 'Dat beest... die waanzinnige criminele psychopaat die jullie in dit hotel hebben ondergebracht... die heeft mijn dochter ontvoerd. Mijn dochter, meneer Hartmann, en nu verkeer ik in de positie dat ik alleen maar kan afwachten terwijl jullie maar aanmodderen en er nog steeds niet achter zijn wat hij met haar heeft gedaan. Hoe zou u zich voelen als het uw kind was, meneer Hartmann? Hoe zou u zich dan voelen? Ik weet zeker dat er dan al veel meer vorderingen zouden zijn gemaakt. Waar is ze? Niemand weet het, behalve die man. Leeft ze nog of is ze dood? Hm? Is ze dood, meneer Hartmann? Nee maar... De enige die dat weet is die vent Perez.'

Ducane keek boos naar Hartmann en toen wendde hij zijn hoofd af en vestigde zijn blik achtereenvolgens op Schaeffer en op Woodroffe.

'Jullie kunnen de pest krijgen!' zei hij opeens. 'Ik ga zelf eens een hartig woordje met die man praten!'

Hij stormde naar de deur.

Hartmann deed een stap achteruit, sloot de deur en ging ervoor staan.

'Uit de weg, Hartmann!' beet Ducane hem toe.

Hartmann zei niets.

Schaeffer zag eruit alsof hij op het punt stond onder de druk te bezwijken. Woodroffe kwam overeind uit zijn stoel en ging naast Hartmann bij de deur staan.

'U kunt niet naar boven, gouverneur,' zei Hartmann kalm.

Het gezicht van Ducane vertrok. 'Ik laat me door u anders niet tegenhouden. Uit de weg.'

Schaeffer kwam naar Ducane toe en pakte hem bij de elleboog.

Ducane draaide zich bliksemsnel om. Hij rukte zijn arm los en duwde Schaeffer achteruit tegen de rand van het bureau.

Hij begon te schreeuwen. Het speeksel spatte van zijn lippen. 'Stelletje lapzwansen!' schreeuwde hij. 'Denken jullie nu echt dat jullie hier een beetje met mijn dochters leven kunnen spelen alsof het niets is? Denken jullie dat ongestraft te kunnen doen? Ik ben Charles Ducane, gouverneur van Louisiana...'

Ducane zweeg abrupt. Hij draaide zich weer om naar Hartmann. 'Jij…
Ga uit de weg, jij!'

Hartmann schudde zijn hoofd. 'Nee, gouverneur. Ik ga niet uit de weg.
U gaat nergens heen behalve terug naar Shreveport. U laat dit aan ons
over, zodat wij het op de juiste manier kunnen aanpakken. De directeur
van de FBI heeft de mensen gestuurd die naar zijn overtuiging het ge-
schiktst zijn voor deze taak en ze hebben alles gedaan wat in hun vermogen ligt en ze zullen blijven doen wat ze kunnen, tot ze uw dochter hebben
gevonden en veilig bij u hebben teruggebracht. We zijn hier met zestig
man. Eerlijke en capabele mensen. Ze zijn uur in uur uit op zoek geweest
naar aanwijzingen over de verblijfplaats van uw dochter. We hebben al
vier mensen verloren ten gevolge van dit onderzoek en we zijn geenszins
van plan de naam van uw dochter aan de lijst met doden toe te voegen.
Ik ben niet bekend met de standaardprocedures van de FBI in dit soort
zaken, ik ben niet in een positie om te oordelen of alle procedures tot op
de letter zijn gevolgd, maar ik kan u garanderen dat ik in alle jaren dat ik
met dit soort situaties te maken heb gehad, nog nooit een groep mensen
heb meegemaakt die zo toegewijd en gedreven zijn. Deze mensen hebben
hun eigen leven opgegeven voor de duur van dit onderzoek, ze hebben
zich door niets, werkelijk door niets, laten tegenhouden en alles gedaan
wat ze juist achten. Nu moet u weggaan, want als ik u naar boven laat gaan,
kan ik u garanderen dat Ernesto Perez niets meer zal zeggen en uw dochter
zal laten sterven.'

Ducane was een moment stil en toen deed hij een stap achteruit en
keek omlaag naar de grond.

Hij draaide zich om en keek naar Schaeffer. Drukte zijn gezicht iets
van een verontschuldiging uit? Hartmann wist het niet zeker. Het leek
hem sterk dat Charles Ducane zich ooit zou verwaardigen zijn excuses
te maken.

De dingen die Perez over Ducane had gezegd, stonden Hartmann helder voor de geest. De jonge compagnon van Antoine Feraud uit een oud
rijk geslacht. Had Charles Ducane enig idee wie Perez in werkelijkheid
was en waarom hij dit had gedaan? Wist gouverneur Charles Ducane in
feite precies waarom Perez zijn dochter had ontvoerd? Was hij hier, zoals
hij beweerde, om erop toe te zien dat er alles aan werd gedaan om haar te
vinden, of was hij hier om ervoor te zorgen dat de dingen waarvan hij niet
wilde dat ze bekend werden, geheim bleven?

Hartmann was uitgeput – mentaal, emotioneel, geestelijk. Hij had geen zin met deze man in gevecht te gaan en juist op het moment dat hij dat dacht, nam Ducane nogmaals het woord. Zijn stem klonk koel en kortaf. Er zat helemaal niets menselijks in en toen begreep Hartmann dat de dingen die Perez hun over deze man had verteld, best eens waar konden zijn.

'Ik laat me niet tegenhouden, meneer Hartmann. Ik wil die man spreken –'

Hartmann sloot zijn ogen. Hij balde zijn vuisten. 'Gouverneur Ducane,' zei hij zacht. Hij sloeg zijn ogen op. 'Er is heel veel wat we niet van deze man weten. Hij heeft ons een groot aantal dingen verteld en uw naam is een aantal malen naar voren gekomen.'

Ducanes ogen vlamden. Lag er een lichte angst in zijn blik?

'Hij heeft ons verteld over dingen die een groot aantal jaren geleden gebeurd zijn, in Florida en Havana, dingen waarbij enkele van de belangrijkste families uit de georganiseerde misdaad in het land uit de afgelopen vijftig jaar betrokken waren.'

Opnieuw die vonk van angst in Ducanes ogen.

'...en over de moord op Jimmy Hoffa...'

Hartmann voelde Schaeffer verstijven. Woodroffe deed een stap naar voren. 'Hartmann –' begon hij, maar Hartmann stak zijn hand op en Woodroffe viel stil.

'De moord op Jimmy Hoffa...'

Ducane bracht zijn rechterhand omhoog en wees met zijn wijsvinger naar Hartmann.

Hartmann werd kalm en slap vanbinnen, alsof de spanning in elke spier van zijn lichaam opeens werd losgelaten. Als hij het nu eens bij het verkeerde eind had? Als alles wat Perez hem had verteld nu eens één groot verzinsel was?

'Ik zou uw dreigementen maar voor u houden als ik u was,' zei Ducane.

Hartmann dwong zichzelf zijn zelfbeheersing te bewaren.

Ducane deed nog een stap naar voren, hoewel er al vrijwel geen ruimte meer tussen hen was. 'Jullie hebben blijkbaar nogal een hoge pet van jezelf op,' siste hij met een stem die steeds nadrukkelijker en bozer begon te klinken, 'maar–'

'Niets maar,' viel Hartmann hem in de rede. Zijn hart ging als een razende tekeer. Het zweet parelde onder zijn haar. Hij was misselijk en bang.

'We doen ons werk, gouverneur, en het is onze taak naar alles te luisteren wat deze man ons vertelt om te zien of er ergens een aanwijzing in zit, een spoor dat ons naar uw dochter zal leiden. En als dat betekent dat we vragen moeten stellen over Hoffa en Feraud en dat Gemini-geval ...'

Hartmann sprak verder, maar het drong zelfs tot hem niet meer door wat hij zei, want de verandering in de kleur en houding van Ducane was verbijsterend. Het was net of de man achteruitdeinsde zonder een centimeter van zijn plaats te komen. Hij ruimde het veld, eigenlijk gezegd, en Hartmann wist dat ze met deze man geen problemen meer zouden hebben. Gouverneur Charles Ducane zou vandaag niet op bezoek gaan bij Ernesto Perez.

Er heerste enige tijd stilte nadat Hartmann was uitgesproken en Charles Ducane, die met een wit gezicht en grote ogen als een man die hevig was geschrokken stijf gespannen voor hem stond, knikte langzaam en zei: 'Zie dat u mijn dochter vindt, heren ... Zie dat u haar vindt en breng haar bij me terug en als dat is gebeurd, verzin dan een manier om dit beest te doden voor wat hij me heeft aangedaan.'

Hartmann wilde iets zeggen, maar geen enkel woord leek op zijn plaats. Hij zag hoe Ducane zich omdraaide en Schaeffer en Woodroffe om beurten aankeek, en daarna deed hij een stap opzij toen Ducane op hem afkwam.

Ducane verliet de kamer. Schaeffer ging achter hem aan om zich ervan te vergewissen dat hij niet naar boven probeerde te gaan.

Hartmann liep verder de kamer in en ging aan het bureau zitten. Zijn handen trilden. Zijn hele lichaam was nat van het zweet. Hij keek naar Woodroffe. Woodroffe keek naar hem. Ze zeiden geen van beiden een woord.

Schaeffer was binnen enkele ogenblikken terug. Hij was buiten adem, rood aangelopen; zag eruit als een man die op het punt stond in te storten. 'Ik wist niet ... Ik had niet verwacht dat hij hierheen zou komen,' begon hij, maar Hartmann stak zijn hand op en Schaeffer viel stil.

'Het maakt niet uit,' zei Hartmann met de spanning en angst duidelijk hoorbaar in zijn stem. 'Het is niet anders.' Hij zei niets over zijn bijkomende gedachten aangaande het echte motief van Ducane om naar New Orleans te komen. Hij zei geen woord over het feit dat Ducane in zijn ogen minder weg had van een verdrietige en ontzette vader dan alle ontzette vaders die hij ooit had gezien. Dergelijke dingen waren alleen voor hemzelf, en het zou geen enkel doel dienen ze uit te spreken.

Hartmann keek Woodroffe en Schaeffer om beurten aan; geen van beiden zou een woord zeggen over wat er feitelijk in die kamer was voorgevallen.

Een agent verscheen in de deuropening en knikte naar Schaeffer.

Schaeffer knikte terug. 'Hij is weg,' zei hij en zijn stem klonk duidelijk opgelucht. 'Laten we als de donder aan de slag gaan, goed?'

Hartmann stond op van zijn stoel en liep de kamer uit. Ze gingen samen naar boven – met zijn drieën – en er viel even een stilte toen ze bij de kamer van Perez kwamen.

Hartmann klopte op de deur, maakte zichzelf bekend en de deur werd van het slot gedraaid. Hartmann stapte naar binnen en wachtte tot de buitenste deur op slot was gedaan. Hij liep over het tapijt en deed, zonder aarzelen, de binnendeur open en ging naar binnen.

'Meneer Hartmann,' zei Perez. Hij stond op uit een stoel bij het raam. De kamer zag blauw van de rook en het viel Hartmann op dat Perez er moe uitzag.

'We naderen het slot,' zei Perez toen Hartmann op hem afliep. 'Vandaag zal ik u over New York vertellen, morgen hoe ik weer in mijn geboorteplaats New Orleans terechtkwam en dan zijn we klaar.'

Hartmann gaf geen antwoord. Hij knikte alleen en ging tegenover Perez aan de tafel zitten.

'Het is voor ons allebei een lange reis geweest, niet? En we zijn nu bijna bij het einde gekomen dat u misschien niet eens zou hebben gehoord als de aanslag op mijn leven was geslaagd. Ik heb kennelijk enkele mensen van streek gemaakt.'

Hartmann probeerde te glimlachen. Het lukte hem nauwelijks zijn gezicht iets uit te laten drukken. Hij had het gevoel dat alles wat enige betekenis had uit hem was gerukt en ergens hangende werd gehouden. Misschien zou hij het terugkrijgen, misschien niet; niemand had het hem nog verteld.

'Het is wel een soort van leven geweest,' zei Perez en hij lachte vriendelijk. 'Het is niet het leven geweest dat ik me had voorgesteld misschien, maar goed, ik veronderstel dat dat voor de meesten van ons geldt, denkt u ook niet, meneer Hartmann?'

'Waarschijnlijk wel,' antwoordde Hartmann. Hij haalde zijn sigaretten uit de zak van zijn jasje. Hij stak er een op, legde het pakje op tafel en leunde achterover. Hij wilde tegen Perez zeggen dat Ducane slechts enkele minuten geleden beneden was geweest, maar hij deed het niet. Al zijn spieren deden hem zeer. Zijn hoofd voelde aan als een overrijpe pompoen, vol met zurig vocht, die bij het minste of geringste zou openbarsten.

'Voelt u zich niet lekker, meneer Hartmann?' vroeg Perez.

'Moe,' zei Hartmann.

'En de problemen met uw vrouw en dochter?'

'Afwachten,' antwoordde Hartmann.

'Het komt goed, daar ben ik van overtuigd,' zei Perez bemoedigend. 'Er is altijd een oplossing voor die dingen, dat weet ik zeker.'

'Ik hoop dat u gelijk hebt.'

'Kom, laten we beginnen,' merkte Perez op en hij nam ook een sigaret en leunde achterover.

Vanaf de andere kant van de kamer zouden ze eruit hebben gezien als twee vrienden die over vroeger praatten, elkaar misschien jarenlang niet hadden gezien en nu herinneringen ophaalden, nostalgische halve herinneringen die langzaam het heden binnenslopen terwijl ze de jaren van hun zeer verschillende levens doornamen. Misschien zouden ze, ondanks alles, vader en zoon hebben kunnen zijn, want ze scheelden ongeveer een generatie met elkaar, en in de schemerige hotelkamer waren hun trekken niet duidelijk te onderscheiden.

Het laatste waar ze op leken, was ondervrager en subject, want ze gingen zo op het eerste gezicht te ontspannen, te vriendelijk, alles bij elkaar te vertrouwelijk met elkaar om.

Dat moest het zijn. Ze waren heel oude vrienden, en ze waren na al die jaren in een onbekende uithoek van de wereld op elkaar gestuit, en ze hadden een paar uur, niet meer, de kans hun leven met elkaar te delen en rijker uit die ervaring tevoorschijn te komen.

'Toen ik na al die jaren terugkeerde naar New York,' zei Ernesto Perez zacht, 'was het of ik terugging in de tijd.'

25

Alles was veranderd, en toch was alles hetzelfde gebleven.

Het huis in Mulberry, de Blue Flame in Kenmare Street, Salvatore's Diner op de hoek van Elizabeth en Hester. Al die plaatsen waren me bekend, maar er hing een andere sfeer. Ik had er net zo veel jaren bij gekregen als de stad, maar de stad had haar vitaliteit verloren.

Het was oktober 1996. Ik was hier in november 1982 vertrokken, met een vrouw en twee kleine baby's, bijna veertien jaar geleden; vertrokken naar een andere stad, naar Los Angeles, met de overtuiging dat alles wat ik hier in New York had gevonden voor altijd van mij zou zijn.

Wens en realiteit hadden niet verder uit elkaar kunnen liggen.

De mensen die ik hier had gekend, waren ook weg. Angelo Cova, Giovanni de zoon van Don Alessandro, Matteo Rossi en Michael Luciano. Carlo Gambino was weg, evenals Frank Tieri en Anthony Corallo. Thomas DiBella, hoofd van de familie Colombo, was afgezet door Carmine Persico, en Caesar Bonaventre, het jongste hoofd van de familie Bonanno, was vervangen door Philip Rastelli na Rastelli's ontslag uit de gevangenis. Stefano Cagnotto was weg uiteraard, want hij was tenslotte door mij omgebracht.

Ten Cent haalde ons af van het treinstation en ik stelde hem voor aan Victor als oom Sammy. Ten Cent grinnikte en omhelsde me en kuste me op beide wangen en daarna deed hij hetzelfde bij Victor. Hij had een speelgoedbeer meegebracht, maar toen hij zag hoe groot Victor was en besefte dat hij geen kind meer was, moest hij om zichzelf lachen. We lachten allemaal en een moment dacht ik dat alles goed zou komen.

Het huis in Mulberry Street stond er nog en Ten Cent bracht ons erheen voor een ontmoeting met Don Calligaris. Terwijl zijn huishoudster Victor in de keuken iets te eten gaf, nam Don Calligaris mij apart en ging met me bij het raam in de voorkamer zitten.

'We zijn oud geworden,' zei hij en in zijn stem hoorde ik de vermoeidheid en verbroken beloftes. 'Ik ben teruggekomen naar Amerika. Ik wil niet alleen sterven ver weg van mijn familie. En dat … wat er met Angelina en Lucia is gebeurd –'

Ik maakte een afwerend gebaar met mijn hand. 'Dat is verleden tijd,' zei ik, en ik zei dat alleen omdat ik het te pijnlijk vond om erover te praten. Ondanks de jaren die waren verstreken, was het nog altijd iets wat als een donkere schaduw over mijn leven hing.

'Het is verleden tijd, ja, Ernesto, maar al die jaren dat je weg bent geweest, heb ik een zware last met me meegedragen omdat ik me schuldig voel over die avond. We hebben tot op heden alleen maar geruchten gehoord over wat er is gebeurd. Het is duidelijk dat de persoon die je vrouw en dochter heeft gedood de bedoeling had mij te doden. Bij onze pogingen de schuldige te vinden, zijn er mensen omgekomen, en we zoeken nog steeds. Het is nu al meer dan vijf jaar geleden, maar mensen zoals wij vergeten nooit een onrecht dat ons is aangedaan. Nu je terug bent, kunnen we hier samen aan werken, we kunnen uitzoeken wie erachter zat en wraak nemen.'

'Ik ben hierheen gekomen als een oude man die zijn zoon Amerika wil laten zien,' zei ik. 'Ik zal hem rondleiden, meenemen naar een paar dingen die ik zelf heb gezien en dan keer ik hoogstwaarschijnlijk terug naar Cuba om te sterven.'

Don Calligaris lachte. Hij leek een moment buiten adem en nam even de tijd om zijn keel te schrapen. De lijnen en rimpels in zijn gezicht zeiden alles wat gezegd moest worden. Hij was enkele jaren ouder dan ik, maar terwijl een normale man zich zou hebben teruggetrokken – naar Florida zou zijn verhuisd en zijn dagen in de zonneschijn zou hebben doorgebracht met vissen en wandelen en bezoekjes van zijn kleinkinderen – hield Fabio Calligaris met ijzeren greep vast aan zijn leven. Dit territorium was alles wat hij had en dat opgeven zou voor hem hetzelfde zijn als het einde verwelkomen van alles wat belangrijk was. Hij was een harde man, was hij altijd geweest, en hij zou liever daar ter plekke in dat huis in Mulberry Street zijn overleden dan zien dat zijn levenswerk aan een jonger iemand werd overgedragen.

'Over doodgaan wordt hier niet gesproken,' zei hij zacht en hij glimlachte. 'We praten niet over doodgaan en we praten ook niet over opgeven. Dat zijn de gespreksonderwerpen voor zwakke mannen zonder ruggengraat. We zijn misschien oud, maar we kunnen in de jaren die ons resten nog van deze wereld pakken wat we willen. Je hebt een zoon en hij moet een vader hebben die er voor hem is tot hij zelf een man is. Hij heeft een moeder en een zus verloren, en als hij jou zou verliezen, zou hij al gebroken zijn voor hij een kans heeft gehad.'

'Ik ga nog wel een paar jaartjes mee,' zei ik. 'Daar twijfel ik niet aan. Maar met hem aan mijn zij kan ik onmogelijk opnieuw dit leven gaan leiden.'

Don Calligaris leunde achterover. Hij keek me recht aan, en hoewel in zijn ogen warmte en vriendschap stonden te lezen, lag er ook de koude vastberadenheid in waarom hij bekendstond. 'Dit leven… Deze zaak van ons, dat is niet iets wat je achter je kunt laten, Ernesto. Je maakt je keuzes, je doet van je spreken en krijgt een zekere naam en die naam zal je altijd aankleven. Je hebt gekozen voor het leven dat je hebt geleid en hoewel er altijd dingen zullen zijn waar een man spijt van heeft, denkt alleen een domme man dat hij ongedaan kan maken wat hij is, wat hij is geworden ten gevolge van zijn daden. Ik kijk tegenwoordig televisie, ik zie films over het soort mensen dat we zijn.' Hij lachte. 'We worden afgeschilderd als een bende boeven, stompzinnige criminelen in zijden kostuums die moorden om niks. We worden beschouwd als gemene en onredelijke mannen, zonder hart, maar niets is meer bezijden de waarheid. Vaker wel dan niet zijn mensen gestorven omdat het een kwestie van leven en dood was. Het was jij of zij. En dan is er nog de kwestie van eer en afspraken. Mannen beloven iets en zweren op het leven van hun familie, en dan verraden ze niet alleen de mensen aan wie ze de belofte hebben gedaan, maar ook zichzelf. Dat is het soort mannen dat sterft, en die mannen verdienen niet beter.'

Ik luisterde naar wat Don Calligaris zei en ik wist in het diepst van mijn hart dat het waar was. Toen ik zag dat mijn eigen zoon zich van me verwijderde en ik de mogelijkheid overwoog terug te keren naar Amerika, had ik geweten dat ik niet alleen zou terugkeren om aan zijn wens tegemoet te komen. Het zou ook voor mezelf zijn. Ik was een man die in de loop der jaren keuzes had gemaakt die van invloed waren geweest op het leven en de dood van zeer veel mensen. Als ik naar New York terugkeerde, als ik de oude vriendschappen en banden herstelde, zou dat ook betekenen dat ik weer van hetzelfde laken een pak ging dragen. De man die ik was, was het resultaat van wat ik had gedaan, en wat ik had gedaan kon nu niet meer ongedaan worden gemaakt. Ik maakte deel uit van deze uitgebreide familie, en dat zou misschien altijd zo blijven. Het feit dat ik een zoon had, veranderde daar niets aan.

Ik dacht op dat moment dat ik niet zo veel moeite had gehad met de beslissing om terug te gaan omdat ik bang was dat Victor bepaalde dingen te weten zou komen, iets zou zien of horen, maar omdat ik mijn positie in het grote geheel eigenlijk niet opnieuw wilde innemen. Ik had een plaats en door mijn vertrek was die plaats leeg gevallen. Niemand had zich aangeboden om mijn mantel om te slaan en mijn verantwoordelijkheden op zich te nemen, en niemand zou dat ook doen. Niemand behalve ik. En nu zat ik hier bij het raam in het huis in Mulberry Street; mijn zoon in de keuken; Ten Cent in de achterkamer waar hij een honkbalwedstrijd volgde op tv; Don Fabio Calligaris, oud en grijs en gerimpeld, tegenover me in zijn stoel, en ik besefte dat datgene wat ik had achtergelaten het geduld van Job bezat. Mijn kleren waren gesneden. Ik had ze gedragen. Ik dacht dat ik ze kon uittrekken en ze voorgoed ergens kon opbergen. Dat was niet het geval. Het waren de enige kleren die me ooit echt hadden gepast.

'Dus je ziet,' zei Don Calligaris. 'We zijn wie we zijn, wat de wereld met al zijn verschillende meningen ook van ons zegt. De dingen die we hebben gedaan zijn net zo onlosmakelijk met ons verbonden als onze vingerafdrukken en ze kunnen niet worden uitgewist, ze kunnen niet worden omgeruild voor iets anders. Ik ken je goed genoeg, Ernesto...' Hij glimlachte. Hij leunde naar voren en pakte mijn hand. Ik keek neer op zijn huid met levervlekken en zag dat zijn hand en de mijne er vrijwel hetzelfde uitzagen. 'Ik ken je goed genoeg om te weten dat je er niet gelukkig van wordt als je ergens in een hol op Cuba wegkruipt en sterft als een onbelangrijk en onbetekenend mannetje. Je bent hier. Je bent naar huis gekomen. Het huis waar je vroeger met Ten Cent hebt gewoond, is er nog. De kamers zijn nog hetzelfde...' Hij lachte. 'Nou ja, we hebben wel de moeite genomen de muren te laten verven! Maar die kamers zijn er voor jou en voor je zoon en in de uren dat hij naar school gaat, dat hij leert een goed Amerikaans burger te zijn, kun jij hier bij mij zijn en me helpen de rotzooi op te ruimen die die kinderen van onze stad hebben gemaakt. De vijf families zijn hier geweest. Ze zijn nu misschien rustiger, ze hebben misschien minder invloed dan dertig jaar geleden, maar ze zijn nog springlevend en actief in Amerika. Amerika was ons land en zolang als ik leef, zal het ons land blijven als ik het kan helpen.'

Hij greep mijn hand steviger beet. Hij vroeg me te blijven, opnieuw lid van de familie te worden. Ik zou terugkeren naar een leven waarvan ik dacht dat ik het achter me had gelaten. Deze keer zou het anders zijn. Ik had nu een zoon van veertien jaar oud en hij zou beschermd moeten worden tegen de waarheid over wat ik had gedaan – en misschien nog zou doen. Dat zou nog de grootste uitdaging van al worden. En wat was mijn andere optie? New York bezoeken, een handjevol weken Amerika bekijken en dan terugkeren naar Cuba, met een zoon die wellicht ongelukkig was en heimwee had naar de weidse en ontzagwekkende wereld waarvan hij een glimp had opgevangen, en wachten tot ik stierf?

Ik keek omlaag naar de grond. Ik sloot mijn ogen.

Ik meende dat ik mijn besluit al had genomen die avond dat ik op de rand van Victors bed had gezeten en hem had verteld dat we zouden gaan.

'Ja,' zei ik met nauwelijks hoorbare stem. Ik keek op en schraapte mijn keel. 'Ja, Don Calligaris. Ik blijf hier. Ik ben weer thuis.'

Don Calligaris sloeg zijn handen in elkaar. 'Ha!' riep hij breed glimlachend uit. Hij stond op uit zijn stoel. Ik stond ook op. Hij kwam naar me toe en legde zijn handen op mijn schouders. Hij trok me naar zich toe en omhelsde me. 'Mijn broeder,' zei hij. 'Ernesto Perez, mijn gekke Cubaanse broeder... Welkom thuis!'

Het begon met de kleine dingetjes; altijd de kleine dingetjes.

We troffen voorzieningen om mijn leven met Victor gescheiden te houden van mijn leven met Ten Cent en Don Calligaris. Hij werd aangenomen op een goede school, een katholieke school die banden had met de familie. Geld verwisselde van eigenaar en Victor hoefde geen identiteitsbewijs en persoonsnummer te overleggen. Hij kwam nooit te laat, hij werkte hard, hij was een veelbelovende leerling en hij leek gelukkig. Na school ging hij terug naar het huis waar we woonden, ongeveer een half blok van Mulberry in Baxter Street, en daar keek hij tv of deed hij iets anders om zich te vermaken als ik er niet was. Ten Cent woonde er ook en ik nam een vrouw in dienst zoals we in Havana Claudia Vivó in dienst hadden gehad. Ze heette Rosa Martinelli, een Italiaanse weduwe van middelbare leeftijd die zelf ook zoons in de puberleeftijd had, en Victor leerde die jongens kennen, goeie knullen, eerlijk en ijverig, en hij bleef vaak bij hen logeren of ging samen met hen naar de film. Ik maakte me geen zorgen over Victor, hij verkeerde in goed gezelschap en daar was ik blij om.

De kleine dingetjes begonnen dus.

'Ga eens bij Bracco langs,' zei Don Calligaris bijvoorbeeld. 'Zeg hem dat we vanavond nog het geld van de renbaan moeten hebben. Zeg hem dat hij al drie weken achter elkaar te laat is geweest en dat de maat vol is.'

En dan gingen Ten Cent en ik naar Bracco, wij tweeën – oude mannen van in de vijftig – en joegen de buurt de stuipen op het lijf en herinnerden mensen eraan wie we waren.

'U bent die man,' zeiden ze dan. 'U bent de man die Jimmy Hoffa koud heeft gemaakt,' en dan glimlachte ik zonder iets te zeggen, en zij zagen alles wat ze wilden zien in die uitdrukking.

Soms kwamen we bij elkaar in Salvatore's om over zaken te praten en op die momenten had ik twintig jaar jonger kunnen zijn en die heftige opwinding kunnen voelen bij het vooruitzicht dat ik over een paar uur klaar zou zijn en de straat door zou lopen om bij Angelina Maria Tiacoli langs te gaan.

Ben je er nu alweer?

Ja.

Je geeft het niet op, hè? Hoe was het concert?

Ik ben niet gegaan.

En nu wil je dat ik de kaartjes betaal, is dat het?

Nee, je hoeft de kaartjes niet te betalen.

Wat wil je dan?

Ik wil je mee uit nemen, naar de bioscoop misschien –

En dan was het moment opeens voorbij en keek ik naar buiten naar de straat en besefte ik dat ik het verleden, of het hier nu op me had gewacht of niet, op geen enkele manier zou kunnen terugvinden.

En toen werden de kleine dingetjes grotere dingen.

'Die Bracco, weet je wel, een van zijn jongens, Giacomo nog wat, loopt in de stad rond te bazuinen wat hij allemaal doet voor de familie. Ga samen met Ten Cent, zoek die gozer op, verbrijzel zijn vingers of zo en zeg hem dat hij in het vervolg beter zijn mond kan houden want dat je anders de volgende keer een paar luchtgaatjes in zijn schedel maakt.'

En dan gingen Ten Cent en ik erheen, naar een vervallen pakhuis aan de zuidkant van Bowery, en drukte ik Giacomo in een stoel terwijl Ten Cent drie of vier vingers van zijn rechterhand brak met een Engelse sleutel. We hadden een vettige lap in de mond van die knul gestopt om hem stil te houden, hoorden later dat hij zo ziek als een hond was geworden van iets wat hij waarschijnlijk had doorgeslikt, maar reken maar dat hij vanaf dat moment zijn mond hield; we hoorden geen woord meer.

Ik doodde niemand tot de winter van 1998. Een paar weken voor Kerstmis was het en op de trottoirs lag een dik pak sneeuw. Ik weet nog dat ik veel last had van de kou; dat had ik nooit gehad en het drong opeens tot me door dat ik misschien eigenlijk bij een rusthuis in Tampa Bay op een ligbed naast het zwembad had moeten liggen. Ik had om die gedachte geglimlacht toen ik het huis in Baxter Street uit liep, toen ik een stukje door de straat wandelde en in de auto stapte waarin Ten Cent op me zat te wachten.

'Dit is een verdomd smerig zaakje,' zei hij en hij sloeg zijn in handschoenen gestoken handen tegen elkaar en ademde een witte wolk uit naar de voorruit. 'Ben je er klaar voor?'

'Helemaal,' antwoordde ik, hoewel ik het nare gevoel had dat het niet goed zou aflopen. Het was laat in de avond, iets na negenen. Victor logeerde bij mevrouw Martinelli en was misschien in de veronderstelling dat zijn oude vader al in bed lag met een kop warme chocolademelk, maar nee, ik zat hier, in een auto op de hoek van Canal Street met zijn oom Sammy, en oom Sammy en ik zouden naar Lower East Side rijden om een of andere klootzak, een zekere Benny Wheland, om te leggen. Benny was een onbelangrijke woekeraar, een van de hufters die vijfentwintig cent per dollar per week rekende. Je leende duizend dollar bij hem en drie weken later kwam hij er zeventienhonderdvijftig terugvragen en dan verwachtte hij dat je heel erg beleefd en dankbaar was als je hem het geld gaf. Hij had vrijwel geen sterke jongens om zich heen, alleen een paar Ierse vuistvechters die in de clubs rond Water Street en Vladek Park partijtjes met de blote vuist boksten. Sjacheraars waren het, meer niet, maar ze waren groot genoeg om het soort mensen aan wie Benny Wheland geld leende te intimideren. Het probleem met Benny – ook al was hij een lieverd – was dat hij een mond had zo breed als de Williamsburg Bridge en als hij hem opendeed kon je zo drie auto's en een takelwagen zijn keel in rijden. Hij had een deal gesloten met een wedstrijdmakelaar, ene Mordi Metz, een ontegenzeglijk onbetrouwbare Joodse zakenman die bekendstond als Momo. Momo regelde de financiële zaken rond alle gevechten in Lower East Side. Hij had een sterke zakelijke band met onze mensen en als hij verlegen zat om een hardhandige aanpak bij het innen van de opbrengsten, waren wij hem altijd graag van dienst. We hielden een aandeel van tien procent, we leverden het geld netjes en eerlijk af bij Momo en iedereen was gelukkig. Benny Wheland had een deel van de opbrengst achtergehouden, iets in de orde van grootte van dertigduizend dollar, en Momo deed een beroep op de familie Luchese die nog bij hem in het krijt stond. De familie Luchese gaf de klus aan Don Calligaris en Don Calligaris gaf hem aan ons.

'Het is eigenlijk een heel eenvoudig zaakje,' zei hij tegen me. 'Hij heeft het geld, dat staat buiten kijf, en de afspraak is dat wij alles wat we krijgen mogen houden op één symbolische dollar na, die we aan Momo moeten geven.'

'Eén dollar?' vroeg ik. 'Waarom moeten we hem in hemelsnaam één dollar geven?'

Don Calligaris glimlachte. 'Dat is traditie. Het is iets joods. Ze moeten altijd hun centen krijgen, snap je?' Hij lachte, wuifde mijn vraag weg en ging verder met zijn verhaal.

'Het is voor ons de moeite waard Momo te vriend te houden,' zei hij. 'Die Wheland is een minkukel, een vlieg in de melk wat hem betreft, ongeveer even belangrijk als een hoop hondenstront op het trottoir. Het kan ons niet schelen als hij eraan gaat, en Momo wil het graag. Bovendien staat Benny Wheland erom bekend dat hij iets te vaak zijn mond heeft geroerd en het zal heel wat rustiger zijn als hij uit de weg is geruimd.'

Ik zweeg.

'Kom op, Ernesto, als ik iemand anders kon sturen, iemand die ik kon vertrouwen, zou ik dat doen. Dat weet je. Het lijkt misschien niet belangrijk, dertigduizend dollar die een Joodse wedstrijdmakelaar van iemand te goed heeft, maar ik heb mijn orders, en orders zijn orders zoals je heel goed weet. Ga je het nou doen, of moet ik er een of andere arrogante puber met een puistenkop bij halen, die er vast en zeker een puinhoop van maakt?'

Ik glimlachte. 'Natuurlijk ga ik,' zei ik. Ik zou me niet tegen het verzoek van Don Calligaris hebben verzet . Het lag niet in mijn aard tegen hem in te gaan. Hij zat in een lastig parket. Hij had iemand nodig die de klus kon klaren. Ik beloofde dat ik het zou doen.

En zo zaten we in die auto terwijl de sneeuw in New York op ons neer bleef dwarrelen, Ten Cent en ik, met dikke jassen en handschoenen aan, en toen Ten Cent de motor startte en ik naar hem keek, besefte ik dat hij dit soort dingen altijd zou blijven doen. Ten Cent was een soldaat, hij was geen denker. Hij was slim, geen twijfel aan, maar hij had geaccepteerd dat hij geen leider was. Hij was een man die koningen maakte, niet zelf een koning, terwijl ik altijd overal mijn vraagtekens bij zette. Ik wilde geen koning zijn, ik wilde niet ergens in een stoel zitten en opdracht geven mensen het leven te benemen, maar op dat punt in mijn leven wilde ik ook niet de afgezant zijn. Wat ik wilde wist ik niet, maar ik had een belofte gedaan en toen ik die belofte eenmaal had gedaan, was er geen weg terug. Die onwil mijn woord te breken was misschien wel de enige reden dat ik al die jaren het er levend had afgebracht.

We reden zuidwaarts in de richting van Chinatown en namen vervolgens Broadway naar Lower East Side. We hadden het adres van Benny Wheland gekregen en we wisten dat hij alleen woonde. Blijkbaar had Benny zo weinig vertrouwen in de vrouwen die hij had gekend dat hij nooit was getrouwd, en het geld dat hij had bewaarde hij onder de vloer.

'Ga jij het doen?' vroeg Ten Cent me toen hij de auto langs de stoeprand tot stilstand bracht. 'Ik vind het niet erg als je het niet wilt doen, weet je. Je hebt tenslotte een kind en ik weet dat een mens dan anders tegen de dingen aan gaat kijken. Mij maakt het niet uit, hoor, als je die vent liever niet zelf wilt omleggen.'

Ik haalde mijn schouders op. 'We zien wel hoe het loopt,' zei ik. 'Kom, dan gaan we met Benny praten, eens horen welk excuus hij aan te voeren heeft.'

Ten Cent knikte en opende het portier. Een ijskoude vlaag wind en sneeuw kwam de auto in en Ten Cent vloekte. Hij stapte uit en sloeg het portier dicht.

Ik stapte aan de andere kant uit en liep om de auto heen naar hem toe. We keken naar beide kanten de straat door. Slimme mensen zaten binnen met een deken om zich heen geslagen voor de televisie. Alleen wij – twee oude mannen met dikke jassen en sjaals – waren zo dom om op een avond als deze buiten te zijn.

Benny deed open, maar de deur werd tegengehouden door twee kettingen. Hij gluurde naar ons door de acht centimeter brede kier met samengeknepen ogen vanwege de koude wind die tot zijn chagrijn naar binnen waaide.

'Benny,' zei Ten Cent. 'Hoe is het met je? Ga je die deur nog opendoen en ons binnenlaten of moeten we hier buiten blijven staan kou lijden als de eerste de beste schooiers?'

Benny aarzelde een moment. Het verbaasde me, bleef me altijd verbazen, dat mensen in dit soort situaties niet doorhadden wat er ging gebeuren. Of misschien beseften ze het wel en wisten ze dat het in zekere zin onvermijdelijk was en legden ze hun leven in handen van het lot. Misschien zouden ze het overleven. Misschien geloofden ze wel dat God aan hun kant zou staan en hen erdoorheen zou slepen. Ik wist zeker dat God de grootste woordbreker was die ooit had bestaan.

'Wat moet je?' gromde Benny door de smaller wordende kier tussen de deur en de deurpost.

'Aah, kom op nou, Benny. We moeten met je over geld praten. We weten een manier om dat zaakje met Momo op te lossen en het kost maar een paar minuten, dan zijn we weer weg.'

Ik wist niet wat Benny Wheland op dat moment dacht, maar zijn gezicht veranderde van uitdrukking. Misschien dacht hij dat Momo, en de connecties die Momo mogelijk had, nooit twee oude mannen zou sturen om hem een lesje te leren. Misschien dacht hij dat er een paar jonge arrogante gasten zouden komen als hij zou worden omgelegd, die gewoon met veel geweld zijn huis zouden binnendringen en hem in het gezicht zouden schieten.

Hij aarzelde nog even en toen sloeg hij de deur dicht. Ik hoorde dat de kettingen werden losgemaakt, allebei, en daarna ging de deur wijd open. Ten Cent en ik gingen dankbaar en gewapend met een .38 het huis van Benny Wheland binnen.

Er werd veel gepraat, voornamelijk door Benny, een beetje door Ten Cent, en na een tijdje was ik het luisteren beu en schoot Benny in het gezicht.

Toen ik naar hem toe liep en hem bekeek, was er niet veel meer te zien dan een handjevol troep rond zijn ogen en neus.

Ten Cent stond met zijn mond open van verbazing.

'Godsamme, Ernesto... Wat doe je nou?'

Ik fronste. 'Hoe bedoel je?'

'Jezus, man, je had wel even kunnen waarschuwen dat je dat ging doen.'

'Wat bedoel je nou, dat ik wel even had kunnen waarschuwen? Waarvoor zijn we hier dan? Om een kopje thee te drinken en een praatje te maken met die klootzak?'

Ten Cent schudde zijn hoofd. Hij bracht zijn rechterhand omhoog en masseerde zijn oor. 'Nee, dat bedoel ik niet. Je weet best dat ik dat niet bedoel. Ik bedoel dat je wel even had kunnen waarschuwen dat je die vent ging neerschieten. Dan had ik verdomme mijn handen voor mijn oren kunnen houden. Godallemachtig, zo te voelen ben ik nou de rest van de week doof.'

Ik glimlachte en Ten Cent begon te lachen.

'Jij wilde toch ook niet langer naar dat gezeik luisteren, of wel soms?'

Ten Cent schudde zijn hoofd. 'Die vent ouwehoerde in zijn eentje meer dan een hele radiozender bij elkaar. Kom op, dan gaan we dat geld zoeken.'

We doorzochten elke kamer in het hele huis. We braken de vloer open, scheurden de rug van stoelen en banken kapot. We vonden vrijwel door het hele huis kartons met etensresten en vuil wasgoed. We vonden zelfs de restanten van iets wat zwart geblakerd uit de oven was gekomen en daarna gewoon was blijven liggen omdat Benny niet de moeite had genomen een keer op te ruimen. Hij had geleefd als een beest. Dat gezegd zijnde, vonden we, ondanks zijn persoonlijke hygiëne en huishoudelijke vaardigheden, alles bij elkaar bijna honderdtienduizend dollar, waarvan veel in briefjes van vijftig en honderd. Het was een goede vangst, beter dan Don Calligaris had verwacht, en als blijk van goed vertrouwen stuurde hij Momo één dollar in een envelop, en nog eens dertigduizend dollar in een jiffybag.

'Goed gegaan?' vroeg hij me toen we terug waren in Mulberry Street.

'Geen enkel probleem,' vertelde ik hem.

'Mooi werk, Ernesto. Lekker om het oude bloed weer eens te laten stromen, hè?'

Ik glimlachte. Ik wist niet wat ik moest zeggen en zei dus maar niets. Ik had gedaan wat nodig was, wat van me was gevraagd, en tegen de tijd dat ik in mijn eigen kamer zat met in mijn ene hand een kop koffie, in mijn andere een sigaret, mijn benen op tafel en een film op de tv, voelde ik me al zo ver verwijderd van wat er was gebeurd, dat het me helemaal niets meer deed. Ik was als verdoofd, ongevoelig voor Benny Wheland en Momo en alle anderen die misschien wel eens iets met een van hen te stellen hadden gehad, en ik wilde alleen wat tijd voor mezelf om mijn gedachten op een rijtje te zetten.

En toen dacht ik aan Angelina en Lucia. Ik had mezelf sinds hun dood niet toegestaan echt aan hen te denken. Na de schok, de afschuw, de pijn en het verdriet en huilbuien die mijn lichaam in de eerste weken in Havana 's nachts zo vaak hadden uitgeput, had ik mezelf losgemaakt van alles wat er was gebeurd en geprobeerd opnieuw te beginnen. Geestelijk en emotioneel ten minste, althans dat dacht ik. Het was niet waar. Ik was mijn gevoel van woede en wanhoop over hun verlies nog niet te boven en hoewel Don Calligaris me verschillende malen had verzekerd dat er nog altijd pogingen werden gedaan om te achterhalen wat er was gebeurd en waarom, wie verantwoordelijk was voor de aanslag op zijn leven waarbij mijn vrouw en dochter waren omgekomen, wist ik donders goed hoe deze familie in elkaar stak en besefte ik dat hij me alleen probeerde te paaien. In dit leven van ons gebeurden dingen, die vervolgens werden vergeten. Binnen een uur, een dag hoogstens misschien, zou Benny Wheland vergeten zijn. De politie zou hem vinden nadat een van zijn buren had geklaagd over de stank van zijn ontbindende lijk en er zou voor de vorm een onderzoek worden ingesteld. Een jonge gast net twee weken van de rechercheopleiding zou tot de conclusie komen dat het een duidelijk geval van roofmoord was en dat was dat. Benny Wheland zou worden begraven of gecremeerd of zijn lijk zou een andere bestemming krijgen, en dan viel er niets meer te zeggen. Zijn dood zou net zo onbetekenend zijn als zijn leven. Ongeveer zoals bij mijn vader.

Het was hetzelfde bij Angelina en Lucia. Ergens had iemand de opdracht tot het doden van Don Calligaris gegeven, een bom was in zijn auto geplaatst, Don Calligaris was er zonder kleerscheuren afgekomen. Ergens zou iemand een telefoontje plegen naar iemand ergens anders, de verschillen van mening zouden in enkele minuten zijn bijgelegd en daarmee was de zaak afgedaan. Einde verhaal. Blijkbaar wilde degene die de opdracht tot de aanslag had gegeven, Don Calligaris niet meer dood hebben, anders hadden ze het nog een keer geprobeerd en zouden ze het zijn blijven proberen, hoeveel pogingen er ook voor nodig waren geweest, en wie er ook toevallig in de weg had gestaan. Angelina en Lucia, tja, zij stonden toevallig in de weg, en als ik een bloedverwant was geweest, als we echt bij deze familie hadden gehoord, dan had iemand misschien iets gedaan. Maar ik was een Cubaan, en Angelina was het ongewenste voortbrengsel van een ongewenste relatie die pijnlijk was voor de familie, en het was niet nodig dat iemand te mijnen behoeve de schaal weer in evenwicht bracht. Door mijn relatie met Don Calligaris was mijn gezin in de vuurlinie terechtgekomen, en hoewel ik geen wrok jegens hem koesterde, hoewel ik begreep dat hij niet echt iets kon doen om me te helpen, wist ik ook dat er ergens iemand verantwoordelijk voor was, en iemand moest boeten.

Die gedachte bleef door mijn hoofd spelen tot ik in slaap viel, maar toen ik wakker werd dacht ik er niet meer aan. Ik vergat het niet, ik gaf het alleen een lagere prioriteit. Het was er, het zou nooit verdwijnen, en er zou een moment komen dat er iets aan moest worden gedaan.

De zomer van 1999 en de zeventiende verjaardag van Victor in juni. Op die dag ontmoette ik het eerste meisje dat hij mee naar huis bracht. Ze was een Italiaans meisje, een medeleerling van school, en in haar diepbruine ogen zag ik zowel de onschuld van de jeugd als de bloei van de volwassenheid. Ze heette Elizabetta Pertini, maar Victor noemde haar Liza en dat was de naam waaronder ze bekend was. Ergens leek ze een heel klein beetje op Victors moeder en als ze lachte, wat ze vaak deed, had ze een manier om haar hand half voor haar mond te houden die betoverend was. Ze droeg haar ravenzwarte haar lang, vaak bij elkaar gebonden met een lint, en ik wist dat het een kwestie van weken was voor zij, goed katholiek meisje of niet, mijn zoon de dingen zou voordoen die mij waren voorgedaan door Sabina, het nichtje van Ruben Cienfuegos. Hij veranderde daarna, zoals alle jongemannen, en hij werd onafhankelijk in een mate die ik niet eerder had meegemaakt. Soms was hij twee of drie dagen weg en belde hij me alleen om te laten weten dat het goed met hem ging, dat hij bij vrienden was, dat hij voor het einde van de week terug zou zijn. Ik klaagde niet, zijn cijfers waren goed, hij deed zijn best op school en het had er alle schijn van dat Liza iets in zijn leven had gebracht wat erin had ontbroken. Mijn zoon was niet langer eenzaam. Alleen al daarom zou ik Elizabetta Pertini eeuwig dankbaar zijn geweest.

Het gesprek dat plaatsvond tussen haar vader en mij in de lente van het volgende jaar verliep niet goed. Blijkbaar had de heer Pertini, een bekende eigenaar van een bakkersbedrijf in SoHo, ontdekt dat zijn dochter de uren dat ze naar zijn veronderstelling bij haar vriendinnen was, om samen huiswerk te maken misschien, doorbracht met Victor. Dit bedrog, ongetwijfeld bedacht door Victor, had bijna acht maanden geduurd en hoewel ik bijna in de verleiding kwam meneer Pertini te vragen hoe het toch kwam dat hij zo slecht op de hoogte was van het komen en gaan van zijn dochter, hield ik mijn mond. Meneer Pertini was ziedend en ontroostbaar. Blijkbaar had hij, buiten medeweten van zijn dochter, het plan opgevat haar uit te huwelijken aan de zoon van een familievriend, een jongeman die Albert de Mita heette en studeerde voor architect.

Ik luisterde geduldig naar wat meneer Pertini te zeggen had. Ik zat in de voorkamer van mijn eigen huis in Baxter Street waar hij me was komen opzoeken, en ik hoorde elk woord dat over zijn lippen kwam. Hij was een blinde man, een onnozele en inhalige man, en het duurde niet lang voor ik erachter kwam dat zijn bedrijf al jaren in financiële moeilijkheden verkeerde, dat het voorgenomen huwelijk van zijn dochter met een zoon uit de familie De Mita een financieel voordeel zou opleveren dat hem van de potentiële ondergang kon redden. Hij was meer geïnteresseerd in zijn eigen sociale status dan het geluk van zijn dochter en dat vond ik onvergeeflijk.

Maar het was lastig zijn bezwaren met betrekking tot de verkering tussen mijn zoon en zijn dochter weg te nemen. Pertini was een man van naam. Hij was geen gangster, hij was geen lid van de familie in New York, zodat loyaliteit jegens Don Calligaris niet aan de orde was en geen gewicht in de schaal legde. Dertig jaar geleden zou hij een bezoekje hebben gekregen van Ten Cent en Michael Luciano misschien. Ze zouden een glas wijn met hem hebben gedronken en hem hebben uitgelegd dat hij zich mengde in de zaken van het hart, en er zouden voldoende contanten in een discrete bruine envelop zijn afgeleverd bij een van zijn bakkerijen om het verlies van de 'bruidsschat' van zijn dochter te compenseren. Maar nu, aan het einde van de twintigste eeuw, konden dergelijke kwesties niet langer op de oude manier worden opgelost. Elk financieel voorstel dat ik Pertini zou hebben gedaan, zou hij als kwetsend hebben ervaren. Ongeacht zijn ideeën en bedoelingen, ongeacht het feit dat hij wist dat ik zijn motieven begreep, zou hij op het oog beledigd zijn geweest. Dat zou de rol zijn die hij had moeten spelen en hij zou hem met overgave hebben gespeeld. Hij beweerde dat hij zich bewust was van de belangen van zijn dochter. Hij wist daar net zo weinig van als van mijn werk. Maar had ik erop aangedrongen dat hij zijn plannen herzag, had ik geprobeerd hem over te halen nog eens na te denken over de vraag met wie zijn dochter zou trouwen, dan zou Pertini naar mijn stellige overtuiging alles in het werk hebben gesteld om mijn reputatie en geloofwaardigheid in diskrediet te brengen. Die weg zou ongetwijfeld de weg naar zijn dood zijn geworden en hoeveel ik ook van Victor hield, hoeveel ik ook overhad voor zijn geluk en het welzijn van zijn hart, ik meende toch ook dat ik Liza haar vader niet kon afnemen.

De relatie werd van de ene op de andere dag verbroken in april 2000. Victor, nog geen achttien, was ontroostbaar. Dagenlang kwam hij uitsluitend zijn kamer uit om naar de wc te gaan of naar de keuken, en dan nog at hij bijna niets.

'Maar waarom?' vroeg hij me onophoudelijk en hoe vaak ik ook probeerde uit te leggen dat dergelijke dingen vaak meer een kwestie van intriges dan van liefde waren, hij begreep het niet. Hij keek me er niet op aan, nam me alleen kwalijk dat ik kennelijk niet veel moeite had gedaan om te voorkomen wat er was gebeurd. Liza had die weken huisarrest en één keer toen Victor haar probeerde te bellen, werd het gesprek binnen enkele seconden door haar vader afgebroken. Korte tijd later belde meneer Pertini me thuis op en vertelde me in niet mis te verstane bewoordingen dat ik verantwoordelijk was voor mijn zoon, dat hij als ik er niet voor zorgde dat mijn zoon zijn pogingen om in contact te treden met zijn dochter staakte, een aanklacht wegens stalking tegen hem zou indienen. Ik verzekerde hem dat er geen pogingen meer zouden worden ondernomen. Mij was duidelijk waarom zoiets moest worden voorkomen, maar dat kon ik onmogelijk uitleggen aan Victor. Wederom schoot ik tekort in zijn ogen, omdat ik dat wat hij als zijn door God gegeven recht beschouwde niet genoeg verdedigde.

Dat was niet het enige probleem dat ertoe bijdroeg dat mijn positie in New York onhoudbaar werd, maar het vormde wellicht een keerpunt. De kwestie die ons uiteindelijk noopte te vertrekken, was werkelijk veel ernstiger, althans voor mij, zo niet voor Victor, hoewel er als we waren gebleven vragen zouden zijn gesteld die nooit beantwoord hadden kunnen worden. De gebeurtenissen in het eerste deel van dat jaar gaven misschien aan met hoeveel vastberadenheid en koppigheid ik enige betekenis aan mijn eigen leven probeerde te geven. Achter alles zat de geest van mijn vrouw, die van mijn dochter ook, en hoewel ze nooit ver uit mijn gedachten waren, merkte ik aan mijn daden hoe hardvochtig en wreed ik zou worden als ik mijn schuldgevoel ten aanzien van hun dood niet zou verlichten. Dat schuldgevoel kon alleen getemperd worden door wraak, dat wist ik even goed als ik mijn eigen naam wist, en juist in die weken werden mijn gevoelens van genadeloze woede daadwerkelijk geopenbaard.

In Chicago hadden we een sterke band gehad met de Ieren, die van de Cicero Gang zoals Kyle Brennan, Gerry McGowan en Daniel Ryan, maar in New York was dat anders. New York, en met name Manhattan, was het speelveld geworden voor iedereen die een deel van het territorium en wat het te bieden had wilde hebben. Straatbendes van Porto Ricanen en latino's hadden vuurgevechten gehad met de zwarten en Mexicanen; de Polen en de Joden probeerden Lower East Side en Bowery volledig leeg te melken; East Village en het zuidelijke deel van SoHo en Little Italy was altijd van ons geweest, een traditie zo oud als de bijbel zelf, maar tegen het einde van de jaren negentig begonnen de Ieren, wier leiders in de rug werden gesteund door de miljoenen die in de bouwindustrie waren geïnvesteerd, op onze tenen te trappen en een plaats aan tafel te eisen. Don Calligaris had geen tijd voor hen – hij had in Chicago ook weinig tijd voor hun zaken en zorgen gehad – maar hier herinnerden ze hem er als het ware aan dat alles aan het veranderen was, dat dingen niet altijd hetzelfde konden blijven en dat het einde van zijn nuttige jaren en daarmee wellicht van zijn leven naderde.

Er waren binnen de Ierse gemeenschap in eerste instantie twee par-tijen die op alle terreinen waren vertegenwoordigd: de Brannigans en de O'Neills. De Brannigans kwamen uit de bouw, hun voorvaderen hadden rond de vorige eeuwwisseling een groot deel van dat stuk van de stad gebouwd, maar de O'Neills waren nieuw bloed, de stichter van hun ge-slacht een zekere Callum O'Neill, een immigrant uit het Midwesten die de hoofdstad van de wereld wel eens zou laten voelen dat hij er was. De twee families en hun bastaardkinderen konden elkaar niet luchten of zien. Ze betwistten elkaar het eigendom van bars, wedkantoren en bokshallen. Ze waren vurig en demonstratief Iers katholiek; ze bouwden hun eigen kerken en verschenen in hun zondagse kleren met hun zondagse gezicht om zo hypocriet te zijn als maar mogelijk was voor hun God en de Maagd Maria. Na afloop van de kerkplechtigheid togen ze aan het drinken tot ze niet meer op hun benen konden staan en daarna begonnen ze zonder reden op elkaar in te slaan. Het waren net kinderen, die in de zandbak kib-belden over de vraag wie welke helft van welke straat zou krijgen en wie niet, maar dat maakte hen er niet minder gevaarlijk op. Er was veel inteelt onder hen en ze waren wreed, ze misten de klasse en het intellect van de Sicilianen en Genuezen en het scheen hun niet uit te maken wie ze op de tenen trapten zolang ze maar kregen wat ze wilden.

Don Calligaris stuurde Ten Cent om me op te halen uit het huis in Baxter Street. Victor was nog niet de oude, maar de wonden in zijn hart begonnen te genezen en hij had weer tijd voor zijn vrienden en de zoons van mevrouw Martinelli.

'Ga zitten,' zei Don Calligaris tegen me toen ik de keuken binnenkwam. Het zag er blauw van de rook, alsof hij er al een paar uur had zitten nadenken over een probleem.

'Er is iets aan de hand,' zei hij zacht, 'en als we het hadden kunnen oplossen zonder jou dan zou ik daarvoor gekozen hebben, maar het is een ernstige kwestie en die moet snel en professioneel uit de wereld worden geholpen.'

Iemand moest dood; dat was duidelijk op te maken uit zijn manier van doen en de toon waarop hij sprak. Iemand moest dood en hij wilde dat ik die persoon vermoordde.

Ik had genoeg respect voor Don Calligaris om hem te laten uitspreken, hem aan te horen voor ik hem uitlegde dat dit niet door mij kon worden gedaan.

'Het Ierse probleem staat bij ons aan de deur te kloppen en we moeten ze een boodschap sturen,' zei hij.

Ten Cent stapte de keuken binnen, sloot de deur en kwam naast me zitten.

'Het moet een zeer duidelijke en kernachtige boodschap zijn, een boodschap die niet verkeerd kan worden begrepen of voor iets anders kan worden aangezien en er is besloten dat die boodschap door ons moet worden afgeleverd.'

'Om wie gaat het?' vroeg ik.

'De Brannigans hebben hier een verleden,' zei Don Calligaris. 'Zij stammen nog uit het oude New York. Ze zijn hier al minstens honderd jaar, maar die nieuwe ploeg, de O'Neills, die zijn hier goddomme sinds gisteren en ze beginnen vervelend te worden. Onze mensen hebben met de Brannigans gesproken, we hebben enkele grenzen afgebakend wat betreft territoria en betalingen en er is afgesproken dat wij het probleem van de O'Neills zullen oplossen om zo een totale oorlog tussen de Ierse partijen te voorkomen.'

'Dus om wie gaat het?' herhaalde ik, terwijl ik nog voor Don Calligaris de naam uitsprak, al wist wie hij zou noemen.

'James O'Neill zelf.'

Ik ademde langzaam uit. James O'Neill was de peetvader, de oude man zelf, de zoon van Callum O'Neill en de persoon die de macht en het geld naar dit deel van de Ierse wijk in Manhattan had gebracht. Hij was een zwaarbewaakte man, een man die werd behandeld als de paus zelf, en hem het leven benemen was mezelf het leven benemen. Als James O'Neill werd vermoord, zou er vrijwel zeker een wraakmoord volgen en de familie Luchese zou mij moeten opofferen om zichzelf te beschermen. Dat zouden ze niet willen, maar zo ging het in deze wereld, en omdat Victors leven ook gevaar zou lopen, zou het betekenen dat we opnieuw moesten verdwijnen, ergens heen zouden moeten waar ze ons niet zouden zoeken.

'Begrijp je wat dit betekent, Ernesto?'

Ik knikte. 'Ja, ik begrijp het, Don Calligaris.'

'En je begrijpt wat je daarna zou moeten doen?'

'Ja, ik zal voorgoed in het niets moeten verdwijnen.'

'En... En zou je bereid zijn om het voor ons te doen?'

'Is er niemand anders?' vroeg ik, maar het was in feite slechts een retorische vraag.

Don Calligaris schudde zijn hoofd. 'Er is niemand die zo makkelijk zou kunnen verdwijnen als jij. Er zijn wel anderen die het zouden kunnen doen, andere mensen die het graag zouden doen, maar ze hebben hier familie, ouders en grootouders, vrouwen en kinderen en zussen. Het zou veel te lastig zijn om hen te laten verdwijnen en we kunnen moeilijk vragen of de overheid ze getuigenbescherming wil geven.'

Don Calligaris glimlachte, maar zijn poging tot luchtigheid verlichtte de last van de verantwoordelijkheid die ik voelde niet. Wat hij van me vroeg was misschien wel het moeilijkste wat me ooit was gevraagd. Het zou heel moeilijk zijn O'Neill te doden. Het was vergelijkbaar met het doden van Don Calligaris... Nee, moeilijker nog, want Don Calligaris had maar twee mensen die voor hem zorgden, Ten Cent en ik, en heel wat dagen waren wij in het huis in Baxter Street terwijl Don Calligaris alleen in het huis in Mulberry was. James O'Neill had altijd minstens een man of drie bij zich, mannen die al te gauw een kogel voor hem zouden opvangen en die meedogenloos achter me aan zouden jagen tot ze me hadden gedood. Als ik dit deed zou ik geen enkele fout mogen maken, en als het eenmaal was gebeurd zou ik onmiddellijk uit New York moeten verdwijnen en ergens heen moeten gaan waar ik niet gevonden kon worden. Ik was niet alleen, ik moest ook aan Victor denken, en na alles wat er was gebeurd mocht zijn leven onder geen beding in gevaar komen.

'Ik zou nooit terug kunnen komen,' zei ik. 'Ik zou uit New York moeten vertrekken en ergens heen moeten ... Naar een plek die zelfs u niet weet, en ik zou nooit meer met u kunnen praten. Als ik jonger was geweest, zou ik een jaar of tien, of eventueel iets langer, weg kunnen gaan en dan terugkomen, maar op mijn leeftijd ...' Ik schudde mijn hoofd. 'Het zou het einde betekende van mijn relatie met deze familie.'

'Ik heb opdracht gekregen tegen je te zeggen dat je alles zult krijgen waar je om vraagt. Er is me verteld dat je een half miljoen dollar betaald krijgt en dat je van al je verplichtingen aan de familie zult worden ontslagen en dat niemand ooit meer iets van je zal vragen. Je zult worden behandeld als een volwaardig lid van de familie, misschien wel het eerste niet-Italiaanse volwaardige lid in de hele geschiedenis van de familie Luchese. Dat is op zichzelf een grote eer, maar ik ken je goed en ik weet dat geld en status niet belangrijk voor je zijn. Ik weet dat voor jou alleen het leven van je zoon telt, maar wat dat betreft kun je hiervan profiteren. Als je het doet, kun je vertrekken met Victor. Je kunt overal heen waar je maar wilt en je zult alle hulp krijgen die je misschien nodig hebt om dat voor elkaar te krijgen. Waar je ook heen gaat, je kunt een nieuw leven beginnen, Ernesto, een leven zonder geweld en bloedvergieten ... waarin niets Victors geluk in de weg staat; een leven waarin niet de kans bestaat dat hij erachter komt wat je hebt gedaan en wat er in het verleden is gebeurd.'

Don Calligaris begreep me. Hij wist dat hij me alleen kon overhalen om het te doen als hij het als iets bracht waar Victor voordeel bij zou hebben. Hij had gelijk. Het was een helder besluit. Het stond voor mij als een paal boven water dat Victor op een bepaald moment dingen zou gaan zien waarvan ik niet wilde dat hij ze zag, misschien toevallig iets zou horen en de stukjes van de puzzel aan elkaar zou passen, en dat wilde ik koste wat het kost voorkomen. Als ik dit deed, zou ik die mogelijkheid vóór kunnen zijn. Ik kon kiezen, natuurlijk kon ik kiezen. Er was nooit een situatie in het leven waar geen keuze kon worden gemaakt. Maar deze keer, en om de reden die me was gegeven, een reden die naar mijn stellige overtuiging waar was, meende ik dat de keuze simpel was.

'Ik zal het doen,' zei ik kalm. Ik voelde de spanning in het vertrek wegebben. Als de lucht die uit een ballon ontsnapt. Don Calligaris had deze taak gekregen en hoewel Ten Cent zijn leven zou hebben gegeven om aan het verzoek van Don Calligaris te voldoen, hoewel hij de bus naar het huis van O'Neill zou hebben genomen en al schietend naar binnen zou zijn gedenderd zonder zich om zijn eigen leven te bekommeren, begreep ik waarom Don Calligaris wilde dat ik het deed. Ondanks het verleden, ondanks de jaren die achter ons lagen, was ik nog altijd een buitenstaander, een immigrant uit Cuba en het einde van de wereld. Als ik het deed, zou het stil blijven zodra ik was vertrokken. Daarom moest ik het doen.

Don Calligaris nam mijn hand in de zijne. 'Begrijp je wat dit voor mij betekent?' vroeg hij.

'Ja, Don Calligaris,' antwoordde ik. 'Ik begrijp wat het betekent.'

'Je zult alles goed moeten voorbereiden. Zodra deze kwestie is opgelost, zul je ogenblikkelijk moeten vertrekken. Het zou uiteraard verstandig zijn om Victor vooruit te sturen. Misschien kun je een reden verzinnen, ergens waar hij graag naartoe zou gaan; dan kun jij hem naderhand achterna reizen.'

'Ik zal de nodige voorbereidingen treffen,' zei ik. 'Ik zal er niet met u over praten, noch met Ten Cent, dan zult u nooit in een situatie terechtkomen dat u informatie moet prijsgeven die u niet wilt geven. Kunt u ervoor zorgen dat het geld voor me klaarligt?'

Don Calligaris glimlachte. 'Het geld ligt al klaar voor als je het wilt hebben.'

Ik liet mijn hoofd schuin zakken en fronste. 'Was u er zo zeker van dat ik het zou doen?'

Don Calligaris knikte. Hij legde zijn hand op mijn schouder. 'Ernesto, jij en ik zijn bijna dertig jaar compagnons geweest. Ik ken je beter dan wie ook en ik weet dat als jij eenmaal je woord hebt gegeven, niets je ervan zal afbrengen. Wie anders zou ik kunnen vertrouwen met een half miljoen dollar en mijn hele reputatie?'

Ik stond op. Ik liep om de tafel heen met mijn armen wijd. Don Calligaris stond ook op en we omhelsden elkaar.

'We hebben samen heel wat meegemaakt,' zei hij toen hij me losliet.

Ik stapte achteruit. Ik had een brok van emotie in mijn keel en ik kon bijna niet praten. Ik keek naar een oude man die tegenover me stond, een oude man die ooit brutaal en arrogant was geweest en had geloofd dat hij op een dag zou heersen over de wereld, en ik besefte dat hij in zekere zin meer een vader voor me was geweest dan wie ook.

'Don Calligaris...' begon ik, maar verder kwam ik niet.

Hij glimlachte en knikte met zijn hoofd. 'Ik begrijp het,' zei hij, 'en je hoeft niets te zeggen. We hebben heel wat meegemaakt, jij en ik, en wat er ook van ons wordt, we zullen nooit bij de mensen horen die zich zullen afvragen wat er zou zijn gebeurd als ze zich aan dergelijke avonturen hadden gewaagd. Wij hebben ons eraan gewaagd, we hebben ze meegemaakt en nu we oud zijn, moeten we voor onszelf zorgen, hè? Er zijn mensen dood door ons... Maar er zijn ook mensen die niet meer zouden leven als we ze niet beschermd hadden. Die zaak van ons, hè? Die zaak van ons...'

Ik legde mijn hand op zijn arm. Ik hield hem stevig vast en sloot mijn ogen.

Don Calligaris legde zijn hand op de mijne. 'Voor de rest van je leven,' fluisterde hij, 'wens ik jou en je zoon alle goeds.'

Hij liet me los en toen draaide ik me om en omhelsde Ten Cent. Hij zei niets, maar aan zijn blik kon ik zien dat hij zich deze dag zou herinneren als een belangrijk en gewichtig moment.

Ik bleef nog een paar minuten. Don Calligaris vertelde me dat ik het hem moest laten weten wanneer ik het geld nodig had en dan zou het bij het huis in Baxter Street worden afgeleverd.

Ik bleef een moment op het trapje van de veranda staan, de geur van de lente in de lucht, een koel windje dat door Mulberry Street waaide, een straat waar ik eens heel lang geleden hand in hand had gelopen met Angelina Maria Tiacoli, en toen draaide ik me om en keek omhoog naar de hemel.

'Voor je zoon, Angelina,' fluisterde ik, 'en voor je broer, Lucia... Ik doe dit voor jullie, zodat hij zijn eigen leven kan beginnen vrij van het verleden.'

En toen zette ik mijn kraag op en begon aan de wandeling naar huis.

De avond nam ik mijn besluit. Het zou dwaasheid zijn om naar Cuba terug te gaan. Chicago kwam ook niet in aanmerking, want wat was er in Chicago behalve de herinnering aan een leven dat ik besloten had achter me te laten? Los Angeles, Las Vegas, zelfs Miami – ze hadden allemaal hun eigen geesten. Pas toen ik aan iets dacht wat Don Giancarlo Ceriano me vele jaren geleden had gezegd, wist ik het.

Dat wat een man het meeste vreest, zal uiteindelijk zijn dood worden.

En ik nam mijn besluit.

Mijn leven zou eindigen waar het was begonnen: in New Orleans, in de staat Louisiana.

Ik sneed het onderwerp van een reisje aan tijdens een gesprek met Victor die onmiddellijk enthousiast was.

'Naar New Orleans?' zei hij. 'Maar waarom?'

Ik glimlachte. 'We zijn nu in Amerika, Victor. Je zei dat je de dingen wilde zien die ik had gezien. Ik heb enkele jaren in New Orleans gewoond toen ik nog heel klein was en ik heb de Mardi Gras gezien. Het is net zoiets als op het Sint-Pietersplein staan als de paus de mensen toespreekt, op Times Square zijn als het nieuwe jaar begint... Sommige dingen moet je meemaken, anders geloof je niet dat ze bestaan.'

'En wanneer gaan we dan?' vroeg hij opgewonden.

'Heel gauw... Over een paar dagen misschien. Ik wilde het zo regelen dat jij vooruitgaat zonder mij...'

Victor fronste. 'Gaat u dan niet mee?'

Ik lachte. 'Natuurlijk wel. Het wordt een vakantie van ons samen. Maar ik moet nog iets doen en dat kost me een paar dagen. Daarna kom ik ook. We zien elkaar daar en blijven er een week of zo en dan gaan we terug. Bovendien zijn er zo veel dingen te doen en te zien, zo veel dingen om naartoe te gaan, dat ik bang ben dat ik niet genoeg energie zal hebben om je bij te houden.'

Victor zat enthousiast te knikken.

'Dus het lijkt je wel een aardig idee?'

'Aardig? Ik vind het een geweldig idee. Ik ga het direct tegen mevrouw Martinelli en mijn vrienden vertellen.'

Ik schudde mijn hoofd. 'Laat me eerst alles regelen,' zei ik. 'Tot die tijd zou ik je willen vragen nog niets tegen iemand te zeggen, zelfs niet tegen je vrienden en mevrouw Martinelli.'

'Maar –'

Ik stak mijn hand op. 'Weet je nog hoeveel problemen je me hebt bezorgd in Havana toen je hierheen wilde?'

Victor glimlachte en keek een beetje schuldbewust.

'Nou, we hebben gedaan wat je wilde. We zijn hierheen gegaan. Dat heb ik voor je gedaan ook al wilde ik het eigenlijk niet, en nu vraag ik iets van jou. Ik wil dat je tegen niemand zegt waar je naartoe gaat, goed?'

Victor keek beduusd. 'Is er soms iets aan de hand?'

'Nee,' zei ik. 'Er is niets aan de hand, maar er is wel een reden waarom ik dit tussen ons wil houden en ik wil dat je me belooft dat je het geheim zult houden.'

Victor deed zijn mond open om iets te zeggen.

'Beloofd, Victor?'

Hij knikte. 'Ik begrijp het niet, maar als u het wilt…'

'Ja, Victor.'

'Dan beloof ik het.'

'Mooi,' zei ik. 'Dan zou ik nu maar eens voorbereidingen gaan treffen voor je reis.'

En zo geschiedde. Ik zette Victor op de trein naar New Orleans. Hij nam kleren en geld mee, vijftienhonderd dollar in contanten, en ik had een hotelkamer voor hem geboekt in het centrum van de stad. Hij zou er op tijd zijn om het begin van de Mardi Gras mee te maken. Ik bad tot een God in wie ik niet geloofde dat ik er ook zou zijn.

Ik stond op het perron tot de trein uit het zicht was verdwenen en toen draaide ik me om en liep terug naar mijn auto. Ik reed naar het huis in Baxter Street om mijn spullen op te halen, waaronder een koffer met een half miljoen dollar in biljetten van honderd. Ik bracht alles naar de auto, legde het in de kofferbak en reed daarna door SoHo naar West Village, waar ik een kamer nam in een goedkoop hotel, contant afrekende en me onder een valse naam inschreef in het gastenboek.

Ik zat iets meer dan twee uur in de vochtig ruikende kamer. Ik wachtte tot het donker was en keerde toen op mijn schreden terug naar het district Bowery.

Om zeventien minuten over negen die avond, bij een kleine en populaire Italiaanse *trattoria* in Chrystie Street, zouden ooggetuigen zeggen, zagen ze een man van middelbare leeftijd, met grijzend haar, gekleed in een lange jas, uit het steegje naast het gebouw komen en het vuur openen met twee handwapens. In een aanhoudende kogelregen zouden de drie mannen neergaan: James O'Neill, een zekere Liam Flaherty en een derde man, Lonnie Duggan geheten. Flaherty en Duggan waren bekende prijsvechters uit het bokscircuit in Lower East Side. O'Neill was een stinkend rijke zwaargewicht uit de bouwwereld op weg naar het theater.

De man, die met het grijzende haar en de lange jas, rende niet zozeer weg van de plaats des onheils, maar dook behendig tussen de voorbijrijdende auto's door en verdween in een tegenovergelegen steegje aan de overkant van de straat. Niemand kon een duidelijke beschrijving geven, sommigen zeiden dat hij eruitzag als een Italiaan, anderen zeiden dat hij meer weg had van een Griek of van een Cyprioot. De wapens werden nooit gevonden hoewel meer dan dertig politiemensen en een team van de technische recherche van het 7th Precinct in Manhattan drie dagen lang de omgeving nauwgezet uitkamde. De man verdween ook, als een geest, als een vage herinnering van zichzelf, en zij die treurden om het verlies van O'Neill, Flaherty en Duggan waren verwaarloosbaar te midden van het onophoudelijke bruisende lawaai dat Manhattan was.

Had u me die avond gevolgd, dan zou u me drie straten verder een taxi hebben zien aanhouden. Die taxi bracht me terug naar het hotel, waar ik mijn spullen verzamelde en onmiddellijk weer vertrok, in een andere taxi over de Williamsburg Bridge en helemaal naar Brooklyn. Daar nam ik een trein naar Trenton in New Jersey, waar ik twee dagen bleef voor ik doorreisde naar New Orleans.

Toen ik vertrok, probeerde ik er niet aan te denken waar ik naartoe ging en wat dat voor me zou betekenen. Ik was weg, ik had gedaan wat ik had beloofd en ik was ontkomen. Victor was veilig. Niemand behalve ik wist waar hij was en dat was genoeg voor me. Ik wist dat ik aan het laatste hoofdstuk van mijn leven begon, maar ik ging zonder angst, zonder het gevoel van dreigend geweld dat me zo vaak had vergezeld, en in de zekere wetenschap dat mijn zoon me zou overleven en niets van het verleden van zijn vader zou weten.

Voor mij was dat het belangrijkste.

Het was wat zijn moeder zou hebben gewild.

26

'Het is de zoon,' zei Woodroffe en daaruit bleek eens te meer dat hij ervan overtuigd was dat Perez niet alleen had gehandeld.

Hartmann keek om omdat hij iemand de deur van de hotelkamer hoorde binnenkomen. Ze hadden hun kamp opgeslagen op de eerste verdieping, in vier naast elkaar gelegen kamers – een voor Schaeffer, Woodroffe en Hartmann, een voor Kubis en zijn opnameapparatuur, een derde kamer voor Hartmann om met Perez te praten, de vierde om de ongeveer tien federale agenten te huisvesten die altijd in de buurt schenen te zijn.

Schaeffer bleef in de deuropening staan. Hij zag er beduusd en moe uit, versleten.

'Of het de zoon is of aartsengel Gabriel is op dit moment nog onze minste zorg,' zei hij.

'Hoezo?' vroeg Woodroffe.

'De minister van Justitie Richard Seidler heeft directeur Dohring op de een of andere manier zover gekregen dat hij achter Feraud aan gaat.'

'Wat?!' zei Hartmann.

Schaeffer keek omlaag naar zijn schoenen alsof hij zich schaamde dat hij het moest zeggen.

'Achter hem aan gaat?' vroeg Woodroffe. 'Achter hem aan gaat, zoals in "een onderzoek instellen naar", of zoals in "hem arresteren en opbrengen"?'

'Dat laatste,' zei Schaeffer en toen liep hij de kamer door en ging in een leunstoel tegen de muur zitten.

'Bloedbad,' zei Woodroffe. 'Dat wordt goddomme een bloedbad.'

'Er komt geen woord, maar dan ook echt geen woord uit deze kamer, begrepen?' zei Schaeffer en hij keek naar Hartmann alsof Hartmann niet echt te vertrouwen was.

'Dat geloof je toch niet,' zei Woodroffe. 'Ik had begrepen dat het beleid ten aanzien van Feraud was dat we hem met rust zouden laten, dat we de oude schoft het loodje zouden laten leggen en dan de hele familie oprollen.'

Schaeffer keek boos naar Woodroffe en schudde tersluiks zijn hoofd.

'Jongens,' zei Hartmann. 'Ik ben hier van het begin aan bij geweest. Ik weet heel goed dat Feraud een bekend gegeven was... Ik bedoel maar, weet je hoe vaak ik in de loop der jaren zijn naam verdomme ben tegengekomen? Het enige wat als een verrassing komt, is zijn relatie met Ducane.'

Schaeffer wendde een moment zijn hoofd af en toen keek hij Hartmann en Woodroffe allebei aan. Zijn ogen zeiden het al voor hij de woorden uitsprak. 'Ducane niet,' zei hij.

Woodroffe stond op en begon door de kamer te ijsberen. 'Je maakt een grapje,' zei hij. 'Dat kun je niet menen. Seidler gaat niet achter Ducane aan?'

'Seidler wil Feraud en Perez pakken, maar vóór alles wil hij het meisje terug, dood of levend.'

'Dus Ducane gaat gewoon vrijuit?' vroeg Hartmann. 'Ondanks alles wat Perez heeft gezegd?'

'Minister Seidler heeft elk woord dat Perez en jij met elkaar hebben gewisseld op papier gekregen,' zei Schaeffer. 'Hij heeft het allemaal gevolgd, eerst en vooral vanwege zijn verantwoordelijkheden ten aanzien van het systeem, en ten tweede omdat het om de dochter van een gouverneur van de Verenigde Staten gaat. Pas sinds kort beseft hij dat dit mogelijk heel diep gaat en dat ze, als er iets waar is van wat Perez heeft verteld, binnen hun eigen systeem iemand hebben die hun een hoop ellende zou kunnen bezorgen.'

'Ducane zal Feraud laten vallen als een baksteen om zijn eigen hachie te redden,' zei Hartmann. 'Niemand, werkelijk niemand heeft ooit willen getuigen tegen Feraud, maar Ducane zal dat doen... Dat garandeer ik je. Daarom gaan ze niet officieel achter hem aan. Ze zullen hem in het geheim voor de Grand Jury laten getuigen...'

'Ik wil niet eens weten wat voor afspraken er over strafvermindering zullen worden gemaakt,' merkte Schaeffer op, 'maar allemaal goed en wel als dat gebeurt, we blijven toch zitten met het feit dat Ducanes dochter nog altijd wordt vermist en het maakt niet uit waar haar vader zich schuldig aan heeft gemaakt, het blijft onze verantwoordelijkheid haar te vinden. Dat moeten we goed voor ogen houden, ongeacht wat er verder gebeurt.'

'Morgenochtend,' zei Hartmann. 'Hij heeft gezegd dat hij morgenochtend klaar is met zijn verhaal. De afspraak was dat we hem zouden aanhoren, hem zouden laten uitpraten en dat hij ons dan zou vertellen waar het meisje is.'

Schaeffer knikte. 'En ik hoop bij god dat ze nog leeft.'

'Maar waarom?' vroeg Woodroffe. 'Waarom die hele poppenkast? Wat heeft Perez er nu uiteindelijk mee bereikt?'

Hartmann glimlachte. 'Ik denk dat hij Ducane en Feraud wilde uitschakelen.'

'Waarom dan?' vroeg Woodroffe. 'Wat schiet hij ermee op als die twee zijn uitgeschakeld? Het zijn mensen waar Perez moorden voor heeft gepleegd. Ik bedoel maar, hij heeft hier in Louisiana in 1962 in opdracht van Feraud en Ducane nota bene drie mensen vermoord, en dan blijkt ook dat de dood van Jimmy Hoffa, waar je Feraud dan misschien niet rechtstreeks verantwoordelijk voor kunt stellen, in elk geval door die twee is goedgekeurd of op zijn minst door de vingers gezien. Dat gedoe met die tekening op de rug van McCahill. Dat was vast alleen bedoeld om Ducane aan Hoffa te herinneren. Ducane was bereid McCahill te sturen om Hoffa te vermoorden, weet je nog? Perez was een ondergeschikte, zo is het. In feite werd hij betaald door deze mensen. Wat heeft hij nou in godsnaam bereikt met dit hele gedoe?'

Hartmann schudde zijn hoofd. 'Ik denk niet dat we daar voor morgen achter zullen komen.'

Het was een moment stil en toen begon Woodroffe nogmaals over de zoon.

'Wat is dat toch met jou en die zoon?' vroeg Schaeffer.

'Dat met die familie, dat zit me niet lekker,' zei Woodroffe. 'Perez is altijd een buitenstaander gebleven. Hij heeft dan misschien het grootste deel van zijn leven met deze mensen gewerkt en geleefd, maar het feit blijft dat hij er nooit echt bij heeft gehoord. Zijn vrouw en dochter werden vermoord en de families deden niets. Ze konden niets doen, vanwege de aard van hun relatie met de vrouw van Perez, maar vooral omdat Perez geen Italiaan was. Hij was een Cubaan, een buitenstaander, en eigenlijk niets meer dan een huurling. Was hij een Italiaan geweest, dan zouden ze wraak hebben genomen. Dat weet ik zeker.'

'Maar ze hebben het niet gedaan,' merkte Hartmann op. 'Dus misschien heeft hij het nu zelf gedaan.'

Schaeffer en Woodroffe zeiden geen van beiden iets. De stilte in de kamer was om te snijden en toen Hartmann opnieuw het woord nam, was het alsof hij de enige aanwezige was.

'Misschien ging het allemaal om Feraud en Ducane. Misschien is het meisje dood. Dat is het ergste scenario, nietwaar? Ze is dood ergens, haar hart uit haar lijf gesneden, of haar lichaam in stukken gehakt en in de moerassen gegooid voor de alligators. Misschien heeft de zoon er niets mee te maken en er ook nooit iets mee te maken gehad. Misschien heeft hij al die jaren niet geweten wat voor soort man zijn vader was. Het komt erop neer dat Ernesto Perez de enige is die alles weet en morgen – als hij ons alles vertelt – zullen wij het ook weten.'

'Denk jij dat ze dood is?' vroeg Woodroffe.

Schaeffer knikte. 'Ja, daar ga ik wel van uit. Volgens de statistieken kun je tot vierentwintig uur nadat iemand als vermist wordt opgegeven iets met de aanwijzingen beginnen. Dan is de zaak verkeken, mensen verstoren alles. Voetafdrukken, vingerafdrukken, haar en vezels en god mag weten wat nog meer gaan verloren door het komen en gaan van mensen. Nog eens drie dagen en de persoon is naar alle waarschijnlijkheid dood. Tien dagen later en de kans dat ze nog steeds in leven zijn, is gezakt tot ongeveer vier procent. Dat zijn cijfers gebaseerd op duizenden vermissingen, ontvoeringen, de zaken waarbij iemand de deur uit gaat en nooit meer thuiskomt. De slachtoffers die gevonden worden, die het er levend afbrengen... tja, die zijn binnen achtenveertig uur alweer thuis. Dat is de naakte, harde waarheid.'

'Maar waarom zou hij haar doden en dan alsnog hiermee doorgaan?' vroeg Woodroffe, hoewel hij op het moment dat hij de vraag stelde al wist dat het antwoord duidelijk was en hem alleen uitsprak omdat hij zich aan iedere strohalm wilde vastklampen, alles wilde vragen wat een broze schaduw van hoop over de zaak zou kunnen werpen.

'Zodat wij hier geduldig naar zijn levensverhaal zouden luisteren,' zei Hartmann.

'En dat was, heel simpel, zijn manier om ons de waarheid over Feraud en Ducane te laten horen,' zei Schaeffer.

'Misschien,' antwoordde Hartmann.

'Ja,' zei Woodroffe. 'Het is allemaal maar misschien.'

Hartmann keek op naar hen beiden. 'Tot morgen,' zei hij en hij stond op. Hij liep door de gang naar de trap en ging naar beneden naar de hal. Hij meende dat hij in zijn hele leven nog nooit zo moe was geweest.

Hij stond op straat voor het hotel toen de begeleiders van de FBI kwamen. Het waren er twee, een oudere man, lang en stevig gebouwd, bijna te oud om nog in actieve dienst te zijn, en een veel jongere, met donker haar, en was hij een paar jaar ouder geweest, dan hadden ze stand-ins kunnen zijn voor hemzelf en Perez. Agenten zoals deze werden speciaal uitgekozen voor taken zoals deze: Ernesto Perez overbrengen naar Quantico, naar het hart van het hoofdkwartier van het Federal Bureau of Investigations, en daar zouden – terwijl hij in afwachting was van de gerechtelijke procedure die de FBI voor hem in petto had – tientallen crimineel psychologen met tientallen testen zijn, die allemaal wilden bepalen welke specifieke gemene deler dergelijke mensen met elkaar verbond. Er was niet één ding; dat wist Hartmann na duizenden dossiers over allerlei soorten moorden te hebben bestudeerd. De daders waren mensen zoals wij allemaal, en Hartmann meende dat ieder mens het vermogen en de wil bezat om te moorden; het was puur een kwestie van omgeving, van conditionering, *situationele factoren* zoals ze zo vaak werden genoemd, die het feitelijke moment bespoedigden, het moment dat de geest in een onderdeel van een seconde de hand aanstuurde en de hand de trekker overhaalde of toestak met het mes of het touw om iemands nietsvermoedende hals strak trok. Het was niet ingewikkeld; het kon niet worden gearchiveerd of geclassificeerd of gecatalogiseerd of geïndexeerd; het was wat het was en wat het was zou altijd en eeuwig neerkomen op mensen. Wapens waren nooit de doodsoorzaak; gedachten en emoties en reacties waren de *force majeure*. Mensen doodden mensen, zo simpel was het.

Dus Ray Hartmann zat zijn sigaret te roken terwijl de begeleiders over koetjes en kalfjes praatten met de andere aanwezige agenten, en niemand leek nog erg gedreven en gemotiveerd te zijn. Misschien wisten ze onbewust allemaal dat het bijna was afgelopen. Misschien geloofden ze allemaal dat Catherine Ducane dood was, zodat er niets overbleef om voor te vechten.

Voor het hotel stond een gepantserde Humvee met vierwielaandrijving. Donkergrijs, spiegelende ruiten, kogelvrije banden, platen tussen de wielen om te voorkomen dat er iets onder het voertuig werd gegooid. In deze wagen zou Perez zijn laatste reis uit Louisiana maken. Als hij eenmaal in die auto was gestapt, zou hij nooit meer terugkeren. Dat wist Hartmann zeker. En hij? Zou hij ooit nog terugkomen? Hij dacht het niet, want dit was niet alleen een vuurproef geweest, het had ook gediend als een middel tot exorcisme en catharsis. Misschien zou Louisiana altijd zijn verleden herbergen, zowel zijn jeugd als deze specifieke overgangsrite.

Hij stond op en liep de hal door. Hij wisselde een paar woorden met de begeleiders – de oudste, Warren McCormack, de jongste, David Van Buren. Ze waren koel en zakelijk; ze waren hier voor een specifieke taak, een officiële vastomlijnde opdracht. Ze hadden het al duizend keer gedaan, de slechtsten die de wereld te bieden had naar hun laatste bestemming vervoeren, en ze waren gehard en nuchter en wilden zo snel mogelijk op pad.

Hartmann verliet het Royal Sonesta en wandelde via een omweg terug naar het Marriott. Hij had het gevoel dat hij voor de allerlaatste keer de lucht van New Orleans inademde. Morgen zou hij weg zijn. Morgen zou hij terugvliegen naar New York en Carol opbellen. Hij dacht opnieuw terug aan wat ze had gezegd toen hij haar door Verlaine had laten bellen. Dat ze haar twijfels had geuit. *Zeggen en doen zijn twee*, had ze gezegd en hij wist zeker dat hij kon laten zien dat hij zou doen wat hij zei als hij nog een kans zou krijgen. Maar hoeveel kansen had ze hem al gegeven? En hoe vaak had hij haar al niet teleurgesteld? Hij zou opnieuw met Jess praten, dat wist hij, en dat was iets waar hij bijna fysiek naar kon uitkijken. Hij wilde zo graag dat die ontmoeting doorging, een ontmoeting waarbij ze konden praten over de mogelijkheid iets van hun leven samen te maken. Op dat moment voelde hij het conflict: de behoefte te weten wat er van Catherine Ducane was geworden tegenover het verlangen niets meer te weten. Misschien was dat het ogenblik dat hij dacht dat hij het allemaal kon loslaten. Het hoorde zo bij hem, het was net zo'n wezenlijk onderdeel van hem als zijn vingerafdrukken, het geluid van zijn stem, hoe zijn gezicht eruitzag wanneer hij zichzelf bekeek in de spiegel. Misschien had hij dat wat hem erin vasthield losgelaten – eindelijk, definitief. Misschien. De tijd zou het leren.

Op zijn kamer keek hij tv. Tekenfilms, tien minuten van een afschuwelijke televisiefilm, een kort nieuwsbulletin dat hem eraan herinnerde dat de wereld zonder hem had doorgedraaid. Hij was hier acht dagen geweest, zo'n dertien- à veertienhonderd uur in totaal, en terwijl een week in New York altijd moeiteloos tussen zijn vingers doorglipte, was het of in deze week honderd jaar waren samengebald zonder enige ademruimte.

Hij zette de televisie op het kanaal van de hotelradio en ging op bed liggen. Ze draaiden 'Jump Sturdy' van Dr. John en daarna kwam Van Morrison met 'Slipstream'. Die plaat herinnerde hij zich, de lp die hij samen met Carol zo veel jaar geleden had gekocht. Beste plaat om bij te vrijen, had ze tegen hem gezegd en toen had ze gelachen en gezegd dat ze hem grijs zouden hebben gedraaid tegen de tijd dat ze ophielden. Het was er allemaal een paar centimeter achter zijn voorhoofd – de gezichten, de namen, de kleuren, de geluiden, de plaatsen – alles wat ze samen hadden meegemaakt in bijna vijftien jaar. En dan was er Jess, twaalf jaar oud al, zelf eigenlijk al een vrouw, en hoe door haar alles waarvoor ze hadden gewerkt werkelijk en eeuwig de moeite waard was gaan lijken.

Hij geloofde dat het er allemaal was, van het eerste tot het laatste moment, en dat hij nu alleen maar het juiste woord op het juiste moment hoefde te zeggen om het allemaal terug te krijgen.

En zo viel hij in slaap, alweer met al zijn kleren aan behalve zijn schoenen, en toen hij wakker werd, was het net zes uur in de ochtend geweest, en hij ging op het balkon van zijn hotelkamer staan en keek hoe de zon opkwam en het landschap verwarmde en vervolgens opbleekte tot de schaduwen waren verdwenen. Dit was de Big Easy, de Big Heartacher. New Orleans, waar ze de doden bovengronds begroeven, waar de reisgidsen het advies gaven in groepjes op pad te gaan, waar alles ongedwongen en weemoedig zijn loop nam, waar de Big George negen van de tien keer op de adelaar viel.

Dit was het hart, de Amerikaanse Droom, en dromen veranderden eigenlijk nooit, ze werden alleen vager en raakten vergeten in het manische trage verglijden van de tijd.

Soms was het daarbuiten makkelijker om te stikken dan om adem te halen.

'Zo, daar ben je dan voor de laatste show,' zei Schaeffer toen Hartmann in de deuropening van de hotelkamer verscheen.

Hartmann bekeek Woodroffe en Schaeffer; ze zagen er net zo uitgeput uit als hij zich voelde.

'Wat gebeurt er als hij klaar is?' vroeg hij.

'Er zijn al een paar begeleiders gearriveerd,' zei Woodroffe. 'Ik weet niet hoe ze heten maar ze komen van Quantico. Daar gaat hij heen als het hier klaar is.'

'Hadden ze jullie verteld dat dat ging gebeuren?' vroeg Hartmann.

'Ze hebben ons ervan op de hoogte gebracht dat er mensen zouden komen, uiteraard,' zei Schaeffer. 'Ze sturen geen namen en data en zo, alleen dat er mensen zouden komen om Perez mee te nemen.'

Hartmann fronste.

Schaeffer lachte droog. 'Jij werkt niet voor de FBI,' zei hij. 'Bij ons krijg je alleen iets te horen als dat werkelijk nodig is. Dat geldt voor alles. Wij zijn gewoon de babysits. We moeten er alleen voor zorgen dat hij praat en er niet tussenuit knijpt. Als onze taak erop zit, mogen wij naar huis en brengt iemand anders Perez naar de plek waar hij dan heen moet.'

'Gaan jullie met hem mee naar Quantico?' vroeg Hartmann.

'Reken maar,' zei Woodroffe. 'Ik ga die man niet uit mijn leven laten verdwijnen zonder gedag te zeggen.'

'Woodroffe en ik gaan met ze mee,' zei Schaeffer, 'en jij, Hartmann, jij gaat terug naar de echte wereld en lost dat probleem met je vrouw op.'

'Nog iets gehoord over Feraud en Ducane?' vroeg Hartmann.

'Nee, niets,' zei Schaeffer. 'Ik neem aan dat we vroeg of laat wel iets op het nieuws zullen horen.'

'De woordvoerder van Ducane zal een verklaring afleggen dat hij ziek is geworden en van zijn arts een maand lang volledige bedrust moet houden. Als die maand voorbij is, zal er weer een verklaring komen dat zijn herstel traag verloopt en dat hij door deze betreurenswaardige situatie genoopt is zijn ontslag als gouverneur van Louisiana in te dienen.'

'Je bent een boosaardige cynicus, Bill Woodroffe,' zei Schaeffer.

'Nee, ik ben een realist,' zei Woodroffe. 'Zelfs als ze met dit soort dingen worden geconfronteerd, beschermen deze mensen hun eigen mensen. Indirect beschermen ze natuurlijk in feite zichzelf.'

'Deze mensen, zoals je het zo diplomatiek stelt,' zei Schaeffer, 'zijn dezelfde mensen die jou je salaris betalen.'

Woodroffe schudde zijn hoofd en zuchtte. 'Ik heb het wel gehad voor deze week,' zei hij zacht. 'Ik wil naar huis, naar mijn vrouw, eens een keer goed eten, naar een honkbalwedstrijd kijken, drie blikjes bier drinken en in mijn eigen bed slapen.'

Schaeffer glimlachte. Hij draaide zich om en keek naar Hartmann. 'Bel me over een paar weken,' zei hij. 'Bel me op mijn werk, dan vertel ik je wat ik kwijt mag over wat er met Perez gebeurt, goed?'

'Ja, graag,' zei Hartmann.

'En daar gaan we weer,' zei Schaeffer, toen een rumoer van stemmen en lawaai op de gang hoorbaar werd.

Hartmann stond langzaam op uit zijn stoel. Het was alsof elke spier, elk bot, elke pees en zenuw in zijn lichaam tegen hem riep dat hij moest gaan liggen. Hij onderdrukte de drang. Hij zette de ene voet voor de andere. Hij wist bij de deuropening te komen, liep door de gang en sloeg links af.

Hij bleef een moment staan, sloot een fractie van een seconde zijn ogen en stapte toen de kamer in.

'Meneer Hartmann,' zei Ernesto Perez zacht.

'Meneer Perez,' antwoordde Hartmann.

'Ik denk dat dit de allerlaatste keer is dat we elkaar spreken.'

'Ik denk het ook.'

'Het is een fascinerende week geweest, nietwaar?'

'Zo zou ik het niet zeggen, maar ik begrijp de gedachte.'

Perez glimlachte en pakte een sigaret. Hij stak hem aan, inhaleerde en liet de sliertjes rook door zijn neusgaten ontsnappen. 'En u… U gaat terug naar New York?'

Hartmann knikte. 'Ja. Ik ben van plan naar huis te gaan zodra we hier klaar zijn.'

'Naar huis?' vroeg Perez, bijna als een retorische vraag. 'Ik heb u gevraagd of u uzelf ervan had kunnen overtuigen dat u thuishoorde in New York, nietwaar?'

'Dat klopt. *Home is where the heart is*, meneer Perez… en mijn hart ligt in New York.'

Perez keek omlaag en toen draaide hij zijn hoofd langzaam naar links. Hij sprak zonder Hartmann recht aan te kijken, bijna alsof hij het tegen iemand had die hij alleen kon zien. 'De ouderdom is een rechter,' zei hij zacht. 'Het is een rechter en een jury, en je staat voor jezelf en bekijkt je eigen leven alsof het allemaal bewijsmateriaal voor een rechtszaak is. Je onderwerpt jezelf aan een verhoor, je stelt vragen en wacht op antwoorden en als je klaar bent, spreek je je eigen vonnis uit.'

Hartmann was stil. Hij wachtte op het moment dat Perez verderging. Hij keek naar hem bijna zonder adem te halen, want hij wilde de man niet storen. Het was alsof Perez in een mijmering was verzonken, alles overzag wat hij had gedaan, waarover hij had gesproken, en nu alles tot zijn eigen natuurlijke ontknoping liet komen.

'Ik kan niet zeggen dat ik het goed heb gedaan en ik kan niet zeggen dat ik het verkeerd heb gedaan,' zei Perez ten slotte. 'Ik bevind me ergens tussen die twee in en vanaf dat punt kan ik zien hoe alles anders had kunnen zijn. Wijsheid achteraf is ook een rechter, maar hij is bevooroordeeld en geneigd tot een standpunt dat zonder de weelde van wijsheid achteraf onbereikbaar is. Het is een paradox, meneer Hartmann, dat is het zeker.'

Hij keerde zijn gezicht weer naar Hartmann. 'We zien alles zo duidelijk als het eenmaal voorbij is, nietwaar? Ik weet zeker dat er tientallen beslissingen zijn die u hebt genomen, en als u het over mocht doen, zou u tot een heel ander besluit zijn gekomen. Heb ik gelijk of niet?'

Hartmann knikte.

'Dus we leiden ons leven kennelijk voor het moment en we baseren onze beslissingen op de informatie die we hebben, maar het heeft er alle schijn van dat de informatie die we krijgen in minstens vijftig procent van de gevallen onjuist is, vals, of gebaseerd op iemands mening, iemand met een heimelijk motief of een ander belang. Het leven is niet eerlijk, meneer Hartmann. Het leven is niet rechtvaardig noch billijk, en helaas wordt ons geen gids of handleiding met regels verstrekt over hoe het geleid moet worden. Jammer, vindt u niet, dat het ons in vijftigduizend jaar geschiedenis nog niet is gelukt zelfs maar het eenvoudigste aspect van onszelf te begrijpen?'

Op dat moment keek Hartmann zelf weg. Perez had gelijk en ondanks alle verschrikkingen waar Hartmann naar had geluisterd, ondanks al het geweld en bloedvergieten die Perez zowel had veroorzaakt als vergoelijkt, dwong de man toch in zekere zin iets van respect af. Gruwel en afkeer waren in zeer lichte mate vervangen door acceptatie. Ondanks alles wat er was gedaan, had Perez zich nooit voorgedaan als iets wat hij niet was. In tegenstelling tot Ducane, in tegenstelling zelfs tot Feraud, had Perez zijn hart op de tong gedragen; hij had kleur bekend; hij had vals gespeeld en bedrogen en gemoord, maar nooit ontkend dat dat was wat hij deed. Zelfs zijn vrouw had geweten wat voor man hij was en hoewel hij nooit openlijk over zijn leven had gesproken, had hij nooit regelrecht tegen haar gelogen.

Perez keek over de tafel heen naar Hartmann. Hartmann beantwoordde zijn blik. Het was enkele momenten stil tussen hen, maar de stilte was niet pijnlijk noch gespannen. Kennelijk hadden ze elkaar, na al deze dingen, geaccepteerd. Deze gedachte verontrustte Hartmann niet. Hij onderwierp zijn loyaliteiten noch zijn gevoelens aan een onderzoek. Het was zoals het was. Perez had de waarheid gesproken en daarom, misschien alleen daarom, had hij Hartmanns respect verdiend.

'Goed,' zei Perez ten langen leste met heldere en afgemeten stem. 'Laat ik u vertellen wat er gebeurde toen ík terugkeerde in New Orleans.'

27

En zo was ik ten slotte weer terug bij het begin.

Ouroboros: de slang die zijn eigen staart opeet en uiteindelijk verdwijnt.

Hier was alles wat ik was, alles wat ik was geworden, alles wat ik uiteindelijk zou zijn. Hier lag het begin van elke gedachte en daad, elke handeling, elke droom die verzuurde en een stille eenzame dood stierf in de donker geworden schaduwen van mijn geest.

Ik arriveerde begin 2000 in New Orleans. De Mardi Gras deed de straten uitpuilen. De Vieux Carré bruiste en zinderde van het geluid van muziek en stemmen, het vuurwerk van kleuren in de Rues d'Orléans, de Toulouse, de Chartres, de Sainte-Anne, de Sainte-Philippe, de Bourbon en de Bourgogne, Preservation Hall en Dixieland: het syncopische ritme van de jazz vermengd met de gospelblues uit het diepe Zuiden, en te midden van dat alles mijn herinneringen...

Jacobus de Meerdere, Ougou Feray, de Afrikaanse geest van oorlog en ijzer. Slangen en kruisen op hetzelfde kerkhof op Allerheiligen, het levendige festival van Vyéj Mirak, Maagd der Wonderen, en de godin van de liefde Ezili, haar tegenhanger in de voodoo. Ze dronken om de geest te voeden. Witte duiven offeren aan de Petro loa. Allerzielen, Baron Samedi, loa van de doden...

Carryl Chevron, goud en diamanten in zijn tanden, een auto vol wijsheid – van aardvarken en Aix-La-Chapelle tot cantharel – en ergens, misschien nu nog, een brutale meid op hoge hakken met te veel rouge en te weinig klasse, die urenlang in een stoffige pleisterplaats zat te wachten en zich afvroeg wat er toch gebeurd kon zijn met die klant die nooit was komen opdagen...

De geur van de moerassen en de kreken, de kanalen die het land doorsnijden, de blauweregen en bitternootbomen en zwarte eiken; het district

Chalmette, de grens van de territoria, van de wereld misschien...

De Havana Hurricane, zijn rood-rauwe gezicht doordrenkt met alcohol en woede en de seksuele razernij brandend in zijn ogen.

En zij wier naam ik nog altijd nauwelijks kon uitspreken zonder mijn keel te voelen dichtknijpen van verdriet...

En ergens daarbuiten, in een wereld waaruit ik was vertrokken in de overtuiging dat ik er nooit zou terugkeren, was mijn eigen zoon.

Daar – in een hotel in Lafayette Street, op het balkon op de eerste verdieping, met achter me op het bed Victors kleren neergegooid alsof hij haast had gehad, naar buiten wilde, zich wilde laven aan de bezienswaardigheden en geluiden van deze stad – stond ik met mijn gedachten voor niemand behalve mezelf en vroeg ik me af hoe dit zou aflopen. Het kwam me voor dat ik overal waar ik ooit was geweest uiteindelijk was gevlucht; er was altijd een reden geweest om te vluchten, achter me de dood van mensen die ik had gekend en hen die ik niet had gekend. Pietro Silvino, Giancarlo Ceriano, Jimmy Hoffa, *Constabulare* Luis Hernández; de dealers en drugsverslaafden, de pooiers en moordenaars en verkrachters en psychopaten. Mensen wier leven enige betekenis had gehad en zij wier leven niets had voorgesteld.

Ik ondervroeg mezelf over mijn eigen leven: of het iets waardevols was geweest, of dat ik werkelijk geen haar beter was geweest dan de mensen wier leven snel en opportuun was beëindigd. Ik was nooit een man geweest die zijn daden rationaliseerde of aan zelfonderzoek deed en omdat ik wist dat ik met dergelijke gedachten niets zou opschieten, maakte ik er snel een einde aan en stopte ze weg. Misschien zouden die gedachten ooit weer opkomen, misschien ook niet. Het maakte niet uit, gedane zaken namen geen keer, ik kon er nu niets meer aan veranderen.

Ik stapte de kamer in om een sigaret te pakken en ging terug naar het balkon om te roken. Ik keek omlaag naar de massa deinende mensen, lijven tegen elkaar aan gedrukt zonder enige ruimte ertussen, en ik wist dat ik Victor niet zou zien voor hij zin had om terug te komen. Hij was nu een jongeman, zeventien jaar oud, koppig en vastbesloten en levenslustig. Ik kon zijn energie en enthousiasme onmogelijk beteugelen en zou dat ook niet proberen. Hij was mijn zoon, en er zou dus iets van mij in hem zitten, maar ik bad – opnieuw tot een God in wie ik nauwelijks geloofde – dat hij van mij alleen de waardevolle dingen had geërfd. Loyaliteitszin, respect voor de mensen die meer van het leven begrepen dan ik, het besef hoe belangrijk familie was en de wetenschap dat de waarheid gevonden kon worden hoe pijnlijk die ook zou kunnen zijn.

Ik sloot mijn ogen. Mijn hoofd vulde zich met het geluid van muziek, met het geluid van de wereld en alles wat hij te bieden had en ik glimlachte. Ik was iemand geweest. Dat vooral: ik was iemand geweest.

Ik sliep die nacht als een blok, ondanks het lawaai, de warmte en het geluid van de echte wereld beneden op straat, en toen ik wakker werd en mijn ochtendjas aantrok en de aangrenzende kamer binnenging, zag ik Victor daar op bed liggen, volledig gekleed, met naast zich een meisje met haar rok rond haar dijen gedraaid en haar T-shirt omhooggekropen tot bijna aan haar hals. Ze waren volkomen van de wereld, hun gezichten rood aangelopen, hun haar aan elkaar geklit van het zweet, en ik bleef een tijdje stil staan kijken. Victor was niet alleen teruggekomen, en hoewel ik met hem meevoelde en ik in zekere zin blij voor hem was dat hij hier iemand had gevonden, wist ik ook dat dit het eerste teken was dat ik hem ging kwijtraken. Hij was bijna volwassen en hij zou zijn eigen dromen en aspiraties hebben, zijn eigen idee over hoe zijn leven zou worden. En als hij dat leven eenmaal had gevonden, zou hij – onvermijdelijk – geen deel meer uitmaken van het mijne.

Ik trok de deur zachtjes achter me dicht. Ik ging terug naar de badkamer, nam een douche en scheerde me, en toen ik naar beneden had gebeld met het verzoek het ontbijt boven te laten brengen, keerde ik terug naar de kamer van Victor om te zien of hij en zijn vriendin al wakker waren.

Mijn zoon lag nog in diepe slaap op bed, maar het meisje zat in een stoel bij het raam. Het moment dat ze haar hoofd draaide, hoe haar haar over haar schouder viel, zoals haar ogen schitterden, had ze Angelina kunnen zijn. Ze keek een fractie van een seconde verbaasd, bang zelfs, en toen was het in een enkele, simpele hartenklop verdwenen. Ze glimlachte. Ze was iemand anders en ik vroeg me af hoe ik me had kunnen indenken dat ze op iemand leek die ik had gekend.

'Hoi,' zei ze. 'U bent zeker de vader van Victor.'

Ik glimlachte en stapte de kamer in. 'Ja, dat klopt,' antwoordde ik. 'En jij bent?'

Ze stond op uit de stoel en kwam naar me toe. Ze had haar rok en T-shirt aan, maar haar voeten waren bloot, vuil van het op straat lopen, dansen wellicht, genieten van het leven en van alles waar New Orleans in deze onstuimige periode voor stond.

'Emilie,' zei ze en toen spelde ze het voor me. 'Emilie Devereau.' Ze zag er een moment een beetje opgelaten uit. 'Ik heb Victor gisteravond ontmoet. We waren een beetje dronken.' Ze lachte en het geluid was prachtig, een geluid dat ik in dit leven van mij wellicht te weinig had gehoord. 'Ik woon in het noorden van Louisiana, best ver hier vandaan. Ik was van plan een hotelkamer te nemen... We zijn overal geweest, maar ze waren allemaal tot de nok gevuld. Victor zei dat het goed was dat ik hier bleef slapen –'

Ik stak mijn hand op; ik glimlachte nogmaals. 'Je hoeft niets uit te leggen, Emilie. Je bent hier met Victor en je bent zeer welkom. Heb je trek in een ontbijt?'

'O, hemel, ja, ik zou een dode hond kunnen opeten als er genoeg ketchup op zat.'

Ik lachte. Zij lachte ook. Ze was meer dan knap. Ze bewoog zich elegant en gracieus. Ze was ongeveer even oud als Victor, iets jonger misschien, en iets vertelde me dat zij iemand was die zijn hart moeiteloos zou kunnen veroveren. Zij was iemand die hem zou leren Elizabetta Pertini te vergeten.

Ik liep terug naar mijn kamer. Ze kwam achter me aan. Na een minuut of twee werd het ontbijt gebracht: vers fruit, warm brood, wat kaas en gebakken achterham, eieren Benedict, sinaasappelsap en koffie.

'Wat voor werk doet u?' vroeg ze, terwijl ze sap in mijn glas schonk.

Ik haalde mijn schouders op. 'Ik ben gepensioneerd,' antwoordde ik.

'En voor u met pensioen ging?'

'Ik heb overal in Amerika gewerkt, heel veel gereisd.'

'Was u vertegenwoordiger?'

Ik schudde mijn hoofd. 'Nee, ik was geen vertegenwoordiger.' Ik zweeg een moment. 'Meer iets van een troubleshooter, een troubleshooter voor bedrijven, snap je?'

Ze knikte. 'Dus u ging, zeg maar, ergens heen en als iets in een bedrijf niet goed liep dan loste u dat op?'

'Ja, ik loste dingen op, zorgde ervoor dat ze weer werkten.'

Ze knikte goedkeurend. 'Cool,' zei ze en toen wierp ze een blik over haar schouder naar de deur van de aangrenzende kamer. 'Wat denkt u, moet ik Victor roepen?'

'Nee, dat is niet nodig... Laat hem maar lekker slapen. Kennelijk heb je hem uitgeput, jongedame.'

Ze keek me schuins aan en toen bloosde ze. 'We zijn niet... We hebben niet... U weet wel...'

Ik lachte. 'Victor is er niet aan gewend om uren achter elkaar te dansen. Dansen is nooit zijn eerste prioriteit geweest.'

'Maar hij is wel cool... Hij is heel aardig.'

Ik knikte. 'Dat vind ik ook.'

Emilie keek me aan. Haar gezicht stond een moment peinzend. 'Waar is zijn moeder? Komt ze ook hierheen voor de Mardi Gras?'

'Nee, Emilie. Victors moeder is overleden toen hij nog heel klein was.'

'O, jakkes, wat afschuwelijk. Hoe kwam dat?'

'Een auto-ongeluk,' zei ik. 'Zijn moeder en zijn zus zijn om het leven gekomen bij een auto-ongeluk. Al lang geleden.'

'O, wat zielig voor u, meneer Perry.'

Ik glimlachte. 'Perez,' zei ik. 'Ik heet Ernesto Perez,' en daarna spelde ik het voor haar, wat ze bijzonder amusant vond, en toen was het droevige moment voorbij.

'En waarom zijn jullie hier?'

'We zijn hier voor de Mardi Gras.'

'Ja, ja,' zei ze. 'Ik ook. Bent u hier al eerder geweest?'

'Ik ben hier geboren,' zei ik. 'Ontelbare jaren geleden ben ik hier in New Orleans geboren, in een klein dorpje aan de rand van de stad.'

'En is Victor ook hier geboren?'

'Nee, hij is in Los Angeles geboren.'

'In Californië?'

Ik knikte. 'Jazeker.'

'Wauw, dat is cool. Dus hij is, zeg maar, Californisch, net als de Beach Boys bijvoorbeeld?'

'Ja, net als de Beach Boys.'

Ze knikte. Ze zweeg een tijdje om haar eieren op te eten. Ze wierp een blik over haar schouder door de half openstaande deur naar Victor die nog voor dood op bed lag.

'Ga maar,' zei ik. 'Ga hem maar wakker maken. Zeg maar dat hij moet komen ontbijten met zijn familie.'

Ze glimlachte breed. Ze viel bijna van haar stoel, zo veel haast had ze om in de andere kamer te komen. Het kostte haar moeite Victor wakker te krijgen, maar uiteindelijk kwam hij brabbelend en met tegenzin half bij bewustzijn en toen het tot hem doordrong dat zij al op was, dat ik in de kamer ernaast aan het ontbijt zat, rolde hij van het bed en kwam met een harde klap op de vloer terecht. Daar moest ze om lachen en ze trok hem overeind, sleepte hem mee door de kamer naar de tafel, waar hij als een zoutzak op een stoel neerzeeg. Hij zag eruit alsof hij tien rondes had gebokst tegen Slapsie Maxie Rosenbloom.

'Pa,' zei hij op zakelijke toon.

'Victor,' zei ik glimlachend. 'Ik zou dit maar eens opdrinken als ik jou was.' Ik overhandigde hem een kop hete zwarte koffie. Hij pakte hem aan, hield hem tussen zijn handen, keek toen opzij naar Emilie en glimlachte schaapachtig.

'Emilie ken je dus al?' zei hij.

'Ja, ik heb al met haar mogen kennismaken,' antwoordde ik.

Victor knikte en keek me aan alsof hij dacht dat ik wellicht een verklaring wilde hebben. Ik glimlachte naar hem. De spanning gleed van hem af. 'Ik ga onder de douche,' zei hij, 'als jullie dat goed vinden.'

'Prima,' zei ik. 'Emilie en ik blijven nog even gezellig zitten babbelen.'

Ik keek Victor na toen hij naar zijn eigen kamer liep. Bij de deur keek hij achterom en lachte naar Emilie. Ze gebaarde dat hij moest doorlopen en wendde zich weer tot mij.

'We hebben overal gezocht naar een hotelkamer,' zei ze. 'Alles was helemaal volgeboekt en ik kon nergens heen. Mijn oom zal zich de haren wel uit het hoofd trekken.'

'Je oom?' vroeg ik.

'Ja, mijn oom. Hij brengt me elk jaar hierheen.'

'En waar is hij nu?'

Ze haalde haar schouders op. 'In het hotel, maakt me waarschijnlijk uit voor alles wat mooi en lelijk is... Heeft vast en zeker de politie gebeld, of zoiets stoms.'

'Hij is in het hotel?' vroeg ik.

Emilie keek verlegen. 'Nou, eh, ja... in het hotel. Het was een heel eind van waar wij waren en we konden op dat tijdstip nergens een taxi krijgen.'

'Ik snap het,' antwoordde ik. 'Natuurlijk niet.'

Er heerste een moment een onaangename stilte tussen ons.

'Je moet hem bellen,' zei ik. Ik voelde dat ik gespannen werd. Ik mocht niet in aanraking komen met de politie van New Orleans vanwege een vermissing. Dat was wel het laatste wat ik kon gebruiken.

O, natuurlijk, agent, er was niets aan de hand. Ik was in het hotel met Victor en zijn vader. Ik heb daar geslapen en toen heb ik met ze ontbeten. Natuurlijk vertel ik de waarheid… Ga het ze zelf maar vragen.

Emilie wierp me een zijdelingse blik toe. Ze glimlachte koket. 'Slechte leugenaar ben ik, hè?'

Ik hield mijn mond en wachtte op haar verklaring.

'Goed, goed,' zei ze. 'Ik had mijn oom kunnen bellen en dan zou hij me zijn komen halen, maar… Nou ja, ik vind Victor leuk, hij is cool en zo en ik dacht, ach wat.'

'Chi se ne frega,' zei ik.

'Kie sene wat?'

Ik lachte. 'Het is een Italiaanse uitdrukking. Het betekent: ach wat, wie kan het schelen, zoiets.'

'Precies!' zei ze. 'Dat dacht ik… Niet dat ik dacht dat we –'

Ik stak mijn hand op. 'Ik ben ervan overtuigd dat je bedoelingen volkomen eerbaar waren, Emilie.'

Ze glimlachte. 'Inderdaad, meneer Perez, mijn bedoelingen waren eerbaar.'

'Ernesto.'

Ze knikte. 'Goed, Ernesto.'

Ze pakte de koffiepot en schonk mijn kopje nog eens vol. Ze was charmant en liep over van energie en levenslust. Ik was blij dat Victor hier in New Orleans zo snel iemand van zijn eigen leeftijd had gevonden.

'Vergeet niet je oom te bellen,' bracht ik haar in herinnering. 'Gebruik de telefoon hier maar. Bel hem op. Hij zal zich wel zorgen maken.'

Emilie aarzelde een moment en toen knikte ze. 'Mag ik jouw telefoon gebruiken?'

'Ja, natuurlijk… daar op het tafeltje.'

Ze stond op en trippelde op haar blote voeten over het tapijt. Ze belde Inlichtingen om het nummer van het Toulouse Hotel op te vragen. Ze krabbelde het nummer op het kladblokje en draaide het.

'Mag ik meneer Carlyle van u?'

Ze wachtte even.

'Oom David? Met mij, Emilie.'

Een moment keek ze verbaasd en toen hield ze de hoorn een paar decimeter van haar oor en keek mijn kant op.

Ik kon me wel voorstellen wat voor explosie zich aan de andere kant van de lijn voordeed en glimlachte bij mezelf.

'Ik weet het, ik weet het, en u hebt geen idee hoe het me spijt, maar alles is goed met me... Het gaat prima met me, en dat is toch het belangrijkste...'

Nog een reprimande van de oom.

'Oké, hou maar op, oom David. Ik weet dat u ongelooflijk kwaad bent, maar uiteindelijk is er niets aan de hand en hoeft niemand het ooit te weten te komen. Als u nou niet zo boos tegen me doet, dan zal ik niet tegen papa vertellen dat u me uit het oog hebt verloren, goed?'

Het was een moment stil. Het meisje onderhandelde over haar vrijheid.

'Goed, dat beloof ik.'

Weer een paar opmerkingen van oom David.

'Nee, ik beloof het. Echt waar. Op mijn erewoord... Nooit meer, goed?'

Oom David was kennelijk gekalmeerd.

'Goed, dat doe ik. Over een uurtje of zo. Ik neem wel een taxi en dan kunnen we samen lunchen, hè?'

Er werden nog een paar woorden gewisseld en toen zei Emilie hem gedag en hing op.

'Je had gelijk,' zei ze. 'Hij was van plan nog een uurtje te wachten en dan de politie te bellen.' Ze kwam aan tafel zitten en trok haar benen onder zich. 'Ik ga straks terug en dan onderwerpt hij me aan een derdegraadsverhoor. Waar was ik? Bij wie was ik? Waar heb ik geslapen? Dat soort onzin.'

Ik knikte. Ik wist wat de onzin uit een derdegraadsverhoor inhield. 'En je vader?' vroeg ik haar. 'Gaat hij niet met je naar de Mardi Gras?'

Emilie schudde haar hoofd. 'Die heeft het altijd zo verschrikkelijk druk. Altijd maar vergaderen, allerlei belangrijke dingen. Volgens mij is hij nu ongeveer acht triljoen bedrijven aan het opkopen en als hij, zeg maar, elf seconden zijn kantoor uit gaat, vergaat de wereld.'

'Een werkverslaafde.'

'Eerder een geldverslaafde.'

Emilie trok een dun reepje brood van een kadetje en doopte het in haar koffie.

Ik keek naar de deuropening en vroeg me af waar Victor zo lang bleef.

'Dus jullie zijn hier voor een paar dagen?' vroeg ze.

Ik knikte. 'Ja, we blijven een tijdje. Als Victor het hier leuk vindt blijven we misschien een paar maanden.'

'Dat zou leuk zijn. Dan kan ik nog eens bij jullie op bezoek komen.'

'Ja, dat is een prima idee,' zei ik en ik meende het, want ik was er echt van overtuigd dat dit iemand was die Victor alles zou geven wat hij al sinds Cuba zo vreselijk had gemist.

De deur ging open en Victor kwam binnen. Zijn haar was nat, naar achteren gekamd. Hij had een spijkerbroek aan en een wit T-shirt. Op de een of andere manier zag hij er ouder uit, alsof hij er in één nacht enkele jaren bij had gekregen.

'Mag ik even douchen voor ik ga?' vroeg Emilie.

Ik knikte. *'Mi casa, su casa,'* zei ik. 'Ga je gang, neem een douche, dan bellen we daarna een taxi voor je.'

Emilie stond op van de stoel. Ze raakte Victors arm aan toen ze langs hem liep. 'Je vader is cool,' zei ze. 'Goh, ik wou dat mijn vader meer op die van jou leek en niet zo druk bezig was Donald Trump na te doen.'

Victor glimlachte. Het deed hem kennelijk plezier. Hij draaide zich om en keek haar na en kwam toen bij me aan tafel zitten.

'Er is niets gebeurd,' zei hij toen hij ging zitten. 'Ik bedoel dat er niets tussen Emilie en mij is gebeurd.'

'Maar dat zal niet lang meer duren,' zei ik. 'En als het Emilie niet is, dan is het wel iemand anders en je moet goed begrijpen dat zo'n gebeurtenis belangrijk is en dat het natuurlijk en normaal is en bij het leven hoort. Mijn eerste vriendinnetje was het nichtje van een vriend van me. Ze heette Sabina en ik heb nog nooit iemand gezien die zulk lang haar had. Het was misschien wel de belangrijkste dag uit mijn jeugd en het maakte me erg gelukkig.'

Victor keek een ogenblik verlegen. 'Ben je niet boos op me?'

Ik reikte over de tafel en pakte Victors hand. 'Ben je gelukkig?'

Hij knikte. 'Gelukkig? Ja, ik ben gelukkig. Ik heb het gisteren heel erg leuk gehad en ik vind Emilie echt aardig.'

'Dan ben ik ook gelukkig, en als we hier een tijdje blijven, heeft ze gezegd, dan komt ze bij ons op bezoek.'

'Kunnen we hier een tijdje blijven?'

'Ja, als je dat wilt.'

'Echt waar? Kunnen we hier blijven?'

Ik glimlachte. 'Nou, misschien niet hier in dit hotel, maar we zouden ergens een huis kunnen huren aan de rand van de stad en een paar maanden kunnen blijven.'

Victor glimlachte en keek blij. Er zat een lichtje in zijn ogen, iets nieuws en jeugdigs, iets wat ik in al die tijd dat we weg waren geweest uit Amerika niet had gezien. Hij was een Amerikaanse jongen, misschien wel Amerikaanser dan ik ooit was geweest, en er waren hier zo veel meer dingen die goed voor hem waren. Misschien, gebiedt de waarheid te zeggen, begon ik te beseffen dat wanneer mijn eigen leven ten einde kwam, het zijne werkelijk zou beginnen. Misschien was dat nu mijn doel: bijdragen aan het leven van een ander in plaats van bijdragen aan zijn dood.

Emilie kwam terug. Haar haar was nat en ze had een kleurrijke haarband in en gympies aan.

'Een taxi,' zei ik. 'We sturen je terug naar je oom en je luistert gewoon rustig naar alles wat hij te zeggen heeft, goed?'

Ze keek geërgerd.

'Als je je inhoudt en zegt dat het je spijt, mag je vanavond misschien van hem met ons dineren. Zeg hem dat hij ook van harte welkom is als hij mee wil komen.'

En zo gebeurde. Emilie Devereau werd naar haar hoeder gestuurd en nog geen uur later belde ze naar het hotel om te zeggen dat haar oom me wilde spreken. Ik stelde mezelf voor, vertelde hem dat ik hier in New Orleans was met mijn zoon en dat het ons een genoegen zou zijn als zijn nichtje die avond met ons wilde dineren. Ons gesprek overtuigde hem ervan dat het geen verzinsel van Emilie was om zich nog een avond van haar oom te bevrijden. Hij verontschuldigde zich dat hij niet met ons mee kon, maar vond het goed dat Emilie ging. Wilde ik ervoor zorgen dat ze niet later dan elf uur veilig terug zou zijn? Dat beloofde ik en het gesprek werd beëindigd.

Emilie kwam. We brachten enkele uren met elkaar door, wij drieën, en het had er alle schijn van dat dit twee jonge mensen waren, van wie een mijn zoon, die zich tot elkaar aangetrokken voelden, van elkaars gezelschap genoten en misschien, heel misschien, op het punt stonden verliefd te worden. In Victor zag ik mezelf, in Emilie zag ik Angelina, en ik zwoer dat ik alles zou doen wat binnen mijn vermogen lag om ervoor te zorgen dat dit zou voortduren zolang als het van zichzelf levensvatbaar was.

Emilie bleef nog een week in New Orleans. We zagen haar vrijwel iedere dag en bij twee gelegenheden ging ik met Victor naar het Toulouse om haar op te halen. Daar ontmoette ik oom David, een opvallend ernstige man, en hoewel hij zich niet verzette tegen onze omgang met zijn nichtje, bespeurde ik een zekere achterdocht. Ik schonk er geen aandacht aan. Naar mijn idee werden sommige mensen met een dergelijke scheve kijk op de wereld geboren; hij deed zijn best maar met zijn angsten en zorgen. Emilie liep geen gevaar, want door haar was mijn zoon gelukkiger dan ik hem ooit had meegemaakt en daarvoor zou ik eeuwig dankbaar zijn.

Ze hielden contact toen zij naar huis was teruggekeerd. Hij schreef vaak en zij schreef terug. Een aantal keren belden ze met elkaar en er werd afgesproken dat Emilie ons rond Kerstmis nogmaals zou bezoeken.

Ik huurde een huis aan de westkant van New Orleans. Ik leidde een rustig bestaan zonder zorgen en enkele maanden was ik er tevreden mee dat dit nu mijn leven was. Victor maakte zijn middelbare school af en schreef zich in op de universiteit om Bouwkunde te studeren. Hij had mijn volle steun en hij leerde snel en goed.

De tijd verstreek kalm en zonder incidenten tot de eerste maanden van 2001. Toen kwam ik iets te weten wat me terugvoerde naar mijn vroegere leven.

Ik was alleen op een middag. Victor was op de universiteit en ik zat te lunchen in een klein restaurant. Ik had niet bijzonder veel aandacht geschonken aan de mensen die aan het tafeltje naast me zaten, maar toen ik een naam hoorde noemen, werd mijn interesse gewekt.

'Natuurlijk zal Ducane de boel wakker schudden. Hij staat erom bekend dat hij dit soort dingen niet zomaar laat passeren...'

Ik keek hun kant op. Ik vroeg me af of het toeval was, of dat ze het over de Ducane hadden die ik jaren geleden had ontmoet.

Ik wierp een blik in hun richting en zag, omhooggehouden in de hand van een man, de voorpagina van een krant. Het gezicht van Charles Ducane – veel ouder, maar onmiskenbaar dezelfde man – staarde me aan. En de kop boven de foto, DUCANE GROTE WINNAAR GOUVERNEURSVERKIEZINGEN, benam me bijna de adem.

Ik at niets meer, maar vroeg om de rekening, betaalde voor mijn eten en verliet het restaurant. Buiten kocht ik een krant bij een kiosk verderop in de straat en daarin stond hetzelfde glimlachende gezicht, alarmerend zwart op wit, op de voorpagina. Charles Ducane, de man die bijna veertig jaar geleden naast Antoine Feraud had gestaan; de man die de hand had gehad in de moord op drie personen die ik indirect op zijn bevel had gedood, was nu gouverneur van Louisiana. Ik glimlachte om de donkere ironie van de situatie, hoewel ik ook ernstig van mijn stuk was gebracht. Ik had Ducane niet gemogen, zijn manier van doen was in een bepaald opzicht werkelijk sinister en afschrikwekkend en ik kon alleen maar aannemen dat hij deze belangrijke positie uitsluitend had weten te veroveren door het vele geld dat hij achter zich had.

Ik wandelde door de straten zonder te kunnen zeggen wat me nu zo aan deze man stoorde: zijn manier van doen, zijn verwaandheid, het gevoel dat dit iemand was die door machiavellistisch bedrog en moord zijn pad had geëffend en een gouverneurschap had binnengehaald. En hij was ook de man die, samen met Feraud, een aantal moorden op mijn conto had geschreven. Dat verhaal over iemand wiens hart uit zijn lijf was gesneden; dat waren Ducane en Feraud geweest. Het maakte me boos dat ik me nu ergens aan de rand van New Orleans moest schuilhouden, niet in staat was aan het leven deel te nemen zoals ik wilde, terwijl deze man – schuldig aan dezelfde daden – trots glimlachend op de voorpagina van een krant stond met een ongeschonden publieke reputatie.

Op een gegeven moment scheurde ik de krant in tweeën en smeet hem op het trottoir. Ik ging naar huis. Zittend in de keuken overwoog ik hoe ik moest reageren, maar ik kwam tot de conclusie dat ik niets kon doen. Wat moest ik doen? Het zou geen enkel nut hebben de man te ontmaskeren. Om dat te doen zou ik mijn eigen ziel moeten blootleggen en wat zou ik daarmee bereiken? Ducane was de gouverneur. Ik was een immigrant, een maffiagangster uit Cuba, verantwoordelijk voor de dood van talloze mensen. Ik dacht aan mijn zoon en de schande waarmee hij zou worden overladen. Het geluk dat hij nu in Amerika had gevonden, zou door één enkele daad worden tenietgedaan. Dat wilde ik niet op mijn geweten hebben.

Na een tijdje kalmeerde ik. Ik dronk wat en voelde mijn zenuwen tot rust komen. Zeker, ik zat hier in dit kleine huis en leidde mijn rustige leven, maar ik was nergens bang voor. Ducane daarentegen zat daar in zijn gouverneurswoning en moest leven met de altijd aanwezige mogelijkheid dat iemand een ongezonde nieuwsgierigheid naar zijn verleden zou ontwikkelen. Er zouden altijd vijanden zijn, altijd mensen die niets zo leuk vonden als de smerige details uit het verleden van een politiek boegbeeld openbaren, en geld – hoeveel hij dan ook had – zou dat soort dingen slechts bepaalde tijd op afstand houden. Iemand anders, besloot ik, mocht Charles Ducane ten val brengen, ik zou het niet doen.

Toch interesseerde ik me voor die man. Ik keek wanneer hij op tv kwam. Ik ging naar de bibliotheek en las over de weg die hij had afgelegd naar het gouverneurschap. Hij was zijn hele leven betrokken geweest bij de staats- en gemeentepolitiek. Hij had met en bij de instellingen gewerkt die werkzaam waren op het terrein van grondaankopen en eigendomsrechten, civiele rechtszaken, staatsverordeningen en vakbonden voor de industrie en het fabriekswezen. Op een bepaald moment was hij zes maanden opgetreden als juridisch adviseur van de New Orleans State Drug Enforcement Agency onder auspiciën van de FBI. Het was een drukbezet mannetje geweest. Hij had zijn geld en invloed aangewend om een positie voor zichzelf te veroveren in de politieke geledern van Louisiana en voor al zijn inspanningen, voor zijn ongetwijfeld gulle bijdragen aan een groot aantal belangrijke fondsen en campagnes, was hij beloond met zijn huidige titel. In sommige opzichten verschilde hij niet zo veel van mij; hij had wat hij bezat gebruikt om iets te maken van zijn leven, maar terwijl ik van nergens was gekomen en nergens was geëindigd, was hij ergens begonnen en op een nog hogere positie terechtgekomen.

Ik verzamelde krantenartikelen over Ducane. Ik probeerde naar zijn optredens in het openbaar te gaan en op een gegeven moment benaderde ik hem zelfs bij de opening van een nieuwe kunstgalerie en schudde hem enthousiast de hand, maar hij scheen mij niet herkennen. Ik wist wie hij was, ik wist waar hij vandaan was gekomen en wat hij had gedaan, maar hij wist niets van mij. Ik was veertig jaar geleden een middel geweest om een doel te bereiken en daarnaast had hij zelfs mijn naam gebruikt om de feiten met betrekking tot enkele moorden die hadden plaatsgevonden te verhullen. Terwijl hij in de openbare belangstelling stond, was ik anoniem, en aan dat feit ontleende ik een zeker plezier.

Het volgende jaar kwam Emilie opnieuw naar New Orleans voor de Mardi Gras. De eerste week van april en de straten van New Orleans werden één grote zee van mensen en kleuren en geluiden. Wederom bracht haar oom David haar en wederom slaagde hij erin er te zijn zonder er ooit echt te zijn. Hij was een merkwaardige man, stil en afstandelijk, maar kennelijk zag hij er geen been in Emilie een groot deel van haar vakantie met ons te laten doorbrengen. Ik was ervan overtuigd dat

Emilie niet in geringe mate verantwoordelijk was voor het gebrek aan tegenstand van zijn kant. We hadden haar in de periode voor Kerstmis kort gezien, maar er was een jaar verstreken sinds de vorige Mardi Gras en in dat jaar was ze gegroeid. Victor zou over een paar maanden negentien worden en Emilie zou de leeftijd van achttien bereiken in september. Ze was een jonge vrouw, levenslustig en onafhankelijk, en hoewel ik bij haar een passie voor het leven en alles wat het te bieden had bemerkte, was er niettemin een element in haar karakter dat naar mijn idee het gevolg was van de moeilijke relatie die ze met haar vader scheen te hebben. Als ze bij ons was, belde ze hem nooit en hij deed blijkbaar geen enkele poging contact met haar op te nemen. Ik informeerde er een keer voorzichtig, diplomatiek naar en haar antwoorden waren droog en kort.

'Runt hij zijn eigen bedrijf, je vader?'

'Ja, en dat van iedereen als hij de kans krijgt,' antwoordde ze met een zure afkeurende blik in haar ogen.

'Hij is kennelijk een gedreven man.'

'Door geld, ja. Verder nergens door.'

Ik hield een tijdje mijn mond. Ik sloeg haar gade. Ze maakte een bijzonder ongelukkige indruk als het gesprek op haar eigen familie kwam.

'Maar hij geeft vast veel om jou, Emilie.'

Ze haalde haar schouders op.

'Hij is een vader en al is hij een drukbezet man, ik weet zeker dat hij veel van je houdt.'

'Wie weet?' Weer die zure blik, de plotse ergernis in haar ogen.

'Alle vaders houden van hun kinderen,' zei ik.

Ze keek me aan. 'O ja?'

Ik knikte. 'Jazeker. Sommige mensen vinden het misschien moeilijk om te laten merken wat ze voelen, maar dat wil niet zeggen dat ze die gevoelens niet hebben voor hun eigen vlees en bloed.'

'Nou, misschien is mijn vader de uitzondering die de regel bevestigt, hè?'

Ik schudde mijn hoofd. Ze gedroeg zich recalcitrant. 'En je moeder?'

Emilie glimlachte bitter. 'Ze is bij hem weggegaan, kon er niet meer tegen.'

'Er waar is ze nu?'

'Overal en nergens.'

'Zie je haar vaak?'

'Eens in de zoveel tijd.'

'En laat zij misschien vaker merken dat ze van je houdt?'

'Ze is net zo gek als hij, maar op een andere manier. Ze maakt zich er alleen maar druk over wat andere mensen wel niet van haar zullen denken. Ze is waarschijnlijk het meest op zichzelf gerichte en egoïstische mens dat ik ken.'

Ik glimlachte. 'Dan moet je me toch één ding vertellen.'

'Hm?'

'Als je ouders zo gek zijn, als ze altijd alleen maar geld aan het verdienen zijn of zich druk lopen te maken over wat de wereld van ze denkt, hoe komt het dan dat jij zo'n aardig mens bent geworden?'

Ze lachte, keek een beetje verlegen. 'Ernesto… hou op!'

Ik lachte met haar mee. Ze ontspande zich. Ze vroeg me of we ergens naartoe konden, naar de bioscoop of zo, met zijn drieën, en daarna ergens eten in een restaurant.

En dat deden we en er werd niet meer gepraat over haar gekke ouders en ik was niet zo dom er opnieuw over te beginnen. Ze was gelukkig zoals ze was, hier met Victor, als twee hopeloos verliefde tieners, wat ze ook waren, en ik was blij voor hen allebei.

De week daarna vertrok ze weer en een tijdlang scheen Victor elk moment dat hij niet op de universiteit was met Emilie aan de telefoon te hangen. Ik hoorde toevallig een gesprek. Het was rond de laatste week van mei en ik zat beneden de krant te lezen. Ik ging naar boven omdat ik naar de wc moest en toen ik langs Victors deur kwam, hoorde ik hem praten.

'…Je bedoelt weglopen of zo?'

Hij lachte toen ze antwoord gaf.

'En jij kunt zijn brandkast leeghalen en naar New Orleans komen en dan kunnen we samen weglopen en trouwen in Mexico en dan zou je ze geen van tweeën ooit nog hoeven te zien.'

Victor was opnieuw stil en toen begon hij nogmaals te lachen.

'Ik weet het, ik weet het,' zei hij. 'Dat hoef je mij niet vertellen. Ik begrijp precies wat je bedoelt.'

Ik liep weg bij de deur om ervoor te zorgen dat hij me niet zou zien.

'Aah, toe nou, ik weet dat ze niet hetzelfde werk hebben, maar kun je je voorstellen hoe het voor mij was? Mijn vader zat in de maffia. Hij was nota bene een huurmoordenaar voor de maffia.'

Ik voelde het bloed uit mijn gezicht trekken. Ik voelde mijn hartslag omhooggaan. Onder mijn haarlijn boven mijn voorhoofd parelde het zweet.

'Ik meen het... Nee, het is geen grapje. Geloof me, het is zo. Waarom denk je anders dat we telkens naar een andere stad moesten verhuizen? Hij was een huurmoordenaar voor de maffia, Emilie, ik meen het. Hij lijkt nu misschien een vriendelijke oude man, maar dat komt omdat hij met pensioen is. Jezus, we zijn van Los Angeles naar Chicago verhuisd en daarna naar Havana en vervolgens kwamen we in New York terecht voor we hierheen kwamen. Ik denk dat er in New York iets ernstigs is gebeurd, want we moesten daar van de ene op de andere dag onze biezen pakken. Volgens mij heeft hij een belangrijke vent vermoord. Ik denk dat hij iemand heeft vermoord voor de maffia die heel belangrijk was en dat ze hem een karrenvracht geld hebben gegeven en dat hij naar New Orleans is teruggegaan omdat hij dacht dat niemand hem hier zou vinden...'

Mijn wereld stortte in. Ik herinnerde me dingen waar ik jaren niet meer aan had gedacht. Ik voelde dat mijn vuisten zich balden en ontspanden. Mijn hart ging tekeer en een moment dacht ik dat ik daar ter plekke in elkaar zou zakken. Ik deed een stap achteruit en leunde tegen de muur om mijn evenwicht te bewaren. Ik kon mijn oren niet geloven. Had ik werkelijk, oprecht, gedacht dat Victor blind was geweest voor alles wat er in zijn jeugd om hem heen was gebeurd? Had ik gedacht dat mijn bestaan hem zo weinig had geïnteresseerd, dat hij nooit iets had doorgehad? Wie had ik voor de gek gehouden? Victor zeker niet – en op dat moment besefte ik dat ik alleen mezelf voor de gek had gehouden. Ik was sprakeloos, met stomheid geslagen, overmand door een schuldgevoel zoals ik nooit eerder had ervaren.

'Ik wil maar zeggen, het heeft me enige tijd gekost, maar uiteindelijk ben ik er wel achter gekomen dat mijn moeder en mijn zus niet bij een ongeluk zijn omgekomen. Ze zijn gedood toen er een bom in een auto ontplofte die eigenlijk bedoeld was voor de man waar mijn vader voor werkte, een belangrijke maffiabaas, Fabio Calligaris.' Victor lachte. 'Ik had een soort oom, een vent die ik oom Sammy noemde, maar verder noemde iedereen hem Ten Cent. Moet je mij eens vertellen wie er Ten Cent heet behalve een huurmoordenaar van de maffia? Waar krijg je zo'n bijnaam, hè?'

Ik deed een stap opzij en greep de trapleuning. Ik deed nog twee stappen en met mijn linkerhand achter me tastte ik naar de deur van de badkamer. Ik duwde hem open en stapte naar binnen. Ik sloot de deur achter me en draaide hem op slot. Ik ging op de rand van het bad zitten en begon diep adem te halen. Een golf van angst spoelde over me heen en voor ik het wist, had ik een handdoek van het rekje gegrist en begroef ik mijn gezicht erin. Ik voelde me beroerd en begon te snikken, mijn borst verkrampte en mijn maag draaide zich om. Een poosje zag ik niets anders dan dikke golven grijs en rood voor mijn ogen. De tranen liepen over mijn gezicht. Ik wilde overgeven maar het was of ik vanbinnen helemaal leeg was. Ik was gebroken, kapot, en toen ik op wilde staan, vergde dat al mijn kracht en moest ik me tot het uiterste concentreren om niet achterover in het bad te vallen.

Ik stond een tijdje in de badkamer. Hoelang zou ik niet kunnen zeggen, maar toen ik mezelf ten slotte weer in de hand had, waste ik mijn gezicht en kamde mijn haar. Ik keek naar mijn eigen spiegelbeeld en zag een verbitterde oude man met een verwrongen gezicht. Ik moest de waarheid onder ogen zien en de waarheid was afschuwelijk en walgelijk. Hoelang wist hij het al? Was het een geleidelijke opeenstapeling van kleine dingetjes geweest, als de stukjes van een puzzel die hij uiteindelijk tot een helder en duidelijk geheel aaneen had weten te leggen? Of was er één ding geweest waardoor hem een licht was opgegaan? De dood van Angelina en Lucia? Hoe oud was hij toen geweest? Negen jaar, op drie maanden na. Had hij het toen al geweten? Had hij zelfs in die tijd al beseft dat er iets vreselijk verkeerd was aan de dingen waar zijn vader zich mee bezighield? Ik durfde de waarheid niet onder ogen te zien. Mijn zoon, mijn enige kind, wist de waarheid over me. Ik voelde me vernederd en radeloos, verpletterd – ongeveer zoals mijn eigen vader zich moest hebben gevoeld toen hij besefte dat hij zijn eigen vrouw had vermoord.

Ik bleef nog een minuut langer in de badkamer en draaide toen langzaam de deur van het slot en deed hem open. Ik stond met ingehouden adem op de drempel. Het was stil in huis. Ik sloop over de gang tot ik bij de half openstaande deur van Victors kamer kwam. Ik zag niets. Het bed waarop hij tijdens het telefoongesprek had gezeten was leeg. Ik hoorde iets beneden. Hij moest na het gesprek naar beneden zijn gegaan. Ik wist niet hoe ik me tegenover hem moest gedragen. Ik wist niet wat hij van me zou denken. Maar als hij het al die tijd al had geweten, als hij die dingen al zo lang wist en me toch had behandeld zoals hij altijd had gedaan, was er dan iets wezenlijk veranderd? Het enige wat anders was, was dat ík het nu wist. Nu besefte ík dat hij van mijn verleden op de hoogte was. Niet van de details, die had hij nooit kunnen raden, maar hij wist wel zo veel, dat hij kon zeggen dat ik mogelijk mensen had vermoord, dat ik wellicht betrokken was geweest bij de georganiseerde misdaad en dat deze betrokkenheid de dood van zijn moeder en zus tot gevolg had gehad.

Ik ging langzaam de trap af. Ik had mijn evenwicht hervonden, maar mijn hart was zwaar en ik was gespannen. Ik kwam in de gang beneden en hoorde Victor in de keuken. Hij had de tv aangezet, keek naar een of andere soap terwijl hij een boterham smeerde en toen ik binnenkwam en hij me zag, glimlachte hij slechts.

'Ik maak net een boterham,' zei hij opgewekt. 'Wil je er ook een?'

Ik glimlachte terug zo goed als ik kon. Ik voelde spanning in de spieren van mijn gezicht en veronderstelde dat ik waarschijnlijk een grimas had getrokken. Ik schudde mijn hoofd. 'Nee, dank je,' antwoordde ik. 'Ik heb geen honger.'

'Ik ga zo naar de bibliotheek,' zei Victor. 'Ik moet een paar dingen doen, een opdracht die ik voor het einde van de week af moet hebben. Hebben we nog iets nodig? Ik kan op de terugweg wel even bij de supermarkt langs.'

Ik schudde mijn hoofd. 'Nee, dat hoeft niet. We hebben niets nodig, Victor. We hebben alles in huis.'

Ik sloeg hem gade terwijl hij zijn boterham at, terwijl hij langs de kanalen op tv zapte en een glas melk dronk, en daarna bleef ik nadat hij was vertrokken lange tijd in de keuken zitten en vroeg me af wat ik voelde. Voelde ik überhaupt iets? Ik wist het niet zeker en tot op de dag van vandaag kan ik me niet herinneren of ik toen een besluit heb genomen en zo ja welk. Ik dacht dat ik me had losgemaakt van mijn vroegere leven. Ik dacht dat Fabio Calligaris en Ten Cent, Slapsie Maxie, Jimmy the Aspirin, het Alcatraz Swimming Team en alle anderen die de voorbije jaren hadden bevolkt... Ik dacht dat ik hen allemaal achter me had gelaten. Maar dat was niet zo, want ze zaten in mijn hoofd en bovendien zaten ze – tot mijn afschuw – ook in de herinneringen van mijn zoon.

Later kwam hij terug. Het was donker. Ik was enigszins gekalmeerd, was in het reine gekomen met een bepaald aspect van mijn ontdekking. Ik veronderstelde dat we dit allebei te boven konden komen, dat het leven na verloop van tijd op de een of andere manier zou worden wat het in het heden was en niet langer zou zijn wat het in het verleden was geweest.

Ik had me niet sterker kunnen vergissen. Ik had me werkelijk niet sterker kunnen vergissen.

Ik sprak niet met Victor over zijn telefoongesprek met Emilie. Ik vroeg hem niet wat hij wist, wat hij dácht te weten, maar ik kon niet ontkennen dat het er was, altijd aanwezig in mijn achterhoofd. Het was alsof er een dichte doos was en in die doos zat alles wat ik was geweest, alles wat er tot mijn grote angst zou kunnen gebeuren, en uitsluitend als ik alleen was, uitsluitend als Victor niet thuis was, durfde ik die doos open te doen en erin te kijken. De daarop volgende maanden, tot na zijn negentiende verjaardag, tot voorbij de herfst en vlak voor Kerstmis, toonde ik de wereld een gezicht dat slechts voor de helft het mijne was. De man die ik was geweest was er, zou er altijd zijn, maar ik liet hem niet de vrije teugel. Ik kon hem niet de vrije teugel laten uit angst voor wat er zou kunnen gebeuren.

Emilie kwam weer na Thanksgiving. Victor en zij waren een groot deel van de tijd niet thuis en ik merkte slechts één keer dat er iets meer dan puberliefde in hun gedachten en gevoelens leefde. Het was op een avond, ergens tussen acht en negen uur, en Victor was met haar beneden in de keuken. Ik had boven zitten lezen en ik kwam mijn kamer uit en liep de trap af omdat ik honger had. Ik bleef beneden in de gang staan en hoorde hun stemmen. Misschien was het onschuldige nieuwsgierigheid naar wat zij bespraken als ik er niet bij was, misschien was ik bang dat Victor opnieuw uitvoerig herinneringen ophaalde die op mij betrekking hadden; wat de reden ook was, ik bleef daar staan om te horen wat ze zeiden.

'David is bezig met zijn eigen ding,' zei Emilie. 'Hij heeft hier iemand, een vrouw waar hij naartoe gaat; ik weet het zeker, dus hij kan niet zeuren over wat ik doe.'

'Maar hij moet je vader toch bellen?'

'Ja, dat doet hij ook, maar wat er gebeurt en wat hij hem vertelt, hoeven niet altijd hetzelfde te zijn. Hij vertelt mijn vader wat mijn vader wil horen en meer niet. David en ik hebben een afspraak. Hij weet dat ik voor mezelf kan zorgen en hij wil niet dat zijn eigen plannen in de war geschopt worden. Daarom vindt hij het ook nooit erg om me hierheen te brengen.'

'En je moeder?'

'Soms vertellen we haar dat we komen, voor een paar dagen of zo, zeg maar, en dan blijven we soms wel twee weken. Ik zie haar vaak genoeg. Ze zit toch alleen maar te klagen wat een klootzak mijn vader is en dat ben ik na een tijdje wel zat. Ik kom hier om even los te zijn van al dat gedoe.' Emilie lachte. 'Dus David zegt dat we bij mijn moeder zijn en zo, en dat vindt mijn vader prima, want dan val ik hem tenminste niet lastig als hij probeert te werken, en wat mijn moeder aangaat, als die me maar een paar dagen per jaar ziet, zul je haar niet horen klagen. Ze is altijd zo druk bezig andermans leven te regelen, dat ze geen tijd heeft om zich zorgen te maken over wat ik uitspook.'

'En je vader weet niet van mij af?' vroeg Victor.

Het bleef stil; ik kon slechts veronderstellen dat Emilie haar hoofd schudde.

'Waarom heb je het hem niet verteld?'

'Omdat hij zich dan direct boven op je zou storten, Victor. Hij zou een onderzoek naar je laten instellen. Hij zou het te weten komen van je vader. Voor het einde van de week zou hij alles van je weten wat er te weten valt en dat zou het einde van mijn reisjes naar New Orleans betekenen.'

Het was enkele ogenblikken stil en toen zei Victor: 'We zouden ervandoor kunnen gaan. Ik weet waar mijn vader zijn geld bewaart… Hij zet dat natuurlijk niet op de bank of zo. We zouden wat geld kunnen pakken en ervandoor kunnen gaan, ergens midden in Amerika verdwijnen, waar niemand ons zal vinden.'

'Je beseft niet met wie je te maken hebt,' zei Emilie. 'Mijn vader is een superrijke vent met allerlei connecties en jouw vader is nota bene een huurmoordenaar van de maffia… Denk je nu echt dat zij met zijn tweeën geen manier kunnen bedenken om ons te vinden als ze dat willen?'

Victor gaf geen antwoord.

'Victor, je moet de feiten onder ogen zien. Als mijn vader wist wat ik hier deed, zou hij ter plekke een hartaanval krijgen. Ik ben zijn lieve kleine meisje, haal goede cijfers, speel tennis, ga winkelen met pappies creditcard… Als hij wist dat ik hier in New Orleans naar bed ging met de zoon van een huurmoordenaar van de maffia, zou hij me verstoten en in een psychiatrische inrichting laten opnemen. We zullen moeten accepteren dat het zo is, of we het nu leuk vinden of niet. We maken er het beste van. We zien elkaar zo vaak als we kunnen en als de situatie verandert, kunnen we doen wat we willen.'

'De situatie verandert? Wat bedoel je daarmee?'

'Als mijn vader overlijdt of zo, zeg maar.'

'Overlijdt? En wanneer gaat dat dan wel gebeuren, denk je? Ga je hem soms zelf vermoorden?'

Emilie lachte. 'Ach, misschien kan ik wat geld van mijn vader stelen en jouw vader betalen om hem koud te maken!'

'Nee, Em, even serieus. Je zegt dus eigenlijk dat we zullen moeten wachten tot je vader overlijdt voor we kunnen doen wat we willen, voor mensen het van ons mogen weten? Lieve hemel, dat kan nog wel jaren duren.'

Emilie zuchtte. 'Zo is het nu eenmaal... Het is verdomme net Shakespeare, vind je niet? De families Montague en Capulet... De twee families die nooit samen konden komen. Romeo en Julia, je weet wel.'

Ik liep weg bij de deur en ging voorzichtig terug naar de trap. Mijn hart lag koud en stil als een steen in mijn borst. Mijn handpalmen waren nat van het zweet en ik had een zware bonzende hoofdpijn die me al mijn energie en het vermogen helder te denken benam.

Mijn zoon en zijn vriendinnetje, nog een stel tieners eigenlijk, waren de moordzuchtige door het lot misdeelde geliefden geworden. Ik geloofde geen moment dat een van hen iets van wat ze bespraken serieus had overwogen, maar dat was het punt niet. Ze spraken erover en dat betekende dat dergelijke gedachten door hun hoofd moesten hebben gespeeld. Emilie was een meisje met een sterke wil, bijzonder onafhankelijk, en Victor was verliefd. Daar was geen twijfel aan en ik wist hoe hij zich door iemand zoals haar zou kunnen laten leiden. Ze was, op haar eigen manier, stilletjes gevaarlijk en voor het eerst in mijn leven vreesde ik voor hem. Niet ten gevolge van iets wat ik had gedaan of een stukje van mijn eigen verleden dat ons had ingehaald, maar vanwege iets wat hij had gedaan. Hij kende dit meisje nu zo'n tweeënhalf jaar, ze hadden elkaar ongeveer twaalf keer gezien, maar door hun scheidingen wilden ze blijkbaar alleen maar nog meer bij elkaar zijn. Ik meende, zeker in het geval van Victor en Emilie, dat ze juist door het feit dat ze niet de hele tijd bij elkaar konden zijn, zo sterk naar elkaar verlangden.

Ik liep de trap op. Ik ging op de rand van mijn bed zitten. Ik stelde mezelf de vraag wat ik ging doen, wat ik kon doen, en na enkele minuten besefte ik dat ik geen flauw idee had.

Emilie bleef tot een week voor Kerstmis en toen keerde ze terug naar het huis van haar vader. Ze beloofde dat ze weer zou komen voor de Mardi Gras en Victor liet haar zweren dat ze dat zou doen. Ze stonden samen een kleine eeuwigheid in de hal bij de voordeur en Emilie vergroot enkele tranen, en Victor geloof ik ook. Het was alsof ik twee mensen meemaakte die door niets meer dan wreed toeval van elkaar werden gescheiden en ik vroeg me af of het altijd zo moeilijk moest zijn. Moesten we uiteindelijk boeten voor wat we hadden gedaan? En moesten we, bij ontstentenis, alleen al vanwege het feit dat we verwant waren aan hen die misstappen hadden begaan, boeten voor de zonden van onze vaders en moeders en broers en zusters? Ik zou de vader van Emilie hebben gedood, dacht ik op dat moment. Zonder nadenken, zonder genade, zonder scrupules zou ik haar naar haar huis zijn gevolgd, stil hebben gewacht tot ze weer vertrok en dan naar binnen zijn gegaan om hem te vermoorden. Ze zouden van hem zijn verlost en Emilie zou vrij zijn om te doen en laten wat ze wilde. Misschien zou Victor haar ergens mee naartoe genomen hebben, naar een plaats midden in Amerika waar ze konden verdwijnen. Of misschien zou ze hierheen gekomen zijn en dan hadden ze de paar jaar dat ik nog zou leven onder dit dak kunnen doorbrengen, wetende dat niemand, werkelijk niemand, hun geluk in de weg zou staan.

Het was een idiote gedachte, een gedachte die bij het verleden hoorde, maar het feit dat ik zoiets toch had overwogen, liet me niet los.

Victor liet Emilie gaan, evenals ik, en samen sloegen we ons manmoedig door de kerst heen. Ooit was het genoeg geweest dat Victor bij me was, maar nu was ik me er sterk van bewust hoe ongelukkig hij zonder haar was. Het was niet goed. Het was onrechtvaardig. Ik nam een plechtig besluit. Als ik iets kon doen om de zaken recht te zetten, zou ik het doen.

Toen Emilie na Nieuwjaar terugkwam, was er iets veranderd. Er waren moeilijkheden geweest tussen haar ouders, iets wat zijn uitwerking op Emilie niet had gemist, en de eerste paar dagen was ze gespannen en stil.

Pas aan het begin van de tweede week begrepen Victor en ik allebei wat er was gebeurd en dat het ons veel meer aanging dan we hadden gedacht.

'Hij wil het niet meer hebben dat ik hier kom,' zei ze.

We zaten aan de eettafel samen te dineren zoals we al zo vaak hadden gedaan, en het kwam eigenlijk door een opmerking die ik had gemaakt dat ze uiteindelijk bezweek en ons de waarheid vertelde.

'Ik heb over de zomer zitten denken,' zei ik. 'Dat we misschien met je moeder en vader moeten regelen dat jullie ergens anders heen gaan, een vakantie in Californië misschien?'

Emilie hield haar mond, zei geen woord.

'Emilie? Wat denk je ervan?'

'Ik vind het een geweldig idee,' kwam Victor tussenbeide. 'We zouden naar Californië kunnen gaan en Los Angeles kunnen bezoeken.' Hij keek naar Emilie. Ze was opgehouden met eten. Haar blik was afwezig.

'Em?'

En toen zei ze het: Hij wil het niet meer hebben dat ik hier kom.

Het bleef bijna een minuut stil en toen zei Victor: 'Wie? Je vader?'

Ze knikte. 'Mijn vader.'

Ik leunde naar voren. Ik was gespannen en bezorgd. 'Wat heeft hij tegen je gezegd? Waarom wil hij het niet meer hebben dat je hier komt?'

Ze schudde langzaam van nee en wendde haar hoofd naar het raam. 'Hij zei dat ik veel te weinig thuis ben, dat het einde van mijn studietijd nadert en dat ik meer zou moeten werken en minder vakantie zou moeten houden. Hij zei dat hij met mijn moeder had gesproken en dat ze het er allebei over eens waren dat het tijd werd dat ik volwassen werd.' Ze glimlachte bitter. Er stonden tranen in haar ogen. 'Ik zie ze bijna nooit en dan denken ze nog dat ze het recht hebben mij te vertellen wat ik met mijn leven moet doen.'

'Het zijn je ouders, Emilie,' zei ik en op het moment dat de woorden over mijn lippen kwamen, wist ik al dat ik het niet met haar ouders eens was, noch kon vergoelijken wat ze tegen haar hadden gezegd.

'Zeker, het zijn mijn ouders,' antwoordde ze. 'Maar daarom ben ik niet minder kwaad op ze. Wat weten zij er nu van? Welke recht hebben ze om mij te vertellen wat ik wel en niet mag doen? Ik ben nota bene bijna negentien! Ik ben volwassen. Ik doe het goed op school. Ik haal mijn diploma in alle vakken die ze willen, vakken die ik zelf niet eens wilde doen en alleen maar doe omdat zij erop stonden. Ik heb mijn hele leven altijd gedaan wat zij wilden en dat zij fouten hebben gemaakt, wil nog niet zeggen dat ze mij hun mening kunnen opdringen en me kunnen dwingen te doen wat zij willen.' Ze trok haar servet van haar schoot, maakte er een prop van en smeet het op tafel.

Ik keek naar Victor. Hij was sprakeloos. Ik wilde iets zeggen, iets waardoor alles weer goed zou komen, alles werd teruggedraaid en wij allemaal een kans kregen opnieuw te beginnen, maar er was niets. Mijn hoofd en mijn mond waren leeg.

'Hij heeft gezegd dat dit de laatste keer is dat ik hiernaartoe mocht voor ik klaar ben met school,' zei Emilie en toen wendde ze haar hoofd nogmaals naar het raam en viel stil.

'Het komt wel goed,' zei ik, hoewel ik onmiddellijk dacht dat het niet goed zou komen. In zekere zin wenste ik dat ze niets had gezegd. Ik wenste dat ze het had laten rusten tot ze op het punt stond te vertrekken. Dan zou de tijd die we met elkaar gingen doorbrengen tenminste niet overschaduwd worden door dit bericht.

'Dat kan hij niet maken,' zei Victor en in zijn ogen stond de overtuiging te lezen dat Emilies vader precies kon doen wat hij wilde. Hij was een rijke en machtige man, hij kon mensen in dienst nemen om haar te zoeken, hij kon haar voor onbepaalde tijd huisarrest geven, haar heen en terug naar school te laten begeleiden, en hoewel hij daardoor het restantje liefde dat zijn dochter misschien nog voor hem voelde, zou verliezen, bleef het een feit dat hij kon doen wat hij wilde en dat Victor en ik niets konden beginnen om daar verandering in te brengen. De vader van Emilie had de touwtjes in handen. Ze maakte deel uit van ons leven, maar we hadden geen zeggenschap over haar.

'Ik weet niet wat ik moet doen,' zei ze en ze richtte haar blik weer op mij. Ze pakte Victors hand. 'Ik zou je willen vragen met me mee te gaan, maar je leven ligt hier. Je moet je studie afmaken en ik weet dat mijn vader onze relatie nooit zou goedkeuren.'

Ze keek me nerveus aan en toen glimlachte ze alsof ze een poging deed de stemming op te vrolijken.

Ik wist dat het zou komen. Ik wist wat ze zou gaan zeggen en in mijn hart voelde ik een plotse golf van afschuw bij de gedachte hoe we hierna verder zouden gaan.

'Ik weet dat mijn vader alles over je te weten zou komen,' zei ze. Ze keek naar mij. Haar ogen stonden koud en emotieloos. 'Ik kan het niet beoordelen, maar ik weet de waarheid, Ernesto. Victor heeft me verteld –'

'Emilie!' snauwde Victor, maar ze keek hem aan en stak haar hand omhoog en legde hem het zwijgen op.

'Ik zal zeggen wat ik te zeggen heb,' merkte ze op en ze had opnieuw die staalharde gloed van vastberadenheid in haar ogen. Dit was de bijzonder eigenzinnige Emilie Devereau; dit was het sterke karakter waardoor ze eens zo aantrekkelijk was geweest, maar waardoor ze tevens iemand was die je niet kon bedotten of misleiden. 'Ik zal zeggen wat ik te zeggen heb en of het de waarheid is of niet dat maakt niet uit.' Ze keek me nogmaals aan. 'Al was je de rijkste man in Louisiana,' zei ze. 'Al bezat je duizend bedrijven en doneerde je miljoenen aan liefdadigheid. Al had je een smetteloze reputatie en de beste publicrelationsmensen ter wereld, dan nog zou mijn vader het niet goedvinden dat ik met Victor omging.'

Ik fronste. Ik begreep niet waar ze naartoe wilde.

Ze glimlachte. 'Maar we weten allemaal dat je geen bedrijf hebt en dat je niet de rijkste man in Louisiana bent, nietwaar? We weten dat er in het verleden dingen zijn gebeurd waarvan we geen van allen de details willen weten. We weten dat je vrouw en je dochter niet zijn omgekomen bij een auto-ongeluk. Ik zal niet beweren dat ik alles weet, en ik ben ervan overtuigd dat Victor nog veel meer dingen weet die hij me niet heeft verteld, maar dat is allemaal irrelevant. Waar het op neerkomt, is dat mijn vader een fanaticus en een racist en een domme en onnozele man is. Het simpele feit dat je geen Amerikaan bent is genoeg. Alleen al het feit dat je een Cubaan bent, zou voor hem een reden zijn om een relatie tussen mij en Victor te verbieden. Zoals ik al een keer eerder heb gezegd, het is net Shakespeare. Romeo en Julia, de families Montague en Capulet. Wij zullen nooit samen zijn als het aan mijn vader ligt.'

Emilie wendde haar hoofd de andere kant op en keek naar Victor. 'Ik heb je bepaalde dingen niet kunnen vertellen. Er zijn dingen die ik je zelfs nu niet zal vertellen. Ik hou van je. Ik wil bij je zijn. Maar we hebben te maken met iets dat groter is dan wij allemaal bij elkaar en ik kan daar niets aan veranderen.'

Victor keek me aan. Hij verwachtte van me dat ik met een oplossing voor deze vreselijke situatie kwam, maar ik kon niets doen.

Pas later, toen Emilie al sliep, kwam Victor naar me toe in mijn kamer. 'Je moet hem vermoorden,' zei hij onbewogen.

Ik maakte een afwerend gebaar met mijn hand. 'We gaan niet –'

Hij deed een stap naar voren. 'Je denkt toch niet dat ik het niet weet?' vroeg hij. 'Je denkt toch niet dat ik niet weet wie je bent, wat je hebt gedaan? Denk je nu echt dat ik me in al die jaren nooit heb gerealiseerd wat je deed toen ik klein was? Ik weet wie die mensen waren, oom Sammy en Fabio Calligaris. Ik weet dat mama en Lucia om het leven zijn gekomen door een bom die was bedoeld voor Calligaris en hoogstwaarschijnlijk ook voor jou.'

Ik hield mijn mond. Ik liet mijn zoon zijn woede en verdriet uiten. Ik kon niets zeggen of doen. Hoe kon ik de waarheid ontkennen?

'Je denkt toch niet dat ik niet weet waartoe je in staat bent?' ging Victor verder. 'Ik ken niet alle details en dat beweer ik ook niet. Eerlijk gezegd wil ik ze niet weten. Maar ik weet dat door jouw toedoen mensen zijn gestorven en nu... nu er iets voor mij moet worden gedaan, kun je het niet. Ik ben je zoon, de enige familie die je nog hebt. Ik hou van haar. Ik hou meer van haar dan van het leven zelf en nu ik iets van je nodig heb, wil jij me vertellen dat het niet kan. Emilies vader is van geen enkele betekenis. Hij is gek, iemand die nog minder weet hoe hij voor zijn gezin moet zorgen dan jij. Jezus, van alle mensen die je hebt vermoord, verdient hij het waarschijnlijk nog het meest om te sterven –'

'Hou op!' zei ik. 'Zo is het wel genoeg geweest, Victor! Ga zitten. Ga zitten en luister naar me.'

Victor bleef uitdagend en boos staan. Ik had hem nog nooit zo stoutmoedig en woedend meegemaakt. Hij zag eruit alsof hij elk moment kon ontploffen.

'Victor... ga zitten!' schreeuwde ik en ik hoopte dat mijn stem niet zo luid was dat Emilie er wakker van werd.

Hij aarzelde een moment en nam toen plaats op een stoel bij de muur.

'Je kunt dit niet van me vragen,' zei ik. 'Ik zal niet ontkennen wat je zei. Ik heb je een tijd geleden met Emilie aan de telefoon horen praten. Ik heb gehoord wat je haar over me vertelde. Ik ga er geen woorden aan vuil maken en mezelf en mijn leven verdedigen, maar het verleden is voorbij. Ik heb al die dingen achter me gelaten. Ik heb grote fouten gemaakt en als ik het over mocht doen, zou ik niet dezelfde beslissingen nemen. Ik heb je moeder en je zus verloren door de beslissingen die ik heb genomen en ik weet uit ervaring dat ik jou ook zal verliezen als ik dit doe. En dat niet alleen, jij zult ook Emilie verliezen. Dit is niet zomaar een kwestie van iemand vermoorden die je in de weg zit en daarmee klaar. Als je die weg op gaat, is er altijd iemand die de prijs betaalt. Kijk wat ik verloren heb. De enige vrouw van wie ik ooit heb gehouden en een van mijn kinderen. Denk je dat Emilies vader niet voor haar zal vechten? En wie zegt dat haar moeder, als haar vader er niet meer is, er niet hetzelfde over denkt? Deze mensen, mensen met te veel geld en te weinig gezond verstand, zijn misschien wel de gevaarlijkste die er zijn. Luister naar wat ik te zeggen heb, luister goed. Ik ben je vader. Ik hou meer van je dan van het leven zelf, maar ik ga niet iemand vermoorden voor je.'

Victor keek me aan. Er was eerlijkheid tussen ons, echte eerlijkheid voor het eerst in al die jaren dat we samen waren en er was iets veranderd.

Hij leunde naar voren. Hij begon te huilen. Ik liep naar hem toe en knielde voor hem neer. Hij legde zijn hoofd op mijn schouder. Ik sloeg mijn armen om hem heen en hield hem vast terwijl zijn lichaam schokte van verdriet.

'Wat moet ik dan doen?' vroeg hij uiteindelijk. 'Wat moet ik doen? Ik hou van haar, vader, ik hou meer van haar dan van wat ook ter wereld. Ik heb genoeg verloren... Ik denk niet dat ik het kan verdragen als ik haar ook nog verlies.'

'Ik weet het, ik weet het,' fluisterde ik. 'Het komt goed. We bedenken wel iets, Victor. We krijgen het wel voor elkaar.'

'Echt waar?' vroeg hij en zijn stem sloeg over van emotie. 'Krijgen we het wel voor elkaar?'

'Ja,' zei ik zacht en ik meende dat ik in mijn hele leven nog nooit ergens zo zeker van was geweest.

De twee weken die Emilie bij ons doorbracht, verliepen verder zonder incidenten. Ik zei niets en Victor en Emilie vroegen me geen van tweeën iets. Ze gingen hun gang, ze gingen samen naar allerlei dingen toe. Ze zaten een groot deel van de tijd op Victors kamer en ik respecteerde hun wens om hun laatste dagen samen door te brengen en stoorde hen niet. Ik bemoeide me niet met hun leven samen en ik weet dat ze me daar dankbaar voor waren. Ik besteedde mijn tijd aan het probleem. Ik bekeek het van alle kanten en vanuit elk gezichtspunt, maar hoeveel uur ik er ook in stak, ik kon geen oplossing bedenken.

Ten slotte was het moment daar dat Emilie moest vertrekken. Er waren tranen, vanzelfsprekend, en ze beloofden allebei dat ze elkaar minstens eenmaal per dag zouden spreken en schrijven. Ik meende dat hun gevoelens voor elkaar sterk genoeg waren om dit te doorstaan, dat de tijd zou komen dat Emilie oud genoeg was om haar eigen onafhankelijke besluiten te nemen, als haar schoolopleiding was afgerond en ze wellicht een eigen carrière en huis had, en dan zouden zij en Victor weer samen zijn. Maar ik was ook niet zo naïef dat ik de mogelijkheid verwierp dat zij, gescheiden van Victor, op den duur het lichamelijke contact zou gaan missen, dat ze een bemiddelde vrouw van orde en regelmaat zou worden, dat ze misschien iemand zou vinden die de goedkeuring van haar vader kon wegdragen, en dan zou Victor met lege handen blijven staan. Zijn loyaliteit stond buiten kijf. Emilie Devereau was zijn eerste echte liefde, misschien zijn enige, en dat was iets waarmee ik bekend was. Na Angelina had ik geen moment overwogen op zoek te gaan naar een andere vrouw. Dat had niets te maken met mijn leeftijd, niets te maken met de manier waarop ze was gestorven; het had simpelweg te maken met het feit dat wat mij betrof niemand ooit in de buurt zou kunnen komen van wat zij voor mij had betekend. Ze leefde in mijn gedachten, evenals Lucia, en na hun overlijden kwam de gedachte dat ze ooit zouden kunnen worden vervangen geen moment bij me op.

In de weken daarna stortte Victor zich op zijn studie. Hij sprak Emilie regelmatig en ik weet dat ze vaak schreef, want ik was altijd thuis als de post kwam. Maar er ontbrak iets. Het reikhalzend uitzien naar de dag dat ze weer zou komen, de opwinding in ons huis naarmate het aantal weken tussen haar bezoeken slonk – dat verwachtingsvolle gevoel was verdwenen. Victor was sterk en hij vroeg nooit meer aan me wat hij die avond had gevraagd. Evenmin voelde hij me aan de tand over mijn verleden. Het was alsof we allemaal de waarheid hadden geaccepteerd, en de waarheid – hoe pijnlijk die misschien ook was geweest – was nu bekend en uitgesproken. Hij was vervlogen en het scheen geen enkele zin te hebben erop terug te komen.

Tegen het einde van het jaar, toen mijn vijfenzestigste verjaardag me er opnieuw aan herinnerde dat de tijd moeiteloos en elke maand sneller vergleed, legde ik mezelf neer bij het feit dat de toekomst van de relatie van Victor en Emilie in handen van het lot lag. We vierden Kerstmis samen, Victor en ik, maar we brachten de dagen door in het besef dat dit onze eerste kerst in New Orleans zonder haar was. Het was anders, maar Victor was opgewekt en hield zich goed. Op eerste kerstdag belde ze hem en Victor sprak meer dan een uur met haar. Ik luisterde niet naar hun gesprek, maar van tijd tot tijd hoorde ik hem lachen en dat deed me plezier. Ze had kennelijk niet iemand anders gevonden en misschien waren haar geduld en loyaliteit van hetzelfde kaliber als die van Victor.

Ik nam aan dat de situatie zich zou stabiliseren. Het werd Nieuwjaar, het was 2003; ik begon de jaren te voelen, ervan overtuigd te raken dat dit leven waarvoor ik had gekozen misschien wel het beste voor me was. Ik stelde me voor dat ik langzaam zou verdwijnen als een druipende kaars, dat ik vergeten zou raken in het trage verglijden van de tijd en dat Victor zonder me verder zou gaan en zijn eigen weg zou vinden. Hij had op de universiteit opmerkelijk goed gepresteerd. Hij was een veelbelovend architect met visie en er deden zich al mogelijkheden voor hem voor. Hij vertelde dat hij erover dacht naar de East Coast te reizen, dat er projecten in Boston en Rhode Island waren waarin hij was geïnteresseerd, en ik moedigde hem aan erheen te gaan en van zich te doen spreken, zijn eigen specifieke aanwezigheid in de wereld kenbaar te maken. Hij was niet zijn vader geworden, daarvoor was ik dankbaar, en hoewel hij meer van me wist dan me lief was, veranderde dat niets aan het feit dat hij van me hield en respect voor me had. Wie ik ook was geweest, Victor had me nooit anders gezien dan als zijn vader.

En toen, in de eerste helft van juni, haalde mijn verleden me in.

Ik was alleen die avond, Victor was met vrienden naar de bioscoop en ik verwachtte hem pas laat terug.

Ik zat in de achterkamer een sigaret te roken en ik weet niet meer waar ik aan dacht. Ik hoorde een auto voorbijrijden in de straat en toen minderde de auto vaart en begon achteruit te rijden. Waarom ik opstond en naar de voorkant van het huis liep, weet ik niet; misschien had ik een vreemd voorgevoel, maar ik stond op en ik liep naar de voorkant, deed het gordijn opzij en keek de straat in.

De adem stokte in mijn keel. Ik kon niet geloven dat ik wakker was, dat dit geen afschuwelijke droom was, een nachtmerrie om mij te straffen. Voor mijn huis was een auto tot stilstand gekomen, een bordeauxrode auto, een Mercury Turnpike Cruiser uit 1957, een auto die ooit had toebehoord aan Don Pietro Silvino en die in juli 1968 in Miami in een garage was gestald. Een vijfendertig jaar oude herinnering kwam boven als een dood lichaam in donker en gezwollen water.

Het portier ging open. Ik probeerde te zien wie er uit de auto stapte. Ik kon nauwelijks op mijn benen blijven staan toen ik hem zag. Ik leunde tegen het raamkozijn en haalde diep adem. Daar, op de stoep, nog geen tien meter van de plek waar ik mijn uiterste best deed mijn evenwicht te bewaren, stond Samuel Pagliaro, een man die ik alleen had gekend als Ten Cent.

Hij draaide zich om en hoewel hij me daar achter het gordijn niet had kunnen zien staan, leek het alsof hij me recht in het gezicht keek. Ik voelde een koude golf van angst door mijn lichaam gaan en kon me even niet bewegen.

Hij kwam op het huis af lopen. Ik liep achteruit weg bij het raam en ging naar de voordeur. Ik deed hem open voor hij aan het einde van het tuinpad was. Hij bleef abrupt staan. Deze oude man, een man die me deed inzien hoever we waren gekomen, bleef een moment staan en spreidde toen glimlachend zijn armen.

'Ernesto!' zei hij voldaan. 'Ernesto, mijn vriend!'

Ik voelde tranen in mijn ogen. Ik stapte het tuinpad op. Ik liep naar hem toe. Ik omhelsde hem. Ik hield hem lange tijd in mijn armen en liet hem toen los en stapte achteruit.

'Ten Cent,' zei ik. 'Ten Cent... daar ben je.'

'Inderdaad,' zei hij. 'En omdat dit zo'n speciale gelegenheid is, heb ik je auto meegebracht!' Hij draaide zich om en wees naar de Cruiser. Die was nog hetzelfde als hij altijd was geweest. Eindeloos zijdeachtig lakwerk en glimmend chroom. Mijn cadeau van Giancarlo Ceriano na de dood van Pietro Silvino en Ruben Cienfuegos. Het schoot allemaal door me heen, het verleden, alle dingen die me hier hadden gebracht en ik werd overmand door emotie.

Ik begon te huilen en daarna moest ik lachen en daarna liepen wij tweeën het huis in en sloten de wereld achter ons buiten.

We aten samen, we dronken wijn, we spraken over dingen die waren geweest, een beetje over dingen die nog zouden komen. Ten Cent vroeg naar Victor; ik liet hem een paar ontwerpen van Victor zien en Ten Cent was blij en trots zoals een oom zou zijn op een talentvolle en intelligente neef. Ten Cent was familie, was hij altijd geweest, zou hij altijd blijven, maar tegelijkertijd vertegenwoordigde hij alles wat ik zo graag achter me wilde laten. Op dat moment drong het tot me door dat je zulke dingen nooit achter je kon laten. Ze waren er altijd, en het was enkel een kwestie van tijd voor ze je weer vonden. Het heden, zelfs de toekomst – deze dingen waren altijd en eeuwig slechts een spiegel die aan het verleden werd voorgehouden. De man die ik eens was geweest, werd nu weerspiegeld en hoewel er tijd was verstreken, hoewel de spiegel oud was en vol weer en verkleuringen zat, was het nog dezelfde man die me aankeek: Ernesto Cabrera Perez, moordenaar, afwezige vader, indirect schuldig aan de dood van twee van de mensen van wie hij het meest had gehouden.

Later, zo'n drie, vier uur later misschien, was Ten Cent een moment stil. Hij keek me ernstig aan en ik vroeg hem wat er was.

'Ik ben hier niet zomaar,' zei hij. 'Ik wilde je zien. Ik heb je ook de auto gebracht. Maar er is nog een reden voor mijn komst.'

Ik werd stil vanbinnen. Ik voelde mijn hart kloppen in mijn borst.

'Don Calligaris is dood,' zei hij. 'Hij is drie weken geleden overleden.'

Ik vroeg wat er was gebeurd.

'Hij was oud, en ondanks alles heeft hij alles overleefd wat de wereld voor hem in petto had. Hij is gestorven in zijn eigen bed, omringd door mensen die om hem gaven. Het heeft me al die tijd en een hele hoop geld gekost om je te vinden, Ernesto, maar in zijn laatste momenten sprak Don Calligaris de wens uit dat ik naar je op zoek ging en je de waarheid vertelde.'

'De waarheid?' vroeg ik, terwijl de angst als een tornado in me opwervelde.

'De waarheid,' zei Ten Cent, 'over Angelina en Lucia... de avond dat ze zijn gestorven.'

Mijn ogen werden groot.

'De bom was, zoals je weet, bedoeld voor Don Calligaris en hij heeft er niet meer met je over gesproken uit angst voor je reactie. Maar hij is nu dood en voor hij overleed wilde hij er zeker van zijn dat jij zou horen wie er verantwoordelijk was voor hun dood.'

Ten Cent schudde zijn hoofd. 'Het had allemaal te maken met Chicago, de vrienden die we daar destijds hebben gemaakt, de mensen met wie we te maken hadden. Er waren geschillen, mensen in New York die ontevreden waren met hoe het was gegaan, en Don Calligaris kreeg de taak een einde aan de onenigheid te maken.'

'Onenigheid?' vroeg ik. 'Wat voor onenigheid?'

'Onenigheid tussen mensen in de familie en mensen daarbuiten met wie we zaken deden.'

'Welke mensen?' vroeg ik.

'Don Calligaris kreeg opdracht een einde te maken aan alle zakelijke overeenkomsten die we met Antoine Feraud en zijn ondernemingen in New Orleans hadden gesloten.'

Ik keek Ten Cent aan. Ik worstelde met wat hij zei en probeerde het te begrijpen.

'Don Calligaris wilde, toen hij stierf, dat ik je zou vertellen wie verantwoordelijk was voor de poging hem van het leven te beroven... wie verantwoordelijk was voor de moord op je vrouw en je dochter.'

'Feraud?' vroeg ik. 'Was Feraud verantwoordelijk voor de autobom?'

Ten Cent knikte en keek omlaag naar zijn handen. 'Don Calligaris heeft het je niet verteld en liet mij zweren dat ik het je niet zou vertellen, omdat hij vreesde dat er oorlog zou uitbreken tussen de families als jij wraak nam en dat hij daarvoor verantwoordelijk zou worden gesteld. Nu is hij dood en kan het hem niet schelen wat er gebeurt, en hij hield zo veel van je, dat hij wilde dat je de waarheid zou horen. Hij zei dat ik tegen je moest zeggen dat je moest doen wat je juist achtte om de dood van je vrouw en kind te wreken.'

Ik schoof naar achteren in mijn stoel. Ik was emotioneel en mentaal volkomen van de kook. Ik kon niet onder woorden brengen hoe ik me voelde en zei daarom niets. Ik keek Ten Cent aan. Hij keek mij aan zonder met zijn ogen te knipperen en ik knikte langzaam en boog mijn hoofd.

'Je begrijpt dat ik zal doen wat ik moet doen,' zei ik zacht.

'Ja,' antwoordde Ten Cent.

'En als ik daarbij om het leven kom, is dat niet jouw schuld.'

'Je gaat niet dood, Ernesto Perez. Je bent onoverwinnelijk.'

Ik knikte. 'Misschien, maar wat ik ga doen zal ernstige repercussies hebben. Ik zal Victor misschien verliezen en de familie krijgt zeker problemen.'

'Dat weet ik.'

'En toch vertel je het me en ben je bereid het te laten gebeuren?'

'Ja.'

Ik reikte naar voren en pakte Ten Cents hand. Ik keek naar hem op en zag de verbleekte lichtblauwe kleur van zijn ogen: de ogen van een vermoeide man.

'Je hebt gedaan wat Don Calligaris je heeft gevraagd,' zei ik, 'en daarvoor ben ik je dankbaar. Nu lijkt het me beter dat je gaat; je moet Victor en mij vergeten en geen aandacht schenken aan wat er gaat gebeuren. Dit ding van ons is afgedaan.'

Ten Cent knikte. Hij stond op. 'Geef me je autosleuteltjes,' zei hij. 'Ik laat de auto die ik heb meegebracht staan en neem die van jou. Doe wat je moet doen en doe het met de zegen van Don Fabio Calligaris.'

'Ja,' zei ik en mijn stem klonk gebroken en fluisterzacht. 'Ik zal het doen en dan is het ten einde.'

Ik keek hem na toen hij wegreed. Met hem verdween alles wat ik in stand had trachten te houden: de leugenachtigheid van mijn huidige situatie spatte als een zeepbel uit elkaar onder druk van deze wetenschap.

Ik voelde me leeftijdloos en onverwoestbaar. Ik voelde de jaren van me af vallen en in het niets verdwijnen. Ik dwaalde door mijn huis terwijl de gedachten door mijn hoofd maalden en ik kwam tot de ontdekking dat ik alles wat ik had trachten te worden van me afwierp.

Ik was Ernesto Cabrera Perez. Ik was een moordenaar. Ik was aan het einde van mijn leven, maar nu moest er nog één ding worden gedaan. Ik zou mijn graf in gaan wetende dat gerechtigheid was geschied.

Zoals de Sicilianen me al die jaren geleden hadden gezegd: *Quando fai i piani per la vendetta, scava due tombe – una per la tua vittima e una per te stesso.*

Ja, ik zou twee graven delven: een voor Antoine Feraud en een voor mezelf.

Ik sliep goed die nacht, in de zekere wetenschap dat de cirkel van mijn leven rond was. Ik zou mijn eigen staart opeten en ten slotte zou alles wat ik was geweest, alles wat ik was geworden, stil, onherroepelijk, op magische wijze verdwijnen.

Ik zou Angelina en Lucia weervinden en dit ding van ons zou zijn afgedaan.

28

Toen Perez was uitgesproken, leunde Hartmann achterover en sloeg zijn armen over elkaar.

'Hoe luidde dat gezegde ook alweer? Dat over wraak?' vroeg hij.

Perez glimlachte. '*Quando fai i piani per la vendetta, scava due tombe – una per la tua vittima e una per te stesso.*'

Hartmann knikte. 'Maar in uw geval was het andere graf niet voor uzelf, hè?'

Perez knikte.

'Een voor Feraud en een voor Charles Ducane... want zij waren uiteindelijk verantwoordelijk voor de dood van uw vrouw en uw dochter.'

Perez zei niets; hij pakte alleen een sigaret en stak hem op. Uit zijn manier van doen sprak een zekere tevredenheid, een gevoel van voltooiing misschien, alsof hij nu alles had gezegd wat hij wilde zeggen en zijn taak was afgerond.

'Wat een leven hebt u gehad,' zei Hartmann.

'Het is nog niet voorbij,' antwoordde Perez.

'U begrijpt dat u de rest van uw jaren in een zwaarbewaakte penitentiaire inrichting zult doorbrengen.'

'Dat neem ik aan.'

Hartmann zweeg een moment en toen keek hij Perez over de tafel heen aan. 'Ik heb een vraag.'

Perez knikte.

'Uw zoon.'

'Wat wilt u van hem weten?'

'Waar hij is, wat hij doet... Of hij enig idee heeft wat hier is voorgevallen.'

Perez haalde zijn schouders op.

'Weet Victor waar u bent, dat u de dochter van de gouverneur van Louisiana hebt ontvoerd?'

Perez schudde zijn hoofd.

'Maar hij weet genoeg van het leven dat u hebt geleid –'

'Victor weet dat ik niet bereid was de vader van Emilie Devereau te doden,' onderbrak Perez hem, 'en hoewel hij dacht dat zijn liefde voor haar sterk genoeg was om het schuldgevoel over zoiets te dragen, is hij in sommige opzichten nog naïef. Hij wist in zoverre wie ik was dat hij begreep dat ik het had gekund, maar toen hij ten slotte besefte dat ik deze moord niet voor hem zou plegen, heeft hij besloten dat hij niets meer met me te maken wil hebben.' Perez zweeg en schudde zijn hoofd. 'Hij heeft zichzelf ervan weten te overtuigen dat ik hem op de een of andere manier heb verraden.'

'Weet u waar hij nu is?'

Perez schudde zijn hoofd. 'Hij is ergens in het land, meneer Hartmann, en hoewel ik van hem hou, meer van hem hou dan van wie ook ter wereld, ben ik in staat hem te laten gaan. Hij zal zijn eigen weg vinden, daar ben ik van overtuigd, en hoewel ik hem nooit meer zal zien, weet ik ook dat hij nooit de man zal worden die ik ben geworden.'

'Weet u dat zeker?'

'Ja, dat weet ik zeker.'

'U zei iets over Shakespeare, de twee families die nooit samen konden zijn.'

'Dat klopt.'

'En daarmee bedoelde u dit... Victor en Emilie Devereau?'

Perez knikte. 'Ja.'

'En toen u uw zoon niet kon geven wat hij wilde, besloot u wraak te nemen voor de moord op uw vrouw en uw dochter.'

'Inderdaad.'

'Terwijl u wist dat u, als u dat bepaalde hoofdstuk van uw leven afsloot, ook uw eigen leven ten einde zou zien komen?'

Een lichte glimlach van Perez en toen sloot hij heel kort zijn ogen. Hij leunde naar voren, drukte zijn sigaret uit en pakte een nieuwe.

'Ze zullen voor de doodstraf gaan, dat weet u.'

'Ja, dat weet ik,' zei Perez, 'maar ik ben ervan overtuigd dat er vele jaren zullen verstrijken met rechtszaken en geruzie tussen de advocaten, en voor ze eraan toe komen mijn dodelijke injectie klaar te maken, zal ik van ouderdom sterven.' Hij nam een trekje van zijn sigaret; sliertjes rook kropen uit zijn neusgaten.

'En nu?' vroeg Hartmann.

'Nu vertel ik u waar ze is, nietwaar?'

Hartmann knikte.

'En wat gaat er met mij gebeuren?'

'Er zijn twee mannen uit Quantico gekomen. Ze nemen u straks mee naar de afdeling Gedragswetenschappen van de FBI, waar zeker dertig psychologen uw hersenen binnenstebuiten willen keren.'

'Is het eten goed daar?'

Hartmann schudde zijn hoofd. 'Ik heb geen idee.'

Perez glimlachte. 'Misschien laat ik wel iets komen.'

'Misschien. En zou u mij dan nu willen vertellen waar we Catherine Ducane kunnen vinden.'

'Weet u nog waar de auto is gevonden?'

'In Gravier Street.'

'Een klein stukje daarvandaan staat het Shell Beach Motel.'

Hartmanns ogen werden groot. 'Het Shell Beach Motel... Dat is daar niet meer dan vijf, zes kilometer vandaan.'

'Hou je vrienden in de buurt en je vijanden nog dichterbij, is mij verteld,' zei Perez. 'Huisje elf, van het Shell Beach Motel. Ga Catherine Ducane halen en zeg haar dat dit ding van ons is afgedaan.'

Hartmann stond op van zijn stoel. Hij liep naar de deur, deed hem open en trof daarachter Stanley Schaeffer aan die op de gang stond te wachten.

Schaeffer knikte naar Perez.

Ernesto Perez stond langzaam op. Hij nam nog één trekje van zijn sigaret en drukte hem uit in de asbak. Het was een soort definitief gebaar, alsof hij begreep dat alles nu op zijn eigen natuurlijke wijze tot een einde was gekomen. Hij liep naar Hartmann toe en bleef in de deuropening staan. Hij stak zijn hand uit. Hartmann schudde hem de hand. Daarop boog Perez zich naar voren en drukte – met zijn handen op Hartmanns schouders – een kus op allebei zijn wangen.

'Leid uw leven goed, Ray Hartmann... Ga terug naar New York en doe alsof dit nooit is gebeurd. Los de problemen op die u met uw vrouw hebt en maak het weer goed, al was het alleen maar voor uw kind.'

Hartmann knikte.

'Tot ziens, Ray Hartmann,' zei Perez zacht en toen draaide hij zich om naar Schaeffer en glimlachte. 'Laten we gaan,' zei hij en toen Schaeffer op weg ging door de gang, liep Ernesto Cabrera Perez langzaam achter hem aan zonder één keer om te kijken.

De Reddingseenheid van de FBI die de taak had gekregen Catherine Ducane op te halen, was al vertrokken toen Schaeffer en Perez het gebouw uit kwamen. Geparkeerd langs de stoeprand stond de Humvee met McCormack en Van Buren, de twee agenten uit Quantico, ernaast. Van Buren liep om de achterkant van de auto heen en deed Perez de handboeien aan. Hij leidde hem naar de zijkant van de Humvee en McCormack opende het portier. Van Buren gingen naast Perez in de auto zitten en maakte hem met een tweede stel handboeien aan de armleuning vast. McCormack nam plaats achter het stuur en Schaeffer ging naast hem voorin zitten. Tegen de tijd dat de motor werd gestart, stond zowel Hartmann als Woodroffe op de stoep voor het hotel. Ze keken de Humvee na toen hij wegreed en toen hij het kruispunt overstak, zag Hartmann dat Perez zich omdraaide en naar hem keek. Zijn gezicht stond onverbiddelijk en emotieloos.

Hartmann boog zijn hoofd en keek naar zijn schoenen. Hij had het gevoel dat het middelpunt van zijn leven was weggerukt en alles vanbinnen zich stil in een spiraal rond de leegte bewoog die het had achtergelaten.

'De zoon,' zei Woodroffe. 'Ik kan die zoon maar niet uit mijn gedachten krijgen.'

'Heb je meegeluisterd?' vroeg Hartmann.

'Ja,' Woodroffe. 'Ik weet wat Perez heeft gezegd, dat zijn zoon pissig was omdat hij de vader van het meisje niet wilden vermoorden, maar ik heb nog steeds het gevoel dat er nog iets is. Ik ga Quantico bellen... vragen of ze die Emilie Devereau willen natrekken. Als we haar kunnen vinden, zijn we een stap verder en kunnen we er misschien ook achter komen waar Victor Perez heeft gezeten in de tijd dat zijn vader bij ons was.'

'Je denkt nog steeds dat hij erbij betrokken is geweest, hè?' Hartmann wendde zijn gezicht naar Woodroffe en keek hem aan. Eerlijk gezegd kon het hem niet schelen wat Woodroffe dacht; het kon hem überhaupt niet schelen wat iemand op dat moment dacht. Hij was met zijn hoofd bij Carol en Jess, dat hij zo het Royal Sonesta zou binnengaan en hen zou bellen, hun zou zeggen dat hij naar huis kwam, dat hij hen wilde ontmoeten wanneer ze maar wilden, waar ze maar wensten; er was zoveel wat hij wilde zeggen.

'Volgens mij was er in elk geval iémand bij betrokken,' zei Woodroffe. 'Denk maar aan wat er in het rapport stond... dat het onwaarschijnlijk was dat één man er fysiek toe in staat zou zijn het lichaam van Gerard McCahill van de achterbank van de auto te tillen en naar de kofferbak te verplaatsen die avond in Gravier Street.'

'Ga er dan achteraan,' zei Hartmann.

Woodroffe draaide zich om en begon terug te lopen naar het hotel. Hij bleef staan en keerde zich om voor hij bij de deur was. 'Wilde je niet mee het meisje uit het motel gaan halen?'

Hartmann schudde zijn hoofd. 'Ik wil mijn vrouw bellen. Dat is alles wat ik op dit moment wil.'

Woodroffe knikte. 'Ik zal je waarschuwen als ze haar hebben, goed?'

'Ja... Ja, natuurlijk,' zei Hartmann en vervolgens keek hij Bill Woodroffe na toen deze zich omdraaide en het hotel binnenging.

Het duurde zeker vijf minuten voor Hartmann voor een telefoon in de hal van het Royal Sonesta zat. Een van de FBI-agenten had buiten de centrale om een buitenlijn aangesloten. Hartmann draaide zijn eigen nummer, het nummer dat zijn telefoontje helemaal over de East River naar een appartement met twee slaapkamers in een gebouw met drie verdiepingen zonder lift in Stuyvesant Town zou sturen. In gedachten kon hij de telefoon zo zien staan, op een tafeltje in de gang bij de voordeur. Hoe laat was het? Hartmann keek op zijn horloge: een paar minuten over twee. Carol zou nu thuis zijn; het zou nog een uur duren voor ze de deur uit ging om Jess uit school te halen. Het geluid van de telefoonlijn zoemde in zijn oor en toen kwam de verbinding tot stand en luisterde hij hoe de telefoon overging. Hij kon bijna horen hoe Carol van de slaapkamer of de badkamer aan kwam lopen. Twee keer, drie keer, vier keer... Waar was ze in godsnaam? Waarom nam ze niet op? Zat ze in bad? Misschien was ze in de keuken en stond de tv aan, zodat ze de telefoon niet hoorde.

Hartmann bad in stilte dat zijn vrouw de telefoon zou opnemen. Hoeveel keer was hij nu al overgegaan? Acht keer? Tien keer? Hij had een nerveus gevoel in zijn buik. Hij was bang, bang dat ze op andere ideeën was gekomen, de ergste ideeën van allemaal: bang dat ze tot de conclusie was gekomen dat zijn onvermogen om op tijd te zijn voor hun afspraak in Tompkins Square Park van vier dagen geleden een signaal was dat er niets was veranderd. Ray was weer een afspraak niet nagekomen. Wat de reden ook was, welk motief hij er ook voor had gehad, het feit bleef dat Ray Hartmann nog een verbroken belofte had toegevoegd aan de lange lijst verbroken beloften die hij al had opgebouwd.

Misschien zou Hartmann hebben volgehouden; misschien zou hij de telefoon nog een uur hebben laten overgaan, zou hij daar met jobsgeduld zijn blijven zitten tot Carol ten slotte de telefoon hoorde, of Jess thuiskwam uit school en hem opnam... Misschien zou hij dat hebben gedaan, maar zijn plannen werden opeens, abrupt doorkruist toen een stuk of drie federale agenten de hal van het hotel kwamen binnenrennen en begonnen te schreeuwen.

Een hels lawaai brak los. Het verspreidde zich als een lopend vuurtje over de onderste verdieping van het gebouw en het leek minuten lang te duren voor Bill Woodroffe – de hoogste functionaris onder hen – in de deuropening verscheen, met een bleek en afgetrokken gezicht en een geschrokken en totaal verbijsterde blik in zijn ogen.

'Ze hebben hem te grazen genomen,' schreeuwde hij hard. 'O mijn god, ze hebben hem te grazen genomen!'

Hartmann stond met een ruk op. Zijn stoel viel achter hem om en hij struikelde er bijna over toen hij door de hal naar Woodroffe toe wilde lopen.

'Wat?' riep hij. 'Wat is er gebeurd?'

'Ze hebben hem neergeschoten... Godallemachtig, ze hebben hem neergeschoten!' schreeuwde Woodroffe.

'Wie?' riep Hartmann terug. 'Wie hebben ze neergeschoten?'

'Ducane!' zei Woodroffe. 'Iemand heeft zojuist Charles Ducane neergeschoten!'

En in alle consternatie zag niemand het lampje van de radio op het schakelbord knipperen. In de plotse verwarring en paniek die door het Royal Sonesta raasde, zag niemand het lampje knipperen en nam niemand de moeite de hoofdtelefoon van de radio op te pakken.

Hadden ze dat wel gedaan, dan hadden ze de stem van de commandant van de Reddingseenheid gehoord die hen opriep contact op te nemen met Schaeffer in de transportwagen en Ernesto Perez terug te halen naar het hotel.

In het kwartier daarna kwamen de weinige details die ze over het neer-schieten van gouverneur Charles Ducane wisten te vergaren via Bill Woodroffe. Tegelijkertijd kwam de Reddingseenheid terug naar het Sonesta en werd in de database van de FBI in Virginia naar de namen Emilie Devereau en David Carlyle gezocht.

Er was een man gearresteerd toen hij wegvluchtte door een menigte die zich had verzameld in Shreveport, de stad waar Ducane woonde. Ducane hield een toespraak ter gelegenheid van de opening van een nieuw cultureel centrum in een buitenwijk aldaar, toen een man uit de menigte naar voren was gekomen en hem drie keer in de borst had geschoten. Op hetzelfde moment dat de bijzonderheden bekend werden, werd Ducane door de hulpdiensten naar het dichtstbijzijnde ziekenhuis gebracht. Hij was nog in leven, maar zijn toestand was kritiek. Vermoedelijk had een van de kogels zijn hart geschampt. Van de gearresteerde man was inmiddels bekend dat hij de oudste zoon van Antoine Feraud was en toen Hartmann het weinige wat bekend was over de gebeurtenissen te horen kreeg, was Dohring, de directeur van de FBI, al bezig een taakeenheid bij elkaar te roepen om een inval te doen in het huis van Feraud en hem op te pak-ken.

Misschien vanwege al deze dingen bij elkaar, of het feit dat er niet ie-mand speciaal was aangewezen om op te treden in geval van onverwachte gebeurtenissen, werd het Royal Sonesta het oog van de orkaan en had Ray Hartmann geen gelegenheid meer Carol te bellen.

De terugkeer van de Reddingseenheid bij het hotel veroorzaakte nog meer verwarring.

Hartmann stond buiten op het moment dat ze slippend langs de stoep-rand tot stilstand kwamen en toen de bevelhebber van de eenheid uit de auto stapte met enkel een stapeltje kleren in zijn handen, wist Hartmann dat iets wat niet erger had kunnen zijn, opeens was verworden tot een nachtmerrie.

Woodroffe verscheen en zodra het tot hem doordrong dat Catherine Ducane niet was gevonden, rende hij terug het hotel in om de transport-wagen op te roepen. Hartmann stond naast hem toen hij vergeefse pogin-gen deed contact met de wagen te leggen.

'Uitgezet,' zei Woodroffe telkens. 'Ze hebben die kutradio goddomme uitgezet!' en het duurde even voor het Hartmann lukte hem ervan te door-dringen dat de radio in de transportwagen met opzet was uitgeschakeld.

'O jezuschristus... Schaeffer!' zei hij en toen werd zijn naam geroepen en stond er een agent aan de zijkant van de trap met zijn armen boven zijn hoofd te zwaaien om zijn aandacht te trekken.

Woodroffe drong zich tussen de mensen door naar de man toe.

'Quantico,' zei de man. 'Ik heb Quantico aan de lijn. Ze hebben een antwoord op je opsporingsverzoek.'

Woodroffe drong langs hem heen en haastte zich de trap op naar de kamer op de eerste verdieping waar Kubis een aantal computers had opgesteld met een rechtstreekse en beveiligde verbinding met Quantico.

Hartmann ging al schreeuwend om boven de herrie van beneden uit te komen op een drafje achter hem aan.

'Schaeffer! Wat ga je nou aan Schaeffer en Perez doen?'

Woodroffe kwam bij de eerste verdieping en liep de gang in naar de kamer.

'Verdomme, Woodroffe... Wat ga je nou doen?' schreeuwde Hartmann. 'Catherine Ducane was er niet... Hoor je wel wat ik zeg? Catherine Ducane was niet in het motel!'

Woodroffe bleef abrupt staan en draaide zich om. 'Ga naar beneden,' zei hij. 'Zeg tegen de commandant van de Reddingseenheid dat hij achter de transportwagen aan gaat. Geef de kleren aan de technische afdeling en laat dit aan de commandant zien.' Woodroffe overhandigde Hartmann een vel papier. Bovenaan stond het logo van de FBI en daaronder een beknopte beschrijving van de route die de transportwagen zou nemen naar Virginia.

Hartmann draaide zich om en rende de trap weer af.

Woodroffe ging de kamer in waar de computersystemen waren opgesteld en zag dat Lester Kubis naar het scherm zat te staren.

'Wat is er? Wat zeggen ze?'

Kubis draaide zich langzaam om en keek Woodroffe over de rand van zijn bril aan. 'Dit,' zei hij zacht, 'dit zul je niet leuk vinden.'

Hartmann holde het hotel uit en zocht de commandant van de Reddingseenheid op. 'Pak aan,' zei hij en hij stak hem het vel papier toe. 'Dit is de route die de transportwagen neemt. Ga achter ze aan en haal Schaeffer en Perez terug.'

De commandant draaide zich om en liep op een drafje naar de wagen.

'Wacht even!' riep Hartmann hem na. 'Waar zijn de kleren die jullie hebben gevonden?'

De commandant wees naar een agent die op het trottoir stond met een plastic zak voor bewijsmateriaal met een spijkerbroek, een paar schoenen en nog wat spullen die ze in het motel hadden gevonden.

Hartmann stak zijn hand op en de commandant haastte zich terug naar zijn wagen.

Hartmann nam de kleren en liep het Sonesta in. Hij zocht iemand van de technische afdeling op. 'Pak aan,' zei hij. 'Breng ze naar de lijkschouwer, Michael Cipliano, zo heet de vent die je moet hebben, en zoek het adjunct-hoofd Forensische Geneeskunde, Jim Emerson. Schakel maar in wie je verder nog nodig hebt en zorg ervoor dat deze kleren worden onderzocht. We hebben de resultaten van alles wat er aangetroffen wordt hier zo snel mogelijk nodig. Zeg maar tegen ze dat het voor Ray Hartmann is, goed?'

De agent knikte en haastte zich weg met de zak met alles wat resteerde van het verblijf van Catherine Ducane in het Shell Beach Motel.

Hartmann stond op de stoep en probeerde op adem te komen. Woodroffe was op de eerste verdieping, de Reddingseenheid scheurde op hoge snelheid de straat uit achter Schaeffer en Perez aan en Hartmann schudde zijn hoofd en vroeg zich af wat er in godsnaam allemaal aan de hand was.

Hij liep net de hal van het hotel weer in toen de eerste oproep kwam dat de resterende FBI-agenten zich naar het huis van Feraud moesten begeven. Er waren eenheden opgeroepen uit New Orleans zelf, maar ook uit Baton Rouge, Metairie en Hammond. Onder de stroom van agenten die naar het huis van Feraud zouden trekken, bevonden zich Robert Luckman en Frank Gabillard, mannen die iets meer dan twee weken geleden hadden gedacht dat ze met deze zaak klaar waren. Twee eenheden die in Lafayette waren gestationeerd, waren gewaarschuwd, maar zouden er niet eerder dan over een uur kunnen zijn. Het duurde nog geen minuut, leek het wel, voor de hal van het Sonesta was ontdaan van mensen en Ray Hartmann bleef alleen achter met zijn hart bonzend in zijn borst en een wervelwind van verwarde gedachten in zijn hoofd toen hij besefte dat alles wat ze hadden georganiseerd in duigen viel.

Hij zag mensen het gebouw uit rennen naar klaarstaande auto's. Hij hoorde de auto's wegrijden, luisterde hoe ze in de verte verdwenen en toen draaide hij zich om en keek naar de trap. Woodroffe was boven met Lester Kubis. Hartmann greep een radio van de balie om eventuele oproepen van de mensen van de Reddingseenheid te kunnen beantwoorden en liep de trap op naar hen toe.

Woodroffe stond op de gang met een vel papier in zijn handen. De uitdrukking op zijn gezicht was die van een verloren man. Volledig en totaal verloren.

'Wat?' vroeg Hartmann. 'Wat zei Quantico?'

Woodroffe keek op. 'Het waren schuilnamen,' zei hij zacht.

'Welke namen? Schuilnamen voor wat? Waar heb je het in godsnaam over?'

'Emilie Devereau en David Carlyle.'

Hartmann schudde zijn hoofd en fronste.

Woodroffe hield hem het vel papier voor. 'Het waren schuilnamen die door de beveiligingsafdeling van de gouverneur van Louisiana waren toegewezen... Schuilnamen voor Catherine Ducane en Gerard McCahill.'

Hartmann deed een stap achteruit. Er was iets wat hij niet begreep, er klopte iets niet. Hij deed zijn mond open om wat te zeggen, maar er kwam alleen stilte uit.

'Victor Perez was verliefd op Catherine Ducane,' zei Woodroffe. 'Wat zei hij ook alweer? De twee families die nooit samen konden zijn? Het was de familie Ducane... Zijn dochter was verliefd op de zoon van Ernesto Perez en Victor vroeg zijn vader Ducane te vermoorden...'

Hartmann griste het stuk papier uit Woodroffes handen. Het duizelde hem. Hij begreep er niets meer van. Het was tóch Perez geweest. Perez had een spelletje met hen gespeeld. Hij had zichzelf aangegeven bij de FBI. Hij had hun zijn leven verteld en al doende een getuigenverklaring tegen Feraud en Ducane afgelegd die door iedereen tot en met de directeur van de FBI was gehoord. En Hartmann was, in zijn ijver het meisje te vinden, regelrecht met John Verlaine naar het huis van Feraud gelopen en had Feraud achteloos op de hoogte gebracht van de verblijfplaats en bedoelingen van Perez.

Hartmann deed een stap achteruit. Hij had het gevoel dat de hele wereld was gekanteld op zijn as.

Antoine Feraud had – misschien omdat hij dacht dat Ducane zou worden verhoord en voor hem belastende informatie zou geven – zijn zoon eropuit gestuurd om Ducane te doden en nu zou Feraud zelf door de FBI worden opgepakt. Beide mensen verantwoordelijk voor de moord op Angelina en Lucia Perez zouden hun eigen gerechtigheid gepresenteerd krijgen, en Perez...

'Roep de Reddingseenheid op,' zei Hartmann en zijn stem klonk kortaf en vertwijfeld. 'Roep de Reddingseenheid op en zoek uit wat er met Perez is gebeurd.'

'De dochter wist ervan, hè?' zei Woodroffe. 'Catherine Ducane wist ervan, denk je niet? Denk je niet?'

Hartmann schudde zijn hoofd. 'Ik weet bij god niet wat er nu eigenlijk is gebeurd,' zei hij. 'Ik wil op dit moment alleen maar weten wat ze met Schaeffer hebben gedaan. Wie heeft die mensen uit Langley gestuurd? Hoe heetten ze?'

'McCormack en Van... nog iets...'

'Van Buren,' zei Hartmann. Hij richtte zich tot Kubis. 'Bel Quantico en zoek uit of ze mensen hebben gestuurd om Perez naar Virginia te brengen.'

Kubis fronste. 'Heeft niemand dat gecontroleerd? Heeft niemand de overdrachtspapieren gecontroleerd?'

Woodroffe draaide zich om en keek Kubis aan. 'Heb je gezien hoeveel agenten daar beneden waren?' snauwde hij boos. 'Heb je gezien hoeveel mensen dit gebouw in en uit liepen? Het is één grote puinhoop, laat ik dat wel zeggen. Er gaan koppen rollen, daar kun je op rekenen...'

'Nou, laten we in godsnaam hopen dat het niet die van Schaeffer is,' zei Hartmann en hij zei nogmaals tegen Kubis dat hij Langley moest bellen en de namen moest opvragen van de agenten die waren gestuurd om Perez op te halen.

Nog geen minuut later draaide Kubis zich om en schudde zijn hoofd. 'Ze hadden nog niemand gestuurd,' zei hij zacht en daarna draaide hij zich weer van Woodroffe en Hartmann af alsof hij er niets meer mee te maken wilde hebben.

Hartmann keek Woodroffe aan.

Woodroffe keek wezenloos terug en zei toen: 'Schaeffer is dood, hè?'

'Ik ga,' zei Hartmann. 'Ik ga achter ze aan.'

'Je laat me hier niet achter,' antwoordde Woodroffe en hij richtte zich tot Kubis en zei: 'We gaan achter de Reddingseenheid aan... Als er nieuwe informatie binnenkomt, neem je contact met me op, goed?'

Kubis knikte, zei geen woord en keek Hartmann en Woodroffe zwijgend na toen ze de kamer uit liepen en de trap af gingen.

'Het is onbegrijpelijk,' zei Woodroffe, maar op het moment dat hij het zei wist hij al dat het niet zo was. Ze waren allemaal geboeid geweest door

het optreden van Perez en dan was er het meisje, altijd nog het meisje...
De belofte dat ze het meisje zouden vinden als ze luisterden en dat ze in leven zou zijn en binnen enkele uren weer aan de zorg van haar vader zou worden toevertrouwd.

Maar daar was het nooit om gegaan. Het ging om wraak. Perez had twee graven gedolven en het zag ernaar uit dat die allebei op de een of andere manier gevuld zouden worden.

Ze vonden de transportwagen en de Reddingseenheid nog geen acht kilometer van het Royal Sonesta, bij Violet, een klein stadje aan Highway 39. Hartmann kwam slippend tot stilstand en liep met Woodroffe op een drafje naar de wagens toe.

De commandant van de Reddingseenheid stond over iemand heen gebogen en een ogenblik dacht Hartmann dat hij Schaeffer daar zou vinden aan de rand van de weg met een kogelgat achter in zijn hoofd, maar toen hij de zijkant van de wagen om kwam, zag hij Stanley Schaeffer daar staan, levend en wel, sprakeloos maar springlevend, en hij keek naar iets wat hij in zijn hand had.

Hartmann liep langzaam naar hem toe. Op de grond bij Schaeffers voeten lagen kapot getrokken stroken isolatieband, band die was gebruikt om hem vast te binden, en daarnaast een canvas zak die ze – naar alle waarschijnlijkheid – over zijn hoofd hadden getrokken.

Schaeffer zag Hartmann aankomen en stak zijn hand uit.

Hartmann deed langzaam een paar stappen naderbij, bijna bang voor wat hij zou zien.

De hand van Schaeffer ging open en in de hand lag – klein en zilverkleurig, glinsterend in het laatste beetje daglicht – een muntje van tien cent.

Hartmann schudde zijn hoofd. 'Ten Cent,' zei hij.

'De oudste,' zei Schaeffer bijna ongelovig, 'en de jongste –'

'Was Victor Perez,' merkte Hartmann op.

Hij draaide zich om en keek naar Woodroffe. Woodroffe schudde langzaam met zijn hoofd en keek omlaag naar de grond.

'Iemand stond ze hier op te wachten,' zei Schaeffer. 'Er stond hier een auto op ze te wachten. Ze hebben mijn handen en voeten aan elkaar gebonden en een zak over mijn hoofd getrokken. Ik heb ze niet gezien, maar het was absoluut een meisje... absoluut, absoluut een meisje.'

'Catherine Ducane,' zei Woodroffe. 'Ze hebben ons een loer gedraaid, hè? Perez en zijn zoon, het meisje ook... Ze hebben ons allemaal een ongelooflijke loer gedraaid.'

Hartmann stond daar met zijn hart als een koude steen midden in zijn borst. Hij haalde diep adem. Hij zette zich schrap omdat hem opeens het dreigende gevoel bekroop dat hij zijn evenwicht zou verliezen en toen liep hij naar de kant van de weg en ging zitten. Hij sloeg zijn handen voor zijn gezicht, hij sloot zijn ogen en het duurde een hele tijd voor hij er zelfs maar over na kon denken wat hij nu zou gaan doen.

Rapporten kwamen later, onsamenhangende rapporten zonder duidelijke conclusie, op één belangrijk feit na.

Agenten van de FBI, medewerkers van het Bureau of Alcohol, Tobacco, Firearms and Explosives en de Drug Enforcement Administration hadden een inval gedaan in het huis van Antoine Feraud.

Daddy Always.

Aan beide zijden waren mensen gedood. Er waren talloze slachtoffers en gewonden. Op het moment dat de rapporten binnenkwamen, dat Hartmann naar de berichten luisterde die via Lester Kubis werden doorgegeven aan het Royal Sonesta, werden er nog mensen met schotwonden naar de Spoedeisende Hulp in New Orleans overgebracht. Maar één ding was zeker.

Daddy Always was dood. Boven aan de trap in zijn eigen huis staande had hij op FBI-agenten gevuurd toen ze door de voordeur binnenkwamen. Hij ging ten onder in een regen van geweervuur. Hij ging vechtend ten onder en op hetzelfde moment dat zijn lichaam twee trappen af viel, op hetzelfde moment dat zijn oude gebroken gedaante met gespreide armen en benen voor de onderste tree lag en het bloed zich langzaam uit zijn hoofd over de glanzend gepoetste mahoniehouten vloer verspreidde, verscheen op de hartmonitor van gouverneur Charles Ducane een rechte lijn terwijl de chirurgen een poging deden een derde kogel te verwijderen uit een bloedvat dicht bij zijn hart.

Ze overleden enkele momenten na elkaar en hadden ze het geweten, waren ze zich bewust geweest van deze nauwe samenloop van omstandigheden, dan hadden ze misschien moeten lachen om de ironie van het geval. Zoals, ongetwijfeld, zou gelden voor Ernesto Perez, die de grens van Louisiana met Mississippi over ging naast een zijarm van de rivier de Amite.

De avond begon te vallen. De lampen van het Royal Sonesta brandden fel. Federale agenten die terugkwamen van het huis van Feraud, werden verzameld voor de nabespreking. Zelfs Verlaine die gemerkt had dat de hel was losgebroken en graag wilde weten wat er in zijn gebied was gebeurd, was er.

En hij was degene die naast Ray Hartmann stond toen Michael Cipliano verscheen, met Jim Emerson in zijn kielzog en in zijn hand het rapport betreffende de kleren uit het Shell Beach Motel die ze hadden onderzocht.

'Haar kleren inderdaad, geen twijfel mogelijk,' vertelde Cipliano Hartmann. 'Niets bijzonders, behalve één klein dingetje.'

Hartmann, wiens gedachten zo in beslag werden genomen door alles wat er was gebeurd dat hij er niets meer bij kon hebben, keek Cipliano alleen maar aan.

'Op de achterkant van haar spijkerbroek hebben we bloed aangetroffen... piepkleine spatjes bloed om de nageltjes heen –'

Hartmann wist wat Cipliano ging zeggen voor hij de woorden uitsprak.

'Alleen was het geen bloed, Hartmann... Het was bordeauxrode lak, het soort lak dat je op een Mercury Turnpike Cruiser uit '57 zou aantreffen.'

Cipliano glimlachte alsof alles wat de wereld te bieden had nu op zijn plaats was gevallen.

'We hadden de lengte van de dragende persoon geschat op ongeveer één zevenenzeventig à één tachtig. Catherine Ducane was één meter zeventig, maar tegelijk met de spijkerbroek hebben jullie een paar schoenen met hoge hakken van zeven centimeter bij ons afgeleverd...'

Hartmann sloot zijn ogen. Hij liep langs Cipliano en Emerson en wandelde naar buiten. Hij stond daar op het trottoir terwijl de herrie achter hem vervaagde tot een grote brij.

Hij ademde in, ademde uit, ademde nog een keer in... en toen vond hij het: de overdadige, onwelriekende mengelmoes van geuren en geluiden en menselijke ritmen; de scherp gekruide halfgare ribbetjes die in olievlammetjes liggen te schroeien; de basilicumblaadjes en oregano en court bouillon en carbonara van Tortorici's; de verzamelde geuren van miljoenen levens die elkaar kruisten, en elk leven daarna weer een ander zoals in de theorie van de zes handdrukken; miljoenen kloppende harten, allemaal hier, onder het dak van dezelfde hemel waarin de sterren stonden als donkere ogen die alles zagen... zagen en onthielden.

Hij dacht aan Danny, hoe ze uitkeken over de bomen, over de Mississippi naar de Golf van Mexico, een reep helder donkerblauw, een streep door de aarde, een ader... dat ze ervan droomden het ruime sop te kiezen, een papieren boot groot genoeg voor twee, de naden gedicht met was en boter, hun zakken vol dubbeltjes en dollars met de beeltenis van Susan B. Anthony bij elkaar gespaard met het poetsen van spatborden en wieldoppen, het soppen van voorruiten en ramen en stoepjes voor de families Rousseau, Buie, Jerome. Weglopen, weglopen uit Dumaine met zijn tweeën, van het kruispunt waar grotere kinderen hen pestten, aan hun haar trokken, met scherpe vingers in hun borst porden en hen halvegaren noemden, waar ze wegrenden tot de adem zich uit hun borst perste in grote piepende astmatische hijgende stoten, een steegje in schoten, zich verstopten in de schaduwen wanneer de realiteit van de wereld oprukte rond de veilige en geïsoleerde cocon die ze voor zichzelf hadden geschapen. Danny en Ray, Ray en Danny, een echo op zichzelf; een echo van de kindertijd.

Ray Hartmann kreeg dat vage en ondefinieerbare gevoel... meende dat hij, als hij aan deze dingen dacht, jonger was voor zolang als het duurde.

En toen zag hij het gezicht van zijn moeder, dat van zijn vader ook, en een tel later moest hij de zacht zoutig prikkende tranen uit zijn ogen vegen.

'Het was al die tijd hier,' fluisterde hij bij zichzelf. 'Alles wat ik ooit ben geweest. Het was al die tijd hier.'

En toen draaide hij zich om. Kalm, stap voor stap, draaide hij zich om en vertrok. Hij liep nu langzaam, behoedzaam, elke genomen stap op zichzelf een moment van overweging, en zo liep hij naar het kruispunt.

Daar vond hij een telefooncel en met zijn kwartjes in zijn hand draaide hij het nummer, een nummer dat hij nooit zou hebben kunnen vergeten al had zijn leven ervan afgehangen.

En hij barstte bijna in huilen uit toen hij haar stem hoorde.

'Ray? Ray, ben jij het?'

'Ja, Carol, ik ben het.'

29

New York zou nooit meer hetzelfde zijn. Althans niet in de ogen van Ray Hartmann. De ogen die over de skyline uitkeken toen het vliegtuig overhelde en naar de luchthaven wendde waren nu andere ogen. Het was vroeg in de middag, dinsdag 10 september. Elf dagen waren voorbijgegaan en in die dagen had Hartmann twee mensenlevens doorgemaakt, zijn eigen en dat van Ernesto Cabrera Perez.

De wereld was achter hem ingestort toen hij Louisiana had verlaten. Ducane was dood, Feraud ook; en hoewel al het mogelijke werd gedaan door de federale instellingen en inlichtingendiensten op het vasteland van de Verenigde Staten, was Hartmann ervan overtuigd dat Perez, zijn zoon Victor, Catherine Ducane en Samuel 'Ten Cent' Pagliaro de Verenigde Staten al achter zich hadden gelaten. Misschien waren ze op Cuba, of in Zuid-Amerika – het maakte niet uit. Ze waren weg, dat was het enige wat telde. En Ducane was een man die was gestorven met een ongeschonden reputatie. Hij werd geëerd in de kranten, op tv; hij werd geprezen als een man met visie, een man van de toekomst. Hij ging naar zijn graf met een imago dat niet bezoedeld was door de smerige waarheid, want er stonden mensen boven en achter hem die wisten dat ze er niets mee opschoten als die waarheid aan de wereld bekend werd gemaakt. Charles Ducane was vermoord in opdracht van Antoine Feraud, en nu was Feraud zelf ook dood. Zijn zoon zou snel berecht worden en onherroepelijk verdwijnen. Dat was politiek, dezelfde politiek die Amerika Watergate en Vietnam, de dood van twee Kennedy's en Martin Luther King had opgeleverd. Alleen het publieke gezicht van Charles Ducane zou de wereld worden getoond: echtgenoot, vader, gouverneur, martelaar.

Met deze dingen hield Ray Hartmann zich niet bezig. De enige en overheersende gedachte in zijn geest was zijn afspraak om vier uur in Tompkins Square Park. Iets meer dan acht maanden was hij gescheiden geweest van zijn gezin. Jess zou veranderd zijn. Het verbaasde hem altijd weer hoe snel kinderen ophielden kind te zijn en jonge mannen en vrouwen werden. Carol zou ook zijn veranderd. Je kunt niet twee derde van een jaar doorbrengen zonder je man, zonder de vertrouwdheid van het gezin dat je hebt gevormd, en niet op de een of andere manier zijn veranderd. Maar hij was ook veranderd; dat wist Ray Hartmann, en hij hoopte – tegen alles wat eerdere ervaringen hem hadden geleerd in – dat hij genoeg was veranderd.

Hij had Carol eerder, uit New Orleans gebeld. Ze had zeker een minuut of drie niets gezegd terwijl hij elke gedachte en elk gevoel, elke reden waarom ze elkaar volgens hem weer moesten zien, over haar uitstortte. Hij had zijn verontschuldigingen aangeboden voor zaterdag, tien, twaalf, misschien wel twintig keer en uiteindelijk had ze, suf van al zijn gepraat misschien, gezegd: 'Goed, Ray... voor Jess. Zelfde plaats, Tompkins Square Park om vier uur. En verpest het nou niet, Ray... Verpest het nou alsjeblieft niet nog een keer. Het kan me op dit moment geen barst schelen hoe ik me voel, maar ik wil niet hebben dat Jess weer van streek raakt, oké?'

Eerder, nog tijdens de vlucht, had Hartmann op zijn horloge gekeken; het was tien voor halfdrie geweest. Nog vijftien minuten en dan zou de binnenlandse vlucht van New Orleans naar New York landen; hij zou uitchecken en tegen drieën zou hij onderweg zijn. Hij had de vroegste vlucht genomen die hij kon halen. Er moesten vragen beantwoord worden, nog meer gesteld worden, en tegen de tijd dat John Verlaine toestemming had gekregen om Hartmann naar het vliegveld te brengen, was hij één bonk zenuwen.

'Nu ga je dit eens en voor altijd goedmaken, ja?' had Verlaine hem gevraagd.

Hartmann had geknikt maar niets gezegd.

Verlaine was niet op het onderwerp doorgegaan. Alles wat gezegd moest worden, zou in New York worden gezegd. Zodoende was Verlaine begonnen over Perez, over het meisje, over het feit dat alles waarvan zij hadden verondersteld dat het de waarheid was, slechts een maskerade was geweest. Ze waren slim geweest, ze hadden kennelijk alles gepland tot en met het laatste detail, en van de momenten dat de FBI had gefaald, had Perez snel gebruikgemaakt.

'Denk je dat ze zelf die bomaanslag op het FBI-gebouw hebben gepleegd?' had Verlaine gevraagd. 'Denk je dat die oudere man en de zoon hebben gewacht tot Perez er niet was en toen die bomaanslag hebben gepleegd om de hele situatie zo chaotisch mogelijk te maken?'

Hartmann had zijn schouders opgehaald met een schuin oog op de bewegwijzeringsborden langs de snelweg die hem vertelden dat de luchthaven snel naderbij kwam.

'Het gaat er bij mij niet in dat het Feraud was,' was Verlaine verdergegaan. 'Ferauds spionnen zouden hem hebben verteld dat Perez aan het einde van de dag altijd het gebouw verliet en terugging naar het Sonesta.'

Opnieuw had Hartmann een vage reactie gegeven.

'Volgens mij heeft de zoon die aanslag gepleegd,' had Verlaine geconcludeerd. 'De zoon en die andere vent... Hoe heet hij ook alweer?'

'Ten Cent,' had Hartmann geantwoord en toen hij de naam van de man had gezegd had hij het gevoel gekregen dat hij hem kende, alsof deze figuur uit het verleden van Perez nu ook deel uitmaakte van zijn eigen verleden. Misschien zouden ze allemaal voorgoed zo'n tien centimeter achter zijn voorhoofd blijven zitten. Het was een reis geweest, dat op zijn minst; hij had gedaan wat hem was gevraagd en op zijn medewerking en bereidheid was niets aan te merken geweest. Maar het was voorbij. Het was klaar. En als ze Ernesto Perez vonden, zouden ze doen wat nodig was en daar hoefde Hartmann geen rol bij te spelen.

Ergens hoopte hij vreemd genoeg dat de man nooit meer zou worden gezien.

En toen was Verlaine de afrit naar het vliegveld op gereden en voor ze het wisten waren ze bij de Moisant International Terminal en zei Verlaine iets over nog een keer terugkomen naar New Orleans, dat hij het leuk vond dat hij Hartmann had leren kennen, dat hij contact moest houden, een keer moest bellen...

En Ray Hartmann, die een gevoel van affiniteit en verwantschap met deze man had, had John Verlaine aangekeken en geglimlacht.

'Ik kom niet terug,' had hij zacht gezegd.

Verlaine had geknikt. 'Dat weet ik. Maar je hoort dat soort dingen toch te zeggen, hè?'

'Inderdaad,' had Hartmann geantwoord en toen had hij Verlaine stevig de hand gedrukt, en hij had hem bij de schouder gegrepen en gezegd: 'Ik was blij dat je er was, en ach... Je hebt nu wel iets om tegen je kleinkinderen te vertellen.'

Verlaine had gelachen. 'Ja, vast,' had hij gezegd, en toen had hij Hartmanns hand losgelaten en zich omgedraaid om terug te gaan naar zijn auto.

'Vergeet de truc niet,' had Hartmann hem nageroepen.

Verlaine was blijven staan en had achterom gekeken. 'De truc?'

Hartmann had geglimlacht. 'Gewoon blijven ademhalen, John Verlaine. Dat is de truc.'

Het was een korte vlucht geweest. Van New Orleans naar New York. Een paar uur boven Alabama, Georgia, South en North Carolina en daarna de East Coast, over Virginia naar Maryland en toen kon Hartmann de Atlantische Oceaan rechts van hem zien liggen en meldden de stewardessen hun de geschatte tijd van aankomst.

Ray Hartmann probeerde zich te herinneren hoe hij zich had gevoeld toen hij naar New Orleans was teruggekeerd. Hij probeerde zichzelf ervan te overtuigen dat hij nu écht naar huis ging, maar hij wist dat het niet zo was. Louisiana was er, geworteld in alles wat hij was, en hoewel hij oprecht geloofde dat hij nooit uit vrije wil zou teruggaan, wist hij ook dat hij die wortels had. Werd je ontworteld, dan bleven de kanaaltjes die de wortels achterlieten in stand als vingerafdrukken in de aarde. De aarde onthield, herinnerde je aan je erfgoed, hoe ver je ook reisde. Hij probeerde zich voor te houden dat thuis geen plaats was maar een gemoedstoestand. Hij probeerde hier op honderd verschillende manieren aan te denken, maar het zou altijd hetzelfde blijven. Perez had gelijk gehad. New Orleans zou eeuwig bij hem blijven horen, waar hij ook heen ging.

Tegen de tijd dat hij zijn spullen van de bagageband haalde en naar de uitgang liep, was het kwart over drie geweest. Hij haastte zich naar buiten en hield een taxi aan, zei tegen de chauffeur dat hij over de Williamsburg Bridge heen moest en niet later dan tien minuten voor vier bij Tompkins Square Park in East Village moest zijn. De chauffeur, die Max heette, zuchtte en schudde zijn hoofd.

'Dan zul je een helikopter nodig hebben,' zei hij. 'Williamsburg staat helemaal vast. Er is ongeveer halverwege een vrachtwagen gekanteld; het heeft me bijna een uur gekost om eroverheen te komen de laatste keer dat ik het heb geprobeerd. We kunnen misschien beter naar de Queensboro

Bridge en dan over Second Avenue door Stuyvesant.' Max schudde zijn hoofd. 'Nee, dat kost ons zeker meer dan een uur. Laten we het risico maar nemen, hè? Laten we maar hopen dat de maagd Maria je vandaag bijstaat.'

'Als je maar zorgt dat ik er kom,' zei Hartmann. 'Als je ervoor zorgt dat ik er voor vier uur ben, krijg je honderd dollar.'

Max grijnsde van oor tot oor. 'Voor honderd dollar zorg ik dat je er afgelopen dinsdag bent.'

Het ging het hele eind tot aan de brug van een leien dakje en Hartmann keek om de drie of vier minuten op zijn horloge. Toen ze op de eerste file stuitten was het vijfentwintig over drie. Hij was al zenuwachtig en het feit dat het een race tegen de klok was, maakte dat alleen maar erger.

Aan Max had hij ook niets. Die vond het nodig een uitvoerige beschrijving te geven van de eigenaardigheden en het zonderlinge gedrag van vrijwel iedere passagier die hij de afgelopen week had vervoerd.

Ray Hartmann hoorde de woorden die elkaar verdrongen om uit de mond van Max te ontsnappen, maar wat hij zei en of het enigszins interessant was, ging aan hem voorbij. Het was gewoon een geluid, zoals het geluid van claxons die tegen elkaar schalden toen het verkeer tot stilstand kwam bij de opgang naar de Williamsburg Bridge.

Hartmann keek voor de honderdste keer op zijn horloge: negen minuten over half vier. Hij vloekte zacht.

'Wat?' vroeg Max. 'Zei u iets, meneer?'

'Dat godvergeten verkeer!' snauwde Hartmann.

'Ik heb het u toch gezegd,' zei Max. 'Het heeft me de laatste keer bijna een uur gekost om eroverheen te komen.'

Hartmann had zin Max bij de keel te grijpen en hem heen en weer te schudden tot hij bezweek. Hij balde zijn vuist en verbeet zich. Hij dwong zichzelf te geloven dat het dadelijk ineens rustiger zou worden en dat het verkeer in beweging zou komen, dat ze de brug over zouden komen, en dan hoefden ze alleen nog maar rechtsaf Baruch op, linksaf East Houston in, rechtsaf naar Avenue B en dan waren ze er, dan waren ze bij Tompkins Square Park en zou hij de handen van Max volstoppen met groezelige briefjes van tien dollar en gaan rennen en hij zou nog ruim op tijd zijn en Carol zou weten dat hij echt was veranderd omdat hij deze keer... déze keer dan zijn woord niet had gebroken...

Het leek wel of de auto's vóór hen geparkeerd stonden voor de rest van de middag.

Hartmann draaide het raampje omlaag en haalde een paar keer diep adem. Hij balde telkens zijn vuisten en ontspande ze dan weer. Zijn gezicht was bedekt met een glimmend laklaagje zweet en hij had het afwisselend warm en koud. Hij dacht dat hij zou gaan overgeven. Hij kon nergens aan denken, alleen aan dit gespannen gevoel, dit nerveuze ongeduld, deze wanhoop haast, die zijn hele lichaam en geest in zijn greep leek te houden. Hij wilde uit de auto stappen en gaan rennen. Hij wilde op volle vaart tussen de rijen auto's door stormen en het hele eind te voet afleggen…

Om elf minuten voor vier begon het verkeer weer te rijden. Ze kwamen bij het einde van de brug en sloegen rechts af Baruch op om vier minuten over vier.

Hartmann had drie sigaretten opgestoken, hoewel Max hem dringend had verzocht in de taxi niet te roken, en al die sigaretten had hij bijna tot aan het filter laten opbranden voor hij ze uit het raampje gooide.

Hoeveel geld hij Max gaf toen de taxi eindelijk tot stilstand kwam bij het hek van het park, wist Hartmann niet. Al was het al zijn spaargeld geweest, dan nog had het hem niet kunnen schelen. Hij liet zelfs zijn tas staan en Max kwam achter hem aan en duwde het ding in zijn handen en bleef vervolgens staan kijken hoe hij over het gras naar de muziektent stormde.

Tegen de tijd dat Ray Hartmann bij de met zijn vrouw en dochter afgesproken ontmoetingsplaats kwam, was het dertien minuten over vier.

De muziektent was leeg.

Daar stond Hartmann, bleek en afgetrokken, nat van het zweet, met zijn tas aan zijn voeten, alles binnen in hem strakgespannen als een vuist, zo over zijn toeren dat hij bij het minste of geringste uit zijn vel zou barsten.

Hij vloekte drie of vier keer. Hij bekeek de mensen in de buurt. Hij liep de ene kant op, draaide zich om en liep de andere kant op. Hij zag een kind met een vrouw, hij wilde iets zeggen en toen drong het tot hem door dat het kind een jongen was en dat de vrouw met een stok liep en oud en grijs was.

Hij ging met zijn rug tegen de koude betonnen voet van de muziektent staan. Hij voelde zijn knieën knikken. Hij voelde de tranen in zijn ogen prikken. Hij kreeg geen adem. Zijn hart ging tekeer als een staarthamer alsof het van plan was overbelast te raken en te stoppen en hem op de grond te doen neerstorten… en dan zou iemand hem op een gegeven moment vinden en de politie bellen en de politie zou een ambulance bellen en ze zouden komen en hem dood en koud en stijf aantreffen en...

Ray Hartmann begon te huilen. Hij zakte op zijn knieën en sloeg zijn handen voor zijn gezicht.

Dat komt er nu van als je zo veel dingen nalaat, zei zijn innerlijke stem tegen hem. *Dat komt er nu van als je een waardeloze vader bent en nooit tijd hebt en Jess nooit helpt met haar huiswerk en drinkt terwijl je had beloofd dat je dat niet zou doen. Dat komt er nu van als je een sukkel bent, een geboren en getogen sukkel, en wat je nu ook gaat doen, je zult altijd terugdenken aan dit moment en jezelf voor je kop slaan, want zo is je leven nu en meer zal het nooit worden en daar kun je niets, helemaal niets aan veranderen...*

En toen hoorde hij voetstappen, het geluid van rennende voeten en even stopte hij, instinct als een radar afgestemd op elk geluid om hem heen, en Ray Hartmann keek op en door zijn tranen zag hij haar...

'Pappieieieieie!'

Epiloog

Hij stond langzaam op.

Hij keek onderzoekend naar de gezichten voor hem. Hij deed één stap naar voren en greep zich beet aan de rand van de katheder.

Die staat hier niet voor aantekeningen, dacht hij. Niemand neemt aantekeningen mee om te zeggen wat ze te zeggen hebben hier. Hier zetten ze hem neer zodat er iets is tussen jou en hen... iets waar je je aan vast kunt houden als je het gevoel krijgt dat je onderuit zult gaan. Als je je voelt zoals ik me nu voel...

'Hallo,' zei hij.

Er ging een gemompel door de verzamelde groep mensen. Mannen, vrouwen, jong en oud, gekleed op alle mogelijke manieren, zonder enige gelijkenis met elkaar, op één ding na, en dat was iets wat je niet kon zien en in de meeste gevallen nooit zou raden, maar ze waren hier allemaal om dezelfde reden.

'Hallo,' zei hij nogmaals. 'Ik ben Ray.'

En er zijn momenten dat hij nauwelijks kan geloven dat hij wat hij had ooit op het spel heeft gezet, alsof alleen een krankzinnige man niet in staat zou zijn geweest het naar waarde te schatten.

Toen bemerkte hij de reacties, een koor van begroetingen en goedkeurende knikjes.

'Ik ben Ray. Ik ben getrouwd en ik heb een kind. Ik ben alcoholist en tot een paar maanden geleden heb ik gedronken.'

En er zijn momenten dat hij naar zijn eigen spiegelbeeld kijkt en zichzelf de vraag stelt of hij zichzelf ooit echt heeft gekend, of iemand anders trouwens.

Er ging een meelevend gemurmel door de zaal en toen daarna een kabbelend applaus en Ray Hartmann stond daar, zijn hart klopte en hij wachtte tot de aanwezigen weer stil waren voor hij verder sprak.

'Ik gaf mijn vrouw de schuld, ik gaf mijn werk de schuld. Ik gaf mijn eigen vader de schuld omdat hij ook een dronkenlap was. Ik weet het allemaal aan het feit dat ik mijn jongere broer heb verloren toen ik veertien was... Maar de eerlijkheid gebiedt te zeggen, en dat is het moeilijkste van alles, dat ik de enige ben die er schuld aan had.'

De tijd, weet hij inmiddels, heelt niet. De tijd is slechts een raam waardoor we onze eigen fouten kunnen zien, want dat schijnen de enige dingen te zijn die ons helder voor de geest blijven staan.

Opnieuw ging er een instemmend en goedkeurend gemurmel door de zaal, en nogmaals een kabbelend applaus.

'Een tijdje geleden ben ik in mijn geboortestad New Orleans geweest en daar heb ik, opnieuw door mijn werk, een man ontmoet die zijn hele leven mensen heeft vermoord.'

Jess praat tegen hem en in haar stem zit hetzelfde gevoel, dezelfde emotie die ze altijd had. Ze hoeft zich de tijd dat hij weg was niet zo nodig te herinneren, alsof het slechts een piepje op de hartmonitor was, en nu het voorbij is, is het zo vergeten.

Ray Hartmann zweeg een moment en keek naar de gezichten die hem gadesloegen. Hij wilde buiten zijn in de auto met Carol en Jess. Hij wilde overal zijn behalve hier, maar hij wist, wist met heel zijn wezen, dat hij zich deze keer aan zijn kant van de afspraak zou houden.

'Je moet erdoorheen, Ray,' had Carol tegen hem gezegd. 'Je moet er deze keer echt doorheen... Begin eraan en maak het af, hoeveel moeite het je ook kost, goed?'

En hij kijkt naar Carol. Dit is het meisje op wie hij verliefd werd, het meisje dat hij trouwde en in haar vindt hij naar zijn weten alles wat hij ooit zou kunnen willen en ergens gelooft hij dat hij de rest van zijn leven zal moeten blijven bewijzen dat hij haar waard is.

'En ik luisterde naar die man en ondanks alle verschrikkelijke dingen die hij had gedaan, alle levens die hij kapot had gemaakt, heeft hij me één ding geleerd. Hij heeft me geleerd dat de kracht van familie het enige is wat je er echt doorheen kan slepen.'

In de vroege uren van de ochtend pleegt hij wakker te worden, en dan is er een geluid vanbinnen en dat geluid is zoiets als een hart dat klopt, maar nu is het niet het hart van een bange en vertwijfelde man; het is het hart van een man die dacht dat hij alles had verloren, maar het alsnog heeft teruggewonnen.

Later. Kerstavond.

Ray Hartmann staat in de deuropening van de keuken.

De telefoon gaat.

Carol is buiten. Ze haalt boodschappen uit de auto.

'Jess!' roept Hartmann. 'Kun jij de telefoon opnemen, Jess?'

'Hè, pa, ik ben bezig.'

'Alsjeblieft, Jess... Ik moet je moeder helpen met de boodschappen.'

Hij luistert tot hij haar voetstappen op de trap hoort en als de telefoon ophoudt met rinkelen, loopt Hartmann door de keuken naar de achterdeur en neemt een tas met boodschappen over van Carol. Hij zet hem neer op de aanrecht en blijft even staan als hij de stem van Jess uit de gang hoort.

En het hart klopt met een behoedzaam geluid, alsof er nog zeer veel lessen te leren zijn, maar zijn ogen zijn open, zijn geest is bereid, en hij heeft toch ten minste de belangrijkste les geleerd: de les van de nederigheid, dat hij niet altijd gelijk had, dat de moeilijke problemen van het leven niet altijd kunnen worden vermeden, geloochend of ontkend.

'Jess? Wie is het, lieverd?'

Jess geeft geen antwoord.

Hij gaat de keuken uit en loopt naar de voorkant van het huis en dan vertraagt hij zijn pas als hij hoort wat ze zegt.

Het is dezelfde wereld, maar toch op de een of andere manier anders.

'Ik weet het niet... Natuurlijk weet ik het niet. Het moet een verrassing zijn.'

Ze is een moment stil.

'Wat ik graag zou willen? O, dat weet ik niet. Ik kan nog wel wat make-up gebruiken en ik heb een nieuwe portemonnee nodig en er zijn een paar cd's die ik graag wil hebben. Ik heb de titels vaak genoeg tegen mijn moeder laten vallen, dus als ik die niet krijg dan weet ik dat ze er echt niet helemaal bij is –'

'Jess?' vraagt Hartmann. 'Wie heb je aan de telefoon, lieverd?'

Jess draait zich om en glimlacht. 'Een vriend van je,' zegt ze en dan vervolgt ze: 'Hier is mijn vader... Misschien spreek ik u nog wel eens en u ook prettige kerstdagen, ja?'

Jess houdt de hoorn op en hij loopt naar haar toe en pakt hem aan.

'Hallo?' zegt Hartmann. 'Met wie spreek ik?'

Hij ziet het voor wat het is: een eindeloze stroom van gebeurtenissen, toeval, van beslissingen en keuzes.

'Meneer Hartmann.'

Ray Hartmann voelt zijn huid koud worden, alsof iemand hem met ijswater heeft overgoten. De haren achter in zijn nek staan rechtop en hij weet dat alle kleur uit zijn gezicht is getrokken.

'Perez?'

'U hebt een pientere dochter,' zegt Ernesto Perez. 'Ik weet zeker dat ze onder uw hoede en zorg zal opgroeien tot een geweldige jonge vrouw, meneer Hartmann.'

'Wat –'

'U hoeft niets te zeggen, meneer Hartmann... helemaal niets. Ik wilde alleen even kijken of alles goed met u ging en of u de problemen met uw gezin had opgelost. Kennelijk wel en daar zijn we dan, op kerstavond, en jullie zijn allemaal bij elkaar.'

'Als u denkt –'

'Laat maar, meneer Hartmann. Ik bel alleen voor de gezelligheid. Om u alle goeds te wensen, mijn zegen te geven in deze speciale tijd van het jaar. Ik wilde u laten weten dat ik u dankbaar ben voor alles wat u voor me hebt gedaan, de manier waarop u hebt geluisterd, de tijd die we met elkaar hebben doorgebracht, en ik wilde even kijken of u weer op het juiste spoor zit. Ik ben nu gerustgesteld, omdat ik geloof dat u het net zo goed begrijpt als ik. Als je je kinderen niet kunt geven wat ze willen, wat stelt je leven dan voor?'

Hartmann zegt niets; kan geen woord uitbrengen.

'Ik wilde graag zeker weten dat er iets goeds uit dit alles was voortgekomen. Met uitzondering van de slachtoffers onder uw mensen... dat is nooit de bedoeling geweest. Het is nooit de bedoeling geweest dat er nog meer doden zouden vallen, meneer Hartmann, maar de mannen die in New Orleans zijn gestorven, dat was een beoordelingsfout. Er waren nog mensen in het gebouw terwijl werd verondersteld dat het gebouw leeg was...'

Hartmann sluit zijn ogen; hij ziet het gezicht van Sheldon Ross voor zich.

'Zo gaat het in een oorlog, meneer Hartmann, maar het spijt me dat ze zijn overleden, het spijt me voor hun familie, het verdriet dat hun is aangedaan. En misschien belde ik ook om een vraag voor u te beantwoorden... een vraag die u me heel lang geleden hebt gesteld.'

Perez zwijgt opnieuw, misschien voor het effect, en Hartmann kan hem als het ware aan de andere kant van de lijn horen glimlachen.

'U hebt me gevraagd waarom ik u had uitgekozen, weet u nog?'

Hartmann maakt een geluid, een soort gemompel.

'Er was een zaak,' gaat Perez verder. 'Een zeer interessante zaak en u had een getuige. Het was november als ik het me goed herinner, een koude november enige tijd geleden. Het was de avond voor u de verklaring van uw getuige moest voorleggen aan de Grand Jury en ze werd gevonden in een motel in Hunters Point Avenue vlak bij het Calvary Cemetery.'

Hartmann voelt de spanning opkomen in zijn borst. Terwijl Perez het zegt, ziet hij het tafereel zich voor zijn ogen ontvouwen, de manier waarop de vrouw was gevonden, het gevoel van totale wanhoop dat hem en Visceglia had overvallen toen ze beseften dat hun hele onderzoek nu voor niets was geweest.

'Aan haar verscheiden zat een zeker element van creativiteit, vindt u niet, meneer Hartmann? Ik kan u nu verzekeren dat ik daarvan op de hoogte was, en hoewel ik niet rechtstreeks met haar vertrek uit uw zaak te maken heb gehad, heb ik het toch met zeer veel belangstelling gevolgd. Laten we zeggen dat men mij om advies had gevraagd hoe dit specifieke detail moest worden opgelost.'

Hartmann ziet het lichaam van de vrouw met gespreide armen en benen op het bed in het goedkope motel voor zich, de blauwe plekken op haar armen en benen, de cocaïne rond haar neus en mond, hoe haar ene hand is vastgebonden en haar andere niet om de mogelijkheid open te laten dat ze zich de fatale hoeveelheid drugs zelf heeft toegediend.

En vervolgens, daarna, herinnert Hartmann zich het exacte moment dat hij zijn belofte aan Carol en Jess heeft verbroken, hoe hij een deel van zijn woede en frustratie had gestild in het gezelschap van Jack Daniels, hoe hij naar huis was gezwalkt en wankelend de voordeur van zijn appartement in een gebouw zonder lift in Stuyvesant Town was binnengegaan, zo dronken als een man kan zijn zonder buiten bewustzijn te raken, hoe hij in elkaar was gezakt op de keukenvloer en daar had gelegen tot Jess hem vond.

Perez spreekt opnieuw en Hartmann spant elke spier in zijn lichaam. Het is het enige wat hij kan doen om te voorkomen dat hij de hoorn tegen de muur smijt.

'Opmerkelijk dat ze ongeacht haar leven tot op dat moment, ongeacht hoe respectabel en beschaafd ze tot dan toe was geweest, altijd zal worden herinnerd als een vrouw met een voorliefde voor groepsseks en cocaïne.'

Hartmann kan geen woord uitbrengen.

'Ik was er, meneer Hartmann... In een auto aan de overkant van de straat toen u en uw vriend uit dat motel kwamen. Ik kan me de uitdrukking op uw gezicht herinneren, alsof het gisteren was, de totale ontzetting en ontgoocheling die u uitstraalde toen u bij dat gebouw wegliep. Dat heeft me enige tijd beziggehouden, meneer Hartmann. Daardoor ging ik nadenken over dingen waar ik nog nooit bij had stilgestaan... en merkwaardig genoeg, na alles wat ik had gedaan, na dat leven dat ik heb geleid, kreeg ik door dat ene incident het gevoel dat ik u iets schuldig was.'

Het is een moment stil. Hartmann wil iets zeggen – wat dan ook – maar er is werkelijk niets wat hij kan zeggen.

'Ik wens jullie allemaal fijne kerstdagen, meneer Hartmann, u en uw zeer bijzondere gezin,' zegt Perez zacht. 'En dit ding... dit ding van ons is afgedaan.'

De verbinding wordt verbroken.

Ray Hartmann staat daar een poosje voor hij voorzichtig de hoorn neerlegt.

Hij loopt terug naar de keuken en blijft een moment staan kijken naar zijn vrouw en dochter die boodschappen uitpakken.

Hij ziet het in een ander licht en deze keer zijn zijn ogen open.

Carol kijkt op en fronst. 'Wat is er?' vraagt ze.

Hartmann glimlacht en schudt zijn hoofd. 'Gelukkig kerstfeest,' zegt hij.

'Ja, jij ook gelukkig kerstfeest.'

'Ik hou van je, Carol.'

Carol Hartmann blijft een moment staan met een watermeloen in haar hand. Ze kijkt naar Jess. Jess trekt haar wenkbrauwen op en glimlacht tegelijkertijd.

'Wat heb jij opeens?' vraagt ze. 'Ben je niet goed wijs geworden of zo?'

Hartmann schudt zijn hoofd. Hij kijkt omlaag naar zijn schoenen en slaat dan zijn ogen op naar zijn vrouw en zijn dochter.

'En, wat denk je? Blijf jij daar nu een beetje onnozel voor je uit staan kijken of ga je ons helpen met de boodschappen?'

'Ik ga helpen met de boodschappen,' zegt Ray Hartmann, 'en dan kunnen we daarna misschien met z'n allen naar de bioscoop en op de terugweg pizza meenemen.'

'Goed idee,' zegt Jess.

'Goed idee,' antwoordt haar vader en hij gelooft dat het leven zich laat definiëren als een cirkel, dat we waar we beginnen ook ons eigen slot zullen vinden, en dat dat de aard is van de wereld die we hebben geschapen en alles wat we zijn geworden.

Hij stapt de keuken in en tilt een tas met boodschappen van de vloer. Hij slaat zijn vrouw gade en als ze zich naar hem omdraait, kijkt hij weg. Hij glimlacht bij zichzelf. Hij voelt zich compleet; misschien voor het eerst van zijn leven voelt hij zich compleet.

Er zijn dingen gedaan en dingen gezegd, maar op de een of andere manier zijn al deze dingen vervlogen in het manische trage verglijden van de tijd. Vervlogen, maar nooit werkelijk vergeten.

Ray Hartmann gelooft in hoop en de hoop gelooft – misschien na al die tijd – eindelijk, onvoorwaardelijk, in hem.

Dankwoord

Voor iedereen bij Orion: Malcolm Edwards, Peter Roche, Jane Wood, Gaby Young, Juliet Ewers, Helen Richardson, Dallas Manderson, Debbie Holmes, Kelly Falconer, Kate Mills, Sara O'Keeffe, Genevieve Pegg, Susan Lamb, Susan Howe, Jo Carpenter, Andrew Taylor, Ian Diment, Mark Streatfeild, Michael Goff, Anthony Keates, Mark Stay, Jenny Page, Katherine West en Frances Wollen. En ook voor Mark Rusher van Weidenfeld & Nicolson; en voor Robyn Karney, mijn eigen Thelma Schoonmaker – de belichaming van geduld en aandacht.

Voor Jon Wood, redacteur en *consigliere*.

Voor mijn agent en vriend, Euan Throneycroft.

Voor Ali Karim van *Shots Magazine* en Steve Warne van CHC Books.

Voor Dave Griffiths van Creative Rights Digital Registry, de mensen van BBC Radio WM; Maris Ross van Publishing News; The UK Crime Writers' Association; Daniel, David en Thallia van Goldsboro Books; Richard Reynolds van Heffers in Cambridge en Paul Blezard van One World Radio.

Voor brigadier Steve Miller, Metro-Dade Crime Laboratory Bureau, Miami, Florida, omdat hij bereid was na zijn werk nog vragen te beantwoorden over lichaamsdelen en de breekbaarheid van mensen.

Voor mijn broer, Guy.

Voor de vrouw die al zestien jaar de mijne is, mijn zoon van acht. Ik ben jullie allemaal veel dank verschuldigd.

Verantwoording

Dit boek is fictie.

Ook al speelt het zich af tegen de achtergrond van historische gebeurtenissen en te midden van personen wier naam u zult herkennen, toch is het fictie. Werkelijke gebeurtenissen zijn aangepast, of van volgorde veranderd, maar alleen voor zover dat nodig was om het verhaal beter te kunnen vertellen.

Veel van de mensen in dit boek zijn al jaren dood, en dat is misschien maar beter ook, maar ze hebben zich enkele weken in mijn leven opgehouden en op hun eigen manier een gulle bijdrage geleverd. Sommigen waren grappig, sommigen waren onrustbarend, anderen gewoon knettergek. Hoe dan ook, ze kwamen en gingen, ze deden van zich spreken en ik ben hun dankbaar voor hun gulheid.

Men zegt dat het geheel altijd meer is dan de som der delen, en misschien heb ik bij het ordenen en aaneensmeden van deze delen fouten gemaakt. Hiervoor neem ik de volledige verantwoordelijkheid op me, maar ik wil u ook wijzen op een verzachtende omstandigheid: ik verkeerde in slecht gezelschap destijds.

De auteur

R.J. ELLORY

EEN STIL GELOOF IN ENGELEN

LITERAIRE THRILLER

'Een indrukwekkend boek.' *de Volkskrant*

Lees ook van R.J. Ellory

Een stil geloof in engelen

Tien gruwelijke kindermoorden houden een klein dorp
decennialang in een beklemmende greep

Augusta Falls, Georgia, 1939. De twaalfjarige Joseph Vaughan hoort dat een meisje uit zijn klas op brute wijze is vermoord. Het blijkt de eerste in een reeks van tien moorden op jonge meisjes te zijn die het kleine dorp decennialang in de greep zullen houden.

Joseph voelt zich moreel verplicht iets te doen en richt The Guardians op, een groep kinderen die vastbesloten is om de inwoners van Augusta Falls te beschermen tegen het kwaad dat hun kleine gemeenschap is binnengedrongen. Maar de moordenaar wordt niet gevonden en machteloos moeten ze toezien hoe het ene slachtoffertje na het andere uit hun midden wordt weggerukt.

Het dorp is gebroken van verdriet, en zelfs nadat het moorden is gestopt, trekt de schaduw die over Josephs leven geworpen is niet op. Pas vijftig jaar na de eerste moord volgt er een ontknoping, wanneer Joseph de confrontatie aangaat met datgene wat hem zijn hele leven heeft achtervolgd.

Een magistrale, sfeervolle roman over een vervlogen tijd en de verwoeste onschuld van een kleine jongen – een met recht literaire thriller.

'*Een indrukwekkend boek.*' — de Volkskrant ★ ★ ★ ★ ★

'*Buitengewoon elegant, krachtig en weemoedig proza. Een onweerstaanbare thriller van de allerhoogste orde.*' — The Guardian

'*Een schitterend, betoverend boek. Een krachttoer van R.J. Ellory.*' — Michael Connelly

ISBN 978 90 261 2777 9
448 bladzijden